100 masters who influenced Chinese writing

去托尔斯泰的避难所

影响中文书写的100位文学大家

傅小平 著

江苏凤凰文艺出版社
JIANGSU PHOENIX LITERATURE AND ART PUBLISHING

图书在版编目（CIP）数据

去托尔斯泰的避难所：影响中文书写的100位文学大家／傅小平著. —南京：江苏凤凰文艺出版社，2024.3

ISBN 978-7-5594-6979-3

Ⅰ. ①去… Ⅱ. ①傅… Ⅲ. ①散文集—中国—当代 Ⅳ. ①I267

中国版本图书馆CIP数据核字(2022)第114684号

去托尔斯泰的避难所：影响中文书写的100位文学大家

傅小平　著

出版人　张在健
选题策划　李　黎
责任编辑　李珊珊
责任印制　杨　丹
出版发行　江苏凤凰文艺出版社
南京市中央路165号，邮编：210009
网　址　http://www.jswenyi.com
印　刷　苏州市越洋印刷有限公司
开　本　880毫米×1230毫米　1/32
印　张　22.75
字　数　570千字
版　次　2024年3月第1版
印　次　2024年3月第1次印刷
书　号　ISBN 978-7-5594-6979-3
定　价　98.00元

目录

海外篇

辑 一

辑 二

辑 七

渡海篇

辑 八

辑 九

海内篇

辑十

辑十一

辑十二

辑十三

辑十四

辑十五

自序

五年前，我出过一本《普鲁斯特的凝视》，是我"刻绘"的100位外国作家"肖像"的结集。实际上，我不止写了这些，只是当时因为超篇幅，还有其他缘由割爱了。没收入集子的，加上后来新写的，就构成了这本书里的"海外篇"。我之所以把它放在前面，是因为以我的理解，自1897年林纾翻译《巴黎茶花女遗事》以来，尤其是自1917年新文学肇始，中国文学一个很重要的参照系，便是外国文学。如果说，百余年的中国文学在世界文学的背景下获得新生，那么我们也可以说，中国读者正是在对外国文学的阅读和学习中获得了世界性视野。

何尝不是那些不同语种的翻译家为我们打开了视野？王小波在《我的师承》里感叹，到了将近四十岁时，读到了王道乾译的《情人》，又知道了小说可以达到什么样的文字境界。但即便是这样的大翻译家，也并不为世人关注。2009年初，我任职的《文学报》开设"走近翻译家"栏目，初衷即是让他们更多进入读者视野。我进入他们的居所或办公室，和他们近距离交流，也可谓是真正"走近"了，只是遗憾那时写文字，偏重于诠释他们的翻译生涯，没能更多记录现场，如今就是想复原也不可能了。而就在这短短十几年里，已经先后有多位翻译家离开了我们。如此，我到底还是欣慰于以无声的文字留存了他们的“印迹”。

我曾在一次会上听王安忆说，他们这一代作家与文学有关的训练，都来自于翻译小说，好在还算幸运，那些翻译家都是大文豪。这大概是作家所能给予翻译家的最高礼赞。莫言在《我与译文》里写道：“好的翻译家，也是熟练使用汉语的高级技师，他们为了准确传达原著的语言神韵挖空心思在汉语的宝库里所进行的艰难飞翔，是创造性的劳动。”如此，我总觉得翻译家其实也可以说是作家，他们不过是用另外一种形式“创作”罢了。

如果是给这些翻译家刻绘肖像呢？我竟然想到了前些年上映的电影《编舟记》，里面的辞典编辑们苦心孤诣搜集词汇，耗费十六年才得以编成《大渡海》。翻译家们也常常是为了找到最准确的词语，或是最恰当的表达反复推敲，以至于翻译一本薄薄的小书，都要消耗许多时光。因为语言并不是沙滩上的鹅卵石，只需旅者带它回家，它是生生不息的源头活水呀，把它转换成另一种文字，还能保持鲜活生动的面貌，仿佛获得了第二次生命，谈何容易。倘是改一下里面的人物荒木的话，那便是，外国文学的海洋浩瀚无边，那一本本翻译书是这片大海中的一叶叶扁舟，我们靠着它们渡海，找寻最能表达自己心情的言语，便是找到了独一无二的言语的奇迹。我总觉得那些海外华文作家也像是摆渡人，他们带着母语远渡重洋，又带着打上了异质文化印记的母语回家，这来来往往之间，便丰富了我们的中文世界。如此，这两辑似乎可以称之为“渡海篇”。

这便是影响的力量。这种影响来自于生活，也来自于阅读。余华说，对那些伟大的作品的每一次阅读，都会被他们带走，以至于自己就像是个胆怯的孩子，小心翼翼地抓住他们的衣角，模仿着他们的步伐，在时间的长河里缓缓走去，那是温暖和百感交集的旅程。对同时代优秀作品的阅读，也是美好和富有启发的旅程。就像余华说的，作家对作家的影响好比是阳光对树木的影响，重要的是树木在接受阳光的影响时，是以树木的方式在成长。而许许多多的树木都在阳光雨露下以各自的方式茁壮成长，才得以长成一片莽莽苍苍的大森林。我们对于中国当代文学是抱着这样的期望的。我们期望读到更多好的作品，也期望在打开书页的瞬间，开启温暖和百感交集的旅程。收录于最后三辑的中国作家——其实也不尽然是一般意义上的作家，而我总喜欢保留一两个例外，分明没有谁规定作家就得长成什么样子嘛——，也就构成了这本书的“海内篇”。

古今中外的作家们汇聚的文学大森林，又何尝不是一座避难所。走进森林，找一片阴凉之地，或是攀到树上，坐定后，欣欣然沉浸到阅读的世界里，足以让我们忘却人世间的烦扰。这大约是很多人都有过的经历，区别只在于如今阅读的方式有了变化，但无论是带上一本书，还是用手机或阅读器阅读，阅读的本质并没有什么不同。恰如毛姆所说，培养阅读的习惯就是为你自己构建一座避难所，让你得以逃离人世间几乎所有的痛苦与不幸。果真能如此吗？其实未必，但即便是不那么愉快的阅读也让人躲开现实的重击，有了片刻的喘息。为世界读者构建避难所的托尔斯泰，晚年仓促离家时，也没忘带上《卡拉马佐夫兄弟》，这本书就成了他随身携带的避难所，他应是从中得到些许慰藉的吧。

如此，这本集子便叫了《去托尔斯泰的避难所》。我想起乔治·斯坦纳的感叹，如果能焊接一寸《卡拉马佐夫兄弟》，谁会对着陀思妥耶夫斯基反复敲打最敏锐的洞见？但倘是没有那些敏锐的敲打，又怎么体认我们得以奔赴的避难所的浩瀚与伟大，而敲打于我是力所不及的，我只是发出呼唤罢了。最初是我的老同学、出版人万骏问我能不能再整理一本像《普鲁斯特的凝视》这样的集子，要是再有个100位是再好不过了。好是好，数字就听着好，百尺竿头、百米冲刺、百花齐放、百川归海，能说不好？百位作家？我听了也还是觉得好，但心里是没底的，毕竟平时只管埋头写，从来没统计过写了多少，但抱着试试看的心态整理，却发现真是写了不少——我不能不感叹，职责驱使，加上一些媒体的邀约，居然写了不少！饶是如此，我也觉得写得不够，因为总还有一些作家值得“刻绘”，好在没有一个作家是孤立的，他总是和其他作家之间有着千丝万缕的联系。我也在一些文章里留下了线索，循着它们，你或许可以描绘出更为完整的文学图景。

书稿辗转到了李黎手上，他编辑了《普鲁斯特的凝视》嘛。何况这本书稿虽在写法上有所不同，看上去却像是姐妹篇。幸得李珊珊编辑，也有幸得到范红升和孙茜老师的关照，终于出成了这本集子。有道是文学史上是流行三姐妹组合的，契诃夫就写了叫《三姐妹》的四幕剧本，写的是一个俄罗斯外省的小城里住着姐妹仨：奥尔加、玛莎和伊林娜，她们11年前随父亲从莫斯科迁居而来，又幻想着重新回到莫斯科去。她们能回得去吗？契诃夫这一问，我是解答不了的。我只是从阅读世界里召唤出了奥尔加和玛莎，但伊林娜不会再有。好在姐妹俩终究是相聚了，她们是要携手开启新的旅程的吧，将去往何处呢？且看着吧。

海外篇

辑一

列夫·托尔斯泰

安德烈·别雷

瓦西里·阿克肖诺夫

伊利亚·爱伦堡

他竭力在一个不完美的世界上寻求绝对的真理

列夫·托尔斯泰

1

列夫·托尔斯泰“来到”中国，自然会引发这样的追问：假如他在有生之年来到中国，会与中国文化发生怎样激烈的碰撞？这样的碰撞又会对他的思想和创作产生何种深刻的影响？

当然，这只是假设。我们唯一可以确定的是，托尔斯泰虽然没来过中国，但他在生命的晚年对中国文化表现出浓厚的兴趣，曾孜孜以求地阅读孔孟及墨子等中国古代哲人的著作，还曾亲自翻译过《老子》的部分篇章，并撰写了《中国经典》一书介绍中国古典哲学。民国政治人物、当时留学圣彼得堡的张庆桐致托尔斯泰的信，及托尔斯泰致任教于北京大学的人称“文坛怪杰”的学者辜鸿铭的信，也是托尔斯泰与中国文化相互影响的佐证。

事实上，托尔斯泰已经成了中国乃至世界几代读者共同的文学记忆。2010年，托尔斯泰逝世一百周年，世界各地纷纷举行纪念活动。他的作品如《战争与和平》等重新出版。人们对托尔斯泰的兴趣，更甚于百年前，就连古巴与墨西哥这些文化气息相对薄弱的国家，也为托尔斯泰举办专题书展。同时，一部由俄罗斯、英国和德国三国合拍，描写托尔斯泰晚年生活的电影《最后一站》，于当年1月在英国首映，克里斯托弗·普卢默和海伦·米伦的精彩演绎，“留驻”了托尔斯泰一生中颇不平凡的最后两年的时光。而作为国家博物馆新馆承办的首个以世界文化巨人为展示对象的大型展览，也是以托尔斯泰为主题的规模最大的海外展览，某种意义上此次大展，也可以说是中国给予这位伟大作家的最高礼遇。

相比之下，俄罗斯似乎并没有特别待见这位大作家。尽管托尔斯泰博物馆在荒废多年之后，于托尔斯泰逝世百年纪念日前夕重新开馆，并新增收藏了托翁当年用过的武器、衣物和家具等，还包括一段当年爱迪生发明留声机后不久所录的托尔斯泰的原声录音。据英国《星期日电讯报》一篇追寻托尔斯泰旧日足迹的文章披露，每年都有大批游人慕名涌至大师在乡间的故居和在莫斯科的托尔斯泰博物馆。里面的导游却不懂得用英语向游人介绍他们的“国宝”；供游客索取的资料全是俄文。托尔斯泰似乎无迹可寻。

托尔斯泰逝世一百周年纪念日，俄罗斯虽然发行了一部关于托尔斯泰晚年岁月的黑白纪录长片，克里姆林宫却没有举办任何纪念托尔斯泰逝世的重大活动，时任总理普京也没有在他的讲话中提到过托尔斯泰的名字。不止如此，《最后一站》唯一没有达成电影发行合同的国家也是俄罗斯，而俄罗斯不甚完善的环境和过高的拍摄成本，也让导演迈克尔·霍夫曼最终选择在更为适宜的东德乡村拍摄，托尔斯泰故乡高高的白桦林和宽阔的北方地平线，也因此无法得以再现。

2

看似一种巧合。此次展览在非常重要的“探寻”单元，展现了经历创作危机的托尔斯泰的思想转变。观众会看到包括托尔斯泰的护身圣像、托尔斯泰式衬衫及小说《复活》的手稿等在内的珍贵展品。有意思的是，近年研究、展现托尔斯泰的文字、影像，也不约而同选择了聚焦托尔斯泰的“危机”岁月。人们试图对托尔斯泰晚年为何突然选择从家里出走，做出种种解释。

托尔斯泰与夫人索菲娅之间的恩怨纠葛，也随之浮出水面，成为世人争论的重要话题。时光退回到19世纪80年代，在直面俄罗斯贫富差距悬殊的社会现状时，托尔斯泰精神上感到非常的痛苦，并对自己的作品产生了一种“羞于提起”的否定与厌恶。甚而至于，他对靠自己作品赢得版权以及对私有财产、贵族生活产生了罪恶感。在中年信仰危机之后，他皈依基督，并领会基督之爱，发展为“托尔斯泰主义”。

他不仅开始尝试平民的生活方式：戒烟、戒酒、素食，还参加劈柴、生炉子、修鞋、耕地等各种体力劳动，他还要求放弃自己的土地……然而，托尔斯泰家庭的成员几乎全靠这些收入维持，这自然引来了索菲娅这个家庭管理者的强烈不满和坚决反对。同时，他也遭受到来自儿女们的异样的眼光。托尔斯泰的儿子谢尔盖写道：“这个人——一个拥有土地的地主和文学家——已经死去了，取代他而诞生的是一个崭新的人……我母亲不赞同父亲对财产所有权的否定态度。相反，她继续认为儿孙们越富有越好。”他的女儿塔妮娅也说：“在家里，我们是按照一定传统在一定的社会气候中被培养长大的。我们无法追随他走新的人生之路。”

夫妇俩晚年生活中的矛盾与冲突，由此渐趋白热化。以致托尔斯泰临死前立遗嘱也要偷偷摸摸地进行，因他要在遗嘱中把他全部著作的收入以及从稿费存款中得到的利息统统捐献给全人类。托尔斯泰甚至把离家出走看成是一种解脱，是对灵魂安宁的追求。但，这并非出于夫妇俩纯粹的个性冲突或是感情上的不和。与托尔斯泰交往甚笃的苏联文豪高尔基，就在文章中几次说到，索菲娅是多情的托尔斯泰几十年里唯一的妻子。也就是说，他们彼此之间，仍然有一根线牵连着，这根线应当是爱情。在托尔斯泰的日记里，常常有对索菲娅种种行为谅解的话，他也认为索菲娅的行为是出于爱。而索菲娅，在她成了许多人的指责对象后，在她也自认为对托尔斯泰的出走负有责任后，临终之时，她仍然对孩子们说："我要告诉你们……我爱他，整整爱了他一辈子，我始终是他忠实的妻子。"

从根本上说，托尔斯泰生活的悲剧根源于他与妻子的信仰和生活观的截然不同。这种悲剧或许自他们结婚前夕，就已经埋下了"祸根"。1862年，托尔斯泰向索菲娅求婚："如果我再不表白，我将开枪自杀。"这时，托尔斯泰34岁，刚度过了他放荡的青年期。索菲娅18岁，聪明热情，对爱情充满了美妙的狂想。然而，在结婚前夕，她受到了当头一击——托尔斯泰出于一种"诚实"与"忏悔"的道德动机，把他的全部日记拿给索妮亚过目。说谎、乱交、嫖妓、酗酒，婚前与农妇阿克辛雅疯狂情爱，并生下私生子……一个男人对其放荡史的坦白，带来的是一个女人对爱情的绝望和幻灭！

然而，他们婚后的生活，在很长时间里，依然可以称得上是幸福。从19岁开始，索菲娅一共为托尔斯泰生育了13个孩子，并3次流产。她出色地扮演着自己为人妇、为人母的角色，并才干出众，打理雅斯纳亚庄园，使其财产收入较原先增加四倍。正是在她的精心呵护下，托尔斯泰得以静心写作。而且，她还每夜挑灯抄写托尔斯泰的文稿，正是在她不厌其烦、无比繁冗地誊写后，诞生了《战争与和平》《安娜·卡列尼娜》等巨著。无怪乎，尽管对索菲娅没有好的印象，高尔基还是止不住感叹："做列夫·托尔斯泰的唯一的亲密友人，做他的妻子，做他的许多孩子的母亲，做他的家庭主妇，这的确是一个很艰难而责任繁重的任务。"高尔基还为索菲娅鸣不平道："那个女人跟一个富于独创性而又烦躁不安到极点的大艺术家在一块生活了五十年的难堪的漫长岁月……而眼下，人们只有在高兴毁谤她的时候才记起她来。"

需要指出的是，托尔斯泰经历的剧烈的精神冲突，诚如苏联思想家巴赫金所说，不应视作他个人生活的事件，因为这种转变是由复杂的社会经济和意识形态过程所积聚促成的。在写作《安娜·卡列尼娜》的过程中，托尔斯泰就曾经在一张纸上记录了他要探索的六个"不明白的问题"：为什么要生存？我的生存以及所有别的人的生存的原因何在？我的生存和别人的生存有何目的？我内心里感觉到的善与恶的分离有何意义，为什么会有这种分离？我该怎样生活？死是什么——我如何才能拯救自己？在小说里，托尔斯泰通过列文这个具有很强自传色彩的人物，表达了他被这些问题困扰和苦苦求索的精神状态。

从某种程度上说，《安娜·卡列尼娜》也成了托尔斯泰一生中的一个重大节点。有人打了这么一个比方：如果说，《战争与和平》中的主要人物在道德上是健全的，他们能够主宰自己的内心冲突；《安娜·卡列尼娜》则是悲观主义的，它的人物的内心冲突往往得不到解决。此后，相当长时间内，托尔斯泰基本上放弃了小说的写作，而是像小说中的列文一样，最终走向了"福音书"。据说，在他的写字桌上一度除了《圣经》和神学论文之外，竟别无他物。

这种思想的转向，给他自己，也给他的追随者带来了很大的困扰。严格说来，托尔斯泰并没有形成自己独立的思想体系。当他孜孜不倦地探索真理时，他是竭力在一个知识不完备、人类不完美的世界上寻求绝对的真理。其结果是，他的不愿妥协，他对于获得彻底的理性解释的强求，往往使他把理论推到荒谬的地步。他晚年的合理身份更像是一位没有具体信仰的神学家，连他本人也在《忏悔录》中感叹道：“我生活在这个世界已有五十年，除了十四五年童年时代之外，我有三十五年都是个虚无主义者，这是按这个词的本义来说的：既非社会主义者，又非革命者；虚无主义者，这就是说：毫无信念。”

同样，尽管没有人怀疑托尔斯泰小说的伟大，但与前辈的果戈理、同时代的陀思妥耶夫斯基，乃至其后的契诃夫相比，在写作艺术上，当属他对后世的影响最小。究其因，或许在于他的不可重复和难以模仿。在谈到托尔斯泰的叙事艺术时，作家格非说：“托尔斯泰从不屑于玩弄叙事上的小花招，也不热衷所谓的‘形式感’，更不会去追求什么别出心裁的叙述风格。他的形式自然而优美，叙事雍容大度，气派不凡，即便他很少人为地设置什么叙事圈套，情节的悬念，但他的作品自始至终都充满了紧张感；他的语言不事雕琢、简洁朴实但却优雅而不失分寸。所有上述这些特征，都是伟大才华的标志，说它是浑然天成，也不为过。”

确如其言，托尔斯泰的伟大才华，使得他的创作总能超越其思想的局限。在晚年的代表作《复活》里，托尔斯泰一开始就主题先行，甚至挑战式地强调自己作品中每一细节、每一词语的倾向性。但即便如此，他亦能做到如巴赫金所言，不为明确的社会思想命题所拘囿，不使那生动具体的生活变得死气沉沉、枯燥无味，并最终把这部名著锤炼成了社会思想小说的典范。

时过境迁，俄罗斯作家的书写方式发生了很大的改变，但托尔斯泰式对现实生活的永恒关注、对人生终极问题的执着探求以及深刻的人道主义和救赎意识，依然在他们身上得以传承。而新一代作家即使走得太远，他们的创作理念和艺术追求里，也依然有着托尔斯泰包罗万象的史诗性巨著《战争与和平》的回响。

3

临去世前十日，即1910年10月28日（俄历，公历11月10日），托尔斯泰离家出走，随身带着陀思妥耶夫斯基的名著《卡拉马佐夫兄弟》。此前，他已经快速读完了该书的第一卷，他之所以随身携带，或许表明了他打算继续阅读，或是重新阅读。本次展览有一个场景，即重现了托尔斯泰晚年岁月里这动人的一幕。

的确，托尔斯泰的文学篇章里，总是少不了陀思妥耶夫斯基的“陪伴”。两位作家生前或许没有想到，他们颇具前瞻性的思想，正喻示了当今俄罗斯社会发展的不同面向。以托尔斯泰玄孙弗拉基米尔的理解：相比陀思妥耶夫斯基式的阴暗与痛苦，托尔斯泰守卫着人类基本的价值观，诸如爱情、友谊以及亲情。他对于人类提出的问题给予了积极的回答，因此他给出了更多的希望。

但托尔斯泰留给自己的，却未必是希望。奥地利小说家和传记作家斯蒂芬·茨威格，在其为托尔斯泰所做的传记中曾做过这样的表述：“作为一个始终具有善于观察并能看透事物本质的眼光的人，他肯定缺少一样东西，那就是属于自己的那一份幸福。”托尔斯泰也意识到，他不只是属于他自己，但他也未必是全然超越了自己的圣人。《最后一站》中有一个场景：在花园里，索菲娅转向桌边的客人们说：“你们认为他是基督耶稣，是不是？嗯，他不是。”实际上，托尔斯泰倾向于把自己塑造成一个农民的形象。他把自己的脸，描述成一张普通农民的脸。中年后的托尔斯泰穿农夫的衣服，以及农夫用笨重的桦树皮做成的鞋，与年迈的马车夫一道出行，以致人们分辨不出哪一个是尊贵的伯爵，哪一个是卑微的马车夫。

不可否认的是，托尔斯泰的身上也的确有那么一点“神启”之光，且不用说好的艺术家或多或少总是带有一点与神灵相通的性质，纵使自负如海明威，对他也只有敬慕和崇拜的份儿。然而，托尔斯泰在西方极受尊崇，在当下的俄罗斯却遭受一定程度上的冷遇，也同样是一个不争的事实。陀思妥耶夫斯基研究专家柳德米拉·萨拉斯齐娜感慨地说："他很伟大，但他并不时髦。如今他所遭受的抵制，就像他当年对国家、军队以及教会的反对声一样激烈。"

有些人把原因归结为每个俄国孩子上学时都要读他的作品。现今，俄罗斯所有15岁左右的孩子都要学《战争与和平》，这是他们国家教学大纲的内容。在俄罗斯学校的课堂上，对托尔斯泰作品的理解，至今也没有跳出列宁对他带有强烈意识形态色彩的评价范畴，以致托尔斯泰之于俄罗斯，就像鲁迅之于中国，看似有着无处不在的影响力，但扮演的却通常是一个缺乏亲和力，似乎也不怎么讨人喜欢的形象。

弗拉基米尔表示了自己的无奈。他说，没有人能够忽略托尔斯泰是一位写出了伟大小说的作家，但人们并不知道如何对待他的观点。的确，在俄罗斯这样一个有着深厚东正教传统的国家，托尔斯泰多少有些无所适从。他曾因为小说《复活》以及他拥护基督教、无政府主义及和平主义的立场，在1901年被逐出东正教教会。2001年，东正教再次肯定了对托尔斯泰的驱逐，而保守的俄罗斯东正教人士甚至将托尔斯泰的作品列入了黑名单。

在《最后一站》联合制片人德里亚宾看来，俄罗斯对托尔斯泰的漠视，更多还是关乎饱经沧桑的历史与国家价值观的迷失。"然而，托尔斯泰给出了一个答案：在人道主义之前，重要的是现在的幸福。"事实上，托尔斯泰之于俄罗斯的重要性，正如高尔基所说"不认识托尔斯泰，就不可能认识俄罗斯"，而眼下俄罗斯确有不少知识分子期待着俄罗斯社会尽快出现"托尔斯泰式的转向"。以此看，我们对托尔斯泰的认识不仅不应当宣告完成，而恰恰需要重新开始。

融合多种艺术技巧，使小说如复杂的交响乐

安德烈·别雷

俄国“白银时代”最具代表性的作家之一安德烈·别雷的长篇小说《彼得堡》成书于1916年，1922年出版俄语删节本。《阿尔谢尼耶夫的一生》则出版于1933年，是俄国首位诺贝尔文学奖得主伊凡·布宁的长篇小说代表作。按出版时间序列看，后者理应比前者更为“进步”和前卫。实际的情况恰恰相反，如果说《彼得堡》写了“流动”的城市，《阿尔谢尼耶夫的一生》则写的是“静止”的乡村。

这并不难理解。毕竟文学从不遵循按时间序列线性“进化”的原则，而作家不同的经历也决定了他们会有不同的创作。譬如，别雷虽然在《彼得堡》里写了彼得堡，实际上他1880年生于莫斯科，父亲是莫斯科大学数学系教授，爱好音乐，擅长演奏钢琴。他从小受到良好的教育，1903年从莫斯科大学毕业后，又留在该校文史系继续学习三年。1906年至1923年间，别雷曾多次出国，先后去过法

国、意大利、斯堪的纳维亚半岛、非洲和中东地区，旅居次数最多、时间较长的是在德国柏林，1920年代中期后基本定居莫斯科，直到1934年1月病逝。他小时候生活过的，位于莫斯科阿尔巴特街55号的一座三层建筑，如今已被辟为别雷博物馆，博物馆里维持着作家生活时的情景，让人可以充分感受别雷的日常生活。可以想见，从小在城市里生活的别雷，对城市自然有深刻的观察和感悟。

相比而言，布宁1870年生于俄国波罗纳捷市的一个破落贵族家庭，祖上曾是显赫的贵族。布宁三岁那年，全家搬到他们置产的乡村沃罗涅什镇去生活。布宁长大后，由于经济拮据，只读了四年书便辍学在家，靠大哥的指导进行自修。刚满18岁，布宁便只身走向社会独立谋生，曾当过校对员、统计员、图书管理员，甚至摆过书摊卖过报。1887年4月，因在彼得堡《祖国》周刊上发表了一首诗歌习作，才得以于同年在奥廖尔市一家杂志社谋得薪酬微薄的戏剧评论员职务。1895年，布宁曾前往彼得堡和莫斯科，结识作家契诃夫和俄国象征主义文学名家勃留索夫，从此专事文学创作和翻译。

如此看来，别雷写城市，布宁写乡村是自然而然的事，而思想意识的不同，又在某种意义上决定了两人有不同的创作视野。别雷始终以超党派自居，年轻时，他深感沙皇俄国黑暗，于是总是赞成变革，不管是什么样的变革，他都拥护。他虽然不理解甚至公开表示不赞同当局的某些理念，却从一开始就积极参加祖国的新文化建设，应邀沙皇统治结束后，为青年作者授课或进行专业指导。

不同于别雷，布宁就显得保守多了，他似乎从没忘记已经永远逝去的“黄金般美好的”贵族生活，成了作家后，也始终自命清高、孤芳自赏。到了1905年底第一次民主革命在全俄罗斯城乡蓬勃兴起时，布宁辞去当时在《真理》杂志社的职务，出国旅游。再后来，到了1920年1月26日，红军攻克南方重镇敖德萨，他携妻子搭乘一艘法国邮轮离开俄国。后几经周折，布宁于同年3月辗转抵达巴黎，两年后迁居法国东南部阿尔卑斯滨海省一个叫格拉斯的小镇。他的后半辈子，除每年到巴黎过冬及短时间的出访、旅游，基本上都在那里度过。当然，布宁虽然长年生活在异乡，却在写作上频频回望故国山河。由此，两位同时代作家呈现出截然不同的，甚至有着某种对照性的创作面貌，就很好理解了。

但这并不是说布宁继承了俄罗斯文学传统，别雷则是对这一传统的离经叛道。这两位作家，如批评家张闳所说，生活在马车时代和火车时代的转换时期，布宁在《阿尔谢尼耶夫的一生》里写没落贵族的生活，还残留着托尔斯泰笔下俄罗斯乡村生活的影子，有着比较慢的节奏，他的叙事仿佛也停留在马车时代。也因此，小说给人的感觉总是像马车一般慢慢前行，甚至时有停滞，这部分原因如翻译家曹元勇所说，在于布宁以很大篇幅描绘自然，他把自然当成了世界必不可少的一部分。“反观中国，从四大古典名著开始，大多数文学作品里都少见对自然的描写，这是一个很大的缺憾。而对于布宁来说，俄罗斯幅员辽阔，到处是森林草原，浓墨重彩写大自然是自然而然的。”

如其所言，在感叹古老的俄罗斯正在逝去的同时，这部小说的确让人感觉到那种真实的俄罗斯大地和乡土的浓郁气息。张闳表示，布宁显然对古老的俄罗斯有一种缅怀，他后来写的其他小说像《安东诺夫卡苹果》等也有所体现，那种情怀可谓非常浓郁。而《阿尔谢尼耶夫的一生》的革新之处，或许在于作品的体裁。小说以主人公阿列克谢·阿尔谢尼耶夫童年、少年和青年时代的生活经历为基本线索，以第一人称展开叙述，着重表达“我”对大自然、故乡、亲人、爱情和周围世界的感受。作品发表之初，就有人认定这是作家个人的“自传”，但布宁本人断然否定了这一说法，强调它首先是一部文学作品。

后来，确认这是一部小说的意见逐渐占了上风，但称它为“艺术性自传”或回忆录的，仍然大有人在。一些作家评传和文学史著作将这部作品视为长篇小说，崇拜布宁的作家帕乌斯托夫斯基却把它称作中篇小说，但又认为它和一般的中篇小说有所不同。帕乌斯托夫斯基写道：“我依旧把《阿尔谢尼耶夫的一生》称为中篇小说，尽管我同样有权把它称为史诗或者是传记。……在这一部叹为奇观的书中，诗歌与散文融为一体，它们有机地、不可分割地融合在一起，布宁创立了一种新颖的、绝妙的体裁。”

《彼得堡》在体裁上的创新就不言而喻了，某种意义上，正因为别雷开创性地使用了意识流的手法，才使得纳博科夫把《彼得堡》与《追忆似水年华》《尤利西斯》和《变形记》一起，评为“20世纪前期西方四大小说名著”。而按照20世纪80年代末苏联出版的一部专著的说法：“没有安德烈·别雷的《彼得堡》，就难以理解20世纪欧洲文学中像乔伊斯的《尤利西斯》、加缪和卡夫卡的长篇小说及普鲁斯特部分作品等重要文学现象的产生。”以张闳的阅读观感，《彼得堡》是一部碎片化的、爆炸式的、快捷的作品，虽然被普遍认为是意识流小说，实际上并不是很纯粹的意识流，别雷还用了一种蒙太奇手法，小说里快速闪现各种各样的景观，句子破碎，节奏很快，像坐高速列车闪过一样，呈现了一个流动的城市景观。“《彼得堡》的节奏甚至比《尤利西斯》还要快，而且是快到了所有的连续的东西都打破了、破碎了，而那些片断又有机地联结在一起。”

作家叶开特别注意到《彼得堡》中日俄战争的写作背景，1904年到1905年间，日本帝国与俄罗斯帝国为了争夺中国辽东半岛和朝鲜半岛的控制权，在中国东北的土地上进行了一场战争，最终以沙皇俄国的失败而告终。“我们的历史书一般只简单写到列强在我国的土地上开战，殊不知那是一个敏感而特殊的时期，它震动了亚洲和欧洲两块大陆，由此发生了一些非常重要的决定性事件。”这一时期的彼得堡可谓思潮汹涌，在别雷笔下，彼得堡是一座患了高烧的城市，潮湿则构成了彼得堡城市的外部景象，与阴晦潮湿的氛围形成映照的是干燥的内在景观，人物的意志之火，如忽明忽暗的火苗。也因此，别雷在小说里摒弃了对历史细节的准确还原，而是用意识流的手法，呈现历史情境下典型人物的内心思绪和“灵魂的疾病”。

正因为这种创新，如该书译者靳戈所言，《彼得堡》在描绘典型环境和典型人物以及批判黑暗现实的精细、深刻方面也许不及经典的现实主义杰作，但它借助于艺术象征和意识流及通过二者的结合所表现的俄国和世界当时正面临的灾难性危机方面，却要比它同时代用传统现实主义方法写成的作品强烈、紧张得多，也因此更震撼人心，催人猛醒。

但《彼得堡》对俄罗斯传统文学的借鉴是显而易见的。靳戈表示，小说里不少主要事件和人物，都直接来自十九世纪俄罗斯文学名著。例如，阿波罗·阿伯列乌霍夫及其与妻子安娜·彼得罗夫娜和儿子尼古拉的关系，立刻让人想起托尔斯泰《安娜·卡列尼娜》里卡列宁一家人等等。“《彼得堡》的独到之处在于，别雷根据现实和艺术本身的发展，利用前人的一些情节和人物加以讽刺模拟性的再创造，在表现‘沙皇统治下彼得堡的覆灭’这个传统的和流行的主题时具有了新的内涵。”另一方面，得益于对文学经典的讽刺模拟，《彼得堡》通篇笼罩着一种亦庄亦谐的气氛。不仅如此，在靳戈看来，别雷还力求各种艺术的融合，最大限度地发挥长篇小说形式的艺术表现力。“整个作品犹如一幅包罗万象的巨型绘画或雕塑，别雷的手法时而简朴明快，时而沉重凝重。许多完全或基本相同的句子、段落在不同情况下的多次重复等等，体现了别雷对诸如对位、变奏、转调等音乐中作曲法和技巧的借鉴和移植，使得小说读来像一部复杂的交响乐。”

事实上，放在当时的历史背景上看，无论是《阿尔谢尼耶夫的一生》，还是《彼得堡》，都体现出了不合时宜的特点。如果说前者给古典俄国乡村唱了一曲挽歌，后者则堪称是唱给俄国城市的空前绝后的序曲。以叶开的理解，别雷以及同时代的普拉东诺夫、布尔加科夫等，还能通过文学的方式，在盛行整齐划一的美学的时代，在写作中呈现出一种混乱的、不同步的，乃至碎片化的美，这本身就体现了他们的卓越之处，也是对我们当下写作很有启发的地方。

当然，两位作家与时代的“不同步”、也让他们的创作有了不同的遭际。《彼得堡》问世后虽然走红过一段时间，但从别雷逝世不久的1930年代中期开始，这部作品也渐渐被冷落了，自1935年以后再也没有重版过。苏联文学界直到1960年代初才对别雷以及他的作品重新发生兴趣。布宁的创作也差不多到1950年代中期才开始受到重视。显见的，像别雷和布宁这样的作家，和他们的时代之间有一种不协调性。在张闳看来：“如果说他们所处的时代是一片固化的废墟，他们的使命就是要收拾这片废墟，通过他们语言的乌托邦，为特定的时代提供某种远景，并担负起扭转乾坤的使命，这恰恰体现出他们创作中一种整体性的价值。”

俄罗斯是他眷顾的心灵之乡，更是故事的源泉

瓦西里·阿克肖诺夫

2009年7月6日，俄罗斯作家瓦西里·阿克肖诺夫在莫斯科一家医院去世，享年78岁。他的病源于前一年1月15日的一次严重中风。当时作家正驾车出行，途中发病后即失去意识，被紧急送往医院施行手术。这年2月，他由布尔登科医院转至斯基里福索夫斯基紧急医疗研究院，去世前一周突转病危，医生为他接上了人工呼吸机，连续抢救但终告不治。

阿克肖诺夫早年即被写入苏联文学史，近年归国后的创作及旧作再版则让他渐次攀上名望的巅峰。1998年，他被授予俄罗斯国家文学艺术奖，根据他的小说改编的电视剧《莫斯科传奇故事》热播并引起广泛争论；2004年，他另一部冷峻孤高的历史小说《伏尔泰式的男女》获“俄罗斯布克文学奖”。基于他敢于坚持自己的生活和文学创作原则，并在文学上取得了重大成就，俄罗斯总理普京表

示：阿克肖诺夫的逝世是俄罗斯文学不可弥补的损失，并在声明中称“他是一位智慧、勇敢并且热爱自由的作家”。

对二十世纪六七十年代的中国读者来说，阿克肖诺夫的名字并不陌生。早在1963年，他的代表作《带星星的火车票》，即以“黄皮书”的形式在中国地下流传。被誉为“俄罗斯版《麦田里的守望者》”的这部青春叛逆小说，和当时“仅供内部参考”的其他书籍一样，是“地下文学”的主要启蒙源泉。它滋养了一代文学青年，即使在王朔的小说里，我们都能看到它的流风余韵。这一切阿克肖诺夫本人却并不知道，2006年，面对采访他的中国记者，他说：“从来没有人告诉过我。这让我太惊讶了。我甚至都不知道这本书在中国出版了。”

1

忆及创作生涯，阿克肖诺夫曾说自己的创作冲动是从与母亲重逢后才迸发的。他1932年生于喀山，母亲叶甫格尼娅·金兹堡，是回忆录《环形大道》的作者。20世纪30年代末，他的父母遭到清洗并被流放至马卡丹。直到16岁，他才再一次在流放地见到母亲。“在那里生活的几年，尽管看上去很不合情理，但生活却令人吃惊的自由：晚上，妈妈的板房中常常有‘沙龙’式的聚会。一群‘蹲过劳改营的知识分子’，在此讨论一些不着边际的话题，且经常谈到人类的命运。”这些非同寻常的“见识”，给这位未来的作家带来了深深的震动。

阿克肖诺夫的文学声名始于20世纪60年代苏联文化解冻时期。1956年，阿克肖诺夫毕业于列宁格勒医学院，从医四年后转入全职写作，同年在《青春》杂志发表小说《同事》，一举成名，渐成苏联青年新锐作家群的中坚。此后，他创作的《带星星的火车票》

(1961)、《飞向月球的途中》(1962)、《摩洛哥的橙子》(1963)等，以其作品对形式的革新及语言上的时尚化和超时代感，让他成为一代人眼中的先锋人物。

阿克肖诺夫摆脱了那个时期作家写作的窠臼，带着自己对社会人生的切身感受投入到文学创作中去。《带星星的火车票》以放浪不羁和玩世不恭的叙述语调，塑造了一个敏感的、富有反叛精神的少年吉姆卡的形象。小说用真正的少年语言叙述了主人公及其同伴怎样跳出“虚伪”的成人世界，去寻找纯洁与真理，并最终找到各自的归宿和爱情。

在创作的同时，阿克肖诺夫还参与组织编辑非官方文学集刊《大都会》，力推体裁和题材各异的作品。他回忆说，当时他们是公开做这件事情的，国家安全部门也知道，就在我们准备于1979年1月23日举行首发式之际，中央通过作协找到了我们，试图阻止。尽管刊物最终顶住了有关方面的打压，在美国及时出版，几位作者却遭到了猛烈的批评，并被开除出苏联作家协会。阿克肖诺夫也由此自动退出作协。也是在这一年，他写出了《克里米亚岛》。在小说里，他为克里米亚设计了另外一段历史，内战结束后，沙皇残余部队扼守住这块半岛，旧帝国在这里苟延残喘。60年后，这个半岛依然独立于苏联之外，并日渐繁荣起来。而它的邻居苏联则是另外一番景象。这样的题材自然是不为苏联当局接受的，阿克肖诺夫于次年被迫出走美国，很快便被取消了苏联国籍。《克里米亚岛》于1983年在美国出版，一直到1997年，小说才重新在俄罗斯问世。

时光流逝，阿克肖诺夫对苏联时期的文学创作已无芥蒂。苏联解体初期，有人对这一时期的文学持激烈的批判态度，让他感到欣慰的是，人们现在已经用一种非常客观的态度去看待苏联文学，认为它并不仅仅是意识形态的产物，那时也曾经有过美好的东西。

2

到美国后不久，阿克肖诺夫就进入了大学教学圈。他在华盛顿一所大学教授俄罗斯文学，直至2004年初自乔治·梅森大学退休。生前被问到在美国的生活状况，阿克肖诺夫表示满意。谈到创作时他却说，尽管在美国的文学圈表现可谓积极，但他并未在文学意义上感受到过自我价值。1990年，在被恢复苏联公民身份之前，他也时常会去离俄罗斯不太遥远的欧洲进行写作，后来，他干脆从美国移居到了位于比斯开湾边的法国小城。

阿克肖诺夫显然不像他的前辈纳博科夫，离开祖国的土壤，写作便自然发生了转向。对他来说，俄罗斯是他眷顾的心灵之乡，更是他故事的起点。即使是在漫长的流亡岁月里，他写的几乎无一例外都是关于俄罗斯的故事，回国之后尤甚。1994年，他出版了《莫斯科传奇》三部曲，讲述一个苏联家庭三代人自1917年至1953年的经历。获俄罗斯布克奖的小说《伏尔泰式的男女》的灵感则源于哲学家伏尔泰同叶卡捷琳娜二世的幽会史。依照史实，两位名人交往甚密，留下颇多往来信函，但二人从未谋面。在这部讽喻色彩厚重的历史小说里，阿克肖诺夫将波谲云诡的俄国史中的一个段落加以放大，并随意幻化出一个如痴如醉的迷情故事。

写于75岁时的《稀有元素》在某种意义上，可说是阿克肖诺夫对苏联化学家门捷列夫的致敬。小说讲述的是一个家庭的故事，在20世纪80年代这个家庭的成员都曾经是党员，但是在1991年，随着社会变革，他们成为资本家，拥有工厂和土地。但好景不长，因为主人公试图利用稀有元素的性质，创造更多的新物质，引发了其所在工厂中的种种事故，从而锒铛入狱，而母亲为了救出父亲企图劫狱，在此之前为了两个孩子的安全，她不得不把他们送往欧洲避难。

有评论认为，阿克肖诺夫晚年创作的小说，“在形式创造和大胆实验方面，没有一位当代作家能与之相媲美”。然而，当2005年度俄语布克奖颁奖时，作为评委会主席的他却拒绝念出新科得主古茨科的名字，并直言他根本不配写小说。这并不妨碍他为低迷的当代俄罗斯文学做出辩解。在他看来，尽管存在着不少问题，俄罗斯文学依旧有着强劲的生命力。“现在很多作家为商业目的而写作，有些严肃作品为了好卖，甚至被出版社改成通俗文学的标题；而且很多人不再注重思想描写。但这不仅仅是俄罗斯文学的问题，它是全世界文学所面临的问题。”

在任何时代，作家的重要使命都在于发现人的心灵

伊利亚·爱伦堡

1960年，伊利亚·爱伦堡开始动笔写回忆录《人·岁月·生活》。这时，同代人多已烟消云散，他几乎是硕果仅存的、曾经在巴黎见过列宁的“老革命”。那是一个痛苦的世纪，爱伦堡坦诚地说，自己并不比别人勇敢，也并不比别人聪明。既然命运让自己逃过了一次次劫难，他就有责任把过去的一切都写下来，因为对于一个依然深陷在苦难中的民族来说，“活着”的同时还必须“记住”。

回忆录部分章节随即在苏联《新世界》杂志上连载，不久就在苏联及西方社会引起强烈反响和激烈争论，被誉为“欧洲的文艺史诗”。到1964年写完，它已无可疑义地成为苏联“解冻文学”的代表作，其译本更是在整个西方轰动一时。1970年代，这部作品被译介到中国，当时这套书仅限于内部发行。之后，它被圈内人士私下传阅，虽然印数有限，但仍对一代知识分子产生深刻影响。20世纪90

年代初，花城出版社把其作为“流亡者译丛”之一种推出，节选的篇章是爱伦堡对51个同时代人，主要是作家、艺术家的回忆。完整版一直等到2008年初才由海南出版社首次出版。译者冯南江、秦顺新回忆说，“文革”前曾出版回忆录前四部，“文革”开始后，第五部虽已排好，但已不可能出版，好在保留了一份校样，第六部的译稿则干脆“失踪”了，直到很多年后才被俄罗斯文学翻译家高莽在《世界文学》编辑部的一个故纸堆里发掘出来，这样才在改革开放初期出版了“内部发行”的完整版。“这次出的完整版，则根据收录于苏联出版的九卷本《爱伦堡文集》最后两卷回忆录版本进行了校对。”

当然，爱伦堡最早为中国读者认知，却不是因为回忆录。据高莽介绍，1933年，鲁迅就在《〈竖琴〉后记》中提到过这位作家。1936年，曹靖华把他的短篇小说《烟袋》译成中文，编入《苏联作家七人集》。新中国成立前后，他的长篇小说《暴风雨》《巨浪》和《巴黎的陷落》陆续译成中文。二战期间他所发表的政论在中国读者当中同样产生了强烈的反响，鼓舞中国人民抗击日本法西斯的斗志。“直到20世纪90年代初，我同一位老先生谈论苏联文学时，他还提到当年爱伦堡政论对他的震撼。20世纪50年代初期的大学生，有谁不迷恋苏联文学，有谁不知道爱伦堡？然而斗转星移，岁月流逝，中国读者渐渐忘却了这位老朋友。”

爱伦堡在一段时间里被“忘却”，有历史的原因，也有作品本身的原因。虽然他在写出回忆录之前，曾自称文学成就以诗歌居首，其次是小说，最后是政论。但以高莽的观感，在写出回忆录后，他的成就应以回忆录居先，小说次之，评论殿后。“他在苏联卫国战争时期撰写的时评，享誉一时，希特勒读后气得直跳脚，可惜仍摆脱不了‘断烂朝报’的命运，至今已鲜有人闻问。他的小说《解冻》在苏联文学史上开一代新风，但深度不足，艺术水准平平，还不如他此前的数部长篇。爱伦堡的诗集厚达四百余页，这在一个不是专门写诗的作家来说，算得上多产，还曾收入权威的《诗人文库》之中，但一直以来，学术界评价不高，数部苏联诗歌史和现代俄罗斯诗歌史都不置一词，译成外语的更寥寥无几。”

言下之意，爱伦堡数量庞大的作品里，也只有这部回忆录至今还在世界范围内被广为阅读。然而，爱伦堡刚开始写回忆录的时候，却不是没有犹豫过的。他在第一部开篇《谁记得一切，谁就感到沉重》里坦言：“我早就想把我生平遇到过的一些人、我所参与或目睹的一些事写出来；但我一次又一次地把这个工作搁置下来：或为情势所迫，或因心中犹豫——我能否成功地再现那些因年深日久而逐渐黯淡了的人物形象呢？自己的记忆又是否可靠呢？”

从回忆录发表后各种回应看，爱伦堡的回忆是可靠的，经得起推敲的。回忆录是按年代写的，从俄国第一次革命一直写到1967年他去世前夕。其中写得最多的是诗人和作家，这也是他接触最多的人。对于读者而言，最重要的是，爱伦堡介绍了一些当时文学史上从未提到过的作家，并坦诚地说出自己对他们的看法。今天已成为俄国诗坛双子星座的女诗人阿赫玛托娃和茨维塔耶娃的名字在回忆录中第一次出现；正是爱伦堡首次大胆地说：帕斯捷尔纳克不是叛徒，而是俄国天才的诗人；当时苏联的读者也是从书中第一次知道自己国家和欧洲许多著名作家、诗人和画家的名字，如曼德尔施塔姆、安德烈·别雷、巴别尔、梅耶霍德、法尔克、马蒂斯和夏加尔等。而对当时文学史上提到的作家，如马雅可夫斯基和法捷耶夫等，爱伦堡也谈到他们鲜为人知的一面。马雅可夫斯基讨伐抒情诗，可他最好的作品却是抒情诗《关于这个》；法捷耶夫对斯大林又爱又怕，坚决执行斯大林的意志，却往往违背自己的意志……

可以说，苏联作家中没有人能写出类似的回忆录，这不仅因为受制于当时的环境，更因为谁也没有爱伦堡那样的经历。1894年1月

14日，他出生在乌克兰基辅的一个犹太人的小康家庭，父亲是个工程师。受1905年俄国革命的影响，爱伦堡在莫斯科第一中学读书时，参加了社会民主工党布尔什维克派。其间他看到一个爱打小报告的小孩被群殴，这使他一生都憎恶告密者。中学辍学后，他参加了社会民主党的地下工作，同时爱上了诗歌和写作。19岁那年为躲避牢狱之灾去法国留学，他混迹于巴黎拉丁区几个著名的咖啡馆，靠写诗和翻译为生。1914年一战爆发，爱伦堡受聘担任莫斯科《俄罗斯晨报》和彼得格勒《市场新闻》驻巴黎战地采访员。十月革命后，他回国在苏维埃政府任职，不久又以苏联的报刊记者身份，长期生活在国外。1931年，他周游西班牙、德国、法国和欧洲其他国家，二战后，他从事保卫和平的工作。丰富的"流亡"经历让他接触了大量影响了20世纪历史进程和艺术发展的重要人物。列宁、托洛茨基、布哈林、高尔基……而作为这本被深深打上"斯大林时代"烙印的作品的"绝对主角"斯大林，爱伦堡尽管与他没有面对面接触过，但斯大林曾亲自和他通过电话，鼓励他把《巴黎的陷落》这本揭露法西斯分子面目的书写下去。

当"斯大林时代"受到批判清理时，爱伦堡免不了要面对"您居然能幸免于难，这是怎么回事？"的提问，爱伦堡通常把自己的幸存归结为"命大"，"我生活在这样一个时代里：一个人的命运不像一盘棋，而是像抽彩。"对此，俄罗斯文学翻译家蓝英年在回忆录的中译本序言里分析说，斯大林不杀爱伦堡是因为他有用，他是苏联联系西方文化界的纽带，而且因为战争期间，他的政论极大鼓舞了红军的斗志，希特勒对他恨之入骨。但纽带也不是不可以取代的。1930年代，斯大林不杀爱伦堡是因为他政治色彩淡薄，处世超然物外，同他的反对派没有瓜葛，也没有违背他意志的表现。等到1950年代初期，爱伦堡公然违抗斯大林的意志，随时面临被逮捕、被杀害的威胁，但斯大林已先"走"一步，来不及杀他了。

尽管爱伦堡说出了许多一般人所不知道的斯大林时代的真相，他没有勇气否定整个专制体制，也不能完全正视那段历史。这种“妥协”，也让他对一些人与事的分析带有偏见。比如，爱伦堡尽管肯定帕斯捷尔纳克的文学成就，但坚持认为他没资格获得诺贝尔文学奖。原因很简单：苏联主流作家获得过苏联设立的各种奖项，但没有一个人获得过诺奖，怎能轮到帕斯捷尔纳克呢？他对法国作家纪德的谩骂也由此可见一斑。1936年，纪德应邀访问苏联，回国后发表《从苏联归来》，对苏联当时的问题作了坦率的揭露和批评。尽管爱伦堡写回忆录时历史已经证明纪德的正确，爱伦堡此时对斯大林时代的揭露、批判也比当年的纪德有过之而无不及，但他不仅不承认纪德的先见之明和道德勇气，反而依然对纪德做了最恶毒的谩骂，在“纪德——他不过是一只螟蛾”这整整一章的篇幅中，用“极度轻率”、自恋……来形容他。

在回忆录中，爱伦堡称：“我不分析时代，不思考巨大的历史画面，只描写日常生活以及我自己和朋友们(主要是作家和艺术家)的心态。”他的确写的是日常生活，但如蓝英年所说，我们却能从中感到强烈的时代气息。爱伦堡似乎有种特殊的才能，对每个人的描写无论着笔或多或少，或粗或细，都栩栩如生，格外传神。慢慢读来，一幅生动丰富的20世纪前半叶欧洲文化界的历史图景在我们面前缓缓展开，使人有身临其境之感，真切感受到当时的时代、社会氛围，甚至可以从中看到欧洲一代知识分子心灵、精神的发育史。

写完回忆录三年后，1967年8月，爱伦堡在花园里散步时不小心摔了一跤，竟告不治，事后证实，他死于心肌梗死。他在回忆录里写道，我但愿能用满含挚爱的双目使往昔的某些化石充满生机。他做到了。那个年代里，俄国乃至欧洲几乎所有最优秀的作家、诗人、画家、音乐家、哲学家和新闻记者，都栩栩如生地出现在了他的笔下。最重要的是，他发现了他们的心灵，如此诚可谓应了他自己的话："人们早先是发现大陆、岛屿，不久大概就要开始发现行星，但对于一个作家来说，无论在过去或是在未来的一切时代，最重要的则是发现人的心灵。"

辑二

若泽·萨拉马戈

塞尔玛·拉格洛夫

克努特·汉姆生

约恩·福瑟

奥尔加·托卡尔丘克

彼得·汉德克

安妮·埃尔诺

吕西安·博达尔

威廉·萨默塞特·毛姆

伊夫林·沃

D.M.托马斯

哈尼夫·库雷西

阿娜伊斯·宁

弗雷德里克·福赛斯

马克斯·弗里施

伊塔诺·斯维沃

阿尔贝托·莫拉维亚

重新学会“看见”，并让世界尽可能变得好些

若泽·萨拉马戈

“如果你能看，就要看见，如果你能看见，就要仔细观察。”1998年诺贝尔文学奖得主、葡萄牙作家若泽·萨拉马戈抄录于《失明症漫记》(1995) 扉页，出自《箴言书》里的这句话，可谓他一生写作的自况。这本在新冠肺炎疫情期间与加缪的《鼠疫》、笛福的《瘟疫年纪事》等，被屡屡谈论和阅读的小说，讲述当局试图隔离突然陷入白色黑暗中的患者，却不自知此举的荒谬，没过多久看守也都成了盲人。诚如萨拉马戈部分作品中文译者王渊所言，白色盲症明显是个隐喻，第一个失明者向医生描述症状时说更像是灯亮了，意味着其实这次失明给了原先在社会意义上看不见的人们认清自我从而“看见”事实真相的机会。

某种意义上，萨拉马戈几乎所有的作品，都在教人重新学会“看见”，并在有所“看见”后让世界变得尽可能好些。在谈到为何

创作出这部小说时，萨拉马戈坦言：“可能有人会问，为什么我毫不退缩地写出了一部如此冷酷无情的作品。我的回答如下：我活得很好，可是世界却不是很好。我的小说不过是这个世界的一个缩影罢了。作为一个人和一名作家，我不愿不留下这个印记而离开人世。”

如其所愿，萨拉马戈给这个世界留下了深刻的印记。早在1992年，因不满当时葡萄牙政府迫于天主教的压力，禁止他的“渎神之作”《致耶稣基督的福音》（1991）去竞争欧盟文学赛事阿里奥斯托的提名，萨拉马戈“主动”流放，和妻子皮拉尔·德尔里奥搬去西班牙加那利群岛兰萨罗特岛定居。2010年6月18日，萨拉马戈在此与世长辞。葡萄牙时任文化部部长卡纳维利亚斯即刻搭乘航班前往，萨拉马戈的遗体于次日早晨运回葡萄牙。天主教背景出身的葡萄牙时任总统席尔瓦不吝赞词：“萨拉马戈将是我们的文学瑰宝，一代代人将记住和阅读他。”

萨拉马戈生前寄言，希望死后的墓志铭是“这里安睡着一个愤怒的人”，而在他去世时，他的一份长篇讣闻写满了各种“反对”之词，像是对自己争议不断的后半生做结。但无论是葡萄牙政府，还是世界各国读者，都能领会到他“愤怒”和“反对”的良苦用心。萨拉马戈也选择了与祖国和解，最终尸骨还乡。2020年是萨拉马戈逝世十周年，我们依然在寻求着他深邃而又充满深情的审视与“看见”。

1

事实上，早在奠定其在葡萄牙文坛“大师”地位的成名作《修道院纪事》（1982）里，萨拉马戈就演绎了“看见”的主题。女主人公“七个月亮”布里蒙达拥有看透事物表面的能力，她和独手士兵巴尔塔萨尔在一起后，为了不透视他的身体，每天早上醒来先闭眼吃面包以暂时失去这一特异功能。以王渊的理解，萨拉马戈赋予面包这一特性，是因为作为西方饮食文化中的主食，面包的普遍性可以暗示“看见”的能力只属于少数，绝大多数人虽然眼睛功能完好，实则与盲人无异。

当然，这部具有魔幻风格的作品，也在另外一个意义上，揭示出自由意志的可贵。小说以三重奏形式讲了三个故事：一是，国王若奥五世劳民伤财，以举国之力建造大修道院；二是，洛伦索神父为逃避宗教裁判所迫害，谋造飞行器“大鸟”上天；三是，巴尔塔萨尔与布里蒙达相爱，并助神父研制飞行器。布里蒙达认为，她通过收集人类的意志帮助神父完成飞天梦想。飞行器终于上了天，后来却出了误飞事故，致使爱侣分离，在遍历人间恶行之后，肉身成灰，而灵魂永聚。

如果说萨拉马戈写《修道院纪事》，是以18世纪葡萄牙国王为得子嗣还愿而大兴土木修建马芙拉修道院的真实历史事件为背景，写《失明症漫记》则虽然可以看成是对他经历过的某种困境的一种反响——他右眼的视网膜曾经脱落过，后来左眼又患过白内障，但主要还是源于突然闪入他脑海里的一个想法。萨拉马戈也确乎如有论者所言，擅长揪住脑海中一闪而过的某个念头，将那些宏大的主题注入其中，微缩成寓言般的故事，再以精湛的手法将之描写出来。接受《巴黎评论》采访时，萨拉马戈回忆说：我当时在一家餐馆里等着我的午餐，突然的、没有任何预兆的，我想到，如果我们都是盲人的话，那一切会变得怎么样呢?

在小说里，一位司机发现自己瞎了以后，一位路人送他回家，却被传染上失明的怪疾。眼科医生成了第三个牺牲品。失明症迅速蔓延，整个城市陷入了一场空前的灾难。而在故事最后，人们纷纷复明时，医生对唯一没有在这场灾难中失明的妻子说，我想我们没有失明，我想我们现在是盲人；能看得见的盲人；能看但又看不见的盲人。随后，医生的妻子却陷入恐慌，害怕现在轮到自己失明了。而她的恐惧，在小说续篇《复明症漫记》(2004)里得到了印证。首都居民因对现状不满，在选举中投下大量空白选票，引起当局恐慌，政府撤离后将首都封锁。由于四年前第一个失明者的告密，当局得知医生妻子是唯一未曾失明的人，因此派三名警察潜回首都进行调查。当妻子被警察带走时，医生质问，“还能有什么比你现在做得更加令人反感的呢”，警察回答说：“啊，有，有，你想不到，马上就有。”这大概能反映出萨拉马戈的洞见：在群盲的社会中个人的复明是多么渺小。

诚如瑞典学院在诺贝尔奖授奖辞中对萨拉马戈的精粹评价：“他那为想象、同情和反讽所维系的寓言，持续不断地触动着我们，使我们能再次体悟难以捉摸的现实。”萨拉马戈以人类的盲目、理智的盲目、狂妄的盲目、蒙昧的盲目、自以为掌握一切的盲目，深刻隐喻了人类文明的真实境况。就像他自己所说的那样，《失明症漫记》里发生的任何事情都能在现实生活中遇到。

2

萨拉马戈的这一说辞，我们更可以在隐喻的层面上加以理解。虽然在他的字里行间，我们很少能读到“假如”或“假设”这样的字眼，但他的主要作品都是围绕从理论上看合乎情理、现实生活中却不太可能发生的“假设”展开的。

从逻辑上显得无可争辩的《石筏》(1986)，就源于萨拉马戈对未来的假设：

葡萄牙和西班牙所在的伊比利亚半岛沿比利牛斯山脉与大陆断裂，脱离了欧洲，滑入大西洋，径直向语言同宗的南美大陆漂移而去，结果漂到中途，便撞上了亚速尔群岛。而在迁徙的人群中，有一名妇女遇到了一条石船，这便是小说充满象征寓意的书名的由来。《里斯本围城史》(1989)，则是基于另一种假设。里面的校对员，将一本反对摩尔人的解放战争的书里所有的“是”改成了“不”，里斯本围城事件的历史就被彻底改变了。在《死亡间歇》(2005) 中，萨拉马戈异想天开地“假设”死神决定罢工，结果世界大乱。医院人满为患，人们老得不能再老，但就是死不了，整个养老金系统也因此濒于崩溃，政府面临破产，于是教会出马，请求死神重新上岗。“最后，我们发现，生的唯一条件，就是死。”萨拉马戈写道。

如此“假设”，虽然已经够让我们觉得不可思议了，但在一些异想天开之人那里，这或许还不觉得那么意外。萨拉马戈也确实从来都把写作看成是寻常之事。他承认自己有写作方面的才能，却反对将这种才能神秘化。于他而言，写作、讲故事就如同做椅子。他只是想把椅子做得更结实更漂亮更艺术。在《大象旅行记》(2008) 里，萨拉马戈讲述了16世纪一头名叫萨洛芒的印度大象从葡萄牙首都里斯本到奥地利旅行的故事。小说的灵感则来自他去奥地利萨尔茨堡的一次旅行，当时他到一家名叫“大象”的餐馆吃饭，在那里听说16世纪葡萄牙国王曾将一头大象作为礼物送给奥地利。而类似的故事，我们寻常之人或许也会听说，甚至也会在一闪念间设想，如果把这些道听途说写成小说或许挺有意思。

以此看，萨拉马戈最让我们惊异的，还是他异乎寻常的叙述能力。这不只是指，在他的小说世界里，有着众多如滔滔江水一般连绵不绝的长句子。他抹除叙述与对话的界限，甚至尽可能地剔除了标点，文中只有逗号和句号，叙述当中对话仅用逗号隔开，其他常用标点符号一律没有。而人物对话与小说叙事似乎无缝相连，宛如内心独白。以作家徐则臣的理解，萨拉马戈模糊了叙述和对话的界限，反倒扩大了句词的功能。“当一句话既可以被理解为常规叙述，又可以被当成对话之一时，它的含混和复杂油然而生。很可能也是在节省标点的启发下，萨拉马戈发明了一种独特的推进故事的方式：虚拟的将来时及对话。”而更重要的是，在萨拉马戈的小说里，荒诞和神奇被地描写得合情合理，而一切难以置信的现象亦如有论者所说，均被奇妙融于日常生活里最普通不过的事物之中。

这在某种程度上印证了纳博科夫在《文学讲稿》里对小说世界的“认证”：就小说而言，它的真实完全取决于该书自成一体的那个天地。一个善于创新的作者总是创造一个充满新意的天地。纳博科夫还说：“对于一个天才的作家来说，所谓的真实生活是不存在的，他必须创造一个真实以及它的必然后果。”体现在《双生》（2002）里，主人公阿丰索在电影中看到一位和自己长得一模一样的演员克拉罗，他最后找到了这个人，并和对方完成了身份互换。在创造了这样一个“真实”后，萨拉马戈又继续创造它的“必然后果”：在小说最后，有个人打通了阿丰索的电话，宣称自己和他长得一样，故事由此进入循环，生活再一次被瓦解。如果说在《里斯本围城史》里，萨拉马戈质疑了历史的真实性，甚而至于认为历史只是人类的虚构，他在这里则质疑了生命的真实性，生命是如此虚无缥缈。

无怪乎大批评家哈罗德·布鲁姆对萨拉马戈有这样的评价：“他那极具说服力的想象震撼人心，让读者深刻意识到，人类社会竟是如此脆弱、荒诞。”而萨拉马戈的想象极具说服力，却不在于我们常说的，人物一旦活动起来，就有了自己的生命，而在于他确保每本书按他所想的方式写出来。接受《巴黎评论》采访时，他说，他并不相信那种每个角色都独立存在着而作家只是跟随着他们这样的观点。那些角色没有自己的独立意识，他们以不知道自己被控制了的方式，被控制在作家的手里。“他们享受着自由和独立的幻象，却无法前往那些我不希望他们去的地方。如果这种情况发生了，我必须拉紧线并告诉他们，我才是掌控着一切的人。”

或许，这能部分解释何以萨拉马戈笔下的人物，很少拥有自己的名字。在《失明症漫记》里，我们找不到一个人名。而在《所有的名字》(1997) 这部旨在为众生、为“所有的名字”创作的小说里，也只有主人公若泽先生一人有幸享有名字，但却没有姓氏。其余人物如果说有命名，也只有能代表他们的身份：助理书记员、注册官、陌生女子、医生、药剂师、校长、公墓雇员等等。以徐则臣的猜想，或许在萨马拉戈看来，有了确切的名姓你只是你自己，取消了命名你则可能是所有人。“当萨拉马戈克制住对人物命名的欲望时，他更像若泽先生与之展开过多次深刻对话的天花板，不管我们看没看见它，它都在，它悲悯地把相依为命共同生活在这个世上的所有人——男人女人，活人死人，都看在眼里。”

3

倘是以萨拉马戈式反讽观之，人物都没有名字才会是“所有的名字”，而萨马拉戈这个传之于世的名字，也本是出于一种误读。他原名若泽·德·索萨，1922年11月16日生于一个赤贫农民家中，“萨拉马戈”意为野萝卜，是村民们拿来取笑他们家的诨号，却被村执事误写入他的出生证明，也就从此将错就错了。

因为生于赤贫之家，萨拉马戈年少时读不起普通中学，12岁就进技校半工半读，毕业后他替人修车、开锁，后全凭自学成才，以翻译和写专栏起家，跻身报界。萨拉马戈写的专栏，曾先后结集成《这个世界和另外的世界》《旅行者的行李》《曾这样认为》和《札记》出版。他曾不无感慨地表示：“这些专栏文章可能比我后来的作品更能说明我是怎样的一个人、我的情感、我对事物的感受和我对世界的理解。”这些专栏文字，也在某种意义上为他后来写小说做了准备。在这些文字里，萨拉马戈将自己的触角伸向社会各个层面，观点犀利又独具人道主义关怀。而追本溯源，他的关注与关怀，也在一定程度上源于他的童年生活经历。他外公是一个有智慧的人，虽然不识字，却懂得许多人世间的道理，并给他讲很多故事。在诺贝尔文学奖领奖词中，他提到了外公、外婆在辞世前的场景：外公走遍自家的园地，哭着拥抱每一棵树；而外婆则独自坐在简陋的房屋前，望着星空说："这个世界多么美丽啊，遗憾的是我就要死了。"

显而易见，在萨拉马戈外公的意识里，那些树木都是有生命的，哪怕它们无名无姓，毕竟也像亲人朋友般伴他走过了一生。以书评人侯健的推测，萨拉马戈从劳碌一生的外公身上又一次看到了故事的力量，他笔下的人物之所以和那些树木一样没有名字，也大概是因为在萨拉马戈看来，他们是群体性的概念，在某种意义上代表着所有人。而外婆临终前的那句"遗憾"也深深震撼了萨拉马戈，或许是因为他认为自然美好，但人的表现却有违人意，他曾不无痛心地指出，动物也会杀死同类，但唯一会用尽手段折磨同类的则只有人类。侯健以他的《洞穴》(2000）一书为例表示，在这本小说中，和女儿、女婿一同生活的老陶工因为城市中被称作"中心"的建筑接连发布的消息而失去了谋生的可能，"中心"象征着权力，而权力可以在眨眼间掠走普通人的财富，不会有丝毫的怜悯。

萨拉马戈在观察人类弊病时抱有一份冷静和愤怒，但与此同时，他却对人世充满怜悯之情。这使得他日后成了一个充满社会责任感的介入型作家，他后来加入葡萄牙共产党，包括专注于写作，也未尝不是包含了让这个世界变得更好的用意，虽然生活并不总是那么善待他。1975年4月25日，年过五旬的萨拉马戈，因为时局的原因，被清除出了报业，转而发愤从文。1980年，他完成第二本小说《从地上站起来》，以新秀的姿态登上文坛，此时距他处女作《罪恶的大地》出版，已过了33年。在这漫长的时间里，萨拉马戈除写专栏之外，只是于1966年动笔写了一本诗集《可能的诗歌》，并在四年后出版了第二部诗集《或许是欢乐》。

萨拉马戈于晚年因《修道院纪事》一书成名，很多时候他被当成了大器晚成的典范。虽然被问到“怎么看你的生活中一切都姗姗来迟”时，萨拉马戈回答说，人生实在太短暂，我们应该一直学习到50岁，然后才开始工作。然后再写上十几年，当然这需要头脑依然清醒。但实际上，萨拉马戈直到晚年才重拾文学梦，也着实是因为早年遭受了不小的挫折。20世纪50年代初，他还以里斯本一座公寓楼为故事背景，写过一部小说《天窗》。他怀着对文学的“所有梦想”，写完了此书，然后托朋友，找关系，将手稿送入一家葡萄牙出版社，未获出版，手稿也不知所终。此后一直到了1989年，萨拉马戈已经成了葡萄牙最知名和最畅销的当代作家，出版社突然打来电话，说刚搬完家，其间喜获《天窗》的手稿，问他是否赏脸小说还由他们来出版。萨拉马戈断然拒绝，要回了手稿，并宣布有生之年不出此书。小说最终于萨拉马戈去世两年后，亦即2012年由阿尔法瓜拉出版社在西班牙和拉丁美洲全面推出。若泽·萨拉马戈基金会在一份声明中，解释了萨拉马戈当初做出这一决定的原因：“根源在于作者没有得到尊敬。”

而萨拉马戈晚年的写作，虽然字里行间对自己的祖国不怎么友善，却依然收获如此多的尊敬，自然是因为他把葡萄牙语的文学表现力提升到了一个令人眩晕的高度，并且如诗人胡续冬所说，他在写作中吸纳和化用历代葡语文学经典的能力也激活了读者们对葡语文学光荣传统的体认。萨拉马戈常常有意让自己的写作与路易斯·德·卡蒙斯等葡语文学前辈发生互文性关联，其中以他出版于1984年的小说《里卡尔多·雷耶斯离世那年》体现得最为淋漓尽致。葡萄牙诗人费尔南多·佩索阿辞世不久，他的异名者之一，医生兼诗人里卡尔多·雷耶斯远涉重洋，从里约热内卢回到了里斯本，却不从事医务本行，而是天天住在小旅馆里，看看报纸散散步，坐着有轨电车到处溜达，像个本雅明笔下的游荡者一样在里斯本闲逛。他去拜访佩索阿的坟墓，佩索阿也时不时从坟墓里跑出来找雷耶斯闲聊。后来，和佩索阿聊着聊着，雷耶斯突然站起来，穿上外套，平静地跟着幽灵态的佩索阿一起走进了坟墓。如胡续冬所言，这部小说体现了萨拉马戈高超的“史料魔法”，它又被视为二十世纪“元文学”，展现了萨拉马戈把写作变为“虚构的二次方”的能力，通过对作家及其创造物的再创造，萨拉马戈拓宽了文学的迷宫。

与此同时，在小说里，萨拉马戈让雷耶斯在闲逛中见证了佩索阿生前没有看到的剧变：即将爆发的西班牙内战、德国对中欧的觊觎、意大利入侵埃塞俄比亚等等。在某种意义上，借助于雷耶斯的“看见”，恰如侯健所说，萨拉马戈思考了结束独裁统治后的葡萄牙前行的道路。他的这种介入态度亦可以从他本人的话中得到印证。他说：“我认为只当见证者而不去记住什么的话是无意义的，只有参与才会让记忆驻足，因为只有你见证了、参与了正在发生的事情，而同时那件事又是重要且有价值的话，你才会永远无法忘记它。”

2006年，萨拉马戈出版了童年回忆录《小记忆》。他这样说道：“成年人写关于自己成年时光的回忆录时，似乎总是想要表达这样一种想法：‘快来瞧瞧我有多么重要。’而我的回忆录却只写童年，而且我在写它时仍然感觉自己还是那个男孩；我希望读者能了解如今的我从何而来。”但他同时也预感到了自己大限将至，尽管在这本回忆录之后，他还出版了《大象旅行记》和对《旧约》进行颠覆式解读的《该隐》(2009)。他说：“我生命中第一次感到了有限性，这很不妙。一切在我看来都是小的、无意义的……得了诺贝尔奖又如何？”

在萨拉马戈的最后岁月里，他一直在更新个人博客“萨拉马戈的笔记本”，他亲自更新的最后一篇日志写于2010年2月，探讨了法律与正义的问题；而由他授权萨拉马戈基金会每日更新的博客“萨拉马戈另外的笔记本”，更新则停留在他去世前半个小时，萨拉马戈在这篇最后的博客呼吁：“我们缺的是反省、思考，我们缺乏思想的劳作，对我来说，如果没有理念，我们就什么都不是。”

她天马行空的想象，让“教科书”成了文学经典

塞尔玛·拉格洛夫

当瑞典作家塞尔玛·拉格洛夫受该国人民学校教师协会委托，为九年级的孩子们写一部“瑞典的国土和人民的教科书”时，她或许不会料到，这部写于1906至1907年间，最终以《尼尔斯骑鹅旅行记》之名闻名于世的“教科书”，会帮助她成为1909年诺贝尔文学奖得主，并成为一部百余年来畅销不衰的世界文学名著。

诚如翻译家万之所说，让一个善于用天马行空的想象讲故事的作家去写一部实用性的教材，实在是为难。但实际上，让她来写教材也有一定的合理性。拉格洛夫曾经读过师范学校，1885年至1895年还在一所女子学校当过老师，很受学生爱戴。就像万之说的，有教学经验的女老师编写教材算是本行，而更重要的是，她当时已经是瑞典的知名作家，也有写作经验，且文笔优美流畅。

确如其言，拉格洛夫1858年11月20日出生在瑞典莫尔巴卡庄园

一个世袭贵族地主家庭，1885年毕业于斯德哥尔摩罗威尔女子师范学院。1891年，她出版首部长篇小说《古斯泰·贝林的故事》，由此一举成名。用瑞典学院院士谢尔·埃斯普马克的说法，这部作品融合了传奇和现实，把这两者结合起来的写作方式，我们在马尔克斯那里可以看到，在莫言那里也可以看到。凭这部小说成名后，拉格洛夫辞去教职，成为靠写作维持生活的专职作家，连续出版了不少作品，就在“遵命”写教科书的前两年，拉格洛夫还出版了另一部重要著作《耶路撒冷》。

可以想见，对于是不是接受这个任务，她是有过一番考量的。在《尼尔斯骑鹅旅行记》第49章“一个小庄园”里，拉格洛夫“现身说法”道，接受了写作任务的女教师，因为无从下笔，已经基本决定放弃了：“从圣诞节的时候一直到秋天，她都在考虑这件事，但是她没有写出这本书的一行字，最后她对所有这些事情都感到疲倦了，所以她对自己说：‘这件事是你不适合做的。像你平常一样，坐下来创作一些传说和故事吧，让另外的人去写这本必须有教育意义的、严肃的书吧，那里面还不可以有一个不真实的词！’”

以万之的推测，拉格洛夫最终没有放弃是有多种原因的。一方面这是出于她爱国的情怀，不肯放弃一个描写祖国美好事物的机会，另一方面她深知阅读好书的教育意义，希望能为孩子们写出这样一部书。而最重要的原因是，在无从下笔的困境中，她回到了自己的故乡，在那里得到了大自然和乡土风情给她的创作灵感，也回到了自己驾轻就熟的文学想象和故事叙述的道路，回到乡土文学和奇幻现实主义的风格，而没有受到传统的学校教材写法的局限。

当然，从目前已公开的当时拉格洛夫和出版社及教师协会之间的信件来看，出版方对于拉格洛夫的写法并非没有异议。万之说，出版方一度担心，学生对于故事性的兴趣可能转移他们对知识的重视。光是“旅行记”的书名就完全违反了出版者希望将这本书作为教材出版的初衷，但拉格洛夫坚持自己的意见，她写道：没有任何书名能掩盖这样的情况，即一部幻想之作，也可以传达大量不同的知识。好在拉格洛夫的意见得到了尊重和采纳，这部名著最终以现在的面貌和现有的书名问世。万之感慨道，世界上大概没有第二个作家，能把一本中小学教材写得如此引人入胜，让一本教材成为文学经典，甚至为她获得诺贝尔文学奖作出了贡献。同时，拉格洛夫也成了颁发诺贝尔文学奖的瑞典文学院有史以来第一位女院士，并且成为第一位肖像登上瑞典纸币的女性——和《尼尔斯骑鹅旅行记》中的场景一起。

毫无疑问，这部名著能获如此盛誉，和它强调良心、善意、诚信和忠义等能体现"高贵理想主义"的价值观有关，但从根本上说，还是源于其动人心魄的艺术魅力。诚如有评论所言，整部作品充满了奇妙动人的想象力。在拉格洛夫笔下，尼尔斯就像安徒生童话故事中的拇指姑娘，因为魔法变成了拇指小人儿，同时他也获得了人类不具备的特异能力：他不但可以听懂动物语言，还可以和它们交流。凭借着这一本领，小小的尼尔斯和很多动物都成了好朋友。而在候鸟的帮助下，尼尔斯也学习到了有关瑞典的农业、工业、林业等方面的知识，同时从不断变化的美丽大自然中得到快乐。尼尔斯的种种冒险都带有一定的童话色彩。

从这个意义上，万之说，《尼尔斯骑鹅旅行记》一直被当作儿童文学来介绍情有可原。"这确实是给孩子们写的书。它的叙述方法也采用的是童话和奇幻文学的形式，整部书就是一个梦幻的故事，好像是一个男孩子做了个长长的梦，梦见自己变成了一个巴掌高的小男孩，能够骑在鹅背上饱览祖国瑞典的山山水水，也经历了风风雨雨和各种危险，又听到了民间的各种传说。"同时，这部名著，也如埃斯普马克所说的是一部教育小说或成长小说，写了一个调皮捣蛋的少年成熟和成长的故事。"他去恶从善的发展，却不用任何道德的说教来完成。"

文学选择了我，却让我如此纠结

克努特·汉姆生

1

“他在各方面都堪称现代派文学之父。”在一美国版本的《饥饿》序跋中，艾萨克·辛格谈到克努特·汉姆生时曾做这样的阐释。此言不虚。作为与易卜生齐名的挪威文学巨匠，汉姆生曾得到过卡夫卡、布莱希特、亨利·米勒、帕斯捷尔纳克、穆齐尔等后起作家的盛赞。1929年，在他七十岁生日之际，托马斯·曼、安德烈·纪德、高尔基、高尔斯华绥等多位具有世界声望的作家撰文或发表演说向其表示祝贺。时至今日，汉姆生仍是被翻译得最广的挪威小说家，他的作品也被视为欧洲文学的经典。

土耳其作家、2006年诺奖得主奥尔罕·帕慕克同样推崇汉姆生的作品。在获颁诺奖后举行的新闻发布会上，尽管涉及政治的话题，帕慕克都用幽默的语言搪塞过去。当被问到将如何处置诺贝尔奖章时，他马上做出了回应：“我会把奖章给我的女儿。”其实，帕慕克很明白记者问这样一个问题的“弦外之音”。因为，汉姆生就把他的诺贝尔奖章送给了纳粹德国的宣传部长戈培尔。帕慕克的态度，很能代表广大读者，尤其挪威人民对汉姆生的复杂感情。因对纳粹德国的支持，汉姆生在晚年遭到软禁，至死不得善终。即使在他去世多年后，如何看待这位争议作家，依然是一个尴尬的难题。

2009年是汉姆生150周年诞辰。挪威人民终于决定拨开历史的迷雾，重新认识汉姆生。这一年也被命名为“汉姆生年”，各类纪念活动随之展开。汉姆生国际学术大会举行，27卷本的汉姆生文集出版，同时还进行了多场展览和演出。而这并非仅仅是民间的行为。挪威的索尼娅王后出席纪念活动的开幕展览，王储妃梅特·玛丽特出任组织机构的名誉主席，并为耗资2000万美元、历时15年后终于得以落成的汉姆生博物馆揭幕。如此公开的纪念赢得支持者的赞扬，也招来挪威国内外反对者如潮的批评。以至纪念活动的组织者不得不对外强调这是一分为二的纪念，将其文学成就与政治立场区分对待。挪威外交部则特别为此辩解说，纪念汉姆生是为了勇敢地面对过去，以让后辈从中得到教训。

这样的解释并没有得到反对人士的理解，他们认为汉姆生的过错永远不能被原谅。在挪威南海岸小城格里姆斯塔，汉姆生胸像刚刚安放于广场，即被人涂抹上了纳粹标记。在汉姆生的出生地，山城沃格，81岁的雕塑家斯库莱·瓦克斯维克在为自己雕塑的汉姆生像得以揭幕展出感到欣慰的同时，也不免担心作品的安全。反对的意见并非只表现于诸如此类游击式的泄愤之举，纪念活动在许多方面大受冷遇。2006年，挪威纪念易卜生去世100周年时，共募得6830万克朗，而“汉姆生年”在活动开始前只筹得了1150万克朗。

2

基于汉姆生敏感的地位和身份，人们习惯于对他和他的作品做政治性的解读。这未尝没有道理，汉姆生推崇尼采哲学，主张超人统治世界，认同“超人是历史的创造者”，有权奴役群众。早在一战时，他就支持德国。然而，仅仅纠缠于他晚年纳粹时期那一小段经历，以为这样就能解答他那让人琢磨不透的一生，则会把人引入歧途。汉姆生研究专家拉斯·弗罗德·拉森认为，在汉姆生漫长的写作生涯中，各种外在的因素都可能起过作用，但这些都不是他要当作家的真正动力。对汉姆生而言，与其说是他选择了文学，倒不如说是文学选择了他。

1859年8月4日，汉姆生出生于挪威中部的洛姆城。他从小由当牧师的叔父抚养，未受过正规教育。15岁时，他在一家鞋店当学徒。18岁时发表处女作诗歌《再次相逢》，未引起文坛注意。此后，他离开鞋店开始了流浪生活。他不断更换职业和栖息地：当过制鞋铺的学徒、码头工人、学校教师、法庭职员的助手、建筑工人，有时还当过记者。他还去过美国两次，在那里当私人秘书、农场工人、电车售票员和教师。1888年，汉姆生回到斯堪的纳维亚，他典当了大衣，租下了他所能找到的最便宜的房子，开始了自传体小说《饥饿》的写作。

小说主人公是一个居住于小城镇的青年文人。他穷困潦倒，仅仅靠写文章挣稿费谋生。但投出去的稿子常被无情地退回，而其他工作又难以找到，因此，他只能忍受着饥饿的折磨，整天在大街上和公园里游来荡去。作品以近似意识流的手法着重描述了主人公在饥饿状况下所产生的种种奇特的幻想和狂态，写得极为细腻、真实和生动。《饥饿》的发表让他一举成名，并奠定了他在挪威文坛上的重要地位。

此后，汉姆生连续地写了《神秘的人》《潘神》《维克多利亚》等作品，其中1898年出版的《维克多利亚》被列入世界爱情小说名著之一，也使汉姆生在世界文坛再次获得了声誉。第一次世界大战前夕，欧洲的大批读者都迫不及待地等候汉姆生的每一本新作问世。1917年，《大地的成长》三部曲发表。这部“里程碑式的作品”使他于1920年荣获诺贝尔文学奖。小说描写了一庄稼汉的平凡故事。艾萨克独自一人，来到茫茫的荒原创业，开垦农田，搭建房屋。一个长有兔唇的女人英格尔赶来，做了他的妻子，还养育了几个孩子。他们经历了艰难曲折，最终还是过上了富足的日子。小说还描写了新兴的现代工商文明，但这种文明并未持续很久，很快铜矿倒闭，商店关门，最终的胜利仍然属于把整个身心都献给大地的耕耘者。显而易见地，汉姆生反对欧洲的现代文明，主张回归自然。

3

汉姆生原本可以顶着“诺奖得主”“文学巨匠”这些光环安度晚年。但80岁时，他却犯下人生最可悲的错误。二战期间，他发表文章支持希特勒，甚至在他的祖国挪威被德国法西斯占领后，他仍站在侵略者一边，与希特勒会面、合照。本来不太喜欢出入公共场合的他，在挪威和纳粹统治下的欧洲其他地区广泛游历，为希特勒的“第三帝国”而奔走呼告。

尽管，汉姆生也曾向纳粹政府抗议他们对挪威爱国者的暴力政策，但他自始至终都没有后悔过支持纳粹的立场。1945年，希特勒自杀后，他在《挪威晚邮报》上发表悼文，称赞希特勒是“人类的斗士”。挪威解放后，当地政府逮捕汉姆生并要求他解释自己“通敌”的行为时，他声称自己很喜欢德国人，认为自己并没有犯下过错。一年后，汉姆生被挪威最高法院判为叛国罪，因其87岁高龄而逃过枪决，但被没收所有财产作为罚金，他所有的版税收入也被清空。他还被侮辱性地诊断为患有“长期脑功能损伤”，被送进养老院软禁起来。

此后，挪威一直在该记住还是彻底遗忘汉姆生的矛盾中痛苦挣扎。在中国社科院的北欧文学研究专家石琴娥看来，汉姆生作为一个严肃的写作者，和海德格尔、施密特、庞德等犯过同样错误的文化人一样，他们的写作都是源于自身最为深邃的体验，他们的作品以及他们的行为，包括他们的政治行为是一个完整的个体。从这个角度看，对汉姆生一分为二的纪念，更像是一种托词。事实上，无论文学还是政治都是汉姆生的一种抉择和行为，当他做出选择的时候，无疑要为其带来的或好或坏的后果承担所有责任。

临去世前几年，有人劝汉姆生以匿名方式写作，被他一口回绝。然而，他依然有着强烈的写作欲望，他写了最后一部作品《在树荫的小路上》。在书里，他对审判他的检察长及那些精神病医生对他的做法进行了回击。1952年2月19日，93岁的汉姆生逝世于自己的农场，死时一贫如洗。在他死前几个小时，他的妻子写道：此刻，汉姆生的作品在世界上被上演和阅读，人们称他为健在的最伟大的作家，而我们连安葬他的钱都没有，他现在正衣衫褴褛地躺在灵柩之上。

我探入未知，并带回了某种曾经未知的东西

约恩·福瑟

1

约恩·福瑟是以剧作家的身份获2023年诺贝尔文学奖的。瑞典学院颁奖词称："他富有创新精神的戏剧和散文赋予了不可言说之物以声音"。这会让人觉得，和萧伯纳、贝克特、奥尼尔、品特等获诺奖的剧作家一样，福瑟一直以来都专注于戏剧创作。实际上，如果不是因为早年破产，已经有了诗人和小说家双重身份的他，很可能不会另起炉灶写他想当然以为的"很蠢"的剧作。

的确如此，福瑟在很长时间里都认为，创作戏剧是"很蠢"的事情。即使很多年以后，他已经是当代欧美剧坛最负盛名的在世剧作家，并且被公认为继易卜生之后挪威对这个世界最伟大的贡献，他依然表示，自己并不是那么喜欢戏剧："我认为它很蠢，因为戏剧

总是因循守旧——不少当代戏剧依然如此。观众表现得很传统，剧本也都故步自封。那不是艺术，那只是因循守旧。”

但当年正是因为担心被指责因循守旧，曾聘任易卜生为常驻剧作家让他得以衣食无忧、安心创作的卑尔根国家剧院，才四处寻找新锐剧作家的可能人选。时任经理雷姆洛夫竟突发奇想找到从没写过戏剧的福瑟，仅因他创作的散文曾给自己留下不错的印象。但福瑟以卑尔根项目名为促进北欧戏剧繁荣、鼓励戏剧舞台接受新文本，实则涉嫌“民粹”为由拒绝了雷姆洛夫。其实，挪威导演凯·约翰逊也是早早发现福瑟具有创作剧本的才华并建议他写写戏剧，但被福瑟坚决拒绝了，因为他不喜欢戏剧，认为戏剧无非就是做作的表演艺术。无奈天有不测风云1992年赶上破产，福瑟不得已改变了主意。毕竟完成剧本以后，不管演出效果如何，他都可以拿到一笔可观的报酬，以解生计之扰。

于是，福瑟花一周时间写完《有人将至》，剧作讲的是为了远离生活的纷扰，一个男人和一个女人买下一座海边的老房子，他们却无法摆脱“有人将至”的念头。当一位邻居突如其来地敲响他们的屋门，一种不确定感悄然打破了两人间的平衡。以福瑟自己的说法，他写这个剧本多少受了贝克特的启发，但在某种程度上又反叛贝克特。他说：“那段时间，我对他非常着迷，我害怕他对我造成的影响，因此我试着不要复制他的写作方式，而是去反抗他，就像一个儿子反抗他的父亲一样。所以我为它选择了完全相反的名字。”因此，剧名可被看作是《等待戈多》的一种对立变体，两个剧作也是相对的。“在《等待戈多》中，他们等啊等，没有人来；但在我的戏中，他们不用再等了——有人来了。”

福瑟却是等了七年，才等来了剧本在巴黎的首演。第二天，在生日的韵律中醒来，他意识到自己成了驰名国际的剧作家。当然在这之前，他写于1993年的剧作《而我们将永不分离》，于次年由卑尔根剧院搬上舞台，算是开启了他的剧作的舞台处女秀，但《有人将至》于他而言依然有着其他剧作所无法替代的特殊意义。这不仅在于由此开始，他对戏剧创作不再那么排斥，反而有了初恋般的情感，更在于在这部剧作里，福瑟已经展露了他独特而强烈的个人风格。

难怪这部剧作的中文译者邹鲁路说她读完这个剧本，感到自己被震住了，“当时砰一下，我的心就被击中了。我感觉他把人一辈子想说的话都说完了。这种感觉好像有一个石头，从挪威那个又远又冷，跟我们国家相隔十万八千里的地方飞过来，砸中了我，砸中我心灵中最黑最深的那个地方。在我的人生中还从来没有这样的经历”。当然，这也是拜上海戏剧学院教授曹路生所赐，他从卑尔根大学一位教授手中拿到一本英译挪威剧作集，他读后觉得收入其中的这部《有人将至》，真是和以前看过的剧本完全不一样，“里面没有任何我们习惯的那种戏剧冲突。它语句很短，但是又很有诗意，有点像元杂剧”。

何况，剧作对于现代人情感的洞悉也深深打动了曹路生。他解释道：“这是非常现代的一个戏，我们都想逃离人群独处，我们想有两人世界，但实际上是不可能的，永远有一个‘他’者在，也许是历史的，也许是当代的，总会来搅乱你的生活。”于是，他当即把这部颇有意思的剧作推荐给邹鲁路，希望她能翻译出来。邹鲁路读后却是把剧本扔抽屉里锁了起来，三个月不敢看，因为她从来没有想到有人会看到自己心里最深处的那个角落，能理解自己对生命最痛苦、最真切的感受：“这个世界上居然有第二个人和你有一样的感受，他来自世界尽头，跟你那么远，还是个男的，用另外一种语言写作。”

所谓“另外一种语言”，便是区别于书面挪威语的“新挪威语”——一种罕见的语言，即使在仅有五百多万人口的挪威，它的使用者也只占总人口的十分之一。2022年，福瑟凭小说《新的名字：七部曲之六七》入围国际布克奖短名单，他在接受采访时谈到自己为何坚持用新挪威语写作：“这是我的语言，是我从上学第一天起就学到的东西……用这种‘弱势’语言写作是我作为作家唯一的优势。”他还说，“相比书面挪威语，它有一种新鲜感。但对于以挪威语为母语或讲丹麦语或瑞典语的人来说，这种语言是非常好懂的。从某个角度来说，所有斯堪的纳维亚语言都可以算作一种语言。然而，只有两千万人将这种语言作为主要语言，所以将作品翻译成英文才能抵达更多读者。”邹鲁路也正是参照的英文译本，她觉得翻译福瑟的作品，最大的难度在于传达出字里行间的那种节奏感，“他的语言是极简的，乍一看大家都能写，也有人因此质疑他的作品是否真的有深度，但曾经有人模仿他的文体，写出来就是一篇笑话。因为他没能模仿出隐含在福瑟剧作极简主义表面之下的那种节奏感和音乐感”。

2

事实上，大概也很少有人能像福瑟那样写作。在他的剧作，还有小说里，大部分角色或人物都没有确切的名字，只是以“男人”“女人”等代指。福瑟坦言，他的确不喜欢在写作时使用确切的名字：“我认为名字会产生一定的限制性，一旦提到一个名字，无论是姓还是名，你也就透露了很多有关这个角色的信息，而这个角色也会就此沦为他或她的姓名的指代。”当然，他这么做，也关乎他独出机杼的写作观。他说：“对我而言，写作就像是一种聆听的过程，在这个过程中，我的作品自然而然地就从我的笔下流淌出来。我坐下、倾听我书写听到的一切。在我动笔之前，我对整个故事和其中的人物毫无概念。那是很棒的经历。我探入未知，并带回了某种曾经未知的东西。”

可以确定的是，福瑟的剧作里有大量的沉默、静场、停顿。以易卜生与现代戏剧研究者汪余礼的阅读，相比有着紧张的冲突和充满人物动作的易卜生的戏剧，福瑟戏剧里的人物常常说着说着突然就不说了。“看戏的观众可能会觉得非常沉闷。这和他想传递的情绪是一致的：人物之间没有信任，说什么都是多余的。”这就意味着把福瑟的剧作搬上舞台，更多的东西靠导演、演员，乃至观众发挥想象力去填充。邹鲁路说，福瑟的剧作确实会把导演逼疯，因为里面没有通常的故事和冲突，“他的作品是一首诗，你怎么在舞台上演一首诗，这真的很难。但当你懂得的时候，它是无与伦比的”。她还说，演员们刚看到《有人将至》的剧本，会感觉这个剧里的人物太容易演了，但排练了两三次后，他们会发现想要演好福瑟的戏剧相当困难。“因为福瑟戏剧的最大特色就是触及不可言说的境地，而这考验着演员说每一句台词的神态，以及没有台词时，该呈现怎样一种表演状态。”

这倒是应了福瑟自己的话：“演绎我的戏剧，不光靠对话，还要靠很多沉默的时刻，以及人物的肢体语言和表情，比如手势的一个小小的变化。”以他的理解，在很大程度上，戏剧语言是无须语词的语言，或者说，那是一种静默的语言，动作，或者动作的缺失，声音，以及演员的个人魅力，这些才是最具表现力的东西。实际上，就像汪余礼说的那样，福瑟在剧作里，通常只是以简约的方式呈现一种情感的框架，这样反而可以让世界各地的导演发挥各自的想象力和创造力，完成适合各自风格的二次创作。这在一定程度上促进了福瑟剧作的传播，“因为从导演的角度，接到一个写得很‘满’的本子可能觉得好，也可能觉得处处是束缚，不太方便发挥自己的才华”。

由此带来的另一个效应，便是如2010年易卜生奖授奖词所写：

“福瑟迫使剧场和它的观众以全新的方式思考。”而福瑟信奉的恰恰是不带思考的写作：写作之前要思考，写作之后要思考，但写作时不要思考。与此相仿，他更多只是跟着感觉写，并不会去考虑剧作完成后在舞台上怎样呈现。在20余年里，他创作了大约55部剧作，以他的作品为蓝本的剧目在全球各地上演达1000余场，他却从未跟其中任何一个导演合作过。他坦言：“在我写作第一个剧本的时候，我就知道自己不可能去控制我的每个剧本的创作了。要是我那么做了，我就毁了那个创作过程。我需要自由地写作，因此我当然也会把创作的自由赋予其他艺术家，比如，导演、舞台设计师和演员们。”而作为一个“存在主义”或“极简主义”的写作者，他所要做的是，通过一种文学的方式，通过只有他才能看到或书写的方式写出生活的本质，写出最基本的情感、最本质的处境。

3

可想而知，福瑟的书写必然是挪威式的。1959年9月29日，福瑟出生于挪威西海岸靠近卑尔根的豪格松德。他的父亲是一名船长，母亲是一名护士。他还有一个哥哥和一个妹妹。他在这座以渔业和船运业闻名的海滨城市度过幼年和青少年时光，眼前的峡湾、身后的山脉，便渲染成了他生命的底色。福瑟直言自己从中习得了语言，由这片景致所孕育的语言。“我以为，这片我在其中生长的土地，存在于我写作的每一行字里。尤其是大海，每个意象都与大海有关，峡湾、海洋、船，还有水和雨。”福瑟说：“坐下来集中精力写作时，我的脑海里总会浮现出自己第一次看到海、看到船的情景。”而福瑟的作品中，也总是出现“某个站在窗边看着大海的人”。

与此相仿，类似“我将只有独自一人”这样的话语，亦如咏叹调一般，反复出现在福瑟的作品中。“易卜生国际”艺术与运营总监英格·布瑞桑德把福瑟的剧作引入中国时，曾专门给中国读者写过一篇文章。他在文章里这样谈到福瑟所生活的环境对他的影响：“福瑟的家乡偏于挪威一隅，那里人烟稀少。在这样的地方，大自然的存在感是如此的强烈，以至于面对峡湾和群山，孤独感总是油然而生。因此，孤独感在他的剧作中始终是一个重要元素。”

福瑟内向的性格，又或许强化了这种孤独感。以他自己的说法，按照弗洛伊德的理论，他的孤独感可以追溯到婴儿时期。“它在我一两岁时就出现了。从小到大，虽然有很多亲密的朋友，但我一直性格内向，有些害羞。我感到我和他人、和整个世界的距离都很远。”7岁时，福瑟差点在一场事故中丧生，据他后来所说，这是他童年“最重要的经历”，也是“造就”他成为一名艺术家的经历。因此，福瑟后来走上创作之路不足为奇。让人吃惊的是，他12岁就开始了写作生涯。因为喜欢弹吉他，他编了一些小曲子，也为它们写歌词，他至今依然记得其中的几首。他同时尝试的还有绘画，最终以结交了很多艺术家朋友，并毁掉自己的油画而告终。16岁时，福瑟参加了一个乐团，弹摇滚吉他，也拉小提琴。但他最终意识到自己没多少表演天赋，就放弃了演出，继续编曲。

也就是说，福瑟的写作是从与音乐有关的创作开始的。在他看来，音乐需要聆听，写作也需要。“有时我感觉自己只是在听我的人物说话，然后把它们记录下来。我的作品‘语句重复’的特点，也是从那时开始的。写剧本时，我就像在编曲，戏剧就仿佛是我的乐谱。”他写小说也像是以另外一种形式编曲。他有两部颇具代表性的小说，书名分别是《三部曲》（2015）和《七部曲》（2021）。

而福瑟也正是经由小说开启写作生涯。他在21岁那年完成长篇小说《红与黑》。三年后，亦即1983年，小说出版。这部初试啼声之作，在挪威文坛反响平平。同年，他从卑尔根大学毕业后，搬到奥斯陆，开始了职业写作生涯。两年后，他应邀加入霍达兰创意写作学院，成为一名授课老师，直到1990年代初受聘于卑尔根国家剧院。虽然福瑟不喜欢当教师，但是这份工作为他提供了可观的收入，尤其是考虑到当时就业率只有25%。作为他的学生，后来成了大作家的卡尔·奥韦·克瑙斯高在他的自传小说《我的奋斗》中写到了福瑟。在他笔下，福瑟说话犹豫不决，充满了停顿、打磕巴、哼哼哈哈、嗤鼻，但深处仍然是自信。他教诗歌，也教克劳德·西蒙。“他愿意靠近我们，对我们在谈论的事发表他自己的意见，开始时总是严肃认真的，但这经常就会让他笑起来，以他那种几乎哼哼唧唧、半是偷偷摸摸的笑法，他也会讲起一些他亲身经历过的小故事或者他个人的经验，这些加在一起就让人能清楚地看见他是谁。”

很多年后，福瑟忆及克瑙斯高则“嗔怪”道，后者在书里把他描述成一个“严苛的导师”。“作为一名年轻教师，我曾教过六年的创意写作，而克瑙斯高凑巧是我某一年的学生。当时我二十七岁，他二十岁，我们都还是年轻人，常常一起喝酒。”在福瑟的印象里，克瑙斯高是一个害羞的年轻人，看上去背负着很多东西，他的内心似乎存在很多挣扎。“有次在我的课上，我要求学生根据一幅画作写一首诗；坦白说，他的诗写得可不怎么样——其中的不少内容都是陈词滥调。我大刀阔斧地删改，他发现删到后来几乎就不剩什么了。这段往事也被他写进了《我的奋斗》第二卷里。”福瑟坦言，自己并不喜欢克瑙斯高的作品，但真心为他的成功感到高兴。“就我个人的口味而言，我觉得他的书读起来挺累心的。我想就算是他自己去读，也会有同样的感受。”

无论克瑙斯高是否果真有同感，这都可以看成是福瑟式的感同身受。而无论福瑟在现实生活中怎样谦和，怎样“社恐”，他都能对自己笔下的人物感同身受。1985年，他出版第二部长篇小说《上锁的吉他》。如邹鲁路所述，这部受意识流叙述传统影响的小说，仿如一部缩微版的女性《尤利西斯》：丽芙，一个年轻的未婚妈妈，不慎把自己锁在了家门外，而孩子还独自躺在家中的摇篮里，无人照管。她绝望而茫然失措地在城市的街道中穿行游荡着，杂乱交错的街道仿佛她杂乱无绪的内心独白。面对生活手足无措，自己的人生之路尚且模糊懵懂，新生命的骤然降临更使她无法逃离种种扑面而来的烦恼和挫折。故事的结局依然是开放而不确定的，我们不知道最终降临到她头上的命运会是什么。

此后一年，福瑟出版了他的第一本诗集《含泪的天使》，诗集中的不少句子已经能见到福瑟戏剧独白的雏形——“不断远去，消逝。渐行渐远/却不断靠近”。一年后，他出版中篇小说《血石》。小说同样讲述了一个没有明确结局的故事：主人公面对妻子的尸体悲痛欲绝，却无论如何也回忆不起来是不是自己杀死了妻子。小说的主体部分支离破碎、杂乱无章，还有几近癫狂的内心独白，我们读到最后也不知道主人公是否真的杀死了自己的妻子。小说同样颇具先锋意味，但直到1989年，他出版在叙事结构上更具实验性的长篇小说《船屋》，他才以一个小说家的身份，在北欧地区声名渐起。此后，1990年，福瑟出版诗集《狗的行动》，1991年出版长篇小说《拾瓶子的人》。1992年，他又出版了为他赢得文学生涯中第一个重要奖项——新挪威语文学大奖的长篇小说《铅与水》。就像邹鲁路说的那样，经由这些作品，福瑟式的小说主人公典型已完全确立。他们多是饱受挫折和困扰，在人生中感到彷徨和迷失的无助者。而他的小说里反复演绎的个人所要面对的孤独、人与人之间交流的不可能的主题，也为他数年后开始绵延蓬勃的戏剧创作之路做好了铺垫和预热。他那时也自然不会想到，自己在此后近二十年里会疯狂创作戏剧，并且因这些剧作享誉世界。

4

然而，即使是在沉浸于写戏剧的那些年里，他依然穿插写了不少诗歌、小说等其他体裁的作品。1995年，他出版了长篇小说《忧郁症Ⅰ》。如邹鲁路所述，小说描绘了作为青年艺术家的拉斯·赫特维格带有强烈悲剧色彩的内心世界，描绘了个人在面对巨大人生困境时的脆弱与无助，以及个人与宏观外部世界对抗时的彷徨与挫败感。在下一年出版的《忧郁症Ⅱ》里，时间跨度依然只有一天，只是叙述者换成了姐姐欧兰。其时赫特维格刚去世不久，已近暮年并患有老年痴呆症的欧兰在感知现实的混乱的同时，努力捡拾对弟弟的往昔记忆。

时光流逝，一晃到了2009年，福瑟写完剧本《那些眼睛》，在50岁的生日那天，他宣布自己戏剧创作的生涯即将告终。他认为自己已经完成了身为剧作家的职业。但他的文学创作并没有停止，就是在这一年，他出版了一部原创歌词集。2010年4月18日，35个男孩用优美的童声将福瑟创作的歌词献演于奥斯陆大教堂的重开盛典。同年5月28日，“卑尔根国际艺术节”举行了一场向福瑟致敬的音乐会，全部演出作品均以福瑟创作的歌词为蓝本进行。

但这不过是福瑟创作生涯的插曲。此后几年，由于酗酒等一系列问题，福瑟几乎中断了写作。2012年，他开始戒酒戒烟，九点睡五点醒，喝少量的酒，抽少量的瑞典鼻烟。此后，他又出版了多部散文和诗歌作品。其中，摘得2015年北欧理事会文学奖的《三部曲》，是《醒来》《奥拉夫的梦》和《疲倦》三个短篇小说的合集，简言之讲述了男女主人公阿斯勒和阿丽达想逃离艰难的旧世界、求安宁却难如愿的故事，也涉及后代的生活轨迹。小说主要的行动线无非是阿丽达临盆，遍寻住处不得，终产子；更名换姓后叫作奥拉夫的阿斯勒买婚戒，被指杀人，处绞刑；阿斯勒被绞死，阿丽达得手镯，跟随老乡生活，养育后代。凝练的文本浓缩了几世纪里几代人的事。情节有多简单，叙事就有多复杂。历时五年，完成于2021年的长篇小说，则由《别的名字：七部曲Ⅰ—Ⅱ》《我是另一个：七部曲Ⅲ—Ⅴ》和称入选2022国际布克奖短名单的《新的名字：七部曲Ⅵ—Ⅶ》组成，篇幅长达1200多页，小说通篇都在艺术家阿斯勒的独白中展开，其间充溢着日常生活和回忆：童年的沙滩、不在这个时空的妻子、圣诞节晚宴……虽然小说时间是圣诞节前的七天，整部作品却看似永无休止，它的每个部分都以相同的短语开头，并以对上帝的相同祈祷结束。

不难想象，《七部曲》的叙述节奏是极其缓慢的，他的小说也常常被称为"慢散文"。在小说写作中，如果有必要，他希望能"给每一个瞬间、每个事件足够的时间"，让语言"以一种平和的方式流动"。相比而言，他的剧作节奏并不"慢"，简短的篇幅也让他的剧本"没有时间纠缠在一件事情上"，虽然他都只是讲的简单的故事。如有论者所述，获易卜生文学奖的获奖作品《名字》（1995）讲述了一个同一屋檐下相互疏远的家庭的故事，在这个功能缺失的家庭里，对话几乎无法进行，所有必要之事都变为习惯性的姿态。先后获北欧国家戏剧奖的《一个夏日》（2000）和《死亡变奏曲》（2002）都围绕死亡、记忆与孤独对生者的纠缠的主题展开。前者讲述主人公在某一天毫无预兆地选择了死亡，他离开家走向大海，从此再也没有回来，而妻子则自此日复一日地站在窗前，面对着大海，无法摆脱记忆的纠缠。后者则讲述一个女孩因为父母离婚搬出去独居，她日益抑郁，孤独到每天几乎只跟死神交流。她拥抱、亲吻的对象最多只是她心中的幻影，或者就是死神。最后人们发现她的尸体漂在海面上。

如此，福瑟的作品似乎让人感觉是消极的。作为理解并懂得他的作品的译者，邹鲁路却并不这么认为。在她看来，福瑟的戏剧、小说、诗歌从表面上看，仿佛是在描写我们每个人生命中都会有的裂痕，就像我们生命中经受的爱与丧失、挫败、交流……所有生命中的苦痛，以及不能忘却的黑暗时刻。但福瑟的作品之所以让人有很深的共情，恰恰是因为我们透过裂痕看到的是光。“加拿大歌手、作家莱昂纳德·科恩曾经说过：‘万物皆有裂痕，但唯有如此，光才得以进来。’从福瑟作品中透出的光，代表的是爱、悲悯、希望，对遥远的和平的希望，以及我们每个人都会有的渴望，亦即我们可以跟自己、跟这个世界和解。”

应该相信碎片，因为碎片“创造”了星群

奥尔加·托卡尔丘克

是“你”“我”“他”这三种人称的“讲述者”，编织出蔚为壮观的世界文学图景，这能有什么疑问呢？2018年度诺贝尔文学奖得主、波兰作家奥尔加·托卡尔丘克却梦想着世界上还存在“第四人称讲述者”，这种新型的讲述者“不仅是搭建某种新的语法结构，而且有能力使作品涵盖每个角色的视角，并且超越每个角色的视野，看到更多、看得更广，以至于能够忽略时间的存在。”通常由第三人称承担的“上帝视角”，似乎也具备这种“超能力”，但显见的事实是，即使在看似无所不包的上帝视野里，也必然存在沉默的在场者，因为沉默，我们视而不见。唯有让它们开口“讲述”，我们才能听见。从这个意义上讲，她这一标新立异的命名，更像是以自己特有的方式召唤“无名之物”或“边缘角色”出场。

诚如复旦大学新闻学院教授马凌在2021年10月10日于上海朵云

书院旗舰店举行的“托卡尔丘克作品系列分享会”上所言，托卡尔丘克所说的“第四人称讲述者”概念是比较理想化的，不管是第一人称、第二人称还是第三人称，其实都是作者在讲述。所谓第四人称讲述者，也无非是设想成神在讲述，或者动物在讲述，深究其实依然是作者在讲述。即便如此，马凌依然觉得托卡尔丘克提出的这个说法是有意义的。“在当下泛信息化的社会中，众声喧哗，大家都在说着各种东西，也都在共同关注某些东西。在很多当代小说家笔下，也是众所关注的新闻占据重要位置，有些小说甚至是根据新闻改写。但是托卡尔丘克暗示我们，宇宙中除了我们能够看到的东西外，还有大量我们看不到的东西，比如引力波、暗物质等等。我们看不见这些东西，但是我们却可以讲述，可以设想。世界中也存在大量的无名者、小人物、边缘人，平常生活中还存在没有被大家所关注的动物、植物、物件，我们可以替他们开口讲述。作为‘温柔的讲述者’，托卡尔丘克总是敦促我们注意到那些平常没有被大家关注到的，新闻也不会报道的东西。”

体现在托卡尔丘克的写作中，这些不被关注到的“东西”，既包含了长篇小说《太古和其他的时间》(1996) 里在太古这个地方生活的玩物丧志的地主、痴心不改的孤独集邮者、触摸时空边界的少女、与月亮结仇的老妇等边缘人；也包含了小说集《衣柜》(1997) 里被一只能量坑般神秘的旧衣柜吸引，最终住进里面不愿出来的夫妇；游走于首都饭店的不同房间，循着蛛丝马迹捕捉客人留下的气息的客房服务员；不断用程序构筑新世界，却又对人类屡屡失望的编程天才等畸零人；还包含了长篇小说《白天的房子，夜晚的房子》(1998) 里长出胡子的圣女、性别倒错的修士、身体里住着一只鸟的酒鬼、化身狼人的小镇教师、会冬眠的做假发的老太太、靠网络收集梦境的女人等游离者；更是包含了小说集《世界上最丑的女人》(2001) 19个故事里那些不同意义上的孤独者：以侦探小说打发业余时间，以致后来进入自己在读的故事中的那个百无聊赖的女人；因战乱流落荒岛、度日如年的男子；只身前往波兰进行学术交流，却在这语言不通的异国险遇重重的英国心理学教授；一遍遍给断绝往来已久的父亲写着不会寄出的信的老年舞蹈家……在这些小说里，我们可以看到一群陷入“孤岛”境地的人，他们在家庭生活中沦为同床异梦的陌路人，或被无形的屏障排除在核心成员之外，但他们仍然努力拓展心灵的边界，甚至以“闯入”的方式留下属于自己的声音。

托卡尔丘克也一直在努力拓展写作的边界。就像翻译家高兴在2020年8月3日于北京单向 LIVE 直播间举行的“《怪诞故事集》云首发活动”上感叹的那样，作为一位博闻强识的作家，托卡尔丘克能在各个领域顺畅地腾跃、跨界，几乎每部作品都构造了一个独特的世界。“她的开放性和丰富性让人惊讶。她似乎掌握着十八般武艺，而且她的作品中，涉及的学科领域太多了：人类学、心理学、植物学、医学……真的是需要一颗百科全书式的头脑才能创作出这么多奇妙的作品。”高兴将托卡尔丘克的小说归纳为“合成的文学”，并不无肯定地表示，她小说中呈现的碎片化是精心安排的结果。“她实际上教会我们用怎样的方式看待这个世界，她特别强调视角的转换，视角变化可能让读者看到一个不同的世界。”

拿长篇小说《世界坟墓中的安娜·尹》（2006）来说，托卡尔丘克就以地狱守门人的视角展开叙述，使得4000多年前的苏美尔神话《伊南娜下冥界》焕发出了新的光彩。她把女神伊南娜名字反过来拆分成了安娜·尹，在整体框架上却没有做出多大改变，只是在其中补充了很多细节，但她把这个神话故事带到了未来世界，给天上的诸神、地下的女神注入了现在和未来的元素。以马凌的阅读，这在托卡尔丘克整体的作品中，甚至显得比较简单，但它是属于“细思极恐式”的作品，合上书后，你越是细想，越是觉得里面包含很多的东西。“很多作家都改写过神话故事，像我很喜欢的另外一个女作家安吉拉·卡特，她就改写了大量的神话和童话作品。但托卡尔丘克的这部作品就显得复杂多了，复杂在于她暗暗地改了很多元素。原始故事中，冥府的主人是男性，这里就成了安娜·尹的孪生姐妹，而‘孪生’这一点，意在提示她是另外一个安娜·尹，这也凸显了女性主义的主题。而托卡尔丘克改写这个神话本身，也是希望我们从另外一个宏观神话的维度向潜意识、无意识方面寻找答案。在原初的神话中，女性曾经很有力量，但是逐渐被男性给改写了，所以女神显得不那么勇敢了。”也因此，在马凌看来，这部小说是重新给女性赋予了相当的力量，女性帮助了女性，女性拯救了女性。

当然，托卡尔丘克并非狭义的女性主义者，她更倾向于把男性与女性、人和动物，扩而言之是世界万物连通在一起。她甚至倡导将世界分为“人类”和“非人类”，提出应将动物的权益写入宪法，提倡人与动物的和谐共存。在长篇小说《糜骨之壤》(2009) 中，主人公雅尼娜是一位精通占星术、喜欢威廉·布莱克的诗歌，并热衷动物保护的老妇人，她温顺正直，却在相对极端的生态思想驱使下，使得从警察局长、董事长到神父等好几个人死于非命。但在人类法律中，她却没有受到惩罚。以评论家王宏图的理解，托卡尔丘克是从宇宙的角度写这个人物。“在她看来，人类并不是宇宙的灵长，没有领导地位，大家都地位平等。人杀死了动物，他们就要受到相应的惩罚。这样，雅尼娜倒是成了替天行道者。这就涉及一种崭新但还处于萌芽阶段的新正义观和新伦理观。如果把人和动物理解成宇宙生命的共同体，原有人类法律中罪与非罪的概念就显得很狭窄了。”

在收录于《怪诞故事集》(2018) 的《变形中心》这篇小说里，女主人公的姐姐为了把自己变成一头狼，去了一家现代化的变形中心。那里的富人“关注自己和自己的身体，从出生起就很完美，几乎每一个细节都经过了精心设计。他们很聪明，对自己的优势很清楚”，而视他们之外的世界为野蛮世界。如此，进行变形手术需要何等巨大的勇气可想而知，因为这在某种意义上抹去了人和动物之间的界限，而一切界限的反面，即是连通。以王宏图的理解，这种连通性，在互联网时代是特别有效、特别有感召力的一种思想。“互联网里的各种东西都能通过链接连通起来。托卡尔丘克写的安娜·尹也是这样的。本来天界、地上、冥府是分割的，但是她想要找她的孪生姐姐，找回另外一面，就想把天上原来被分割的天界、地面、地下重新融为一体，重新找到生命的完整感。”

而强烈的完整感或综合性，正是托卡尔丘克小说的显著特点。以作家李洱的观察，综合性也是世界范围内近20年来小说发展的潮流。“从文体上看，托卡尔丘克的小说杂糅了游记、日记、童话、神话等多种形式，呈现出一种综合性特征。”在李洱看来，与互联网时代大众传媒发达密切相关的，托卡尔丘克式的碎片化写作，又使得这种综合性成为必然。“她的小说彼此之间有镶嵌作用的故事片段，总是通过相互‘挤压’产生化学反应。”

从某种意义上说，托卡尔丘克的祖国波兰，就是一块易于由“挤压”产生化学反应的沃土。在翻译家赵刚看来，像许多中东欧国家一样，波兰也是被传统的欧洲价值观和现代文明挤压的一块土地。在过去几百年，甚至是一两千年，波兰以及很多中东欧国家一直在欧洲文明圈的边缘，政治上的腥风血雨时常在此发生，东西方文明在此碰撞和交融。“因此，波兰人内心一方面非常珍惜和怀恋所生长的乡村自然环境；另一方面又被卷入或带入现代文明的轨道上，这就使得他们常常处于内心纠结的状态下，有挤压才会有多种化学反应，从而造成了一种多元共存的文化现象。”以赵刚的观察，波兰文学分成两种流派。其中一个流派以密茨凯维奇、显克微支、莱蒙特等正统作家为代表，他们有强烈的社会责任感，用作品来表现民族精神，为国家代言。另一个流派是像贡布罗维奇、布鲁诺·舒尔茨、辛波丝卡等现当代作家，他们的作品对波兰的民族性格和特点、波兰的历史和文化有客观而冷静的反思和批判。托卡尔丘克的创作偏向于后者，她同时又在诸多方面突破了这一框架。“在她的视野里，人和自然是一个逐渐过渡、逐渐变化的过程，你中有我、我中有你，是一个融合的世界。”

由此，在托卡尔丘克的视野里，碎片与碎片之间，也是你中有我，我中有你，最终融合成一个星群。这也就应了她在诺贝尔文学奖受奖演说《温柔的讲述者》中所说：“也许我们应该相信碎片，因为碎片创造了能够在许多维度上以更复杂的方式描述更多事物的星群。”《云游》(2007) 就是这样一部星群小说，小说由116个或长或短的章节组成，围绕两个不断交织的主题——旅行和人体保存，虚构的故事、发生过的真事、思想性的片段，一圈圈地排布，身体、旅行、飞行及运动的隐喻性和形而上等问题，随着人的身体在世界中的运动这个主线而展开。用托卡尔丘克自己的话说，“星群组合，而非定序排列，蕴含了真相。”

通往真相或醒悟的路，在托卡尔丘克看来，却往往是由对异己性或怪诞的发现铺就的。借由托卡尔丘克结合法语词根自造的“怪诞”一词，就像《怪诞故事集》译者李怡楠说的那样，她真正想表现，或者表现出来的东西，其实就是我们身边的东西，这些东西又常常为我们熟视无睹。在收录于散文集《玩偶与珍珠》(2001) 的《珍珠颂》一文中，托卡尔丘克讲了一个在流浪中忘记自我的故事，王子到民间寻找珍珠，却流连于人间声色犬马，忘记了这场旅行原本的目标。她由此提出“异己性”的概念：“把要认识的这个天下当成一个流放的地方，感到这个地方非常异己。这是一条直接走向醒悟的道路。”

凭基于自身经历创作的话题性小说《人间便利店》(2016) 获得

第155届芥川奖的日本作家村田沙耶香，之所以能写出充满离经叛道的想象的《生命式》（2019）这样的小说，在某种意义上也是源于她对“异己性”的敏感。如该书译者魏晨在2021年11月14日于上海朵云书院旗舰店举行的“村田沙耶香《生命式》新书分享会”上所说，这位出版了10多部小说，作品在全球30多个国家翻译出版，并获选日本《时尚》杂志2016年“年度女性”的作家，自出道以来，就一直在为社会上格格不入的少数派异类写作。这部收入她最具代表性的12篇短篇小说的集子，写到魔界转生者、宁做宠物不做人的社畜、除了人设一无所有的人等边缘人，也涵盖了她写作的大部分主题，包括当代社会对人性的异化、女性身份、去人类中心化的未来视角等等，这也是托卡尔丘克写作经常涉及的主题。

诚如托卡尔丘克所言，作为一个心理学研究者，她很清楚每个人都有点古怪，都有自己独特的敏感点，无论好坏，我们都会把这些特质隐藏起来。村田沙耶香则把它们以她特有的方式发掘了出来。和托卡尔丘克一样，当发现已有的词汇难以概括她要表达的主题时，她便自造了“生命式”这个名词。这个词与日语中的“葬式”，亦即中文里的“葬礼”相对应。在小说里，她虚构了一个未来的日本，随着人口的不断减少，人们把葬礼改造成了享受生命的仪式，借着逝去人的生命来激发活着的人生产新生命的激情，其实是将死亡和新生重新整合在一起。

如此，就像魏晨分析的那样，村田沙耶香通过她的写作对世界进行了陌生化的处理，让我们重新审视自己的生活，让我们蓦然间意识到，原来这个东西还可以这么来看。以收入集子里的短篇《孵化》为例，村田沙耶香在其中探讨了一个现代社会中非常有话题性的“人设”问题。故事说的是在不同的生活圈子中拥有不同人设的晴香如何处理“人设崩塌”的危机。晴香其实一度想要放弃制造人设，但是她的放弃行为本身也被周围的人认为是一种神秘的人设。

由此，魏晨联系近期各种明星“人设崩塌”的新闻评论道：“人设是我们自己给自己设定的，也是别人会强加给我们的。我们都疲于维持自己的人设，但同时我们也需要这个人设，村田沙耶香实际上用一种黑色幽默的形式表达了所有人都有可能会面对的困境。”

就这样，村田沙耶香用比较日常的画面切入到小说中，却总是会突然之间给我们一个和日常生活截然相反、非常离经叛道的画面，从而把我们带到怪异的语境中。但诚如魏晨所说，在那些奇特的角色身上，在他们遭遇的故事里，我们却总是能找到隐隐的共鸣。“《生命式》中出现了很多‘理解者’，这是《人间便利店》里缺失的，因为没有遇到理解她、包容她的人，所以主人公最后回归到了便利店。而这部小说集里则出现了很多同伴，包括《魔法的身体》里两个小姑娘之间形成了捍卫自己身体主体性的小团体；在《美好的餐桌》里，虽然妹妹是有很多奇思怪想的女孩子，但是姐姐会一直包容她的奇怪想法；在《双人家庭》和《夏夜的吻》当中，虽然外界的人不理解菊枝和芳子，但是她们之间可以互相包容、互相理解。这些细节都透着一种温暖的力量感。”

不管怎样，无论是托卡尔丘克，还是村田沙耶香，她们打破某些人为设定的界限，或是约定俗成的观念，也是提醒我们不断更新自己的思维方式。诚如王宏图所说，在科技如此发达的当下，托卡尔丘克等作家为何选择重写神话？因为他们明白，神话不仅仅是一种文体，它还是鲜明地认识世界、感知世界的一种方式。而平淡生活也呼唤离经叛道的想象，就像魏晨说的那样，平淡生活给我们情绪上的抚慰是比较有限的，富有想象力的文学世界可以补充我们在生活中所需要的那种情感需求。“这是文学、小说让我们感受到的，最重要的魅力所在。”

他为我们提供了一种勇于探索歧异的观察方式

彼得·汉德克

作为一个最没有争议的“争议作家”，彼得·汉德克获2019年诺贝尔文学奖，引发众多猜测之余，或许连他自己都不禁自问：为什么是他？

诺贝尔文学奖评选委员会主席安德斯·奥尔松说，汉德克接到他们打去的电话时“非常不安”，几乎说不出话。而按照汉德克自己的说法，他根本没想到能得奖。在接受瑞典《快报》采访时，他表示：“我当时正在擦鞋，准备去采蘑菇，斯德哥尔摩的电话就响了。我还以为是有人跟我开玩笑，也没告诉我太太。后来我的手机又响了，我才意识到这是真的。”更准确地说，他不断用德语向对方确认“这是真的吗？”得到确定无疑的答复后，他才相信这是真的。

汉德克这般反应可谓在情理之中，虽然多年来他都是诺奖热门作家，但因为他的政治倾向，舆论普遍认为他不太可能获奖。但因为与诺奖有这层“剪不断理还乱”的关联，他在获奖前也总是会被问到相关问题。2016年，他访问中国，辗转去了上海、乌镇、北京。当年10月16日，读者见面会在上海市作协举行。此前三天，诺贝尔文学奖揭晓，美国诗人鲍勃·迪伦获奖。在见面会现场，他不可避免地被问道，怎么看鲍勃·迪伦获诺奖。对这个在他看来很危险的问题，他只是拐弯抹角地回应道：“美国的文化是一种似乎可以歌唱出来的文化。而在另外一个意义上讲，其实美国的所谓的蓝调音乐离我更近一些。我非常崇拜约翰尼·凯什，他可以说是世界上最美的声音，而且也是最真实的声音。”

但此后在接受采访时，从文学艺术的危机开始说起，他却不知不觉主动说到了鲍勃·迪伦获诺奖的事，并且是不假思索地脱口而出，诺贝尔文学奖评委会做出了一个错误的决定。“对我来说，文学是阅读的，而鲍勃·迪伦是不能被阅读的。把诺奖颁给他，其实是在反对书，反对阅读。”

1

然而让汉德克在五十年前声名鹊起的《骂观众》，在某种程度上，就是反读者、反阅读的作品，它无疑更适合“表演”。也许是因为这部剧作在中国戏剧界产生了太过深远的影响，也许是汉德克的其他中文译作虽然陆续出版，却没有得到更为广泛、深入的阅读。与预设的诺奖问题一样，他被问到最多的问题即是，怎么看待《骂观众》。这多少让他觉得有点遗憾，毕竟时隔五十多年，他的创作已经走了太远，早已不是当年的模样。

时过境迁，汉德克认为，那时写的《骂观众》，甚至都称不上是一部正规的话剧。他觉得，这部作品更多的是一部完整的话剧之前的引言部分。就好比我们走向天安门广场之前，要先穿过天安门底下的门洞，然后才会看到一个很大的广场。“我也不认为是什么‘后现代主义’，当时根本没有‘后现代’这个词语。希望大家放过我，不要再给我贴上‘后现代主义’这样的标签。”

镜头下的汉德克，也确实不如中国读者预期的那样叛逆，那样后现代。就像有人后来描述的那样，尽管他深邃的目光依然透着不羁，半长的灰白头发也保留着他那些书封上约翰·列侬般的嬉皮士式洒脱，但端着一杯白葡萄酒，汉德克语气平稳，态度十分真挚而坦诚。

事实上，汉德克不只是真诚，还有些较真。见到中国读者要把他塑造为他们心中反传统的象征，要努力维护他叛逆先锋的作家形象。他甚至有些急了。在不同场合，他都再三声明，自己是一个很传统的作家，甚至讨厌叛逆，认为那是年轻女孩才干的事情。他说，从某种意义上来说，把自己看作是托尔斯泰的后代。“这个世界充满了误会。至少可以说，中国的世界误会了我。”

这误会在一定程度上是由汉德克自己造成的。1966年4月，在四七社主办的德国作家与评论家大会上，他猛烈抨击和指责作家同行，令人注目。两个月后，他推出颇具颠覆性的“说话剧”《骂观众》。彼时的欧洲文坛，作家们还习惯穿着得体的西装，戴着文绉绉的宽边眼镜，但叛逆青年汉德克却是一个不折不扣的“披头士”，他登上舞台，对一贯严肃端庄、具备高雅欣赏品位的观众说：“你们会挨骂，因为骂也是一种与你们交谈的方式！”

但不为人知的是，汉德克以骂作为交谈的方式，不都是为了艺术，他还有很现实的理由，就是出名挣钱。汉德克解释说，那时，他还是一个学法学的大学生，24岁，刚出版了自己的第一本书。出版商对他说，靠出书活着根本就没戏，要活着就得写剧本。正是为了获得财务自由，汉德克才开始写《骂观众》的剧本。当然能写成这样一部作品，也得归功于他当时的女友是一位演员，他被“胁迫”着进剧场、看戏、看剧本。但在内心里，他更愿意做一个读者而不是观众。也因此，他就有了一个想法：对剧场表现的幻象做一个游戏性的创作。

结果呈现在观众眼前的这个戏，按传统的理解，简直都不能说是戏。汉德克自己管它叫“说话剧”，其实更应该管它叫反戏剧。全剧仅由互不相干的许多段独白组成，这些独白分配给2至4个“说话人”。这几个“说话人”在台上各说各的独白，他们之间没有任何的交流，每段独白、各人的独白也没有意义上的逻辑联系。同时，这些独白是普通的、甚至可以说是非常普通的日常语言，如谩骂、忏悔、表白、提问、辩解、预言，甚至喊叫。观众受到的冒犯是显而易见的。汉德克由此被推上风口浪尖，他也因此声名大噪。

当然，汉德克的冒犯，诚如有评论所说，不仅仅在演员直接对抗观众这一层面，更重要的是，传统戏剧在他的笔下变得支离破碎、分崩离析。这对于带着期待走进剧场的观众来讲，是一种莫大的震撼。他们赖以为继的、安全的消遣突然变得如此直接、如此具有攻击性，所有的语言能量不是在演员之间传递，而是直接喷射到观众的眼前，无法回避。

对于汉德克来说，他写那个剧本并不是要“骂观众”，而是出于反讽的目的。他解释说，这个剧和辱骂没有关系，是他对演员和观众之间节奏的分析，用一种近乎音乐的关系来表达。汉德克这样说，其话语背后的意义在于他进行的是一场语言的试验。他摒除传统戏剧中的很多元素，目的就在于要在他的“说话剧”中使语言本身成为文学的内容，甚至是唯一的内容。他试图通过舞台上“说话人”的独立性语句，通过如美国作家约翰·厄普代克所说的那种“有意的强硬和刀子般犀利的情感”，让人去重新认识和把握现实。

后来，汉德克又推出另一部在现代戏剧史上堪与贝克特《等待戈多》并举的“说话剧”《卡斯帕》。这部剧作仍然以“语句的形式表现世界”，但在形式上，它比上述两部“说话剧”略为丰富一些，它有了一点点的情节，就是一个名叫卡斯帕的人如何学习说话。汉德克通过卡斯帕学习说话所表达的认识是：人学会了说话后，人如何为语言所折磨，也正是这种“语言”驯化了人本身。而汉德克这些完全由语词构成的演出，恰恰是在质询语言本身的意义。从这一角度来说，汉德克的剧作如有评论指出的那样，已经步入了哲学的境界。

从这个意义上说，汉德克对鲍勃·迪伦获诺奖的异议，并非很多人习以为常的文人相轻，而更可以说是他坚持语言的立场使然。汉德克形容自己的创作是没有乐器的歌，语言就是他唯一的乐器："对我来说，这就是文学。今天的问题是，很多文学丧失了语言本身的力量。”他并不讳言鲍勃·迪伦的伟大，甚至认为他比丘吉尔、肯尼迪还要伟大。但诺贝尔文学奖颁给他，其实没有什么意义，甚至是对文学的侮辱。“鲍勃·迪伦的词，如果没有音乐，什么都不是。所以我们要坚持语言本身的东西，这是我的基本立场。”

2

虽然汉德克称自己是一个传统的、古典的作家，他的文学探索却充满了先锋色彩。但不管他的作品在风格上经历了怎样的嬗变，他都秉持了一个深层的内在主题：对于真实自我的追寻。

在纲领性的杂文《文学是浪漫的》《我是一个住在象牙塔里的人》中，汉德克旗帜鲜明地阐述了自己的艺术观点：文学对他来说，是不断明白自我的手段；而不论是语言上的规范模式，还是社会角色的压抑，都会“让所有的个性消失在典型性”中，他期待文学作品表现还没有被意识到的现实，触碰现代人困顿境遇的症结，并直面人类永恒的生存命题。

某种意义上正因为此，他在创作中格外强调“自我”的存在。他声明自己的创作是“我在观察。我在理解。我在感受。我在回忆。我在质问。”但他所谓的“我”并非简单地等同于作者本人，而是要让笔下的人物有“自我”的声音。汉德克说：“当你读到托尔斯泰的《战争与和平》中，真正诗歌性的东西出现，当然你可以说是托尔斯泰在发声，但是好的文学作品，一定是人本身在发出声音，而不是作者的声音。”

体现在由世纪文景推出的中文版《试论疲倦》里，汉德克以五篇跨越近三十年的独具风格的叙事作品，记录了他的心灵旅程。《试论疲倦》中的疲倦是一种重要的感知世界的方式；《试论点唱机》则回忆和召唤逝去的时光；《试论寂静之地》所说的“寂静之地”竟然是厕所，作者以独到的表现风格完全超越了人们习以为常及不言而喻的东西；《试论蘑菇痴儿》虚构了一个对蘑菇着迷发狂的人物，从好奇、追寻、痴迷、癫狂，再到逐渐冷静、抽离、解脱，汉德克借此对自己的人生进行了回顾和反思。

在汉德克看来，文学一旦没有自我，就成了所谓的国际性文学，而国际性文学意味着不管谁写、在哪里写都没什么区别，无甚价值。“而我的榜样是歌德，他提倡世界文学，而非国际文学。”汉德克认为，在世界文学中，必须保持自我。而只有从自己民族所具有的一些东西出发的文学，才真正具有世界性。“真正的作家是无法模仿的，我们唯一能从他们身上学到的是：走自己的路。”

汉德克明确表示，在文学里，自己并不喜欢幽默，甚至厌恶幽默。他引用歌德的观点，表示幽默是一种等而下之的文学形式。“我喜欢严肃的作品，严肃是最美妙的时刻。而幽默是严肃的衍生品而已，没有深刻的严肃是产生不了幽默的。”汉德克感慨：这个世界没有比严肃更美妙的东西，但很遗憾现在大家需要的是娱乐，大家需要的是侦探小说。“我真想写一个侦探小说，全世界的侦探小说家都在一起，然后被一个炸弹都炸死。可是谁是凶手呢？就是我。”

以此看，汉德克式的幽默正在于他深刻的严肃。他虽然已不年轻，但仍在严肃地探索、写作。“有的时候，我面对一片无人的原野写作，这是我最喜欢的一项活动，到大自然当中去写。我其实对于写作本身也有害怕。写作并不是正常的，你不是任何时候都能写出来。我写到现在，仍然觉得写作不是一件自然而然的事情，这对我而言意味着一种持续不断的历险。”

3

虽然如此，对汉德克来说，写作实在是一件很重要的事。他在获诺奖前完成的长篇小说《第二把剑》，于2020年2月初在德国出版。小说讲述了主人公在数年跋涉后返回巴黎，但三天后他不得不再次上路探索世界，而这次带着复仇者的心态。谈到为何写这部小说，汉德克说：“只有在现实生活中存在的东西才能被允许进入写下的故事，反之亦然，一个故事只有在值得讲述时才成为真的。”

如果是从常理上理解，故事只是故事，他是人编出的，只要编出来的东西，哪怕它看上去像是真的，它终究还是假的。但如果你问汉德克为什么在值得讲述时，故事才成为真的。他或许会直接回答你没有为什么。2016年访问中国时，在回答了几个问题后，他就反问提问者，为什么不去街道上走走，去外界多观察观察？他不明白为什么写作者要承担解释一个又一个“为什么”的义务。“为什么？为什么？哪有那么多为什么？我也不知道为什么！”“我只是一个作家，不知道怎么去解释作品，我负责写出来就够了。德国有个神秘主义者说过一句话：玫瑰的鲜红和‘为什么’没有关系！其实我内心有很多为什么，但我不会把它说出来。”

汉德克不把“为什么”说出来，但他在大量诗歌、戏剧和小说作品里，把他想的或感受到的“为什么”写了出来。他将自己抛向一种不可知的境地，为的即是寻回自己的心灵空间。他的内心世界和外在世界之间的平衡总是不断被打破，但他一直不忘努力寻回这种平衡。1979年，汉德克在巴黎居住了几年后回到奥地利，一度在萨尔茨堡过着离群索居的生活。自然和乡村经常出现在他的作品中，这一时期，他创作了《缓慢的归乡》《圣山启示录》《孩子的故事》《关于乡村》四部曲。如有评论所言，他的叙述风格发生巨大变化，但生存空间的缺失和寻找自我依然是其表现的主题。从1980年代开始，面对生存现实的困惑，汉德克写下《痛苦的中国人》等作品，试图在艺术世界里寻求永恒与和谐。

但进入1990年代后，他开始比较多介入现实，由此把自己推向舆论的风口浪尖。这自然有整个世界的现实环境发生巨变的原因，但在一定意义上也是汉德克个性发展的必然。诚如书评人宫子所说，为了能够真正摆脱思维的惯性，在观察中理解世界，汉德克要求将自己从熟悉的语言环境中放逐出去，穿越边缘，进入异乡。

复杂的个人身世让汉德克始终有一种焦虑感，而出生环境——德国、奥地利，以及斯洛文尼亚，都似乎应该是他的故乡，却让他难以有明确的归属感。这就注定他必须在写作中重新开始理解自我，从头开始理解每一个地方。汉德克如他在“归乡”四部曲里塑造的主人公一样，试图找到自我在世界站立的方法——获得“写作的权利”来捕捉真实。但体认或获得真实，无论对汉德克，还是对生存于世的每一个人来说都非易事。也正因为要感受和捕捉真实，汉德克要不时把自己抛离到异乡，成为一个既定规则的违抗者。这就能理解汉德克为何坦言写作时自己更多偏向于像一个打破法律界限的人。“每个句子，我都要让它陷入危险当中，不管是一次还是一百次，我都要允许自己打破自己的界限或规则。”

汉德克也似乎只有把自己抛到一个异乡环境中，才会得到更多关于自由与理想的体认。汉德克曾说："我的创作都来源于我自己，还有对人类的怜悯。"他也格外珍视比他大20多岁的阿根廷作家胡里奥·科塔萨尔在法兰克福时曾当面对他说的话："你写下的都是美的事物"。而他在小说《去往第九王国》里写到的"第九王国"，虽然像他自己说的那样，是个有缺陷的国家，却不妨看作是他在小说里暗中追逐的一种理想状态。他说："只要我还在写作，一定就有另外一个空间在起作用。如果我没有对另外一种空间的梦想，也就不会有我的文学作品。"

从这个意义上，诚如宫子所言，汉德克写作的价值在于他为我们提供了一种勇于探索歧异的观察方式。"在汉德克的文学中，所有他者给予的、媒体传递的都具有令人生疑的不可靠性，他用自身主体探索世界。"与此同时，我们也不能不注意到，汉德克充满质问和探寻的写作中依然有理想的烛照。由此我们更可以理解，得知汉德克获诺奖后，奥地利总统亚历山大·范德贝伦何以在社交平台上称赞汉德克"照亮了存在的缝隙"。如范德贝伦所言，汉德克细致地体察笔下人物的情感和想法，语气直白而又独特，带领作为读者的我们进入到他的世界和语言中。这不仅是我们要感谢汉德克的地方，也是我们要阅读汉德克的重要理由。

找到最合适的词和句子，让来自回忆的感受都被看见

安妮·埃尔诺

安妮·埃尔诺的诺贝尔文学奖受奖演说是从一个设问开始的："从何说起呢？这个问题，我在拿起这张白纸前问了自己数十遍。"她决定从一个句子说起，她要找到这个句子，这个唯一的句子，这个仿佛是某种钥匙，能让她进入书的写作过程，并打消所有疑虑的句子，她其实早就找到了。60年前在日记里，她写下了那个带着一种尖锐和暴力的句子："我的写作是为我的出身复仇。"

1

那就从埃尔诺22岁那年说起。那一年，她就读于鲁昂大学文学院。在演说中，她回忆道，那时，她傲慢而天真地以为，只要开始写书，只要成为作家，只要从丧失土地的农民、工人、小商贩这些

因为举止、口音、没文化而被轻视的人之中脱颖而出，她就可以消除出身带来的社会不公。成长于工薪阶层的她如此敏感于自己卑微的身世，实在是因为她太知道生活在底层意味着什么了。

埃尔诺1940年9月1日出生于法国诺曼底大区滨海塞纳省利勒博纳，父亲阿尔封斯·杜塞斯原是一家农场的雇工，后来去工厂当了工人，婚后与埃尔诺的母亲布朗什·杜梅尼在一处贫穷的街区开了一家小咖啡馆兼杂货店。1945年第二次世界大战结束后，他们回到故乡诺曼底小城伊沃托，继续做同样的营生，境况却并没有好转。在出版于1983年的《一个男人的位置》中，埃尔诺这般描述当地人的贫穷："他们住在一间很矮的茅屋里，屋顶是用草盖成的，地面是泥土的。在扫地前，必须洒上水……人们总是提前几个月就会开始惦记亲朋的婚礼或是领圣餐活动，他们带着空了三天的肚子参加，以便更好地享受机会。"

也是为了摆脱贫穷，埃尔诺的父母期望能尽一切努力来改变女儿的命运。她的母亲是一个非常要强的女人，她热爱阅读，看重知识，重视教育，是虔诚的天主教徒，她对埃尔诺管教很严，甚至打过她。在回忆母亲时，埃尔诺说："她有时非常暴力。"她的父亲却是性格温和，爱跟她玩。这对埃尔诺眼里非常不典型的父母，在对她的教育上却是出奇一致。6岁那年，埃尔诺得以进入圣米歇尔学校就读，这所私立的天主教学校离她家很近，步行10分钟就能到达。1958年从这所学校毕业后，她到鲁昂圣女贞德高中读哲学班，住在修女管理的女生宿舍。一年后，她通过了高中毕业会考，考上鲁昂女教师师范学院。但她很快发现这并不是她想走的道路，没多久就退学，去了伦敦郊区的芬奇立做"互惠生"，以劳动换取食宿，直到1960年秋进入鲁昂大学文学院就读。

就这样，埃尔诺如她父母所愿，有了一个新的起点。但在外读书，她却有一种无法融入的尴尬，她感到班上那些中产阶级出身的同学拥有的世界，和她童年经历的世界完全不同。这种感受如此强烈，以至于很多年后，她去巴黎的富人区，也总有一种撬锁而进的感觉。她说：“我是来自城郊的乡下姑娘，当我看巴黎那些区的人走路，看他们的举止，我会有种人种学家的研究态度。”某种意义上说，埃尔诺正是本着这种近乎认死理的研究态度，在1963年取得现代文学本科学位后，经过上课和数次备考，于四年后取得了中学教师资格证。又过了4年，埃尔诺取得国家教师资格证。她可谓通过接受教育实现了向上的社会流动。何况大学毕业那年，她与出身资产阶级的菲利普·埃尔诺相遇。1964年，两人结婚，先后生下两个儿子，她由此进一步巩固了自己跃迁的阶层。

这样的生活却让埃尔诺倍感不适，且滋生出不可抑制的罪恶感。在2003年出版的与法国作家弗雷德里克-伊夫·热奈的对谈集《写作是一把刀》中，埃尔诺写道：“我最有罪恶感的一段时间就是我刚结婚的那几年，我彻底离开了我的阶层，到上萨瓦生活，我成了教师，别人以为我是有文化的资产阶级。那是1968年之前不久。我不喜欢我自己，我不喜欢我的生活。我的父亲刚去世。在博纳维尔的中学，我清楚地看到学生之间的差异，学生们说话时用词不同，经济条件不同，成绩各异，当然成绩好坏明显与他们的社会阶层有关。”

事实上，正因为阶层转换——从平民阶层加入资产阶级，也因为身份转换——从学生变为老师，埃尔诺的视角也随之发生了转换，她开始阅读社会学著作，尤其是法国社会学家皮埃尔·布尔迪厄的著作，由此大受震撼，她感叹道，他们写的这些不被认为是文学作品的书，对她而言反而更加具有文学价值。她这么认为，显然是因为她从阅读中得到了某种领悟，如她在受奖演说所言，她在比较早的时候就意识到自己与很多移民，或“阶层叛逃者”一样面临着两难的局面：她难以以她后天习得的以及在文学作品中欣赏的那种主流的语言来描绘她童年时期经历的那个本源世界。但她一直在尝试写作，在1974年出版第一部著作《空柜》前，她已经历了漫长的文学训练的过程。10岁时，她写过两篇短篇小说，13岁时，她写过一个长篇小说的开头。1963年本科毕业时，她写完一部小说，她找朋友借打字机，偷偷打完书稿后，把小说投到瑟伊出版社，但被拒稿了。日后她在写作日志中坦言，她或许是因为被拒稿才结婚的。

但这次拒稿并没有浇灭她写作的热情，她没有放弃写作，更没有放弃阅读，而阅读社会学著作更是让她感受到了写作的可能性，同时也感到自己在写作上有了合法性——她由此得以以社会学的眼光重新审视过往经历。1972年，埃尔诺读了布尔迪厄与让-克劳德·帕斯龙合著的《继承人：大学生与文化》和《再生产：教育系统理论要素》，她意识到：学校作为一个机构如何系统性地加剧了社会不平等，而她正是通过教育实现阶层跃迁的，她由此开始反思，并在1972年至1973年间悄悄地写起了《空柜》。1973年3月，她在日记中写道："大学教授，说到底，我清楚我其实并不那么想当。"因为她强烈地想要写作，但当书即将出版时，她却一度感到羞耻，"好像我做的一件坏事就要被公布于世了"。

2

埃尔诺有这样的感受，是因为她从亲身经历出发写作，也因为她对女性作家身份的自觉，如法语译者栾颖新所说，埃尔诺对作家，尤其是女性作家身份的自觉和承认经历了一个过程。"她不认为自己在童年和青年时代有文学理想，当时她从未说过'我要成为作家'，而是更谦虚地说：'我想写书'。"而埃尔诺一度也厌恶自己与其他女性作家并举，这在一定程度上是因为法国社会在诸多领域都对女性承认得不够。在写作领域，文学评论者吝惜“作家”这一称谓，女性写作者往往被称为“女小说家”，好像女性作者不配被称为作家。因为在相当长一段时间里，她都觉得被当作女性作家是一种贬低。但2019年在接受法国国际广播电台采访时，她认为自己“之前错了”，她开始承认自己是作家，而且是“女性作家”，她接受女性身份。她觉得女作家还不够多，还应该有更多。

无从判断埃尔诺的性别自觉和写作态度，是否深受波伏娃等前辈女作家的影响，可以确定的是，波伏娃的社会学著作《第二性》，的的确确改变了埃尔诺的一生。那是她18岁那年的复活节假期，她从朋友家的书柜里取下了这本她从未听过的厚书，她读后被深深地震撼了。这本书让她重审自己的人生，唤醒了她的女权意识，指引她走上了解放之路。由萨特和波伏娃等思想家、文学家引领的存在主义也为她日后的创作打下地基。萨特说：“作家无处可逃。我们要他们紧紧拥抱时代。”埃尔诺显然认同此种观点，并坚定地认为，文学并非为艺术而艺术，而是对现实的介入。“无论我们怎么写，写作都是介入，它以复杂的方式传递观念，认同社会秩序，或反对它……以文学史的眼光看，没有非政治主义”。她进一步认为，文学必须揭露，必须尝试“危险的东西”。

可想而知，秉持这一理念或许就得为此付出代价。因为《空柜》取材于真实生活，埃尔诺母亲读后感到非常痛苦，假意称这是虚构作品。但埃尔诺依然故我，她的第二部作品《他们所说的或空无一物》(1977) 的主人公名叫安娜，与她本名安妮更具相似性，就像法语译者李琦说的那样，这仿佛是埃尔诺释放的某种信号，暗示了她的写作离事实更近了一步。而她基于自身婚姻经历所写的第三部作品《被冻结的女人》(1981)，描述了她在婚姻中挣扎的困境，她在写这本书时一度非常抗拒，担心这本书会冲击她的个人生活，冲击也确实发生了：这本书出版一年后她和丈夫宣告离婚。但这些冲击并没有动摇埃尔诺写作的决心。她承认:“我就只能写危险的东西，写冒险的书，残酷地揭露现实。”

所谓现实，相当一部分是她亲历的现实。埃尔诺出版于1992年的《纯粹激情》写她与驻巴黎的已婚苏联外交官的情感经历，她出版于2000年的《事件》则写她在堕胎尚未合法的年代堕胎的经历，获2021年威尼斯电影节金狮奖的电影《正发生》正是由此书改编。这样的写作也总是被法国评论界从性别角度矮化为“轻佻少女”之作，但埃尔诺不以为意，她自觉被媒体上的文学评论瞧不起和辱骂，反而让她在写作中变得更强了。何况她的作品有很多读者，尤其是女性读者，她们写信给她，告诉她:“您替我写作”“这本书写的就是我”。

3

显而易见，埃尔诺的作品引起了不少读者的共鸣，这不只是因为她写得真切，也因为她特立独行的写作姿态。如栾颖新所述，埃尔诺在受到社会学启发的同时，也受到了历史学的影响。她从1980年代初开始思考文学与历史的关系，她也阅读历史学著作，包括法国历史学家乔治·杜比的书和皮埃尔·诺拉的《记忆之场》。她相信“写作就是保存时间”，记录一个时代就是“保存一个时代”。而早在1965年，当读到乔治·佩雷克被认为具有“社会学调查”的特质的《物》时，她就感到这对她而言是“一个非常重要的时刻”，她由此看到了“文学的另一种可能性”。《物》的副标题是“60年代史”，佩雷克有意识地使用广告用语描写服装和家居，以此描绘一个时代物质层面的现实，也是受了社会学和历史学的影响。1983年，埃尔诺在工作日志《黑色工作室》中写道:“有没有可能写一部第三人称复数‘他们’的故事?像佩雷克的《物》那样的。”

自此，埃尔诺萌生了“把整个人生都囊括在内的大计划”，她想写一部有历史性的书，从而抵到“关于一个时代的历史真相”。《一个男人的位置》便是一个全新的开始。如法语译者杜卿所述，埃尔诺本来想写一篇虚构作品，但在写作过程中，她越来越意识到，“为了解释屈从于基本需求的人生，我没有资格站在艺术一边”。埃尔诺认为文学只会把现实变得面目全非，拒绝将生活转化成虚构，只罗列真实的生活和话语片段，展示“存在的客观符号”，以此重塑现实。她记录父亲人生的大小事，为的不是抓住个人特性，而是将其作为一种典型，研究他的“惯习”——她于1980年读到布尔迪厄出版于前一年的社会学著作《区分》，这位社会学家用以讨论文化品位、生活习惯等细节与社会阶层的关系的这一概念，给了埃尔诺新的分析视角，让她得以审视自己与家庭尤其是与自己的丈夫和父母、与私立天主教学校的同学在惯习方面的差异——，讲述她的父亲在社会变迁和文化夹层中如何摆正自己的“位置”。埃尔诺把她的这种写作方式称为“社会自传”，还曾打算把书名取为《家庭民族学基本原理》。

有别于前三本，《一个男人的位置》的行文风格也有了很大的变化。这部作品用词简单、直白，极少用比喻。埃尔诺开篇即把这种新风格称为“平白行文”。她用这种风格，也因为她在离开家、成为老师、与出身资产阶级的丈夫结婚后，越来越意识到她父亲说的话反映了一个阶层的生存状况，这种来自不为人普遍认知的平民阶层的话语值得被“誊写”，值得她用容易读懂的字体重新抄写一遍，在此过程中，话语本身却并不发生改变。因为如有论者所言，“誊写”不过是如实描写，它不美化记忆，而只是还原当时的场景和感受。

确乎如此，埃尔诺“誊写”过三本“外部日记”——《外部日记》《外部生活》和《看看这些光吧，亲爱的》，便是她对连接巴黎和她后来长期居住的塞尔吉之间的快线列车中的场景、姿态和话语的记录。她用“平白行文”如实记下所见所闻，在某种程度上颠覆了那种只有美文才是文学的传统认知，更重要的是如栾颖新所言，这不仅是基于审美的选择，更是一种基于伦理的选择。埃尔诺力图通过这种“平白行文”让平时可能不读文学的人，尤其是让她所描写的社会阶层的人也能读懂她的书，并让特定社会阶层的体验为更多人知晓。

但埃尔诺越是深入书写这部“历史性的书”，越是感到疑惑："我已经有了现在的知识储备，如何表现我在每个时代的认知情况呢？”她越是深入记忆，也越是怀疑是否存在真正的自我记忆，便越是认同普鲁斯特在《追忆似水年华》中践行的，记忆不存在于内部，而是外部，记忆是“物质性的”，写作便是唤回一个个一去不复返的瞬间，是为了拯救时光，也是拯救自己。但为了自我拯救，自我却必须先行消解。她需要让自我完全变成无人称。她出版于2008年的《悠悠岁月》，便以无人称或者说是“跨人称的我”写成。单一的主体由此在她笔下融入集体中，成了“经验的总和，以及社会的、历史的、性的、语言的决定性的总和，不断地与过去和现在的世界对话”。这也应了她说的，“我人生真正的目的或许是：让我的身体、感受和思想成为书写，也就是某种可被理解的、普遍的东西，让我的存在彻底溶解在别人的脑袋和生活里”。

4

当然，作为一个写自传性作品的作家，埃尔诺纵使用无人称，也还是得从写“我”的记忆出发。她不断书写“我”的记忆，不能不让人疑惑：如果有一段回忆已经写过了，之后可怎么办？但在埃尔诺看来，这世上根本就不存在已经用过就不能再用的回忆。如有论者所述，埃尔诺说曾有人用戏谑的语气问她：作为一个写自传性作品的人，如果有一段回忆已经写过了，之后可怎么办？在埃尔诺看来，这完全不是问题，不存在已经用过就不能再用的回忆。在《空柜》和《事件》中，她都写了堕胎的经历。在《纯粹激情》和《迷失自我》中，她都写了二十世纪八十年代末与驻巴黎的已婚苏联外交官的情感经历。在《一个女人的故事》和《我没有走出我的夜晚》中，她都写了母亲的阿尔兹海默症。埃尔诺说："我感觉我一直在用文字挖掘同一个洞，但是我用不同的写作方式。"

而不管是用什么写作方式，埃尔诺都是以冷到极致的笔触直接切入主题。埃尔诺12岁时，父母发生激烈争执，以至于父亲差点杀掉母亲。她出版于1997年的《羞耻》，开头即是："那是六月的一个星期天，中午刚过，我的父亲要杀我的母亲。"她在18岁的时候遭遇性侵，对她本人而言，是一段难以启齿的真实经历，她出版于2016年的自传体小说《一个女孩的记忆》就追溯了这个难以言说的夜晚。可想而知，埃尔诺写这样的作品，会感受到怎样的痛苦。但她一直在勇敢地写作。她说："最理想的情况就是：仿佛写完这本书我就要去死一样地写，完全不在乎手头在写的书可能引发的评论。""我的很多书，我是当它们是我最后一本书来写的，好像我写完就可以去死了。这种信念必不可少，有了这种信念我才能继续，才能写到底，不管别的，只写我要说的东西。"

她也不管她写的作品是真实还是虚构。因为在她看来，文学可能比现实更真实。而她的写作归根到底是写的回忆，虽然她强调她并未想要挖掘生活的昏暗面，也不想回忆自己的过去，更何况她对自己的过去并不感兴趣，她要做的是"破译一种情境、一个事件、一段爱情关系，从而揭示只有写作才能使之存在，并且传递给他人意识和记忆的东西。"她曾用"工程"一词形容自己的作品，说自己的写作是一个"工地"，是"一场在记忆中进行的考古发掘"。如有论者所述，回忆带给埃尔诺的最重要的东西是感受，是她在过去某一时刻的具体感受。她需要等当时的感受重新回来，然后带着赤裸的感受去找词，让回忆与词语相互作用。对埃尔诺来说，重见天日的感受就能引出词语，词语又能引发感受。她相信自己感受到的是真的，认为这些感受是“最后的真实”。而在她看来，抓住这些感受之后，关键就在于要找到最合适的词和句子，让感受被看见。

而且埃尔诺只使用必要的词，就像把石子从井里或者河里捞出来那样。这不只是一种词的选择，还是一种具有政治性的选择。在发表于1989年的，一篇名为《文学与政治》的文章中，埃尔诺不无感慨地谈到，1980年代，人们认为文学与政治毫无关系，她也想当然认为，文学就是“生产艺术品”。直到几年以后，她才意识到写作和世界的不公是有联系的，文学也是一种政治行动。她相信文字能像石头一样拥有现实的力量，也坚信文字能引发行动。她自己即是行动典范，她积极和其他知识分子写作意见专栏来支持公共辩论，对于“黄马甲”运动和法国养老金改革都发声支持，她还给总统马克龙写公开信，敦促他关注和解决疫情中那些最受影响的劳动者的困难处境。更何况在她看来，文学虽然不能立刻起作用，但从长时段的角度来看，文学能渗入读者的想象，能让读者注意到曾经忽视的现实，或者从新视角看待问题。文学能让读者说出之前从未说出的东西。也因此，文学的目标是“把一切艺术形式用于描述和改变世界”。

话虽如此，埃尔诺也曾怀疑过书写的价值。1991年，她去巴黎索邦大学图书馆借书，忽然感慨：“60年以后，那些我看过、爱过和享受过的东西只会变成一叠印刷出来的纸，除了写博士论文的人，没有人会来借阅。”好在她的担心没有变成现实。她的书在法国一直拥有广泛的读者群，因为关注平民阶层，更是受到这一阶层读者的欢迎。在获诺奖前，她的书总计就卖出了近400万册。埃尔诺认为，是读者让她的书变得真实了，也是读者在各自的人生中为她的书选择了它的用途。“读者把我的书变成自己的，在文本上叠加自身的经历，这种经历或许是相同的，也可能是不同的。”但不管怎样，埃尔诺以她的自传性写作构筑起的真实有着某种普遍性，仿若她为她的自选集取的书名——《书写人生》，她在勇敢地书写自己人生的同时，也在宽泛的意义上书写了他人的人生。

小说是解释世界，并与之和谐相处的唯一方式

吕西安·博达尔

一个20世纪初在中国出生的法国人，他的父亲曾是法国驻华领事。步入中年，他开始为父亲、自己和母亲逐一“立传”，以境外人的视野记录中国20世纪初那个特殊年代的历史风云。这个法国人，即是已故龚古尔奖得主吕西安·博达尔，他撰写的“领事三部曲”，由《领事先生》《领事之子》《安娜·玛丽》这三部相互联系而又彼此独立的自传体小说组成，映照出晚清以来百年中国的动荡景象。

“三部曲”写了博达尔一家三口在华的经历。《领事先生》写的是作家父亲阿尔贝·博达尔在中国四川的往事。阿尔贝·博达尔在“我”三岁那年，从重庆来到成都任法国驻成都领事。当时的成都既是川滇军阀势力斗争的矛盾焦点，又引起了英法两国殖民利益的冲突。围绕着鸦片和军火贸易，一条连接河内到成都的铁路计划在领事先生脑中逐渐成形，于是印度支那总督梅尔兰、青洪帮头子杜

月笙、云南军阀唐继尧、法国政治流氓杜蒙纷纷卷入了臆想的阴谋之中……

《领事之子》则讲述了作家在中国的童年故事。凭着法国驻云南府领事之子的特殊身份，“我”亲见了以唐继尧为首的滇军各派系间你死我活的地盘争夺，亲见了父亲同各国领事间尔虞我诈的利益拼抢；也见证了曾经满目疮痍、民不聊生的华夏大地，听到了当年中国各种思潮、各种党派间的激烈矛盾。第三部《安娜·玛丽》写的是作家母亲的故事，博达尔夫人安娜·玛丽以孩子的教育为名，带领10岁的儿子吕西安离开貌合神离的丈夫，回到巴黎。在巴黎，她令人赞叹地扮演着贵妇人的角色，构筑着自己理想的王国……

诚如作品中所描绘的那样，博达尔的一生充满传奇，这位纯正的法国后裔1914年1月9日生于中国重庆，又因身为驻华领事的父亲的工作调动迁至成都、云南府(昆明)，童年时便已游历中国的西南并直下法属印度支那，是云南军阀唐继尧的小友，越南末代皇帝保大的玩伴。1924年，小吕西安随母亲回到巴黎。30岁时开始记者生涯，又在印度支那战争期间成为战地常驻记者。年近六旬，博达尔开始撰写“领事三部曲”，首部《领事先生》出版后即获联合文学奖，从此他一发不可收，直到以最后一部《安娜·玛丽》摘得龚古尔奖的桂冠。从小不甘于平庸的博达尔还在20世纪60年代到80年代间出演了四部电影，其中，《玫瑰之名》为他在法国电影界带来了不小的声誉。博达尔于1998年去世，没能亲眼看到“领事三部曲”回归他魂牵梦萦的中国。

尽管博达尔只在中国度过儿时的十年时光，中国之于他，却大抵如越南之于玛格丽特·杜拉斯，印度之于奈保尔一样，有着非同寻常的意义。从出生到10岁，中国浸入了博达尔的脉门呼吸，成为他一生震撼人心的起点。在谈到写作的缘起时，博达尔表示：“对我而言，写作是一种需要。显然，我要探询的正是‘需要’一词。需要从何而来，来自怎样的忧愁，又来自何种怀旧的心？”书评人李天纲可谓深谙博尔达的这种心理。他说，博尔达一家从东方归来，小博尔达必须从“中国人”做回法国人。这是一个典型的“身份认同”问题，海外归来以后，“东方”的经历，是他的财富，也是他的包袱。该卸除的卸除，该拍卖的拍卖，而方法只有阅读、理解和写作。

由是，博达尔在写作中申明：“风烛残年之际，我唯有一个信念，小说是解释世界，并与之和谐相处的一种方式，或许也是唯一的方式。”或许正是出于解决内心冲突的强烈诉求，博达尔笔下的“中国记忆”不再是时间、地点、人物的历史要素的交代，也绝不同于报告文学式准确的深情；在博达尔这里，一切都以极端法国意识流的姿态奔泻而来，裹挟着精神分裂般的个人追问、父子冲突、恋母情结、奇想的暴力与扭曲的肉欲，他用这种冒险的文学体裁，迫近那些对他而言可以洞察的真理。很显然，“三部曲”存录了动荡中国的传奇，可是我们在字里行间感受到的却是作者细腻的内心生活。历史和文学，被作者缀合得天衣无缝，这是“三部曲”读起来让人兴味盎然的重要原因之一。

近年来，随着赛义德“后殖民主义”文化批评理论的介绍，中国读者开始对西方作者的“东方叙述”存有戒心。“东方”，历来是法国人展开浪漫想象的国度。一些意志不坚定的西方作者，为了迎合同胞的想象，满足他们的文化自豪感，有时会编造、曲解、丑化东方。博达尔的“三部曲”却给人留下了比较真实的印象。作家彭荆风在读了“三部曲”后表示，某些西方作家在描述旧中国的过往时，经常难以摆脱他们所知不多的浅陋或居高临下的倨傲，难以给中国读者亲切感。博达尔不同，他是从一个领事的小儿子的纯真视角来观察、思考、回忆过往，既不掩饰作为法帝国主义代理人的父亲的行径，也不放过那些既是军阀又是英法傀儡的丑恶，更不忽略他所看到的四川、云南人民的苦难。

有评论家称，如果把“三部曲”当作一部中国近代历史教材来读，那么它不是宏大叙事的“通史”，而是一部以小志大的“地方史”。小博尔达在成都看到的中国，是一个古老封闭、军阀割据的大西南。不过，“地方史”的价值也是双面的，深入“西南”的特殊经历，奉献了一个鲜为人知的内地中国，却也使博尔达的视野带有“边缘”性质。很显然，博达尔的“中国记忆”为中国读者拓展了新的视野，也给我们带来了丰富的历史和人生的启迪。

好吧，让我们来谈谈怎样构建自己的避难所

威廉·萨默塞特·毛姆

1

对于威廉·萨默塞特·毛姆，同时代英国评论家希瑞尔·康纳利做过一个颇具毛姆色彩，也颇有概括力的评价。他说：“这个我们时代里最世故的小说家，着迷的却是那些抛弃世界的人。”

毛姆当得起“最世故”的评价，与其说他本人是个不折不扣的势利眼，倒不如说他最看不得势利眼。作为一位对世俗世界有着深刻理解的作家，毛姆不惮以最刻薄的语言说出自己的看法。他18岁那年进入英国圣托马斯医院教学部实习后开始写笔记，开篇第一句即是：鉴于人们做起事很愚蠢，聊起天很友好，如果他们多说话少做事，也许更于世有益。毛姆说俏皮话的天赋已是展露无遗。

更多时候，毛姆通过笔下人物之口说出他对人生、人性的观

感。他在《月亮和六便士》里写道:“那时我还年轻,我不知道真挚含有多少做作,高尚中蕴藏着多少卑鄙。或者,即使在邪恶里也找得到美德。”这般为人熟知的话,让人莞尔一笑之余,也能感悟到某种省思。毛姆作品异乎寻常地流行,或许部分得归功于其中俯拾即是的名言警句,它们着实影响过很多人,尤其是年轻人的价值观。

像毛姆这般洞悉人性,不屑隐藏自己最真实的想法,确是如评论指出,用一把手术刀解剖人们的内心,翻出那些隐藏在文明下的虚伪、自私和浅薄,并不惜以最刻薄的语言对之进行嘲讽。可想而知,与他接触交流并不见得是件赏心悦事。据说连后来成为英国首相的丘吉尔都忌惮毛姆的毒舌,并因此和他立下君子协定:“以后你不取笑我,我也永不取笑你。”两人因此做了五十多年的朋友。

但毛姆的文学同行们对他未表现出如此善意。毛姆80岁那年,专门负责出版他作品的海涅曼公司委托小说家乔斯林·布鲁克编一本纪念文集,收集文学同行们的文章给他做生日礼物。欧洲大陆有这样的风俗,当一个有所作为的人到了70岁,他的朋友、同事、弟子就一起写一本散文集向他致敬。毛姆自然就有了期待。无奈他70岁时二战还未结束,他人在美国,没有机会接受任何形式的敬意。但都到了80高龄,毛姆自觉理当得到这么一份礼物。布鲁克果然特别敬业,向很多当年最优秀的文学界人士组稿,结果只有安东尼·鲍威尔和雷蒙德·莫蒂默两个人接受,其他人都礼貌地回绝了。只有两篇文章,显然凑不够一本文集,这项计划也随之搁浅。

可以想见,毛姆内心怎样受伤。虽然他知道自己一向不为同行待见,这未必多出乎他的意料。青年作家邓安庆援引毛姆传记作家塞琳娜·黑斯廷斯的调查表示,早在1930年,三个最具影响力的文学调查就商量好了似的完全忽略毛姆。埃米尔·勒古伊和路易斯·卡扎米恩合著的《英国文学史》没有他的一席之地;A.C.沃德的《20世纪》只提到他的戏剧作品,他的《20世纪20年代》则根本没提毛姆；《牛津引语词典》也直到1953年版才收录属于毛姆的词条。即便是近半个世纪后，1988年由牛津大学出版社出版的《20世纪30年代不朽的英国作家》一书也只是简略且不准确地附带提了一下毛姆的短篇小说《雨》。

如果对照毛姆当时在图书市场上的巨大影响力，就可见他在当时英国知识阶层受到怎样对比鲜明的冷遇了。据邓安庆考证，美国最有影响力的评论家埃德蒙·威尔逊曾在《纽约客》杂志上撰文称毛姆最具代表性的作品之一《刀锋》不堪一读。但恰恰是这本书于1946年出版后在大西洋两岸获得不少好评，道布尔迪公司印了250万册，两个星期就卖了将近100万册，电影版权也以20万美元的价格售出。对于毛姆来说，此乃寻常之事。他活着的时候，可以说是全世界名气最大、赚钱最多的作家。在20世纪20年代，《大都市》杂志为他提供写短篇小说一字一美元的天价稿酬。他做访谈以分钟计费，2分钟500美元。更不要说，他的剧作屡屡创造票房奇迹，他的小说每本都能有数百万册的销量，被译成各种语言。在有生之年，毛姆也是英语作家中作品被改编成电影数量最多的一位。据统计，截至2009年，毛姆的作品共有98个电影电视改编版本，仅次于他的是柯南·道尔。毛姆生前在世俗世界里如此成功，他拥有很多别墅、游泳池和配备专职司机的豪华轿车，还获得天价稿费和版税，倒是很可以理解当时以精英自许的英国知识阶层，尤其是极具影响力的文学批评流派布鲁姆斯伯里团体为何不把他放在眼里了。

而更重要的是，毛姆虽然流行，但他从来都不是那种廉价的流行小说家，他的作品有着很高的文学价值，赢得后世许多作家对他推崇备至。马尔克斯说毛姆是他最喜欢的作家之一，奥威尔说现代作家里毛姆对他影响最大。村上春树会时不时将毛姆作品翻出来阅读。而在英国国内，当代作家安东尼·伯吉斯也认为，毛姆观察的广度以及乐于探索禁忌的道德领域给英文小说注入了新鲜的血液。

2

毛姆的作品如此受欢迎，在很大程度上源于他善于讲故事。作为迄今依然被广泛阅读的英语世界的畅销作家，他被誉为“二十世纪最会讲故事的人”。毛姆的老朋友德斯蒙德·麦卡锡在出版于1934年的小册子《毛姆：英国的莫泊桑》里说：“处于最佳状态时，他能把故事讲得像任何活着或死了的作家一样好。”

但毛姆讲的通常都是局外人、边缘人，或者如康纳利所说“那些抛弃世界的人”的故事。以麦卡锡的观察，毛姆和莫泊桑一样，他既是艺术家，又是一个阅历丰富的人，他似乎特别能感知到什么最能引起读者广泛的兴趣。这并不是说，毛姆为持久吸引读者的兴趣，把触角转向各式人物。实际上，用翻译家冯洁音的话说，毛姆是个很专一的作家，他独独擅长写局外人。“无论是《月亮与六便士》中的思特里克兰德，还是《人性的枷锁》中的菲利普，虽然他们的职业、社会地位、时代背景不同，但我们都能在他们身上找到一种疏离感。他们都拒绝被纳入主流社会，而是在内心中构建起一片属于自己的避难所。”

《刀锋》里的拉里·达雷尔，可谓毛姆眼里“局外人”的完美化身。拉里出生在美国上层社会，一战时服役于空军，曾在浩瀚无垠的天空中高飞，想要“远远超越世俗的权力和荣誉”。在军队中，拉里结识了一个置生死于度外的飞行员朋友，但在一次遭遇战中，这位好友却因为救他而中弹牺牲。战友之死让拉里惊觉生命之无奈与不可超越。退伍后，拉里不上大学，也不愿就业，并且解除婚约，抛下亲友，到欧洲游历，最后远赴印度，在一位像神大师的静修院受到启发，顿悟了生命的真义。

而我们似乎能从毛姆完成于1921年的短篇小说《爱德华·巴纳

德的堕落》里的巴纳德身上找到拉里最初的形象。冯洁音介绍说，巴纳德也是在美国的上流社会长大，有一个青梅竹马的女友，还有一个很好的伙伴。有一次，他突然去了太平洋岛屿，就再也没有音信。朋友去找他，发现年轻时很讲究穿着打扮的巴纳德穿得很随便，并且在岛上的一个店里卖布。他根本没觉得这是什么堕落，相反他完全融入了当地生活，并且还喜欢上了岛上的女孩。他甘愿抛弃远大前程和美貌的未婚妻，在海岛上平凡地度过一生。

小说集《一片树叶的颤动》里的这篇小说接近尾声时，巴纳德才20多岁。让冯洁音感到好奇的是，如果毛姆继续写下去，巴纳德今后的生活会怎么样？事实上，毛姆在同一本集子的《水潭》里，对这同一个主题进行了另外一种演绎。英国人劳森在太平洋岛上，爱上了当地已土著化的混血姑娘，并同她结婚。当他对岛上的生活感到厌烦后，开始怀念英国的花园和街道，就带着妻子回去了。但他发现自己再也没有办法融入英国的生活，甚至连像样的工作也找不到了。而他的妻子不适应英国的生活，先逃回了太平洋。他不能割舍对妻子的爱，也追随她回到了岛上。

由此可见，毛姆虽然是在异域背景上展开这些局外人的故事，南太平洋诸岛上的风光美丽而凶险，安逸而诡谲，赋予了小说神奇而迷人的魅力，并起到了烘托气氛的作用，但毛姆并没有因此把人物往浪漫里写。相反，就像冯洁音感慨的那样，毛姆其实一点都不浪漫，他只是讲合情合理的故事。“他比较爱八卦，不是一个有宏大理想的人，但你也不能说他没有理想。他最大的理想，就是人应该用自己喜欢的方式生活，而不是去成为在大家眼中成功的人。”

悖谬的是，毛姆本人正是很多人眼中成功的人，他也的的确确做到了按自己喜欢的方式生活。他把自己的一生活成了一个传奇故事。他一生创作丰厚，共写了长篇小说二十部，短篇小说一百多篇，剧本三十个，此外还有游记、回忆录、文艺评论等。他始终活跃在文学一线长达50多年，直到91岁去世，在68岁那年还写出广受欢迎的小说《刀锋》。而他创作的素材都来自他的经历和游历。他做过前线救护车驾驶员，拿过手术刀，也做过演员，还当过情报间谍。他更是一位资深旅行家，年轻未发迹时，他就勒紧裤带穷游欧洲，成名后更是几乎每一两年都要出远门一趟，足迹遍布欧洲、北非、东南亚。当然毛姆也并不是从一开始就成功。他出生于法国巴黎，父亲是律师，当时在英国驻法使馆供职。不满十岁时，父母先后去世，他被送回英国由严苛的伯父抚养。进坎特伯雷皇家公学之后，由于身材矮小，且严重口吃，经常受到大孩子的欺凌和折磨。这些经历日后都被他改头换面写进了自传体长篇小说《人生的枷锁》里。虽然毛姆自称天生富有洞察力，拥有写对话的诀窍，写作对他来说像呼吸一样自然。在他64岁时的写作生活回忆《总结》里，也不忘总结说："我刚开始从事写作时，感觉写作好像是世界上最自然不过的事情了。我喜欢写作，就如同鸭子喜欢水一样。"但事实上，毛姆写了九年，历经很多挫折后才等到了真正的成功。而使他名利双收的也不是小说，而是戏剧。1907年10月26日，喜剧作品《弗雷德里克夫人》被搬上舞台，毛姆得以一夜成名。他日后回忆说："我的成功是壮观的、始料不及。"

事实上，毛姆讲了各个不同的精彩故事，但主题或许简单到用两三个问句就能概括：怎样才算成功的人生？我们究竟要成为什么样的人？我们到底想要过什么样的生活？

3

从某种意义上说，作为"最会讲故事的人"，毛姆似乎太满足于讲故事了，以至于在艺术的探索上打了折扣。毛姆说小说是一门艺术，艺术的目的就在于娱乐。有的时候，他就是想让大家在娱乐中看清楚真相，仅此而已。他也曾说过，因为满脑子都考虑题材，他就没有多大工夫考虑写作的艺术性了。

也因为此，毛姆的作品就像评论家王宏图所说，内容或许很丰富，形式上却未必很新颖。“二十世纪西方文学一个很重要的特征，就是先锋艺术探索意识特别强烈。毛姆在这方面没什么实践。在他的作品里，我们碰不到他很多同时代作家竭力表达的那种复杂句式，混乱的词语和意象。所以，虽然他的作品很畅销，但他在批评界、学术界的评价一直不高。乔伊斯说，他的《芬尼根的守灵夜》可以让批评家忙上300年。但我们读毛姆，非常轻松。”

但毛姆无疑成功地拓展了英国文学，甚至是世界文学的版图。用王宏图的话说，毛姆作品中的异国情调，总是对人有特别的吸引力。我们可以在他的作品中看到殖民地的官员、传教士、商人、冒险者、种植园庄园主、土著人、奴隶，这些人在其他英国作家的作品中虽然也会有表现，但是像毛姆那样表现广泛、色彩绚烂的并不多见。无怪乎康纳利也不无艳羡地称赞毛姆准确地描绘了生活在远东的英国人：“一旦我们走进永恒的毛姆世界，就像走进柯南·道尔的贝克街一样，怀着快乐的、永远回到家的感觉。”

有必要指出的是，毛姆写异国情调不只为博人眼球，而是包含了某种艺术追求。在另一部根据他在20世纪20年代初两次游历马来半岛及周边地区时的见闻写成的短篇小说集《阿金》的前言中，毛姆写道，身处异域环境中的人，在个性的发展上要远超于其他环境中的人。事实也是如此，在他笔下，那些脱离了原本西方文明世界生活的西方人，来到荒僻偏远的陌生环境中，往往会为情欲所左右，变得行为古怪，难以捉摸，干出不同寻常的事情，因而小说结尾常常出人意料又发人深省。毛姆还在“前言”中写道，若是一个作家已经成功刻画了异国环境中的陌生人或是陌生事件，那么他便能驾驭所有的故事。

为驾驭这些故事，毛姆必是到实地深入考察。每到一地，他便如同人类学家般走街串巷，深入生活。而即便出门在外，他也不忘八卦，叮嘱朋友“一定要给我写信哦”，“把伦敦所有的秘史全告诉我”。翻译家龚容介绍说，毛姆写《阿金》时，到陌生人家里，会大着胆子提出要和他们一起住宿、吃喝。他没想到自己在异国他乡会如此受欢迎，能听到那么多故事，他正是凭借这些记下来的素材，写出了他的短篇小说。但他写出来发表后，就再也不敢去了。“因为当地人认为毛姆碰巧抓住了个别坏蛋的事迹，把它渲染成一篇小说。留宿过他的人都觉得自己被出卖了，他也就成了一个不受欢迎的人。事情坏就坏在，毛姆写作时从来不多转几个弯，把那些素材经过一番伪装再写出来。”

实际上，这是毛姆写作惯用的手法。他也常将熟人朋友写进小说，而且利用真实人物时基本原样照搬。有据可查的是，1930年《寻欢作乐》出版时，读者几乎拿着它比对文坛群星。比如爱德华·德里菲尔德与作家哈代如出一辙，庸俗可笑的阿尔罗伊·基尔则出自毛姆的好友休·沃尔波尔。毛姆向沃尔波尔写信解释：“我完全没有想过要描述你……基尔是由一打人组成的，更大的那部分源于我自己。”但1961年沃尔波尔去世后，毛姆在给另一位朋友写信时，却又残忍地写道：“休真是个可笑的家伙，我写《寻欢作乐》的时候当然想到他了。”

虽然如此，毛姆难能可贵之处在于，即便是对自己的亲身经历，或是身边亲朋好友的经历，也总是能保持极为客观和冷静的态度。1919年，毛姆访问中国，还曾和辜鸿铭侃侃而谈，并领教了这位梳着灰白大辫子、讲流利英文的老先生的慷慨陈词。“你们将邪恶的发明强加给我们，可是你们难道不知道我们是一个对机械有天赋的民族吗？当黄种人也可以制造出同样精良的枪炮并迎面向你们开火时，白种人还剩下什么优势呢？”毛姆把这些话记在本子上，原封不动地用在1922年发表的戏剧《苏伊士之东》中的角色李泰成身上。为这趟中国之旅，毛姆还写出了另外两本书：一本后来被改编成同名电影的小说《面纱》；一本题为《在中国屏风上》的游记。诚如有评论所说，毛姆总体的态度不是游客式的少见多怪，更不是殖民者的指手画脚，而是持守着旁观者的距离和清醒。

与此相仿，毛姆对自己的创作也有着清醒而又谦逊的判断："我处于二流作家中的最前列。"因为他自觉自己的作品思想性不高，也缺少极致的艺术探索，诚如书评人黄薇所说，毛姆更像一名诚恳的手艺人，告诉人们好的故事有着不朽的魅力。事实上，读毛姆的书会让不同的人感觉，仿佛是与一位世事洞明的长辈对晤闲谈，看他敲敲烟斗里的灰烬说："好吧，让我们来谈一谈人生。"

当然，毛姆并不是现身说法谈人生，他实际上是让他笔下的主人公来演绎人生。他们总是试图追寻某种"真谛"，总是会以自己的所思所想、所言所行来引领我们思考：人的一生到底该如何度过？这其实是生存于世的每个人，尤其是在年轻时都会扪心自问的问题。而毛姆作品经久不衰的魅力，或许就在于他让我们感同身受着他笔下主人公的犹疑、彷徨和思考，心向往之他们过尽千帆后的返璞归真，并仿佛在他们的故事里"预演"了一遍自己的前世今生。

我唯一能做的就是创造一个自己的系统

伊夫林·沃

在近年出版的回忆录《父与子：一个家庭的自传》中，作家亚历山大在忆及祖父伊夫林·沃时，对其独特的个性做了深入细致的描绘。作为一个集各种矛盾、偏见和无常于一体的怪人，沃性格孤僻、酗酒挥霍、脾气暴躁，连朋友也认为难与其相处。到了晚年，他这种古怪的性格甚至殃及子女，对他们极尽尖酸刻薄之能事。

虽然语调尖刻，回忆录并没有歪曲事实。几乎所有的野史、正传谈到这位英国20世纪极为重要的小说家时都不约而同地谈道：就其个性而言，伊夫林·沃是一个极度自私、贪婪、势利、保守、傲慢的男人。然而，这无损于他作为一个重要作家的崇高地位。作为英语文学史上最具摧毁力和成就卓著的讽刺小说家之一，伊夫林·沃被誉为“狄更斯以来英国乃至全世界最重要的喜剧艺术家”，是他把英语文学的讽刺艺术推到了另一个巅峰。2008年，译林出版社引进出版了代表其最高艺术成就的长篇《荣誉之剑》，加以之前推出的《旧地重游》等重要作品，推崇伊夫林·沃小说的读者得以一览这位独特作家的整体面貌。

1

在《荣誉之剑》中，伊夫林·沃对他所熟悉的英国军队上层作了辛辣的讽刺，给我们描绘了一个个毫无英雄气概的“反英雄”角色以及一出出由色厉内荏、虚张声势的军官们所上演的高潮突至的丑剧。作品讽刺的锋芒还直指一切社会弊端，其笔触经常触及英国的政治，从各个侧面揭露大英帝国的衰败和沉沦，以及贵族传统的腐朽和没落。小说主人公盖伊无比敬仰的圣人罗杰爵士的“荣誉”竟来自参加“伯爵的部队，去进攻一个邻居”；而他时刻带在身边代表他家族荣誉的奖章是他哥哥杰维斯参军第一天糊里糊涂地死于战场的纪念品……与以往战争题材的作品不同，这部小说没有对战争做正面的描绘和渲染，而是通过叙事者的个人视角，写出了一部不同于传统观念的“新历史”。虽然题为“荣誉之剑”，小说的内容却是对荣誉的幻灭。

与小说流露出来的讥讽基调相仿，讽刺的艺术在伊夫林·沃几乎所有的作品中一以贯之。在小说处女作《衰落》(1928)中，不谙世事的保罗·潘尼费瑟是一次酒后闹事的受害者，因“行为不检”被开除出牛津大学，只好到一个偏远的学校当教师。漂亮富有的上流社会贵妇比斯特切温德夫人看上他，并借机向他示爱。但就在两人结婚前夕，保罗却因为帮夫人处理妓女生意而被捕，并被判七年徒刑；《邪恶的躯体》(1930)的主人公亚当始终处在想弄到一笔钱以具备跟女友尼娜结婚的条件这一目的造成的尴尬困境里，他意外得到了钱，但又意外失去，并因此经历了种种意想不到的事情；在

《一把尘土》(1934)中，沃则把一个家庭的解体清晰地呈现在读者面前。布林达，这个美丽的少妇，当她听到死亡的是自己的儿子而不是同名的情人时，竟然庆幸地“感谢上帝”。

从某种意义上来说，屡屡被改编成电影、电视剧，为伊夫林·沃带来巨大声誉的作品《旧地重游》(1945)，可谓他讽刺作品系列中唯一的例外。这部小说从一个敏锐而聪明的观察者的第一人称角度，再现了两次大战期间英国的风情。在建筑绘画师、英国陆军上尉查理斯·莱德的回忆和追溯中，伦敦近郊布赖兹赫德庄园一个天主教家庭一家人的生活和命运，渐次呈现出来。尽管小说感伤的意味压倒了沃小说惯有的讽刺特色，却凸显了贯穿伊夫林·沃一生创作的复杂心态。出身于伦敦一个中产阶级家庭的沃，像巴尔扎克一样，对世袭的贵族阶级怀着矛盾的心理：一方面无情地揭露和嘲讽了这个阶级的颓败和堕落；另一方面在内心深处却始终渴望跻身于这个阶级之中。面对西方价值体系解体的现实，他在理智上认识到这个阶级必将灭亡的命运，但在情感上却将恢复社会秩序和道德信仰的希望寄托在这个阶级身上。

2

伊夫林·沃几乎所有的作品，都烙上了自身经历的痕迹。他1903年10月28日生于英国汉普斯特德。在一战的阴影中度过了颓废的青少年时光。1921年至1924年，在牛津大学赫特福德学院学习期间，他一心结交权贵子弟，醉生梦死，虚掷时光，没有拿到学位，负债累累离开了那里。随即转入希瑟利艺术学校学习绘画，不久，他发现绘画亦非其爱好，就去当中学教员，可两年之内被开除了3次，从此开始酗酒，并企图自杀，生活中屡遭挫折使他更加愤世嫉俗。这段经历被他写进了《衰落》之中，小说出版后在英国上流社会中风行一时，日后成为英国首相的温斯顿·丘吉尔更是把这本书作为圣诞礼物送给了好友。

《邪恶的躯体》作为伊夫林·沃第一部大获成功的小说，则是他在婚变的阴影中写成的。其间他新婚不久的妻子伊夫林·加德纳写信告诉他，她爱上了一个叫约翰·阿克顿的男人，而且自称思想混乱需要帮助。沃匆匆从牛津乡间赶回伦敦，为挽回一切而努力，然而两个月后，他不得不面对事实。1930年1月14日，《邪恶的躯体》出版，四天后，《泰晤士报》刊登他的离婚通告。一个月后，他皈依天主教。当我们注意到小说里，亚当无论在金钱上、还是在婚姻上，尽管几经努力争取，但最终都一无所获的时候，不难发现，沃实际上正是通过这种悲观但并未绝望的灰色调子，在一定程度上消解了自己内心的痛楚与阴影，可能也正是基于这种原因，三十四年后，当伊夫林·沃回顾这部为他打开成功之门的小说时，一直采取了有意压低其价值的态度，称之为“一本完全未经计划的小说”。

发生在《荣誉之剑》主人公盖伊身上的故事，同样取材于伊夫林·沃自己二战期间的经历。在1939年9月英国向德国宣战时，像盖伊一样，沃加入军队时年龄太大，将近36岁。在经受了数星期求职失败给他带来的沮丧以后，当时的海军大臣温斯顿·丘吉尔在下院的私人秘书布伦丹·布雷肯干预了此事，伊夫林·沃未参加军官训练就在军队里获得了任命。由此，伊夫林·沃顺理成章地把在军旅生活中看到的混乱、荒诞和失败的情景写进了书中。

从任何意义上而言，伊夫林·沃小说题材的重要价值不言而喻。但如果仅止于在作品中对现实生活做讽刺性描绘，我们很难想象他能在讽刺作家林立的英国文坛确立自己的崇高地位。在继承英国文学传统的同时，伊夫林·沃的创作与时代同步，在叙事手段和行文风格上开辟了耳目一新的境界。如果说，同时代的乔伊斯、福克纳、伍尔芙等作家，创新地运用了内心独白、意识流和心理分析等手法，开创了现代文学探索内心的新潮流。伊夫林·沃则标新立异，竭力探索一种从外部描述的手法。他常常以冷峻、含蓄和严肃的态度，观察描写人物的举止神情、言语行为、事件的发展始末、前因后果，以及作为一个旁观者的所见所闻。其简练、明快、克制的文体，与海明威相比也毫不逊色。而作品中那些时而意味深长、时而谐趣十足、充满讽刺幽默意味的对话更是值得玩味。

《荣誉之剑》出版后仅一年，1966年，伊夫林·沃辞世。生前对自己的创作，沃有过这样的阐述：艺术家在今天这个分崩离析的世界里，唯一能做的就是创造一个自己微小而独立的有秩序的系统。联系他跌宕起伏的一生，我们不难发现，或许伊夫林·沃的创作只是通过创立一个由文字构成的世界来使自己的现实生存获得某种支撑，如此而已。

以元小说叙述，揭示人生失落和孤寂的本质

D.M.托马斯

后现代主义语境下文学的创新模式之一，是拆解某些文学作品的传统文本，移入现代观念，让那些经典故事中的人物跳脱传统叙述模式，从而产生强烈的陌生化效果。英国小说家D.M.托马斯的《夏洛特——简·爱的最后旅程》就是这样一部以文学名著《简·爱》的"续书"形式推出的后现代主义实验小说。

不同于另一部著名的"续书"《藻海无边》对《简·爱》完整的重建，《夏洛特——简·爱的最后旅程》利用中国盒的结构模式，将简·爱的婚后生活放在一个名叫米兰达的夏洛特研究者的小说创作中，将真实与虚幻、历史与现实结合起来，对女性感受共同的关注成为联系三者的纽带，而对简·爱婚姻生活的戏仿，也在某种意义上给十九世纪妇女的"天使"形象蒙上了虚无的阴影。

原著中，简·爱尽管在追求幸福的过程中，经历了很多磨难，

最后的结局是与罗切斯特缔结良缘，“有情人终成眷属”。在小说最后一章中，简 · 爱自述道：“我结婚已逾十年……我认为自己无比幸福，幸福得简直难用语言形容。”然而在托马斯的翻案文本里，婚后的简 · 爱却并不幸福。新婚之夜她就有几分失望，因为罗切斯特已丧失性能力。尽管如此，简还是努力把自己的“本我”压制在无意识的深处。她甚至想“即使没有治疗的办法，只要有爱情，我能接受没有孩子的现实”，然而，她的苦闷却是无法消除。

最后，债权问题或一种“无可名状的因素”，促使她踏上了寻找罗切斯特之子的旅程。在马提尼克岛，她历经千辛万苦，终于找到了与罗切斯特离别多年的儿子罗伯特。正是在那时，她终于体会到为女人、为人妻的欢乐，找到了转瞬即逝的幸福。但她毕竟在名分上是罗伯特的继母，当欲望得到满足后，简的心中便埋下了沉重的负罪情结，她的欢乐昙花一现，即便她已怀上了罗伯特的骨肉，最终还是以死为自己不懈奋斗以追求幸福的一生画上了句号。

小说中对虚构的再度虚构，是以并置的第二个独立文本中的女学者米兰达的故事实现的。米兰达去马提尼克岛参加学术会议，并拟定一个新的写作计划：根据夏洛特“遗留”的手稿来续写简 · 爱的不幸婚姻，以发掘出“一些受压抑的主题”。与简婚后面临的窘迫情形相仿，米兰达的婚姻也陷入重重危机。米兰达的父亲老史蒂文森指责她丈夫为“清教徒”，据此读者不难猜出她和丈夫的性生活不和谐。她所描写的简的婚姻不幸实质上折射出她自己的不幸婚姻。处于情欲折磨之中的米兰达的言语及行为常常前后不一致，甚至自相矛盾。她先说自己的丈夫已因患心脏病死去，随后又纠正道：“丈夫还活着；但已经死了。”她声称丈夫有情妇，随后又否定，这似乎不太可能。她说自己在两性关系上不是一个随便的女人，却和几个男人有染。这一组组自相矛盾的话语，如有评论所说，让读者不禁质疑书中人物的真实性，注意力进而转向文本本身。这些表述体现了元小说的叙述特点。元小说往往打破故事的完整性，让现实、回忆和幻觉任意交织在一起，也让断裂、倒错、反叛、随意性、悖论式的矛盾、开放式结尾等并存于小说中。

在蜚声国际文坛的代表作《白色旅馆》里，D.M.托马斯也进行了这样的实验。这部获布克奖提名的小说用诗歌、日记、病历记录等多种文体、多重口吻，细细探究了主人公丽莎的人生之旅。丽莎是一位乌克兰歌剧女演员，她患歇斯底里症寻求治疗，成为精神分析学派创始人弗洛伊德的病人，弗洛伊德倾听她自述充斥着性迷惘、性饥渴的梦境，点明梦境的象征意义，厘正、整合丽莎的情感紊乱。最后一章《营地》，在魔幻现实主义的“天堂”里，将故事中可能引起读者疑问的每个人物的前世今生做了补叙。

不仅如此，小说一方面以虚构的弗洛伊德个案分析拼贴出小说的精神分析话语，另一方面还以真实的纪实档案再现了纳粹二十世纪规模最大的集体屠杀之一：巴比亚大屠杀。由此，小说发人深省地传递出，也许弗洛伊德有能力让一个精神扭曲的人得到救治，但面对着整个人类的无序和动荡，他却同样的无能为力。丽莎在弗洛伊德的帮助下走出了心理困境，却无法逃遁在法西斯纳粹屠杀中丧命的终局。相比而言，在经历迷惘、痛苦后，米兰达倒是在马提尼克岛以性放纵的方式，让自己从精神危机中解脱了出来。D.M.托马斯在这两部小说里，借着对爱情、死亡、性爱等主题的思索，揭示出人生充满失落、痛苦和孤寂的本质。

看到我作品深处，才能看清反讽背后无言的悲伤

哈尼夫·库雷西

哈尼夫·库雷西是谁，谁是哈尼夫·库雷西？这样的追问或许已经逼近了库雷西文学精神的核心。作为巴基斯坦移民后裔，库雷西迄今没有踏上过祖辈生长其中的那片土地，奇异的血统却总能以似有似无的归属感，令他身在此而意在彼，从而引发他对自身身份的深切关注和追寻。从某种意义上说，正是这种关注和追寻，让他的作品充满了戏剧性的张力和形而上的沉思，由此他凭借自己在文学、影视、剧场等多方面的建树，成为继萨尔曼·拉什迪之后在世界文坛成就重大影响的亚裔作家。

作为集作家、编剧、导演等多重身份于一身的巴基斯坦后裔，库雷西自出道以来，对亚洲地区产生了广泛而深远的影响力。我国读者对根据他小说改编，并获2001年柏林电影节金熊奖的同名电影《亲密》并不陌生。在2004年上海国际电影节上，展映了他编剧的

影片《母亲》，他和英国编舞家阿库·汉姆联手创作的舞剧《相聚》也于近期在北京上演。而台湾早在几年前就出版了他绝大多数作品，作品一经出版就深受读者的青睐。近些年，上海文艺出版社陆续引进出版他的《郊区佛爷》《整日午夜》《黑色唱片》《有话对你说》《爱在蓝色时代》《加百列的礼物》等作品，为我们揭开了这位颇具传奇色彩的作家的神秘面纱。

像我们可以预期的那样，作为一个混血儿，两种血统及多重身份的混合，为库雷西构建了独特的人生体验。他1954年生于英国肯特郡，是巴基斯坦移民与英国女子婚姻的结晶。他大学主修哲学，后转为写作，以笔名安东尼亚·法兰奇撰写色情小说为生。起初，他是皇家剧院一个卑微的领位员，后来成为该剧院的常驻作家。

库雷西成长的年代，英国社会无论从文化还是根基都在发生着深刻的变化，那是一个矛盾重重的时期，自由主义和保守势力之间的斗争，理想主义和独裁的斗争，高失业率使得“帝国已玩完”的阴影投射到每个普通人的心里，国家财政不堪重负，种族歧视在英国日益膨胀，民间出现了很多清扫异族的恶劣行为。

因此，在凭自身的创作实力成为欧洲文坛新巨星之前，库雷西和他笔下那些失落无根的混血儿一样，混迹街头，在种族偏见的迷雾中挣扎。1985年，他作为《我美丽的洗衣店》的编剧一举成名，电影讲的是一个巴基斯坦裔的男孩和白人男孩的友谊；在创作于1995年的小说《黑色唱片》中，库雷西则探究了一个有巴基斯坦血统的年轻人必须在白人情人与回教朋友之间择其一的痛苦、孤独且困惑的世界；而对于成长期间所亲身体验的种族与文化冲击，则在他出版于1990年的具有个人史诗性质的小说《郊区佛爷》中有更多涉及，也正是凭借这部小说，他获得了当年英国的惠特布莱德年度文学奖。

仿若库雷西本人，《郊区佛爷》的主人公克里姆是个出生于伦敦，具有一半英国血统、一半印度血统的青年，他在南伦敦郊区度过了整个少年时代，他想充满热情地生活，拥抱神秘主义、酒精和迷药，披头士和滚石乐队……他当自己是个英国人，像同龄人一样，骨子里充满“英伦精神”，痛恨权威和受人差遣，但客观现实经常把他从自我身份认知中拉出来，经过中和的肤色和他对帝国的忠诚，无法阻止“有个家伙拿块烧红的烙铁想要在我臂上烧烙印”。后来克里姆进了城，一听见人说话以“这世界上有两种人，去过印度的人，和没去过印度的人”开头，就赶紧躲到一边。当他最终知道他仰慕的女孩伊琳诺给他的爱是出于仁慈时，不得不面临信仰的崩溃。

在小说中，这种隐秘的文化冲突得到了人格化的体现，在有资格去皇太后午宴凑数的红头发女孩伊琳诺面前，克里姆这个来自郊区的穷小子开始明白“他们”有多重要。“她的故事拥有优先权，她的故事与整个确立的世界相连。就好像我觉得我的过去不够重要，不如她的那般有价值，于是我把它们都扔掉了。”我们看到这个野心勃勃的青年自觉地剥离自己脱胎其中的环境，以谋求那个新世界的一席之地，他似乎并没有意识到，他的晋身之阶正是他试图抹去的那些东西——他的肤色，他的口音，他的富于印度特色的故事。因深刻的文化冲突带来的这种悖论情境，不仅存在于克里姆身上，同样也在他的父辈身上打下深深的烙印。他的父亲和叔叔自移居英国后，多年来，一直像英国人一样生活，当他们年纪大了，在内心深处又似乎回归了印度，他的父亲悲伤地说：“我们这些老派的印度人越来越不喜欢英国了，我们已经回到了一个想象中的印度。”但在另一方面，他们又根本没有考虑真的回到印度，在这里的生活令他们对英国有了一种习惯式的依恋。

隐秘的文化冲突必然给身处夹缝中的个体，带来撕心裂肺般疼痛的人生体验。库雷西在小说中却没有把人物写得特别凄苦，他用风趣幽默的笔调来描述这个看起来很复杂的故事。由是，呈现在读者眼前的这部作品不像是一部控诉种族主义的血泪史，而是一本充满智慧和趣味的个人奋斗史，而且小说中几个主要人物最后都获得了世俗上的成功。诚如《郊区佛爷》这部作品所展示的那样，作为深受流行文化影响的作家，库雷西的作品形成了自己独特的叙述语调：几分反讽，几分幽默，几分邪气，当然还有几分的智慧，这似乎构成他写作上所谓“消沉之美”的总体风貌，只有深谙其作品本质的读者，才能从中真正看清这种调侃反讽背后那些深陷于虚空的激情，那些无法言说的悲伤。

尽管在后期作品中，库雷西不再局限于展现文化冲突，其幽默、脱俗、前卫的写作基调，却贯穿了始终。在《爱在蓝色时代》(1997)、《亲密》(1997)、《身体》(2004)等作品中，我们不难看见他把笔触转向个人情感与婚姻方面的探索，他带着科学性的观察，以近似解剖的文字，描述人际关系的复杂与混乱。而《加百列的礼物》(2001年)则可谓是他关于人类天赋的寓言。主人公加百列是一个十五岁的英国少年，平静的家庭生活因为父亲的离家出走而遭到破坏。在亡弟亚奇的灵魂的帮助下，他开始挽救这个摇摇欲坠的家庭的冒险……这部作品如同一幅柔和的素描，可视为库雷西对于甜美讽刺和温柔戏谑风格的回归，从中我们不难看见作者本人成长经历的影子。

与库雷西相仿，近年来，奈保尔、拉什迪、胡赛尼、石黑一雄、哈金等亚裔作家的作品，越来越多进入世界范围内读者的阅读视野，世界文化冲突之下个人命运的主题在这些作家笔下得到了生动的体现，正是得益于这种展现，传统的东方文明终于在“国际化”话语体系中发出了自己的声音，进而摆脱了西方文明居高临下的殖民化描述。这些亚裔作家在描述祖国复杂的政治状况和阐释背后所蕴含的民族性格时，既有切身的同情与沉痛，又不失更广阔的视野，相对一些英美作家致力于对文学形式的探究，他们的创作无疑更具普遍人性的深度。

她用写延续性日记的形式来创作“小说”

阿娜伊斯·宁

“我渴望真实。真实，一定要在生活时，在记忆新鲜时，在没因距离时间变味前，立刻记录下来。”在一些场合，兼具西班牙、巴西、丹麦血统的美国传奇女作家阿娜伊斯·宁在谈到自己写日记的初衷时如是表示。作为一个颇具争议性和传奇色彩的女人，因为与美国作家亨利·米勒及其妻子琼之间的暧昧关系，更因为那些具有里程碑意义的神秘日记，她一直是西方众多谣传、臆测和闲谈的主题。

国内读者对阿娜伊斯·宁的日记或许并不陌生。2005年，在媒体人洪晃主演的电影《无穷动》里，就有关于阿娜伊斯·宁的对白，同年出版的《亨利和琼》，也是节选自她于1931年—1932年间写的日记，根据她这段经历改编的电影《情迷六月花》更是深受国内广大影迷的喜爱。而她的四卷本日记，则详细而真实地记录了她在1931

至1947年期间的重要活动，其中最引人关注的就是，她从认识亨利·米勒，到恋上他并最终陷入情网不能自拔的感情纠葛。

阿娜伊斯·宁1903年生于法国近郊的纳伊市，当她还是一个喜爱疯玩、充满幻想的少女的时候，法国的本土记忆，已为她的作品始终洋溢的浪漫气息奠定了基础。父母离异后，14岁的她随母亲来到美国纽约。1923年与银行家雨果·奎勒结婚，1924年和丈夫重返法国。1930年结识了亨利·米勒及夫人琼·曼斯菲尔德。在1931年至1932年的两年间，她一方面周旋于亨利夫妇之间，为自己的情感介入而自责担忧；另一方面，在深陷情人之网的同时，尽力维持与丈夫之间的关系。作为一位舞蹈家、小说家、诗人，在日记中，她以女性特有的感性和细腻把自己的情感纠葛和内心矛盾冲突用文字表达得淋漓尽致。

当然，这只是阿娜伊斯·宁日记中最被关注的部分，她一生日记的原稿有一百五十卷，打印稿有一万五千页，中文版只是摘选了其中三十卷至四十卷的部分内容。除日记外，她还出版了《乱伦之屋》《技巧之冬》《玻璃球下》《欲火》等作品。她的日记和她的其他作品一样，在相当长时间里，并没有产生大的影响。正当性解放运动风起云涌，女性主义文学受到关注的时候，1977年，阿娜伊斯·宁离开了人世。她随之成为现代女性文学的开拓者，更是作为现代女性的代表人物被后世铭记。由此观之，《日记》的价值显然并不在于阿娜伊斯·宁“记”了一个畸情故事，更在于通过她大量有关别人及自己的有重要价值的细节，我们得以窥见一个伟大的艺术时代；她描写和记录的人物、对话、事件犹如闪耀的光芒，让我们豁然开朗。

如有评论所言，阿娜伊斯·宁和马塞尔·普鲁斯特、安德烈·纪德一样，采用个人的生活作为其创作素材，并用她敏锐的感知力突显出个人生活中的矛盾冲突。简而言之，她用写一本延续性日记的形式来创作一部“小说”。这是现代小说创作中最具挑战性的任务之一。可以说，阿娜伊斯·宁为人类生存的困境给出了自己特有的答案。沿着她的心路历程，也许我们可得到一把钥匙，去打开有待探索的深囚于各个巨大密室里的自我。

我只是用小说来描绘特定人群的生存状态

弗雷德里克·福赛斯

1

因让人难辨真假，弗雷德里克·福赛斯的小说时不时会招来“罪犯的完美教科书”的指责，对此，这位被誉为“世界政治惊险小说大师”的英国作家给出的一贯回答是：我只是用小说来描绘特定人群的生存状态。在书中，我把狙击手所做的事以及做这件事的程序详细描绘出来，那是我作为作家的本分。真正的犯罪分子要从我的书中得到启发，那是他们的事，作家不应该为此而负任何责任。

福赛斯的“辩解”自有其道理，对他的指责也并非空穴来风。他的小说情节一再被“基地”组织模仿，并曾用来做马耳他峰会期间刺杀英国女王的行动蓝本；一名拥有狙击步枪的男子，也曾模仿他的处女作《豺狼的日子》中的情节，试图对当时的俄罗斯总统普京实施谋杀行动……他的每部作品都会引起西方各国情报机构的高度关注，成为英美情报机关反复研究的读物。

当然，倘使仅止于衍生出类似的传奇逸事，并不能说明福赛斯的创作有多么成功。事实上，自步入写作生涯开始，他的每一部惊险小说都会登上欧美畅销书排行榜，蝉联数周，经久不衰。他沉寂八年后推出的《阿富汗人》也不例外，小说甫一面世便在当年的法兰克福书展上引起轰动，引来各国读者和媒体的热烈追捧。

“9·11”之后，风闻“基地”组织头目本·拉登正在密谋策划一次重大恐怖行动，美英情报机关立即兴奋起来。但他们对于这次恐怖行动的时间、地点和目标一无所知。他们在“基地”组织中没有内线，也不可能安插进去一个人，万般无奈之下，英国情报机关决定派出一名长相酷似阿拉伯人的本国情报人员——麦克·马丁潜入基地组织内部进行打探……尽管麦克·马丁才是小说的主角，但伊兹马特这个人物形象同样令读者过目难忘。这个淳朴的阿富汗男人从小在巴基斯坦长大，后来却慢慢走到了基地组织和塔利班的对立面。加之故事发生的背景和文中涉及的多起政治、军事事件都并非虚构……小人物的命运与改变世界的大事件紧密相连，这些都挑起了读者最敏感的神经。

2

有评论称，在福赛斯的小说里，看不到什么抒情的描写，如果在书里出现了一片树林，有些作家会去描写一下这片树林的树如何绿，风如何柔，鸟叫声多么悦耳，再借机抒发一下主人公的情感。这样的手法在福赛斯的小说里几乎不存在，他关心的只是，这座树林位于什么地方，占地面积多少，里面有什么树种，还有它属于什么人，而这个人和这片树林很可能是真实存在的。

由此可见，福赛斯的创作是怎样力求真实，他笔下故事发生的背景无一例外都是真实的历史事件。《魔鬼的抉择》围绕20世纪80年代初苏联的粮食短缺、西方的能源危机和国际军备竞赛等重大国际问题，描写了美国和苏联两国之间惊心动魄的角逐；《第四议定书》则通过20世纪80年代中期苏联最高当局试图在英国组装并引爆一颗小型原子弹，从而影响英国政局的阴谋被阻止的故事，反映了当时欧美各国群众性的反核浪潮和苏、美、英等大国之间错综复杂的争斗以及各国情报机构间既对立又勾结的关系。

然而，囿于对历史事实的描述，未必能达到以假乱真的艺术效果，因为结局是已知的。比如《豺狼的日子》以20世纪60年代初，戴高乐总统结束法国对阿尔及利亚的殖民统治为背景，当时法国一些极端右翼组织反对其政策，雇外国职业杀手对其施行暗杀，却并未得逞。其间波谲云诡的过程，却令人生出无尽的悬想。福赛斯深谙于此。在小说中，双方为了各自的目的展开了生死较量。“豺狼”即杀手的精明、冷酷和职业化，与法国警方的防范、侦察和追捕都同样令人赞叹。其间，理念的正确与反动似乎退出了道德的审判，展现的是双方的知识、智慧和毅力，扣人心弦的悬念从开始到终结都紧紧地搓揉着读者的心灵。

福赛斯能轻松地驾驭这种重大国际政治题材，显然得益于他此前的经历。他早期作品中一些不为常人所知的事实，也很可能是他获得的真材实料。生于1938年的福赛斯6岁就曾试图搭载美军坦克去诺曼底，16岁能单独驾驶双翼飞机翱翔蓝天，17岁做过斗牛士，19岁任英国皇家空军战斗机飞行员。退役后，由于能讲英、法、德、俄、西班牙等多国语言，被英国路透社录用做记者，派往巴黎、柏林和比拉夫等地进行采访，足迹遍及欧洲、中东和非洲。

在那个动荡不安、战火不断的年代里，他关注和追踪暗杀、爆炸、绑架、黑幕等国际政治事件。当20世纪60年代末，福赛斯深感自己在记者生涯中终将一事无成，开始尝试写小说时，对西方各国的军队建制、谍报机构、武器装备等普通人闻所未闻的知识的谙熟于心，帮了他的大忙。他的描述总会使人产生一种身临其境的感受，“以致英国的情报机关也时时刻刻关注着他”。而美国有书评者甚至提出：福赛斯真会开玩笑，他向我们讲述了一个严肃的故事，豺狼的刺杀和警方的追捕使我们不得不向作者问道：这是虚构的吗？我们怀疑当局在掩盖事实。

3

挑剔的读者并不总是买福赛斯的账。他们认为，福赛斯的成功很大程度上只是沾了题材的光。因为对大多数普通人来说，国际政治领域是一个遥远、神秘的世界，我们一辈子也无法亲身经历，而福赛斯的小说却把这世界拉近展示在我们面前，从而极大地满足了读者的好奇心。然而，当被问到写同样的题材，又有谁能做到把虚与实结合得如此完美，答案通常是舍福赛斯别无他人。

的确，没有人会否认福赛斯以假乱真的大师手笔。他书中的故事，有的是确实发生过的，有的则纯属杜撰；书中的人物，有的实有其人，有的却让人分不清是真是假。而他总能运用生花妙笔，将真人真事与艺术虚构近乎完美地融为一体。他笔下以假混真的故事是如此令人信服，以致当时法国一些报纸曾派记者去核实《豺狼的日子》中的一些情节。1978年4月，英国《星期日泰晤士报》发表一则耸人听闻的新闻，说福赛斯为写《战争的猛犬》，曾于1972年出巨资帮助一批雇佣军在某非洲小国发动政变。虽然这消息后被证实为假，但却说明他的作品真正达到了“假作真时真亦假，无为有处有还无”的境界。

福赛斯决意不让自己的生活，如同笔下的故事一样真假错乱。他的小说里充满现代高科技的技术成果，他本人却既不用手机，也没有电脑，而是几十年来一直保持使用打字机习惯。因为在他看来，打字机是真实可见的东西，不用担心写出来的小说会在电脑硬盘里丢失，更不用担心黑客入侵；他的作品自是精彩纷呈，他的妻子却因他沉溺于创作而屡屡离家出走，惹得他抱怨道：我最讨厌写作，这是天下最苦闷的工作。但人世间就是这样奇怪，最讨厌写作的人，恰恰提供了最惊心动魄的作品，创造奇迹的福赛斯总有理由出乎我们的意料。

我通过写作展示在写作之外没有意识到的东西

马克斯·弗里施

1

在写于1945年的小说《彬，北京之行》中，瑞士作家马克斯·弗里施虚构了一次去往北京的旅行。小说以第一人称展开叙事，“我”是一个建筑师，和一个叫“彬”的神秘飘忽的朋友，不知怎么来到了梦想的彼岸之城——北京。“我”看到了月光下的山峦和长城、笑容温和而神秘的菩萨、与他相恋的黑发少女玛雅……小说结尾，“我”回到了现实中妻儿的身边，不由自主地发觉，孩子很像梦中的“彬”，而北京，是一座“我”将永远无法到达的城市。

作为联邦德国施密特总理特别邀请的文化名人，弗里施曾于30年后访问过北京。其时，他没有像现在这样声名卓著，我们找不到有关他北京之行的文字记载。作为他重要创作形式之一的《日记》，写于1971年之后的部分，迄今尚未出版，所以也无从得知他当年探访神秘中国的亲身感受。可以确知的是，1987年，他创作于1955年的剧本《毕德曼和纵火犯》，由北京人民艺术剧院首次搬上中国舞台，获得了巨大的成功。自此，弗里施以剧作家的身份为中国读者熟悉。

此后，弗里施的长篇小说《施蒂勒》(1954) 等都曾引进出版过。在2012年2月18日上海民生现代美术馆举行的“马克斯·弗里施小说发布会”上，作家孙甘露谈到自己多年前阅读《能干的法贝尔》(1957) 时的感受。尽管当时的印象已经模糊，他依然为读到法贝尔这样特别的人物感到惊奇。“把技术人员当成小说的主角，这在当时非常少见。”更重要的是，弗里施透过小说，对技术文明做了前瞻性的思考。这让孙甘露颇为感慨。“想起瑞士，就会想到晶莹剔透的钟表。经由迪伦马特及弗里施等大作家的作品，我们将透过这种固定的表层印象，看到瑞士人如此丰富的内心世界。”

尽管有孙甘露等作家的力荐，弗里施此前在国内的影响，并未超出文艺爱好者的狭小圈子。其实在瑞士本国，普通读者对他的认知也经历了曲折的过程。他虽然在生前就地位尊崇备至，但瑞士本国对他始终心怀疑惧。从1948年到1990年1月12日，瑞士联邦对他进行了长达近半个世纪的秘密侦查。在他生前，瑞士民众对他也是褒贬不一。有人称赞他先知先觉，有人认为他对瑞士的批评过于吹毛求疵，简直是“自爆家丑”。

进入20世纪90年代，弗里施被奉为大师、经典。他成了瑞士读者最多、销量最大、译本最多的作家。2011年5月15日是弗里施诞辰100周年纪念日。为庆祝作家华诞，瑞士邮政在年初发行了弗里施纪念邮票，瑞士制币局铸造了市值为20瑞郎的弗里施银币。此外，瑞士全国上下在今年筹备了大大小小数百次纪念活动。与此同时，有3部全新的弗里施传记热销。在弗里施的故乡苏黎世，庆典要到2015

年才算告一段落，届时 Oerlikon 火车站前的弗里施广场将竣工并交付使用。这一切都说明，弗里施在辞世20年后已经晋升为瑞士的民族诗人。

这一切或许并非弗里施所愿。临去世前一年，1990年，瑞士联邦筹备建国700周年庆典，并邀请弗里施参与。当时“卡片事件”越演越烈，瑞士的艺术家和知识分子号召抵制庆典。重病在身的弗里施不仅拒绝参加庆典活动，还在公开信中称瑞士是个“行将倒毙的国家，我和瑞士的唯一联系就是一张我不再需要的护照”。

2

倘若非要以真实的场景，来对照弗里施小说中讲述的故事，那将是荒谬的。就像“我”的北京之行，其实是一个内心梦想散漫投射的幻境，而存在于一个西方人金色想象中的北京，和我们感知中真实的北京，也注定不会有任何交集。

弗里施还写过一部题为《中国长城》(1946) 的剧作。在这部无关真实长城的闹剧里，中国的秦始皇、法兰西皇帝拿破仑、美洲的发现者哥伦布、俄国沙皇伊凡雷帝以及莎士比亚剧中人物罗密欧和朱丽叶等世界历史和文学中的诸多角色同台表演。弗里施显然不是去塑造人物，描绘性格，而是借此来探讨知识分子对历史中的罪恶应负什么样的道义责任的问题。

对于弗里施来说，写作更可以看成是一种探索内心和认识自我的途径。正如他自己所说：“写作与一种心理分析相距并不太遥远，这就是说，我通过写作，展示我在其他情况下并没有意识到的东西。”在他生前的最后一部小说《蓝胡子》(1982) 里，弗里施并没有重述格林童话中杀害妻子匿于密室的“蓝胡子”的传说，而是写了年过半百的沙德医生，他七次结婚，六次离婚，由于涉嫌谋杀一名当了妓女的前妻，受到拘留审讯，后因证据不足被宣布无罪释放。出狱之后，他生活十分失意，也一直无法停止对自己的怀疑和拷问。后来他去警察局自首，却被驳回。回家的路上，沙德开车撞到了树上，完全失去了意识……

被著名德语文学评论家赖希·拉尼茨基纳入文学经典书单的《蒙托克》(1975)同样如此。小说并非浓墨重彩地去写美国纽约长岛上那个叫作蒙托克的地方，只是借这一场景展开故事。他，一个名叫马克斯、年过花甲的知名作家，和一个31岁名叫林恩的女人去蒙托克度周末。这一对年龄悬殊的情侣只是暂时在一起，对未来谁也没有明确的目标。作家时常因对方张口皆是英语而想不出合适的话来，年轻的女人则从一开始就怀疑男伴对自己是否真有兴趣。短暂的周末结束之后，没有拥抱，没有接吻，两人互道再见，在纽约街头分手。

在叙述现实生活的同时，弗里施从一开始起就插入了许多对往事的回忆，这些回忆显然都是作家本人的亲身经历：苏黎世的早年生活，父母家中的境况，与中学同学 W 君的友谊，初恋的情人，记者生涯，两次失败的婚姻，建筑师的职业生活，和奥地利女诗人英格博格·巴赫曼的感情纠葛，写作的经历，等等。因为大量描述私人生活，小说自然引起了书中涉及的相关当事人的不满。弗里施对此不以为意。他甚至把这部小说称作“遗书”，想以此告别写作生涯。

3

事实上，弗里施的大多数作品都带有强烈的自传色彩。他卓绝的才华，在于他总能如迪伦马特所赞叹的那样，把自己的故事演绎成世界的故事。同时，他并不满足于讲故事，而是倾向于通过写作表达他的人生哲理，探讨身份认同、两性关系等充满现代性的主题。

这在《施蒂勒》中有典型的体现。对雕塑情有独钟的施蒂勒，娶了美丽动人的舞蹈演员尤莉卡为妻，尤莉卡舞台上的无限风光，却给了他极大的压力。他用自己的方式所做的一切都未能使尤莉卡得到满足。面对生活的压力和事业的平庸，施蒂勒不告而别。他改名换姓，费尽周折。六年后，不料在回乡检查护照时被人认出，指控他为"持美国护照的德国人"。对于这一切，他矢口否认，直到见到风韵犹存的尤莉卡，真相才浮出水面。施蒂勒由此陷入身份错位的窘境。

弗里施自己也一度在自由记者、建筑师和职业作家三种身份中徘徊犹疑。他在中学时就痴迷于戏剧。1932年，因为父亲去世家道中落，他被迫中断大学学业靠撰稿贴补家用，在友人的资助下，才得以在苏黎世理工大学完成建筑学学业，并在1943年成立了建筑师事务所。其间，他有几年时间不曾涉足创作。而他最终回到创作，并不仅仅出于对文学的迷恋，更深层的原因，或许在于他对人在社会中的不安全感的深刻体认，正像他自己所说的，"我是出于恐惧而写"。

带着打开的“头颅”，写时代的复杂诗篇

伊塔诺·斯维沃

1

倘若去意大利港口城市的里雅斯特，信步经过一公共花园，不经意间你会看到一座半身雕像。这尊雕像曾让当今意大利深具国际影响的作家克劳迪奥·马格里斯时常驻足凝视，并盛赞其是他眼中20世纪最伟大的人物之一，他就是意大利意识流小说巨匠伊塔诺·斯维沃。

如其雕像“历经”的曲折命运：遭到破坏的头部多次被盗随即被重新“连接”，斯维沃的文学创作生涯可谓极尽坎坷。尽管去世后被誉为二十世纪最出色小说家之一，生前他早期创作的作品却都是自费出版，且不被认可。直到60岁后写出令詹姆斯·乔伊斯击节称叹的小说《泽诺的意识》，斯维沃才算是实现了自己梦寐以求的文

学理想。然而天有不测风云，小说引起欧美文学界热烈反响，从而奠定其世界性文学声誉后不久，1928年他就在一次意外的车祸中遇难身亡。

时间终究遮掩不住经典作品的璀璨光芒。斯维沃去世以后，他的大部分作品在世界各地相继出版。在意大利国内，人们把他和同时代卓有成就的剧作家皮兰德娄等量齐观。因其代表作《泽诺的意识》开意大利意识流小说先河，且与《尤利西斯》《追忆似水年华》等名著同期出现，并一道把意识流这种小说技艺推向巅峰，批评家常把他与乔伊斯、普鲁斯特等经典作家相提并论。

作为一部开放的意识流小说，《泽诺的意识》展示了作家精巧的结构艺术。在仅占据两页篇幅的“序”中，斯维沃假托心理医生S.的口吻公布他的病人泽诺的隐私。衰老的泽诺拒绝遵照医嘱继续写回忆录，使得医生对其进行的心理分析被迫停止。为了施行报复，S.医生披露了泽诺的病历档案。接下去五个章节则是泽诺的长篇自白，是小说的主体部分，更是泽诺进行自我解剖和精神分析的忠实笔录，依次为《吸烟》《父亲之死》《我结婚的经过》《妻子与情妇》《创办贸易公司的经过》，全部采用第一人称和意识流手法展开叙述。

仿若《追忆似水年华》的精彩开篇：主人公小马塞尔在贡布雷所度过的童年时代一个漫长而伤感的梦境，泽诺同样从他的童年开始追忆，对于吸烟的嗜好进行自我分析：从偷吸父亲的雪茄烟、与同伴进行的限时吸烟比赛直到上瘾患病、反复戒烟的痛苦和电疗手术的失败……他还细致讲述了自己和妻子、情妇的尴尬关系，同原先的情敌、后来的合作伙伴古伊多的微妙关系，以及古伊多因公司倒闭而自杀的悲剧。最后一章《心理分析》是泽诺写于1915年5月至1916年3月间的四则日记，表明他患精神病症和进行治疗的年代为第一次世界大战期间，从而清楚点出了小说特殊的时代背景。

作为小说中着力刻画的一个人物形象，主人公泽诺显见地体现了斯维沃笔下一以贯之的“英雄”或者说“反英雄”的本质特征。泽诺面对生活软弱无能、意志薄弱，他的疾病，不是肉体上的、年龄上的，而是精神上的、意识上的，是一种未老先衰、一种反常的病态。尽管他对自己的疾病有清醒的认识，并进行追踪记录和自我分析，但他的软弱无能和反常的精神病态，排除了他进行斗争的可能性，英雄气概和悲壮精神在他身上已经荡然无存。

和所有有追求的作家一样，在小说中，斯维沃借助泽诺这个人物对现实社会进行了深入的探究。他生活的时代，西方社会物质文明急剧发展，一战的炮火摧毁了人的价值和信念，现代人经受着前所未有的、异常深刻而严重的危机，人被异化无法去同他周围的现实建立有效的、真切的关系。在斯维沃看来，他置身其中的这个社会已经无可救药。唯一的选择和替代，仅仅是在个人的层面，而不是在社会——历史的层面。拯救的唯一可能的道路，只在于认识人的境遇，在于获得自我意识。

2

尽管小说受乔伊斯直接影响，《泽诺的意识》的独创意义不言而喻，其意识流创作方法也并非是借鉴和模仿。在其早期作品《一生》和《暮年》中，斯维沃在诉诸传统的创作手法的同时，就表现出了对人物心理因素的浓厚兴趣。他以极其精细的分析，来解剖人物的内心世界、他们的心理流程，进而把人物意识的各个层面予以曝光。这种描写人物与现实关系上的用心，对人物内心生活的着力揭示，为斯维沃日后创作的转折做了铺垫。同样有意思的是，这两部小说中的主人公阿尔丰索和埃米利奥，可谓泽诺的雏形。与泽诺一样，他们的内心生活经受着无情的自我批判，无法让自己的内心世界适应外在世界。

文如其人，像他笔下多数作品中的主人公一样，斯维沃相当长时间里过着银行小职员的生活；也跟他们一样，作家本人经历了同样艰难复杂的心路历程。依塔诺·斯维沃原名海克托尔·施密茨。1861年，他出生在意大利北方边陲城市的里雅斯特。父亲是德国商人，母亲是犹太血统的意大利人。他在德国巴伐利亚读完中学，18岁时返回的里雅斯特，考入高等商学院。一年后，因父亲在生意场上遭受重大挫折，他不得不中断学业，进入一家银行工作。这种小职员默默无闻的工作持续了约二十年的光景。1892年，海克托尔·施密茨用笔名伊塔洛·斯维沃自费出版小说处女作《一生》，六年后同样以自费的方式，出版了小说《暮年》，两部作品都遭受了评论界的冷遇，斯维沃不得不暂时停止写作。之后，他进入岳父开设的生产海底油漆的企业工作。1905年，斯维沃和侨居意大利并在的里雅斯特教英语的乔伊斯结识，从此成为莫逆之交。

对弗洛伊德学说的浓厚兴趣，驱使斯维沃于1918年把其重要著作《梦的解析》译成意大利语，这是他沉默二十年之后再一次拿起笔。次年2月，也就是一战结束不久，斯维沃开始着手创作《泽诺的意识》。小说的写作历时近四年。1923年4月，小说自费出版后，依然没有产生什么反响。舆论界冷冰冰的漠然态度大约持续了两年之久。之后，因为意大利诗人、1975年诺奖得主埃乌杰尼奥·蒙塔莱的引荐、好友乔伊斯的推动，作品开始受到评论界的重视。小说在法国产生的轰动效应，更是激起了英国、美国和德国等国家的连锁反应，斯维沃终于成为风靡欧美的作家，获得了他梦寐以求的名声。此时距处女作《一生》发表，已过了足足35个年头。

在遇难前不久写就的《论文与随笔》一文中，斯维沃避而不谈自己的作品，却对普鲁斯特和乔伊斯的意识流小说做了解析，认为前者作品的语句绵密庞杂，在强烈的音乐性和鲜明的画面感共同支配下寻找失去的时间；后者创作的则是在现实生活中运动行进的作品，“人物带着打开的头颅走着”，时间极其凝缩。事实上，同为具有丰富诗学内涵和多种阐释可能的意识流小说，《泽诺的意识》在很多方面，与《追忆似水年华》和《尤利西斯》有异曲同工之妙。对照这两部作品，《泽诺的意识》最早使用了自我分析的手法来勘探人物的精神世界，更有其特殊的价值和意义。无怪乎蒙塔莱在论及这部意识流小说作品时，把其视为“描写我们这个时代的复杂的精神失常症的诗篇”，认为作家穿越了生存的现象表层，“深入到意识中那个跳动和掩藏着最令人信服的证据的隐蔽而幽暗的区域”，也因此格外震撼人心。

他以写作一网打尽社会污浊底层的暗流

阿尔贝托·莫拉维亚

1

“我趴在床上，把墨水瓶夹在床单中间，在一张张玻璃薄纸上，写完了小说的初稿。”多年后，忆及《冷漠的人》的创作过程，阿尔贝托·莫拉维亚如是写道。那时，这位自九岁身患骨结核病以后被迫卧床治疗和休养，从此无缘接受正规学校教育的意大利青年，正在北部边境的城市布雷萨诺内休养。此前，不幸染病后的最初三年，他在家中静养。后来，他搬进了东北部山区的一家疗养院，一住就是六年。

出于对文学的一种近乎本源的热爱，他以顽强的意志和强烈的求知欲刻苦自学。每周，他都要去当地邮局收取佛罗伦萨图书馆寄来的自己预订的一包图书。他如饥似渴地阅读意大利和欧洲文学大师薄伽丘、狄更斯、果戈理等的作品，同时开始练习写诗。等到他能够下床依靠双拐行走的1925年，法西斯政权在意大利政治舞台上异军突起。日后在回忆录《莫拉维亚的一生》中，他揶揄道，正是疾病和法西斯统治，决定了他的生活和他一生的创作。

小说写了整整三年。最终在身为建筑师和画家的父亲的资助下，于1929年由米兰的阿尔卑斯出版社自费出版。让他始料未及的是，这部最初投稿被拒的作品，迅即获得巨大的成功。就像当时的莫拉维亚，小说的主人公米凯莱也是一个典型的资产阶级家庭的青年，他一直生活在痛苦的怀疑和精神折磨之中。他隐约觉得，家中并非一切都顺当，中年守寡的母亲，有一个处了多年的情人莱奥。这个狡诈而贪婪的男人，试图榨干这个体面家庭的钱财，姐姐卡尔拉迫于家庭的经济情况以及莱奥的引诱，也最终委身于他。米凯莱目睹这庸俗、虚伪的现实，又受到一个轻浮的女人丽莎的逗弄，感到令人窒息的痛苦。在某一瞬间，憎恨的感情突然在他身上迸发出来，他持枪冲进莱奥的房间，想一枪结果了他，但枪击没有成功。激情消失了，他对周围污秽的现实的痛恨也随之烟消云散。冷漠和无动于衷占有了他。最后，他也像母亲和姐姐卡尔拉一样，成了冷漠的人，品尝着随波逐流的安逸。

即使是最苛刻的评论，都不得不承认这是一部成熟的作品。在此后漫长而孜孜不倦的作家生涯中，莫拉维亚一共创作了约五十部作品，长篇小说更是多达十九部。这部在他年仅二十二岁时创作的小说，却已具备了他此后作品所包含的几乎所有元素：有着多重性格的主人公、极为反常的人物关系、关注日常生活现象、对社会问题的冷峻剖析、人生悖论的诘难与沉思……不同元素的重新组合，构成不同的作品，却似一幅幅多棱镜，折射出了半个多世纪来意大利社会的风云变幻，且因其对存在感的深层体认，写尽了具有普世意义的极尽复杂的人生况味。

就是这样一位被贴上“新写实主义”标签的经典作家，在中国最早于20世纪80年代初，由其作品主要中文译者吕同六翻译出版《莫拉维亚短篇小说选》。此后他的其他主要作品也陆续由上海译文出版社、译林出版社等引进出版。他在中国的声名，却始终弱于此后被介绍给中国读者的他的意大利“老乡”卡尔维诺与埃科。

这或许如书评人瘦竹所说，是因为他的小说既不像卡尔维诺玩文本游戏，也不像埃科那样玩学霸姿态，他只是用最传统的表现手法给读者呈现了一个真实而又光怪陆离的世界。但卡尔维诺在他的自述性文集《巴黎隐士》中对莫拉维亚赞赏备至，埃科则在他的文学研究图书《树敌》里的《〈尤利西斯〉：我们的惦念》一文中转述朱塞佩·比昂多利洛的话说，从伊塔洛·斯维沃到莫拉维亚，恰好织成了一张可悲的网，将社会污浊底层的“下九流”一网打尽。2020年，莫拉维亚逝世三十周年，我们似乎有必要回顾一下他如何以一生的创作，破解如中国诗人北岛在诗里写下的“生活：网”这个永恒无解的命题。

2

莫拉维亚曾说，文学的使命就在于对现实生活进行“分解”，描绘出它的无数种可能的形态，用它们来与之相抗衡。而“冷漠的人”“随波逐流的人”“不正常的人”，尤其是庸俗自私、意志薄弱的知识分子，则是他借以“观察”的窗口。正是通过塑造这些具有民族和时代特征的典型形象，莫拉维亚以触目惊心而又令人信服的方式，揭示出当代社会日益异化的严酷现实。恰如他自己所言，作家的任务就是要揭示现代人怎么变成了被人利用的工具。

继《冷漠的人》之后，莫拉维亚发表了另一部重要作品《同流者》(1951)。其中出身于不正常家庭的马尔切洛·克莱利齐从小就有意识地追求正常状态。为了得到同学的尊重，他从纠缠自己的性变态者利诺那里得到一把手枪，并开枪杀死了他。杀人罪带给他的内心折磨益加激起了回归正常状态的决心。他顺应时势加入法西斯党，成了秘密警察，与正常家庭出身的朱丽亚结婚。然而，在法西斯政府倒台后，他突然发现自己最终还是被时代和社会抛弃。为躲避惩罚，他带着妻子和女儿逃往山区，途中遭到了美军飞机的射击……

于三年后发表的《鄙视》，则深刻地揭示了由金钱引发的人生悖论。主人公里卡尔多专事电影评论，但经济颇为拮据。他因无法满足妻子享受优裕生活的愿望而感到内疚。于是想方设法逢迎一位电影制片人，并为其编写电影脚本而获得一大笔酬金。妻子和他结婚两年，一直爱着他。然而，他拥有了金钱，却遭到了妻子的“冷遇”。后来，因对制片人追逐妻子的卑劣行为的漠然、迁就和容忍，致使妻子沦为制片商的情妇。当他最后决定放弃编剧工作带妻子回罗马时，妻子却在和制片人先行回罗马的途中死于车祸。

在此前后，受反法西斯抵抗运动和“二战”后新现实主义文学崛起的影响，莫拉维亚写了大量关注底层民众的作品。出版于1954年的短篇小说集《罗马故事》，用瘦竹的话说是一幅“二战”后罗马版的“清明上河图”，小说中的主人公大都是罗马底层社会可悲又可笑的人物，他们的职业千奇百怪，包括出租车司机、出狱者、饭店伙计、失意的丈夫、搏人欢笑的歌手、卡车司机等，莫拉维亚对他们给予了深深的关注与同情，但他在呈现他们的故事时笔调却是幽默，同时又是冷漠的。很显然，他没有因为同情减弱批判的力量，更没有偏离“分解”社会现实的主题。在“反映抵抗运动的小说”《乔恰里亚的女人》中，莫拉维亚即通过切西拉、罗塞塔、米凯莱这三个人物在战时的特殊际遇，写出了现实生活的阴暗面，更是把卑劣的人性世界演绎得淋漓尽致。

3

正如发表于1965年的小说《注意》这一书名所预示的，莫拉维亚的“注意”，让他始终保持一种难得的清醒。长达二十年之久的法西斯独裁统治和战争浩劫结束以后，历经战后初期的严重动乱和经济萧条，意大利的经济开始迅猛发展，一跃进入发达国家的行列。然而，作为一个孜孜不倦的“观察者”，莫拉维亚则看到了所谓“经济奇迹”“福利社会”之后的暗流涌动，并保持一种更为审慎的态度。

自小说《苦闷》(1960)开始，莫拉维亚就把目光重新投向资产者生活的圈子。作为出身富裕家庭的青年画家，季诺生活优裕，却时时刻刻被一种莫可名状的“苦闷”所折磨。他专心致志于绘画，希望借助艺术创作来摆脱“苦闷”；后来又发狂似的爱上了他的模特儿。但他都无法因此寻得慰藉，反倒更深地陷入了“苦闷”，最终只好以自杀了却一生。

同为出身资产阶级家庭，《注意》里的主人公，新闻记者弗朗切斯科厌恶醉生梦死的浮华生活，认为唯有平民才是世上唯一保存了真实的人。因此，当他遇上出身卑微、当裁缝的科拉，就立即爱上了她。然而，同科拉结婚以后，在重新阅读记录自己与妻子爱情故事的日记的过程中，他发现自己刻意隐瞒了一个事实：自己已经不再爱妻子，而且想尽办法冷落和疏远她。同时，当他重新把注意力集中到这位昔日令自己迷恋的女人身上时，更是发现了很多令人震惊的丑恶事实。

莫拉维亚笔下的人物，就像他本人一样，以冷静和客观的目光审视自己所生存的社会以及它所经历的各种变迁。他们与周围环境格格不入，而从旁观者的角度对社会永无休止的审视，更使得他们成为这个社会的“局外人”。他们努力寻找出路，但常常因为找不到出路而倍感苦闷和彷徨。基于此，有论者认为，阅读莫拉维亚，或许不能收获愉悦，却会在让人震惊之余，对自己的生存处境有深刻的体认和洞察。以此为坐标，反观当下诸多无视社会现实的虚假写作，这无异于是一声棒喝。

辑三

约翰·厄普代克

阿瑟·米勒

露易丝·格丽克

史景迁

彼得·海斯勒

赋予庸常生活以其应有之美

约翰·厄普代克

对于约翰·厄普代克，美国文学史家尼古拉斯·米尔斯说，如果社会历史学家们想知道美国是如何从20世纪50年代的艾森豪威尔时代过渡到20世纪90年代的克林顿时代，他们会发现厄普代克的“兔子”系列小说是必读作品。

诚然厄普代克以“兔子四部曲”闻名于世，实际上他还写了“贝克三部曲”等其他长篇小说以及为数不少的短篇小说集、诗集和评论集。出版于2003年，获2004年“笔会/福克纳小说奖”的《厄普代克短篇小说集》，即收录了他写作生涯中的大部分短篇小说。该小说集由他本人亲自编辑整理，主要集中在1953年至1975年时期，其中大部分最初发表在《纽约客》上，按主题分为“奥林格故事”“闯世界”“婚姻生活”“家庭生活”“两个伊索德”“塔巴克斯往事”“遥不可及”和“单身生活”八个部分，计103篇。其中，如《鸽羽》《家》等作品都是美国各种文学作品选本中的必选篇目。

厄普代克在短篇小说写作领域也有自己的建树，自然是因为他在任何一种体裁的写作中，都没有放松自己的艺术追求。他曾在自己的文学评论《什么是好的短篇小说》中这样说道：我希望小说应该有让读者拍案惊奇之功效，能够在我读完最初的几个句子之后立即吸引住我的注意力；在故事发展的中部拓宽和加深我对于人类行为的理解，而使其更加敏锐、深邃；在结局时则给我们以完整的透彻之感。就像该小说集译者之一，翻译家杨向荣所说，虽然厄普代克早期作品的结局偶有欧·亨利式或者取悦读者的嫌疑，但作为一个追求风格化的作家，他总体上看还是非常有耐心，从不仓促地给自己的某篇作品画上句号。

倘使对照厄普代克写这些小说时的境况，他能做到这一点着实不易。厄普代克日后回忆说，他是在伊普斯维奇租来的一个单间办公室里，在一台手工打字机上写这些小说的，最初始于1960年代早期。那个办公室夹在一个律师和美容院老板的工作室之间，高居于一个温馨舒适的街角饭店的楼上。其间，他为《纽约客》撰稿维持生活。“那些最初寄来的支票，顶多只有几百元，累积起来后，支付了我购买第一辆车的费用。没有《纽约客》我恐怕就不得不徒步行走。”厄普代克形容他的写作，就好比是在那个屋子里一个烟盒接一个烟盒地收拾着某种烟一般遍地缥缈弥漫的东西。“我在那里唯一的职责就是描写原原本本向我呈现出来的现实——赋予庸常生活以其应有之美。”

就像杨向荣感慨的那样，厄普代克虽然身处现代主义文学泛滥的年代，却几乎没有受各种时髦主义的左右，仍然以写实的笔锋，在小镇上想象和精确地描绘着美国的世俗生活。他的小说也确乎是原原本本描述世俗生活。“兔子四部曲”首部《兔子，跑吧》被认为反映了20世纪50年代美国社会生活和在这种“繁荣年代”里人们内心的空虚和苦闷，但除此之外，小说之所以引发读者强烈兴趣还在于，如杨向荣所说，他勘探日常生活中的诗意，但绝非浪漫地美化生活。作为厄普代克创作出来的一个文学人物，“兔子”的名字叫哈里·安斯特朗。厄普代克用“兔子”比喻主人公哈利，显而易见不仅仅因为哈利篮球打得好，在球场上奔跑如飞，还因为他和兔子一样，见到异性就忍不住想要勾搭一番，更因为他有个显著的特点就是“逃跑”。1960年，当他在《兔子，跑吧》初次登场的时候，还只是个26岁的青年，一度是个篮球明星，但结婚以后，他却对自己的婚姻、工作和生活中的一切感到厌倦，感到无以言状的烦躁，终于在妻子怀孕临产的时候，逃避责任，弃家逃跑。

而厄普代克最开始写这部小说，与其说是要塑造“兔子”这么一个人物形象，不如说是想描写一种战战兢兢、躲躲藏藏的生活。厄普代克说，在1959年的美国社会，他发现身边有很多这般胆小的人。他自己内心也有一定程度的恐惧和躲闪。这种人靠不住，不会做承诺，在社会中不会全力以赴。“我把哈利想象成一个打篮球的小伙子，当时在高中里每个人都想当篮球明星。你有运动员的潜力，长得又高，心里觉得自己到18岁一定能成个人物，结果到了那时却一切都在走下坡路。于是哈利蓄积了许多特性，甚至有了‘兔子’的外号。兔子东躲西藏，兔子性欲旺盛，兔子紧张，兔子喜欢草地和蔬菜。他的形象这样触手可及，我对他的神经反应、说话方式都成竹于胸，也许多半因为我自己就是这样的人。”

在某种意义上，厄普代克终其一生写的就是如“兔子”这般触手可及的形象。这样的形象，不只是对当时的美国人来说触手可及，他们的一些感情和行为，我们今天读来也能感同身受。厄普代克写他们，自然是因为他有敏锐的感官去深入觉察他们的内心世界，也因为他觉得把他的觉察写下来，是一件妙不可言的事情。厄普代克无论是写家道中落的男女恋人舍不得离开家乡去外地发展，还是写大公司推销员在陌生的异地环境中出差的见闻和感慨；无论是写老工人几十年来，每到周末总要跟老朋友们玩牌、喝啤酒，某天晚上却要跟伙伴们告别，因为他患了不治之症；还是写一位父亲为了养家糊口做出的种种无奈选择，揭示人在生活困顿中经历的酸甜苦辣。厄普代克都会如杨向荣所说，在凡俗生活中注入某种令人愉悦的快感，使日常琐事变得具有难以言传的魅力。

和世俗生活中的大多数人一样，“兔子”永远在追求什么，也永远在逃避什么。厄普代克赋予这种进退两难的人生以难以言喻的魅力。自《兔子，跑吧》以后，厄普代克每隔10年推出一部以“兔子”哈利为第一主人公的长篇小说，于是就有了《兔子归来》《兔子富了》《兔子歇了》。这四部长篇紧密贯通，均围绕以“兔子”作比的主人公哈利展开，从哈利的青春写至垂死。小说写了40年，涵盖了美国40年的社会生活史，有约150个鲜活人物在其中粉墨登场，这在美国现代文学中是少见的。

用厄普代克自己的话说，“兔子”哈利觉得自己具有一种无害、消极的精神，一种平稳、渺小的声音，不想搞任何伤害，不想在任何地方落入圈套，也不想死。虽然如此，厄普代克还是在第四部《兔子歇了》里面，把已然56岁，渐入老境的哈利判了死刑，让这个心灰意冷、肥胖多病的“兔子”在一次打篮球过程中心脏病突发，猝然而逝。于是“兔子”四部曲也随着哈利的飘然作古而画上了句号。

或许是意犹未尽，厄普代克在“兔子”死去10年之后，又把它给“召唤”了回来，于是有了后出的中篇小说：《怀念兔子》，收入于其小说集《爱的插曲》中。在这部小说里，厄普代克没有像加西亚·马尔克斯或者萨尔曼·拉什迪那样让哈利死而复生，或者让哈利的灵魂在深更半夜徜徉在佛罗里达或者宾夕法尼亚的城市或乡间。他讲述的这个故事发生在新千年快要到来的时候。“兔子”是在他的妻子贾尼丝和儿子纳尔逊，以及众多熟人、朋友的交谈中“重返”人间的。厄普代克说：“没有‘兔子’在周围，故事总缺少一些东西。‘兔子’是一种催化剂，他使事情发生，没有他，故事就有点儿太安静了。”

事实上，厄普代克判“兔子”死刑，着实有其苦衷。当他越是写到后来，越是觉得“兔子”小说难以为继。他感到对新老读者都负有义务。何况“兔子”小说越写越长，写到《兔子歇了》的时候已经长达500多页。更何况，日后回忆何以早早给四部曲画上句号，厄普代克感叹那时“我不能肯定我能活到1999年”。实际的情况是，厄普代克一直活到了2009年。但他喜欢抽烟，长期患有肺癌。或因如此，在他写的凡俗生活里，总能多少读出人生无常的感慨。只是像杨向荣说的那样，厄普代克面对当代的精神困境既没有逃向东方的忍耐哲学，也不轻巧地退却到语言游戏之中。他从探索近在手边的家庭、传统、爱情等入手，记录了人们在复杂社会现实中寻求确定意义的历程。

“兔子”四部曲在美国社会产生的影响是持久而深远的，以至于许多读者习惯于每过10年就通过“兔子”的眼睛来回头看看社会，甚至看看自己。四部曲后的两部《兔子富了》和《兔子歇了》都被授予在美国有很高威望的普利策奖，也从侧面反映了作品本身的艺术质量和社会的关注程度。1982年10月18日，厄普代克第二次登上《时代》周刊封面故事。之前，在现代美国文学史上，只有三位作家有过两次登上《时代》封面的荣誉，他们是刘易斯、海明威和福克纳。和他们不同的是，作为呼声最高的诺贝尔文学奖候选人，厄普代克每一次都与此奖擦身而过，对此他有理由不平。他笔下的新教徒“亨利·贝克”，是美国犹太裔作家，常遇到写作障碍，尤其是在写诺贝尔奖受奖演说稿的时候，1999年贝克却意外领得诺贝尔文学奖，这似乎是厄普代克对瑞典人的一种嘲讽。

当然，这只是一种厄普代克式温和的嘲讽。厄普代克的批判总体上也偏于温和。当被问道，暴力的缺席会否影响了他小说的写实性？厄普代克回答道，我不认为一个和平的人应该在小说里假装暴力。“我的生活里就没有暴力。我没打过仗，连架也没打过。”在厄普代克看来，纳博科夫写的那种血淋淋的事情，对他来说更像文学而不是生活。我对我笔下的人物有一种温情，不允许自己对他们施暴。如果有一天大屠杀真的出现在我面前，我肯定自己能够提高表述暴力的能力；但如果没有的话，我们也不要为了时髦的幻想而滥用在出版业中的特权。

如其所言，厄普代克始终以诚实的姿态面对写作。他也在作品中诚实地指出，在技术的统治下，美国人的精神在逐渐走向枯萎的事实。因为人们对外部的征服越厉害，对内心的打击将越严重。也因此，他尝试探索生命的精神途径，一种能给我们人类的精神提供适当的表达方式和真实意义的途径。诚如杨向荣所说，厄普代克笔下的人物往往经历着种种个人色彩浓厚的内心骚乱，这些精神危机又跟宗教、家庭责任、婚姻的不忠相关。无怪乎，如有评论所言，作为美国当代中产阶层的灵魂画师，厄普代克同时也是当代人们孤独生活的注解者。

悲剧让观众对人类前景抱有最光明的看法

阿瑟·米勒

阿瑟·米勒与尤金·奥尼尔、田纳西·威廉斯并称为美国戏剧三大家。早在1979年，美国大剧评家马丁·哥特弗里德就在《星期六评论》杂志上撰文盛赞米勒是“美国戏剧的良心”，并称他的《推销员之死》《萨勒姆的女巫》和《桥头眺望》是三部气势宏伟的剧本，具有显示人性的广泛内容，却又高于现实生活，因为它们诗意盎然并具有崇高的道德力量。他预言，世界上只要还有舞台存在，这三出戏就会上演，传之不朽。

此话信然，米勒在世时，他的戏剧屡屡被搬上舞台引起轰动。他一生写有17个剧本，获得包括普利策奖、纽约剧评奖、奥利弗最佳戏剧奖等在内的诸多重要奖项。米勒逝世十五年后，他的戏剧依然广为流传。剧作家喻荣军谈到，对于中国的戏剧演出来说，要找到和米勒经典作品之间的关联是很容易的，只要有一个点能搭上，就能引燃大家二次创作的激情，而不同的创作者总是能从米勒的作品中找到自己的角度。他特别谈到，2019年米勒突然间就火了起来，不只是在中国，世界各地都开始演出他的戏剧。

与在戏剧上取得的成就相比，米勒的小说创作少为人知。实际上，小说创作几乎贯穿了他的整个写作生涯。他出版过长篇小说《焦点》、中篇小说《不合时宜的人》、短篇小说集《存在》等。如有评论所说，这些作品同样体现出米勒深刻的洞察力、强烈的人文精神，这也是他的剧作的标志性特征。

正因为此，有一次，美国导演西德尼·吕美特问米勒，既然他在剧本和小说写作方面具有同样的天赋，为什么还会选择写剧本？为什么他要放弃小说写作赋予他的对于创作过程全盘控制的权力？毕竟剧本都是首先要经过导演之手，再经由演员、场景设计、制片等等“共同创作”，才能在舞台上得以呈现。米勒的回答令吕美特感到触动，他说他喜欢看到他的作品在别人那里引起反应，这些反应当中可能有他在剧本创作过程中从未想到过的揭示、感受和思想。

1

可想而知，米勒自然是喜欢看到自己的作品在中国观众中引起反响。他曾于1978年携第三任妻子、摄影师英格·莫拉斯访华，并在回国后出版了反映中国人民生活的图文并茂的《访问中国》。五年后，他又受邀为北京人民艺术剧院导演《推销员之死》。在以排练日记为基础写成的《阿瑟·米勒手记》一书中，米勒写道：“1983年春，我每天早上九点到中午、晚上七点到十点导演这出戏，下午则写日记。我把自己的搬弄是非、误解和错误的判断都原封不动地留在这里。在那两个月里，我兴奋地、努力地工作，以独特的角度观察着中国。”他敏锐地注意到，他和他的剧作在一个特殊的历史时刻来到中国，他用一本书记录、反映了一些平常中国人的心境。“从某种意义上说，他们也是我们这个时代的悲剧中的演员。”

自发表后在百老汇连演742场，为米勒赢得国际声誉的《推销员之死》(1949) 可谓米勒创作的一出“美国悲剧”。该剧讲述了推销员威利·洛曼的悲惨遭遇。在为公司兢兢业业工作三十多年后，威利被老板辞退，又为两个不务正业的儿子操碎了心，最终为了使家庭获得一笔保险费而在深夜驾车外出撞毁身亡。对于中国观众而言，当年看到这部剧接受起来并非易事。喻荣军回忆说，1983年北京人艺版的《推销员之死》虽然影响力巨大，但这部戏剧探讨的内容和当时中国国情距离较远。“一方面我们不太了解美国梦，另一方面对推销员、保险这些职业也根本不了解。”

但米勒写这个剧作时，他的国家正到处弥漫着新的美利坚帝国正在形成的气氛。米勒回忆说，这出戏在美国首演当晚，一名妇女讽刺它是“一枚埋在美国资本主义制度下面的定时炸弹”。“我倒巴不得它是，至少是埋在那种资本主义胡扯的谎言下面，埋在那种认为站在冰箱上面便能触摸到云层、同时冲月亮挥舞一张付清银行购房贷款的收据而终于成功之类的虚假生活下面。”米勒也确实对“美国梦”满怀狐疑。“我在写作过程中嗤嗤发笑，主要是针对威利那种彻头彻尾自相矛盾的心理，正是在这种笑声中突然有一天下午冒出了这出戏的剧名。以往有些剧本，诸如《大主教面临死亡》《死亡和处女》四部曲等等——凡是剧名带有‘死亡’这个字眼儿的戏素来都是既严肃又高雅的，而现在一个诙谐人物，一大堆伤心的矛盾，一个丑角，居然要用上它啦，这可真有点叫人好笑，也有点刺目。”

虽然如此，米勒本人却可谓追逐“美国梦”，并获得巨大成功的典型。他1915年生于纽约，父亲本是富裕的犹太商人，却不幸在20世纪30年代初美国经济大萧条时期破产，家里由此生计维艰，米勒一家只得靠变卖母亲的首饰维持。自1932年中学毕业起，米勒就外出谋生，在汽车零件仓库干活。攒够大学一年的学费后，米勒于1934年考入密歇根大学，靠奖学金及做《密歇根日报》晚班编辑的工资上完大学，其间他写过几个剧本，两次获得校内霍普伍德写作竞赛戏剧奖。1941年到1944年间，米勒从事过多种工作，如当卡车司机、侍者、电台歌手等，但戏剧创作从未停止过，但他创作的几个剧本都不大成功，后来被他称作“抽屉里的剧本”。1944年，他的剧作《鸿运高照的人》在百老汇上演，但反响平平。他决定再写一个剧本，如果仍然不成功就搁笔。果不其然，3年后，他仿照易卜生笔法写出社会问题剧《都是我的儿子》——一出由质量不过关的飞机引擎引发的悲剧，终于一炮打响，获纽约剧评奖，米勒从此名噪于世。

而最堪为米勒传奇一生做注解的是他和演员玛丽莲·梦露的婚姻。他俩于1951年一见钟情，五年后结婚。外界称他们的婚姻为“美国最漂亮的女人与最聪明的男人的结合”。而现实是梦露严重的自毁倾向令米勒筋疲力尽，使得他整整四年没有创作一部新戏；梦露却认为，米勒自以为是，极其高傲，并由此对他反感不已，愈发放浪形骸。1960年，在梦露拍摄完米勒为她量身定做的电影《不合时宜的人》后，两人随即离婚。很多年后，在接受法国一家报纸采访时，米勒用“自我毁灭”来形容这次婚姻。“我的所有精力和注意力都用来帮助她解决她的那些层出不穷的问题，不幸的是，我做得并不很成功。”

米勒却于1964年以这段“不很成功”的婚姻为摹本写了又一个成功的剧本《堕落之后》。剧情是律师昆廷因两次婚姻失败，回忆他和两个离了婚的妻子之间的爱恨交织的关系，以及新近相识的奥籍考古学家赫尔佳给他带来恢复生活信心的希望。剧中还穿插了昆廷回忆自己的父母之间的纠葛，纳粹集中营的惨状和非美活动调查委员会对左翼知识分子的传讯。昆廷经过对生活经历的反思领悟到人只认识到爱是远远不够的，更需要面对生活而无所畏惧。有些西方评论家认为米勒敢于暴露自己的灵魂而写出了一部意义深远的自传体文献。但剧中的红歌星玛姬俨然是梦露的化身，剧情中又有多处可同米勒的往事相印证，也有些评论家认为米勒在距离梦露死去不到一年半就把夫妇私情公诸于世不够地道。但时间证明，这个一时不易让人理解的剧本的确如米勒所说，被公认为是一部杰作。

当然，《堕落之后》的成功绝非源于其自传性，而是源于米勒据此反映了现代人在社会上的生存问题。恰如有评论所说，米勒总是满怀同情地洞察普通美国人的内心世界，以赤诚之心审视自己的内心世界，并不动声色地将其愉悦、希望、苦闷、痛楚等种种复杂的情感呈现在戏剧舞台之上，从而引发观众的强烈共鸣。

2

这就可以理解，虽然如喻荣军所说，《推销员之死》探讨的内容和当时中国国情距离较远，但剧作经过一个多月的紧张排练，终于在1983年5月于首都剧场首演时，何以在中国观众中能引起似在意料之外，却又在情理之中的强烈反响。

那时出演该剧的老艺术家朱琳回忆说，在演完最后一幕时，全场一片寂静，观众们好像还不知道演出已经结束了。异样的寂静持续了一段时间，正当演员们不知所措时，观众席中爆发了暴风雨般的掌声，持续时间长达两分多钟。用主演威利的老艺术家英若诚的话说，一下子，好像憋了一晚上的观众忽然都醒过来了。“掌声越来越大，夹杂着观众的喊声，像是暴风雨般地把我们淹没了。观众不是向剧院外走，而是涌向舞台台口，鼓着掌、喊着向作者和演员们致意。”

剧作受欢迎的背后，自然是包含了米勒和演员们的艰苦努力。当年，米勒指导中国演员演这出戏剧时可谓费了一番功夫。在手记中，他披露说他告诉参演的中国演员，只有不去想着扮演美国人才能“演得像美国人”。单单依靠二手模仿来演戏，结果会是一场灾难，而他的初始动机是“证明共同的人性”。所以，他要求演员不是拙劣地去模仿，而是投入真情实感，因为“文化层面的内容会自行发展”。具体来说，他要求演员不戴假发，不装假鼻子，他也不过多干涉演员，反倒希望他们从中国人的心理去创造角色。他还耐心回答演员们的提问并试着以中国思维去类比作喻，减少他们的陌生感与紧张感。

实际上，相比其他外国剧作家，那时的中国观众对米勒以及他的剧作已经不算陌生了。此前，上海人民艺术剧院在1981年就上演了米勒创作于1953年的剧作《萨勒姆的女巫》，而且连续演了50场，可谓轰动一时。这还得从他首次访华说起。喻荣军披露了其间一些饶有意思的细节。他说，米勒于1978年到北京后首先见了曹禺，但曹禺好像不太了解他，他们之间交流不畅，米勒心里很不舒服。翻译家梅绍武知道后就给黄佐临打了个电话说米勒要来，让他赶紧做点功课。“黄佐临先生当然是非常内行的，等米勒到上海后，他就说我看过你的作品，我知道你的，米勒就非常开心，他马上就把《萨勒姆的女巫》推荐给了黄佐临。”

在诗人韩博看来，这部剧作当年在上海演出时能够引起观众的广泛共鸣，并不是偶然的。“虽然米勒的戏剧有强烈的现实主义色彩，但如果我们跳脱出历史细节就会发现，他的很多描述其实都有原型。我说的不是人物的原型，而是问题的原型。”《萨勒姆的女巫》由一桩真实的历史事件——17世纪北美萨勒姆镇发生的“逐巫案”改编而来，米勒借此抨击当时美国高压政治的代表麦卡锡主义的猖獗。萨勒姆镇的人们被邪恶的动机拖向了严酷的宗教迫害中，人人自危，互相诬告，只有正直的农民约翰在面对诚实与诬言的选择时，以无畏的精神澄清事实，他因此走向死亡。韩博说，由“逐巫案”折射出的二元论的意识形态依然存在，这部剧作时至今日还是很有启示意义。“逐巫的后果是非常可怕的，它让每一个平凡的人都开始互相撕咬，披着神圣的外衣公报私仇，甚至有的时候只是因为对一个人看不惯，不喜欢他的一句话、他的穿着或者妒忌他的财富。”

虽然如此，米勒还是为剧本写下了一个“很光明的尾巴”。米勒始终相信，人无完人，但真相总是存在的，并值得人们以死捍卫。这事关他对悲剧的理解。米勒对马克·吐温做出过这样的评论：“他并非在利用他那种跟同时代的公众幻觉相疏离的态度来抗拒他的国家，好像没有它也能生存似的，而显然是想借此来纠正它的弊端。”这未尝不是米勒的自况。他不同意那种认为悲剧作家都具有悲观主义的论调。“悲剧事实上所包含作家的乐观主义程度要比喜剧还要多，悲剧的最终结局应该是加强观众对人类的前景抱有最光明的看法”。

和奥尼尔一样，米勒写了很多有关普通人的悲剧。但和奥尼尔不同，米勒倾向于认为，悲剧是对为幸福而斗争的人类最精确而均衡的描绘。如有评论所说，米勒作品中的主角居多是社会中的底层人物，如小商人、士兵、农民，女仆、歌星、职员等，从社会伦理角度上他们大多是父子关系、夫妻关系、朋友关系、情人关系等。这些人往往面临着这样或那样的问题，这些问题又是反映了大的社会环境里出现的各种危机。米勒创作于1955年，被多次改编，常演不衰的剧作《桥头眺望》就以一出家庭悲剧探讨美国新移民的生存困境，让读者观众油然而生悲怆之感。但米勒并不赞成把悲剧写成悲怆剧。在他看来，悲剧不仅给观众带来悲哀、同情、共鸣甚至畏惧，而且还超越悲怆剧，给观众带来知识或启迪。他安排剧作中的叙述者、律师阿尔费里充当自己的化身，旁观艾迪一家的悲剧，也像是为了突出某种超越性。他说：“悲剧是我们拥有的最完美的手段，它向我们显示我们是什么样的人，我们必须做什么样的人，或者我们应该力争做什么样的人。”

3

在某种程度上，米勒确乎如书评人马凌所说，更乐于把人还原到社会关系当中来看。他对“逐巫案”感兴趣，就因为它混杂了太多的人性以及社会的因素。以马凌的理解，在米勒看来，人与社会是一回事。“因此他才能通过一个家庭或者几个人的命运悲欢，反映整个社会的图景。”事实上，米勒本人也曾表示，艺术应该在社会改革中发挥有效作用。“伟大的戏剧都向人们提出重大问题，否则只不过是纯艺术技巧罢了。我不能想象值得我花费时间为之效力的戏剧不想改变世界，正如一个具有创造力的科学家不可能不想证实各项已知事物的正确性。”

当然，米勒强调剧作要提出问题，讨论问题，并且倾向于以传统现实主义手法反映问题，但他并不拒绝使用表现主义、象征主义等艺术创作手法，而是如他自己所说，“规规矩矩地以传统的现实主义为基础，而且试图使用各种方式来扩展它，以便直接甚至更猝然、更赤裸裸地提出隐藏在生活表面背后的、使我感动的事物”。米勒对表现主义手法的实践更是值得称道，他剧作的一大特点即是类似于电影中的“闪回”技巧的往事重演，剧中人物往往受现实中某一因素的激发陷入对往事的回忆中，此时仿佛时光倒转，人物从现实回到了过去。舞台上开始上演过去的情景，人物完全沉浸其中，剧中场景也引领观众沉浸其中。

或因如此，米勒的剧作总能深深打动读者和观众。有评论称，在他看来，就艺术成就而言，奥尼尔的成就要胜过米勒；就身世沉浮来说，威廉斯的经历要更胜一筹；在这三大家里，米勒似乎也不可能位列第一，但第一次邂逅《推销员之死》的那一刻起，独具匠心、疾恶如仇且追求永恒真理的米勒就成了他的最爱。“每每读到有关米勒的文字，不论是出自其手，还是关于其人其文，都总是控制不住自己的感情，眼泪在眼眶里不停地打转，乃至于都不敢阅读完整版的米勒戏剧。”韩博也表示，他在20世纪90年代初读米勒时并没有读得太明白。“那时会觉得米勒有一点保守，反而是欧美一些前卫的剧作家，在形式上最能一下子打动我，但是今天再读米勒完全不一样，他的剧作里有很多细节都深深触动着我。”

的确，米勒的剧作总能唤起不同时代读者和观众全新的观感。在这个意义上，作家孙甘露以为不应过分强调其剧作的现实意义。“对于戏剧演出理解的变化，实际上背后反映的问题是非常复杂、综合性的。阅读、观剧实际上是唤起我们内心更复杂的部分，而不是把问题简化。”上海译文出版社编辑陈飞雪也认为，与现实观照同样重要的是米勒剧作对人性幽暗部分的敏锐洞察。“他的许多剧本主旨都可以用一句话来概括：对失败的恐惧和对成功的歉疚。这些复杂的情绪与感受不会因为时代的变化而变化，在今天，我们也依然会感同身受。”

“诗人”命名的是渴望，而非一种职业

露易丝·格丽克

美国时间2023年10月13日，2020年诺贝尔文学奖得主、诗人露易丝·格丽克因罹患癌症于马萨诸塞州坎布里奇家中逝世，享年80岁。这位从十多岁开始“就希望成为一个诗人”的诗人，走完了至为纯粹的诗人的一生。毕竟，不同于在很多选择中选择了写诗或是到了晚年便放弃了写诗的诗人，对格丽克而言，她选择了诗，就像选择了自己的命运。诗就是全部，就是唯一。

格丽克1943年4月22日生于纽约长岛一个匈牙利裔犹太人家庭。如诗人王家新所说，“格丽克”这个姓氏带有德语色彩，“恰好就是‘幸运’的意思。”格丽克爆冷获得诺奖，也多多少少有运气的因素，但常识告诉我们，运气只是一个有趣的花絮，而不是全部。在王家新看来，某种意义上，那年的诺奖不仅颁给了格丽克，也是颁给了美国这样一个写诗的路子，或者现代的传统，“美国现当代诗歌已经一个世纪了，涌现出一代代诗人，格丽克是其中杰出的代表”。

但即便在那一代代诗人中，格丽克的履历也称得上独特。她生活在一个“有文化”“充满幸福感”的中产家庭里，不到三岁就熟悉了希腊神话，四五岁时，她读了莎士比亚等名人诗集，等到了五六岁，她开始写诗，十岁时便立下成为诗人的志向，她自认为是威廉·布莱克、叶芝、济慈和艾略特的传人。十几岁时，她不期然读到艾米莉·狄金森的诗。在诺贝尔文学奖获奖演说中，她回忆道：“当坐在沙发上，狄金森选中了我或者认出了我。我们惺惺相惜，在不可见处相互陪伴，这是仅有我们知晓的事实，而我们的观点在彼此那里得到确证。而在这世界上，我们是无名之辈。”这“无名之辈”的说辞，也正是出自狄金森的一首诗作：“我是无名之辈！你是谁？/你也是无名之辈吗？/那我们就是一对了——别声张！他们会把我们赶走，你知道。/成为有名人物，多么可怕！/多么乏味啊，像只青蛙，/整日把你的名字/向那仰慕你的泥沼念诵！”

作为一名自视为“无名之辈”的诗人，格丽克也一直对荣誉保持谨慎的态度。她珍视日常的平静生活，对热闹的公共论坛没有兴趣；她行事低调，平时几乎不上网，连邮件也是由人代收；她不喜欢拍照，也不喜欢面对采访。如果说她心里有一种自动句式，当是以“诗人不应该……”开头，后面的空白几乎可以用任何事物填补。原本，教学也在这个范畴内。但她意外地接受了教职，每年秋天在耶鲁大学开设诗歌课，还曾担任耶鲁青年诗人奖的评委。得知获得诺奖的时候，她只觉得那天早上光线太明亮，声势太浩大。她在获奖演说中写道：“当一个集体开始对这类诗人鼓掌、颁奖，而不是在放逐和无视他/她，这样的诗人会遭遇什么呢？要我说，这个诗人会觉得受到威胁和操控。”或因如此，她格外珍视那些真正能听懂她的声音的读者。她说：“有些诗人设想中的拥有众多读者是指时间意义上的，是渐次发生的，许多读者在时间流逝中到来，在未来出现，但这些读者总是以某种深刻的方式，单独地到来，一个接一个地出现。”这就能理解何以如王家新所说，格丽克的诗歌不晦涩，但一直保持着适当的难度，使其并不是那么容易被大众消费，“格丽克有一种拒绝的艺术”。

而所谓“拒绝的艺术”，对格丽克而言，与其说是在写诗中习得，不如说是家庭造就。在格丽克出生之前，她父母已先育有一女，只是在她出生前七天，本该是她姐姐的女孩不幸夭折了，这给家庭笼罩上一层阴霾，即便是她的出生也并没能带给家人太多的欢欣和喜悦，尽管在她之后又有了一个妹妹特雷兹，但这一创伤在此后多年，犹如一片无法驱散的阴云笼罩着她的生活。因为格丽克长大后发现，世界的每个细节早在她出生前就被规定好了，处处充满规则，且每个规则均自带合理解释，她除了遵守，别无选择。曾想成为作家的父亲试图将她塑造成现代版贞德——拥有伟大理想，有坚韧不拔的意志，以及“健康”的性格。而拥有大学文凭的母亲，如她1989年1月31日在纽约古根海姆博物馆所做的演讲《诗人之教育》中所述：“是那种家务总管式的道德领袖、政策制定者。对她来说，说话是社交中可以接受的那种唠叨形式，其功能是用持续不断、令人安慰的声音填满房间。”尽管她母亲格外尊重她的创造性天赋，也总是对她褒奖有加，她却因此感受到一种无形的重压。

就这样，格丽克在17岁那年陷入了迷茫，进而发展出一种“完美地亲合于灵魂的需求”的症状——她试图以断食的方式将精神与肉体隔离、使自我意识与父母之命对抗，结果却是发展为神经性厌食症。多年后回忆起自己的厌食症，格丽克说，刚开始时，她自认为这是一种自己能完美地控制、结束的行动，结果却成了一种自我摧残。她因此无法继续上学，并接受了长达7年的精神分析治疗。厌食症让她对死亡有了清醒的认识：“我认识到，从逻辑上，85磅，然后80磅，然后75磅是瘦了。我知道，在某种程度上我正在走向死亡。我内心深处清楚地知道，我并不想死。即使那时，死亡仍然是一个悲痛的隐喻。”

由此可见，如果不是因为这场疾病，格丽克即使后来写诗，也很可能无法写出那些像锥子一样扎在人心上的诗句。诚如她本人所说：“作家的根本体验是无助，创作不是一路高歌、得心应手，更不是单纯的个性倾泻，大多数作家的时间消耗于种种折磨之中，终其一生都在等待被一个念头召唤。”不管怎样，因为疾病，18岁时，格丽克没选择上大学，而是报名参加了哥伦比亚大学女诗人亚当斯的诗歌培训班，她也参加过莎拉·劳伦斯学院的诗歌课和哥伦比亚大学通识教育学院的诗歌研讨班。再后来，她遇到了自己的伯乐——诗人斯坦利·库尼兹，在他的影响下，她看待问题的方式以及诗风都发生了很大的转变。

也是在治疗厌食症过程中，格丽克学会了精神分析法，并因此获得了思考问题的全新视角。她意识到：在父母与自己之间，存在着“代际剥削”——父母以为在传达爱，但这些爱却是伪币，无非是他们自以为成功后，将外部法则内化到心中，将它视为“正确之道”，是给孩子的“精神财富”。就这样，如有论者所言，格丽克在自我审视中进行诗歌创作，又在诗歌创作中得以自我疗愈，二者一起，帮助她最终战胜了心理障碍。多年后回望这段经历，她反思道：“心理分析教会我思考，教会我用我的思想倾向去反对我的想法中清晰表达出来的部分，教我使用怀疑去检查我自己的话，发现躲避和删除。它给我一项智力任务，能够将瘫痪——这是自我怀疑的极端形式——转化为洞察力。”

1968年，她出版处女诗集《头生子》，在收入其中的诗歌《棉口蛇之国》里，她即宣告：“出生，而非死亡，才是难以承受的损失。”如此的洞察与彻悟，不能不让读者震惊。她的诗作带给中文译者柳向阳的初体验也是震惊，他震惊于格丽克能写出这样的诗句：

“我要告诉你件事情：每天/人都在死亡。而这只是个开头。”当然，这是她后来的诗作。出版《头生子》时的格丽克，被视为“罗伯特·洛威尔和希尔维亚·普拉斯的一个充满焦虑的模仿者”。她后来谈到这本处女诗集，也不无悔其少作的意味，认为它不成熟、意气过重。大概也是因此原因，她时隔七年才出版第二本诗集《沼泽地上的房子》。对这本花了六年时间写成的诗集，她显然是满意的：“从那时起，我才愿意签下自己的名字。”

实际上，如柳向阳所言，让格丽克的签名、照片出现在诗集里，并不是一件容易的事。“她一直有意地抹去诗歌作品以外的东西，抹去现实生活中的作者对读者阅读作品时可能的影响，而且愈来愈决绝。”柳向阳举例道，1995年早期四本诗集合订出版时，她是写过一页简短的“作者说明”。除此之外，她的诗集就只有诗作，没有前言、后记之类的文字，“就是这个简短的‘作者说明’，在我们准备中文版过程中，她也特意提出不要收入。译者曾希望她为中文读者写几句话，也被她谢绝了；她说她对这本书的唯一贡献，就是她的诗作”。

好在格丽克的诗并不排斥自传性材料，而所谓的材料，主要是她经历的家庭生活，如童年生活，姐妹关系，与父母、亲戚的关系，失去亲人的悲痛，婚后的生活、离婚，以及离婚后如何“重建”自己的生活等等。按《哥伦比亚美国诗歌史》里的说法，从1980年出版的诗集《下降的形象》开始，格丽克将这些自传性材料写入了她凄凉的口语抒情诗里。不过，如有论者所言，她融入这些材料，是因为这既是她在生活中面对的具体问题，也是不得不去直面的精神问题。她也并非像自白派那样，直接呈露自己个人的日常和精神生活，而是将神话、传说、经典故事等“他者”的故事融入“自传”式的诉说中。于是，她的诗让她的个人经历既显得既扑朔迷离，并具有了客观化和普遍性的面目。

诚如美国诗歌评论家海伦·文德勒在她1995年出版的诗论专著《灵魂说：近期诗歌论》里所述，格丽克在自白派的直抒胸臆和智识派的智力游戏间，成功开辟出神话结构这种独特的个人风格。在诗人、作家倪湛舸看来，文德勒解释了格丽克为什么做大量的神话重写，因为她需要在自白派和智识派之间找到第三条道路，她既不想单纯地依赖自传性素材，也不想上升为一种概念游戏，她需要在两者之间找到平衡，“同时，作为女性主义诗人的格丽克通过重写神话，让在神话中缺席的女性角色发出自己的声音。她在她的诗歌中赋予日常经验以一种神话原型的力量，从而把日常经验提炼并升华到神话原型的高度”。

或因如此，诺奖颁奖词称：“她那无可辩驳的诗意般的声音，用朴素的美使个人的存在变得普遍。”1990年，格丽克出版诗集《阿勒山》。她自此创造了一种新的诗体方式——“组诗体”。如柳向阳所言，这一新诗体不再以一首首诗，而是由一首篇幅很长又具有内在统一性主题的组诗构成一部诗集，并且每部诗集所探讨的主题也具有内在的关联性和继承性，合起来看就像是一个“N部曲”式的大书，或说别具个性的史诗。1992年出版的《野鸢尾》也是如此，诗集以《圣经·创世记》为基础，主要写一个园丁与神的对话，关注的是挫折、幻灭、希望与责任的主题。正是从这两部诗集开始，格丽克成了“必读的诗人”。

不只是这样，从某种意义上说，格丽克还是“亲民”的诗人。在一次访谈中，有诗人曾调侃她道，如果阅读不同诗人需要支付不同入场费的话，她的入场费只需一美元。以倪湛舸的理解，这话的意思其实是说，格丽克写诗喜欢用简单的词汇和流畅的短句，诗歌往往“缺乏”意象和音律之美，“不过，作为读者的格丽克就从没被悦耳的音律和漂亮的意象打动过。她认为，诗人写下的每个词都应该非常关键，不需要增加修饰。在写作过程中，她便尽量回避华而不实的东西。她称诗歌最重要的是获得一种类似原型的力量，直达本质”。

这就不难理解，格丽克何以强调“诗人”不是一个可以写在护照上的名词。

在那篇《诗人之教育》中，她有意使用“作家”这个词来指称诗人。因为在她看来，“诗人”这个词必须谨慎使用，它命名的是一种渴望，而不是一种职业。大概也因为不曾枯竭的渴望，就像柳向阳说的那样，很多像明星一样突然爆发的优秀诗人，如安妮·塞克斯顿、西尔维娅·普拉斯等，都在穿过疾病荆棘的时候倒下了，但是格丽克像毛毛虫一样一点点爬了过去，并最终变成了一只蝴蝶。“毛毛虫穿过荆棘是非常难的，从这一点来讲，格丽克真的是伟大。”

他所有的作品都可以理解为一个或多个人物的传记

史景迁

围绕美国历史学家史景迁广受欢迎的历史著作引发的争议，并非由他于2014年3月的那次中国之行而起，却因他受到如当年杜威、罗素访华时情景再现般的盛情欢迎趋于激烈。争议的焦点在于史景迁讲述历史的方式，亦即史景迁以“说故事”的方式，是否讲述了真实的中国历史。

而从专业的角度看，种种争议正如中国历史研究专家郑培凯、鄢秀在为新版史景迁作品所做的题为《妙笔生花史景迁》的总序里所做的概括：作为一个“说故事的”史学家，史景迁不曾考据出前人未见的史实，也不曾专注某一桩历史事件，成为特定历史题材的“权威专家”。同时，史景迁著述虽多，但提不出一套理论架构，对历史研究的科学性毫无贡献。他也不曾努力把中国历史文化研究纳入普世性社会科学里去，而只是激发了读者对中国历史的兴趣和阅读热情。

史景迁未必在意，也未必理会这些争议，他不曾刻意强调自己在史学研究领域的成就。早在十年前，他就当选为“美国历史学会”会长，这项殊荣也意味着，他获得了整个美国历史学界的认可。他甚至为自己在中国受到明星般的礼遇感到困惑不解。1974年，也就是中美建交后的第二年，他第一次来到中国。当时包括他在内的15位耶鲁大学教授，只有一位数学教授受到了异乎寻常的隆重接待。如今，他自己成了读者争相追逐的对象。在不同场合，他都不禁问到同样一个问题：“我不明白这到底发生了什么。为什么人们对我这么感兴趣？”

不可否认，史景迁是位历史学家，也是位故事高手。他在以兼具文学性的笔调讲了好看的故事的同时，在义理、考证和词章等方面都经得起推敲。他的著作，在任何意义上都不能归入“后现代”的主观虚构历史书写的行列，因为他写每一本书，都如郑培凯所说，恪遵传统史学的规律，尽量使用存世的史料，从中国史书方志档案到西方史志档案，几乎做到“无字无来历”。他在连接史料罅隙，推理可能历史情况时，也明白告诉读者，文献材料是什么，作者解读的历史“能”是什么。

切实的问题在于，在依靠文献证据的基础上，可不可以运用书写想象去重新构筑历史场景？真实的情况是，完全排斥主观想象的历史或许并不存在。正如历史哲学论者、美国历史学家海登·怀特在他的《元史学》中所说，所有的史料，包括第一手材料与档案，都是具体的个人记录下来的，一牵涉具体的人，就有主观的思想感情倾向，就不可避免有“人”的历史局限，就不可能完全科学客观，做到巨细无遗地记录人与事的复杂情况，而不掺入运用修辞逻辑的历史想象。

以此看，所有的历史，究其实都只是渗透了主观思想情感的特定的“我”的书写，而对于严肃的历史书写而言，合理的想象与原创性的史学见解之间也并不存在必然的矛盾。史景迁并不讳言想象的重要性。他坦言，自己有很强的能力去“想象”中国，虽然往往后来会惊讶于最初的想象有那么多不正确的地方。但研究中国历史，对他来说，就是一场习得知识继而自我修正的持久战。在他写过的书里，有一本叫《西方想象中的中国》，直到现在，依然是他最爱的书之一。

由此，问题的关键在于如何恰如其分地运用想象。郑培凯表示，史景迁治学的特点与价值，并非在于他占有了大量一手的、独家的材料，而在于他对材料的眼光与感觉。“史景迁运用的文献材料，大家基本上都能接触到。他选择题材的视角总是非常独特的，这既使他的研究有别于他人，也保证了他对这一题材深入‘开拓’与‘掘进’的可能性。在一些人的眼里，正史是不容置疑的权威，但从另外的角度看，它又何尝不可以作为材料来运用，来构建自己的理解。”

正是在这一点上，史景迁给出了最重要的启示。在2014年复旦大学举行的题为“在西方书写中国历史”的巡回演讲会上，史景迁简要回顾了他结缘中国历史的过程。他在英国长大，在剑桥大学学的英国史，特别是宪法史。之后，他得到一笔奖学金，去耶鲁大学读书，像很多面对未来举棋不定的年轻人一样，他决定换个专业，一度想去学物理或者美国文学，但最终转而研习中国史。期间他有幸得到研究佛教史和隋唐史的芮沃寿、专攻近代史的芮玛丽，及来自中国的历史学家房兆楹等名师的指点，而“史景迁”这个名字，正是房兆楹给他取的。

最早激发他研究兴趣的历史人物是康熙。因缘巧合，他后来有机会到了台北故宫博物院，看到康熙的朱批奏折。那时，他就很想了解康熙这个人，还有其中一个特殊的人物曹寅。他在琢磨他们之间是何种关系，他们和其他人之间又是何种关系。而对人物之间关系的描绘，也恰恰是他历史书写的重心所在。某种程度上讲，他所有的作品，都可以理解为一个或多个人物的传记。匹兹堡大学教授许倬云曾这样形容他选人物“编”故事的能力：给史景迁一本电话簿，他可以从第一页的人名编故事，一直编到最后一页。

当然，史景迁是带着强烈的问题意识，进入历史人物关系研究的。“最重要的就是先要掌握这些人物的心理状态。比如康熙，他是在什么样的历史环境当中做出什么样的一些决定，这些决定又怎样影响到整个帝国的发展跟走向。”自出版第一部中国历史研究著作《曹寅与康熙》起，他所有的研究，基本上都遵循了这样的过程：通常是他接触到很多材料，然后发现更多的问题，从这一个问题又引发出另外一个问题，正是这些枝叶交缠、盘根错节的问题，让他理解到整个中国发展的复杂性，而他持续不断的研究，就是一个充满意味的解疑的过程。

从这个意义上说，史景迁写《胡若望的疑问》，何尝不是呈现他自己的疑问。而他的《利玛窦的记忆宫殿》，又何尝不是他自己苦心经营的记忆宫殿。史景迁的高明之处在于，他把他发现和触摸到的问题，巧妙地融入真切生动的历史叙事当中。他讲述了很多的故事，他讲述那些试图改变中国的外国人与中国现实的冲突，他们彼此的偏见、傲慢与顽固。而作为一个西方历史学家，他毕生的写作，正如有学者指出的那样，都像在维护这架跨文化天平的平衡，而故事就是最好的砝码，以增进彼此的自知之明。

史景迁坦言，作为一个西方人，他对高度流动的中国人的了解其实是很有限的，中国人的生活也有很多晦暗不明之处。但正如郑培凯所言，史景迁的著作，并不是要提供有关中国的“信史”，而是和读者一起回顾、反省中国的历史，以及中国文化的传承。“我也相信，如果更好地注意那些中国历史上的见证人，我们和未来的历史学者就可以对那个时代有更好的，更清晰的认识。”史景迁说。

通过对普通人的观察和描写，透视深远的中国背景

彼得·海斯勒

读《江城》，收获认知和感动的同时，会时时有所发现。这一方面在于，彼得·海斯勒以外国人的视角，“看”到了我们所看不到的中国。他笔下的人物景象，我们是如此似曾相识，又是如此熟视无睹。他的描述让我们对置身其间、倍感困惑的这个国度，不期然间有了新的发现、新的感悟。而另一方面，尤为难得的是，海斯勒发现了很多外国人也没能看到的中国。换言之，海斯勒从外国人“看”中国的惯常的经验里脱离开来，拓展出属于自己的全新视界。

倘使将西方对中国的写作和想象，从最早的马可·波罗，经由卡夫卡、博尔赫斯，再到当下如火如荼的中国叙事做一番概略了解。我们就会发现，几百年来，西方人一直试图去了解这片土地，但一切事物都不是那么轻易被概括和理解。无怪乎美国汉学家史景

迁在1990年发表的一篇论文中如是感慨：自从西方人踏入中国这块土地的那一天起，不管他们有多少人，也不管他们曾写下了多少有关中国的文字，但可以说西方人一直搞不懂中国。或许未必如此。至少在读海斯勒的“中国三部曲”时，我们能真切感受到，他在某种意义上读懂了中国。

大陆读者大多从《寻路中国》开始认识海斯勒。这是“中国三部曲”的终结篇。相比《江城》，还有迄今尚未出简体中文版的《甲骨文》，《寻路中国》无疑更成熟。但《江城》在我看来，依然有其特殊的意义。这是海斯勒接触、了解中国的起始。这本书当然写到了他眼里中国的历史和现实，同时也展现了他作为一个初来乍到的美国青年如何慢慢融入中国的过程。

阴差阳错来到中国之前，海斯勒几乎从未关注过任何有关中国的信息。即便是他刚步入大学校门的1989年，美国之外的其他地方正在发生一系列今天看来非常重要的事件，但海斯勒对此没多少印象。他不太关心政治，甚至也不怎么喜欢新闻。在中学时就给自己的人生确定了方向，那一定是有关文学。

1994年夏天，海斯勒毕业离开英国。他准备从欧洲绕到俄罗斯，然后从东方回到美国。但在俄罗斯，他碰了一鼻子灰。于是，他搭乘火车横穿西伯利亚来到北京。他看到了与俄罗斯迥然不同，连空气中都充满了活力的中国。回美国后，他将这趟旅程的经历写成故事，发表在报纸上。之后一年，他到处旅游，不再提及中国。同年，他再度申请和平工作团，主动要求前往亚洲。这并非全然出于对亚洲的浓厚兴趣，他其实是想多点时间写作，但又不想再回学校读书，更无法想象去做某种朝九晚五的工作。1996年8月，他和他的同事亚当·梅勒以美中友好志愿者的身份来到涪陵教书两年。

从后来的回忆看，海斯勒在涪陵可谓得偿所愿。“那个时候，我的生活轻松自在，我没有结婚，没有网络，没有手机，没有任何可以让我与外界联系的东西。我的注意力完全被涪陵所吸引。那些年，这座城市就是我的全部世界。”但在涪陵之前，他对重庆附近的这座小城几近一无所知。海斯勒的随性在我们看来，多少有些难以理解。我们习惯在去一个陌生的地方之前，总要想方设法多做了解。但在海斯勒，恰恰是这种“不了解”，给了他最大的馈赠。因为不了解，他既无期待，亦无偏见，得以对所见的事物作出本然的回应，而非屈从某种先入为主的概念。此前去英国牛津继续学习时，他就想当然以为自己会很快适应英国文化。毕竟，他学习文学且说英语。事实恰恰相反，他自始至终都没有真正融入过当地的生活。一个重要的原因就在于，英美两国有太多的相似，又有太多的不同。恰如有种观点所认为的那样，“两个国家被一种同样的语言分隔”。

海斯勒这种不带先入之见是别具深意的。作为一个在我们的理解里有着某种优越感的美国人，来到中国这样一个陌生的城市，接触到各式各样的人和事，他大可以像国外大多“观察者”所做的那样，以美国的价值观加以揣度，从而大胆下自己的论断。海斯勒并没有这样做，他只是客观的描述。《江城》里有一个场景，写到与一个擦鞋匠发生冲突的经过。尽管在中国，海斯勒学会了耐心。这个小人物一声过于刺耳的“哈罗”，接着用报纸包着香肠推到他脸上的挑衅性举动，还是彻底把他给激怒了。他真切地写下了对其间的细致感受，更写到了自己的反思。擦鞋匠出于自保脱口而出的“我们中国人不需要这样的外国人”的说法，尤其引发了他的思考。他写道：“实际上，我也不敢完全肯定他说的就是一句错话：也许涪陵人真的不需要这样的外国人呢。然而，在一定程度上，也是他们助长了这样的外国人。不管怎么说，我们都是同病之人。”

事实上，《江城》，乃至整个“中国三部曲”，着眼的都是像擦鞋匠这样的“同病之人”。他们是商店服务员、小商贩、教堂神甫、农民、银行职员、当地的艺术家、妓女等等。这些身边的普通人，为我们司空见惯，也很少进入外国“观察者”的视野。因为，他们想当然以为，要读懂中国首先就要关注经济、社会，尤其是政治等重大命题。他们和众多明星、大人物交往，在官方组织的游览车里和酒桌上写作，看似莫测高深，却进入不了更深层次的中国。

在这一点上，海斯勒显示出了自己的洞见。他深信，正是涪陵这样的小城市才是了解中国改革进程的绝佳标本，他将笔触像吸盘一样紧盯在这个小城里的这些小人物身上。因为他明白，这些远离中心的地方、人物，更多地保留了淳朴、本真的品质。但如果海斯勒的笔触只是停留在这个层面上，或许他能写出足以满足外国人好奇心的异域风情，却无论如何也写不出那种因自己生于斯、长于斯而铭心刻骨的通透之感。如果以这个角度来看，海斯勒的描绘即使再细致入微，还是显得浮光掠影。但他并不是为写人而写人，而是要通过对这一个个普通人的描写，透视更深远的中国背景。1996年至1998年，海斯勒在涪陵任教的这两年间，中国发生了“邓小平去世”、香港回归等重大政治事件。海斯勒当然不是直接触及，他通过记述他所交往的涪陵普通人如何看待这些事件去折射中国人的政治观念。以此为基础，他的笔触逐渐扩展到中国人在其他方面的观念变化或者特征，比如中国当代的宗教问题、人口流动问题、女性地位问题等等。

由此，黄小强家经营的学生食家餐厅兴旺，是改革开放以来个体经济迅猛发展的一种体现；安妮在深圳打工的经历，是外出务工潮的一个小小注脚。老神甫半个多世纪的荣辱沉浮，几乎是一代中国人命运的缩影……个体的经历与国家、民族的命运就这样水乳交融。在海斯勒的笔下，一个普通人的故事被写成了一个时代的象征。

当然，海斯勒对普通人的关注，有着深厚的美国思想文化渊源。对个体的重视，在美国是作为核心价值观来体现的。在中国，对个体观念的理解相比有很大差异。海斯勒并没有简单认同诸如“东方人重集体、西方人重个体”的流俗见解，也没有凌驾于中国文化传统之上做出褒贬判断，他通过细致的考察做了自己的思考。比如，在涪陵生活的两年间，海斯勒见证了三峡大坝的建设过程。这不仅会淹没掉涪陵繁华的老城区，还会给当地带来环保、生物、文物保护等问题。但当地人却几乎从不主动关心这些大事。通过这一事件，海斯勒注意到尽管“集体主义”是中国社会无人不知的政治术语，然而在实践中却界限分明。

对集体的这种“漠视”，并不能作为个体价值有了清晰定位的反证。在涪陵住的时间越长，海斯勒就越是惊讶于“个体”的缺失。他发现，中国普通民众身上普遍缺乏独立的“个体意识”。定义个人的位置，乃是严格按照他与别人的关系来进行。“这是一个很好地保持社会和谐的方式，然而，一旦和谐被打破了，缺乏自我定义这一点，会使得重建变得困难。”这种对外在价值的投射定位，也使得中国人很少能做到独立思考。

由此，对集体、个体的这种辩证思考，在海斯勒笔下，显示了其特殊的复杂性。这也是贯穿于整个“中国三部曲”的最核心的主题。也是在这个意义上，海斯勒希冀中国社会能够变得更加以人为本，同时还要增强团体意识。“当这么多人离开家乡到新的地方，人与人之间更多呈现为近乎残忍的竞争关系，人们没有足够的时间与人为善。因此，社会本身必须发展出一种更加有组织的模式，来找到更多在人们之间建立联系的积极方式。从我的角度看，这会是下一个挑战。”

《江城》临近终曲，海斯勒写到了一场发生在他离开涪陵之前的冲突。他和亚当想拍一些片子，作为他们曾经在这个小城生活过的见证。海斯勒对拍摄可能遇见的问题有充分的估计。他知道，中国的普通人不习惯自己被拍摄，“我们走到哪里，哪里的街景就会立马静止不动”。但他没想到，在拍摄的间隙，一个自称“市民”的人会很突兀地出现在他的面前，禁止他拍摄，“这是违法的”。随后，越来越多的市民加入了这场冲突。海斯勒试图在事后重看录像时，判断围观人群到底在哪个时间点，站到了自己的对立面。“我好奇的是，他们肯定有一个转变立场的过程，但这过程实在令人难以捉摸。”

最后，海斯勒和亚当一起突破重围。挣脱围观的人群后，他们就迅速地跑了起来。他快速地扭头看了一眼，看见的只有一张张模糊的面孔。在这次拍摄中，海斯勒领悟道：“在两年后，我们依然是外国人，既在我们的行为方式中，也在人们看我们的方式中。”海斯勒意识到自己当年事实上并没有完全融入中国。然而，正因为他没有完全融入，他始终保持了新奇的感受和清醒的认知；他试图融入的努力，又让他真正投入了自己的真情实感。也正是这种适当的距离，让他有了真正发现并懂得中国的可能。

辑四

肖洛姆·阿莱汉姆

伊斯梅尔·卡达莱

约瑟夫·罗特

卡勒德·胡赛尼

他在伤心故事里，把悲剧描画成了喜剧

肖洛姆·阿莱汉姆

1

有一则广为流传的文坛轶事，或许很能说明俄裔美籍犹太作家肖洛姆·阿莱汉姆在国际文坛上的深刻影响力。被冠以“犹太的马克·吐温”之名的他，到达美国时，马克·吐温亲自去迎接，自称“我是美国的肖洛姆·阿莱汉姆”。与这则轶事一道被人们牢记在心的，还有这位作家堪称“惊世骇俗”的临终遗言：不管我死在什么地方，请不要把我同贵族、名流、富豪们葬在一起，要把我埋葬在普通的犹太工人、真正的老百姓中间。

许是出于对这位人道主义作家的爱戴和纪念，尽管他生命中的大部分时间都在家乡——当时隶属于沙皇俄国的乌克兰度过。当1916年5月6日他在美国辞世后，纽约几十万工人放下手头工作，自发到街头为作家做最后送别。作家的灵柩在默默致哀的人群中缓缓行进，耗时8小时方才到达墓地。

作为一名终生为劳动人民鼓与呼的平民作家，阿莱汉姆的声名或许没有同时期的俄国作家托尔斯泰、契诃夫等那么响亮，然而，在哈佛大学美国作家的文学档案馆里，能够查到的有关他的资讯材料却多达600多页，与马克·吐温、德莱塞等文学巨匠不相上下。他的作品已被翻译成六七十种语言，在世界各地的读者中广为传阅。2001年12月，美国全国意第绪语言中心，在纽约召集英、美、以色列等世界各地的评委，请他们从18世纪以来的数千部犹太作品中选出100部最优秀作品。尽管评选意见分歧很大，却都惊人一致地推选阿莱汉姆的代表作《卖牛奶的台维》位列榜首，这部作品还被改编成音乐剧、电影《屋顶上的小提琴手》，迄今已在世界各地演出达三千多场。1959年，阿莱汉姆100周年诞辰时，更是作为世界文化名人被各国人民所纪念。

2009年3月2日，阿莱汉姆150周年诞辰。他的祖国乌克兰举行了盛大而隆重的纪念活动。活动筹办事宜由一位副总理主持，其受重视的程度、受敬仰的规格之高，由此可见一斑。或许直到今天，乌克兰人才真正意识到：虽然肖翁到了美国并加入美国国籍，但他的情感世界是属于乌克兰的，他生前魂牵梦绕的始终是乌克兰在贫贱生活中苦苦挣扎的父老乡亲，并由此倍加珍视阿莱汉姆作为一个伟大作家在其民族文化中的精神存在。

2

要在阿莱汉姆一生的创作中选出最有代表性的作品，人们多半会选《卖牛奶的台维》，然而说到他最受读者欢迎的作品，却毫无疑义当属他在晚年创作的《莫吐儿传奇》，也正是这部作品奠定了他在世界儿童文学史上的崇高地位。

九岁的男孩莫吐儿家境贫寒，再加上父亲病重，母亲只能靠变卖家中的物品维持生活。不谙世事的莫吐儿观察着形形色色的来他家买东西的人，觉得快乐无比。父亲去世后，家里的境况更加糟糕，所有的人都认为莫吐儿很可怜，可是莫吐儿却庆幸自己成了孤儿，照样过得欢天喜地。

然而事情并没有朝好的一面发展，不久，哥哥有钱的老丈人破了产，他只能和妻子回到一贫如洗的家中。为了维持一家四口的生活，哥哥弄来一本《一元换百元》的书，照着书中的提示，他们卖过饮料，做过墨水，捉过老鼠，可是无一例外遭到挫败。走投无路之际，哥哥决定带上一家人，和他的朋友皮尼亚一起去美国淘金，在旅途中，发生了啼笑皆非的种种闹剧。到小说的最后，流浪的旅程仍在继续……

或许遍览世界文学史，我们不难从狄更斯、契诃夫、马克·吐温和欧·亨利等作家的著作中，找到可相媲美的幽默故事。阿莱汉姆之所以成就自己的独特，恰恰在于他可以在伤心故事里，把悲剧写成喜剧的幽默艺术。在这部让人们阅读时“又笑又哭”的“绝妙作品”中，他把犹太人居住的乡镇里，芸芸众生的贫贱人生写得这样快乐，又能如此不动声色地“戏谑”弱势群体的苦难生活，其登峰造极的幽默艺术，放眼全球也罕见其匹。

正是在这个意义上，儿童文学评论家韦苇表示：没读过阿莱汉姆的作品，我们的孩子简直就不知道文学的金刚钻质地究竟是什么样的，阿莱汉姆凭借自己的独特风格，在幽默文学的高地上，飘扬起了自己的一面旗帜。儿童文学作家李学斌对比《哈克贝利·费恩历险记》后得出结论称：《莫吐儿传奇》或许总体上没有马克·吐温的这部“集大成之作”来得深刻，但从幽默的层面上来说，则更胜一筹，“我们或许会在阅读一些作品中，见到局部、个别章节、字句的幽默，而肖翁的这部作品却从头到尾、字里行间都充满了幽默趣味，这非常了不起。更重要的是，它通过对苦难的喜剧化表达，张扬了一种昂扬、乐观、宽容、豁达、优雅、风趣的人生态度，从而树立了一座幽默文学的丰碑”。

然而，阿莱汉姆的笔触一旦转向成人世界，即变得辛辣、讽刺。他用幽默的手法揭露乖张恶毒的俄国官吏，假冒伪善的宗教人士、投机作弊的暴发户，甚至还经常捎带上那位“在无边的慈悲中给予我们痛苦和烦恼，疼痛和贫穷”的上帝。与此同时，他也怀着“深厚的情爱”（高尔基语）描绘人民的重重苦难，嘲笑和鞭挞他们的种种陈规陋习。一个穷苦而正直的裁缝，怎样买来一只梦寐以求的羊，却因为不懂该如何挤奶而丢掉了老命；一对双胞胎兄弟，怎样因为争夺会堂里父亲留下的一个荣誉席位，不惜拉着对方的胡子大打出手……这种面向成人世界的幽默，在《买牛奶的台维》中臻于化境。作为一个忠厚纯朴的劳动者，台维正是受制于自己根深蒂固的旧观念，给七个女儿带去了一个个灾难，及至幡然悔悟却为时已晚。故事读来让人荡气回肠。肖翁的幽默笔法影响之深，之后的马拉莫德、巴别尔等作家莫不受其恩泽。

3

当孩提时的阿莱汉姆忍受后娘的虐待和打骂，躲在无人的角落里，记下从她嘴里听到的大量刻薄的污言咒语时，他大概没想到数十年后，他自己的创作正得益于后娘的“恩典”，正是有意识地运用这些丰富的词汇：“吃——让蛆虫把你吃掉！”“叫——让你牙疼得叫起来！”“缝——给你缝寿衣！”“写——把你写入死人的名册里！”……他笔下的人物描写才会那么活灵活现，呼之欲出。他或许更没想到自己临去世前，会把它辑成一部名为“后母娘的词汇”的奇异之书。

“肖洛姆·阿莱汉姆式的幽默”固然源于他乐观开朗的天性，源于他童年时期经受的生活磨难。韦苇认为从更深的层面上，他的幽默则根植于他作为一个犹太人的民族性格。长期流离失所，流寓世界各地的犹太人，在19世纪和20世纪前期，较集中地居住在东欧一些国家，其中在沙皇俄国的有几百万人。这些犹太居民在俄国饱受可怕的民族歧视和迫害，一切行动受到严格限制，近似于生活在没有捆上铁丝网的难民区。他们是怎么生活的？怎么挣扎的？呼救吗？没门。反抗吗？甭想。正因为此，幽默几乎成了他们在生活中赖以泄愤、赖以自慰和赖以生存下去的武器。从小在这样的环境里耳濡目染的肖翁，正是在目送这些犹太人蹒跚走向现代的时候，摄取他们爬满痼疾和烂疮的脊背。他了解他们的所有弱点、所有长处、所有忧患，在撕裂他们伤疤的同时，让他们一边抽泣一边哈哈大笑。

据说，阿莱汉姆去世后，人们翻阅他的资料，从文件夹中发现一个信封，里面一张纸条，记着果戈理作品中的一句话，阿莱汉姆在年轻时把它抄下来，翻译成犹太语。从此放置在自己的身边再也没有离开过。肖翁对俄罗斯文化的热爱，由此可见一斑。受俄罗斯文化的浸染，他从小努力掌握俄语，从而使自己自幼不拘囿于犹太文学的学习，能够方便地、自由地从闪烁着灵异之光的俄罗斯文学宝库中汲取艺术营养。等到走上文坛，他又结识了俄国文豪托尔斯泰、契诃夫、柯罗连科、高尔基、库普林等人，深受他们作品中民主主义与人道主义精神的影响。或许正是出于这种隐性的继承关系，阿莱汉姆即使晚年到了美国，他的写作视野却从未离开过自己的故土，在作品中留下了对俄罗斯文化的深情回望。

尽管自1883年发表中篇小说《两块石》后，阿莱汉姆已然成名，随着长篇《斯杰姆别纽》《莺喉伊奥谢列》《洪水》，书信体小说

《美纳汉·曼德尔》，中篇小说《卖牛奶的台维》《莫吐儿传奇》等著作的先后问世，声誉日隆。然而，作为一个主要用现代希伯来语和现代犹太语写作的“跨国”“骑墙”作家，因为语言的阻隔、身份归属的错综复杂，阿莱汉姆不可避免遭遇了文学史的偏见：他被称为俄国作家，却又长期生活在美国，其结果往往是俄国文学史和美国文学史都不提到他。如今，或许已经到了我们重新理解、评价他的时候了。

在知道自由时，我对文学已经很熟悉了

伊斯梅尔·卡达莱

1

伊斯梅尔·卡达莱往往以独特的角度切入叙事，表达有着彩虹般异彩的多重主题，他那些篇幅不长的小说，也由此总是让人读出丰富、博大之感。这颇为契合他孜孜不倦书写的阿尔巴尼亚——在20世纪60年代与中国情同手足，是当时很多年轻人眼里的“欧洲的一盏明灯”——所能给我们的印象。这个国度从地图上看像是一只耳朵，虽然疆域不大，人口不多，文学影响也在漫长的时间里甚少溢出本国，却有着悠久的历史和深厚的传统。体现在卡达莱的小说《H档案》里，两名来自爱尔兰的“民俗学家”为解荷马之谜，即前往阿尔巴尼亚南部偏远山区寻找仅存的古代英雄史诗。虽然小说写两人寻访史诗的举动被当作间谍活动，从而沦为一场“闹剧”，卡达莱却在某种意义上借这个故事进行了文化溯源。

以卡达莱另一部小说《三孔桥》的译者施雪莹的说法，阿尔巴尼亚从地理位置上看，是欧亚的交汇处；从历史进程上看，是新世界与旧世界的衔接点。这就决定了这个国家文化天然具有多元混杂的特点。而卡达莱出生、成长的那座靠近希腊边界的小山城吉罗卡斯特，就像他的好友、法国作家埃里克·法伊说的那样，街道令人目眩的坡度、到处可见的石头、巨大而奇特的堡垒、凌空俯瞰一些街区的狱堡、德里诺河平原和环抱的群山的壮丽景观，凡此种种，都促使这位未来的作家逐渐形成敏锐的目光。卡达莱也在日后写的小说《石头城纪事》里感叹："这座城市建造起来，仿佛旨在唤起伟大的思想。"在法伊看来，卡达莱戴着他的小城特制的有色眼镜观看全世界，将古代、中世纪和二十世纪融为一体，还把荷马、拜伦、十字军和意大利军车队混淆起来。童年的卡达莱更是收获了作家生涯的初步成果，他很早就阅读了《麦克白》，领会到名著可能具有的强大力量。

多年后，在接受《巴黎评论》采访时，卡达莱回忆道，虽然当时阿尔巴尼亚的体制更有可能让他成为那种典型的社会主义现实主义作家，1956年，他于首都地拉那大学历史与哲学系毕业，并获得教师任职资格后被送去高尔基学院，也是为了对他进行某种改造，他却对此已经有了免疫力。"早在11岁时，我就读了《麦克白》，它像闪电似的击中了我，我还读了希腊古典作品，有过这样的阅读之后，没有什么其他力量能够凌驾于我的精神之上。在我看来，埃尔西诺或特洛伊城墙附近发生的事，要比某一类悲惨平庸的现实主义小说更真实。"他表示。

这就能部分解释在中国直到20世纪80年代，作家们在先锋文学思潮扫荡下，才有了社会主义现实主义之外的多元表达，阿尔巴尼亚在20世纪90年代初才迎来了属于自己的"改革开放"，卡达莱却早在1963年就写出了今天看来依然颇具先锋色彩，且被视为其代表作的小说《亡军的将领》。有意思的是，18岁即出版诗集的卡达莱写的诗，却有着那个时代的深刻印记。同年，他在阿尔巴尼亚劳动党中央机关报《人民之声报》发表长诗《群山为何沉思》，当天便接到时任总书记恩维尔·霍查的表扬电话，三年后，他发表了作为建党25周年的献礼之作——抒情长诗《山鹰在高高飞翔》，从此长期保持了国内桂冠诗人的荣耀。对于这种反差，卡达莱后来解释说，在那时的阿尔巴尼亚，诗歌更容易写，因为诗歌更适合用于歌颂。

事实上，国内文学杂志在20世纪60年代推介卡达莱时，也侧重于介绍他的政治抒情诗。但正因为写了这些诗歌，加之曾秉承上意写维护霍查孤立政策的小说，如《伟大的冬天》和《冬末音乐会》等，卡达莱始终受到一些争议。但这无损于他在小说创作上取得的巨大成就。自2005年从马尔克斯、格拉斯、贝娄、马哈福兹、大江健三郎五位诺贝尔文学奖得主中脱颖而出，成为首届国际布克奖得主以来，他就成了诺奖热门作家，并接连斩获阿斯图里亚斯王子奖、耶路撒冷文学奖等国际大奖。如此，卡达莱的写作可谓应了国际布克奖评委会主席约翰·凯里的话："他继承了荷马史诗的叙事传统，是一位世界性的作家。"

也是在这样的背景下，2007年重庆出版社引进出版《破碎的四月》，开启了卡达莱再度"进军"国内图书市场的步伐。近年，随着花城出版社出版《石头城纪事》等近十部作品，浙江文艺出版社出版《雨鼓》等三部作品，上海译文出版社出版《事故》等作品，卡达莱的小说终于在我国有了比较完整的呈现。相比之下，《亡军的将领》最早于1992年作为"作家参考丛书"之一由作家出版社引进出版时，印数只有区区2500册。如今，卡达莱终于在国内成了广有影响的大作家，以至于他的生日也成了忠实读者们庆祝的节日。不管怎样，读他的作品，我们有时也会如其小说主要中文译者、巴尔干文学研究专家郑恩波那样感叹，阿尔巴尼亚出了个卡达莱！2020年1月28日，卡达莱迎来85岁生日。我们也似乎有必要在“卡达莱式的气氛”里谈谈阿尔巴尼亚出了怎样的卡达莱。

2

倘是套用学者以赛亚·柏林的概念，卡达莱大概会被归为“狐狸型作家”。他丰富的创作大体上都以阿尔巴尼亚为背景，如作家徐则臣所说，卡达莱要做的就是以他对这个神奇的国度的历史与现实的洞察，从中选取一些悖论性事件和命题，在某种困境里尝试展开自己的文学思辨。但卡达莱的与众不同之处还在于，他那些看似有着统一色调的小说，又会在细微之处体现出不同的原创性，以至于读他的几乎每部小说，我们都会忍不住感叹，他的创作何以如此独特。

从严格的意义上讲，卡达莱没有经历过战争。意大利法西斯1939年4月侵占阿尔巴尼亚时，他实足年龄只有三岁。但用他自己的话说，虽然他见过战争，他能感受到它，但这一点经历对于理解战争中的人性当然是不够的，卡达莱却在27岁那年就写出了深刻反映“战争”的小说《亡军的将领》。放眼世界文学史，这似乎也不是那么特别，托尔斯泰没经历过1812年俄国卫国战争，却以此为背景写出《战争与和平》；玛格丽特·米切尔没经历过南北战争，却写出《飘》。但相比而言，卡达莱还是显得特别。因为他没有正面去写战场上的刀光剑影，却写出了比直接描写能给予我们的更多的思考。小说写一个意大利将军在一个神甫的陪同下，到阿尔巴尼亚的土地上寻找阵亡者的遗骨，这似乎也不是什么引人入胜的题材，但如郑恩波所言，卡达莱把他所熟悉的甚至自幼就听到的种种故事，巧妙地编织在上面，采取故事中套故事，链环上结链环的巧技，多层面、多方位地展示各种人物对战争的思考和心态，就让这部小说变得丰富而又立体。

就像卡达莱自己感慨的那样，战争中的人性是复杂的。而他的这部小说写的就是战争背景下复杂的人性。他说，文学是表达各种主题的手段，我们能书写爱情或一些哲学的命题，我们也同样能书写战争，所以他选择了战争主题作为开始。但他当时太年轻了，并不指望创作出辉煌的、热情洋溢的作品，所以选择了一个悲伤的主题来呈现那个时代。而在文学中，悲伤总是比欢愉更能触动人心。

卡达莱的另一个独特之处正是在于，他的小说总能引发我们与其中人物一样的情感。当我们说阿尔巴尼亚赋予了卡达莱得天独厚的写作资源时，我们似乎不能忘记如果他只是写这片神奇土地上的奇闻逸事、风土人情，纵使写得再出色，也不过是优秀的民族作家。卡达莱在不少小说里都写到阿尔巴尼亚的民族习俗，但他显然不是展现习俗本身。举例而言，阿尔巴尼亚文化传统里有“拜萨”之说，意为“真诚”，特指一种“真心待客”的古老风俗，指的是在任何情况下都不伤害做客之人，哪怕他是交战中的敌国之人，或是有世仇的敌对家族之人。他出版于2009年的《错宴》并非阐释“拜萨”之说，但如果没有这一习俗，小说里二战时德占期间古拉梅托大夫的邀请和他早年在德国留学期间的同学、德国指挥官弗里茨·冯·施瓦伯上校的赴宴，就缺少了正当的理由。晚宴后，弗里茨释放了被逮捕的阿尔巴尼亚人质，一触即发的杀戮危机得以解决。但正因为对当年晚宴中发生了什么提出质疑，阿尔巴尼亚解放后，当局就下令把古拉梅托大夫抓进了监狱，让他交代跟德国军官之间所谓的“猫腻”。预审法官沙乔·梅兹尼为了一己利益，拼命折磨古拉梅托大夫，最后见目的无法达到，便丧心病狂地杀害了他。直到小说结尾，我们也不知道当年晚宴上究竟发生了什么。我们读后也会觉得晚宴上发生什么并不重要，重要的是我们读出了人性的复杂和悖谬。

在《破碎的四月》里，卡达莱写到的在阿尔巴尼亚北部高原地区颇有传统的卡努法典，更是如翻译家余中先所说，几乎把“拜萨”的地位从传统改变成了“法律”。按卡努法典，如果一个人被杀死，他的家人必须为他报仇。小说里科瑞克切打死了乔戈的哥哥，乔戈就得为哥哥复仇，他于3月17日在路旁伏击仇人成功后，利用三十天的休战协定去城堡交血税，在路中与正在此地度蜜月的新娘迪安娜一见钟情，他想着在四月转成亡命的“黑色”之前的4月17日再次见到迪安娜，也恰恰在此时，仇家枪击了乔戈。卡达莱以诗一般的笔调讲述了一个人一个月的故事，却反映了一个民族几百年的困扰和悲剧性。人一降生就陷入一场追杀或者杀人的宿命中，生命便只能如破碎的四月般短暂和仓皇。

3

而卡达莱也仿佛是信奉宿命的那一类作家，他认为自己的宿命就是当作家——这是个非常困难的职业，存在一种世界范围内的巨大竞争，每个从事这种职业的人都在拼命试图创作出好的文学作品，为此必须竭尽全力，这是一种痛苦的，也是幸福的折磨。而卡达莱的小说是或多或少包含了宿命感的。在他看来，虽然在阿尔巴尼亚文学里，“宿命”是被排除在外的一个概念，但这个概念从来就和文学紧密相连。他认为，“宿命”体现了人类思想的丰富性，也表现了人类思想的黑暗面，在“宿命”中也隐藏着真相，虽然这种真相非常难以寻觅。我们也分明能感觉到宿命感的萦绕，让卡达莱的小说多了一种艺术性和神秘感。

他的另一部代表作《谁带回了杜伦迪娜》就讲了这么一个故事，在拜占庭和罗马教廷争夺公国的时代，弗拉纳也家的九个儿子在同一个季节相继死去，家里唯一的女儿此前刚被远嫁中欧。一夕之间，一个受人尊敬的大家族只剩下一位老太太。可三年后的一个夜晚，远嫁的女儿突然被三哥康斯坦丁带回家中。老太太惊讶不已，因为康斯坦丁早在三年前就已葬入墓地；杜伦迪娜更是惊恐万分：在15天的路程中，坐在她前面的那个骑马人竟然是个幽灵！小说出版于1980年，正是阿尔巴尼亚选择彻底与世隔绝的时刻。于是，西方批评家从中读出了卡达莱以古老传说抵抗国家现状的含义：杜伦迪娜远嫁他乡，康斯坦丁“从墓中站起来”，开始漫长的穿越欧洲之旅，皆“来自和世纪交流的愿望”。无论这种读法是否有牵强附会之处，但如该书译者邹琰所说，卡达莱却是借这一幽灵事件将阿尔巴尼亚的宗教冲突、战争灾难和分裂、闭关锁国的政治现实纳入自己的构图背景中，同时纤细入微地描绘了众生相。与此同时，小说里的阿尔巴尼亚没有具体的历史时期，但在这片阴雨寒冷的原野上，它却显得分外的真实。

更多时候，卡达莱把小说背景设置为遥远的人类历史上的某一个时期，我们甚至可以说，卡达莱写的很多小说都是历史小说。于是，在《雨鼓》里，我们看到阿尔巴尼亚是一片多石的崎岖之地，15世纪的一天，奥斯曼土耳其大军浩浩荡荡开来，围攻这里的一座孤零零的要塞；在《耻辱龛》里，我们看到十九世纪初叶的奥斯曼帝国内忧外患，大小叛乱此起彼伏。京城中，奥斯曼皇宫的外墙上凿开了一方壁龛，即是叛臣和败将首级的容身之所——耻辱龛；在《金字塔》里，我们看到埃及法老胡夫遵从祖训，下令建造金字塔，随着时间的推移，他却越来越感觉到亡灵的召唤，分不清自己是死是活。而在《梦幻宫殿》里，卡达莱则将小说背景放在19世纪处在奥斯曼帝国统治之下的阿尔巴尼亚，主人公马克—阿莱姆在睡眠与梦境管理局工作，这里每天的主要工作是收集、分类、分析成千上万个梦境，以便了解人民的所思所想，帮助国家或君主免于灾难。在有权的叔叔的帮助下，马克—阿莱姆青云直上。但有一次在破解一个意义重大的政治性梦境时，他却出了差错，结果给自己和国家带来了毁灭性的灾难。

无疑，卡达莱的一些小说带有浓厚的讽喻色彩，作为一位精通修辞的诗人，他也如《纽约时报》评论的那样，有一种写起比喻来举重若轻的天赋，但纵使如书评人云也退所说，他写作技法高妙，能把荒诞的现实写得有如发生在另一个国度的寓言，削弱故事的刺激性，让一些保守分子难以抓到批判的口实，《梦幻宫殿》还是让他在国内“象征性”地遭到了放逐。1985年，霍查去世后，阿尔巴尼亚政局趋于紧张，卡达莱的一些作品无法在国内出版。自1986年开始，他陆续将几部小说以及一些诗歌的手稿分批带往法国。而按照当时阿尔巴尼亚的法律，绝对禁止“泄漏”文学稿件，他便将自己的作品伪饰成用阿尔巴尼亚语翻译的西方作品。他将手稿中的名字和地点替换成德国或奥地利的，假称其为西德作家西格弗里德·伦茨的著作。为了将风险降到最低，他每次只带几页，最终通过一位法国朋友两次飞往阿尔巴尼亚，将稿件全部带到了巴黎。而以他自己的说法，他这样做，主要是为了让出版商在自己突遭自然或是“意外”死亡的时候，能将这些不为人知的作品迅速出版。那时他并没有想到几年后，1990年10月，因为阿尔巴尼亚政局激烈动荡，他不得不寻求法国政府的政治庇护，从而移居巴黎。

不过移居巴黎后，卡达莱并没有中断与阿尔巴尼亚的联系，毕竟如约翰·凯里盛赞的那样，他是如此充满热情地描绘出了这个国家完整的文化——包括它的历史，它的热情，它的传说，它的政治和它的灾难。自20世纪90年代以来，国家政治环境缓和，他每年都差不多有半年时间回去居住。但卡达莱并不认为，一个国家政治环境缓和了，文学也会变得好起来。在他看来，作家不能让自己的创作因为政权的好坏而改变，而任何国家里的作家们应该都能找到一种方式来表达他们的自由意志。正因为此，卡达莱才坦然道：“在知道自由时，我对文学已经很熟悉了，是文学将我引向自由，而不是自由带我走向文学。”

他从不写诗，但他的每一本书都极富于诗意

约瑟夫·罗特

1

2019年9月2日，是奥地利作家约瑟夫·罗特125周年诞辰日。此前一年，波兰第三大城市罗兹在城里楼高七层的萨沃伊饭店举办仪式，为罗特纪念牌揭幕。面积不小的纪念牌装设在正门左侧的外墙，白红的波兰国旗和红白红的奥地利国旗打底，衬托着乳白色的罗特面部浮雕，头像下方分别用波兰文和德文书写的文字表明，罗特曾于1924年在本楼居住，并在此写出小说《萨沃伊饭店》。

罗特的这首部长篇，于当年2月9日至3月16日在《法兰克福汇报》的前身《法兰克福报》上连载，同年晚些时候由柏林的施米德出版社出版。小说叙事者是前奥匈军队士兵、刚从西伯利亚获释的战俘加布里尔·丹。开篇写道："我早上十点到达萨沃伊饭店。我决

心休息几天或一个礼拜。我的亲戚住城里——我父母是俄国犹太人。我有心筹到足够的钱，再继续西行。”罗兹正是罗特眼里“欧洲的门户”，东西方的交叉路口。彼时，第一次世界大战刚刚结束，从退役的老兵到失意的革命者，各色人等在此聚集，展现出当时的欧洲社会百态。

五年后，罗特还写了一篇和酒店有关的小文章——《抵达酒店》。他自述，每一次回到自己常住的某家酒店，酒店可能是位于欧洲某个重要的港口城市，他都会把这里当作是他的“祖国”。他可以听到远方海港上汽轮的鸣笛提醒，也可以听到街上经过的有轨电车发出的叮叮作响，还听得到一些车的喇叭，“他们全都在欢迎我”。而这家酒店，不止服务人员组成了一个“小联合国”，里面所住的宾客也都来自世界各地，他们有着不同的国籍、不同的信仰，不同国家的货币在这里也都畅通无阻，彼此汇通。所有的人在这里都能从那种对土地和同胞的严格的“爱”里短暂解放出来，展现出他们本就该有的宽厚、包容的模样。

而罗特的大半生其实就是在酒店居住的。写出这篇文章之前，他就离开了维也纳，离开了这片曾是奥匈帝国管辖的领土。他在欧洲各个城市漫游，到处写一些杂文，通过报纸专栏来养活自己。作为一个没有了家的旅人，他也似乎只能以酒店为家了。在他的描述中，他居然还特别喜欢酒店房间那种没有特殊性格的“性格”，只要关起房门，整个房间就属于他一人了，他可以轻松与世界疏离、孤立开来。可是他只要一打开窗，“天哪，这个世界就进来了”。

但他理想中的，由哈布斯堡王朝统领的奥匈帝国为蓝本的“哈布斯堡神话”，却不是打开窗就能进来的。他只能在小说里建构它了，而他歌咏的酒店在某种意义上正是这个神话的缩影。1918年，第一次世界大战结束，奥匈帝国随之解体。罗特却一直以帝国的遗民自居。毕竟相比于他后半生看到的种种狂热的意识形态，当年的帝国是相对宽容的，不同信仰的人可以同居于一个国境之内。不同的主义、不同的民族、不同的语言都能在这里自由流通。罗特的朋友，为中国读者熟识的斯蒂芬·茨威格，在他那本广为流传的《昨日的世界》里，曾如此形容秩序井然的哈布斯堡王朝："那是个让人有安全感的黄金时代。在我们几乎有着千年历史的奥地利帝国，一切看起来都恒久长远，国家本身就是稳固的保证。"罗特后半辈子的写作要追忆的正是那样一个失落的年代，诚如2003年诺贝尔奖得主、南非作家JM·库切所说，缅怀失去的过去，忧虑无家可归的未来，是他成熟作品的核心。

纵使诺奖作家纳丁·戈迪默盛赞罗特的作品全面描绘的人类悲剧远非现代小说技术能够企及。"没有其他当代作家——包括托马斯·曼——能够接近他的全面。罗特已达峰顶。"纵使德国"文学评论教皇"拉尼茨基言之凿凿道："约瑟夫·罗特是20世纪文坛上最值得敬爱和最激荡人心的作家之一。"纵使年长罗特13岁，总是给他雪中送炭的茨威格都奉他为真正的天才，道他"比自己强得多"，以至于罗特不时给他写信以"你可不能坐视天才落难"为由要求资助，罗特的声誉在中国却远不如茨威格，更是不如在德语世界里与他齐名的卡夫卡与穆齐尔。

早在1982年，江苏人民出版社就出版了罗特的重要作品之一《约伯记》，当时书名是《一个犹太人的命运》，问世后几无反响。如今，随着漓江出版社出版十二卷罗特小说集，我们终于能一睹"犹如生活在20世纪的巴尔扎克和狄更斯"的罗特，如何构建"哈布斯堡神话"，又如何"将经典现实主义文学的技艺和20世纪的思想巧妙融合，呈现出现代德语文学中一道风景"。

2

据说，罗特喜欢讲这么一个故事：某犹太人坐火车，查票员来了，看了看他的车票，再是看到他穿着长袍，立刻怀疑他是否藏了个想逃票的小孩，在逼问下，犹太人掀起袍襟，掏出一幅装裱考究的弗朗茨·约瑟夫皇帝的肖像画来。用书评人章乐天的说法，这个故事传达出罗特复杂而奇妙的心态：当他一心以奥匈帝国遗民自命的时候，他对帝国的感情里，又杂糅了身为一个犹太人的庆幸之意。

这不足为怪，当时生活在奥匈帝国境内的犹太人，是18世纪晚期奥地利参与瓜分波兰时接收过来的“战利品”，他们本来属于波兰，在此后一个世纪里，进入到奥地利的诸多城市中，尤其是首都维也纳，茨威格就是维也纳犹太人。而弗朗茨·约瑟夫，从1848年上位，一直掌权到1916年，在他执政的这68年里，犹太人得以靠着他的庇护，在奥地利境内安定地生活。罗特虽然没有出生在维也纳，却也是在维也纳上的大学，沐浴过帝国日薄西山时刻的光辉。但帝国解体后，罗特，以及众多和他一样无可归依的犹太人，充满了对逝去家园的憧憬。所以，罗特笔下的哈布斯堡王朝，也就成了一个神话般的所在。

当然，罗特虽然对王朝有所美化，却并没有无视现实。1932年，他出版了《拉德茨基进行曲》，书名源自奥匈帝国最辉煌最美好的时代里，老施特劳斯写下的那首波澜壮阔的军队进行曲。在罗特的前半辈子，这首曲子仍然仿如国歌，维也纳英雄广场也每天都会播放，但这个国家已经江河日下。小说结尾，第一次世界大战爆发，特罗塔家族的孙子在取水的时候被人一枪打死了，毫无壮烈可言。回首往昔，这个家族的爷爷因为救了帝国的皇帝当了贵族，然后父亲守成，孙子败家。特罗塔家族的故事开始于皇帝的一次逃生，结束于皇位继承人的死亡。

小说里的特罗塔家族就此退出了历史舞台，而在小说之外，那些本就没有站在舞台上的犹太人，开始遭罪了。身在柏林，罗特嗅出了气氛不对。果不其然，在混乱的政局中，得势崛起的是法西斯。1933年1月30日，在希特勒被任命为魏玛共和国总理的第二天，罗特便乘早班火车离开了柏林。同此后其他左翼和犹太出身的许多作家一样，罗特开始了寓居他国的流亡生涯。他也像是早就在小说里预知了自己的命运。早在1927年，他出版了《无尽的逃亡》。书中的主角，一个名叫弗兰茨·佟达的犹太裔奥地利人，在第一次世界大战临近结束时，作为一名士兵，来到了苏联境内的远东地区征战，被俘，忽然消息传来，他的母国——奥匈帝国瓦解了。之后，他凭着过人的语言天分和一种混世的天赋，一路往西潜回了维也纳，但他再也不能安于住在维也纳，他的脚步，已经停不下来。

正是在“无尽的逃亡”中，罗特于1938年出版了被认为是《拉德茨基进行曲》续曲，并同为他构筑的“哈布斯堡王朝神话”代表作的《先王冢》。诚如译者聂华所说，潜藏在这部小说里的暗线，即是特罗塔从1913年至1938年所经历的一系列历史事件：奥匈帝国分崩离析，1918年成立的奥地利共和国风雨飘摇，1938年奥地利被德国吞并。在维也纳被纳粹德国占领的那个夜晚，孤独的特罗塔离开空无一人的咖啡馆，不知不觉再次来到埋葬着老皇帝及其他哈布斯堡皇室成员的卡布济教堂，然而教堂地下的皇家陵寝已经关门了，教堂的修道士驱赶他离开，国破家亡，他无处可去，只能如此喃喃自问：“现在，我应该去哪儿，我，一个特罗塔？……”就像聂华说的那样，这句话表达了特罗塔无处安放的精神，同时折射出罗特何以为家的绝望，以及恢复奥匈帝国昔日光辉的政治企望。

罗特也确曾有过这一企望。在文集主编刘炜的描述中，罗特曾试图把神话变成现实。早在1933年，他就在给茨威格的信中透露，自己试图通过当时奥地利共和国的总理多尔富斯恢复帝国，无奈对方对此并不感兴趣。后来，他曾潜回维也纳，联系同仁，希望重建帝国，恢复哈布斯堡王朝，以此来与纳粹抗衡。但这种不切实际的想法，随着1938年纳粹德国吞并奥地利而灰飞烟灭。甚至在奥地利被纳粹德国吞并一年后的1939年初，罗特还试图从奥地利流亡者中招募士兵组建军队，通过恢复哈布斯堡王朝来改变历史的进程，他当然失败了。

但在出版于1936年的，以1815年百日王朝为背景的历史小说《百日》里，他隐晦曲折地表达了这个愿望。小说从拿破仑大帝与浣衣宫女两种视角出发，讲述了百日王朝由复辟至灭亡的传奇历程。罗特曾对这本书的法语译者布朗什·吉东说："我想'改造'拿破仑。我想把他从一个神变回一个普通人，而且是一个不幸福的普通人。战败的拿破仑是一个自我贬低同时又在自我升华的灵魂。"正因如此，在罗特笔下，拿破仑会懦弱，会哭泣，会伏在母亲的怀中寻求安慰，到了后期，甚至经历了一条从"凶徒"到"圣徒"的心路历程。滑铁卢战败后的拿破仑说："那些我过去一直相信的东西，我现在再也不信了：暴力、权力和成功。"用译者吴慎的话说，罗特是想借拿破仑之口表达：遵循传统的道德标准和价值体系，才能将自己的人性本善发扬光大，唯有宗教的力量才能融化暴力和疯狂。

毫无疑问，罗特以小说形式重构的这个异域空间，依然是指向他心心念念的"哈布斯堡神话"。就像"改造"真实的拿破仑形象一样，他也"改造"了现实中的奥匈帝国。虽然帝国的中心在维也纳，或者布达佩斯这样的大都市，但罗特笔下的"哈布斯堡神话"却从来都是以帝国荒蛮落后的东部边疆区为背景，他出版于1930年、1934年的小说《约伯记》和《塔拉巴斯》都写到了纽约，在这座大都市的水泥丛林间，人们经历的却是冷漠和异化，反之，就像刘炜说的那样，在罗特笔下，那些看似荒蛮落后的地方，却彰显出传统价值的坚韧。在1935年出版的《皇帝的胸像》中，罗特借莫施丁伯爵回忆录中的话表明，对信仰有"真正的虔诚"，掌握住以宗教形式得以确立的善恶标准，人就不至于在"世界历史的变幻无常"迷失方向，更不至于失去人之为人的根本——人性。

3

事实上，作为天才的作家，为激情和幻象驱使，罗特不只是在小说里混淆神话与现实，体现在生活中，有时也是如此。他对于自己的身世，在不同时期对不同的人也有着不同的讲述。有时他说自己是波兰贵族与犹太人的私生子，有时又称自己一战时曾当过俄国人的俘虏。以至于时至今日，在有关罗特的生平介绍中，依然可以读到类似的“神话”。

实际的情况是，罗特1894年9月2日出生于奥匈帝国东部边境的加利西亚小镇，他的父亲是个木材商人，因做砸了一笔买卖而精神失常，所以罗特未曾见过生父，从小在亲戚的帮助下和母亲一同生活。1913年，他前往当时帝国东部城市伦贝格上大学，随后又转入维也纳大学学习德语语言文学。一战爆发两年后的1916年，罗特参军，在离前线不远的军报编辑部工作。其间，他创作了第一部短篇《优等生》。前线的经历后来被他不断演绎，他笔下那些被俘后逃出战俘营及在归乡之路上的种种历险如此栩栩如生，以至于不少朋友信以为真，他自己也陶醉其中，将这些他“改造”的故事当作自己的“信史”了。

奥匈帝国解体后，罗特回到维也纳，靠给不同报社撰稿为生，他的写作才情得以发挥，出版了几部明显具有社会批判色彩的作品，如1923年出版的《蛛网》、1924年的《萨沃伊酒店》和《造反》等。在这些小说里，战后归乡者的落魄、无助和绝望跃然纸上，初入文坛的罗特由此很快为时人所认可，被看作是一位世界观明显“左倾”的青年作家，罗特也欣然接受，甚至在一些报刊文章上署名“红色约瑟夫”。1924年，罗特受《法兰克福报》委托进行波兰之旅，一年后，他被任命为驻巴黎记者。记者生涯显然对罗特的写作风格产生了影响。他不像很多同时代作家那样，执着于先锋晦涩的表达手法，相反他的文风格外清晰，诚如苏联犹太作家伊利亚·爱伦堡慨叹，罗特从不写诗，但他的每一本书都极富于诗意，“这不是某些散文作家用来装点门面的那种浅薄的诗趣，不是的，罗特的诗意表现在对日常生活所做的细腻、详尽、完全现实主义的描绘之中”。

1926年，罗特受报社委托考察苏联，此后出版了一系列以苏俄革命为背景的小说，如1929年出版的《右与左》等。这趟苏俄之旅，也让他告别了左翼的社会批判，转而对“群氓”进行思考，并反思哈布斯堡王朝没落的缘由及后果。

体现在出版于1930年的《约伯记》中，主人公门德尔在美国经历了一系列亲人亡故的巨大伤痛后，不顾一切地想要攒钱返回卒基诺夫。而透过门德尔的思念，我们仿佛也可以感受到罗特自己对于奥匈帝国的深情。而《约伯记》作为《圣经·旧约》中的名篇，讲述的是一个关于信仰的故事。约伯是一名笃信上帝的好人，但上帝答应撒旦考验约伯的信仰，使约伯接连遭受种种灾祸。约伯最终经受住考验。在小说结尾，心灰意冷的门德尔终于等到了“奇迹”——小儿子梅努西姆从残疾人变成了一位优雅迷人的音乐家。当梅努西姆如光束般突然降临在门德尔面前时，门德尔才又重新确信上帝的恩典，恢复了往日的虔敬。

罗特没有这样幸运，用他自己的话说，年满18岁之后，他就再也没有在一个地方长久居住过，他用三个行李箱装上衣物、文具、稿纸等随身物品，到处搬家。1933年纳粹上台后，他更是开始了“无尽的逃亡”。1937年，他出版了《假秤》。主人公安塞姆·埃本旭茨是个尽心尽职的检量官，他坚持按原则办事，不让秤缺斤少两，却遭到那个叫茨洛托格罗特的地方的人的排斥，最后将他暗杀。这似乎预示着罗特内心有着对于秩序和理想的坚持，但他也知道自己将不容于这个时代。罗特人生中最后的五年是在巴黎度过的。时局动荡，加以早在1928年，他的妻子就不幸患上了精神疾病。他为排解苦闷慢慢开始喝酒，最后竟变成不停歇地酗酒，他落脚于一家又一家旅店，直到1939年5月23日在巴黎图尔农咖啡馆门前倒地不起，四天后死于专门收容穷人的内克尔医院，年仅45岁。

小说有一种将人们团结起来的特殊能力

卡勒德·胡赛尼

一部出版当年即创造畅销奇迹，且在十五年间仅中文版就销售超过500万册的小说，还有什么可“推荐”的呢？但我之所以还要提阿富汗裔美国作家卡勒德·胡赛尼的这部《追风筝的人》，是因为它用时间证明：即使是在文学边缘化的当下，小说也并不只是“纸上谈兵”，或只能停留于“提高人的生活品质”“改变人的心灵或灵魂”之类的泛泛之论，而是依然有着改变现实的力量。

当然，《追风筝的人》在任何意义上，都不曾扮演类似《汤姆叔叔的小屋》这样看似不可复制的角色。这部被后世奉为典范的小说激励了“废奴运动”，也把美国内战“搬”上了历史舞台，以至于林肯总统接见作者斯托夫人时，戏谑地称她“写了一本书，酿成了一场大战”。《追风筝的人》虽然写到阿富汗战争，却与之没有直接的关系，它所产生的影响，就如胡赛尼在该书十周年纪念版前言中所说，身为阿富汗人，他很荣幸听到读者说，这本书让阿富汗在他们心目中变成一个真实的地方。阿富汗不再仅仅是托拉博拉的洞穴、罂粟田和本·拉登。“有些读者告诉我，因为这本书，他们对阿富汗有了更深刻的认识，如今在他们看来，我的祖国不再仅仅是一片连年征战不息的悲惨之地；这真是莫大的荣幸。”他表示。

某种意义上说，这份荣幸不只属于胡赛尼，也属于路易吉·巴尔代利这样的摄影师。过去二十年间，这位意大利人数次前往战乱频仍的阿富汗，用他的镜头记录下了战火中的阿富汗与普通人的照片。这些珍贵的照片也收入了《追风筝的人》十周年珍藏纪念版手册。巴尔代利还特别为中国读者撰写长文，回忆了他的数次阿富汗之旅。自然，他也是《追风筝的人》的忠实读者。在他的感受里，这本书让他重新闻到、感受到了阿富汗的气味和颜色，让他仿佛又看到了阿富汗马路上的尘土，“这里的人谦虚、怀着无比的自豪和高尚之情。哪怕他们是这场战争的受害者。他们内心的强大力量，一直震撼着我”。

毫无疑问，胡赛尼的内心也蕴含了这种强大的力量。也正是他内心的某种信念，驱使他写出这部小说，从而在更广泛的意义上，改变了人们对阿富汗这个国家所持有的一种根深蒂固的偏见。这是胡赛尼在2001年3月开始创作这部小说时所不曾想到的，他实际上只是想给自己讲一个构思已久的故事，故事中有两个男孩，其中一个内心挣扎，在情感和道德上不知何去何从，另一个纯洁忠诚，天生善良而正直。“我知道这两个孩子的友谊注定不会长久，而他们的分道扬镳将会极大地影响各自的生活。两人因何如此，何以如此，是促使我写完这个故事的动力。反正我知道必须把它写出来，但那时我以为是为自己而写的。”他表示。

当看到这本书出版后在世界各地引起极大反响，可想而知胡赛尼会感到怎样的震惊。从中国、印度、南非、特拉维夫、悉尼、伦敦到阿肯色州，都有读者向他表达他们的喜爱，这些信让他喜出望外。许多读者想要捐钱给阿富汗，有些甚至想收养阿富汗孤儿。正是从这些信件中，胡赛尼发现小说有一种将人们团结起来的特殊能力，也发现人心其实是相通的，我们都会感到羞耻、内疚和懊悔，都向往友谊和爱情，也都愿意原谅别人和追求自我救赎。

这何尝不是胡赛尼发自内心的慨叹。他的童年和小说里的阿米尔有许多相似之处，小说前三分之二就是根据他与家人先后在阿富汗和加州的经历而写就的。1965年，胡赛尼出生在阿富汗首都喀布尔。20世纪80年代，胡赛尼十五岁时，全家移民到美国。在移民之前，他的父母都有各自的事业，他的父亲是外交官，母亲是一所学校的副校长。到了美国之后，父亲只能做安保工作，母亲则是餐厅的服务员。移民对于他们来说，相当于重塑了自我和自尊，他们花了很长时间来适应这样的改变。而胡赛尼那时正处于敏感的青春期，美国对他来说是一个完全陌生的国家，他花了相当长一段时间来适应。况且当时胡赛尼一家经济情况比较差，一直通过社会福利维持生活。胡赛尼说："当我们在美国经历困难时，全世界有数百万的人们也在经历困难，住在难民营，受到战争的威胁。有这样的经历，也让我们明白自己的处境还算幸运，也更好地帮助我们适应新环境。"

为适应新环境，胡赛尼付出了很大的努力，也正是家庭的困难让他决定要学医养家。作为一个作家，他没有像很多人想象得那样，不喜欢医生这份工作。只是开始写作后，他的病人每次跟他预约看诊时都不谈他的病情，只谈哈桑和阿米尔的故事。病人一直谈书，促使他决定放弃医生这个职业，专心写作。但无论是身为作家还是作为一名医生，也无论是做出何种选择，胡赛尼都没有怨恨，而是满怀感恩之情。他的海外版权经纪人，同时也是他的至交好友钱德勒·克劳福德表示，胡赛尼从不把读者们用他们的业余时间阅读他的作品看作一件理所当然的事情，他对于读者的热爱和支持总是显得非常谦虚，并且总是心怀感恩。

事实上，正是怀着这种谦卑的心，胡塞尼此后又写下了《灿烂千阳》《群山回唱》。与写《追风筝的人》时不同的是，胡赛尼有了更多创作的自觉，他立志拂去蒙在阿富汗普通民众面孔上的尘灰，将背后灵魂的悸动展示给世人。2006年，因其作品巨大的国际影响力，胡赛尼获得联合国人道主义奖，并受邀担任联合国难民署亲善大使。在2016年9月2日于上海举行的“《追风筝的人》十年分享会”上，钱德勒表示，胡赛尼和他的妻子还创立了以他的名字命名的基金会。她特别展示了一些由住在巴基斯坦难民营的阿富汗妇女制作的手工艺品，这些工艺品由胡赛尼基金会代售，其收益全部用于改善阿富汗难民的生活。

胡赛尼自然是希望通过创办基金会使祖国变得更好，这在一定意义上是因为通过创作，他更加明白自己和这片古老的土地血脉相连。2003年3月，《追风筝的人》已经校对完毕、下厂印刷，胡赛尼时隔二十七年第一次重返喀布尔。但他却觉得自己在这次还乡之前，便已写下了主角阿米尔返回阿富汗的情节。阿米尔说：“我曾以为我忘了这片土地。但是我没忘……也许阿富汗也没有把我遗忘。”胡赛尼同样如此。他不仅没有忘了阿富汗，而且在某种意义上以自己的身体力行造福于阿富汗。他用自己的创作证明了，小说依然有着摇撼现实的力量。

辑五

胡安·鲁尔福

埃内斯托·萨瓦托

写作是他与孤独对抗的唯一方式

胡安·鲁尔福

1

1985年3月，《佩德罗·帕拉莫》出版30年，告别写作近30年的胡安·鲁尔福罕见地写了篇回忆文章。他真诚而不无谦虚地说，这部小说和他的短篇小说集《燃烧的原野》能在世界上流传，不是由于他，而是由于读者。话虽如此，我们还可以补充说，他为数不多的作品能广为流传，由于他，也由于伟大的读者。

这些读者中就有马尔克斯。在那篇《对胡安·鲁尔福的简短追忆》中，马尔克斯写道："对于胡安·鲁尔福作品的深入了解，终于使我找到了为继续写我的书而需要寻找的道路。"而广为流传的说法是，没有《佩德罗·巴拉莫》，也许就没有《百年孤独》，甚至连魔幻现实主义文学登上历史舞台的时间都会推迟。

但马尔克斯于1961年7月2日第一次抵达鲁尔福的国度——墨西哥时，至少在半年时间里，自认为对文坛动向，特别是对美洲小说十分了解的他不但没有读过他的书，甚至没听任何人说起过他。他不无感慨地写道："这也许是因为胡安·鲁尔福与那些经典名家不同，他的作品流传很广，本人却很少被人谈论。"

实际的情况是，以鲁尔福绝少与文坛中人往来的孤僻性情，多半很少被人谈论。但与此同时，他的作品，尤其是他的代表作《佩德罗·巴拉莫》，在那时也或许还没能广为流传。鲁尔福在他的回忆文章中说，这部小说的手稿曾先后取题为《窃窃私语》《月旁的一颗星》。等到他把书稿交给"经济文化基金会"后，才定为广为人知的这个书名。1955年3月，这本书出版了，印数为2000册，此后花了4年工夫，也只卖掉了1500册，剩下的做了处理：谁要，就送给谁。

我们并不知道，马尔克斯那位朋友阿尔瓦罗·穆蒂斯送给他，并大笑着让他"读读这玩意，妈的，学学吧！"的那本，是他自己买的，还是鲁尔福赠送的。我们所能知道的是，这本书出版后虽然卖得不好，但还是慢慢引起了墨西哥国内外文坛的注意，被翻译成多种文字，于15年后获墨西哥国家文学奖，并在1983年获西班牙阿斯图里亚斯王子文学奖。鲁尔福病逝那年，1986年，人民文学出版社出版了翻译家屠孟超的译本，书名是《人鬼之间》。当它被收入1993年9月由云南人民出版社出版的《胡安·鲁尔福全集》时，才改回了从原文直译的书名。

此后，《佩德罗·巴拉莫》在国内作家群中流传开来。余华说："虽然这是一部永远有待于完成的书，可它又是一部永远不能完成的书。不过，它始终是一部敞开的书。"苏童赞叹，这是一座文学高峰，只能仰视和默默攀爬。2021年，鲁尔福逝世三十五周年，译林出版社适时推出包括这部小说和《燃烧的原野》《金鸡》在内的"鲁尔福三部曲"，鲁尔福的作品终于有望在国内也广为流传了。

2

鲁尔福写《佩德罗·巴拉莫》的时候，自然不会想到它会有这样的命运。用他自己的话说："我写它们只是为了让两三位朋友读读而已。更确切地说，是出于需要。"巧合的是，马尔克斯在纪念鲁尔福的文章里也说，刚到墨西哥时，作为一个在当时已写了五本不甚出名的书的作家。他的问题在于，无论在当时还是之前，他的写作从不为成名，而是为了让他的朋友更加爱他。而当他后来出版《百年孤独》时，却几乎重复了一遍《佩德罗·巴拉莫》出版后曾遭遇的戏剧性历程。

在那篇回忆文章里，鲁尔福写道："1954年5月，我买了一个学生用的笔记本，写了一部长篇小说的第一章。小说已经在我的头脑里构思了许多年，我终于觉得为这本思考了很久的书找到了笔调和气氛。但是现在我仍然不知道我创作《佩德罗·帕拉莫》的直觉到底是哪里来的。就仿佛有人对我口授似的。我在街上突然产生了一个想法，便立刻在绿色和蓝色的纸头上记下来。"

那时，鲁尔福在"古德里奇—欧兹凯迪"公司广告部上班，他下班后回到家里，马上把记下来的东西抄在笔记本上。他用手写，使用的是绿墨水和谢弗斯牌自来水笔。每次他都留下一个抄了一半的段落，这样他就可以为明天留下一块未熄的火炭，或者为明天准备一条可以接下去思考的线索："从1954年4月至8月，在4个月的时间里，我积累了三百页。我一面用打字机誊抄原稿，一面随即把誊完的手写稿销毁。后来我又誊抄了三遍，等于把那三百页压缩了一半。"

当鲁尔福觉得小说可以拿出手时，他依然是诚惶诚恐，犹豫不决。他把手稿带到"作家中心"的课堂上，有人说写得很好，但说不好的占了多数，最尖锐的批评莫过于说这本书稿简直是一堆垃圾，一些应邀参加作品讨论会的年轻作家也随声附和，更是有作家劝他坐下来写一部小说之前先读几本小说。“可是我整个一生都在读小说。还有些人说我的书稿‘很像福克纳写的’。但那个时候我还没有读福克纳的作品。”鲁尔福说，对种种批评，他都觉得没有什么可指责的，“要他们接受一本以现实主义的外表，表现一位大庄园主的历史的小说是困难的”。

接受起来困难不假，但认真说来，这部小说既不具备“现实主义的外表”，也不只是“表现一位大庄园主的历史”。而是如他自己所说：“实际上，它讲述的是一个村庄的故事：一个死亡的村庄，所有的村民都死了，包括故事的叙述者。在街道和田野上走的全是幽灵，回声可以不受限制地在时间和空间里流动。”就像屠孟超说的那样，小说摒弃了传统小说常见的有全知作者或借叙述人来讲故事的做法，代之以独白、对话、追叙、意识流、梦幻、暗示和隐喻等手法，使小说犹如由一块看起来互不相关，实际上却有着内在联系的画面镶拼而成的画卷。同时，鲁尔福模糊真实与想象的界限，把阴阳之间的界限彻底打破，使得鬼魂在墨西哥苍茫大地上昼行，而阴阳时空的转换，却如作家阎连科所说非常流畅，没有任何隔膜感。“在这点上远远超过了我们的《西游记》和《聊斋志异》。”

既然从任何角度看都不是传统意义上的现实主义小说，也不是一般意义上的现代主义小说，小说受到种种批评，也就在情理之中了。但换个角度看，鲁尔福说的却是大实话。只要深入理解拉美大地，我们就会发现，所谓“在街道和田野上走的全是幽灵”有其来处。在北美洲南部占墨西哥人数最多的一支印第安人——阿兹特克人里就流传一种古已有之的观念：人死后，灵魂得不到宽恕，便难入天堂，只好在人世间游荡，成为冤魂。而墨西哥人对死亡的看法也有别于其他民族，他们不惧怕死人，每年都有亡灵节，让死人回到活着的亲人中来。

而“表现一位大庄园主的历史”，在鲁尔福那里，也可以说是通过塑造佩德罗这样一位出身贫寒、狡诈残忍，为达目的可以不择手段，同时也尚存爱意的庄园主形象，来表现一座村庄的历史。鲁尔福在另一篇题为《回忆与怀念》的文章中写道：“当我回到童年时代的村庄时，我看到的是一个被遗弃的村子，一个鬼魂的村子。在墨西哥，有许多被遗弃的村庄。于是我头脑里便产生了创作《佩德罗·帕拉莫》的念头。”

鲁尔福所说的村庄，即是位于墨西哥哈里斯科州萨约拉城旁边的小村子阿布尔科，他1917年出生在这里。小说里虚构的科马拉，就在萨约拉附近。据评论家滕威考证，虽然是墨西哥自然条件最好的州之一，但由于政府对于墨西哥城所在的联邦区之外的地区投入甚少，哈里斯科州既没有搭上现代化、工业化的快车，也没有分享到大革命的胜利果实，反而日益贫困，民不聊生。也因此，20世纪50年代，鲁尔福回到家乡，发现原来有七八千人的村庄只剩下一百五十几人，厚厚的青苔和疯长的野草占据了那些空无一人的房屋。此情此景不能不让他百感交集。

回首往昔岁月，鲁尔福七岁丧父，十一岁丧母，在成为孤儿后，由祖母抚养，后又被送入瓜达拉哈拉——墨西哥一座有浓厚商业气息的城市的孤儿院。1933年，他曾尝试进入大学深造，却正逢罢课闹事，只得另做他图，远赴墨西哥城。因为进预科时，没有查到他在瓜达拉哈拉的学业记录，他只能作为旁听生听课。他在他叔叔佩雷斯·鲁尔福上校的照看下生活。当时，鲁尔福还不到15岁。此后，他大部分时间都生活在这座城市，却始终对它有着很深的隔阂。博尔赫斯在评价他时，曾说他“喜欢阅读，孤独，写作”。诚如《燃烧的原野》译者张伟劼所言，博尔赫斯说得很诗意，但孤独并不是一种诗意的滋味，写作在某种意义上也就成了鲁尔福与孤独对抗的唯一方式。多少年后，回忆那段时光，鲁尔福慨叹道："我谁也不认识。只有孤独和我做伴，我只和孤独交谈，同我的痛苦和心灵一起过夜。我在移民局找到一份工作，并开始写一部小说，以便摆脱那种感觉。小说叫《气馁的儿子》，但只保留下来一章。这一章很久以后作为《夜晚的一刻》发表了。"

如果不是因为碰到同样在移民局工作的诗人、短篇小说家埃弗伦·埃尔南德斯，鲁尔福大概不是在不断修改中把小说销毁，就是修改完成后就锁在抽屉里了事，但那位身兼《美洲》杂志主编的埃弗伦偏偏不知通过什么渠道知道他喜欢偷偷地写作，还鼓励他把写的东西给自己看看。因为埃弗伦的鼓励和支持，鲁尔福发表了第一篇作品《生命本身并非那么严肃》。也是从一开始，鲁尔福就写乡村故事，虽然他大部分时间都在城市里生活，但他只写那些根据他在自己的村镇和村民中耳闻目睹的事情想象出来的故事。他又写了《我们分得了土地》和《马卡里奥》两个短篇小说，刊登在瓜达拉哈拉的《面包》杂志上。

再后来，埃弗伦还为他发表了《科马德雷斯坡》《塔尔葩》《燃烧的原野》和《求他们别杀我！》。鲁尔福写出这些小说，就和他于1946年至1952年在"古德里奇—欧兹凯迪"公司当推销员不无关系了，他借着推销产品的机会走访墨西哥各地，在乡村中，他听老人们讲述最老土、最纯朴的事情，获得不少灵感。但如果你以为鲁尔福由灵感触发，写纯真、浪漫的田园牧歌，就错了。他原本是可以那样写的。他坦言，自己非常怀念童年和小时候住过的地方，但生活在现实中，他却很不情愿地看到，事情并非像自己原来认为的那样。他遇到的是另一种现实。

这"另一种现实"，当然包括鲁尔福回到家乡看到村庄的衰败，从大背景上看，亦如滕威所说，他终其一生都必须面对发生于1910年至1928年的墨西哥大革命留下的创伤与"债务"。墨西哥大革命虽然催生了制订于1917年的《墨西哥宪法》，这部宪法却没有保护农民，尤其是印第安人的生存权利与民主权利，更谈不上给他们带来任何幸福。这就不难理解为何在鲁尔福笔下，革命者并不具有道德优越性，“革命者”与“反动派”之间没有绝对的界限，而那些揭竿而起的农民，也是麻木不仁、人云亦云、完全没有主体意识的乌合之众。《燃烧的原野》就写一支因不堪残酷的封建剥削而奋起反抗的农民起义军，由于缺乏明确的行动方向和正确的领导孤军作战，在政府军的镇压下，最后失败了。

也因此，作为“墨西哥文学系列”之一种，由“经济文化基金会”于1953年编辑出版的《燃烧的原野》里的那些短篇小说，都或多或少包含了内在的矛盾性，并由此产生巨大的叙述张力。就像书评人思郁说的那样，因为怀旧，鲁尔福的小说具有了一种虚幻的特征，总是弥漫浓烈的诗意和怀旧的情结，但同时像《燃烧的原野》译者张伟劼说的那样，他用诗意的笔调表达出来的，却是残酷、绝望、孤独、冷漠，等等。这也决定了虽然鲁尔福写的是农村题材，却会有不一样的表现手法。何况如张伟劼所说，他也有意识地在形式上做一些探索。一些在《佩德罗·帕拉莫》里得到了成功运用的现代派技巧，已经在这部小说集里初露锋芒。

3

《佩德罗·帕拉莫》发表后一年，鲁尔福回到墨西哥城写商业电影脚本，不久后完成《金鸡》。在这部具有电影特征的小说里，鲁尔福讲述迪了奥尼西奥·宾松这么一位凭运气一夜暴富者的故事，并由他的故事延展开去，描绘出一个完全属于劳动人民的世界：牧民、庙会、斗鸡、赌牌……小说以“拂晓”开头，某种意义上又以“天亮了”结束，体现了鲁尔福小说里常有的环形特征，亦可见他对于未来的悲观态度。在这之后，鲁尔福便绝少从事小说创作了。

从推销员岗位离职后，鲁尔福进入墨西哥国立印第安研究所工作，致力于墨西哥原住民文化传统的维护工作。他似乎把对穷苦人的关怀默默地灌注到了平庸的、日常的公务工作中，他的叙事才能也像是已经耗尽了，或者如乌拉圭作家爱德华多·加莱亚诺所说，在完成了一场极为深刻的激情之后，鲁尔福便沉沉睡去。此后他与写作有关的“插曲”不过是，《金鸡》于1964年拍成电影，由马尔克斯、富恩特斯联手改编。1980年，同名小说出版。虽然凭借不到30万字的作品，鲁尔福足以与富恩特斯、奥克塔维奥·帕斯并称墨西哥文学二十世纪后半叶的“三驾马车”，并被认为是二十世纪拉美文学的奠基人之一。盛名之下，他却很少在公共媒体中抛头露面，直至1986年1月7日离世。

又是过了13年，鲁尔福的儿子胡安·卡洛斯·鲁尔福回到故乡“寻找”那里的人们对他父亲的记忆，但几乎没有人还记得这位魔幻现实主义开创者的故事了。他根据他拍摄的这段历程剪辑了一部长达60多分钟的、题为《胡安，我忘记了，我不记得》的纪录片。其中，很多人都是以主要角色而出现的，比如鲁尔福的遗孀，一位也叫胡安的作家，一群居住在圣加百利镇上的老人们，画外音是由鲁尔福本人亲自朗读着他自己的小说，尤其是《卢维纳》。卡洛斯最想记录的父亲并没有出现在画面中，而整个画面却总会让你觉得他好像就存在于某处。

这像是从一个侧面“演绎”了鲁尔福的孤独，和他对孤独的深刻理解。鲁尔福在他为数不多的几篇回忆文章里反复言说着孤独。他说，孤独迫使他写作，也是孤独在某种程度上让他丧失了写作的冲动。鲁尔福亦如言说孤独一般言说忧虑。他说，当他写《佩德罗·巴拉莫》时，他只是想摆脱一种巨大的忧虑。小说里行走着一个个因为无父却要寻父——某种意义上是找到自我的男人。“我是谁”

"我从哪里来"的身份问题在他们的内心纠结，即使死亡也没能终止他们的忧虑。

或许，鲁尔福只是将他的忧虑释放于写作中。在现实生活里，他家族中的男人几乎都死于非命，没有一个活过33岁。《佩德罗·巴拉莫》开篇写道："我来科马拉的原因是有人对我说，我父亲住在这儿，他好像名叫佩德罗·巴拉莫。""我"返乡寻父，却从未见到父亲，倒是种种关于父亲的说法使其不堪重负，终死于如影随形的鬼魂私语中。而巴拉莫不断通过占有女人、占有土地来充实匮乏的主体，却从来没能真正得到他爱的苏萨娜，以致苏萨娜死后他彻底放弃了生命。

仿佛是对小说的映照，鲁尔福的忧虑不曾被彻底治愈。他对自己那么多年不写作，也或许不像很多人想当然以为的那样，已完全释然。在回忆《佩德罗·巴拉莫》出版30年的那篇文章里，他感慨："在墨西哥的最后几年，我感到有点孤独，有点孤僻，有点离群，几代新作家占据了一切。这个世界和我格格不入。"而在解释这篇小说从何而来时，他说，从内心深处讲，它来自一个形象，是对一个理想的追寻：她叫苏萨娜·圣胡安。"苏萨娜·圣胡安从来也不存在：是根据一个小姑娘想象的。我13岁的时候见过她一面，她从来不知此事。在我的一生中，我们再也没有重逢。"

艺术可以挽救社会不发疯

埃内斯托·萨瓦托

1

同为阿根廷先锋派作家，埃内斯托·萨瓦托在中国的声名，却远不如博尔赫斯和科塔萨尔。他和这两位善于写幻想小说的文坛巨擘的唯一共同之处，似乎只在于他们都和巴黎这座城市有着不解之缘。博尔赫斯于20世纪90年代初访问巴黎，令法国人“一见钟情”，他的声誉由此走向巅峰。科塔萨尔自1951年移居巴黎后，就把这里当成了第二故乡。萨瓦托则是青年时期就去了巴黎，他到这里为的是深造物理和化学，并顺利取得了物理博士学位。他还曾在居里实验室从事放射研究。

可想而知，在成为作家之前，萨瓦托其实是一个物理学家，而且有望在物理学研究领域取得卓越的成就。所以，当他后来终于决定转向文学创作时，他不出意外受到了朋友和同行的不理解，甚至是唾弃——爱因斯坦的门生贝克博士在给萨瓦托的信中哀叹：“我们失去了一位曾经被十分看好的物理学家。”诺贝尔医学奖得主胡萨伊博士从此与萨瓦托断交。阿根廷学术界更将他视为“被拉美人散漫懒惰天性战胜的懦夫”，并认定他背叛了科学，是“整个拉丁美洲的耻辱”。

很多年后，萨瓦托以“心理小说三部曲”——《隧道》《英雄与坟墓》《毁灭者亚巴顿》闻名世界，成了“整个阿根廷的荣光”，不能不记上巴黎一功。虽然他坦承，自己很早就喜欢文艺，在不到十二岁时，就把哥哥房间里全套带彩色封面的《横幕》杂志都读烂了。他说，他喜欢文艺，部分原因还在于作为意大利移民大家庭的孩子，他有一个很严厉的父亲，看不得孩子们哭闹，以致他小时候常受噩梦困扰，在夜里饱受幻觉折磨，由此开启“探究我的思想、我的疑问、我的情感的痛苦过程”。也是性情使然，萨瓦托到巴黎后不久，就被超现实主义作家、艺术家们营造的浪漫的文学氛围给“俘虏”了。他后来回忆起在巴黎的那段日子兴味盎然：“我白天在实验室上班，晚上去一家咖啡馆和一些超现实主义者聚会，就像一个本分的家庭主妇，白天操持家务，夜深人静时去偷情卖身。”

当然萨瓦托最终转向文学创作，还是因为二战中，他看到科学被滥用，对科学造福人类越来越不抱幻想。为了避开欧洲的战争氛围，他于1939年前往美国麻省理工学院继续深造，在顶级期刊发表学术论文，并在一年后选择回阿根廷母校任教。这段时期，一方面他愈发感到科学虚无，一方面更是受到诺瓦利斯和陀思妥耶夫斯基的艺术召唤，他左右彷徨，以致陷入深刻的精神危机，甚至动过轻生的念头。出版于1945年的随笔集《个人与宇宙》里的部分篇章，就是他当时矛盾心理的真实写照。1994年2月8日，在接待翻译家林一安来访时，萨瓦托也说，他最终下决心放弃安定可靠的教授生活，投身文学，是因为在他看来，科学体现人对现实的看法，但排除自我；而艺术同样能体现人对现实的看法，却不排除自我：“文学对现实有一种幻想，有一种憧憬，文学家的职责就是鼓励读者去实现这种幻想，去实现这种憧憬，以达到较高的精神境界。”

2

现实却是从一开始就泼了萨瓦托一头冷水。萨瓦托转行后，只得和妻子玛蒂尔德，及家人离开首都布宜诺斯艾利斯，移居阿根廷内陆山区，住在缺水断电、近乎原始的房子里，直到1947年在英国作家赫胥黎的推荐下，得以重返巴黎，才算暂时摆脱了困境。在联合国教科文组织短暂工作两个月后，他开始创作很多年后为他赢得西语文学最高奖——塞万提斯奖的《隧道》，等到写完筹划出版，却四处碰壁，只遭来如此嘲讽：“搞物理的人写什么小说。”后来还是在朋友的帮助下，小说才得以在《南方》杂志上发表，法国作家加缪读了十分喜欢，后来还亲自把它翻译成法文，似乎再次印证了他与巴黎的深厚渊源。

1948年，《隧道》出版，受到普遍好评，萨瓦托由此奠定他在拉美文学界的先驱地位。经由加缪推荐在法国出版后，小说十分畅销，并被贴上了超现实主义的标签，但它实际上探讨的是人的存在、身份和自我认同的主题。在这部篇幅不长的小说里，画家胡安·巴勃罗·卡斯特尔以第一人称讲述了与情人玛丽亚相识、相爱，最终将她杀死的过程。开篇卡斯特尔便表明了自己凶手的身份，并称整本书是他对罪行的阐述。卡斯特尔与玛丽亚的相遇十分浪漫，后者注意到了他一幅作品里常被人忽略的细节，两个人在画前感到了灵魂相通。再次相遇后，两人确定了心意并坠入爱河，然而卡斯特尔悲伤地发现玛丽亚已经结婚，丈夫是一位盲人。在偷情的过程中，卡斯特尔对恋人的猜忌渐生，怀疑她同时还是别人的情妇。最终他无法控制自己的嫉妒之心，将玛丽亚杀死，自己也被关到精神病院。

从故事情节看，这似乎只是一部带有侦探色彩的爱情自白书，萨瓦托的独异之处，就在于他以本真的心理描写，把卡斯特尔特有的心理状态描摹得淋漓尽致。卡斯特尔自称自己是一位信奉理性的人，喜欢对情人的行动言语进行细致的分析与推导，其实从未摆脱过病态的潜意识的控制；压抑的梦境也体现了他内心的恐惧与不安。人与人之间如此疏离，每个人都身处自己的透明隧道里，有时产生了可以沟通和触碰的幻觉，伸出手却摸到了墙壁。由此，诚如有评论所说，卡斯特尔个人身份认知与自我找寻的诉求，在小说里得到了最深层次的探寻。或许，这才是小说备受加缪和法国读者青睐的重要原因。萨瓦托本人也认为，单纯玩弄文学技巧而忽视现实问题，是不可取的，超现实主义的精神有必要与科学精神结合。

萨瓦托的小说在深入探讨人性、展开心理分析的同时，也确实充满了科学精神。他发表于1961年的长篇小说《英雄与坟墓》，详细描写了位于布宜诺斯艾利斯的玻利瓦尔大街、总统府玫瑰宫，和主人公亚历杭德拉和马丁初次会面的莱萨玛公园。萨瓦托对到访的林一安说，他如实写了这些他常去的地方。在他看来，涉及小说创作，情节人物可以虚构，历史地理却务必力求真实。

《英雄与坟墓》也是讲了一个爱情故事，结构却比《隧道》复杂，多线并行的叙述手法让人眼花缭乱。除了马丁与亚历山德拉命定般的爱情，小说还讲述了拉瓦列将军与独裁者罗萨斯的斗争，并且穿插了大量对于人生、美学、政治等问题的思考，其中对博尔赫斯的评价、对文学作品中阿根廷民族性的阐释，都体现了作者独特的文学观。第三章“关于盲人的报告”与其他部分看似格格不入，却以第一人称的方式展示了费尔南多阴暗的内心世界，揭开了父女乱伦的伏笔。也是通过费尔南多的叙述，我们得以知道《隧道》里的玛丽亚其实是由“盲人帮会”派去勾引陷害卡斯特尔的，因为这位画家对盲人颇有微词，引起了他们的强烈不满。这一章可谓淋漓尽致地展现了一个阴森可怖的盲人世界，而失明也确实是萨瓦托痴迷的一个主题。他说：“着魔于瞎子的事，没什么可解释，1979年，我发现视力出了问题，我不知道关于瞎子的念头是这件事的预兆还是原因”。不管怎样，正是通过失明这一主题，这两部小说有了深刻的关联。

而萨瓦托科学求真的精神，也使得他对自己的写作极为挑剔。他写完一部作品，如果感到不满意，就会把手稿烧成灰烬，他出版的小说不多，原因正在于此。事实上，他耗费多年写成的这部《英雄与坟墓》也差点被他烧掉，他的妻子因此抱病在床，才使他最终改了主意，保存了这部被普遍认为是他最伟大的作品的手稿。萨瓦托解释说：“真的，这的确不合理。我一生似乎都趋于毁坏我自己而非他人的东西，但或许因为经过深思熟虑，我认为这些作品是有瑕疵的、不纯粹的，只有火焰可以去帮我使之纯净。”

由此可见，对三部曲的终章，直到近期才引进的《毁灭者亚巴顿》，萨瓦托是感到满意的。小说发表于1974年，主线却是写发生在前一年同一时间的三件事情：其一，“疯子”巴拉甘目睹的异象——一只长着七个头的巨龙盘踞在夜空中；其二，十七岁的纳乔看见挚爱的姐姐与房地产公司总裁有染；其三，二十三岁的马塞洛因与游击队员“小棍子”之间的友谊，在警察局地下室被酷刑折磨致死。与此同时，在前两部小说中出现过的一些角色，再次作为客体或主体出场，连萨瓦托本人也成了书中的角色。而在主线之外，不同人物的对话、回忆、信函、会谈等的穿插，以及对宗教、哲学、历史、战争、革命等问题的探讨，让小说变得更为错综复杂。

3

事实上，萨瓦托在现实生活中也热衷于探讨问题，并积极参加社会活动。在学生时代，他就已加入了共产主义青年组织，但在1934年，因为反对斯大林统治，他与此组织决裂。在20世纪60年代初，他写了很多杂文，针砭时弊，犀利如刀，成了那一代年轻人的偶像。在庇隆时期，他是庇隆政府的支持者，而博尔赫斯则是庇隆主义的反对者。因为政治上的分歧，这两位亲密好友分道扬镳。直到20年后，1974年10月7日下午，他们在布宜诺斯艾利斯东方画廊的城市书店偶遇，才和好如初。在他们共同的学生奥尔兰多·巴罗内的策划下，从这年12月14日到次年3月15日，他们进行了7次对话。

每周一次，每次维持2—3小时的这一系列对话，日后被整理成《博尔赫斯与萨瓦托对话》出版。在其中，他们谈到了友谊、爱情、文学、哲学、神学、心理学、语言学、音乐、舞蹈、电影等诸多领域，唯独不涉及政治。萨瓦托问博尔赫斯，既然您不信上帝，为什么还写了那么多神学故事？博尔赫斯回道：因为我把神学当作幻想文学来信仰。神学是幻想文学中的完美之作。当被问到文学艺术有什么功用，萨瓦托则说：艺术可以挽救社会不发疯。

作为一位忧国忧民的作家，萨瓦托于1984年被任命为“阿根廷全国失踪人口调查委员会”主席，负责调查二十世纪七八十年代“肮脏战争”中失踪的人民，他们多因政见不同被独裁军政府逮捕杀害。萨瓦托主持出版了《不许重演》一书，公布了对三万余名失踪者的调查结果，揭露了军政府的暴行。晚年的萨瓦托寄情绘画，在西班牙还开有一家画廊，但他仍然每天听新闻广播，关心国家政局。

2011年4月30日，萨瓦托因肺部感染于布宜诺斯艾利斯的家中病逝，距离百岁寿诞不到两个月。直到讣告发出，南美洲以外的世界才猛然忆起这位在20世纪与博尔赫斯、科萨塔尔齐名的拉美文学巨擘。而在阿根廷国内，他去世所引起的震动却相当巨大：名流、政要纷纷前往告别，阿根廷民众则默默在萨瓦托的住宅献花、贴标语，甚至还有人把他的照片从报纸杂志上剪下，贴在房前屋后的栅栏上表示哀悼。诚如当时的总统候选人里卡多·阿方辛所说，对于许多阿根廷人来说，萨瓦托代表我们这个国家的文学和思想，更重要的是他代表着道德和正义。

对于萨瓦托来说，他无疑更看重文学和思想。与博尔赫斯对话时，他反躬自省，艺术领域有那么多永恒的话题值得探索，为什么还要惦记人世间那些过眼云烟般的纷纷扰扰呢？“人们艰难地编织着自己无法解释的幻想故事，因为他们毕竟是血肉之躯。他们渴望永存，但却必须死亡；追求完美，但却瑕疵满身；向往纯洁，但却堕入邪道；正因如此，人们才编写幻想故事，而上帝则不需要这样做。”这是萨瓦托对他为何写作的自白，他对自己在写作上追求完美却难以抵达完美之境已经释然。

辑六

纳丁·戈迪默

阿卜杜勒拉扎克·古尔纳

写作时不要考虑后果，就当自己已经“死”了

纳丁·戈迪默

南非废除种族隔离制度那一年，也就是1994年，纳丁·戈迪默发表了长篇小说《无人伴随我》。在这部描写南非从种族隔离开始到白人统治终结的历史过渡时期人们命运的作品里，这位为南非赢得首个诺贝尔文学奖，且在南非种族歧视最严重的时期，以反种族隔离为己任的白人作家，通过女主人公维拉·斯塔克的切身经验道出：在主体世界里，人的自我永远是孤独的，无法把它抛弃，也无法与另一个自我分享，人的一生只是从自我到自我的独自行走。

但戈迪默的一生，却更可以说是从自我到社会的漫长跋涉。因为她有良知、不媚俗的写作，也因为她对社会的积极介入，她赢得了世人的敬重。2023年是戈迪默诞辰100周年。她1923年11月20日出生，2014年7月13日晚在南非最大城市约翰内斯堡的家中平静去世。南非总统祖马对她的离世表示哀悼。南非非洲人国民大会发言人科

德瓦则于同日表示，南非失去了一位独一无二的文学巨匠。曼德拉基金会也发去了唁电：“为南非失去一座伟大文学丰碑而陷入悲痛之中。我们失去了一位伟大作家，一位爱国者，失去了一位平等和民主的呼喊者。”

1

就戈迪默而言，她自己感到最骄傲的事并不是1991年获得诺贝尔文学奖，而是在1986年出庭作证辩护，使22名非国大党员免除死刑。而早在1962年，她就帮反种族隔离斗士纳尔逊·曼德拉起草过著名的演讲词《为理想我愿献出生命》。曼德拉在1990年刚刚出狱后，最想见到的几个人中就有她。她是曼德拉眼中的英雄，而国际社会则将她称之为“南非的良心”。

在后来接受采访时，戈迪默曾表示：“在我的国家南非，写作意味着迎战种族主义。”的确如此，戈迪默前半生以反种族隔离为己任，她一生写了13部长篇小说，200多篇短篇小说，200多篇散文，由于毫不虚伪地反映南非的可怕现实，以小说的形式为受压迫的黑人，包括小部分白人仗义执言，先后有《陌生人的世界》《已故的资产阶级世界》及《博格的女儿》三部长篇小说遭禁，她本人也遭受迫害。尽管如此，戈迪默却拒绝流亡国外而毅然留在国内，与非洲人国民大会的地下组织成员并肩战斗。在白人政府疯狂搜捕非国大成员时，几位黑人运动领袖就躲藏着在她家中，并在其掩护下安全转移。

但作为反种族隔离活动家的戈迪默同时很清楚，写作与宣传鼓动有着根本的区别。她深知，作家必须首先是个人、是公民，因此必须具备社会责任，但这个社会责任不是要求作家去写作政治宣传，而是去深入探索生活。她的小说也正如她自己所说，主要是反映她所看到的人和他们的生活，以及人与人之间的关系，如男女之间的情爱，同性之间的友爱，父母和孩子之间的亲情，当然也有个人和群体社会之间的关系，这里面就不可避免地涉及了政治。

实际上，戈迪默不过是真实反映了当时种族隔离时期的生活。她于1923年出生于南非约翰内斯堡附近的矿业小镇斯普林斯。父亲是立陶宛人，母亲是英国人，均系犹太裔。她先后在一所修道院学校和威特沃特斯兰德大学读书。她从小个性独立，从9岁就开始写作。这只是出于她对生活的惊奇，想发现其中的奥秘。她从来没有想过要在写作时刻意反对什么，甚至都没有意识到不公正。但她出生并生长在一个充满种族歧视的时代，这就是她熟知的生活。她去教会学校上学，学校里是清一色的白人；周末看电影，电影院同样是清一色的白人；到跳舞练习班去，还是只有白人。她能看到的黑人，除了佣人和打扫卫生的清洁工，就是矿工。

而当她还是个小孩子，她所接受的教育，就是让他们害怕黑人，说这些黑人是从非洲其他地方来的，是怪物。但当她长大，戈迪默对“黑白分明”的社会产生了怀疑。她和黑人交朋友，一步步走出了封闭的白人圈子。1948年，戈迪默出版了自己的首部短篇小说集《面对面》，此后十年间，她陆续发表了《说谎的日子》《陌生人的世界》等长篇小说，用现实主义笔法，揭露种族主义的罪恶。

种族隔离制度给黑人的肉体和精神造成了极大的伤害，但受害的并不只是黑人，也有白人。戈迪默发表于1966年的《已故的资产阶级世界》，就着重刻画了种族社会中黑人与白人的人性的极度扭曲。种族隔离制度，腐蚀了主人公麦克斯，一个有良心的正直的青年的心，使他不能完全摆脱白人的优越感和统治者心态。这一制度，也使得黑人普遍被怨恨蒙住了眼睛，难以接受向他们靠拢的白人。在受到警察审讯时，麦克斯被迫出卖了他的白人、黑人同志。随着小说里麦克斯因内疚走向自我毁灭，以及黑人被枪杀，戈迪默同时为黑人和白人叹息。

2

事实上，正是出于对种族隔离制度给南非造成的复杂现实的深刻认知，随着写作的日益深入，戈迪默此后的创作，越来越体现出摈弃白人中心主义的倾向。

1976年6月16日，在约翰内斯堡市郊西南约8英里一个黑人居住区索韦托，数千名黑人中学生为抗议南非白人统治当局强行规定在黑人学校使用南非荷兰语举行大规模示威游行，南非种族主义政权悍然出动上千名军警，进行血腥镇压，打死170多人，打伤1000多人，许多无辜者被逮捕。

以这一事件为背景，戈迪默写出了她最负盛名的小说《七月的人民》(1981)。白人斯梅尔斯一家遇到了武装暴动，他们在一个绰号叫“七月”的黑人奴仆的帮助下逃到了他所在的村子里，他们不得不在腾空了的原始小棚屋中勉强生存。随着时间的流逝，主仆关系由于这一家人越来越依靠这个奴仆而颠倒。戈迪默由此最大限度地提出了白人的特权是否正当的问题。

当然，戈迪默质疑白人的统治特权，进而抛弃白人中心主义，并不意味着她倒向了某些黑人主张的黑人中心主义。在发表于1970年的长篇小说《贵客》里，戈迪默就突出地表现了黑人内部的纷争。她在同情和支持黑人运动的同时，也指出了其中存在的某些弊病。在这部小说里，戈迪默也热切地表达了她对一个新的国家诞生时可能遭遇纷繁复杂的悖反情景的深入思考。前殖民地官员回到南非后，卷进到了冲突当中，忠诚感又使他无所适从。事件的进展通过平行发展的主人公的恋爱事件得到反映。正是从这部小说开始，戈迪默发展了一种更为复杂的小说构架，而隐含于小说中的另一个重要变化在于，她的创作不再那么偏重写实，而是多了预言的色彩。在1987年出版的小说《大自然的游戏》里，她甚至写到了将来在南非建立一个由黑人掌权的共和国的场景。

戈迪默的博大之处，还在于她能跳出自己的肤色，用黑人、甚至是黑人小孩的眼光看待南非的现实。她发表于1990年的长篇小说《我儿子的故事》，就对真正的黑人心态做了真实而深刻的刻画。小说叙述者黑人活动家索尼的儿子威尔发现父亲和白种女人汉娜有奸情时感到惊讶、恶心。威尔之所以恶心，是因为他爱自己的母亲，还因为他对白人心怀怨恨。但诡异的是，他做色情梦时梦见的，却偏偏都是汉娜那样的白种女人。黑人对白人既怨恨又欣羡的矛盾心理，由此可见一斑。虽然威尔和他父亲及其情妇遭遇时，在某些地区黑人已经可以和白人同凳、同车甚至同床了，可种族隔离制度对黑人心灵的毒害却深深进入了潜意识。

3

的确如此。虽然南非最终废除了种族隔离制度，戈迪默以写作为对抗，也看似梦想成真。但多少年后，戈迪默不得不承认，当年她满脑子想着如何摆脱种族制度，根本没有心情思考未来，现在则必须面对宿醉后隔天起床时的“头痛”。而她面对的最大的考验正在于，当她实现她为之奋斗多年的梦想之后，她是否依然对不合理、不公正的现象有切身的体察，并坚守自己一贯的批评立场。

戈迪默对此有着足够的警醒。消除了种族隔离的南非，依然面临很多的难题。她直接触碰到的现实是，大量黑人涌入原本白人的聚居地，令白人们弃居离去，造成荒芜地带，从而引发了许多治安问题。一度她遇到了入室抢劫，现金珠宝被劫掠一空，因为拒绝交出亡夫给她的婚戒，她还挨了打，而这些抢她的人，很可能就出自她当年为之奔走呼吁的人。但她为此难以释怀，在2007年出版的短篇集《贝多芬是1/16黑人》里，她说："总有些人要做时代的先驱者，而他们的牺牲将付诸东流。"

在这本书里，她还用一篇"梦会亡友"虚拟了她与萨义德、桑塔格以及曼德拉传记作者桑普森三人在纽约一家中餐馆里的谈话。她借梦中的萨义德之口如是自省：她当然也懂得斗争之普遍恒在，否则，她将在种族隔离制度废除后的南非因被压迫者的翻身而不得不咀嚼左派政治乡愁，从而无法继续洞察、解剖那些需要"拾起包袱"才能解剖的不公正。

2010年，南非殊为难得地举办了举世瞩目的世界杯，戈迪默却泼冷水道，这是一场盛大的马戏，但当人们连面包都吃不上的时候，要这马戏干什么？她的批评显然是有所指的，废除种族隔离制度十多年后，南非贫富差距依然悬殊。南非政府为举办世界杯，却牺牲了那些本来应该拨给平民们建造简陋小屋的预算。戈迪默批评道："老实说，没人真正需要那些露天体育场，等世界杯结束以后，我们要怎样处理它们？让那些棚户区居民去那里躲雨吗？"

也是在这一年，戈迪默出版了非虚构文选《讲述时代——写作与生活：1954—2008》。这本书记录了55年来，她在反对种族隔离风波中写作受阻的生活经历，也记录了她对同时代南非作家库切等，及对沃莱·索因卡、海明威、约瑟夫·康拉德等作家的思考。显然，在她眼里，正是这些对现实永远保持质疑和批判的伟大作家，而不是那些风行一时的政治领袖，给了她持续写作的能量。

自始至终，戈迪默从不曾改变其深入人心的斗士本色。向来快人快语，很少有顾忌。传记作者罗纳德·苏雷什·罗伯茨在书中把南非反种族隔离活动家露丝·福斯特称为"那个愚蠢的婊子"，结果被戈迪默解雇了，甚至险些为此对簿公堂。还有一次，在一个文学活动中，世界上著名的700位作家被请求画自画像，戈迪默交上了自己的画，上面画了两只猫。她解释说，“是的，我不会作画，也画不了自己，我那时养了两只小猫，很喜欢它们，所以干脆就画了猫。”身为女性，戈迪默也非常反感别人为她打上“女性心理作家”或是“女权主义者”的标签。1988年，她被提名为奥兰治文学奖的候选人，这是一个专门为女性作家设置的奖项，但她断然拒绝了这项提名，当被问及此事，她答道：“我反对一切人为分类的所谓奖项，文学奖还能分出什么花样来吗？难道非要分男性奖、女性奖、红发人奖、金发人奖、一夫一妻者文学奖、同性恋者文学奖吗？这些和文学本身能有什么关系？这种类型的奖我自然不会接受。我还真不知道是不是专门有为男作家而设的文学奖，我认为男女应该是完全平等的。”

戈迪默抨击世道不公的视角甚至逾越国门。作为21世纪以来在巴以问题上最活跃的知识分子之一，她曾多次以身为犹太人的身份敦促巴以和谈。2008年，她顶着南非国内斥其为“背叛”的责难，毅然参加在耶路撒冷举办的首届国际作家节，某种意义上也是出于对“一切形式的压迫”的抵抗。她也从不满足于写作本身，在81岁高龄时，当她看到流行乐坛很多巨星以举办义唱的方式为艾滋病救援募捐的时候，她自问，身为作家我们做了什么？为此，她邀请了马尔克斯、格拉斯、大江健三郎、萨拉马戈、厄普代克、阿特伍德等全球20位作家，包括她自己在内，共写了21部短篇小说，出版小说集《爱的讲述》为抗击艾滋病募捐。她还联系了不同国家的13家书商，他们也同意不取分文利润。这本书在美国纽约举行首发式时，联合国秘书长安南出席。她本人则在曼哈顿主持了作品朗诵会。诚如有评论指出，戈迪默试图以自己的行动表明，她坚持以同一标准考量所有以集体为名、以制度性暴力为后盾压制少数和个人的行为，并不依任何外在或内在的因素而选择性失明。

唯其如此，你才能理解戈迪默何以说，作家必须永远保持独立，保持艺术独立，而不要担心是否冒犯你的母亲和好友，是否冒犯你的政治上的同道，“我觉得我首要的责任就是恰如其分地运用我的才能。你越是接近真实，就越能恰当地运用你的才能，而不必去担心别人怎么说。这就是为什么我坚持这个准则，写作时，不要去考虑会有什么后果，就当自己已经死了”。

走向更广阔的世界，以新的眼光回望故乡

阿卜杜勒拉扎克·古尔纳

当谈到获诺贝尔文学奖对自己产生何种影响，坦桑尼亚裔英籍作家阿卜杜勒拉扎克·古尔纳说，这个奖项使他“善待”自己的作品：“或许这些作品终究不是太糟。我们确实喜欢挑剔自己所做的事情。”作为肯特大学英语和后殖民文学的荣誉退休教授，在2022年3月初于该校古尔本吉亚艺术中心举行的与其同事的公开对谈中，他还对自己因为获奖，早期作品也得以再版表达了喜悦之情：“所有这些书都重版了，这太好了。我最初的三四本书已经绝版多年了，现在得以再版。”

不止于此，随着古尔纳获奖，他的几乎所有作品，都顺势推广到了其他语种国家，这其中自然包括中国。时隔八个月，国内终于正式推出古尔纳10部小说中译本的第一辑，其中有聚焦文化夹缝中难民艰难求生的《海边》；有围绕二代移民生活展开叙事的《赞美沉

默》与《最后的礼物》；有他创作于两年前的，讲述德英攻占东非期间三个主人公努力生活的故事的《来世》；自然也少不了他出版于1994年讲述非洲一代移民生活的《天堂》。

从某种意义上说，这部曾入围当年布克奖短名单的小说，呈现了一幅殖民笼罩下的东非画卷。古尔纳1948年出生在东非海岸附近的桑给巴尔岛。那时，桑给巴尔只是一座独立的岛屿。而在更早前，1890年，桑给巴尔沦为英国“保护地”，1917年11月，英军占领自1886年始被划归德国势力范围的坦噶尼喀全境。在经历近半个世纪的英国殖民统治与短暂的独立后，桑给巴尔于1963年12月和平解放，并在次年与坦噶尼喀合并组成坦桑尼亚。《天堂》讲述的正是这一历史背景下的故事：少年尤素福梦见自己被一个做商人的“叔叔”带到了富庶地区，也就是那个象征性的“天堂”。但现实却是，他是抵押给商人偿债的。他主要以打理花园为工作，并以此偿还父亲在外所欠的债务。

就这样，尤素福跟随商队踏上行走异乡的旅途。正是在搭乘大篷车的非洲旅行中，尤素福遇到了各种各样的部落，并由此走近了他们的生活。神话传说、野外冒险，《圣经》和《古兰经》的风俗影响在分裂的非洲大陆上随处可见，他也在旅途中遇到了自己喜爱的姑娘，不过这个女孩后来被迫嫁给了他的商人叔叔。诚如有评论所说，在约瑟夫·康拉德式的旅行叙事中，《天堂》具有了更广阔的写作视野，它借助尤素福的眼睛，观察了整片非洲大陆上所存在的问题与矛盾，从而形成了一部庞大的非洲边缘的编年史。《天堂》也由此成功地让欧洲读者看到了他们还相对陌生的非洲大地的社会生态。小说虽然最终没获得布克奖，古尔纳却由此成为受到普遍关注的作家，他也就此深化了他的写作主题。

这么说是因为，古尔纳之前的创作探讨的主要是单一民族在某个单一环境中所受到的影响。二十岁之前，古尔纳一直生活在桑给巴尔，这个岛屿因为作家约翰·布鲁纳写的一部反乌托邦的科幻小说《立于桑给巴尔》，一度闻名于世。彼时，那里既是英属保护国，又是苏丹统治的国家。古尔纳的父亲买卖来自印度洋的鱼干和腌鱼，因此他早年的许多时光都集中在家门口的海岸上，他最爱的事情就是到沙滩去“寻宝”。他搜寻的宝贝就是古代沉船上，被冲上海岸的中国瓷片。在一次采访时，古尔纳专门提到了小时候的这些冒险：“当你去博物馆里，或者听到那些关于中国舰队抵达非洲东部的时候，你会想到那些瓷片是很珍贵的东西，或者是与一些重要的事情有联系。当你在海滩上自己亲眼所见的时候，你去看的则是它们是否完整，重量有多少，它们美不美。”

多年以后，古尔纳回忆道，几乎每年11月都有许多单桅帆船驶入桑给巴尔港口，而他会观察那些水手从一艘船走到另一艘船，船上满载着货物，仿佛那都是土地。但平静的生活被打乱了，1964年，反叛军推翻了以阿拉伯人为主的桑给巴尔政府。革命爆发当天，古尔纳与家人正在达累斯萨拉姆度假，但他目睹了逃亡的桑给巴尔苏丹与前英国官员抵达该城港口时“令人同情的一幕”。当他回到桑给巴尔时，一家人开车经过了“烧毁的房子，墙上都是弹孔”，并意识到发生了可怕的事情。古尔纳本人并没有看到任何暴力行为，但眼见新政府关停学校，然后重新开放，规定毕业生只能在以乡村地区为主的地方担任教师。他意识到未来渺茫，作为阿拉伯裔，在自己的国家更是难有立足之地，便选择离开成了难民。1968年，他赴英国学习，在完成相当于高中水平的学业后，他当了三年的医院看护来维持生计，之后就读于坎特伯雷基督大学。1980年至1983年间，他曾短暂回到非洲，在尼日利亚的巴耶鲁大学教书，同时攻读肯特大学的博士学位。1984年，他才终于有机会重返桑给巴尔，探访重病的父亲。这次经历也促使他创作了出版于1987年的首部小说《离别的记忆》。

事实上，在这部小说里，古尔纳与其说讲述的是“离别的记忆”，不如说是追溯了一个非洲男孩从东海岸离家的原因。而进入新的社会环境后，难免会导致人物原有的社会身份与自我认同支离破碎。由此，在之后一年出版的小说《朝圣者之路》里，古尔纳表现出更为激进的写作姿态，主人公的身份也更具政治意味，他是个穆斯林学生，进入英国后，与当地的种族文化发生激烈对抗。1990年，古尔纳还写了一本小说《多蒂》，这是古尔纳迄今为止唯一一部以女性为主人公的小说。小说是以二战后伦敦的一位女子的悲惨遭遇为叙事主体，主人公多蒂·巴尔弗只知道自己的名字很美丽，只有在经历进一步的探索后，她才发现这个名字的背后其实掩藏着一段悲惨的、被英国人压迫的家族历史。尽管主题各异，但诚如有评论所说，在古尔纳的这三部小说中，他还是试图从单一的身份模式出发，对人物的命运进行局部的剖析和探索。这虽然能在一定程度上体现他的写作功力，但并不能体现出独特的艺术性或观察视角。只有到了《天堂》出版，古尔纳的写作主题，才从单一的批判转向更宏观整体的批判。

而古尔纳之所以写出《天堂》，部分原因也在于1984年那次回桑给巴尔之旅。有一天，他从窗口看到父亲走向一座清真寺。他意识到，当英国在桑给巴尔建立保护国的时候，这位老古尔纳应该还是个孩子。古尔纳说，他想知道，“当你第一次意识到外国人开始占领你们的生活时，对于一个孩子意味着什么。”与此相仿，当一个孩子赤手空拳在异国他乡打拼时将遭遇什么，他又该如何应对，正是古尔纳在出版于1996年的《赞美沉默》和出版于2011年的《最后的礼物》中探讨的问题。堪为姐妹篇的这两部小说聚焦两代移民所遭遇的身份危机，并尝试探讨出路何在。《赞美沉默》里，“我”离开非洲故土20年，一直试图融入英国都市新生活，但无论是家庭还是工作，处境都不尽人意。在漫长的异乡人生活中，出于各种原因，

"我"习惯于保持沉默，又时常编撰出自己的个人故事，来符合英国人对于一个非洲人的期待，由此活得身心疲惫——一边是再也回不去的家乡，一边是格格不入的他乡，进退两难间，一切希望终成"失望的爱"。而"我"自出生之后，就被父亲阿巴斯抛下，这位父亲正是《最后的礼物》中的主人公，与保持沉默的儿子不同，他一直渴望把自己的经历讲给子女听，但他们却毫无兴趣，最终他用录音机录下了自己的故事。

古尔纳出版于2001年的《海边》，就可在一定程度上视为记录的他自己的故事，这也是最能体现他对于难民处境关注的一部作品，尤其是对身处不同文化夹缝中的难民群体的关注。小说以多视角叙述的方式揭开主人公奥马尔背井离乡的原因，将小到家族恩怨、大到殖民地独立史的种种记忆拼凑起来，置于宏大的时代社会图景之中。

由此不难理解，诺奖委员会给古尔纳的颁奖语何以是，"因为他对殖民主义文学的影响，以及对身处于不同文化夹缝中难民处境毫不妥协且富有同情心的洞察"。然而，古尔纳生于坦桑尼亚，长住英国，用英语写作。而在坦桑尼亚，英语可以说是后殖民的象征。2015年，总统贾卡亚·基奎特宣布进行教育改革，该国所有学校将放弃教授英语，只教授斯瓦希里语。就此，坦桑尼亚成了撒哈拉以南第一个，也是唯一一个使用非洲语言作为教学语言的国家。那么，诚如有专家指出的，使用英语写作的古尔纳，还能否代表他的国家坦桑尼亚，他的小说又究竟在何种意义上体现了颁奖语所说的"对殖民主义文学的影响"？

不能不说，作为当代东非历史进程的见证人，古尔纳在青年时期完整经历了一个东非国家经历的种种社会变革，尤其是在前往英国留学之前，还在国内参与了三年的革命，他完全明白后殖民社会对非洲国家造成的持续性伤害有多么强大，但古尔纳本人并不完全赞同自己被归为后殖民作家，并对所谓的后殖民写作有所保留。在写完《天堂》后，古尔纳曾表示，后殖民写作很容易成为一个陷阱，因为很多作品都将批判矛头单单对向了曾经的殖民帝国，将所有社会症结归结为殖民统治的毒害，但实际上，非洲内部民族和部落的分裂所带来的危害同样可怕。古尔纳反求诸己、直追本质的关注，也使得他对非洲作家写作有根本性影响的语言问题，有着更为辩证的看法。他既不赞同尼日利亚作家阿契贝说的，通过对英语的本土改造实现语言的反殖民功能，也不赞同肯尼亚作家恩古吉·瓦·提安哥说的，英语无论如何都只能是统治者的标志，它侵入了价值观、社会行为等一切行为模式。在古尔纳看来，相比之下，交流什么比使用什么语言交流重要得多。他坦言，自己在20多岁的时候因为处于困境而开始写作，当时并没有想到应该使用什么语言。他只知道用英语写作，让他在自己和读者之间建立起了广泛的联系，这是他用任何其他语言都无法完成的。

虽然以英语写作，古尔纳却不无清醒地意识到母语的重要作用。也因此，他在写对话时，直接保留了不少斯瓦希里语的词句。在他的作品中，他都侧重从被殖民者自身的视角和记忆，讲述了裹挟于殖民史中的个人的命运。在孤儿那看来，在很长一段时间中，历史是由殖民者所书写的，历史被简化、抹除和重组，而他想要发出东非人民自己的声音，书写他们自己的历史。但古尔纳并不执着于写东非人民的历史，他2005年创作的小说《遗弃》讲述了几代人跨越种族与文化壁垒的爱情悲剧。在出版于2017的小说《砾心》中，他写了一个年轻人与他不理解的环境对抗。《来世》则是一部历史小说，初衷是描写英德两国在东非交战的故事。古尔纳说，在过去的小说中，这些战争被描述得很轻松，尽管事实上有成千上万的平民死于与战争相关的饥荒和疾病。小说的主要人物之一哈姆扎报名加入德国军队，虽然很快意识到了错误，但已经被困在军队中。

当他终于从那里离开后，他成了自己家乡的陌生人。最终，身处殖民阴影的他在机缘巧合下开始读书认字，决意逃离故土与原生家庭，追寻更广阔的世界。

可想而知，当哈姆扎来到了那个更广阔的世界，他必将以新的眼光回望和打量自己的故土，也不会生出进退两难之感。古尔纳自己就有过这样的切身感受，瑞典学院给出的评语写道："古尔纳在处理'难民经验'时，重点是其身份认同。他书中的角色常常发现自己处于文化和文化、大陆与大陆、过去的生活与正在出现的生活之间——一个永远无法安定的不安全状态"。诚如有评论所说，古尔纳的重要贡献是他以一个获得了足够声望的移民的身份，唤起了我们对那些同为移民，但却在"流离失所，充满忽视、敌意、冷漠的环境中挣扎求生的人们"的关注。也因此，就像主播顿顿在新书推介会上所说，虽然古尔纳的作品背景位于遥远的东非，但是其中对于背井离乡的人们心境的刻画，也能在那些进入大城市的年轻人心中产生共鸣。

在诺贝尔文学奖受奖演说中，古尔纳说，他最初写作的冲动，源于"思想之苦与他乡生活之痛"，他因而意识到，"有一些东西是我需要说的。""一种写作的渴望在我心中生长：我要驳斥那些鄙视我们、轻蔑我们的人做出的自信满满的总结归纳。"但他抗拒那种认为作家应该代表什么的想法。他说："我代表我自己，我代表的是我在思考什么，我是谁，我关心什么，我想要写下什么。"

辑七

三岛由纪夫

远藤周作

新井一二三

超越道德界限，展示纯美的存在

三岛由纪夫

三岛由纪夫是独异的：他那关于生命与死亡的美学思想振聋发聩；他那剖腹自杀的过激行为惊世骇俗；而他的作品更以其深邃怪异，自成一体，独具魅力。读他的小说，给我们留下深刻印象的往往不是深刻的叙述思想，不是独特的创作技巧，也不是作品中的语言、情节、人物。我们为之倾心的却是他那匠心独运的美：原始的美、野性的美、毁灭的美、堕落的美……三岛的文学“大都面向怪异的世界。他用自己的颠倒结构的思维方式，在现实的美与虚幻的美的交汇点上来创造他的艺术。”（叶渭渠、唐月梅，《20世纪日本文学史》）2020年是三岛由纪夫逝世五十周年。作为经常被阅读，但很少被理解的作家，三岛曾在他出版于1956年的长篇小说《金阁寺》里借主人公沟口之口说：“不被人理解已经成为我唯一的自豪”。话虽如此，三岛实际上无论是为人还是为文都表现出让外界理解自己的强烈冲动。他是著作被翻译成英文等外语版本最多的日本当代作家。日本比较文学研究家千叶宣一将他与普鲁斯特、乔伊斯、托马斯·曼一起并称为20世纪四大作家。相比他的创作成就，这样的评价也不算过誉。他一生著有21部长篇小说，80余篇短篇小说，33个剧本，以及大量的散文。与此同时，他的创作思想之矛盾复杂，远不是一两篇文章可以穷尽的，但通过解读《金阁寺》，无疑有助于增进我们对这位传奇作家的理解。

《金阁寺》是三岛的代表作。它代表了“三岛文学的最高水平”，是“三岛美学的集大成”。在这部作品里，三岛把他毕生为之倾心的美的境界推到了极致，他撷取一僧人焚烧金阁寺的历史事件作素材，借以建构他的艺术世界。在这里三岛绝不是刻意去制造一个真实历史事件的翻版。恰恰相反，他选中这样的内容是力求让焚烧国宝这种“得不到社会容忍和许可的行为再生，给它作为一种美的存在而赌以自己的存在”。（唐月梅，《怪异鬼才三岛由纪夫传》）他注入自己的思想与感情，以化腐朽为神奇的笔力，创作出了这样一部真正撼人心魄的作品。

读过《金阁寺》的人都会为主人公沟口放火烧毁金阁这一事实感到震惊，我们惊异于这样一种近乎病态的行为的同时，不得不面对这样一些深层次的问题：沟口烧掉金阁寺是企图占有它的美呢，还是毁灭它的美；是为了象征性地毁掉自己，还是借此一劳永逸地自我拯救？美到底是什么，美是否只是一种神奇的幻象，它存在于彼岸的世界，我们执着于美的同时是否就意味着我们步入了一个万劫不复的深渊；美的存在是否就是美的毁灭；是否有一种美的意志，它超越于理性与信念之上……纠缠于这存在与美的悖论里，我们犹如步入了博尔赫斯“交叉花园的小径”似的迷宫里，唯有集聚全部的力量来演绎一次精神的突围。

自然，我们首先会把目光引向金阁，它是整部作品中的一个主导意象，它就像卡夫卡笔下的“城堡”那样神秘、离奇、不可捉摸。于是，我们会以为作者借金阁在宣扬一种不可知的超验的力量。可我们不能忘记作者是在向我们传达一种美的观念，美的精神。它所标举的美毫无疑问是与“自我”的存在结合在一起的。我们可以把这个“自我”等同于沟口，也可以理解成别的本体存在，但不可否认的是这个“自我”永远是独一无二的，它的存在本身就是一个奇迹。

残疾：生命中不能承受之重

捷克大作家米兰·昆德拉在他的小说《生命中不能承受之轻》里为我们展示了一种“生命中不能承受之轻”的生存景观。深入两部小说的内在肌理，我们不难发现各自的主人公托马斯和沟口在精神气质上有着某种同构性。他们都以一种有别于他人的独特的方式闯入了异想天开的、无限的和具有无穷可能性的存在之域。他们都是欲穷尽全部“现实”可能性的冒险家。对他们来说，存在是一个难解的谜。他们的使命就是要最终解开这个谜团，用自己的头颅去撞开坚硬的存在之墙，哪怕是鲜血淋漓，哪怕是因此而走向毁灭也在所不惜。然而就是这样两个生活在非常态的世界里在精神和气质上如此相近的难兄难弟，他们所走过的道路和最终的归宿却是截然不同的。这里我无意去探究托马斯的精神世界，但作为一种参照，我们会不由地注意到极有可能的原因，就是沟口是一个残疾者，正因为残疾，就注定了他不可能成为像托马斯那样的游戏的人、镜像的人。当托马斯在存在之“轻”的深渊上自我陶醉时，沟口却在生存的重压下苦苦地挣扎。如果说托马斯在与现实世界的亲近与疏离、坚持与反叛中找到了存在的意义，那么作为一个残疾者，作为一个以“残缺世界里的残缺的自我”形象而存在的沟口，则在与作为美的象征金阁寺的矛盾与冲突中找到了自我存在的依据。

沟口：体弱、貌丑、口吃、家贫。并且生来就是一个偏僻寺院住持的儿子，在他尚未展开人生梦想之翅的年龄，就注定了要去当一个和尚的命运。这就是他存在的基本事实。他孤独、敏感，别人视他为异己，他也不去寻求理解和沟通，他被排斥于“生活”之外，游离于自己本应归属的社会群体。“残疾者所感受到的最深刻的痛苦是一种被弃感，一种被所属群体和文化无情抛弃的精神体验。”因为残疾他一方面产生了“对于健康，对于社会和对于整个世界的深刻的仇恨与敌视”。当他对整个社会感到绝望时，他幻想着全部的人都死掉，世界从此消亡。他梦寐以求的“是灾害，是毁灭，是惨绝人寰的悲剧”。另一方面，他又不由自主地流露出“对于生命存在的近乎虚幻、神秘的猜测与玄想”（王晓明主编，《二十世纪中国文学史论》）。他“想象着自己成为内心世界的王者，成为静静超然物外的大艺术家的情景”。“这世上有自己尚不知晓的使命”在等待着他。而在他眼前却“横陈的无一不是这种失去鲜度的、近乎窒息的现实”。既然现实让他感到绝望、痛苦，他转而把父亲说的天地间最美的存在——金阁寺作为自己的精神归宿。金阁作为一种美的观念，已深深印入他的心灵世界，“以致后来看到漂亮的面孔也不由地在心中以‘美如金阁’加以形容”。

当我们深入解读小说的文本，颇可让我们玩味的是呈现在沟口心像中的金阁寺何以会那样的恍惚迷离、变幻不定。沟口一面在不断地建构它，使之趋于无限的完美，乃至出神入化的境地。与此同时，他又不遗余力地对此加以解构，极端地丑化它。当三岛醉心于对金阁寺的渲染、描绘时，他却在无意间对我们传达出了这样一个信息：金阁始终是沟口拿在手里的一面镜子，它映照出了沟口理想化的自我形象。而且这面镜子具有一种奇异的特质，他能自觉地过滤掉现实的杂质，而使呈现在他面上的镜像显得纯粹、空灵、异乎寻常。这个沟口假想中的理想化的自我，向他展示了一种具有无尽诱惑力的可能性，它也使得沟口在某种意义上不由得超越了现实的规定性，在幻想的世界里纵横驰骋。“理想化的自我成了他观察自己的视角，成了他测量自己的尺度”，尽管他仍不断地体验到自己的生命“被永远地抛离所有的正常轨道和由此而来的本能的失落感和恐惧感”（卡伦·霍尔奈，《神经症与人的成长》）。但在这个理想化的自我的诱引下，真实的自我被无尽地遮蔽。由此沟口在偶尔忘却于现实的时间里，可以在镜中颇为自负地欣赏自己的残疾，甚至把它当成是引以为豪的资本，直到残酷的生存本相给他以致命的一击。

从某种意义上来说，残疾是他存在的条件，是原因，是目的，是理想，是存在本身。他时刻强烈地意识到他的残疾——口吃，因此他自虐、自残，同时又充满因残疾带来的“自傲感”，他渴望反叛和超越。正因为他残疾，生命才给了他一个契机，让他以独特的视角去观照周围的世界，从而发掘出常人绝对难以把握的生存体验来。严酷的现实越排斥他，他越渴求从金阁——作为美的象征那儿获得依靠和力量，但他却发现美与他无缘。“既然美的确存在在那里，那么我这一存在便是美的遗弃物。”于是他就在存在与美的双重夹击中无所归属，面对这样严酷的事实，他一面以沉默、孤独顽强抵御来自社会群体的否定，一面以特殊的方式寻求走近人生、肯定自我的道路。他用生锈的铅笔刀在英武的海军学校学员的美丽的黑剑鞘上刻上深深的伤痕；他在拂晓的黑暗中去拦截心中的情人、美丽的少女有为子；他试着与善良清纯的鹤川成为平等的朋友……

可现实是残酷的，他没有朋友，只有心灵的孤独；没有情人，只有无情的嘲弄与侮辱；没有母爱，只是感到母亲对他的遗弃。正是残疾这一存在的基本事实，使他与金阁寺之间形成一种奇特而又紧张的关系：他妒忌它，时时想毁灭它；又崇拜它，把它作为自己的追求与希望。他时而感到与它结为一体；时而又觉得它是一种异己的存在，对自己的存在构成潜在的威胁。他的心灵在两个极端间不断徘徊。他渴望与美丽的金阁寺同生共死，幻想着金阁寺有朝一日毁于空袭，在战争期间这成了他生存的意义，可战争结束后，金阁寺依然存在，更为丑恶腐败的现实却瓦解了他存在意义的根基，他终于背负着残疾这一生命中无可承受的重担毁了金阁寺，他似乎得到了解脱。他通过毁灭获得了新生，并由此迸发出顽强的生命意识和生存意志。在烧毁金阁寺后“要活下去，我想，就像干完一件事正在小憩的人常想的那样”。

“人之为人的特性就在于其本性的丰富性、微妙性、多样性和多面性。”（恩斯特·卡西尔，《人论》）三岛在作品中通过其独特的创造力为我们展示出了一个“站在不稳定的点上，不断分裂、破碎的自我，存在于永远的矛盾张力上的自我”（钱理群等，《中国现代文学三十年》）的生存景观。沟口是个罪犯，是个疯子，是个病态狂?谁也不能得出一个确切的结论。从历史的角度着眼，“自我从来也不仅仅是个人的东西，他总是通过记忆和想象，最终通过语言同某种集体经验联系在一起”。正因为三岛在作品中真实地展现了沟口的特殊境遇，我们看到的沟口作为三岛美学思想的代言人，与其说是个罪犯，是个疯子，是个病态狂，倒不如说他是一个在丑恶的外部世界重压下艰难地追求美的苦斗者。而他的故事，与其说是一个罪犯的自供状，倒不如说是一个把目光转向自己内部生命、寻求生命意义的灵魂的告白。三岛想告知我们的，或许最重要的就是这一点，这也正是他的独特所在。

性:存在于美之彼岸的世界

三岛的作品“常以性爱和情事作为中心。挖掘心理深层的异常情欲，以展现人性的真实和人的本能的真实”（叶渭渠、唐月梅，《20世纪日本文学史》）。他早期的作品《忧国》《禁色》《假面自白》

《仲夏之死》等都突出地表现出了这个特征。而性也在《金阁寺》中占据了一个相当重要的位置。不过在这里作者借它不是用来“对抗传统的道德、秩序和价值的束缚”的。在这里，作者试图通过性、存在与美三者之间的对立与冲突来传达他的美的观念。

小说中叙述了一个细节：沟口寄居在叔父家，去舞鹤中学读书的第一年暑假初次回家探亲期间，目睹了母亲与住在他家的相好仓井的性爱场面。“我战战兢兢地将目光移向其源头方向。于是，自己黑暗中睁开的眼睛顿时觉得有一柄尖椎到来。”这似乎意味着性对他而言是一种禁忌，他对之又恐惧又渴望。而这时父亲的两只手掌却伸过来遮住了“我”的眼睛。“那双手将我所接近的恐怖世界当即关闭，将其埋葬在黑暗中。”是这双手掌把他禁锢在纯洁、善良和欺骗的世界里。当父亲去世，他从其手掌的束缚中解脱出来，他“对于那手掌，对于世间所说的慈爱”，却“居然未曾忘记如此刻板式的复仇”，看父亲的遗容而滴泪未落。正因为是他父亲使他认识到性是恶的、是羞耻的。所以他才“恨”父亲。而对母亲，尽管她犯下了过失，他却没有产生恨她的念头，只是没有饶恕那个记忆。

随着年龄的增长，沟口对性的渴望和欲求日渐滋长了起来。他试图为自己这种强有力的性的欲望找到一种“充满性欲，但又局限于某一特殊的幻想领域的渠道”（热内 · 居伊昂，《性与道德》），一种充满和谐，又能带来升华的渠道。但残疾这个基本的存在事实在把他拒之于生活之外的同时，似乎又否定了他在性上获得满足与幸福的合理性。性欲这种有“实现自由的，道德上和心理上不可压制的自我升华的可能性”，对他来说是不存在的。他的性意识从一开始就是存在着与人的完整的、审美的、道德的和社会的本性的对立冲突。然而对性的渴望却是人的本能，他先是通过手淫进行宣泄，转而把对象集中到异性身上。更因为金阁在他心中留下了美的观念。他心中的性便与美、恶等观念奇迹般地混杂在了一起。

性在沟口的意识里是存在着两重性的，一方面他以为性是神圣的、不可侵犯的，在他看来他心中的情人有为子是完美的，是可望而不可即的，他狂热地爱恋她、渴慕她，却不敢接近她。另一方面，对他而言，性是离奇的、危险的、被禁止的与邪恶的。这使得他反其道而行之，他要撞开性的禁区，获得性的满足，至少是观念上的满足。他常想起有为子的肢体并陶醉在忧郁的幻想中。正是对性的渴慕，他在拂晓的黑暗中去拦截美丽的有为子，他希望从她那里获得安慰，使自己的欲望得到宣泄，可也真是对性的畏惧，当他面对有为子时，顿时觉得“自己成了一具化石，一具既无意志又无欲望的化石。外界再度在我四周成为与我内心世界毫不相关的冷酷存在”。性与美只存在于他的幻想中，一旦作为现实出现在他面前，他就觉得毫无意义。他试图用性去弥补因残疾带来的生命的空白，而性却更加剧烈地照亮了这个空白。他心中的情人有为子却对他报以不屑一顾的讥笑，使他羞愧难当，无地自容，便产生了严重的自卑感，内心极度失态。他咒有为子，咒她尽快死去。盼望他耻辱的见证人永远消失，他从有为子的面影中，从黑暗中窥见了“一个绝对不肯使人安静，而偏要成为我们的同犯和证人的他人世界”。他进而宣告“他人必须全部死掉，世界必须从此消亡”，以便使他“能朝太阳扬起面孔”。他的诅咒果然应验了。有为子爱上了一个逃兵后又背叛出卖了他，结果被枪杀致死。然而他以为的性的恶和羞耻并没有因此消失。

相反，这次经历使他对人生更是厌恶，他把性的欲望压抑到深沉的潜意识里，在以后的经历中以一种变态的形式表现出来。他在美国兵的逼迫下，踩了一个本国妓女的肚子，开始多少有一种被迫的意味，但很快就转而变成一种愉悦和快感，“我长胶鞋底部所感到的女人肚皮，那献媚般的弹力，那呻吟，那盛开的肉之花被碾碎的感触，那难以言喻的快感，那从女子体中直向我身心穿来的类似隐约闪电的愉悦——所有这些，其滋味却不能说是被强迫品尝到的”。他对性的欲望就在这种象征性的、对性的侮辱与践踏中得到宣泄。这次偶然的事件也使得他决定用行恶来走入人生，改变自己的存在。当他决定烧毁金阁，终于把横亘在存在与美之间的障碍——金阁扫除后，他疯狂地占有女人的肉体，充满快感又不无罪恶感地沉浸在这种“堕落的美”之中。

当然，性在沟口那里绝非是本然的目的本身，他仅仅是沟口借以步入现实人生的一张凭证，一种手段。而性的结合作为一种单个的男人和女人由于“渴望战胜个体生而具有的分离性和孤独感，而在那一瞬间参与到一种由真正的结合而不是孤立的个人体验所构成的关系中”（王伟、高玉兰，《性伦理学》）的真正的结合，他却并没有现实地享有过。有为子的形象总是出现在他以后的生活中，并且因现实中金阁寺的出现，有为子的美便与金阁寺的美绞合在了一起，成了横亘在他生活门槛上的一道屏障。性和美，或者说女人和金阁寺，作为一种颇为奇特的观念时常出现在后来的情境中。当他看到用乳汁为情人出征饯行的女人的乳房时，他感到“乳房变成了金阁”，乳房与金阁在他的脑海里交相来去，他既觉得一种无力的幸福感充满全身，继之又涌起一种虚脱感。“恍惚变成厌恶，变成无可名状的汹涌的怨恨。”他发出对金阁为何要把他同人生隔开的呼喊。他终于明白是金阁使他拒绝了女人，也拒绝了人生。他正是想通过对性的攫取，对女人的占有来同人生建立关系，可金阁寺作为与性对立的存在却使他在女人面前总是受挫。沟口意欲通过对美与性的占有作为进入现实生活的媒介，两者于他却始终存在于两个不同的世界里。

沟口要拥有性、拥有现实的人生，就得放弃对美的追求。在这种两难选择的境地中经过一番权衡之后，在与战后日本丑恶现实的对照中，他认识到现实是丑恶的，美是虚幻的，他要走入这个丑恶的世界与它融为一体。他就要毁灭只在他观念中存在而在现实中却是虚幻的金阁的美。他要烧毁金阁，把自己从美的束缚中解放出来，拥抱实在的罪恶、肮脏的现实。于是在做出烧毁金阁寺的决定后，他似乎卸去“美”的负担。他去了妓院，第一次拥有了真正的性爱。“我第一次感到他人的世界同我如此相融无间。”“在脱去衣服之后，又有无数件被层层脱去：我的口吃被脱去，我的丑陋被脱去，我的寒酸被脱去。我确实达到了高潮，我真难以相信我能品尝到高度快感的滋味。”沟口通过否定美的存在，真正地拥有了性，也真正地接触了现实人生，但他真的一劳永逸地解决了存在、性、美三者的矛盾了吗？三岛在此给我们提出了一个疑问。或许是，或许不是。

时间：在存在与美的悖论中潜行

“人类因为意识到时间而感悟到生命的存在，生命在时间里默然消逝。于是时间成为生存的根本痛苦，时间就是生命的抽象形式。”（陈晓明，《无边的挑战》）时间从来就是和生命、存在等本质性的事物联系在一起的。时间在《金阁寺》里是沟口存在状态的一种标识，它伴随着沟口的心理活动的展开时而凝滞、时而泛滥；时而紧迫、时而舒缓。这时间促使沟口思考瞬间的存在与永恒这样一个艰难的问题。他试图通过瞬间的存在去把握永恒。他甚至作出这样一种奇特的思考：“人之形象容易毁灭，却浮现出永生的幻影；金阁之美固定不变，却渗透出毁灭的可能。人虽脆弱而无法根绝，金阁虽顽强而可使之毁于一旦。”由此可以看出，他以为瞬间与永恒的对立并不是一条定律，它是可以转换的，可以随人的信念、意志的改变而改变的。人甚至可以把两者等同起来，或者使瞬间压倒永恒，战胜永恒。

时间在沟口的心灵世界里是悖谬的。他也正因为意识到时间之于人的荒谬，在善、美与恶、丑的权衡中认识到善美的虚幻，从而认同恶丑的永存。他的朋友——纯洁善良的鹤川经不起现世的折磨，因恋爱而自杀。而丑恶残忍的跛腿的柏木——如他一样残疾的青年，却因信奉一套惊世骇俗的作恶哲学而在现实世界中如鱼得水、悠游自在。使他更不可容忍的是他们这两个极端的存在竟然也能推心置腹。时间使人心中的善恶、美丑等价值观念颠倒了。他想在对金阁寺的叩问和沉思中廓清这一现象，但金阁作为一种观念的存在对他保持了沉默。

于是荒谬产生了。“荒谬就产生于这种人的呼唤和世界的不合理的沉默之间的对抗。”（阿尔贝·加缪，《西西弗的神话》）沟口恨金阁，他看透了时间的幻象，他否定善、美等价值观念，甚至以为恶就是美。他以自己残缺的躯体介入现实，同柏木一样，他要让自己被扭曲的心灵得到补偿，“他要摧毁一切，破坏一切，从施虐、亵渎和犯罪中追求瞬间的存在，为自己的生存位置定格”。（肖四新《试论〈金阁寺〉的审美观》）在存在与美的悖论中打滚，他的人格发生了分裂。观念的“我”与现实的“我”在时间的流程中相互对立、争斗，他意识到世界之荒谬的同时，自己也成了一个荒谬的人。他决定在这样一个荒谬的世界中生活，“并从中获取自己的力量，获取对希望的否定以及对一个毫无慰藉的生活的执着的证明。”在自觉存在与美不可共存的时候，他选择了前者，事实上他也自以为拥有了后者，他烧毁了金阁寺。

但是什么力量使得沟口那么决绝地要去烧毁金阁寺呢？是不是在时间的流程中他所经历的种种境况，滋生并日益强化了他的毁灭意识，或者说是死亡意识？或许在他看来，“死亡并不是远离在外的某种意外灾难或不幸事件，死亡恰恰是最本己、不可替代的可能性而为它自己所固有。”（黄裕生，《时间与永恒》）沟口从束缚着他的美的观念中，从他的坎坷不幸中，从他的口吃中，从他对性的占有欲的实现中，从他的存在条件中出发，是准备着以一种自以为理想的方式去从容赴死的。就在他点火焚烧金阁寺的那一刻，他梦见了究竟顶，欲在这“自己的葬身之地”中结束生命。然而那扇本可以把他引渡向死亡的门却没能打开。就在他意识到自己被这扇门拒绝的瞬间，一种强烈的求生的意志猛地惊醒。几乎没有经过犹豫他就狂奔出正在焚毁的金阁。这种舍死求生的选择是偶然的吗？或许这种对生的渴求和欲望是一直都潜隐在他的生存意志里的。而他“用以与死亡相对抗的东西，就是他对生命的坚固性，生命的不可征服、不可毁灭的统一性的坚定信念”。正如前面引文所说的：人虽脆弱而无法根除，金阁寺虽顽强而可使之毁于一旦。比起他作为一个人的存在本身，金阁寺的美就变得无足轻重了。那么时间又在其中扮演了一个什么样的角色呢。可以想见的是它仿佛是一尊命运之神，在冥冥之中度量着生存与毁灭这样令人困惑的命题。

在《金阁寺》里，时间是自在的，也是自为的，它并没有明确的标识。我们只能看到战前、战争期间、战后等几个模糊的时间概念。它的作用不在于它本身，而在于引领沟口去认同现实，促使他实现对存在未知领域的冒险和探索。它在沟口和金阁这一对人与物的矛盾对立之中找到了自己的落脚点。战前：沟口因残疾被排斥在生活之外，把金阁作为自己所追求的美的归宿，金阁是他赖以存在的理由，是他借以躲避残酷现实的栖息地，在观念中他与金阁融为一体。战争期间：沟口见到现实中的金阁，他失望了，感到一种被他想象中“那般心驰神往的美所背叛的痛苦”。他把金阁当成了与他对立的现实的存在，于是他妒忌金阁。而随着他成了寺里的一名僧徒，他又觉得自己与金阁融为一体，心中充满了希望与幻想。

战争进入最后阶段，日本本土屡遭轰炸，现实中的金阁寺很可能灰飞烟灭。这使得它带有了一种悲剧性的美，而与他心像中的金阁重合了。它成了至美而无常的象征。“即将遭受同一灾祸同一不祥之火的命运，使得金阁和我所居住的世界处于同一元。”沟口因此充满了对于瞬间的生命能承受无常的毁灭的战栗和战栗中的喜悦。在这期间，时间对沟口而言成了一种揪心的等待，可他等来的却是金阁的“背叛”，它并没有毁于战火。战后的金阁所表现出来的美超脱于他心里的虚影。它无视“我”的存在，依旧傲然挺立着，更加显示出它从未有过的坚不可摧的美。而且金阁日益成为他迈向人生的障碍，使他无法向人生伸手，成为与现实格格不入的懦弱的存在。

这时，时间意识在他的心中具体化为一种焦灼和疼痛感，“我们的生存的确是在持续一定期间的时间凝固的维护下得以实现的”。他烧毁金阁寺将使人们意识到他们主观类推中的不变不灭不具有任何意义，他在认识与行动之间徘徊，他要改变这个世界，他想过杀人，杀死老师，但“那和尚头和颓软无力的恶行也还是要源源不断地从黑暗的地平线冒出”，“为了消灭对象的一次性而杀人，那是永远的失算。”当他被逐出寺院，而现实的丑恶又使得他无所适从，找不到存在的意义。他充分感到自我存在的绝望与悲哀，于是决定从死亡和毁灭中寻找归宿。时间在和他捉迷藏，它如同一只命运之手把他一步步推向悲剧的深渊。不难看出，沟口以其悖谬的行为烧毁金阁，是想以对美的反叛和超越来拥有真正的美，同时又是想以对时间的否定来驾驭时间，以瞬间去把握永恒。他以反叛的姿态让金阁超越丑恶的现实时空，在毁灭之中“保持它的神圣、纯洁和更为独特的美”。

结语

“小说不研究现实，而是研究存在。”（米兰·昆德拉，《小说的

艺术》）

小说就是“对存在的诗意的沉思”。（艾晓明，《小说的智慧》）

三岛更像是那种“不仅在生活的隐喻层面上感受生活，并在其中思想，用寓言的语言把感觉的思想”表达出来的作家。在《金阁寺》这部作品里，他的独特就在于他在存在、时间、性与美等错综复杂的矛盾之中找到一条“像平滑的镜子破碎后拼合起来的生存裂缝”（刘小枫，《沉重的肉身》）他一头扎了进去，从中发现了一种奇异的独特的美。

在《假面自白》的扉页，他引用了陀思妥耶夫斯基在《卡拉马佐夫兄弟》中所说的一句话：“美是一种可怕的东西”。或许他真是在对存在的思考中体悟到了美的“可怕”，他意识到他是在经历一个充满不可解决的道德悖论的过程。在这次对存在的未知之域的探险中，他感到了困惑和迷惘。

《金阁寺》就是这样一部充满歧义和悖谬色彩的作品，以惯常的价值观念和道德标准来解读这部作品的尝试终究是徒劳的，它的最重要的价值，或许恰恰就在于它超越了是非善恶等伦理和道德的界限，给我们展示了一种蔚为壮观的纯美的存在。正如三岛的生死爱欲是一个难解的谜，《金阁寺》这部作品以其独特的魅力必然会在不断地读解和探索中获得新的生命和意义。

我写小说、讲故事，是为了传达神学思考

远藤周作

看似一种巧合，有关远藤周作小说的评价，竟然都脱不开“感动”“震撼”“共鸣”之类寻常而又不寻常的字眼。日本作家安冈章太郎说，远藤周作不是凭借文字取胜，他的作品整体拥有让人感动的力量。读完他的代表作《沉默》后，美国作家厄普代克表示，这部非同凡响的杰作，忧郁、冷峻、深沉、雅致，引起心灵深处的共鸣。中国台湾学者李家同评价他的晚期作品《深河》啧啧称叹，一位神甫背着一位异教徒，去完成异教徒的心愿，还有什么比这更令人震撼呢?

实际上，这些评价并不只是巧合，而是从一个侧面反映出我们读远藤周作小说有可能会产生的共同感受。作家张生的一番话，或许道出了个中奥秘。他说：“读远藤周作的小说，我们会被其中浓烈的情感所震慑，一下子进入到一个极端的境界。他的小说有一种东

方文学或者日本文学普遍缺乏的超越性，其中大部分都涉及人应不应该有信仰，人的存在到底有没有意义，人活着的价值是什么等形而上学问题。这些问题可能是我们日常生活中不是非常在意，或者只有在我们生病或者生活中遇到一些挫折的时候才会有所思考的。这些问题会一下子把我们从日常生活中‘切割’出来，让我们投入到一个不得不应对的场景中。”

由此，我们大致能明白，远藤周作的小说很可能会给我们的阅读带来挑战，但当我们真正进去他的文学世界，却会被其深深震撼。这在很大程度上源于他的与众不同。不同于很多作家在寻常、普遍的意义上写历史、写时代、写日常，作为一个在日本也几乎是绝无仅有的、有着天主教信仰的现代作家，远藤周作主要是以写小说、讲故事的方式来传达自己的神学思考。用学者路邈援引中国台湾一位牧师的说法，他终其一生的思考与书写，使得他对基督教的贡献胜过日本基督教神父的总和。他卓越的写作也使得同样有天主教背景的英国作家格雷厄姆·格林不由盛赞他是20世纪最优秀的作家之一，20世纪天主教文学最主要的作家。

1

格林给予如此高评，自然是基于远藤周作整体的创作，而不只是他欣然称之为“战后日本文学代表作”的《沉默》。作为一位高产作家，远藤周作收入日本出版的《远藤周作文集》里的长篇小说就有27部之多。或许是因为他太过特殊，我们在相当长时间里都只是听闻过，或是读过他的《沉默》。1966年，小说出版当年便获得谷崎润一郎奖。迄今，小说被译成13种语言，印行超过500万册。

即便如此，部分读者还是通过被美国导演马丁·斯科塞斯耗费近25年筹备，并为他赢得第89届奥斯卡金像奖最佳摄影提名等多个奖项的同名电影，才了解、走近这部作品。2016年底，电影《沉默》在梵蒂冈首映，罗马教皇方济各亲临小教堂观影，并对斯科塞斯表示：多年前，自己曾经读过小说原作。这或许可以视为梵蒂冈对远藤周作的致敬，足以洗刷作家生前一度蒙受的“异教徒”的污名。

虽然仅只是读《沉默》不足以让我们了解远藤周作创作的全貌，却也能让我们大致明白，对我们来说仿佛是披着神秘面纱的远藤周作，究竟是一位什么样的作家？《沉默》以17世纪日本江户时代的禁教活动为背景。葡萄牙传教士费雷拉·克里斯朵夫在日本变节弃教的消息传到欧洲，欧洲各教会和他的学生们都惊诧不已，并对传言表示怀疑。他的学生血巴斯强·洛特里哥和另外两名葡萄牙传教士潜入日本秘密传教并打探费雷拉的消息。洛特里哥被日本基督徒吉次郎出卖而被捕。被捕期间，他见到了费雷拉并证实他已经弃教。由于忍受不了日本基督徒被拷打所带来的精神折磨，洛特里哥最终踏上了刻有耶稣像的木板，宣布弃教。

远藤周作最初也是因为在长崎见到一张已磨损的，上面留有黑色趾痕的圣像心有所动，并在漫长的养病期间逐渐勾勒出小说雏形的。据神学研究者易道考证，小说里的洛特里哥和费雷拉两个人物皆有原型。远藤周作写他们应该还受了赫佐格神父的影响。赫佐格神父时任上智大学教授、学监兼修道院长，学养深厚，声名显赫，是日本天主教的领袖之一，并且是远藤周作两代人的挚交。远藤周作早年父母离异，母亲基于宗教虔诚，全心全意做赫佐格神父的学术助手。他对于少年失怙的远藤周作来说，俨然是父亲般的存在。1957年9月，赫佐格神父突然声明退出耶稣会，还俗，并与日本女性结婚。而新婚妻子，正是其私人秘书——远藤周作的前表嫂。这深深撼动了远藤周作对天主教本来就有所摇摆的信仰。

这就不难理解远藤周作看到那张圣像后会一直萦绕于心，并在作品中将自己的心灵挣扎投射在了教会不愿提及的弃教者身上。小说里，为逼迫洛特里哥弃教，三名日本信徒被处以“穴吊”的酷刑。受刑者四肢被捆绑，吊在洞穴上，耳朵上打了孔，血慢慢流下来。洛特里哥面临的困局是，他必须在坚持自己的信仰和解救这三个无辜的生命之间做出选择。无论他做何选择，他都注定成为一名罪人：选择救人，意味着他不得不背弃自己的信仰；选择坚持信仰，那三个教民就要为他的信仰殉葬。为了其他教徒的得救，洛特里哥踏上了刻有耶稣像的木板以示弃教，就在弃教的时刻，他似乎明白了神一直保持沉默的原因。事实上，他舍弃本可以救赎自己的上帝，不顾因此而成为教会污点的事实，将自身置身于泥淖中，更可以说是对基督信仰本质——牺牲精神的坚守。在小说最后一章，远藤周作借洛特里哥之口说：“而，那个人并非沉默着。纵然那个人是沉默着，到今天为止，我的人生本身就在诉说着那个人。”毫无疑问，耶稣作为神的存在，其神圣性不言而喻，但正因为其神圣，才更加难以刻画。当然，远藤周作并非关注神的具体形象，而是关注神对于人的行为会产生何种影响，并由此展开他的神学思考。

饶有兴味的是，在结构安排上，小说亦如有论者所言，呼应了人物，实际上也包括远藤周作本人从“湍急之河”到“沉默之河”的心灵波动。小说以前言开篇，头四章是洛特里哥书信，其中详细言及他的恐惧、狂热、疲倦、鄙视、怀疑，他的心理时间几乎以天数计。洛特里哥被捕后，书信戛然而止，小说由此切换到第三视角，心理时间开始逐渐延长，可以按周甚至月来计算，心理也由剧烈的波动变为等待他假想的殉道前的宁静，直到穴吊之前那无限放大的一夜为止。作为最后部分，天主教住宅官差日记，只有短短7页，时间跨度则是漫长的30年。

2

远藤周作长达30余年的创作生涯，却远不是这本短短二百多页的《沉默》可以涵盖的。以日本文学研究专家周思的说法，要了解远藤周作从早年的《沉默》到晚期的《深河》其间的思想历程，就很有必要读读他的其他作品。日前出版的《死海之滨》《武士》《我·抛弃了的·女人》《丑闻》，以及五年前出版的《海与毒药》，也都是他有代表性的长篇小说。

如有评论所言，从《沉默》到《死海之滨》，远藤周作历时7年时间将耶稣从“母性的神”发展至“永远的同伴者”。实际上，这在他写于《死海之滨》之前的小说《圣经中的女性们》中已有体现。对比小说与《圣经》中相应的部分，我们就会发现，远藤周作刻画出了一个特别的耶稣形象：他淡化了耶稣行奇迹的情节，尽量回避《圣经》中的神话因素；他也否定了神的惩罚等情节，而是极力宣扬同伴者耶稣的怜悯、慈悲、分担弱者痛苦的行为。这或许是因为如有论者所说，远藤周作不只是把耶稣当成是精神的创造者，或是西方基督教所强调的光明、理性或者个体心灵完满价值的典范，更是把他视为心灵世界的陪伴者和抚慰者。

这一耶稣形象在《死海之滨》中被远藤周作刻画得更为具体而饱满。小说在双重时空下展开，由“朝圣”和“群像中人”两条叙事线索交替进行。在第一重时空里，远藤周作重构了当年耶稣受难的故事。在现代的时空下，40多岁的“我”对自己的信仰一直有所怀疑，他之所以想到耶路撒冷寻找耶稣的痕迹，是因为在这里遇到了自己读书时期的朋友户田，他们同时回忆起过去他们共同认识的一个外号叫耗子的人。作为一个德国教士，这个人在日本教会学校里做辅导员，但他又分明没有坚定的宗教信仰，甚至可以说非常软弱，被关入纳粹集中营以后，为了能够活着，他不惜使用一些欺骗手段让自己在医务室工作，当别人向他求助时，他绝少帮忙。但在被押走准备赴死之前，他把自己手里的面包送给了一个小孩。

应该说，这位德国教士并非小说里的主要人物，但以张生的理解，恰恰是从他身上，比较能看出远藤周作写作人间性或世俗性的特点。“他很多时候都是写的，介乎于有信仰与没信仰，勇敢与懦弱，卑鄙与真诚，慷慨与吝啬之间的人。他们有时可能会被感动，会产生一些信仰，但有时因为生活压迫也会放弃一些信仰。”小说主人公“我”，在某种意义上也可以视为远藤周作的代言人，他一直在写一本叫《第十三个门徒》的小说。远藤周作为何要在耶稣十二个门徒的基础上，提出“十三个门徒”的概念呢？在张生看来，这第十三个门徒就是如这位德国教士一般的芸芸众生。“这些人随时相信会得到神的救赎，随时有可能成为一个门徒，但更多的时候，他们都在神的眷恋之外，这位教士就是我们普通人的缩影。”

也是在这一点上，张生表示，远藤周作之所以是个伟大的作家，是因为他超越了多数具有宗教背景的作家对于自己宗教信仰的肯定，在他的小说里更多的是对于天主教和基督教信仰的质疑，诸如到底有没有上帝、耶稣基督是不是真的有那么大的力量、一个人成为信徒以后是不是真的可以得救，等等。“我们也可以说他是一个具有非宗教色彩的作家，他只不过采用了一些和宗教有关的题材和背景来讲述自己对于人生，对于信仰，对于人活着的意义的理解。”

远藤周作小说里体现出来的这些特点，与他的生平经历多少有些关系。他1923年生于东京巢鸭，3岁时随父亲迁往大连居住。10岁时，因为父母离异，他与母亲、兄长返回日本。在信仰天主教徒的阿姨的建议下，他与母亲一起到教会听公教要理，并于1935年6月与兄长一起领洗。1944年，远藤周作考入日本庆应大学文学部预科，但因为父亲命令他改读医学系，远藤周作与之决裂。失去生活保障后，他不得不辗转在朋友家借宿，边做家教谋生。后经哲学家吉满义彦的介绍，入住其兼任舍监的天主教学者白鸠寮。在他们的影响下，他耽于阅读法国天主教思想家马里旦的英文著作和奥地利诗人里尔克的作品。后来，他又结识了作家堀辰雄，在其影响下，成为一名狂热的文学青年。大学毕业前夕，周作撰写了关于堀辰雄的评论《诸神与神》，在角川书店的文学志《四季》发表，遂以评论家的身份登上文坛。1950年6月，远藤周作作为战后日本最初的留学生赴法留学，在从横滨到马赛三十五天的海上旅程中，他决定与其做法国文学的学徒，不如学写小说。他于同年9月正式进入里昂大学学习，学习生活刚开始可谓顺风顺水，第二年，他还到他格外推崇的法国作家莫里亚克写的小说《黛莱丝·台斯盖鲁》中的背景地兰德地区作徒步旅行，但不久后，他的身体却偏偏出了状况，在病情恶化后，他不得不于1953年1月底回国治病。在此期间，他屡次对自己的信仰产生犹疑和矛盾，这在他写于1955年、获第三十三届芥川文学奖的小说《白种人》中已有体现，更是在他后来的写作中反映出来。

可想而知，远藤周作的留学生涯虽然短暂，却也加深了他对东西方文化，尤其是对日本文化的理解。事实上，正如学者罗岗所说，远藤周作深受现代西方文学影响，并且倾心书写同时代日本作家少有涉及的宗教信仰形而上命题，但他无论写什么类型的小说，都把它们深刻地镶嵌到他对近世以来日本命运的思考上。远藤周作的卓越之处还在于，像周思说的那样，即便是对宗教信仰与日本文化不熟悉的读者，读他的小说也不会感到特别隔膜，因为他在不同时空下的书写都贴近我们的情感与生活。“比如在他出版于1980年的《武士》中，他如此描写那位在他乡思念故乡的武士：‘武士想起两年前的这个时候，在杂树林中和百姓们砍树当薪柴的每一个日子。斧头砍在树干上的尖锐声音在开始落叶的静寂树林中扩散。’随后他写武士对他的随从说，再稍微忍耐些！远藤周作用这样一种让读者得以回味的方式，让读者自然感受到武士沉默的个性和隐忍的性格。作为一个文学家，他不是用理论或说教，而是用一些精到的细节描写去感染读者。”

而远藤周作以主人公旅行拉开小说序幕，让他们通过一场旅行或者一场行走发现自我的小说设计，因为契合全球化背景下人们普遍的生活方式和生活境遇，的确如张生所说，易于引起当代读者的共鸣。事实上，当远藤周作在《武士》里写德川幕府时代在小山村长大的武士长谷仓，为完成藩主交付的任务，从海港出发去墨西哥的旅程时，他多半会想到自己曾经历的留法旅程。当然，小说里的长谷仓没那么走运，到了墨西哥以后，因任务不顺利，他不得已在形式上接受了天主教的受洗仪式，却在此时得知日本颁布了天主教禁教令。他历尽一路徒劳返回日本，等待他，还有其他忠贞武士们的，却是被冠以邪教教徒罪名的审判与死刑。

由此，我们会自然想到，远藤周作在《沉默》里也同样写到日本禁教的历史背景，而这一背景无疑联系着东西方文化碰撞的主题，这一主题是始终在远藤周作一贯书写的宗教信仰的主题下潜藏着的。这也是让张生读远藤周作的小说时会觉得代入感非常强的地方。因为中国和日本一样，在与西方文化接触的早期，也有过宗教和文化上的冲突。从这个角度，远藤周作的写作，也可以给中国这个和日本拥有相似经历的民族提供一面镜子。“读《武士》的时候，我就想到德川幕府禁教以后，清朝康熙皇帝也是在1721年宣布禁止天主教在中国传教。无论日本，还是中国，在最初应对西方文化时，不约而同采取了拒绝的做法，非常耐人寻味。”

说是耐人寻味，实则不言而喻。如张生所说，虽然东西方文化最初接触时有过一段蜜月期，但两种文化毕竟有很大的隔阂与差别，经过一段时间了解后，双方就开始产生矛盾了。“这在《武士》里有非常清晰的体现。在里面的西班牙神父看来，日本文化非常世俗，即使民众有一些信仰，也都是希望能够兑现，或得到现世报的。确实如此，日本有自己的宗教，但与中国一样，其宗教缺乏超越性。”

3

事实上，远藤周作自创作之初，就于此有自己的反思与洞见。在他出版于1957年的长篇小说《海与毒药》中，他意识到，没有信仰，个体只是在自己的内部寻找罪感，罪的意识只会变得模糊并最终消失，从而无法得到最终的救赎。小说以二战期间日本九州大学医学院用美军战俘做活体解剖这一事件为素材写成，故事分为“海与毒药”“受裁判的众人”“到天亮之后”三个章节和若干小节，以不同角色为第一人称，深入剖析了事件中的主人公，并将他们置于集体与社会之中，展现其心理。小说里研究生胜吕，作为医院集体性行为中的一分子，虽然对这般不人道的实验感到无法理解与认同，但还是顺从了集体行为。在远藤周作看来，受日本实用理性文化的影响，胜吕显然缺乏主体对道德的自省。他就是要深入剖析这种埋藏于人性深处隐秘的罪恶。他的“大众小说”系列代表作之一《丑闻》里的主人公也叫胜吕，是一位畅销书作家，他在某日意外目击与自己有着同样面孔的人出现于眼前。那人面目可憎、丑陋下流。与此同时，有关胜吕出入风流场所的流言四起，为揪出幕后之手，他开始追寻真相。某日，他应神秘夫人之邀前往宾馆，将双眼贴上房间的门洞，只见一个贪婪的男人正攀附在熟睡的少女身上。当男人转过脸庞，胜吕惊觉那人不是别人，正是自己……

小说最初命名为《老人的祈祷》，书名本身即传达了本书意图表达的思想内核。胜吕在必须与自身丑陋的躯体共存时，又同时被潜意识所压抑的欲望所折磨。在双层的重压之下，他的“恶”从身上剥离，形成另一个制造“丑闻”的自我。如有论者所言，远藤周作在本书中最大的目标仍是要探讨人，对于他而言，“人有善恶两面，既可选择善行，亦可选择恶行，人类就是这样一种不安定的存在”。

尽管如此，远藤周作还是会让人物在绝境中演奏“爱”与“信念”的低音。在《我·抛弃了的·女人》中，远藤周作创造了森田蜜这个现代的“理想女性”——一个被自私的男人抛弃却用爱照亮麻风病人世界的“圣女”。远藤周作显然偏爱这个女性人物，他大部分作品的中文译者林永福说，其多部小说中均出现与主人公森田蜜同名的角色，而且当他问远藤周作最喜欢自己哪部作品时，得到的答案里便有被视为大众小说的这一本。或许就因为如林永福说的那样，森田蜜的生命正是爱的形态，看她的人生，或许我们也会察觉到人性的低落，发现利己主义的丑恶，从而反省、思索应如何度过今后的人生。

远藤周作于他离世前三年，亦即1993年出版的晚期作品《深河》，就是这样一部深沉的反思之作。小说里，一群有着各自不同的人生经历、年龄各异的人们，怀着各自的苦恼和疑惑踏上了印度之旅。矶边老人受妻子临死前的嘱托前往印度寻找她的来世；成濑美津子为找寻自己曾经抛弃却又一直默默追随着的天主教徒大津；童话作家沼田打算深入感受印度的大自然并在恒河圣域放生鹩哥；老兵木口想在印度佛教寺庙为战友和印度敌兵做法事；三条夫妇则选择在印度度蜜月。他们各自独特的“物语”随着旅途的行程而平缓地展开。

最后，这些人物都被“深河”强烈震撼，尤其是当见到背负年迈力弱的异教徒“贱民”前往恒河的天主教神甫时，他们仿佛在刹那间寻找到了生命的真谛。远藤周作在小说里引用《圣经》中的话：“他坦然担当我们的忧患，背负我们的痛苦。”自然是强化了耶稣更易于为日本人接受的同伴者形象，体现出他将神的神秘形象

“世俗化”的努力。而美津子在小说结尾说的一番话，也更是道出他的心声：“能够相信的是，各色各样的人背负着不同的辛酸，在这条深河里祈祷的光景。河流包容他们，依旧流淌。人间之河，人间之河的悲哀，我也在其中。”

旅行在她笔下，是一个丰富多彩的意义世界

新井一二三

新井一二三是以作家的身份访问中国的，却不折不扣被当成了国际旅游专家。2012年3月，她来到上海。为期两天的行程里，在与媒体、读者见面时，她被问到的几乎清一色是有关旅行的话题。从“遍及世界的行旅中，哪里给她留下了最深刻的印象”，到“环球旅行得具备哪些条件”；从“在旅途中是否碰到过不愉快的经历”，到“一个人旅行追求自由，和走进社会承担责任，该怎样平衡两者的关系”。旅行是始终不曾被错过的核心话题。

作为一个对中国情有独钟的日本作家，她似乎也有特别的责任，回答有关中日两国关系的问题。从“如何看待名古屋市长否认南京大屠杀的谬论”，到“对以南京大屠杀为背景的《金陵十三钗》作何评价”；从“三十年前，初次到中国有怎样的观感”到“怎样评估中日两国旅游产业的现状”。此番情景，就如同古代见多识广的

行者路过某个驿站，或是回到故乡，免不了被当作百事通“搜刮”“盘问”一番，而他的话语即使只是传说，也当然有特别让人信服的理由。

事实上，尽管自14岁开始独自出门远行，20多岁开始背井离乡，单枪匹马逍遥世界，足迹遍布中国、加拿大、中欧、古巴、越南等几十个国家；尽管碰巧中国成了她出国旅行的第一站，并于1984年至1986年在北京外国语学院和广州中山大学进修现代汉语、中国近代史、粤语，其间游走云南、东北、蒙古、海南岛等各地，且最终点燃了她用中文创作的无限激情。新井都谈不上是完全意义上的旅游作家。她迄今直接用中文创作的《伪东京》《我这一代东京人》等三本著作，也只有《独立，从一个人的旅行开始》是真正完全写她一个人的行旅生涯。

然而，正是通过这本书，新井才真正开始为中国更广泛的读者熟识。而之所以新井会成为年轻读者特别感兴趣的作家，其中自然有对一个在日本土生土长的作家用中文写作，居然写得如此之好的好奇。更有新井文字本身的魅力，就如《万象》杂志所评价的，“清浅自然，又饶有婉趣；富有日本文学的韵味，又有中文的美感”。甚至也不完全在于，她笔下看似清浅的文字背后，对“广泛的社会批评和文化思考”的关注。更重要的是，旅行在新井笔下，并非简简单单的旅游指南，或是情绪宣泄式的旅行快餐，而是一个丰富多彩的意义世界。而“独立，从一个人的旅行开始”在某种意义上，或许可以被视为和余华“十八岁出门远行”一样意味深长的成长宣言。

在复旦大学举行的题为“寻找世界的入口”的演讲中，新井以自己的成长经历现身说法。她说，自己平时的生活是在父母给她的环境里进行的，离开那个环境，意味着她会进入另一个世界。“单独旅行才能够真正离开平时的生活和平时的自己，也能够尝到孤独的滋味。在没有人认识我的环境里，会认识跟平时不一样的自己，或者稍微调整一下原有的个性。我认为那才是旅行的兴趣。”

而在新井看来，文学才是她得以进入世界的入口。她谈到日本十七世纪的俳句诗人松尾芭蕉。尽管那时的交通工具没有今天这样发达，这位诗人也没有条件去国外旅行，但新井认为，他通过旅行进入了世界，“松尾芭蕉36岁的时候到东京，在一个河边小村子盖小屋独自住下来了。有一天，他的一个徒弟送给了他一棵芭蕉，他欣赏备至，赋予其诗情画意，芭蕉就在日本繁茂起了”。

以新井的理解，这种在热带或者亚热带地区繁殖的，充满异国情调的植物，充分表达了终其一生未能踏出国门的松尾对于异国事物的憧憬。这也是他名字的由来。她还特别提示道，松尾在一首诗里引用了李白的诗歌，其中有那么一句：世界是万物的旅馆，时间是永远的旅人。“很显然，松尾虽然都是在国内旅行，但他的思想却超越了时空的限制，跟唐朝时期的李白、杜甫相应的。由此看来，文学作品会成为世界的入口，也不仅是文学作品，应该说任何形式的艺术以及宗教等都会提供世界的入口。”

由此，新井表达了这么一个信念：只要认真寻找世界的入口，你一定找得到世界。“因为世界本来就属于大家，世界也就属于你。但是为了进入世界，你得首先一个人离开家，出了门以后，才能入另外一个门，这是肯定的，人去旅行，为的是回来。独有旅行，才能真正找回故乡。”如此看来，独立，从一个人的旅行开始。旅行，则不妨从文学开始。

渡海篇

辑八

傅雷

杨绛

许渊冲

草婴

钱春绮

高莽

傅惟慈

李文俊

叶廷芳

周克希

蓝英年

江枫

任溶溶

郭宏安

马振骋

余中先

袁筱一

万之

文学翻译必须是有文学性、有艺术性的再创造

傅雷

作为翻译家，人们说“没有他，就没有巴尔扎克在中国”，他译介罗曼·罗兰的《约翰·克利斯朵夫》更是深深影响了几代中国人；作为文学评论家，他对张爱玲小说的精湛点评，为学界作出了文本批评深入浅出的典范；作为音乐鉴赏家，他写下了对贝多芬、莫扎特和肖邦的赏析；作为一位严慈的父亲，他写给长子傅聪的家书《傅雷家书》自80年代出版至今，已感动了数百万国内读者。他就是——傅雷。

他作为一代知识分子的精神代表给我们留下了什么？作为翻译大家，他又给我们带来了什么样的启示？在“后傅雷”时代翻译何为？这些无疑是值得我们深思的课题。

有多少傅雷式的“真”可以重来?

在香港中文大学翻译系教授金圣华看来，傅雷之所以在翻译上取得重大成就，主要是由于他工作态度审慎严谨，准备工夫充分周详所致。而深谙父亲性情的傅聪则一语道出了傅雷最大的特点，就是他终其一生体现了一个“真”字。傅雷做人真，做学问真，处世真；“真”，成就了他，也最终把他送上了不归路。在1956年的“大鸣大放”中，傅雷率真地发表了很多真诚的言论。1958年，傅雷被打成右派，由此，他远在波兰的长子、钢琴家傅聪，背负“叛徒”的罪名，被迫出走英国。尽管经过多次浩劫，绝大多数中国知识分子活了下来。但“文革”刚刚开始，傅雷夫妇就选择了自杀，以死捍卫人格尊严。

傅雷的“真”，在前辈学人中有口皆碑，一如他吝啬于对人的嘉许。作为一个翻译大家，正是这种品格的照射，使他的译著时时闪耀着人性的光辉。在回忆傅雷的一篇散文中，杨绛先生用简约的笔触，勾勒出了个性传神的傅雷：“有一次他称赞我的翻译。我不过偶尔翻译了一篇极短的散文，译得也并不好，所以只当傅雷是照例敷衍，也照例谦逊一句，傅雷佛然忍耐了一分钟，然后沉着脸发作道：‘杨绛，你知道吗？我的称赞是不容易的。’”

傅雷的“真”性情在对待翻译问题上表现得格外突出。他总是对自己的译作一改再改，《高老头》改了三次，《约翰·克利斯朵夫》改了两次，这都是大的改动。说到具体的翻译，他一般要经过六道工序，把自己的文稿修改得“体无完肤”。不仅如此，傅雷也不时做翻译批评，并为此得罪他人。在1954年北京召开的一次翻译工作会议上，他提了一份书面意见，讨论翻译问题。他信手举了许多翻译谬误的例句，不料这份意见书大量印发给与会的翻译者参考，结果触怒了许多人，他们大骂傅雷狂傲，有一位老翻译家竟气得大哭。

尽管，傅雷的批评在当时有苛责之嫌，以致之后不久钱锺书曾为此写信责备他。但在身兼翻译和责编的胡小跃看来，这种批评精神恰恰是当下翻译界所缺乏的，“就像优秀的文学创作离不开文学批评一样，翻译质量的提高，也需要翻译批评相伴相生。可惜的是，现在的翻译质量成了麻绳串豆腐，提不起来，翻译批评也跟着成了老虎的屁股，轻易不敢有人去摸了”。

对翻译批评风气的败坏，有网友不禁发出如此慨叹：在文学翻译事业表面上看来如此发展和繁荣的今天，有多少傅雷式的“真”可以重来?

傅雷的翻译带来“影响的焦虑”?

对傅雷文学翻译的成就，迄今为止，我们多肤浅地停留在对其技术层面的关注和探讨上。这是困扰南京大学外语学院教授许钧多年的问题。近年来，围绕着傅雷这个人，他思考得最多的是：对于傅雷而言，翻译意味着什么?傅雷为什么如此专注于翻译?他的翻译到底给中国、给中国读者带来了什么?

许钧赞同傅雷生前好友、北京大学张芝联教授的说法：傅雷不仅是个“文艺家、翻译家”，更是个“政治家、知识分子和心理学家”。要理解傅雷，研究傅雷，必须研究傅雷这个人，研究傅雷所处的时代，和傅雷赖以生存的文化空间。他说：“很显然，翻译不是简单对语言的转化，必须表明文化立场、文化的视野和对文化的追求。”正是从这个意义上说，傅雷是难以逾越的：“傅雷的翻译是和我国当时的社会需要和政治形势紧密结合在一起的。他翻译《约翰·克利斯朵夫》，不是简单地把作品译介过来，是和他自己的政治理想、抱负紧密相连的，它唤起了读者对久违的英雄主义及对人间光明的追求。而1949年以后他翻译巴尔扎克的作品，主要是为了让人们认识整个资本主义世界中的美与丑、善与恶、真与假，以利于人们辨识能力的提高。”

在法国文学研究专家柳鸣九看来，傅雷的翻译之所以经得起时间的检验，在于它恰好验证了译事中的一条至理，那就是文学翻译必须是有文学性、有艺术性的再创造，译文本身就必须是文学作品，就必须具有文学性、艺术性，“傅雷在这方面提供了成功的经验，成为译事‘信、达、雅’的高水平实现者，特别是在译文表述的‘雅’上，在译本汉语之精炼、之优美上，傅雷译本的汉语水平本身就达到文学语言、艺术语言的高度。”

傅雷因其重要的翻译成就，成了翻译界无法绕开的话题，相应地，也在其身后造成了一种“影响的焦虑”。对此，许钧表示，当今译坛呈多元化状态，不再以傅雷译作为最高标准和唯一依归，本质上是件好事。不是说傅雷译过的作品不必复译、不能复译，而是复译不能以符合，乃至迎合当下社会意识形态和读者阅读趣味为唯一取向。继傅雷之后重译《约翰·克利斯朵夫》的翻译家许渊冲自称，他的翻译在不少方面已经超过了傅雷。而作家张承志因“发现”傅雷在翻译梅里美《卡尔曼》过程中，删去了小说结尾处一段有关“罗马尼学”例句的文字，对此颇有微词，并进而指出傅雷的这一删除“与其说是一个失误，不如说是一个标志——中国知识分子缺乏对特殊资料的敏感，也缺乏对自己视野的警觉。”而“傅雷经验”“傅雷传统”更是一直受到挑战与贬损。

而这恰好是傅雷的翻译带给我们的一个重要启示。

“后傅雷时代”的翻译何去何从？

时值傅雷百年诞辰，文学翻译面对的现实状况与傅雷时代已相去甚远。当翻译的渠道、数量、引进速度大大增加，翻译所担负的任务也趋向多元，傅雷时代文学翻译所担当的主角地位，在科技、哲学、经济等图书数量惊人的译介需求之下，早已显得力不从心。出版社买版权，急匆匆找译者。其水准参差不齐，能谈得上“严谨”的已不多见。来不及吃透原义的译文，浮萍掠过水面般就上市。傅雷曾谓为“一种精神”的“知其不可为而为之”，放在现今似乎不合时宜。在这样的背景下，如何继承傅雷时代的优秀文学翻译传统，后傅雷时代的翻译何去何从，成了有志于文学翻译的相关人士迫切关注的问题。

一些翻译家在钦佩傅雷的翻译成就，并对其命运悲剧表示同情之余，却对他所处时代良好的翻译环境表示了倾慕之情。在胡小跃看来：傅雷是一个幸运儿，他可以追求自己的风格，研究自己喜欢的作家，翻译他的作品。而现在傅雷那样的生活只能是一个翻译家的美好的梦想了。翻译界很多人愿意像傅雷这样投入地工作，但没有这种条件。“就拿搞翻译和创作相比，搞翻译一赚不了钱，二出不了名，翻译比创作付出得更多，得到却更少。在目前出版社不可能提高翻译稿酬的前提下，的确让不少年轻人视翻译为畏途。”

翻译家施康强也表示，目前翻译生态与傅雷时代已不可同日而语。他说，傅雷当年以稿费为唯一收入来源，日译千字足以保证过上相当优裕的生活。但在今天，就算每天平均折合两千字成品，又能带来多少收益呢？以通行的文学翻译稿酬标准计算，每千字60元，两千字可得120元。扣除所得税后，净得不到100元。“在当代中国你若有志当职业翻译家，除非粗制滥造，萝卜快了不洗泥，或者天纵奇才，日产五千字保质保量，一步到位，否则连生存都成问题。”在他看来，在傅雷之后，或许有几部译著堪与傅译比肩或抗衡，但是像傅雷那样倾毕生全部精力从事文学翻译事业，其译文在母语中成为典范的大师，怕是很难产生了。

坐在人生边缘，看时间跑、地球转

杨绛

2016年5月25日，作家、文学翻译家杨绛先生辞世。杨绛一生低调谦逊，2011年7月17日是她一百岁生日，按照她祖籍江苏无锡“做九不做十”的传统，她在前一年已经过了100岁寿诞。钱锺书的堂弟钱钟鲁，在她生日前夕，曾和她通过电话，问起办寿辰的事，杨绛嘱咐他们各自在家为她吃上一碗寿面即可。

回顾杨绛的一生，她与钱锺书相濡以沫，甘心生活在钱锺书的光环底下，默默当着“钱办主任”；钱锺书去世之后，她独活到了今天，她说自己是“他们家留下来‘打扫战场’”的。她将余下的爱全都放到了为钱锺书整理手稿文集的事情上，对于自己，则正如翻译家高莽说的——

有人赞她是著名作家，她说：“没有这份野心。”

有人说她的作品畅销，她说：“那只是太阳晒在狗尾巴尖上的短暂瞬间。”

有人说得到她的一本书总要珍藏起来，她说：“我的书过了几时，就只配在二折便宜书肆出售，或论斤卖。”

有人向她恳求墨宝，她说：“我的字只配写写大字报。”杨绛不惯于向人赠书，她认为赠书不外是让对方摆在书架上或换来几句赞美的话。

有人请她出国访问，她说：“我和锺书好像老红木家具，搬一搬就要散架了。”她说她最大的渴望是人们把她忘记。

低调:“我不过是一滴清水”

“简朴的生活、高贵的灵魂是人生的至高境界。”这是杨绛非常喜欢的名言。在许多朋友眼里，杨绛生活俭朴、为人低调。她的寓所，没有进行过任何装修，只有旧式的柜子、桌子。室内也没有昂贵的摆设，只有浓浓的书卷气。杨绛说：“我家没有书房，只有一间起居室兼工作室，也充客厅，但每间屋子里有书柜，有书桌，所以随处都是书房。”她非常满足于这样一种简朴的生活方式。多年前，国家要出资为她的房子装修，就遭到了她的拒绝。

她和钱锺书的低调，一度被人误读作清高、孤芳。黄永玉先生曾在一篇文章中披露：有权威人士年初二去拜年，钱家都在做事，放下事情去开门，来人说声“春节好”跨步正要进门，钱锺书只露出一隙门缝说：“谢谢！谢谢！我们很忙，谢谢！谢谢！”这让他很不高兴，说钱锺书伉俪不近人情。当然，更多的时候，这种拒绝别人的“苦差事”，还是由杨绛来做，她因此也自嘲是钱锺书的“拦路虎”。

诚如钱锺书堂弟钱钟鲁所说，杨绛对名利没有任何追求，不善也不喜交际应酬，她就想安安静静写作，平平淡淡度日。在她自己，低调是自然而然的事。对待自己的作品，她也是如此。有一年，她的新著出版，出版社有意请她“出山”，召开作品研讨会。杨绛坦陈：“我把稿子交出去了，剩下怎么卖书的事情，就不是我该管的了。而且我只是一滴清水，不是肥皂水，不能吹泡泡，所以开不开研讨会——其实应该叫作检讨会，也不是我的事情。读过我书的人都可以提意见的。”她谢绝出席研讨会。

她还将自己的稿费和著作权交给清华大学托管，成立基金资助困难学生；这项基金，以“好读书”三个字命名，迄今已收到两人版税所得近800万人民币。钱钟鲁如此转述杨绛的话，“她说，收到几十万元稿费得跑银行，还要去税务局交税，麻烦，著作权拿在手里更是烦心事，有时难得认真起来还要人打官司，不如交给学校管理。”

在杨绛传记作者罗银胜看来，杨绛和钱锺书选择低调、从容、“自我”的生活，可以说是“有心计”和考量后的结果，也是他们两人的生存之道。“联系到社会与时代的大背景，可以想象在当时中国这样一个‘左右’为难的时代里，他们夫妇二人都是高级知识分子，‘不问世事’的选择是一种明智之举，这也让他们在低调中做到了幸运和成功。”

事实上，杨绛的低调，也隐含了她独特的人生智慧。杨绛深知，上苍不会让所有幸福集中到某一个人身上——得到了爱情未必拥有金钱；拥有金钱未必得到快乐；得到快乐未必拥有健康；拥有健康未必一切都会如愿以偿。保持知足常乐的心态，才是淬炼心智、净化心灵的最佳途径。她认为一切快乐的享受都属于精神的，这种快乐把忍受变为享受，是精神对于物质的大胜利。这便是她的人生哲学。

成就：文学史上不容忽视

当我们习惯说杨绛是“钱锺书夫人”，很少有人会想到几十年前，人们是以“杨绛的丈夫”来称呼钱锺书的。20世纪40年代在上海，杨绛涉足剧本，始因《称心如意》一炮走红，继因《弄真成假》《风絮》而声名大噪；一度搞得钱锺书很紧张，生怕风头都叫杨绛抢去。直到钱锺书写出《围城》，这一局面才得到根本改观。

这并没有影响杨绛自己的文学成就。在评论家徐岱看来，一部《洗澡》就足以奠定她在百年中国女性写作史上不可轻视的位置。他用“审智”这个关键词来概括杨绛作品的独特价值。“不同于别的女作家在美学上的‘审情’立场，杨绛选择的是一种独特的‘审智’姿态。作为一种十分难得的美学特色，‘审智’要求作家在超越了相对肤浅的多愁善感之后，能如同曹雪芹所说的那样，体现出‘人情练达，世事洞明’的境界。”

境界的背后蕴含着生活的磨难与艰辛。1951年杨绛在清华大学任教时，全国举行“三反”运动。年底转为针对知识分子，那时又称作“脱裤子、割尾巴”，雅称“洗澡”。杨绛很少参加这样的会，有人提出意见，她称：“怕不够资格”。此后有会她必到，认认真真地参加了“三反”运动。正是对这段历史的记忆和反思，促使杨绛在三十年后写出了《洗澡》。

“三反”结束后，全国院系调整，杨先生被调入文学研究所外文组，她的工作是外国文学研究，写了《论菲尔丁》一文。1958年，全国“拔白旗”，杨绛的《论菲尔丁》是被拔的对象。杨绛说：“我这面不成样的小白旗，给拔下来又撕得粉碎。”此后很长的时间里，她决心再不写文章，遁入翻译。

其时，她已接手上边交下来的任务，准备翻译塞万提斯的《堂吉诃德》。原著是西班牙文，她不懂。就先找来国外的译本看，如英文、法文、德文的，比较了五种译本以后，发现有些地方差别很大。杨绛想到，要想保证原汁原味，只有从西班牙文翻译。就这样，在这一年，她做了一个大胆的决定：自学西班牙文。

两年后，杨绛开始翻译《堂吉诃德》。1965年1月，第一部翻译完毕，并开始译第二部，很快“文革”开始，8月初，杨绛在外国文学研究所开始了受污辱、受践踏、挨批、挨斗的日子。造反派给她剃了“阴阳头”，派她在宿舍院内扫院子，在外文所内打扫厕所，“住牛棚”。“直到1972年春，锺书与我才随第二批‘老弱病残’者从干校回北京。这时家中房屋被人占用，我们只好搬入单位的一间办公室去住。”就是在这间陋室里，杨绛接着夜以继日翻译《堂吉诃德》。

1976年10月，“四人帮”被粉碎。11月20日，《堂吉诃德》第一、第二部全部定稿。次年搬入新居后，杨绛又将全书通校一遍，于5月初送交人民文学出版社，1978年4月底，《堂吉诃德》出版。“6月，适逢西班牙国王、王后来中国访问。我参加国宴，小平同志为我介绍西班牙国王、王后。小平同志问《堂吉诃德》是什么时候翻译的，我在握手间无暇细谈，只回答说‘今年出版的’。”

因为翻译《堂吉诃德》，1986年10月，杨绛获颁西班牙国王亲授的“智慧国王阿方索十世十字勋章”。她的译本至今都被公认为佳作，已累计发行近百万册。显然，杨绛很看重这次翻译经历，此后，她几番对译本做修订。同时，她也没有停下写作。如果说，她先前的作品观照的是世事，是社会，那她晚年的作品则是在观照自己。2003年，杨绛出版了家庭生活回忆录《我们仨》，四年后，她推出散文集《走到人生边上》，对于生死以及人的本性、灵魂等哲学命题做了一次终极思考。

深情：为丈夫甘做“灶下婢”

杨绛的低调透露着她近乎执拗的文化品性，更是包含了她对钱锺书的深情。她拒绝出席中国社科院主办的纪念钱锺书诞辰100周年的学术研讨会，为的便是恪守她与钱锺书的诺言，“钱锺书生前跟我说，自己去了以后，不要搞任何形式的纪念会”。有一次，江苏无锡市的领导代表家乡人民到北京看望杨绛，并提出出于对文化保护与建设的需要，想修复钱锺书故居、杨绛家的老宅。杨绛一听，连连表示，“我们不赞成搞纪念馆”。

无论在钱锺书生前还是身后，当被问及和他相关的事，杨绛最常用的词就是“我们”。在她心里，钱锺书其实并没有走远。她颇感欣慰地说：“我与钱锺书是志同道合的夫妻。我们当初正是因为两人都酷爱文学，痴迷读书而互相吸引走到一起的。他说自己‘没有大的志气，只想贡献一生，做做学问。’这点和我志趣相同。”

时光退回到几十年前，杨绛初见钱锺书时，只匆匆一见，甚至没说一句话，彼此竟相互难忘。杨绛的同伴孙令衔莫名其妙地告诉钱锺书，说她有男朋友，又跟杨绛说，他表兄已订婚。钱锺书写信给杨绛，约她相会。见面后，钱锺书开口第一句话就是：“我没有订婚。”杨绛说：“我也没有男朋友。”从此他们开始了书信往来。

一天，费孝通来清华大学找杨绛“吵架”。费孝通认为他更有资格做杨绛的男朋友。此前，他曾问杨绛：“我们做个朋友可以吗？”杨绛说：“朋友，可以。但朋友是目的，不是过渡。”这回，杨绛的态度还是没变，费孝通只得接受现实。很多年后，中国社会科学院代表团访问美国，钱锺书和费孝通作为代表团成员，不仅一路同行，旅馆住宿也被安排在同一套间。钱锺书借机幽默了一把，淘气地借《围城》里赵辛楣曾对方鸿渐说的话，跟费孝通开玩笑：“我们是‘同情人’（指爱上同一个人）。”

1935年，杨绛与钱锺书结婚。杨绛随之从大小姐过渡到了“老妈子”，她并不感觉委屈，因为她爱丈夫，胜过自己。“我了解钱锺书的价值，我愿为他研究著述志业的成功，为充分发挥他的潜力、创造力而牺牲自己。”钱锺书说要写《围城》，她不仅赞成，还很高兴。她要他减少教课钟点，致力写作，为节省开销，她辞掉女佣，做起了“灶下婢”。“握笔的手初干粗活免不了伤痕累累，一会儿劈柴木刺扎进了皮肉，一会儿又烫起了泡。不过吃苦中倒也学会了不少本领，使我很自豪。”

即使在钱锺书去世后，杨绛仍不改初衷，默默地“继承”他未竟的事业。她以惊人的毅力整理钱锺书的手稿书信。多达7万余页的手稿，涉猎题材之广、数量之大、内容之丰富，令人叹为观止。手稿多年随着主人颠沛流转，纸张大多发黄变脆，有的已模糊破损、字迹难辨。亏得杨绛耐心细心，一张张轻轻揭下，抹平，粘补缺损，分类装订，认真编校、订正……2003年，《钱锺书手稿集》（影印本，40卷）终于及时与读者见面。

魅力:忍生活之苦,保其天真

低调、深情、智性……所有这些，无不彰显出杨绛作为“老派”自由思想者的独特人格魅力。回首百年人生，杨绛欣慰于自己“甘当一个零”。从做钱家媳妇的诸事含忍，到国难中的忍生活之苦以及在名利面前的深自敛抑，杨绛总能“忍生活之苦，保其天真”。

在杨绛看来，所以含忍是为了保自己的盔甲，抵御侵犯的盾牌。“我穿了‘隐身衣’，别人看不见我，我却看得见别人，我甘心当个‘零’，人家不把我当个东西，我正好可以把看不起我的人看个透。这样，我就可以追求自由，张扬个性。所以我说，含忍和自由是辩证的统一。含忍是为了自由，要求自由得要学会含忍。”

她这种达观的人生态度，更多来自对文化的信仰，对人性的信赖。抗战时期国难当头，生活困苦，她觉得是暂时的，坚信抗战必胜，中华民族不会灭亡。她写喜剧，以笑声来作倔强的抗议。到了“文化大革命”，支撑她驱散恐惧，度过忧患痛苦的，仍是这份坚定的信仰。“我确信，灾难性的‘文革’时间再长，也必以失败告终，这个被颠倒了的世界定会重新颠倒过来。”

正是这种坚信，让她和钱锺书即使在不幸中，依然书写着浪漫的人生传奇。1969年11月，钱锺书被下放到信阳地区罗山县。次年7月，杨绛也被下放到那里，被分配在菜园干活。菜园距离钱锺书的宿舍不过十多分钟的路。当时，钱负责看守工具，杨绛的班长常派她去借工具，后来，钱锺书改任专职通讯员，每次收取报纸信件都要经过这片菜园，夫妇俩经常可以在菜园相会。“这样，我们老夫妇就经常可在菜园相会，远胜于旧小说、戏剧里后花园私相约会的情人了。”

晚年，自称已经走到了人生边缘的边缘的杨绛，愈加通透。她说：“年轻时曾和费孝通讨论爱因斯坦的相对论，不懂，有一天忽然明白了，时间跑，地球在转，即使同样的地点也没有一天是完全相同的。现在我也这样，感觉每一天都是新的。”

文学翻译，让一个国家的美成为全世界的美

许渊冲

被誉为“诗译英法唯一人”的传奇翻译家许渊冲先生，于2021年6月17日上午在北京家中逝世。

作为从西南联大走出来的一代翻译巨匠，许渊冲是钱锺书的得意门生，杨振宁的同窗挚友，他一生钟情于文学翻译，却是直到近年才进入大众视野。2010年，他获得中国翻译协会颁发的“翻译文化终身成就奖”。2014年，他获得国际翻译界最高奖项之一的“北极光”杰出文学翻译奖，成为首位获此殊荣的亚洲翻译家。2017年2月，他做客《朗读者》一夜走红，被无数青年学子视为偶像。而许渊冲“破圈”，固然是因为他卓越的翻译成就——出版中英法译著超过120余部，更是因为他不可复制的传奇经历，历久弥坚的人生态度，狂放不羁的性情，和反抗平庸的精神。

经典文学作品自然不会是平庸之作，其中也往往包含了反抗平

庸的因子。不管是否巧合，许渊冲翻译的“法兰西三大文学经典”里的主人公都不甘于平庸，《红与黑》里的于连野心勃勃，却生不逢时，功败垂成，他反抗平庸的抗争历程，让我们感慨不已。《包法利夫人》里的爱玛生气勃勃，爱好自由，追求浪漫，却为虚伪的社会所不容，她不由自主走向堕落的过程，让我们同情不已。而《约翰·克利斯朵夫》就像王宏图说的那样，是浪漫的，充满激情的，情感极其丰沛的文学作品，也可以看成是青春文学，而所有的青春文学也都包含了一个重大的主题，就是反抗平庸。许渊冲选择文学翻译也未尝不是如此。他终其一生都保持了记日记的习惯，上西南联大第一个月时，他就在日记中写道：“我是不是一个庸人？……我来联大目的是做一个能够自立的人……读书人或学生是不是庸人？……这还是个问号，不是一个句点。”晚年在这篇日记的补记里，他又写道：“我的观察力不强，想象力也不丰富，所以只好像大鹏背上的小鸟，等大鹏飞到九霄云外，再往上飞一尺，就可以飞得更高，看得更远了。古今中外的诗人文人都是我的大鹏鸟，我把他们的诗文翻译出来，使他们的景语成为情语，就可以高飞远航了。”

由此可见，许渊冲生命不息，翻译不止，在某种程度上是因为他认识到自己需要借助伟大人物的思想，才能实现自我表达。而他眼里的所谓“自我”，自然是与平庸抗争到底的自我。所以他在日记中透露，他喜欢的作品多是浪漫爱情故事，年轻时最喜欢《茵梦湖》和《少年维特之烦恼》，而他的译作里却都是偏现实主义的，而且是第一流作家里第一流的作品。他给自己定的目标也是：“永远追随着第一名，追随着第一流的作家，自己只是以译为作，把第一流的创作，转化为第一流的译文。”

这个“转化”过程，对许渊冲来说，也是与原作比拼的过程。以王宏图的理解，作为一个翻译家，许渊冲难免被原作者巨大的身影覆盖，因此他要站起来反抗，他要翻译得比他们写的更美，他就是要和原作斗争，树立自己的特色。“你可以说翻译要有个度，像《红与黑》最后写德·雷纳夫人在于连死后三天，吻着孩子死了，司汤达原作就是写‘她死了’，没有‘离恨天’的佛教典故在里面，许渊冲翻成‘她魂归离恨天了’，就把原作风格提得很高，因为他觉得德·雷纳夫人死得心犹不甘，她爱于连，于连却死了，他这样翻译没什么错。但很少有译者能理解到这个份上，并且明知会受到争议，还坚持这样翻译。也因此，许渊冲变成了孤胆英雄式的人物，他的境界、气概很少有人能超越。”

的确如此，许渊冲在翻译过程中，充满了和伟大人物搏斗的豪情和气概，他翻译他们的作品，却并不甘于他们之下。2016年是莎士比亚逝世400周年，他都已经94岁了，却开始挑战一个人译“莎士比亚全集”，每天1000字。他翻译《暴风雨》，译到中途就想着放弃，理由不是因为难译，而是觉得这个剧很乱，不美，不好，“不值得我译了”。但实际上，他最后还是把它译完了，只是他越是深入翻译，越是觉得自己有资格说，莎士比亚有很多缺点的！今年年初，他还对到访的记者说：“我100岁，莎士比亚50岁就死了嘛！他不懂中文的，我英语、法语都会，还比他多活了50年，我的经验比他强，所以我可以搞得比他好。”

这看似狂妄之语，或随性之言，在许渊冲那里，却是有理论依据的。在发表于《世界文学》1990年1期的一篇文章里，他写道：“翻译是两种语言的竞赛，文学翻译更是两种文化的竞赛。译作和原作都可以比作绘画，所以译作不能只临摹原作，还要临摹原作所临摹的模特。”这是因为在他看来，文学翻译的最高目标是成为翻译文学，也就是说，翻译作品本身要是文学作品。如果只是临摹原作，往往达不到翻译文学的水平。也因此，他要重译文学经典，重译《红与黑》。他自认为，无论是从词法或是从句法观点来看，他所能看到的《红与黑》的三种被看好的译本都不能达标。比较译文后，他说其他三种译文是“译词”，只有他的译文是“译意”；其他三种译文更重“形似”，只有他的译文更重“意似”，甚至不妨说是“得意忘形”。或许翻译的至高境界是得意而不忘形，他这般看重意译，却也不无缘由。1939年暑假，他在西南联大学习时就得了吴宓先生的指导。吴宓说，翻译要通过现象见本质，通过文字见意义，不能译词而不译意。他深以为然，铭记在心。“其实，他说的词，就是后来乔姆斯基所谓的表层结构，他说的意，就是所谓的深层结构。”由此出发，他强调，文学翻译是两种语言文化的竞赛，是一种艺术；而竞赛中取胜的方法是发挥译文优势，或者说再创作。

而忠实于原作，尽其所能再现原作风格，可谓文学翻译的铁律。许渊冲充满挑战性的“再创作”论自然会受到争议。1995年，许渊冲译《红与黑》问世后，就引来韩沪麟等翻译家质疑他的译本，不仅与原文太不等值，而且已经不像是翻译，而是创作了。问题在于亦步亦趋的“直译”，从表面上看是与原作等值了，是否因此就能准确再现原作风格？用许渊冲的话说，译文如果只求其真而不求其美，能算忠于原文吗？就《红与黑》而言，他分析道，关系从句是原文的优势，四字成语却是译文的优势。小说开头描绘法瑞交界的山区用了关系从句，中国译者如果亦步亦趋，把法文后置的关系从句改为前置，再加几个“的”字，那就没有扬长避短，反而是东施效颦，在这场描绘山景的竞赛中，远远落后于原文了。如果能够发挥中文的优势，运用中文最好的表达方式，却能以少许胜人多许，用四个字表达原文十几个词的内容，那就好比在百米竞赛中，只用四秒钟就跑完了对手用丨几秒钟才跑完的路程，可以算是遥遥领先了。

以此观之，许渊冲有坚定的翻译观，同时也有坚实的方法论。而从他的译文的阅读效应看，也自有其说服力。就莎士比亚悲剧《李尔王》里的女巫唱词一段而言，在对比几个中文译本后，王宏图觉得许渊冲译得最传神、最精确，让人读得最舒服。“这个角度来讲，我觉得他重译莎士比亚的作品是有理由，而且他的某种‘狂’也是有资本的。”王宏图还认为，相比李健吾翻译的《包法利夫人》，许渊冲的译本在一些细节上，把原著里很多有神韵的地方精细传达了出来。

这在某种意义上应了许渊冲最为赞同的，钱锺书的“化境”之说。在《林纾的翻译》中，钱锺书写道：“文学翻译的最高标准是‘化’。把作品从一国文字转变成另一国文字，既能不因语文习惯的差异而露出生硬牵强的痕迹，又能完全保存原有的风味，那就算得入于‘化境’。”不过许渊冲认为，文学翻译只是“化”还有所不足，还需要发挥译文优势。以他的理解，世界上的翻译理论名目繁多，概括起来，不外乎直译与意译两种。所谓直译，就是既忠实于原文内容，又尽可能忠实于原文形式的译文；所谓意译，就是只忠实于原文内容，而不拘泥于原文形式的译文。大多数翻译家倾向于认为，能直译就直译，不能直译时再意译。他的经验却是，文学作品的翻译，尤其是重译，能意译就意译，不能意译时再直译。在他看来，既然是再创作，就应该入于“化境”。他还发展了“化境”说，认为“化”可以分为三种：深化、等化、浅化。浅化使人知之，等化使人好之，深化使人乐之，而好的译文，不仅要让读者“知之”，就是知道原文说了什么，也要让读者“好之”，就是喜欢，觉得美；最后还要让读者“乐之”，就是从中得到阅读的乐趣。这都需要译文臻于化境方能达到。他进一步认为，加词、减词，分译、合译，正说、反说等，也是译者的再创作，都可以进入“化境”。

中译外要进入“化境”就更难了。许渊冲直言他曾做过一个独一无二的试验，就是把中国的诗经、楚辞、唐诗、宋词、元曲中的一千多首古诗，译成有韵的英文，再将其中的二百首唐宋诗词译成有韵的法文，结果发现一首中诗英译的时间大约是英诗法译时间的十倍。在许渊冲看来，这就大致说明了，中英或中法互译，比英法互译大约要难十倍。那明知很难，许渊冲为何迎难而上呢？这倒不是因为他喜好和自己过不去，而是因为他深知中译外的重要性。“中英互译是今天世界上最重要的翻译，因为世界上有十多亿人用中文，也有近十亿人用英文。”他还深知中译外的紧迫性。“由于世界上还没有出版过一本外国人把外文译成中文的文学作品，因此，解决世界上最难的翻译问题，就只能落在中国译者身上了。”他同时还能乐在其中。“人生最大的乐趣，就是做喜欢的事，把一个国家创造的美，转化为全世界的美。”

许渊冲首次翻译文学作品，可以说就是为了追求美。那是1939年7月12日，他在西南联大读一年级，喜欢上了班里的一位女生，他将林徽因的《别丢掉》、徐志摩的《偶然》两首译诗及一封英文信投进了女生宿舍信箱，送出去却“石沉大海”，那首《别丢掉》后来却“浮出水面”，发表在《文学翻译报》上，成了他最早发表的一篇诗译作。他在当年写的日记里记下了两个灵光一现的绝妙韵脚，顺便夸了夸自己：“第一次译诗自得其乐，还有一点小小得意呢！”50年后，他获得翻译大奖，当年那位女同学关注到了，致信给他，又引得他忆及往事，感慨万千。“你看，失败也有失败的美。人生最大乐趣，就是创造美、发现美。”

如他多年的好友、翻译家许钧所言，许渊冲把追求美、创造美当作一种责任。“在翻译上，他是一个绝对的艺术家，坚信自己的原则，又在翻译中绝对贯彻了它。翻译是他的存在方式。”许渊冲的表叔熊式一，是当时一位著名的翻译家，因翻译剧目《王宝钏》名扬一时，受英国戏剧学家萧伯纳高度评价，并获亲自接见。许渊冲受熊式一影响，暗暗发誓，一定要学好英语，把中国文化搬到外国的舞台上。但世事纷扰，他直到35岁那年，才出版了早年翻译的英国诗人德莱顿的诗剧《一切为了爱情》。两年后，亦即1958年，杨振宁获诺贝尔物理学奖，他则是出了四本书，一本中译英，一本中译法，一本法译中，一本英译中，用他自己的话说，目前全世界都没有人打破这个纪录。但绝大部分作品，许渊冲是从62岁开始翻译的。自1983年起，许渊冲以一年至少新译一本名著的速度与时间赛跑。在外国文学领域，他完成了福楼拜、司汤达、巴尔扎克、莫泊桑、雨果、罗曼·罗兰等作家名作汉语译本，及至近年还翻译完成了美国作家亨利·詹姆斯的小说代表作《伊人倩影》（一般译为《一位女士的画像》）。在中国古典文学领域，他完成了包括《诗经》《楚辞》《论语》《老子》《李白诗选》《西厢记》《牡丹亭》等在内的英语、法语译本。他不仅以理论，更是以丰富的实践，真诚地、绝对地去践行、捍卫“文学翻译是艺术”的理念，在严复的“信、达、雅”和刘重德的“信、达、切”基础上，他提出“信、达、优”作为文学翻译的标准，并申明，所谓“信”，就要做到“三确”：正确、精确、明确；所谓“达”，要求做到“三用”：通用、连用、惯用。“这就是说，译文应该是全民族目前通用的语言，用词能和上下文‘连用’，合乎汉语的‘惯用’法。”而所谓“优”，亦即发挥译文优势，也可以说是“三势”：发扬优势，改变劣势，争取均势。“一言以蔽之，我提出的翻译哲学就是‘化之艺术’四个字。如果译诗，还要加上意美、音美、形美中的‘美’字，所以我的翻译诗学是‘美化之艺术’。”

这看似许渊冲一个人的“自说自话”，实际上却有着他西南联大求学时期所受教育的回响。身为联大人，他有一种发自内心的自豪感，那时的西南联大，曾流传这样一句话：“湖北朱，安徽杨，外加许二王，理文法工五堵墙。”说的就是后来的科学家朱光亚、物理学家杨振宁、翻译家许渊冲、财政金融学泰斗王传纶和卫星与返回技术专家王希季。身为联大人，许渊冲更是为曾经受到来自清华、北大、南开的那么多名师大家的教导，而感到自豪。他生前不时会对来访者感叹那时“空前绝后的精彩”。他去听冯友兰讲哲学，冯先生在台上说：“诗的含蕴越多越好。满纸美呀，读来不美，这是下乘；写美也使人觉得美，那是中乘；不用美字却使人感到美才是上乘”。这些话许渊冲琢磨了几十年，悟出了在翻译上“形似是下乘，意似是中乘，神似是上乘”的道理。他自诩按照这条路译诗，就能“在天地境界逍遥游”。他谈到1939年5月25日听闻一多讲《诗经·采薇》，一边捻了捻从抗战开始之后蓄起的胡须，一边感慨道：“昔我往矣，杨柳依依；今我来思，雨雪霏霏”写出了人民战时的痛苦，达到情景交融的境界。联系到文学翻译上，他由此认为，最高标准是传达感情，求真是低标准。50年后，他翻译《采薇》，就试图让译文中能“看得见无声的画，听得见无声的音乐”。他把“依依”英译为“shedtear”，法译为“enpleurs”，皆有哭泣的含义，营造了挥泪作别的氛围。让他颇为自豪的是，他的译文如他所愿，在国外得到了广泛认可。比如英译《楚辞》被美国学者誉为“英美文学领域的一座高峰”，英译《西厢记》被英国智慧女神出版社评价为可以和莎士比亚的《罗密欧与朱丽叶》媲美。

在《翻译的艺术》一书前言中，许渊冲如此自勉：“英国翻译家认为‘林纾翻译的狄更斯作品优于原著’……这应该是我们文学翻译工作者努力的方向，如能再创造出‘胜过原作’的译文来，那就是给世界文化灌输新的血液，可以使世界文化更加光辉灿烂。”他也确实通过文学翻译，做到了“让中国的美成为世界的美”。翻译家童元方感慨，翻译的取舍之间，甚多讲究。“许多人挑剔许渊冲，因为押韵舍去部分内容，我却因他的译诗保留了最难传达的诗的美感而万分佩服。”而通过翻译传达世界文学之美，可以说是许渊冲一生的事业。他认为，翻译不只是代表他的个人奋斗，还是整个国家民族影响力的体现。60年前，他和当年很多留法青年一样，放弃优厚条件学成归国，也未尝不是抱着报效祖国的强烈愿望。他这样反问许钧："为什么不让人翻译呢？我们的孔子、李白，比莎士比亚早那么久，翻译出来就能走向世界。"许钧自然是赞同的，他也赞同许渊冲说的，翻译可以把外部优秀的文化吸收进来，同时将中国的文化推向世界，通过文化的交流让世界实现"美美与共"。"这种翻译精神在当下这个时代显得很是可贵和迫切，从这个角度说，他对中国文化走出去的贡献是具有前瞻性的。"

我所做的只是在读者与托尔斯泰之间架一座桥

草婴

2015年10月24日，俄语文学翻译家草婴先生，在上海华东医院因病去世，享年93岁。他生前这样解释自己的笔名："草是渺小的，很容易被人践踏，也很容易被火烧掉。尽管我是很普通、很渺小的人，但我很坚强，不会屈服于任何压力。"诚如这个笔名所示，草婴用自己的一生书写了起伏跌宕的生命传奇。

犹记得2009年6月，我到上海华东医院一间普通的双人病房采访他，他从椅子上欠了欠身，向我伸出手来。这是一双细小的手，生怕给揉碎了似的，让我不忍紧握。但我明白，正是这双充满劳绩的手，在岁月的沉淀中，为我们呈现了托尔斯泰的浓重与恢宏，肖洛霍夫的野性与张力，这当中还包括莱蒙托夫文集等同样产生过重要影响的俄苏文学译著。"几十年来，在翻译上我从没中断过，365天每天都会翻译一点。但我每天翻译得很少，平均就1000字左右。"其间还隔着十年“文革”的荒芜岁月，以及两度在生死边缘的痛苦挣扎，六十多年的坚持，孤独、苦难、信念相伴，这双看似柔弱的手为读者开启了一个丰富而幽远的世界。

在俄语文学翻译领域数十年如一日的辛勤耕耘，为草婴带来了沉甸甸的荣誉。1987年，在莫斯科举行的世界文学翻译大会上，草婴被授予俄罗斯文学的最高奖——高尔基文学奖，成为迄今为止获得该奖项唯一的中国人。2003年草婴80岁寿辰，俄罗斯驻沪总领事偕领事馆成员为他举办了祝寿酒会。2006年，他获得俄罗斯高尔基文学奖章，并被俄罗斯作协聘为名誉会员。对于草婴这个熟悉的名字，俄罗斯人给予这样崇高的评价：这两个汉字表现出难以估计的艰苦劳动，文化上的天赋，以及对俄罗斯心灵的深刻理解。

自2008年9月疾病缠身入院以来，草婴就一直住在医院里。他身上穿一件略显陈旧的病号服，静静地坐在椅子里，举止的动作很小，床头柜上不见惯常的书刊、资料。许是因为身体虚弱，对记者的提问，回答上两三句后，便进入短而悠长的停顿，话题便由一旁与他六十多年来相濡以沫的夫人盛天民接着说下去。他安静而又专注地听着，碰到有疑义的时间、年份、生活细节，会插上两句。他沉思着意欲从尘封的时间里打捞起失落的记忆，却发现常是自己弄粗了，于是脸上现出歉然的微笑，淡淡地说：“年代久远，有些记不清楚了”。

当时正值梅雨季节，窗外的雨在纷纷扬扬地下着，话题就在交错性的互动中缓缓展开。说到周扬、董秋斯、刘辽逸等同样翻译过托尔斯泰著作的同行，草婴没有故作姿态的谦虚，也不做任何具体评价，只是说：那都不是从俄文直接翻译过来的，淡然的话里却透着一种硬气。谈及当下翻译的现状，比如现在的一些译者动辄两三个月翻译一本十几万字小说的速度，草婴感慨：我能理解，靠翻译养家糊口很难，只能靠量了。他却没提翻译《托尔斯泰小说全集》

的几十年里，他也一直是个自由职业者，没有单位，就靠很低的稿费生活。

但草婴是完全有机会改变自己的境遇的。“文革”结束后，时任上海市委宣传部副部长洪泽曾找到他，拟请他“出山”任译文出版社总编辑。经过一番思考后，草婴婉言谢绝了，从此过上了标准的翻译家生活：上午7点锻炼身体，8点到12点雷打不动坐在书房里，平均每天翻译一千字，任何人不得打扰；正午出来吃饭，午睡；下午2点到4点再工作……这一做就是二十多年，草婴把整个生命都融了进去，如有人赞誉的那般获得了“草婴的胜利”。这胜利，显然不仅指的，他在与生活磨难和疾病斗争中迸发出来的意志和精神，还包含了他在面临人生选择时的笃定，以及对自己所坚持的文学翻译事业的义无反顾。

回望翻译生涯，草婴清楚地记得他的第一篇译作是普拉多诺夫的短篇小说《老人》，那时正值希特勒开始带兵入侵苏联的1941年，他开始翻译工作不久，给自己取了这个此后一直沿用的笔名。这年的8月20日、对他走上文学翻译道路影响至深的姜椿芳先生与塔斯社上海分社商量创办中文的《时代周刊》，并邀请他参加翻译有关苏德战争的通讯、特稿等。这本杂志影响很大，国内的人都是通过它了解反法西斯战争的新形势的。因为翻译通讯的缘故，草婴对整个反法西斯战争都一清二楚，有朋友开玩笑说他是“二战老兵”。

不久，苏联塔斯社在上海创办了中文杂志《苏联文艺》，草婴成了其中的一员。后来，华东作家协会成立，草婴成为最早的一批会员。1950年2月，中国和苏联签订《友好同盟互助条约》，两个社会主义大国成了最亲密的伙伴，苏联文学艺术以其巨大的辐射力，在整整一代中国人世界观形成过程中发挥了巨大的作用。1955年，苏联发表了女作家尼古拉耶娃的小说《拖拉机站站长和总农艺师》，他很快翻译过来，在《世界文学》上分两期连载。当时的团中央第一书记胡耀邦读了，认为这篇小说“关心人民疾苦，反对官僚主义”，号召全国青年团员向女主角娜斯佳学习。于是，小说先在发行300万份的《中国青年》杂志上连续两期转载，再印单行本，第一版就发行124万册，一举打破翻译小说印数纪录。

1953年，苏联的文学因为斯大林的去世而发生了改变，作家们开始大胆地表现生活矛盾和冲突，以及黑暗面，这股新的文学潮流被称作“解冻文学”。两年后的最后一天，《真理报》上破天荒刊登了肖洛霍夫的小说《一个人的遭遇》，故事讲的是一个普通苏联人在卫国战争中家破人亡的悲惨遭遇，以新的角度处理了“人和战争”的矛盾冲突。草婴读后非常感动，他决定尽快把它翻译成中文。译文发表在《世界文学》杂志上。距离小说在苏联发表仅两三个月，可以说几乎是同时出版的，这在当时的翻译界是非常少见的情况。

翻译肖洛霍夫却给草婴带来了悲惨的遭遇，迫害接踵而至，家人也受到牵连。1969年夏天，草婴被下放到奉贤农村参加强制性劳动。酷暑难当，他必须下田割水稻。割了几天，草婴便十二指肠大出血，吐血、便血，5天5夜滴水不进；被送到医院抢救之后，切除了四分之三个胃，总算保住了性命。六年后，体重不到一百斤的他去扛百斤重的水泥包，胸椎骨被生生压断。他忍着剧痛在硬木板上躺了一年，等待断骨自行愈合……所有这些都未曾让草婴真正绝望过。他说：“若是绝望就活不下来了。我当时想，要咬紧牙关，我还有很多翻译工作没有做呢。”

也是在身心备受摧残的时候，时年55岁的草婴把目光投向了列夫·托尔斯泰。而草婴选择翻译托尔斯泰，除了其作品的艺术魅力之外，特别重要的是因为托尔斯泰宣扬人道主义思想。在与作家冯骥才的一次谈话中，草婴说道：“在煎熬中，我深刻认识到缺乏人道主义的社会会变得多么可怕。中国非常需要人道主义的启蒙和滋育。托尔斯泰作品的全部精髓就是人道主义！”

这个在当下看来太过抽象、空洞的字眼，无疑融入了草婴最真切的生命体验，也是他长期思考得出的经验总结。受到迫害的草婴，并没有因为自身的遭际自怨自艾。他想得最多的问题是：人为什么会那么愚昧？在东方由于长期的封建统治，对“人”的不尊重情况尤其严重，种种愚昧、落后、野蛮的行为都是由于不尊重人的基本权利，不把人看作世界的主人。因此，人类发展到今天，一定要推广人道主义思想。而他早年选择翻译日后给他带来厄运的肖洛霍夫的作品，很大程度上也是因为在他看来，肖洛霍夫继承了托尔斯泰人道主义传统，他有胆有识，较少受教条主义的影响，敢于在作品中反映生活的真实。

对托尔斯泰作品的喜爱，也让草婴在生前和巴金结下了很深的缘分。巴金也是一生追随托尔斯泰，他的书房的写字台上挂着托尔斯泰像。他曾表示，托尔斯泰在路旁树枝上挂起了一盏灯，“给我照路，鼓励我向前走，一直走下去”。当看到有人以揭托尔斯泰的私生活为名，要“再认识托尔斯泰”时，巴金愤怒地写道：“我不是托尔斯泰的信徒，也不赞成他的无抵抗主义，更没有按照基督教的教义生活下去的打算。他是十九世纪世界文学的高峰。他是十九世纪全世界的良心。他与我有天渊之隔，然而我也在追求他后半生全力追求的目标：说真话，做到言行一致。我知道即使在今天这也还是一条荆棘丛生的羊肠小道。但路总是人走出来的，有人走了，就有了路。”1991年9月8日，巴金又写了《向老托尔斯泰学习》，他说：“向老托尔斯泰学习，我也提倡‘讲真话’。”

从20世纪80年代起，草婴每次见到巴金，都向他报告翻译进展；每出版一本，都将书送给他，而巴金也时常关心草婴的翻译，给予鼓励。有一次，草婴陪同时任中国大百科全书出版社社长、总编姜椿芳先生拜访巴金，见到他有一套10卷1916年俄文原版《托尔斯泰选集》，顿感喜出望外。这套书即使在俄罗斯也已很难找到，巴金于20世纪50年代在北京旧书店花800元购得。当年，诗人、作家冯雪峰为收集此书，在苏联跑了很多书店也只凑了半部。尤为珍贵的是，书内200多幅精美彩色和黑白插图，均由当时俄罗斯著名画家根据小说人物、情节绘就。如《复活》的插图由1958年诺奖得主、《日瓦戈医生》作者帕斯捷尔纳克的父亲、著名画家列昂尼德·奥西波维奇·帕斯捷尔纳克所绘。

1999年，得知巴金即将把这套书捐赠给上海图书馆，草婴特别征得他同意，请摄影师翻拍了书中全部插图。此后，出版一套彩色插图本《托尔斯泰小说全集》就成了草婴的一个心愿。但由于彩印成本高，2002年台湾木马文化有限公司出版的繁体字版，2004年上海文艺出版社的简体字版虽采用了这些插图，却是黑白印刷。直到中国图书进出口总公司领导得知这个愿望，才安排下属现代出版社推出彩色插图本。这些尘封百年的插图终于以本真面貌与公认最佳的托尔斯泰中文译本“合璧”。2005年10月17日，巴金与世长辞。草婴此时正住在华东医院，他为自己无法去为巴老送行感到非常痛苦。五天后，上海市文联和市作协举行追思会，草婴特别从医院请假参加。在会上，他做了长达21分钟的发言，他说晚年巴金与托尔斯泰有许多共同之处，最重要的就是他们都大力宣扬人道主义。

这就不难理解何以2010年在为纪念托尔斯泰逝世一百周年特制的紫砂壶上，草婴会写下“人道·博爱”的题词。在同年于华东师范大学举办的“托尔斯泰逝世百年纪念会”上，坐在轮椅上的草婴一字一句、字字清晰地念出认真准备的感言。他是这么阐释对托尔斯泰作品精神价值的认识的。他说，托尔斯泰作为一个伟大的作家，一个为世间留下宝贵精神财富的“大写的人”，他最大的意义，就在于他发现了人之所谓成其为人的价值、地位与尊严。“即使再过一百年，甚至是几百年以后，人们依然会纪念列夫·托尔斯泰，因为他写下了伟大的人性。”

体现在翻译理念上，草婴也是反对为了翻译而翻译，而是极力主张为了思想而翻译。在他看来，文学翻译是艺术再创作，并非逐字逐句地直译，再创作应该体现原著的精神和艺术内涵，而只有把翻译技术和艺术结合起来，才是真正的文学翻译。在盛天民的印象中，草婴还打过这样一个比方：翻译好比演绎乐曲，尽管不同的演奏面对的是同一乐谱。但成功的演奏都渗透了自己的思想感情，也体现了自己的理解。“在草婴看来，译者不是‘传声筒’，也不是‘翻译机器’，只有放进自己的感情，才会形成自己的翻译风格。”

在2009年的那次采访中，草婴最后谈到自己当初学俄语的情景。“那是随家人避难上海的第二年，我十五岁。受鲁迅先生思想的影响，象征进步的苏联文学吸引了我，于是我怀揣着救国梦，走上了学习俄语的道路。我的启蒙老师是一位俄侨家庭主妇，我是从报纸上看到她招学生的广告的，她不懂中文，也没有课本和词典，就这样，每星期花一个银圆，我跟着她学了两年。”这位俄罗斯女性自然没有想到，她当初教的这个15岁小男孩，日后却成了世界上唯一一个把托尔斯泰的全部小说都翻译成本国语言的人。草婴却只是把这件在别人看来了不起的事当成自己应尽的职责。他说：“我所做的只是努力在读者与托尔斯泰之间架一座桥，并且把这座桥造得平坦、宽阔，让人轻松走来，不觉得累。”

多读多写是提高翻译水平的唯一途径

钱春绮

据说每个与诗歌结缘的人，他的思想都离不开歌德、席勒、海涅、尼采、波德莱尔等古典诗人的滋养；在汉语环境成长起来的诗人更是绕不开一个翻译家的名字，他就是钱春绮。正是他的翻译，为众多诗歌爱好者打开了一片幽深、旷远的天地；也正是他的翻译，标示出了一个诗歌写作者所难以企及的精神高度。然而，就是这样一个精通英、法、德、日、俄5门外语，并且是译著等身的翻译家，对于众多读者而言，显得那么熟悉，又如此陌生。也因此，当他逝世十四年后，我回想起2009年的那次寻访之旅，更是带上了些许复杂的人生感喟。

在那次寻访中，从20世纪60年代就开始自由撰稿人生涯的钱老开玩笑称，翻译是他一生的爱好，自己失业三十余年，除稿费外从未有过其他收入。而作为生活中的普通人，钱老孤身一人住在上海西北郊的一套两居室内。他和前年过世的老伴，育有二女一子。儿子远在美国，小女儿定居香港，大女儿则生活在同一城市的另一端。或许因为囿于时局未及精心培养之故，钱老每每谈及大女儿，总难掩内心的歉疚和无奈："赶上周末，她会过来看看我，平时往来也很寥寥。"

钱老是自在之人，没有一般老年知识分子那种刻意的谨慎端态，更无凛然示尊之意，为访客沏上茶，随即坐到客厅一边的躺椅上，言谈中丝毫不避讳本真想法，嬉笑怒骂皆尽其自然。尽管已届高龄，钱老记忆力甚好。谈话中碰到想不起来的事，便去书房从杂乱的书堆里找出薄薄一本"编年史"，上面记载的都是日常生活的"大事"。说到几年前搬离在上海繁华地段南京路上住了50多年的老家，钱老感慨：搬迁的那段日子心情很不好受，"我独自在空荡荡的地板上摆张破席睡了一夜，次日才依依不舍地含泪告别"。谈及与自己风雨同舟五十余载的老伴，他满怀想念和感激之情。"我一直把她的骨灰盒留在身边，等我有一天过去了，化成灰了，就把我的骨灰放在她的骨灰盒里……"说到动情处，钱老眼眶润湿。记者采访时，正值歌德诗剧《浮士德》被导演徐晓钟搬上上海话剧舞台，话题随之从《浮士德》引发开去。钱老表示：自己并不是最早翻译《浮士德》的，之前有周学普、郭沫若的译本。不过，他们的译本都不是按原始的格律译的。"我自己翻译《浮士德》，就根据原始的格律，亦步亦趋。可惜，'文革'的时候稿子弄丢了，所以，尽管'文革'前我就翻译了《浮士德》，出版的却是我后来重新翻译的译本。"

说到德语诗歌翻译，钱老最感激的人却是海涅，"因为他是我的恩人，没有他我活不下去"。他回忆说：1957年，上海新文艺出版社，也就是现在的上海译文出版社，出版了我翻译的海涅的三部诗集——《诗歌集》《新诗集》《罗曼采罗》，都很畅销，不仅是畅销，而且长销。那时仅仅《诗歌集》我就拿到8000元稿费，而当时普通人一个月的工资也不过几十元。“那会儿不有一种说法，叫有钱人‘万元户’么，你能想象那笔钱，对我意味着什么。后来，我还专门写了一首题为《感谢海涅》的诗。”

尽管钱老早已因为翻译德语诗歌名满天下，但不为人知的是，他做翻译是半路出家，此前他是一名医生。对于弃医从文这一人生选择，钱老自己的解释颇具戏剧性。他说：当时我在现今长征医院前身的中美医院做皮肤科医生，“只是我在这个医院待的时间并不长，之后因为人事调动，不得不转入另一医院做自己不喜欢的五官科医生。20世纪60年代，我换单位时想重新转入皮肤科，却因人事纠葛未能实现”。此后，生性崇尚自由、不愿受拘束的他索性辞职，挂冠而去做起了专职翻译。

然而，走过最初的顺境，钱老后半生的翻译生涯经受了严峻的考验，其间种种坎坷艰难，令他至今想来依然唏嘘不已。“文革”十年，图书出版业陷入了低潮，钱老无书可译，境况颇为困窘。及至“文革”结束，译事复兴，可时过境迁，90年代后稿费制度和图书出版环境发生了很大变化，自由撰稿人的处境也未好转。“我也是靠积蓄生活，自由职业，没法维持生存。”直到1995年加入上海文史馆，他的情况才稍稍稳定，现在一个月能拿到1600元工资。用钱老的话说，在古代，文史馆就是翰林院哪，也不是什么人都能进去的。

钱老对翻译用力之勤、体会之深都反映在他书房里堆着的那几十本大大小小的泛黄词典上。其实，书房中的书远非他藏书的全部，他翻译时经常参照不同语种译本，这为他解决疑难问题提供了很大便利。“比如翻译歌德的《浮士德》，基本上参照英译本、日译本就可以解决问题了。”说到如何提高翻译水平，钱先生也认为多读多写是唯一途径，“不懂的要多查多问”。

回顾既往的翻译生涯，钱老并不讳言自己一生翻译诗歌的初衷，其实是为了更好地去写诗。他说，因为我本来是写诗的，在中学的时候就开始尝试写些内容是抗日宣传的新诗，或者传统的格律诗词，还有散文和小说，发表在县报或者《大公报》的文艺副刊上，16岁的时候我就写了一部诗集。可惜的是，到了“文革”中，我怕惹祸就把诗歌通通烧掉了。所幸经过“文革”及搬家“洗礼”尚余5到6本。恰逢那时上海市作协要为他编一部个人文集，“现在除了翻译诗歌，主要的事情就是编自己以前写过的诗歌，一了平生‘最想当一个诗人’的心愿。”

他把翻译当成比写作更重要的事情

高莽

他是一位翻译家，俄罗斯的璀璨文学是他耕耘不辍的沃土；他是一位作家，俄罗斯的风土人情给予他源源不断的灵感；他还是一位画家，俄罗斯交相辉映的文化名人是他挥毫描画的对象。他就是高莽先生，俄罗斯文学是他一生不变的创作主题。

2017年10月6日，高莽于北京去世。2007年，我曾对他做过一次专访，因为他听力不好，不便接电话，就改为笔答。我用电子邮件把问题传过去，他先是用笔在纸上做了“解答”，然后由女儿宋晓岚把文字录入电脑。四千多字的稿子，用了他近一天的时间。在回信的落款中，他写道：“遵嘱完成了您的命题，请审。”

高莽从小就与俄罗斯文学结下了不解之缘。他少年时代就读的哈尔滨教会学校，以俄文教学为主，语文课就是俄罗斯十九世纪的文学。“我翻译发表的第一篇译作是屠格涅夫的散文诗《曾是多么美多么鲜的一些玫瑰》，那是1943年，我十七岁。”后来，在哈尔滨中苏友好协会工作时，他读到根据小说《钢铁是怎样炼成的》改编的剧本《保尔·柯察金》，深受鼓舞。此后，他翻译俄罗斯文学的愿望就没有间断过。然而，对俄罗斯文学特别是对“白银时代”的认识，高莽却经历了一段坎坷的心路历程。

他回忆说，1946年，在《北光日报》当编辑时，没有读过她的作品，就接受了当时苏联的权威媒体对阿赫玛托娃的批判。“文革”结束后，外文书籍解禁，高莽在北京图书馆才第一次看到阿赫玛托娃的作品。“我感到惊讶与悔恨。我不但爱上了她的诗，而且崇敬这位女诗人爱国、爱人民的精神。我开始翻译她的作品，希望有一天能向她表示歉意。”1987年，高莽终于有机会前往俄罗斯。他参观了这位被称为“俄罗斯诗歌的月亮”的作家生活的地方，最后他去了圣彼得堡郊外的科马罗沃镇，站在阿赫马托娃的墓前，并向她献上了一束鲜红的玫瑰。高莽说：“阿赫玛托娃给我的教训，是不要不调查研究，就盲目地跟着指挥棒去批判和咒骂别人。”

2018年8月，上海文化出版社推出由高莽翻译的，包含长诗卷《安魂曲》、短诗卷《我会爱》和散文卷《回忆与随笔》在内的三卷本《阿赫玛托娃诗文集》。俄罗斯文学翻译家刘文飞感慨道，高莽先生早在1980年代初就开始翻译阿赫玛托娃的诗，是了不起的事情。他翻译的《安魂曲》在台湾出版的时候，已经是2006年。可以说对阿赫玛托娃的翻译贯穿了高莽先生翻译生涯，他在几十年里执着地翻译她的诗，显然与他的愧疚之情有关。”

刘文飞说，这样的事情在很多人那里也就一笑而过了，但在高莽那里却是个很大的心结，他觉得应该更多介绍她，以对她优美诗歌的介绍，来抵当时翻译文件对诗人造成的伤害。“也许我们可以说，高莽先生没做错什么事情，但是他觉得愧对阿赫玛托娃，他所做的事情好像是一种补偿。这是一种基督徒式的忏悔。高莽先生用文学的方式来反映中国有良心的知识分子应该有的救赎，特别让我感动。”

由阿赫玛托娃出发，高莽后来致力于研究俄罗斯“白银时代”诗人、作家的作品。他说：“我曾经参观过勃洛克、阿赫玛托娃、帕斯捷尔纳克、马雅可夫斯基、叶赛宁的故居和他们的坟墓，给我的印象极深。他们的形象、他们的创作在我脑海里挥之不去。我集中地论述了他们，并加上与他们同时期活动的古米廖夫、曼德尔施塔姆和茨维塔耶娃。他们每个人对时代的大变革持有不同的态度。有的反对，有的拥护，有的处于彷徨之间，这些在他们的创作之中都有反映。”

对同行们在译介俄罗斯这个特殊时期文学上做出的努力，他感到欣慰。2006年，由国内几位知名俄罗斯文学翻译专家翻译的《俄罗斯白银时代文学史》出版，尽管没有参与此书的翻译编辑工作，他却为该书画了七十多幅作家像。而他的专著《白银时代》两年前就已经写好，与众多研究者不同的是，高莽在对八位诗人的文学创作做了详细解读的同时，对他们的命运变迁倾注了很大的同情。

即使是到了晚年，高莽每天大部分时间依然是在书房中度过。在宋晓岚的印象中，父亲房间里的书放得到处都是，他很少外出，总是深深沉浸在自己的艺术世界里，即使稍有空闲，他的休息就是绘画。“父亲就是这么一个闲不住的人，其实他的身体不好，有一次他跟我们开玩笑说，自己除了没得妇女病之外，什么病都有。”对此，高莽有自己的理解，他说：“每个人有自己安度晚年的方法。我选择的是写作、绘画、翻译。我在工作时才能感觉到自己的生活有乐趣、有意义。”

而高莽在翻译上的严要求、高标准，也让刘文飞感叹不已。“他有一次跟我说，我写那么多散文是为了练中文，练完中文来翻译。对他而言，中文的写作竟然变成了为俄译汉做准备，这种翻译家的职业素养对我们也构成了某种触动，他把翻译当成比写作更重要的事情。所以我们会发现他的中文写作很杂，他写真正意义上的散文，写回忆录，写诗，有时候写文言文的小文章。他对俄文、中文的历练，让我充分感觉到一个翻译家的职业道德，这点是很让我感叹的。”

生命中最后几年，高莽翻译了帕斯捷尔纳克的小说和散文，他还翻译了2015年诺奖得主、白俄罗斯作家阿列克谢耶维奇的作品《锌皮娃娃兵》。这些翻译工作耗费了他太多的时间和心力。他还一直关注俄罗斯文学的发展。他说：“我印象较深的是，他们现在没有意识形态的限制，完全处于所谓‘自由’状态，想写什么就写什么，只要出版社愿意出版。我读过几部严肃的小说，他们仍然把关心祖国的命运，把人民的期望渗透在作品之中。我认为他们的小说成就大，而诗歌成就不显著，没有新的意识，出现了一批玩文字的‘诗作’。”

高莽也对年轻一代翻译家寄予了深切的期望。“我希望他们的成就超过前辈。中国改革开放以来的新时代为他们准备了各种优越条件：良好的师资、齐备的工具书、出国的机会、与外国同行沟通的机遇，等等。只要他们不懈努力，把翻译看成是神圣的事业，持之以恒，必将会达到时代、人民和祖国的期望。”

生活好比一场牌戏，就看你怎么打好这手牌

傅惟慈

2014年3月16日，91岁的文学翻译家傅惟慈逝世。对于这位彻底的唯物主义者来说，他所能留给世人最好的礼物，是多达数百万字的翻译作品。其中包括毛姆的《月亮和六便士》、奥威尔的《动物农场》等我们耳熟能详的作品。

当我于2009年底去他家寻访时，这位颇具传奇色彩的傅惟慈先生不假思索地说："翻译就是一种游戏，一种旅行，也是一种实验和追寻。"作为文学翻译的杂家，傅老通晓英、德、俄等多种语言，翻译了多国文学精品30余部，可谓译著等身，在圈内外有口皆碑；作为翻译之外的杂家，他热衷旅行、摄影和钱币收藏，足迹遍布世界各地。让人感佩的是，尽管这位一生唯愿当作家和流浪汉的老人堪称玩家，每深究一种花样，却总能不期然臻于化境。

傅老家住北京西直门内四根柏胡同的一个小独院，几棵不同种

类的树，加之一些花花草草、石桌和石凳，占据了院落的大半，春觅嫩芽，夏去枯枝，秋天廊下望月，听虫鸣唧唧，冬日隔窗看鸟雀欢跃树梢，墙头一抹残雪，生活意趣盎然。自1951年春搬进这个院子后，他再也没有搬过家。这些年，北京的胡同差不多已有过半数被夷为平地，建筑高楼。2004年前后，小院差点就被强制拆迁，让傅老心有余悸，担心哪一天会突然接到搬迁的通告。“但愿这只是一个噩梦，希望能在四根柏小院里终老。”

与书结缘，阅书无数的傅老有些另类，家里藏书实在寥寥，甚至连他自己的译著也是残缺不全的。几间房间的墙上挂着他出外旅游时拍摄的照片，拉出一个个抽屉，满是他经年收藏、仔细保存的钱币，这才是他最引以为豪的“家当”。

那天，他谈到自己最近经历的一个“怪事儿”，有出版社为迎合市场，要他把按原作将要译出的书名，改成另一俗气的译名，这让他很恼火。他进而感慨，这年头，不少出版社收购废品似的廉价购进译文，然后一版再版，译者拿的却是一次性“稿费”，千字二三十元而已。

言及世事，傅老有着当下鲜见的与世故对抗的“刻薄”劲，谈到自己的翻译，却显得平静和坦然。他笑言，自己与翻译结缘，是因为“文革”前很长一段时间里，钻了“空子”，“20世纪50年代中期，国内德语文学名著译本基本上是一片空白。当时周扬找各个专业的专家一起来编‘世界文学名著’，共100多本，我一眼就相中了托马斯·曼的《布登勃洛克一家》，因为当时中国人学德语的相对比较少，会德语的人当中又很少是学文学的，沾了这点光，所以不到30岁我就‘上来了’”。

然而好景不长，1958年，傅老一度翻译不下去，好在克服重重困难，该书终于如期出版，不想却兜头迎来一盆冷水，“让我不能信服的是有人贬低我从英文转译，于是我决心再译一部德语名著。那就是《臣仆》。”让他始料未及的是，断断续续地，他译完这本书就到了1965年，稿子先在《世界文学》上选载一部分，此后书稿一直放在杂志社的编辑部，直到“文革”后才得以见到天日，这一压就是十多年。

正是处在这样严酷的政治环境里，更加激发了傅老翻译的热情。“翻译外国文学，既能从大师级的创作里品味人生，又满足了自己舞文弄墨的癖好。特别是在当年一段严峻的日子里，不仅逃避了自己怯于面对的现实，且又恍惚感觉自己可以当家做主，不必听人吆三喝四了。”由是，他像一个拾穗者，把业余时间一分一秒地捡拾起来，投入到翻译中去。平日里，他把要译的书籍拆开，夹在经典著作和笔记本里，在开不完的大小会和学习中间，偷偷觑一眼犯禁的东西，思索这个词、那个句子该如何处理。《臣仆》的大部分，《丹东之死》和两个德语中篇都是这样译出的。

差不多在同一时期，傅老“邂逅”了英国作家格雷厄姆·格林。他回忆说：有一段时间，我在资料室工作，每天被困在一间屋子里整理资料、分发报纸。幸好，学校请来了一位名叫威尔逊的英国人做外教，他带来了上百本英文书，其中大部分都是英国的现当代文学。这些书存在资料室由我来登记上架。那时看到了许多以前只听说没见过，或是从未听闻过的作品，其中就有五六本格林的小说。1968年，我被安排到一个木工厂去做木工。我一个人住工班的宿舍里，夜晚对我来说反而是一片自由天地。我能把格林的《问题的核心》专心读很多遍。时隔十年，傅老终于把这本书译了出来。“如果有人正在遭受痛苦的话，他看到这本书会知道这个世界上正在遭受磨难的人不止他一个。”

因格林搭起的这座亦雅亦俗的“桥梁”，傅老开始放下身段，涉足国外“通俗小说”的翻译，他最看重的是美国侦探小说家雷蒙德·钱德勒。他说：我们常把钱德勒看成是通俗作家，那是我们的“一厢情愿”。美国人历来视他为与海明威、福克纳并列的大作家。傅老的开风气之举，在改革开放初期，在我国文学界对通俗文学偏见颇深的时候，就把被普遍认为难登大雅之堂的外国惊险小说引了进来，并于1979至1981年间主编了三本“外国现代惊险小说选集”，分别是《长眠不醒》《诺言》《一支出卖的枪》。市场的反应代表了读者的认可，50多万册的销量至今仍是可观。

正当翻译事业如日中天之际，傅老却出乎意料地，选择在古稀之年坦然弃笔。1990年，和老友董乐山合译的《基督最后的诱惑》，几近绝响。“而今，文坛冷落，更由于翻译工作已经无法承载我追求自由的人格理想，远离许是一种更好的纪念吧。”此后，他选择背起行囊周游世界，更是重新拾起童年开始的游戏——收藏钱币。傅老以一生的行动阐释自己的人生哲学：生活好比一场牌戏，每个人都想打好这手牌，到达什么境界，那就看各人的智慧和造化。

真正的译者必须要有“手段”，还原出完美的原图

李文俊

现如今，年轻译者喜欢抛头露面，不遗余力推介自己的译作。老一辈翻译家则承续传统，大多甘居幕后，极尽低调。饶是如此，除第一次登门拜访李文俊先生，2013年因爱丽丝·门罗获诺奖，恰巧他翻译了其代表作《逃离》，于是又做了一次电话加邮件的采访外，还有两次机缘巧合遇见他，想来实属幸事。

那是在傅惟慈先生生前居住的四根柏小院，我们几个人正聊着，李老披着浓浓的暮色进来了。我记得他一进院门就和傅老互相打趣，至于说的什么，我不记得了。但我当时就好奇，都说同行相忌，他俩却相处如此融洽。后来见他们有一搭没一搭说着，逗得我们很是开心，才想，真是俩老顽童，性情相投不说，还都活得极为明白。我又想起，2009年采访李老，临近结束，他三十开外的独生子突然开门进来了，看他穿衣打扮、言谈举止，与他和同为翻译家

的夫人张佩芬大异其趣，想来他们是任由孩子自由生长的吧。李老说，他儿子是软件工程师，没有继承他的“衣钵”，他却从不觉得遗憾。他自己本就凡事持守自然之道，生活也少有波折，自大学毕业后进《世界文学》杂志社做编辑，就再也没离开过。他们一家人那时还住在单位分配的房子里。“自己交一点房租，就这样对付着住了好些年。”直到我采访他的那年早些时候，他们才出钱把这所房子买了下来。

第三次见到李老，是在一次外国文学会上。我提前到了会场，恰好坐在他身后。让我颇感惊讶的是，过了好多年，他居然还认得我，并且不像一些名家，为身份尊卑计，即便认得也有意保持距离。他说，咦，你不是那个——，傅小平吗？我经常看你文章的。然后又夸我写得好。我知道，李老对自己的文字要求甚是苛刻，对他人却格外宽容。那次会上，青年作家阿乙也来了，那年他正当红，会议开始前，时不时有人找他签名，索取联系方式。相比而言，李老这边可谓“门庭冷落”。等到阿乙发言，他却先是向李老致敬，他大约说的是，他把李老译的《押沙龙，押沙龙》看了很多遍，把书翻烂了，而且在空白处都写满了文字。

事实上，有太多作家像阿乙那样，受了李老译福克纳作品的影响。李老坦言，向中国读者翻译、介绍福克纳，让他有不枉此生之感。在西方现代文学中，福克纳以艰深著称，而李老却以令人钦佩的勇气和毅力啃下了这块“硬骨头”，翻译了其中最为艰深的作品：《喧哗与骚动》《押沙龙，押沙龙！》《我弥留之际》《去吧，摩西》，并不辞辛劳编写了福克纳评传和画传，编译了《福克纳评论集》《福克纳随笔全编》。李老不无风趣地说：我是老黄牛拉耕犁，算对得起他老人家。

此话信然。李老从1980年2月开译《喧哗与骚动》，一直到1982年6月才将全书译出。“大概总有两年，这本书日日夜夜纠缠着我，像一个梦——有时是美梦，有时却又是噩梦。”被普遍认为最难译的《押沙龙，押沙龙！》，对他则是一个更大的“噩梦”。他说，法国福克纳专家莫里斯库·安德鲁译过多部福克纳作品，独独没译这一部，就因为它太难翻译。后来，李老拣起此书，花了整整三年，终于在68岁时翻译完这部作品，却也因此累垮，心肌梗死发作住进医院。

当然翻译福克纳，于李老而言，苦并快乐着，间或也发生点趣闻轶事。譬如，翻译《喧哗与骚动》时，他曾写信请教钱锺书先生。“他回复说：‘福克纳的东西很烦闷，但存在必有它的理由，翻译恐怕吃力不讨好，你的勇气和耐心值得上帝保佑。’”尽管钱锺书语带机锋，看似对福克纳有不敬之嫌，对当时的他来说，却仍不失为一种激励。最让李老感慨的是，2007年春节前夕，已经有些时间没见面的杨绛先生，忽然打电话给他，说有重要事情商量。去她家后，杨绛郑重指出他的随笔集《天凉好个秋》序言里有一处纰漏：他的生日农历和阳历不合。杨绛在仔细推算后，说：“你跟钱锺书原来是同一天生日。”

翻译福克纳的艰辛，也让李老对翻译有了更深切的体悟。在他看来，虽有两种文化阻隔，当译文以崇尚简洁、清晰的汉语形态出现时，也得尽力原汁原味地保持文本的美学价值。“一个真正的译者必须要有‘手段’，把散见各处、或埋伏较深的‘脉络’、‘微血管’乃至各种‘神经’一一理清，把握好它们的来龙去脉，如此才能还原出一幅完美的原图。”也因为李老自觉做到了，他对自己的译文颇感自信。他曾花两个月时间翻译大诗人 T.S.艾略特的诗剧《大教堂凶杀案》。他信心满满地表示，别看这是一出诗剧，他做的可是件“史无前例”的工作。“这部重要诗剧，在我之前还没有人译过。尤其是其中‘神父的布道’一节，即使有人翻译，能做到准确把握的人也是少有的。”

反观1979年前后，国内知道福克纳名字的人可谓“寥若晨星”，更谈不上有人从事这方面的译介工作。李老翻译福克纳也可以说是史无前例的。不止于此，他还“史无前例”地和施咸荣等四人合译了凯鲁亚克的《在路上》，在“文革”期间作为内部书出版；他是卡夫卡《变形记》最早的中文译者。他还翻译过海明威。“‘文革’结束后不久，译文社找我翻译《丧钟为谁而鸣》，译了几万字后才知道已经有人翻译，且被某领导推荐给了出版社，自己的译稿只好就此‘搁浅’。”然而正因为此，李老阴差阳错“遇见”了福克纳。李老以“我不入地狱，谁入地狱?”来形容当初选择翻译福克纳的“壮举”，因为他深知他面临的将是一项极其艰难的工作。“这么说吧，我孤军作战，打的就是一场‘一个人的战争’。”李老翻译福克纳，可不就是和他“搏斗”嘛。幸运的是，他成功了!

从福克纳之战中凯旋后，李老并没有志得意满，坐在功劳簿上，他依然笔耕不辍，只是选择了翻译一些偏轻松的作品，如塞林格的《九故事》、儿童小说《小公主》《小爵爷》等，译得最过瘾的是和已故翻译家蔡慧合译的《爱玛》，还学会了用电脑写文章。李老引用一位美国诗人的诗句“行人寥落的小径”说，在一个分叉的路口，选择一条路走下去，不管是否还有更便捷的路，他都选择坚守在翻译第一线，最终抵达一生极力追求的人生境界。

文学翻译有着太多的艰辛和奥秘

叶廷芳

穿过稍显逼仄的过道，清晨迷蒙的曙色把叶廷芳推到眼前。整理衣装，调制好早上喝的咖啡，这位德语文学翻译家把日常生活的每个步骤都做得一丝不苟。跟你分享了书房中从世界各地带回的各式“珍藏”后，在沙发上坐定，他侧着身子，保持着倾听的姿势。言语之间，你不禁被他儒雅中和的气质深深感染。他的眼神始终淡定，旧式金丝边眼镜后面，一脸坦然的微笑。左臂那只空空的袖管兀自垂立着，见证了他从一个乡间残疾少年，成长为在国际上享有盛誉的德语文学翻译家的艰辛历程。

叶廷芳说：“‘命运’这个字眼，别人会经常用，但你可以不信。”正是对命运的“不信”，让他经年累月在多个领域孜孜以求，有了令人瞩目的成就。他是国内卡夫卡、迪伦马特等西方现代派作家的最早译介者，被冠以卡夫卡研究专家、中国歌德学会会长等一连串头衔；他在音乐、美术、建筑等领域也颇有造诣，作为两届全国政协委员，他时时关注重修圆明园、住宅建筑的人性化、计划生育等诸层面问题，他的论述针砭时弊，每每具有振聋发聩之功效，在社会各界产生积极影响。

和叶廷芳交流，时有酣畅淋漓之感。因为他的直率、本真，即使在敏感问题上，也乐意跟人分享意见，却从不掩饰自己鲜明的立场。谈到对自己颇有影响的冯至、朱光潜、何其芳、田德望等前辈，他满怀感激。特别是对导师冯至，他感念在心。正是因为冯至的申诉及钱锺书等学者的干预，叶廷芳才突破重重障碍，终于在1980年获得了赴德国深造的机会。但这并不妨碍他对冯至的客观评价：老先生在一些时候过于唯唯诺诺，明哲保身，缺少一个知识分子所应有的独立精神。由此说到知识分子到底该在社会上扮演什么样的角色，叶廷芳对此难掩失望之情：“当下很多所谓的知识分子，绝大多数还没有建立起自己的独立人格，缺乏说真话的胆量。他们私下里牢骚满腹，却少有在公共场合发出自己的声音。他们太聪明，太世故了！”

作为一个外国文学翻译家，他同样关注国内作家的创作动态。谈到诺贝尔情结，他一言以蔽之：诺贝尔文学奖强调的是对当代文学的推动和新的创造，如果在美学上没什么突破，我们的作家就很难想获奖。他感慨道：“当代作家普遍想象力、原创力不够，特殊体验比较浅，哲学功底差，缺少自己独创的艺术思想。”谈及翻译问题，他把主要原因归结为盛行于出版界的浮躁之风，“我认为消除翻译的弊害，首先出版社必须提高责任意识和职业道德水平。”

叶廷芳并不讳言自己的“残疾”：小时候一次意外的摔跤受伤，因为没有得到及时的治疗，使他永远失去了左臂。但他并不抱怨，“真不知是命运的有意亏待，还是无意成全”。他说，“假如没有失去这一只手臂，现在我可能是个农民，很可能是一名基层干部……不会是现在的我。”

正是这种特殊的人生经历，让他与卡夫卡这位命运多舛的作家不期而遇后，产生深深的共鸣。叶廷芳回忆说：1964年，他被时任中国科学院外文所所长的冯至，从北大调来专门从事德语文学研究。“当时，分配给我的任务是编辑现代文艺理论译丛。在那些西方报刊上，我经常看见‘卡夫卡’的名字及相关评论，却没有看到过卡夫卡的作品。”此后，政治运动随之而来，外国文学也成了没人敢摸的禁区。1970年，他和外文所的其他教授、研究员一起，被下放到河南息县的社科院“五·七”干校，接受劳动改造。两年后，从干校回来，何其芳一心想翻译海涅的诗，需要学德文，就找了德语专业毕业的叶廷芳做“老师”。他们经常在一起聊天，也经常去淘旧书店。“中国外文书店，在通州区有一个仓库，那里积压着大量的书，‘文革’时没人买，大约有200多万册”，这堆书里，就有一本正被廉价清理的前民主德国出版的《卡夫卡选集》。

其时，尽管卡夫卡在“二战”后的西方文坛早已是闻名遐迩，但在国内知道他的人却很少。叶廷芳回忆说：书买回去的当晚，他就读了一个通宵，心灵受到了极大的震撼，“当即，我就萌发了从德文翻译卡夫卡作品的念头，但当时的政治环境，使我无奈地搁置译书的计划”。

一直到“文革”结束，他才有机会实现自己的夙愿。他一边翻译卡夫卡作品，一边鼓起勇气写文章为卡夫卡“翻案”，只是依然心有余悸，以至当他在《世界文学》发表国内第一篇介绍卡夫卡的文章时，仍不得不用“丁方”的化名。然而，就是凭着翻译、研究卡夫卡的韧劲，数十年来，他克服了资料匮乏等种种困难，先后写出了《西方现代艺术的探险者》等专著，翻译了《卡夫卡文学书简》等，此后，又推出了由他主编和主译的十卷本《卡夫卡全集》，叶廷芳一步步把卡夫卡推向中国公众的视野，而他本人，也成长为国内卡夫卡研究的权威学者。同样是在“文革”期间，叶廷芳在一家旧书店买到一本作为反面教材出版的“黄皮书”《老妇还乡》，看后深受触动。等到1978年，译介卡夫卡的同时，他决心从原文即德文本翻译迪伦马特。他也成了国内翻译迪伦马特作品的第一人，也是唯一访问过迪伦马特的中国人。他选编并承担主要翻译的《迪伦马特喜剧选》，在戏剧界反响很大，不仅译文全部变成了戏剧脚本，而且经他的大力推荐，迪伦马特至少有7部剧作被搬上中国舞台，成为在中国上演率最高的外国剧作家之一。

几年后，他才发现自己首次引进的卡夫卡与迪伦马特的作品之间，有着一种内在的关联。“他们有共同的创作特征，就是‘悖谬’。”这也正好是迪伦马特美学的核心概念。如今在文化领域广为流传的这个词，当时他却费了很大一番心思。“为确定这个词德语原文的译名，我进行了深入的研究和推敲，还为此与哲学及美学界的朋友反复琢磨，最后才确定了下来。”这也恰恰从一个侧面反映了他的翻译观。在他看来，文学翻译有着太多的艰辛和奥秘，但首要坚持的原则，就是要结合自己的研究，力求做到形神兼备。

在翻译里，追寻逝去的时光

周克希

如果没有1980年去法国巴黎高师进修的经历，周克希会否在十二年后毅然从华东师范大学数学系辞职，转而到上海译文出版社当一名普通编辑，并由此开始专心致志于文学翻译？这即使在他自己都是很难回答的问题。

可以确定的是，这次经历促成了他与普鲁斯特的结缘，激发了他对文学翻译的热情，并让他意识到，人生道路何其宽广，从数学到文学的跨越，其实也就那么关键的一步。当然那时，他未必想到自己日后犹豫再三决心做好的这件事，也就是翻译普鲁斯特，最终成就了他的光荣与梦想；而迟迟没能完成，甚至预想自己有生之年很可能完不成翻译，也成了他心里难以释然的遗憾。

事实上，无论是发表公开演讲，还是接受媒体采访，周克希都会被问到有关普鲁斯特的话题。而追溯普鲁斯特，他必得从头开始谈到结缘的过程。“在法国期间，一次，我与一位学文学的法国朋友闲聊时，说起各自心目中最好的文学作品。我说了曹雪芹的《红楼梦》，对方则不假思索地提到了普鲁斯特的这部名作。”他当时就慕名买下了《追寻逝去的时光》的原版书读，只觉得普鲁斯特的长句看似“臃肿冗长”，实则有着微妙而细腻的美感。

几年后，周克希参加一个关于普鲁斯特的座谈会，主持人向从法国而来的研究专家介绍他时，说“这是位数学家”。那位普鲁斯特研究专家沉吟片刻，然后说：“普鲁斯特有数学家的气质”。在周克希看来，这也在某种意义上证明他选择翻译普鲁斯特，冥冥之中似有注定，“这句话在我后来的翻译过程中，时常在脑中浮起，普鲁斯特确实让我感受到了这一特点”。

正式接触翻译普鲁斯特是在1988年。周克希应译林出版社之约，参与翻译《追忆似水年华》（合译版译名）第五卷《女囚》。这套由15位译者翻译的巨著于1991年出齐后即在我国引起轰动，并于当年获首届外国文学奖优秀作品一等奖。但译者之一的南京大学教授许钧后来撰文说：“应当承认，15位译者的译文与原文相比，都有不少‘失’，对比各位译者的译文，不难发现他们在遣词造句、形象再现和段落处理上有着某些差异，在一定程度上影响了全书译文风格的和谐统一。”

这也恰恰暗合了周克希的见解。他以为，普鲁斯特的作品是不宜合译的，不妨有不同的译本，但每个译本最好是同一个人译的，这才是理想的状态。出于这样的想法，自2003年开始，他决定独立重新翻译。历时一年半，他完成了第一卷。斟酌再三，决定把书名改为《追寻逝去的时光》。“这个书名虽不像《追忆似水年华》那么漂亮，却更贴近法文书名。其实，普鲁斯特在世的时候，这部名作出了英译本，取的书名也很漂亮。但普鲁斯特看到后，立刻给伽利玛出版社写信，很决绝地表示这样翻译‘把整个书名全毁了’。我愿意尊重普鲁斯特，不想再毁他一次。”

周克希当时立下的宏愿，是用九年时间译完全书。而今已满九年，他实际上只完成了第一、二卷，还有即将作为17册《周克希译文集》之一，且是首次推出的第五卷《女囚》。“翻译《追寻逝去的时光》，是值得我用后半生去投入的事。现在回过头去看，用九年时间完成的说法是真诚的，但余地留得太少，对普鲁斯特译事的艰难估计不足，对自己体力、精力的实际状况也估计不足。为此，我对读者是感到有歉意的。”周克希说。

译文集出版的意义不言自明。在周克希看来，这次出版某种意义上是一个句号。“当然，并不是说句号之后没有内容，而是我希望把这个句号画得尽可能圆一些。”或许更重要的是，译文集让周克希的翻译生涯得以完整呈现。而对于读者而言，除了《追寻逝去的时光》《小王子》《基督山伯爵》等少数几部译著外，对周克希其他方面的翻译未必有太多了解。

其实，在那次巴黎高师进修黎曼几何期间，翻译家柳鸣九的研究生金德全就约他翻译了波伏娃的中篇小说《成熟的年龄》。“尽管这是我第一次接触翻译，但我一看到原文，就觉得自己能捉摸得住作者说话的腔调。”翻译过程出乎意料的顺利。用周克希自己的说法，部分原因在于波伏娃的写作风格很平实。实际上，周克希之所以那么容易上手，还在于他少时打下的文学基础，“回想起来，我对文学翻译的热爱，根子是在少时就埋下的。中学时代爱看杂书，爱看电影。至今珍藏的初版《傲慢与偏见》译本，见证了我少年时代对这本书的痴迷。王科一的译本，宛如田野上吹过的一阵清新的风，我觉得译本中俏皮、机智的语言妙不可言，对这位不相识的译者心向往之”。

日后，周克希并没有机会认识王科一。但王科一等前辈翻译家，毫无疑问给他留下了最宝贵的经验，那就是找到自己的感觉。在周克希看来，原著的精神是需要译者用心体会出来的，这种“体会”，其实就是一种“感觉”，译者只有感觉这种“译感”到了，才有可能把一本书译好。“很多译者都会说到对原文的领悟，但领悟的前提是感觉。你想，一位译者自己没能感觉到的东西，他真能让读者感觉到？这就好比一个作家，他自己不感动，怎么能让读者感动呢？”

为了找到这种仿佛天启，只可意会无可言传的感觉，周克希往往要下很大的功夫，这些功夫其实并没有那么诗意，甚至是很寂寞而清苦的。其实，也就是多存疑、多查工具书，包括用心去感受文字背后的东西，甚至反反复复猜度作者的心思，也包括去了解作者的时代、作品的背景，去熟悉相关的美学、哲学观念，去看作者提到的画、听他提到的音乐。“比如，普鲁斯特在书中，谈到圣桑的钢琴与小提琴奏鸣曲，我就费尽周折找来CD仔细听，为的就是亲身体验他笔下通过乐曲感受到的‘仿佛爱人走了进来’的美妙感觉。”

在周克希看来，只有找到了这种感觉，也就是真正吃透了原文，翻译才能有文采，才能在较大程度上传达出原作的风格。正是对感觉的依循，周克希才有足够的底气翻译与自己气质并不契合，甚至可能是有冲突的作品。其实，作为译文集第一辑推出的四部译作，风格就个个不同。“《不朽者》是都德的一部讽刺悲喜剧，是一个有良心的知识分子忿忿然之后的冷静虚构；《古老的法兰西》则充斥着泥土、阳光、汗水和乡情，文字洗练质朴，然而有大的悲悯和哀伤；而《侠盗亚森罗平》则毋宁说是一曲轻松有趣的戏谑曲，至于家喻户晓的《包法利夫人》，福楼拜的行文风格和前三本的迥异自不消多说了。”尽管如此，周克希都能应付自如。在他看来，能有机会游走于不同风格的作品之间，很有趣。“这有点像当性格演员。”

当然，这只是周克希的戏仿式说法，两者之间又何尝没有相似之处？演员的最高境界，莫过于让观众感觉他完全融入了角色，而不是在表演。这就像高明的译者让读者看他的译文，恰如周克希所服膺的傅雷先生的说法，仿佛是看“原作者的中文写作”。在周克希的理解里，译者就应该像一块玻璃，透明不染杂质。“当然这很难做到，但那些无比美妙的东西，往往有层坚壳裹着似的。要使劲打开壳，我们才会惊喜地发现里面的闪光。”

只有永恒的著作，没有不朽的译文

蓝英年

1989年秋，蓝英年应邀到苏联讲学。其时，苏联正经历大解体的时代。他接触到许多与传统文学史截然不同的东西，便开始反思苏联文学。“当时，我的兴趣全在政治上，订了七八份报纸，每天都看，了解很多情况，经常给我的学生和教研室的同事讲。我还有一个叫谢尔盖的好友，每一两个月就寄来大批俄语书报，让我及时掌握最新的一手资料。”

那时，蓝英年只是想多了解一些历史真相。“此后不久，我看到很多报纸先后发起对肖洛霍夫的抨击，说他是斯大林的帮凶，说他对农业集体化大唱赞歌。这引起了我强烈的兴趣。完成教学任务后，中午喝瓶啤酒吃点面包，我就直奔图书馆。先在馆里看，然后把有用的书刊借回去，一些有价值的材料就复印下来。”就这样，高尔基因何出国回国，法捷耶夫为何举枪自杀，马雅可夫斯基缘何自动离开人世……这一个个长期令他感到困惑的问题，都有了愈来愈清晰的答案。

讲学结束，蓝英年带着一箱材料回国，并没想整理发表。有一天，他和董乐山、舒展两位先生闲谈，偶然谈到了对苏联文学的新看法。两位先生强烈要求他写出来，并向《读书》《随笔》杂志推荐。因了这一缘由，他在《读书》杂志开设“寻墓者说”专栏，以寻访苏联作家之墓的象征意蕴，撰写了一系列揭示苏联作家惊心动魄的身世和遭遇的文章。让他始料未及的是，这些文章会引起如此强烈的影响，并造成了俄罗斯文学研究的“蓝英年现象”。此后，很多报纸杂志纷纷向他约稿，最多的时候，他曾同时执笔四个专栏。蓝英年谦称，他只是写了一些“读书笔记”和“读书杂感”，是广大读者的厚爱让他一不小心出了名。

事实上，此前蓝英年已因为翻译俄罗斯文学，在业界内外享有盛誉。这一系列随笔文章，一度淡化了他作为文学翻译家的身份。但蓝英年深知，他能推开苏联文学沉重而又真实的大门，很大程度上得益于翻译。“毋庸讳言，这方面，我是有先天优势的。大学期间我主修的是俄语专业，我搞过俄语文学翻译，能直接阅读俄语书刊报刊，不存在语言沟通障碍，去俄罗斯踏访也不用担心迷路。”

尽管在高中时期，蓝英年就迷恋上了俄罗斯文学。但直到读了屠格涅夫等著的《回忆果戈理》，尤其是其中孟十还翻译的《果戈理是怎样写作的》，甚至暗想有一天翻译果戈理的作品，才是他对翻译真正感兴趣的开始。“某种意义上，这也影响了我1951年报考人民大学俄文系。但我没有翻译果戈理的作品，除没有机会外，也自觉没有翻译这个功力。1977年，在福州举行的鲁迅译文序跋注释讨论会上，遇到老翻译家戈宝权，和他谈到这本书。他正好有原文版，回到北京就带来给我。在他的认可和鼓励下，我翻译了《果戈理是怎样写作的》，这算是了了我一个心愿。”

然而，他最初接触翻译却是在“文革”后期。受一家出版社领导指派，他和另一个译者王燎合译了苏联作家尤里·特里丰诺夫的小说《滨河街公寓》，作为内部政治资料在1978年发表。“这部小说直到1983年才公开发行，当时据说是姚文元指定翻译的。小说写到了苏联社会的阴暗面，1976年在苏联发表后曾轰动一时。”

翻译《日瓦戈医生》的经历，同样深深烙上了那个时代的印记。1958年秋，蓝英年在青岛李村劳动锻炼，在山坡上看到《人民日报》上刊登西蒙诺夫等人批判帕斯捷尔纳克的这部“反动小说”的长文。他惊讶于自己学过苏联文学史，居然没听说过这个名字。他就动了好奇心，写信请侨居法国的叔叔寄来这本书。“那年冬天，我回北京休假，看到叔叔寄来的一捆书，打开一看，竟有一本原文版的《日瓦戈医生》。“文革”期间我把这本书同列宁和斯大林的书摆在一起，放在最显眼的地方，居然骗过红卫兵，保存了下来。”

1983年春的一天，他路过人民文学出版社，上去喝茶聊天，没想就聊到了这本书。“编辑冯南江说，《日瓦戈医生》根本没有原文本，西方的译本都是从意大利文转译的。我说我见过，他不信。我说不仅见过，还有原著。在场的编辑都惊奇地望着我。第二天，我把原文本带去了出版社，他们看到惊呆了。翻译家蒋路先生当场拍板：‘翻译！你来译！’我没有思想准备，且知道这本书难译，提出找个合作者，蒋路同意了。很不巧，碰到当时批判精神污染，翻译工作停顿了下来。直到一天，出版社副总编辑带着三名编辑到家里找我，在挂历上打了个钩，限定这天交稿，我们才像上了发条似的干起来。四年后，这本书终于出版。”

此后，蓝英年更多转向了随笔创作。1989年至1999年十年间他没有译过书。当然，这并不是说他对翻译丧失了热情。近些年，他自己单独翻译或与人合译了《塞纳河畔》《邪恶势力》等书。而最重要的收获，则数引起较大反响的《捍卫记忆》。“我是在1989年苏联执教期间，才第一次听到作者利季娅·丘科夫斯卡娅的名字。后来读到了利季娅的《被作协开除记》和《索菲娅·彼得罗夫娜》，极为震撼。”2008年，利季娅的女儿，通过帕斯捷尔纳克的儿子，联系上蓝英年，并确信他定知道作品的价值，将其翻译好。其实，蓝英年早已期待将她的作品译入中国。“恰巧碰到有出版社想要出版利季娅作品，我就把它译了出来。”

而蓝英年之所以坚持翻译利季娅，很大程度上，也因为这个女作家身上有着传统俄国知识分子的气质，始终听从良知的声音，敢于质疑敢于反思。“她继承的正是俄国自果戈理以来的那种批判现实主义文学传统。她对真相与真理，有一种偏执的热情。作为反思体制的先行者，她比索尔仁尼琴都要早。”

这也是蓝英年自己坚守的品格。他是民国初年有名的中国三少年之一蓝公武的儿子，却一向回避谈先父。“我之所以避免谈他，是因为我厌恶‘官本位’，不愿人知道我是‘官’的儿子。其次，先父又是知名知识分子，别人会想当然以为我家学渊源深厚。”言及至此，他特别强调自己小时候与父亲很少生活在一起，更别说受什么影响。“我的童年是在沦陷的北京度过的，先父担心我受到奴化教育，不许我上学，家里也没人教我文化，直到到晋察冀边区才上了小学。”他之所以这么说，其实也并非不热爱自己的父亲，而只是想告诉读者事实真相。

对于翻译，他同样秉承实事求是的态度。尽管他敬重傅雷的翻译，在很多场合都强调当下之所以出不了翻译家，一个重要原因就在于缺少傅雷那样对待翻译的极端认真负责的态度。但他并没有因此讳言傅雷译文的不足。“傅雷译巴尔扎克，经历了一个摸索的过程。他早先译的《贝姨》《邦斯舅舅》等语言非常流畅，但体现出来的还是他自己的行文风格。直到后来的《搅水女人》《都尔的本堂神甫》等，才真正传达出了巴尔扎克原作的风格。”

蓝英年一向不主张重译名著，觉得已有珠玉在前，重译没什么意思。但他透露自己正在重译《日瓦戈医生》。因为，自觉这本书由于当时主客观的原因，没译好，对不起读者和作者。事实上，就在今年，这部名著出了全新译本。在接受采访时，蓝英年还没有读到。但可以想见，这是令他感到快慰的事。因为在他看来，世界上只有永恒的著作，没有不朽的译文。“旧的译文终将被新的译文所淘汰，我的译文也将被淘汰，我将衷心欢迎。”

只要汉语不变，译诗自然流传

江枫

翻译家江枫说，他最能容忍的“缺点”是无伤大雅的虚荣。某种意义上，这可看成是他的夫子自道。在他身上，的确很难见出中国式的谦虚。

尽管熟悉他的人都知道，他是目前为止我国仅有的两次荣获终身成就奖的翻译家。但每每见到虚心求教的同道，或前去采访的记者，他都会连连谈及这“一生的荣耀”，“中国还没有过，即使在世界上也非常少见。”同样，尽管很多人都认同，他译的雪莱是迄今最好的版本，“新月派”代表诗人、翻译家卞之琳生前就给予“江枫译诗为五四以来所未有”的高度评价，他还是要非常客观地告诉你，他的译本是世界上最好的雪莱诗汉译本。“对照原文、比较译文，你就会明白这句话千真万确。”他还不忘强调，他的译作不管是现在还是以后都很难超越。

这很容易给人留下自负的印象。但他显然有自己诗性的逻辑。比如，他之所以觉得有必要突出自己的成就，是因为1995年获“彩虹翻译终身成就奖”时，作为唯一的获奖者，他已然算是在翻译界开了先河。16年后再获“翻译文化终身成就奖”，看起来就不免有些重复，但唯有这重复，才能说明他第一次获奖实至名归、“绝非偶然”。更重要的是，这次重复让他名正言顺地成了翻译理论家。“我的理论就是‘形似而后神似’，而且我用我的实践证明。”

而他“力推”自己的译本，也并非他真以为译本就那么完美无缺。实际上，他永远把自己的翻译看成是半成品，“如果要打分的话，也就六十三四分”。他认为译本没法超越，是因为雪莱再版的机会多，每一次他都有机会修改。“然而到了现在，即使再出新版，也着实是没一字可改了。”更重要的还在于，在他看来，现在自己的同辈人越来越少了，而后辈人的文学功底很难超越上一代人。以此看他有足够的理由感到自豪。“能够以一己的劳动使得他人的重复劳动成为不再必要，难道不值得自豪？”

事实上，正是自觉没有“重复的必要”，让他最终没有走上写诗的道路，而是用“这一生”来译诗。“文革”结束后，江枫也发表了一些诗歌，有些还上了报纸期刊的头条。“我在诗歌界的熟人也很多，艾青、臧克家都跟我关系很好。后来顾城、舒婷这批诗人起来了，我觉得他们写得比我好。”如此，在一向认为“写诗就应该写有影响的诗”的江枫看来，如果这个世界并不因为他写而多了一行，也不因为他不写而少了一行。那他为什么要写？还不如趁着有口气，留下些能够流传得久远些的东西。于是，他的“业余劳动”便流向了稿约多起来的译诗。

纵然只是译诗而不写诗，江枫显见地秉承了浓郁的诗人气质，这让他的翻译生涯徒然生出了许多“波折”。1956年秋，他从军队回到北京，就读于北大中文系。他将多年来利用闲暇时光零零碎碎译成汉语的雪莱诗歌整理成册，送到人民文学出版社，试图出版。当时编辑提出意见，认为译作仍需改进。他因此对译稿作了进一步修改和补充。当他再一次来到人民文学出版社时，接待他的是他清华的同班同学张奇，也是一位诗歌翻译家。“他告诉我，郭沫若对翻译雪莱诗歌很感兴趣，但是公务繁忙，时间有限，问我愿不愿意和他合作？由我译第一遍。”

时隔多年，江枫依然觉得，对于当时作为文学青年的他来说，这显然是一个很有诱惑力的建议，甚至可能会成为通往成功的一条捷径，但是他谢绝了。因为照他自己的理解，译诗，也像写诗，最大的愉快莫过于看到自己的作品按照自己的构思和趣味最终完成。“译出来的诗和写出来的诗一样，都是自己的亲生儿女，由自己来梳妆打扮是一个父亲不可替代的乐趣，我非常珍惜那点乐趣。”于是，又一次试图出版《雪莱诗选》的努力在他自己的固执下化为云烟。

只有他自己真正体会到，这次失败意味着什么。毕竟这是他多年以来一直想实现的愿望。因为这些译诗不仅包含了他的希望与梦想，还真实记录了他与雪莱这位伟大诗人的深厚渊源。“在林语堂编的中学语文教科书里，读到了雪莱的一首《爱的哲学》，这是我接触雪莱的开始。后来我在地摊上买到一本《雪莱诗选》，可能是抗战期间从美国士兵中流落出来的口袋书，选集里有各种各样的诗，我便自己试着翻译。”在他和另一个同学合办的文艺报刊《晨星》上，他发表了最早的几首雪莱诗译作。后来，江枫从清华大学外文系参军南下，军旅生活中他的行军背包里总带着一本牛津大学版的《雪莱诗作全集》。“闲暇时光，我会拿出来阅读，也断断续续做一些翻译。我盼着有一天能把它们整理出版。”

他没想到的是，他这一盼就盼了20多年。事实上，他曾带着增厚了的译稿，再一次找到人民文学出版社。其时，老同学张奇已在“文革”中去世，接待他的也是他的清华学长、又一位翻译家黄雨石。“这时，查良铮的译本《雪莱抒情诗选》已经出版，他虽同意再出一个‘江译本’，但由于当时纸张供应紧张，短期内出版有困难，他就建议我投给上海译文出版社。就在这时，我的另一个同班同学杨德豫代表湖南人民出版社来到北京组稿，恰巧看到这份译稿，觉得很有意思，便带回了湖南。”

第二年，诗集终于出版。首印5000册，刚一上市便告售罄，当年再版之后又连年再版。到1992年雪莱诞辰200周年纪念时，《雪莱诗选》以《雪莱抒情诗选》的名义继续出版，前后已印12次，发行近50万册。而后便有了各种各样分量不同、版本不同的“江译”雪莱诗选，甚至还出过一个盗印本。让江枫至今津津乐道的是，诗选出版后不久，当初不同意再出一个雪莱译本的时任人民文学出版社副总编、翻译家孙绳武，见到了这个译本也很欣赏，并且问他的湖南同行：“这本书你们是怎样组到手的？”

翻译雪莱让江枫声名鹊起，稿约也随之多了起来。紧接着就有《世界文学》的杨熙龄约他翻译诗歌。“他让我挑两个，我就挑了狄金森和弗罗斯特。有意思的是，我把这位美国女诗人译成了‘狄金森’，他硬是给改成了狄更斯。”1981年，他在《诗刊》杂志发表了5首狄金森的译诗。“这是中国大陆狄金森最早的汉译，三年后，我出版了《狄金森诗选》，这也是中国第一本狄金森诗歌汉译选本，此后不断再版。到目前为止，我的狄金森译本已经出过8个版本。”在江枫看来，没有一个外国女诗人的影响能和狄金森相提并论。而正是他的翻译，让狄金森成了中国大中学生无人不知的外国诗人。

是否江枫夸大了狄金森的影响，这是可以讨论的事，他独到的眼界却不能不让人折服。多年的译诗，也让他对诗歌的品质形成了坚定的认识。20世纪80年代初，“朦胧诗”甫一出现，就遭到诗歌界的激烈反对。老诗人屠岸回忆说，当时有一位程代熙先生，发表文章攻击“朦胧诗”。江枫立即撰文反驳，并指出程代熙把 T.S.艾略特的诗歌理论都搞错了。“这在当时需要很大的胆识和勇气。事实上，他的仗义执言，为他赢来了一片喝彩声。有人说他有大侠之风。”

此言不虚。许多年前，正是凭着这股侠气和激情，原名为吴云森的江枫在清华大学读了毛泽东的《在延安文艺座谈会上的讲话》后，毅然投笔从戎加入解放军，参加了解放华中南的战役。为了不牵连家庭，也因为喜欢张继的《枫桥夜泊》，更因为火红的枫叶象征着如火的革命激情，他更名为江枫，从此一用60余年。

如今他激情依然。他质疑严复的“信达雅”说没考虑到文学翻译的独特性，尤其是将三者对等并列有欠妥当；他没法认同傅雷“翻译就像临摹，但求神似不求形似”的说法，认为这话只说对了一半；他更是信心满满驳斥种种被译界权威奉为圭臬的翻译理念。而他不怕别人找毛病，即使难得被批评，他也能处之泰然，因为“能听到人家批评是一种幸福”。或许正因为此，他才有足够的底气说，只要现代汉语不发生重大变化，他的译诗就可以一直流传下去。

给孩子看的书，还是让美好多一些吧

任溶溶

2022年9月22日凌晨，儿童文学翻译家、作家任溶溶在上海逝世，享年100岁。前一年4月，他曾供职多年的上海译文出版社隆重推出国内首部收录其翻译的近四十位知名作家的八十余部作品的二十卷译著结集。为庆祝图书出版，更是为庆祝他的百年寿辰，当年1月12日，译文社在世纪出版园举行了“《任溶溶译文集》出版座谈会”。作为主角的任老却因“年事已高”，遗憾没能出席。但即便年事不高，他也多半不会出席座谈会。多年前，他就坦言，自己“见到这种场面就紧张”，怕惊扰朋友来当着面称赞自己，更怕“热闹后的寂寞”。

事实上，在由文质兼美的翻译和创作营造的儿童文学世界里，任老不会寂寞。而以他的成就，他完全可以坦然接受来自四面八方的致敬。他的老朋友、儿童文学理论家束沛德称赞他是“我国文坛一位德高望重，学贯中西的儿童文学大家、他不仅是童书翻译的巨匠，也是童诗、童话创作的能手、高手。”他还道，皇皇近千万言的《任溶溶译文集》，是我国当代儿童文学的瑰宝，也是文化领域难以估量的精神财富，并非溢美之词。上海作协副主席、作家、诗人赵丽宏说：“任老一直坚持儿童本位，如同他自己所说——我总想让他们看得开心。他翻译儿童文学口语化、通俗易懂，又带着特别的优美。他翻译儿童诗，声韵、节奏符合儿童需求，又不失诗的韵味。他纯粹、坚持，一辈子为孩子们写作、翻译；他专注、追求自己的风格，那就是用化繁为简的方式让文字抵达读者”，亦可谓中肯的评价。无论作家殷健灵说的“百岁任老犹如一部浩瀚大书”，还是作家陆梅说的“任老就像移动的图书馆和灯塔”，也都是她们经过阅读体认后发出的由衷之叹。

任老能得如许敬意，在很大程度上源于他如上海译文出版社社长韩卫东所说，一辈子用心做好一件事，并做到了极致。但有意思的是，他并不是一开始就从事儿童文学翻译和写作。任老祖籍广东鹤山，母亲是广东新会人。父亲在上海开了家纸行，专门卖进口纸。他1923年5月19日出生于上海虹口闵行路，取名任根鎏。4岁时被抱去上私塾，“开学”向孔夫子和老师叩礼后即逃学回家。5岁时从上海回到广州，直到小学毕业，于1938年返回上海。1940年10月，他读初三，到苏北参加新四军。因为出发的那天是10月17日，为了防止家里人找到他，他依照这个日期改了个名字叫“史以奇”，后来担任国家出版局局长的王益说：“姓别改啦，就叫任以奇吧。”他也就得了这个被认为是本名的名字。只是半年后，他就因为生黄疸肝炎被部队劝退回到上海。刚回到上海时，他看了左拉的小说《屠场》很是感动，就把它改编成剧本，在这个讲述工人因为到处碰壁最后变成酒鬼的故事里，他非常得意地用上了父亲常说的一句话：“富贵心头涌，贫穷懒惰眠。”然而很不凑巧的是，“后来一个朋友说他们想拿这个剧本去演出，结果这个朋友家失火把剧本也烧掉了，烧掉之后我跟成人文学就不‘搭界’了”。

1946年，任老翻译了第一篇外国儿童小说，是英文版《国际文学》上刊出的土耳其小说《黏土做成的炸肉片》。他后来“自我批评”，因为缺乏经验，把这题目译得太直，其实可以译作《烂泥做的炸肉排》。但不管怎样，他碰巧翻译了这么一篇作品，也就从此与儿童文学就结下了不解之缘。后来，他的一位大学同学到儿童书局编《儿童故事》，急需翻译找到他，他就乐呵呵地帮着翻了，他到外滩别发洋行去找资料，到外文书店一看，看到迪斯尼出的书，他觉得那画儿简直太美了，就买回来陆续翻译，从此就一头栽进去了。除了向同学的杂志供稿，他还自译、自编、自费出版了10多本儿童读物，如《小鹿斑比》《小熊邦果》《小飞象》《小兔顿拍》《快乐谷》《彼得和狼》等，都译自迪士尼的英文原著。

多年后，任老自我调侃道，当时如果不是接触翻译，他大概就去做了考古。“我曾碰到一个考古学家，很受他感染，日思夜想的就是跑到从没打开过的古墓，看看里面是什么样。”但与儿童文学翻译结缘后，他更是深受感染，想象如果自己创作会是什么样。因为他从那些他翻译的外国优秀儿童文学作品中，看到了作者怎样从丰富的生活中找到好点子，同时慢慢觉得在自己的生活中也有不少好东西可写。于是他用个小本子记下来许多生活中生动的故事，开始了儿童诗、小说的创作。就这样，他创作了《我的哥哥聪明透顶》《爸爸的老师》等一大批儿童诗，1956年，他还创作了至今都使人津津乐道的《“没头脑”和“不高兴”》。

正是这一年，上海翻译家协会会长魏育青出生。在座谈会现场，他感慨道：“虽然我现在头发看起来是开始白了，但是我觉得我也是看着任老的书长大的。我刚来到这个世界上，就有一个人为我写了这么多让我在6年和5年之后可以读的有意思的书，我记得我是一年级就看上海电影制片厂刚刚拍好的同名动画片，昨天晚上我还重温了一遍，到今天看还是很有意思的，可见任老多年的辛勤劳动对我们的童年带来多少的快乐，而且这快乐当中还包含了多少教益。”

这所谓教益，不只在于影响了孩子的阅读，还在于影响了一代儿童文学作家的创作理念。2013年5月16日，上海市文联曾举行“任溶溶文学翻译学术研讨会”，会上，儿童文学作家周锐坦言，自己深受任老影响。他说，任老创作《没头脑和不高兴》的那个年代，儿童文学都习惯僵硬的说教，会编个故事教育“没头脑”的孩子，再编个故事教育老爱说“不高兴”的孩子。“任老却别出心裁，把这两种不搭界的‘毛病’搭起界来，塑造出两个有声有色的孩子形象，为中国儿童文学缺失‘鲜活的人物形象’上了生动一课。”

也是在那次研讨会上，浙江少年儿童出版社副总编辑孙建江盛赞任老给儿童文学界带来了一种久违的幽默品质和游戏精神。在任溶溶之前，张天翼创作了热闹夸张、风靡很久的《大林和小林》等童话。两者同属热闹一派，但张天翼的童话更强调“讽刺”，任溶溶的童话则更注重“幽默”，这恰恰是中国儿童文学长期缺位的品质。而任老能补上这个缺位，也因为他具有国际视野，并且始终褒有儿童天性。他说，成功的儿童文学作品，让孩子看了能微笑，成人看了能回到童年。他还说，自己天生应是儿童文学工作者。为儿童服务、为儿童写作，可以说是他的生活乐趣之所在。也因此，如孙建江所言，他对外国儿童文学中尤为注重的 nonsense 有一种天然的认同感。“nonsense 翻译成中文，即是‘有意味的没意思’。任老说：‘有人认为 nonsense 没意思，那只是那些大人们觉得没意思而已。对儿童来说，nonsense 不只是有意思，它本身就体现了一种游戏精神和幽默品质。’在任老的作品里，nonsense 就是一种非常自然的存在。”

不止于此，体现在日常生活中，任溶溶同样是个风趣幽默、玩兴十足的人物。孙建江曾在不同场合问朋友，如果只选一位，你认为谁是中国最可爱的儿童文学作家。朋友皆笑曰："那还用说，当然是任老啦。"魏育青也举了个例子，大学毕业后，他的一些同班同学被分到上海译文出版社工作，他们经常跟他分享他们听到的或者看到的任老的一些故事。"那时，译文社社址在延安路的一条弄堂里面。他们就说，任老每天会夹着一堆稿子，从嘎吱嘎吱响的楼梯上走下来，走到铜仁路口的咖啡馆去喝咖啡，看稿件。当时我们就想，看稿件不应该是在社里看吗？任老却不是，他有自己的讲究，说来也真是传奇。"

但真正传奇的是，他讲究生活之余，却在儿童文学翻译和创作领域结下累累硕果。这部近千万字的译文集，实际上也还只是他全部译著的50%，就像他儿子任荣康说的，因为原著版权关系，这部译文集目前只收录了原著已进入公版领域的他父亲的主要译作。更主要的是，他把翻译做到家了。任荣康说："工欲善其事，必先利其器。翻译工作的'器'就是语言，家父做到了汉语和外语功夫双全。"

也因此，任老直接从意大利文译出的《木偶奇遇记》迄今仍是流传最广的中文版本，他晚年翻译的《安徒生童话全集》，更是由丹麦首相哈斯穆斯亲自授权，成为唯一的官方中文版本。与此同时，因在儿童文学领域作出的重要贡献，他于2006年荣获首次设立的陈伯吹儿童文学奖杰出贡献奖，并在2009年被授予"资深翻译出版人"纪念牌。他说："我也很惊讶自己翻译了那么多书，不过这是因为我翻译的都是很薄的儿童读物，人家的一本书，我可以变成100本。"

任老式的谦逊袒露无遗，由此也可见他自得其乐的性情。他用女儿的名字取笔名，原是一次翻译童话时的顺手之举，却让他此后

“麻烦”不断：有人登门拜访，家人总得问：您找哪个任溶溶？老的还是小的？还有小读者写信来，经常叫他“任溶溶姐姐”“任溶溶阿姨”，这一切都是因为童心让他忘了“女儿总有一天是要长大的”；他教儿子下棋，儿子学会了，快赢他了，他就让儿子另请高明，好让自己始终保持“不败”；他住在一间已经住了五、六十年的老洋房里，有一次听说这片房子可能要被拆迁，他就跑到发小剪好友、翻译家草婴家大哭一场，而实际上，他常年工作生活的那个房间并不舒适，甚至连窗户也没有。

得益于这种幽默性情，任老始终保持了乐观的心态。让很多人感觉不堪回首的“文革”经历，在他却是一段“幸运”的记忆。当时，他被分配到饲养场养猪，“养猪其实是很舒服的，连队里还要‘天天读’，有时候还要被训话，养猪却只要在猪吃食的时候喂一下。”因为太喜欢长着长鼻子的匹诺曹，他很早就准备了学习意大利语的资料，期待有一天可以翻译《木偶奇遇记》。“没事偷着乐”的任老正是在这期间学会了意大利语，同时还偷偷学会了日语。以至于日后当很多人赞他精通四国语言时，他总得使劲儿“辟谣”说，其实自己比较精通的是英文和俄文，意大利文和日文都是在“文革”十年无聊时学的，不作数。

“文革”结束后，已届中年的任老迎来翻译生涯的高峰。其时，整个出版环境为之一新。译文社成立，他没有回到之前供职的少年儿童出版社，而是开始在译文社编辑《外国文艺》杂志，业余时间专心致志从事儿童文学翻译。他先后翻译了《长袜子皮皮》《彼得·潘》《假话国历险记》《小熊维尼》《夏洛的网》等数以百计的经典儿童文学作品。其中最重要的自然还是《安徒生童话全集》。

任老坦言，翻译安徒生对他来说是一个很大的挑战。“那时我已经70多岁了，此前根本没想过会去翻译他的作品，因为已经有很多很好的译本，像叶君健的译本就很好。但终究拗不过出版社的要求，决定翻译一个新的版本。”刚着手翻译时，任老着实感觉有些吃力，等找到了自己的翻译方式才顺手了起来。他说，安徒生从小听了很多民间故事，他的许多童话跟传统的民间故事关系密切，像《皇帝的新装》就是从西班牙的民间故事改编过来的。后来他创作童话用的也是讲故事的方法。“所以我翻译时尽量用口语，像翻译民间故事一样，不要掉书袋，讲的都是‘大白话’，目的是写给小孩子看，尽量让小孩子看懂。”

这正是任溶溶在翻译中一贯坚持的原则。在他看来，儿童文学家应该是文学家，应该有很高的文学修养。翻译也是这样，有了文学修养，无非是借译者的口，说出原作者用外语对外国读者说的话，连口气也要尽可能像。“前人说‘信雅达’，我觉得‘信’是最重要的。我翻译只管把原作中作者说的外国话用我的中国话说出来，但求‘信’，原文‘雅’，我也雅，原文不‘雅’，我也不雅，作者要读者懂他的话，自然‘达’，那么我也达，这也是‘信’。我翻译如此而已。”

不仅如此，体现在任老的生活中，他也真正做到了“信雅达”。他信奉自己从事的事业。他说：“我的性格深刻不了，干别的工作不会像做儿童文学工作那样称心如意。或许很多人会说悲剧可能更接近现实，但那不关我的事，我总希望团圆。尤其是给孩子看的书，还是让美好多一些吧。”他无疑也“雅”。儿童文学评论家方卫平回忆说，2003年10月，正值宋庆龄儿童文学奖颁奖典礼在北京举行，任老是那一届“特殊贡献奖”的获得者。一天晚上，一群中青年作家和学者在他的房间里聊天，从走廊经过的任老听着这屋里热闹，便走进来和大家一起聊天。“聊着聊着，他忽然问：‘你们猜我最喜欢看哪一档电视节目？’大家都猜不着。最后，还是他自己揭晓了谜底：‘我最喜欢看天气预报。’看着众人纳闷的模样，他笑眯眯地接着说道，‘你们想，同一个时间，这里很冷，那里却是很热；这里下着雨，那里却是大太阳，这多有趣、多好玩啊。’”

生活中寻常不过的事，在任老那里却可以自然而然地“雅”起来。正是在那一刻，方卫平意识到，任老这一辈子与儿童文学结缘如此之深，并把它当成一生痴迷、乐此不疲的一桩美差，亦是天性所致。即使已届高龄，任老依然坚持不断地学习吸收一切对翻译创作有益的东西，譬如诗歌、电影。干这行60多年了，他依然觉得还能够干点什么。他说：“儿童文学是关于‘小’的文学，但不是渺小的文学，我希望今天年轻一代的文学家能用丰厚的文学修养，建起位于金字塔塔尖的儿童文学。”这就不难理解，他别出心裁地选择自己的生日跟译笔下的著名人物彼得兔一起过。相比这只120岁的兔子，任老称自己“还年轻呢”。

如方卫平所说，在天性上，任老无疑是最接近童年，最接近儿童文学的。如此，任老自然会“达”。他曾说，作为一个儿童文学作家，就必须有才华，也应该有性格。早年在一次研讨会上，有人批评当时初出茅庐的郑渊洁狂妄，他立即说：“我欣赏狂妄但有才华的年轻人，这比不狂妄也没有才华的好。要是没有才华却狂妄，这就吃不消了！”而他自己也一直保有令人惊叹的创新意识。据说，曾有一位编辑向他约稿，提出“最好要创新的”，他直截了当回答：“当然要创新！我的作品都是创新的，不创新写它做什么！”这不足为奇，在87岁高龄时，他还曾打趣：“有人说，人生是绕了一个大圈，到了老年又变得和孩子一样。我可不赞成‘返老还童’这种说法，因为我跟小朋友从来没有离开过。”

传达原作风格，才是最高境界

郭宏安

以翻译家郭宏安自己的说法，他实际上从事的专业是法语文学研究。尽管研究和翻译，确乎可以是“上帝的归上帝，恺撒的归恺撒”的两码事，他却觉得很有必要把它们拧在一起。在他看来，没有翻译的支撑，所谓研究会有些大而空洞；没见过作品原来的模样，又凭什么认定自己研究出来的东西不是徒有虚名？而且，外国文学批评首要的，就是要有自己的体验，也只有在翻译的过程中，才可能对作品有深入的理解。正是这种理念，让他在翻译的路上越走越长。久而久之，翻译反而成了他的“主业”，他也成了一位名副其实的翻译家。

坐在郭宏安家淡雅的客厅里听他叙说，你能感受到一种安静的力量。他一身书卷气息，儒雅中和、眼神敞亮、面容舒展。简洁平实的话语里，透着一种内敛的激情，却始终是温和的，没有戏剧性的抑扬起伏。这可能恰恰暗合了他沉静朴实的个性。在他身上，看不见那一代人通常会有的愤世嫉俗。他显然偏好真实的质地，不喜欢夸饰的事物。也因为此，在翻译过程中，自然而然地选择了斯丹达尔、波德莱尔、加缪，却不曾涉及可能在法国文学史上享有更为崇高地位的雨果和萨特。当然，还有米兰·昆德拉。因为在他看来，这位旅居法国的作家身上，有持不同政见者通常会有的那种刻意造作的姿态。事实上，很可能也是这种不走极端的特性，使得他在文学领域融会贯通、左右逢源。且不论在翻译、研究、写作等方面，他都有自己的造诣。单说在文学翻译领域，能驾驭小说、诗歌、散文、文论等不同体裁，且在不同风格、流派的经典作家间纵横驰骋，并在读者中留下深刻印象的，即使在译者林立的法语文学界，也属凤毛麟角。

一如他温文尔雅的性情，郭宏安走上翻译道路，未曾立下什么宏愿，一切都是水到渠成的事。他从小就喜欢文学，尤其喜欢法国文学，喜欢读斯丹达尔、巴尔扎克、雨果、莫泊桑等大家的作品。高中毕业考大学时，报了北京大学，之所以没有报考中文系，只是因为幼稚地以为，母语是汉语，没有必要再到大学里去专门学习。大学毕业后，他在部队待了整整八年，法文用不上，更不用说文学了。因为能写，工作能力也不错。当时，部队领导曾向他许愿，一旦部队外事工作正常运转，就让他去驻外使馆工作。“但这些都不是我要走的路，我不愿意放弃我的文学理想。于是就申请转业了。”

此后，郭宏安就被调到了新华社。让他没有想到的是，在那里待了不到半年，就被派往瑞士日内瓦大学进修法文。正是在这期间，他接触到了波德莱尔的作品。“其实，20世纪30年代，波德莱尔就在中国有很大影响。1949年后，他就销声匿迹了，除了60年代初在《译文》上露了一面。他的作品被完全否定，说他太颓废，不符合时代的要求。因为我在瑞士学习了波德莱尔，等我考上研究生，从新华社出来，入读中国社会科学院研究生院。我的毕业论文，就很自然地选了这位诗人作为研究对象。当时，只因为写论文的需要，翻译了部分诗歌。尽管1987年，我翻译的《波德莱尔美学论文选》就由人民文学出版社出版，但直到五年后，我才出版了漓江插图版《恶之花》。”

在郭宏安的翻译生涯中，这是一次颇有戏剧性的经历。20世纪80年代末，他把15万字的论文《论〈恶之花〉》交给漓江出版社，但一放就是几年。因为，出版社怕赔钱，但也没有放弃。“后来，主编刘硕良先生和我商量了一个很别致的方式，让我在论文后面附100首诗，再配上一些插图，这样，论文在前，但它是序，诗在后，但以诗为主。没想到这个非主非宾、亦主亦宾的形式居然取得了成功，书大概印了七八万册。我有一个朋友收到我寄他的译文集，读后激动不已，特地打来电话诉说这本书对他的‘震撼’。”

如果说，翻译、研究波德莱尔，郭宏安不自觉地扮演了开拓者的角色。此后，他的翻译并没有刻意朝全新的领域进发，而是回过头去重译经典。他并不讳言，自己对之前的译本有所保留。“我不是说前辈或同道的翻译不好，事实上可能挺好，且很少出错。但我总感觉缺少文采。比如，加缪的《局外人》，法语原文简洁而清新，绝无一个废字废句。这并不是说加缪的文字简单，相反是文采斐然。”以此看，翻译加缪如果缺了文采，实际上相当于违背了原作的风格，而在郭宏安看来，传达出原作的风格，才是文学翻译的最高境界。“很多时候，我们批评翻译，集中在诸如句子、语法、结构的对错问题上。依我看，任何一个人翻译都难免有错，碰到体力不支，脑力不济时，都可能留下一些遗憾。但这种错误方便纠正。最难纠正的就是风格，如果风格掌握不对，整个翻译就彻底失败了。”

事实上，重译经典作品，对郭宏安来说，也是实现自己的夙愿。翻译《红与黑》的经历便是如此。“我在中学时就读过，当时以为这是本励志小说。从大学二年级开始，我试着从原文接触文学作品。后来，赶上批判个人主义和个人奋斗，《红与黑》首当其冲。当时，学校还开过这本书的座谈会，我在发言中表达了‘于连是值得同情的’的想法。这件事对我带来了很大影响。以至于在十年后，在北京图书馆碰到一位北大英语专业的同学，他就对我说：‘你不就是那个说于连是值得同情的郭宏安吗？’”

正是源于这样的情结，当译林出版社找到他，约他重译时，他考虑了几天就答应了。“我译的《红与黑》只有40万字，比别的译本少了5万字，而且只用了5个月，在别人看来也许觉得我译得太快了，可是他们怎么知道我在心里已经把《红与黑》翻了30年呢。”

体现在郭宏安身上，这并非夸张之语。在他看来，面对翻译首先要有一种敬畏之心。因为有所敬畏，就会觉得自己无论怎样努力都做得不够，这样下笔才会特别慎重，才会对原文力求有更多的理解和把握。“比如董桥，他主张译者要和原作者平起平坐，也有人以为翻译是美化的艺术，译者当然要高于原作者。我认为，译者始终要处于一种低于原作者的状态。不仅低于原作者，有时甚至要低于读者。因为想当然以为自己比读者高明，就难免技痒，用自己的主观臆断去解释原作。而翻译就该尽力做到，原作是什么样，它就是什么样的。”

生活是独一无二的“原著”，有阅历才能如哲人般思考

马振骋

隔着午后慵懒的阳光，被一双独特的眼攫住，清澈明净、纯然质朴，却包含着丰富的内容。自称“以法语文学为生”的翻译家马振骋说，阅尽世事沧桑的眼，看到的自然会是一个不同的世界。这恰如他的翻译观：做翻译，譬如做医生、做演员，要靠实践的积累。只有到了一定年龄、一定人生阅历的层面，才能理解原著作者在文本中包含的思想，然后恰如其分地把它表达出来。从最初翻译圣艾克絮佩里，经由杜拉斯和波伏娃等作家，再到蒙田，译著的风格几经变幻，马振骋总能准确把握原著的精髓，于不期然间臻于化境。

马振骋家住上海徐汇区的一幢高层住宅里，这是闹中取静的所在。从打点得错落有致的书房放眼望去，各大标志性建筑尽收眼底。不足十平方米的阳台自成一个会客的小天地，大小盆景点缀其

间，令人赏心悦目。他显然满意眼下的生活，微笑着就某几个细节娓娓道来，说到动情处，间或夹杂哈哈大笑。

或许是因为坐骨神经痛不能久坐，每过半小时左右的时间，他会边说边站起来活动，从谈翻译开始，话题扩散到音乐、戏剧、舞蹈、绘画，或是摄影，再次落座，话题跟着绕了一个圈，重新回到翻译。他总能在各门类的知识中纵横驰骋、融会贯通，自有一番从容、洒脱的生活意趣。

谈到媒体和读者关心的译著《蒙田随笔全集》，马振骋说：我虽然小时候在邹韬奋的生活书店里早就看到过英文版的《蒙田随笔》，也在教书时就开始译法国文学作品，但真正接触蒙田是从1993年开始，“当时，我和另外六位译者合译了国内首版的‘全集’，我译的部分约占全集的五分之一”。

对这次合译，马振骋不无遗憾。“我们试图真正把蒙田翻译出来，但因为是合译，每个人的理解、行文都不一样，翻译起来，心态自然也很不相同。”但因为这个契机，他走近了蒙田。在他的理解里，蒙田是第一个用法语写正经文章的人，也是从他开始，“随笔”这一文体开始被定型。但这并不是我们阅读他的理由，更重要的在于，这个37岁就辞去工作，声称自己要“投入智慧女神的怀抱”的哲人从不说教，他只说人是怎么样的，找出快乐的方法过日子，这让更多的普通人直接获得更为实用的教益。“随笔问世400多年来，先后被译成几十种文字，读者遍布全球。无论年龄层次，无论教育背景，无论文化差异，几乎每位读者都能从中寻找到精神的共鸣。其恒久的生命力，不仅来源于蒙田朴实无华的语言文字，更在于他对生活、对生命、对人性的思考和观照。”

正是出于对蒙田的热情，2003年，上海书店出版社的领导问他是否有兴趣独译蒙田全集，马振骋答应了下来。此后的五年间，他不用电脑，手写将全集译出，因坐骨神经痛，他站着完成了大量的文稿。“最有意思的是，等到快出书时，我们才发现，双方连合同都还没签过。”翻译蒙田会碰到的障碍，马振骋早有预料。他参照的是法国伽利玛出版社1962年的版本：那四百年前的古典笔法，每篇下来全不分段落，看得人头皮发麻；文字中掺杂着古法语，有点类似清朝末年的白话文感觉，有时要猜着意思译。“在这个意义上说，翻译蒙田不仅需要勇气，更需要同样丰富的人生，你不仅用中文来对应他的法文，而且还用自己的全部的人生智慧来传达他在随笔中要表达的含义和思想。”

所以，在动手翻译前，马振骋反复通读原著，直到感觉能深入文字的里层意思。“有些人认为，中文好、翻译出好文字来，或只把故事译出来了，都是优秀的翻译。其实不然，这就像‘画出了个美女，却与本人不像’。”说到这里，他不惜拿自己“开涮”。在20多岁时，他喜欢看浪漫派的小说。而蒙田的随笔文风朴实，他就坚持把原文秉直的蒙田翻译得直达实质，不要虚夸，译文因此显得格外简洁。全集首个中译本共有100万字，他的译本只有80万字，“我并未删减，只是各人译法不同”。

尽管译著等身，在文学翻译界有口皆碑，马振骋其实四十多岁才开始翻译生涯。“20世纪60年代，我从南京大学法国语言文学系毕业不久，正渴望有好书、新书读。恰好那时有些法国留学生来做客，他们在路上看的书，就留下来了。在这些原版书里，我偶然翻开一本袖珍本的《人的大地》，读到书的开头，就一下子给吸引住了。”此后，直到20世纪70年代初，被分到河北乡下劳动时，他还随身带着这本小书。“小书里有沙漠、风暴、黑夜，当时我的现实世界里也是无法交流的荒漠。这位常在高空中注视地球的圣艾克絮佩里，顺理成章地成了我走上翻译道路的引路人。”1980年，他向人民文学出版社推荐了《人的大地》，同时选译了圣艾克絮佩里的《夜航》《空军飞行员》和《小王子》。其中的《小王子》成就了他翻译生涯的精彩一笔。

由圣艾克絮佩里始，马振骋随后翻译了杜拉斯、波伏娃、纪德等法语作家的作品，这些文学大家的文字，在他的译笔下熠熠生辉。“蒙田、杜拉斯、昆德拉，他们的文字都是不同的，你不能让他们的特色勉强附和译者，译者要根据不同时代、不同作者的情况，译出不同的东西，不要每一本译著的风格都是相同的。”此外，他还在《万象》《译文》等多家期刊撰写随笔，并陆续推出了《巴黎，人比香水神秘》《镜子中的洛可可》等几本散文集，纵使写作形式有再多的变化，内容无一例外都是关乎法语文学。马振骋如此珍惜自己从法语文学中得到的东西，对他而言，译完一本书从不意味着“结束”，而是内化成了他平淡生活的一个部分。毕竟于他而言，生活才是独一无二的“原著”，无须“译本”。

等待贝克特的路上，遇见萨冈的“忧愁”

余中先

余中先给自己设了一条不成文的规矩：一般情况下，他不做经典重译。这让他在对经典孜孜以求的法语文学翻译界显得颇为另类。你也很难把他与某位特定的法语文学大家联系起来，就像柳鸣九之于萨特、马振骋之于蒙田、周克希之于普鲁斯特、郭宏安之于波德莱尔和加缪，如果要做这样的对比，与他的名字相连的会是“新小说”派之后的作家，如果要有具体的指称，就是以知名的午夜出版社命名的“午夜”作家，他们是菲利普·图森、让·艾什诺兹……

当然这并不是说，余中先从来没有翻译过为国内读者耳熟能详的经典作家的作品。实际上，在他的众多译著里，有萨缪尔·贝克特、米兰·昆德拉、阿兰·罗伯—格里耶等大作家的位置。但他翻译的这类作品，在他们的众多作品里，确乎不是那么显眼。很显然，他在这一方面的翻译带有补白的性质，而他破例翻译十九世纪之前的法国经典作家，比如狄德罗和奈瓦尔，也同样是一种补白。

就像你可以猜想到的那样，余中先的“边缘”选择，关乎他独特的翻译理念。在他看来，经典作家的作品一再重复翻译是一种浪费。“依我看有四五个译本就够了。现在出版社觉得哪些书好卖就跟风翻译，很多经典作品都有十五六个译本，结果是让读者摸不着头脑，不知道哪个译本好。”与此同时，对已经成为经典因种种原因没能在国内走红，或尚未成为经典但非常优秀的作品，却明显翻译得不够。“只顾着重译经典而不去开拓新的领域，这使得我们对不少作品的价值判断明显有误，漏了一些该译的作品而没有译。”

这些“该译而没有译”的作品，就包括克洛代尔的《缎子鞋》。“这部作品在法国戏剧史上，有着极为重要的位置，堪与莎士比亚的剧作媲美。在法国，克洛代尔也是一位很重要的戏剧作家，他还有着深厚的中国渊源，正是他开了法国作家写中国的先河，后来的马尔罗、谢阁兰、圣·琼·佩斯等对中国有浓厚的兴趣，来到中国居住，并且在作品中写到中国，无不受到他的深刻影响。但他作为剧作家的身份，相对比较小众；他信仰的天主教，不太能得到国内读者的认可；他作为慈禧太后时期的外交官，也易于被简单理解成法帝国主义在中国的利益代表，这都注定他在中国只能是小众作家。”

因为没有已被“奉为经典”的先例可循，余中先需要放出自己的眼光去筛选、判断。“选择作品可以坚持经典的标准，也可以持畅销的标准。”“对我来说，主要还是遵循文学的标准。也就说，这部作品在文学的意义上好不好，有没有站得住的地方。还有就是，这部小说或这个剧本未来有没有可能进入文学史？”在余中先看来，每个时代有符合每个时代特点的作品。尽管不同时代有不同时代的话题，但文字底下所包含的人对生活的认识、感悟等等是共通的。

“比如‘等待戈多’这样的现象，要是在18世纪，人们不会认为它是经典，等到人们进入了20世纪，经历了一战、二战，发现世界本来就很荒唐，这样的作品就自然而然成为经典了。所以，在判断作品的价值时，需要我们透过表面的东西，看到它的实质性内容，它的文学价值到底多高，这样就不至于错失可能的经典。”

事实上，余中先选择翻译萨冈的《你好，忧愁》时，就体现了精准的判断力。这是他第一部正式发表的译作。那是1988年，去法国留学前，出版社找到他，问他能不能翻译萨冈的小说。“他们给了我好几部萨冈的小说，我翻了翻，就独独选择了这一本。”小说出版后，很长一段时间里并没有引起读者的关注。近些年却渐渐被大众广泛接受，成为中国非常知名的法国文学作品。“这是一个大众接受的问题，它的作者是一位19岁的女作家的作品，里边展现的情景在当时的中国还并不存在，或者说不是一个普遍现象，但是近些年当我们有了‘80后’、‘90后’这样的一代时，才发觉书中的很多内容都会令人感同身受。所以说在这个过程中，中国发生着巨大的变化，而作品在不同的时代也会有不同的反响。”

长年译介法国当代文学，使得余中先对此有特别深入的理解。“如果是较多从事法语经典文学研究和翻译的专家，他们对法国新小说派和荒诞派之后，或说是六八年之后的法国文学就不怎么了解了。我因为做这方面的翻译，我自己任职的《世界文学》杂志，也特别关注法国当代文学的发展进程，这样自然就多一些认识和体会。”余中先说，法国文学当前正处在一个平稳发展的阶段，“目前没有公认的大师，也不存在大的文学流派和文学运动。”

但法国作家标新立异的传统始终存在。在余中先的理解里，“标新立异”比“浪漫”更能代表法国当代文学的特点。“眼下大多数法国作家都不喜欢别人说他‘像谁’，因为他们喜欢拥有个性。有一类作家，像维勒贝克、贝格伯德等，就特别喜欢‘搞出些事儿来’，他们专挑尖锐的社会问题揭露和批判。更多的是另外一类作家，他们研究叙述过程本身。他们热衷于对于文学形式的探索，希望通过自己的文字与结构表达出对于世界独特的感受。我个人比较偏爱这一类型作家的作品，因为他们往往构成真正文学史发展意义上的坐标。”

翻译是全心的交付与投入，对原作，也是对自己

袁筱一

袁筱一说："人不该和自己最爱的人结婚，不该把自己最喜欢的事变成工作。"她说"不该"，但没有说"不"，抛开结婚的事不说，她至少把自己最喜欢做的事——翻译变成了"工作"。从最初与人合译《战争》，历经《杜拉斯传》，到《法兰西组曲》，再到2018年凭借《温柔之歌》获得第十届傅雷翻译出版奖文学类奖，袁筱一走出了一段个性鲜明的翻译生涯。

时光退回到二十多年前，仅十九岁的她凭法文短篇小说《黄昏雨》获"法国青年作家奖"一等奖，登上远涉法国的航班，从法国人手中捧回这尊沉甸甸的奖杯。关注她的人们没有想到，她日后会走上文学翻译的道路。"至今依然有人问我，当初怎么没去搞创作？现在想来，其实道理很简单，我写那部小说的初衷不是为了证明自己写作的能力。仅仅是因为凑巧法国领事馆有这么一个征文活动，

我参加了，并一不小心拿了个奖。”

她的“一不小心”在当年被视为一个奇迹。这不仅在于对当时大多数国人而言，欧洲还只是一个遥远的梦想，还因为在那片异域的土地上，她带回的这份荣誉所包含的民族自豪感。然而，对袁筱一来说，其实奇迹只有一个，就是她第一次到上海邮政总局去寄文章的时候，用签字笔写的地址，谁料邮件到了法国，信封上的地址褪得一干二净，根本没法邮递。事实上，她可以那么轻松，又那么决绝地从青年作家的光环中“一干二净”地走出来，构建起一个法语文学翻译的殿堂，同样不失为一个奇迹。

与袁筱一谈翻译，话题离不开2008年度诺贝尔文学奖的法国作家勒·克莱齐奥。袁筱一真正的翻译生涯就是从他开始的。那是她刚开始工作的1994年，她和另一位翻译家李焰明合作翻译了勒·克莱齐奥写于20世纪70年代的小说《战争》。仅过了四年，她又翻译了《流浪的星星》。她说，从勒·克莱齐奥开始，她终于相信，也许出走、离开、流浪是回家的一种方式，至少，在这背后藏着回家的愿望。“超越作品之外，我对他的喜欢，也许是因为他对于我来说，像一个成功遁世的童话：遁世，却能够直面这个物质世界的现实。当然，是用文字的方式。”

不仅如此，在袁筱一看来，也是勒·克莱齐奥为她奠定了一种翻译的方式：无条件地走近一个人，被他的文字力量所俘获，用一种别样的方式把自己的文字交付给他。并且，这个交付的过程需要相当的努力。“而在某种意义上说，交付出自己的文字，也许就是交付出了人生的大半。”

这并非虚言。当被问道，勒·克莱齐奥获诺奖，并没有在国内读者当中引起大的反响，作品销量也没有随之水涨船高，反倒是时时能听到对他作品的质疑声时，袁筱一跟着就是一句反问：你是这样认为的吗？然后是对其原因的分析：此前引进的译本比较零散，作家前期作品叙事、小说的主题，都不是很讨中国读者的巧等等。“概而言之，勒·克莱齐奥绝对是一个经典的法国作家，尽管他以文字见长，但他的作品谈不上潮流，却不过分宣扬技巧，这么多年以来他一直把写作当作自己毕生的追求。”

袁筱一对自己理念的坚持让人动容。她有感性的一面，但感性并不意味着缺乏深度，相反，感性到一定程度，便有了深度。她说起自己翻译《法兰西组曲》的经历。“完成翻译之后，竟是很长时间不能够写一点什么。没有想过为什么，仅仅是觉得还不能够。好像觉得在到处都是纪念反法西斯胜利的声音中，那历史的一页还不曾翻过去，觉得一切都还是切肤的疼痛：战争、生命、希望和未曾实现的爱情。”

这种坚持和倾心交付，投注到袁筱一的著作中，融入了她深切的生命体验。她近年的著作《文字传奇：十一堂法国现代经典文学课》经课堂讲义整理而成，涵盖了萨特、波伏娃、加缪、杜拉斯、罗兰·巴特、萨冈，罗布—格里耶、勒·克莱齐奥，米兰·昆德拉等重要法语作家。虽然她介绍的是法语经典作家与作品，却并不是全然客观的介绍，而是处处渗透着“我”的性情。由此不难理解，一些读过这本书的读者称她不是在解读作家作品，而是在解读自己。袁筱一对此很坦然：我是在写自己，写一个个因为作品变了形的、无限可能的自己。

说到翻译心得，袁筱一谈得最多的词，也是“交付”。她说，理想的译者应该是个“全知型”的读者和具有创造力的作者：一方面，他不能仅凭着一两分感觉便草草动手，胡乱操刀，真正把译文变作自己创作的领地；另一方面，他也不能亦步亦趋，以“复制”为自己的最终目的。“我们现在依然在谈严复的‘信、达、雅’，其实，在我看来，当先的‘信’字并不完全等同于‘忠实’，它更接近于译者的一种诚实、负责的精神。翻译是一种全心的交付与投入，对原作，对读者，也是对自己。”

高难度的翻译，是挑战，是诱惑，也是探险

万之

在很多场合，万之都被称为瑞典汉学家陈安娜的丈夫。他自己笑言，现在安娜在中国知名度很高，比他红多了。出现这一戏剧性的情景，与莫言获2012年度诺贝尔文学奖有关。陈安娜翻译了他的《天堂蒜薹之歌》等三部代表作品，由此获得了莫言御用翻译的称谓。有人甚至断言，没有陈安娜，莫言就不可能获奖。

不管是出于巧合还是必然，正是在莫言获奖前后，万之翻译的《阿尼阿拉号》《航空信》《失忆》《骑鹅旅行记》《失忆的年代》《早晨与入口：特朗斯特罗默诗选》等译著在国内陆续出版，而且广受好评。他作为一个知名翻译家的信誉，由此逐步确立了起来。然而时光倒回到几十年前，他肯定不会想到自己日后会以瑞典文学翻译家的身份为当下国内的读者所熟知。

现在的读者已很少想起，他多年前曾经是一个“先锋”作家。

20世纪70年代后期，他在一座县城教书时，就因为热爱文学写起了小说，他完成了《酸葡萄》几十万字的初稿。此后，他还参与了文学刊物《今天》的出版和编辑。他是阿城小说《孩子王》和北岛小说《幸福大街13号》改编的电影的编剧。尽管万之迄今只出过一部小说集《十三岁的足球》，但就他当年身处的社会语境而言，他在作品中体现出来的对社会的观察与刻画，以及意识流等手法的运用，无疑是很超前的。

从事文学翻译是很多年以后的事。2001年起，他开始从事职业翻译工作，他为一个世界知名企业翻译并审读一些说明性的外文资料。在这个过程中，他机缘巧合翻译起了瑞典的文学作品。比如托马斯·特朗斯特罗默的诗歌，最开始是北岛请他译的。“北岛希望我严格遵照原文翻译。一开始，我想已经有几个译本，我就推托了。但他坚持要我来译。而且特翁本人也有这样的想法，我就答应了。”

在万之看来，任何翻译都是一个逐渐完善的过程。也因此，他对一些译者认为自己的译本就是绝版的说法不以为然。“在国内流传很广的一个译本里，还是能找到一些错误的。比如在一首诗里，他把‘蘑菇’译成了‘糖果’。如果严格对照瑞典文的音节，包含了五个音节的诗就不该译成中文四个字‘万物燃烧’，我把它译成了‘万物烧起来’。”万之认为，作为特朗斯特罗姆诗默的译者，不妨学一点他的谦卑。“特翁有一首诗写道：‘我有很低的爱，只要死亡上涨两三米就能把我淹没’。李笠把‘两三米’译成‘两厘米’。不准确不说，这也让特翁的谦卑失去了适度。这和认为自己的翻译是绝版的过度说法，其实是一个道理。”

与此同时，万之翻译了另一位曾获诺奖的瑞典诗人哈瑞·马丁松的叙事性诗作《阿尼阿拉号》。与特朗斯特罗姆不同，尽管马丁松同样有很高的文学声誉，但他这部代表性诗作却少有人翻译。这自然有这部当时让人感到想象奇特的太空文学的前卫作品在如今看来已经司空见惯的原因。“更重要的还在于，马丁松在此部诗作中使用了很多自创的和现代科学与异国文化有关，而又具备抒情诗韵味的瑞典语新词汇。这些自创词汇的意义连瑞典人都未必能了解，翻译成外语就更加困难了。这也是这部作品在北欧之外影响一直有限的原因。”但正是马丁松对瑞典文学语言发展做出的卓越贡献，使思想也披上优美的语言外衣，并为他获得了诺奖。也因为此，万之觉得自己有责任译出这部重要作品。他尽量保持了原诗语言的新颖和优美，押韵上口可诵可歌，使得译成的文本依然成为诗意的文本。

正是对瑞典这两位殿堂级诗人作品的翻译，让万之对瑞典诗歌的传承与创新有了深入的认识。巧合的是，翻译通信集《航空信》时，他读到美国诗人罗伯特 · 布莱在一封信里给特朗斯特罗姆写道：“有关你和马丁松的关系……他是圣父，而你是（更加精神性的）圣子——而艾克洛夫是圣灵！”在万之的理解里，布莱的说法是非常确切的。“二十世纪的瑞典诗歌，确实是靠这三位诗人三位一体而屹立世界文坛。尽管艾克洛夫本人没有获得诺奖，但他担任了十年颁发诺贝尔文学奖的瑞典学院院士、评选委员。期间有多位诗人获奖，也可谓与诺奖渊源深厚。”

而布莱这句话更重要的意义在于，指出了马丁松和特朗斯特罗默之间某种精神的联系，某种文学精神和美学理念的传承。“特翁曾表示，如果艾略特是外国诗人中对他最重要的启迪者，那么在瑞典语诗歌中，对他最有影响的是马丁松，而且一直如此。他因为晚年中风失语，表达有困难，但最了解他的夫人莫妮卡言之凿凿地证实：‘托马斯确实感到他和马丁松之间有一种亲缘关系’。实际上，瑞典学院给两位诗人的颁奖词也有异曲同工之妙。如果相互对换一下也同样适合。”

相比而言，中国的诗人一直以来强调更多的是断裂，而不是继承。在万之看来，一些“断裂”有特定的原因和背景，是可以理解的。比如五四时期，因为需要挣脱传统的束缚，求得思想的解放与创新，所以需要来一次彻底的“断裂”。又比如朦胧诗时期，北岛等诗人和传统的决断也有其时代的意义。“顾城就强调诗歌要自我表现，但自我表现了，是否就一定是好的诗歌呢？其实在某种程度上，所有的写作都是自我表现。而到了九十年代，所谓的断裂就徒具形式了。更重要的是，口口声声与传统割裂，是否就能因此创造出超越传统的新质呢？在这一点上，瑞典诗人之间的密切相关的传承关系，无疑更值得我们借鉴。”

身处瑞典文学界，万之与诺贝尔文学奖结下了不解之缘，他自然也不能回避在国内经常被谈论的诺奖话题。1986年，万之出国留学，到挪威奥斯陆大学攻读戏剧学博士学位。1990年起，在瑞典斯德哥尔摩大学东亚学院中文系执教，与瑞典汉学家、诺奖评委马悦然成为同事，而陈安娜恰恰是马悦然的学生。也正是马悦然多年前向他推荐了诺贝尔文学奖评委会前主席谢尔·埃斯普马克的长篇系列作品《失忆的年代》，他迟至近年才有时间陆陆续续翻译这部系列作品。

虽然《失忆的年代》恰逢其时的译介，与莫言获奖引发国内读者对与诺奖话题的空前关注有关，也似乎与埃斯普马克的特殊身份有关，但万之认为，最重要的是这部作品本身有译介的价值，而且它的写作风格也是独树一帜的。“你会发现，这是一个人的自言自语，很口语化，但又不是日常生活和平民百姓的口语。据埃斯普马克说，这部小说还有自传性，所以叙述者其实有深厚的学养。通篇是一个院士的叙说口吻，体现了一个学院派作者的非常独特的语言风格。”

正是在翻译这部系列作品的过程中，万之进一步体会到了翻译的乐趣。在他看来，翻译一部文学作品的过程，自然也是对作品加深理解的过程，更是文学欣赏的过程，能给人带来更多的阅读之悦、阅读之趣，也更能让人体会到翻译的重要性。“高难度的翻译，对译者无疑是一种挑战，同时又是一种诱惑、一种探险。文学翻译其实永无止境，可以不断更新、不断完善，甚至还可以推倒重来，这也正是我作为译者，感到文学翻译趣味无穷的原因所在。”

辑九

哈金
张翎
陈河
张北海
黎紫书
张彤禾
张惠雯

难就难在写作“成功”之后仍能不断地写下去

哈金

哈金在很多年里都感觉自己“前无古人、后无来者”。他是由自己独特的生存与写作境遇而生发感叹的：“你前面的华人作家是谁？林语堂，他的论文和非虚构非常强，但是小说基本都淘汰了。”但在美国，要成为小说家，要立身，就得写长篇：“一个作家能写出优秀的短篇，是很了不起的事情。但只写短篇不够，只写一本书也不够，必须有一堆书才能站得住。”哈金明白，要真正走得远，还得下大功夫。相较于林语堂，他自问：“你呢，你不能被淘汰吧。”

也因为此，哈金认定，写作尤其是写小说需要他一生倾心投入。事实上，凭他现在交出的成绩单，他已然被广泛认为是“继林语堂之后在美国广有影响的华语作家”。作为首位以英文写作名扬海外的中国作家，林语堂的“广有影响”，确实是如哈金所说，主要是由其论文和非虚构写作奠定。20世纪30年代，林语堂在上海结识长期居住于中国，痴迷中国文化，并于1938年获诺贝尔文学奖的美国作家赛珍珠。听从她的建议，他用英文写出了《吾国与吾民》。此书于1935年在欧美出版后，就荣登畅销书榜首，且长盛不衰。他旅居美国后写成的《生活的艺术》，在美国不仅被重印40余次，并且被译成法、意、荷等多国文字，成为欧美上层的“枕边书”。虽然他的小说现在看来“基本都淘汰了”，但他正是凭借被称为“现代版《红楼梦》”的《京华烟云》等作品三次获诺贝尔文学奖提名。

与林语堂不同，哈金主要成就体现在小说创作上，虽然他同时也写诗歌，写论文，写非虚构作品，甚至在2004年，还和华裔音乐家谭盾合作，写了一出由张艺谋执导的歌剧《秦始皇》。用美国作家厄普代克的话说，哈金作为非英语母语作家交出的成绩单，在康拉德和纳博科夫之后，几乎无人比肩。厄普代克是因为哈金在美国出版的第二部长篇小说《等待》给予如此好评的。此前，他虽然出版了英文诗集《沉默之间》（1990）、《面对阴影》（1996），为他赢得海明威文学奖的短篇小说集《词海》，以及长篇小说《池塘》（1998），但还不足以奠定他的地位。《等待》为哈金赢得1999年美国全国图书奖、2000年美国笔会福克纳小说奖两项大奖，还被冠以“中国的纳博科夫”的称号。此后，哈金又出版了《疯狂》（2002)、《战废品》（2004），《战废品》让他再度获得福克纳奖，并获《纽约时报》年度十大好书奖。等到2007年出版长达600多页的，讲述中国移民生活的长篇《自由生活》时，厄普代克却公开表示批评，认为哈金脱离中国背景，“哈式英语”随即失去了魅力。厄普代克这般苛责部分原因也或许是如哈金所说出于嫉妒。至少在哈金自己看来，这是一本重要的移民文学作品，如今有许多硕士和博士论文都以它为核心议题。他也更相信来自他太太卞丽莎略带戏谑的评价：“《自由生活》你写到这份儿上，以后你别的啥都不干也行了，就做个混蛋吧。”实际上，哈金此后更是勤奋写作，出版《南京安魂曲》（2011）等作品。2014年，他获选美国艺术文学院终身院士。哈金调侃说，这是他第一回在美国加入不需要交会费的组织。但获选意义非同一般，毕竟这是美国能给予艺术家的最高荣誉。

如此，哈金交出的这份成绩单，以及他在美国的“广有影响”，确乎可以比肩林语堂了。随着他出版《通天之路：李白传》，他似乎又多了一项与林语堂并肩的“理由”。毕竟，林语堂耗时三年写成的《苏东坡传》，至今仍被广为阅读，并且是众多苏东坡传记里的权威读本。不同的是，林语堂写苏东坡可谓有意为之。1936年，他应赛珍珠邀请，携全家赴美国定居。启程前，他特地带上了苏东坡的书籍资料，他说，苏东坡是他最喜爱的人物。在国外，只要有苏东坡做伴，他就不会孤单。而哈金写这部李白传记，却更像是无心插柳之举。在新书后记里，他坦言，写这本书的主要原因是夫人病了，他除了教学，不得不照顾她，陪她跑医院，实在无法重新开始写长篇。再就是靠的机遇和运气。2015年夏季，一家出版社计划出一套微型的名人传，每本12000字，希望由他来写一部中华人物的传记。主管这个传记系列的编辑在他提供的十来个人物的名单里选了李白。“我觉得李白的诗我比较熟悉，只要去图书馆找些资料就可以写出这本小书来，所以就同意了。但很快我就发现英文中没有完整的李白传记，虽然汉语中有许多种。我开始琢磨与其写一本微型传记，为什么不写一部完整的李白传呢？”

到了这个时候，哈金为李白立传更可以说是自觉的追求了，他要写好李白的这首部英文传记。何况，李白本就是他心仪的大诗人，他自己写汉语诗，也主要遵循李白“明月直入，无心可猜”的标准。虽然哈金认为杜甫也很伟大，但如果是写传记，他更愿意写李白。“李白的世界观是多层次的，背景和身世又比较复杂，可以把故事讲得有趣。另外，他性格上有些毛病，这让他更可爱。杜甫太庄严了，很难找到性格方面的冲突和戏剧性。”

事实上，哈金早年的生活经历，倒确实是充满冲突和戏剧性。1956年，他出生在辽宁省一个偏僻的小镇上。青少年时期，因为父亲是军官，工作地点不固定，所以常常举家搬迁。他十四岁参军，于1975年2月退役后，被分配到佳木斯铁路分局做了三年话务员。1977年，他考上黑龙江大学英文系。英文本是他随便填写的最后一个志愿，但当时整个佳木斯市报考英语的只有16人，他虽然笔试只考了62分，但也被录取了。当时，学校里分快慢班，哈金被分到最慢的班，相当于被盖个戳认定了没有希望，外教也从来不给上小课，这段经历显然让哈金感到某种耻辱，以至于后来在多篇小说中表达对这种歧视的抗议。直到大三时听教授们讲海明威、福克纳，哈金才对英语产生了兴趣。那时美国文学比较时髦，他便考了山东大学英美文学的研究生。1985年，哈金拿到硕士文凭，作为山东大学的留校教师，申请到奖学金，去美国布兰代斯大学读英美文学博士。1992年，他以博士论文《现代主义诗人奥登、艾略特、庞德和叶芝》获得了该校博士学位，毕业后却找不到可以养家的体面工作。"迫于生计"，他在三十多岁时开始用英文写作，每本书和诗集也都能获得出版，直到1999年以《等待》声名鹊起。

仅只是看简历，哈金一路走来算得顺利，甚至还不无幸运，但其间的艰辛如果不是亲历，怕是很难为别人感同身受。刚到美国，奖学金不够，他在医院当清洁工、在工厂值夜班。他太太一开始不会说英语，也干过很多杂活。1989年之前，他一直考虑回国发展，但他的人生意外地发生了改变。"当时就开始想，可能回不去了。"有了博士学位的哈金在美国到处找工作，但屡屡碰壁，期间他在餐馆里端盘子，每天都面临巨大的生存压力。1992年，他去亚特兰大的爱默里大学应聘一个助理教授的职位，教诗歌写作，居然幸运地成功了。"当时申请这个职位的有240多人，有的已经出了六本书，可能是因为我有博士学位，比其他应聘者学位高，也出了一本诗集，还有名师推荐。总之就是很幸运。”但如何保住这个职位又是个问题。哈金从未学过诗歌写作，更奢谈要教这门课。此外，学校规定头七年必须要出书，才能提成副教授，拿到终身教职，否则就得走人。回想起这段经历，哈金至今依然满腹感慨：“真难啊！”用他自己的话说，在这所大学里任教的那八年，他在系里就是孙子。“我是最拼命的一个，全得靠自己，不能靠别人。当你决定用英语写作时，已经走上了一条另类的路。华人觉得你注定失败，这条路走不通。美国人呢，当你没拿到工作前都帮你，拿到工作后就觉得你是个竞争对手。所以我全得靠自己，任何一行句子、一行诗怎么弄的，我从来不敢问。你一个英语教授去问别人，说明你根本不行啊。”

在那特别艰难的八年时间里，哈金说有两个对他有深入骨髓的影响的故事给了他坚强的支撑。一个是关于他少年时在家乡东北小镇图书馆唯一读到的，并且是日后对他写作产生巨大影响的契诃夫的。契诃夫早年为了生计，给报纸投过很多小短篇以换取生存所需的面包，有位老批评家看了他的小说后给他写信说，你要珍惜你的天才，要写严肃文学。不知道你的食物够不够，如果不够，那你就饿自己，我们都是从饥饿开始的。另一个是卡夫卡在《饥饿艺术家》里讲述的故事，没有什么东西能解那位表演者的饥饿感，最后饥饿成了他的艺术。哈金下定决心跟着那种饥饿感走，他觉得大不了死路一条，失败。即使不停地接受被退稿，他仍然坚信自己无比自大，“你要给自己一个幻觉，你一定能写出伟大的作品。别管眼前有没有人看，你要跟死去的伟大作家靠近。你不自大可以吗？那就先输了”。

正是靠着这份屡败屡战的拼劲，哈金硬是在边缘处找到了自己的位置。要知道，他21岁前没见过会说英语的人，30岁前没听说过创意写作，到美国后才开始英文写作，写中国故事又没回过中国。

更何况，如评论家、哈佛大学中文系教授王德威所说，哈金从来没有写一部小说是为了贩卖东方主义和中国传统文化，亦即尽管他在作品里对中国社会有反思与批判，但他并没有刻意通过严厉批评中国以在西方立足，其艰难就可想而知了。哈金说：“博尔赫斯的祖母是英国人，他本人又是在欧洲长大的，他常跟别人说自己渴望能用英语写作但不敢。想想看吧，这是一条多么艰难的路。”也是在这个意义上，哈金从来不鼓励别人用第二语言写作，因为其中的阻力和挫折不是每个人都能承受的。

从这个意义上讲，哈金为李白立传，不写诗人自我塑造的那个旷达豪放的李白，不写历史文化想象所制造的“诗仙”李白，而是写有着普通人的烦恼和苦衷也更接近历史真实的李白，未尝不是融入了自己的生存体验。退而言之，至少他的一些刻骨铭心的经验，使得他对一生困顿的李白有更为深刻的体认。相比而言，林语堂一生确乎是潇洒多了，如哈金所说，林语堂虽然也是农家子弟，但他出国以前在中国就一直是畅销书作家，是教授了，而且他第一本书《吾国与吾民》是在美国卖的，也一直就是国际畅销书。林语堂大约也是因为一生都衣食无忧，才得以在自序里不无自得地说，自己是“两脚踏中西文化，一心评宇宙文章。”

但或许是这种骨子里的名士气派，让林语堂被中国读者认为是幽默闲适的散文作家。这是哈金所不能认同的。在他看来，林语堂属于西方语境中比较有才华的人，他的能量之大、学问之大，不能不让人折服，“他达几十部之多的浩如烟海的写作，他在中美间起的外交作用，他编纂的英汉词典，他发明的中文打字机，还有前不久发现的《红楼梦》的英译稿，都证明了他是有巨大能量的人，是了不起的超人”。而相比汉语里形容作家、艺术家创造力的“才华”，哈金更为称赏西方语境里的“能量”。“在中国，人们讲究才华。在英美，能量才是关键。比起写出漂亮的句子、段落，那种持续喷涌的创造力才是关键。”

这就能理解，哈金在这本李白传记的后记里写：英文写作的最困难的地方是怎样在“成功”之后仍能不断地写下去。“当你问美国作家为什么又写了一本新书时，他们常会说，‘我想继续作为作家存在下去。’这种低微的动机其实也是才能的根本，表达了不断创造的欲望。真正的才能也存在于百折不挠、一步一步走得更远。某些我们仰慕的大作家都是这样过来的，遇到挫折时能找到新的生存空间和途径，使自己的写作生涯得以延续，甚至还能越发广阔。”他自己是这么说，也是这么做的。他希望自己能像菲利普·罗斯、索尔·贝娄等大作家那样倾心地写作，把生命和写作融为一体。“我正在写一系列长篇，但愿能完成这些书。”

理性的审美距离，让我完成“文学救赎”

张翎

张翎喜欢用“门”来打比方。她把阅读比作开一扇门，走进书的“门”里能看到更远更美的风景；她把语言看作是门，故事、情节是门里的景致，只有具备精美的文字这个载体，景致才会真正有吸引力；她同样把通往长篇小说《金山》的漫长旅程比作是“开一扇门”。“开了一扇又一扇，在反反复复的迷失和寻找中，我终于推开了最后的那扇门。”

其实，这位旅加华裔作家早在1986年即走出国门，此后几度悄然负笈返乡，而2009年的这次回国之旅，却因配合宣传《金山》显得不同寻常。这部长篇出版伊始，就赢得评论家们的颇多好评，且热度持续从文学圈向外扩散。再就是冯小刚《唐山大地震》助阵，这部电影的小说底本就是她的《余震》。包括这两部小说在内的六卷本“张翎小说精选”，也于同年由华东师大出版社出版。或许，唯有这样的气象才让你明白，她终于打开了这扇“门”。

《金山》里放进“一生的呐喊”

说到写作《金山》的缘起，张翎表示那并非一时的心血来潮，“从初到加拿大一次无意间在洛基山山脚下发现修筑铁路的华工墓碑开始，这个故事已经在我心中酝酿了20余年。他们是那些出现在历史教科书中，被称作先侨、猪仔华工或者苦力的中国人，时间在19世纪后半叶和20世纪初。他们在加拿大挖金子、修铁路，积攒了钱财寄回家中，自己却活在生死一线间。”“在回家的路上，我就对自己说，我是可以写一本书的，一本关于这些在墓碑底下躺了将近一个世纪的人的书。”

然而，10年后，当她终于可以从容铺平稿纸投入写作时，她仍然没去碰这个始终蛰伏心底、时时泛起涟漪的题材。“直到2003年夏天，我受邀参加海外作家回国采风团，在侨乡广东开平第一次看到了后来成为联合国世界文化遗产的碉楼。碉楼里一件粉红色的旧式夹袄，袖筒里藏着一双已经挂丝的长筒丝袜。这番景象如电流般深深触动了我敏感的神经——裹在这件绣花夹袄里的，是一个什么样的灵魂呢？这些被金山伯留在故乡的女人，过的是什么样的日子？在日复一日、年复一年的隔洋守候中，她们心里有过什么样的期盼和哀怨？”

她决定为这群“猪仔”留存一个文本，调研工作开始于2006年。“最初在我脑中是一个河流的意象。这河流首先是历史的长河。我最原始的功课是找出期间中国近代史上发生了哪些事件，加拿大国土上又有什么和华人相关的事情发生。”最困难的事，还在于考证那个时代的每一个细节：衣服的纽扣、肥皂的香气、相机可拍照的数量……为此，她去加拿大的港口寻找华工登陆的地点，特意回到中国广东，听华工的后人讲述故事，进入那些用命换来的家族的碉楼去触摸墙壁。它需要比史实更多的细节，从华工修洋铁路用到的炸药，到女人当时穿的玻璃丝袜……

张翎坦言，调研的过程千头万绪，有重重阻隔。然而，一旦进入小说的写作却特别自由。“我完全不在意别人给所谓移民小说规定的那些套路，什么种族歧视、血泪仇、个人奋斗、融入主流……完全没有，完全打碎，我以客观、自由的方式面对主人公和他们的生活，除了历史和细节的真实决不允许‘戏说’之外，我的创作状态绝对自由。”

2008年圣诞节，张翎写完了《金山》的最后一个字。“那一刻，我强烈感觉到，那些长眠在洛基山下的孤独灵魂，已经搭乘着我的笔生出的长风，完成了一趟回乡之旅。此后，好几个月的时间我几乎不愿意说一句话。我想，我已经把一生的呐喊，那种很隐忍的呐喊，都放了进去。”

对人性有失望，但不绝望

有评论称，作为近些年崛起于北美文坛的华裔作家，张翎的精神骨髓里有张爱玲的生命无常和人世的荒凉。然而，有别于张爱玲的“冷眼”，她的小说始终保留了小城人与生俱来的淳朴和对人世间深深的眷爱。

以张翎自己的理解，倘使用她小时候热衷的绘画做比喻的话，张爱玲小说的基调是石青，她的应该是还偏红一些的赭石，尽管也是淡近似于无的。“尽管我对人性有失望的理解，但不至于绝望。我在小说里始终有一种寻求的意识，但是张爱玲连寻求都不屑。”这并不意味着张翎人生的路走得顺坦。“我想，这取决于一个人对环境的反弹能力，我们那一代人，都经历过非常多的大起大落、艰难困苦，家庭的，还有自身的。要没有反弹能力，那人生就是到坟墓都是灰色的，而有些人能从中走出来。”

因为自觉性格与国内的人情氛围格格不入，1986年，张翎离开北京部委机关稳定的工作，远赴加拿大。在加拿大的最初10年，她到处奔波，只为生计。在拿到英美文学与听力康复师两个学位的过程中，她搬家超过20次，尝试了从卖热狗到行政秘书的多个职业。直到有一天，她发现，听力康复师这个工作能带来逐渐稳定的生活。写作仍然是她的一个梦，只是她相信：太穷、太富都当不成作家。奋斗若干年，她终于对自己说，现在你可以动笔了。于是有了1998年的长篇处女作《望月》，之后便是“张翎小说精选”系列另外那几部：《交错的彼岸》《邮购新娘》《雁过藻溪》，再之后就是《金山》《流年物语》《劳燕》《廊桥夜话》。

除《余震》等少数的例外，张翎的小说都保持了一个传统的外貌，它们通常都是对家族历史的回溯，都是异域与故土之间的穿插，伴随着主人公的生命寻根与自我探寻。“在我的小说里，没有都市白领，没有写跟我同代、同时期的人，因为我觉得太近了，没有能力去写。写当代题材，我也会追溯到历史背景中去。如果离开根去写叶子，我会心存疑虑，会有恐惧感，认为那可能站不住脚。”张翎如是说。她深信，成年后的叙事都只是对于童年各种版本的回溯。

也正为此，她格外推崇想象力。在她看来，一部好小说应该是直接生活经验和想象力的合宜结合。“所谓的想象力大概就是一个人一辈子积累的直接经验和间接经验在一刹那发生了强烈的碰撞，把那些火花记录下来，就有了小说。”“传统的文艺批评一直非常偏重作家与生活的关系，却常常忽略了想象力在文学创作中的位置。”

“共性”才是文学永恒的主题

远离故土，旅居海外的作家常会有“无根”的漂泊感，反映在他们笔下，“文化冲突”和“乡愁”便自然而然就成了叙述的共同主题。在张翎看来，刚留学、移民时，就像把一棵大树连根拔起，移植另一地方，一些树根已经下土，一些还浮在泥土表面，它对周围的气候、环境、土壤有一种很敏感、激烈、痛苦的反应与挣扎。“如果那时就开始写作，叙述基调一定是激烈的、敏感的，接近于控诉的，像《北京人在纽约》《曼哈顿的中国女人》，所以有人把移民文学讲成第二次的‘伤痕文学’”。

好在她是旅居加拿大十年以后开始写的。“这些情绪都沉淀下去了，等于给了我理性的审美距离。”正是这种距离感，让她在文坛上站稳脚跟，完成她的“文学救赎”。而地理位置的阻隔，又使得她能以一种更开阔的视野来审视自身与故土的关系。脱离了本土生活环境，以前束缚作家的各种因素，无论是政治的，社会的，文化习俗的，都大大地减弱了。“在脱离了诸多的束缚之后，文字记录下来的是一种更为真实的、较少受环境污染的声音。”

由是，张翎的写作有了新的气象。她小说中的人物有的从中国走出来，生活在白人的世界里；有的从西方走入中国，试图去理解古老的传统。不管怎样，不是把自己放在与环境对立的立场上，而是将自己融入周遭的氛围之中，寻求与环境、与周围的人相协调的生活。张翎说：“从老一代移民到他们的后代，观念已经发生了很大的变化，最初是落叶归根，后来是落地生根，到现在，应该是开花结果的时候了。”在她看来，文化、思想的冲突是暂时的、局部的，是一种表面现象，共性才是永恒的主题，她要表达的，是她对远远大于她自己生活世界的那一部分天地的终极关怀。

能远离喧嚣，只按自己的冲动写作，感觉真好！

陈河

如果不是1998年遭遇的那起绑架事件，辍笔多年后是否会重执笔墨？这问题连陈河本人都很难回答。在这位旅居加拿大的温州商人的记忆里，重新写作的念头，是在他被囚禁于地下防空洞，几近绝望时燃起的。那时，他隐隐听到防空洞顶部通气孔里传来细微的小鸟叫声，还有依稀飘进来的一丝青草味。他忽然精神一振：如果能活着出去，一定要把这种感觉写出来。正是在那一刻，他明白文学并没有在心中死去。

那是在阿尔巴尼亚期间，陈河办好了移民加拿大的手续，正待离开前的一个星期天，他和朋友在海边玩，因为一个客户要取货而提前赶回公司，结果遇上了绑匪，用黑布蒙住他的脸，把他拖上一辆汽车。他被关在地下防空洞里，歹徒向他的合伙人索要20万美元的赎金。恰逢阿尔巴尼亚外长要到中国访问，因担心遭绑架的这位中国商人被撕票，引发国际舆论，当时阿尔巴尼亚调动了所有可以调动的警力，将地拉那及周边地区翻了个遍，才把被囚禁六天的陈河救了出来。陈河后来得知，绑架者是自己从前的翻译的两个儿子罗伯特和内迪。

辗转间，陈河来到了加拿大多伦多。原先在东欧已经积累了资金，而且学会了说英语，所以再一次创业，陈河做得比较顺利，他借到一个大仓库，批发百货和日用品。到2005年，他不再为衣食担忧，终于腾出时间把这次不平凡的经历写了下来，这就是发表在2006年第二期《当代》杂志上的《被绑架者说》。之后，他的创作一发不可收，陆续在《收获》《十月》等大型刊物发表了《西尼罗症》等十几个中短篇。同时发表的还有长篇《致命的远行》《沙捞越战事》，最新长篇《布偶》也在2011年第11期的《人民文学》上刊发。2010年11月7日，他因中篇小说《黑白电影里的城市》获颁首届郁达夫小说奖。似乎是在一夜之间，陈河成了华语海外文坛又一颗耀眼的星。

小说的故事最早可以追溯到陈河的青少年时代。那是20世纪70年代，他看过一部叫《宁死不屈》的阿尔巴尼亚电影。女主角米拉是二战时一个地下游击队员，后来被德军抓去绞死。1994年，陈河去了阿尔巴尼亚。在第一个落脚的城市城门广场的一棵无花果树下，他看到了一尊少女的雕像。“后来，新华社的一个记者告诉我那就是米拉的原型。我听了内心很震动，就像回到以前看电影的时光。”就在阿尔巴尼亚做药品生意期间，陈河遇到了《黑白电影里的城市》里的故事原型，一个叫杨科的老药剂师，他因腿脚不灵去邻国马其顿做手术，不料死在手术台上；杨科的女学生伊丽达，有一段时间兼职在陈河的公司上班。后来，她自己开了一个药店，找了一个当外科医生的未婚夫。想不到的是，有一天她的前男友闯进店里开枪打死了她，然后举枪自尽。陈河巧妙地把电影里的女游击队员米拉和现实里的伊丽达糅合起来，找到了通往小说深处的路。

多年的移民生活，让陈河的写作总是立足于华人的生存记忆中，借助域外的文化视角，打捞被遮蔽的历史，从而在不同的族群文化中展示华人的精神特质。《西尼罗症》采用超现实的写作方法，讲述一个移民家庭来到新环境后发生的故事。得知当地有一种由鸟传播的西尼罗症，他们家后院有一只鸟成了被怀疑对象，之后发生一系列匪夷所思的事件。作品反映民族迁徙的不适应，移民对新环境的恐惧感；《我是一只小小鸟》，反映的则是留学生的生活。小说的灵感由发生在多伦多和渥太华的两起中国留学生凶杀案而来。当时对在渥太华两位富家子弟被杀，网上也有很多议论。陈河认为，两个学生家境富裕、开跑车不是他们的错，他们来加拿大只是为了寻找属于自己的生活。

在2010年出版的长篇《沙捞越战事》里，陈河同样以“在别处”的独特视角，描述了二战时期的东南亚战场。沙捞越是日本军队的占领区域，那里活动着英军136部队、华人红色抗日游击队和土著猎头依班人部落等复杂、混乱的力量。生于加拿大，长于日本街的华裔加拿大人周天化，本想参加对德作战却因偶然因素被编入英军，参加了东南亚的对日作战，一降落便被日军意外俘虏，当上了双面间谍。从加拿大的雪山到沙捞越的丛林，从原始部落的宗教仪式到少女猜兰的欲念与风情，……在错综复杂的丛林战争中，周天化演绎了自己传奇的一生。

和小说中的周天化一样，陈河的一生也颇具传奇色彩，除了这几十年惊心动魄的移民岁月，早年的他也有过不凡的经历。年轻时当过兵，曾是浙江省军区的专业篮球队员，后来在温州担任过汽车西站的党总支书记。他喜欢欣赏异国贵族色彩的交响乐，平时热衷于阅读外国文学作品，尤其迷恋伯尔和索尔·贝娄的小说，并在国内发表了一些有影响的作品，出国前他还担任过温州市作协副主席。

说到近年来“远观”国内文学的感受，陈河表示，一些20世纪80年代备受关注的作家，本能写出一流的作品，却发现他们的近作不够认真。而这些年海外作家严歌苓、张翎等却创造力丰沛，作品让人耳目一新。在陈河看来，这一方面是因为，人在国外看待历史和生活的视角会有所不同；另一方面在国外，很少有国内作家那种一定要引人注目的功利心态。因此，他特别珍惜在国外写作的环境。“能远离各种喧嚣、包括应酬，只按自己的冲动来写，感觉真好！”

“侠”是个快意恩仇的美梦

张北海

“在旧武侠小说的作者都成了大师之后，总要有新人抖擞一下吧？想不到竟是张北海这家伙！”作家阿城在读了旅美作家张北海的首部武侠长篇《侠隐》后感叹道。几十年来，他围绕着纽约和北京两个城市的写作，为他赢得了王安忆、王德威、陈丹青、张大春等众多名家的交口称赞。美国纽约时间2022年8月17日凌晨2点40分，张北海在美国纽约逝世，享年86岁。

让人颇感欣慰的是，四年前，导演姜文终于把《侠隐》搬上了荧屏。而这部以《邪不压正》之名问世的电影，是他在2008年时就声称要拍摄的。这也没什么奇怪，毕竟这部小说的另类“武侠”气质与姜文个性可谓绝配，但为何拖了十年才开拍，用姜文自己的说法，是因为他一直没想好这个如梦境般的故事剧情得怎么更好地往前推进，只有等到做完了《让子弹飞》《一步之遥》那两个梦，他才觉得这个故事是时候登场了。如此，有了前两个梦里的北洋南国与北洋东国，再加上这最后一梦里的北洋北国，他终于构建起了名副其实的“北洋三部曲”。张北海想必乐意见到自己颇为看重的小说被拍成电影。事实上，当年也正是姜文的自爆让这部2007年才得以由世纪文景出版的小说小小地火了一把。等到《侠隐》终于拍成，世纪文景又顺势推出了新版。

此外，世纪文景还出版了张北海的散文集《美国，八个故事》《人在纽约》《天空线下》，以及他的散文精选集《一瓢纽约》。陈丹青不由慨叹，张北海犹如纽约的“蛀虫”，即便《纽约时报》的讣告栏，也是他导引我们解读纽约的绝佳素材。而导引我们解读张北海的最好方式，则无疑是读他的作品。作为一个妥帖平易恬淡的人，一个写“无用之物”、视角独到、让人着迷的老嬉皮，他的每一部作品都饱含着他的人生经验和光阴的故事。

“侠之终结”和“老北平的消逝”

在《侠隐》自序中，张北海写道：《侠隐》在内地的出版，让这部写老北京的小说回到了北京。“这里的北京，是没有多久的从前，古都改称‘北平’那个时代的昨日北京。”他还说：除了设定的“侠之终结”“老北平的消逝”这两个主题之外，我努力在利用这个虚实世界，将我出生那个年代的一些讯息传达给今天的年轻世代，即在没有多久的从前，北京是如此模样，有人如此生活，如此面对那个时代的大历史和小历史。

诚如作者所言，老北平和武侠构成了《侠隐》两个核心的要素。故事并不复杂。1936年，从美国回到北平的青年侠客李天然，为了5年前的师门血案，苦寻仇人并最终成功复仇。与传统的武侠模式不同，小说并没有着眼于展现跌宕起伏的故事情节，也没有刻意塑造特立独行的人物形象，少了传统武侠刻意渲染的爱恨情愁，多的是对北平生活场景的精细描绘。整个故事始终在北平的街巷胡同、衣食住行、岁时节俗中有条不紊地展开。

旅居海外多年、以写纽约散文见长的张北海，何以突然转而想起童年时代的老北平，而且一出手就是武侠。说到创作这部小说的缘起，张北海笑言写《侠隐》是为了圆梦："我从小就爱看郑证因、白羽等人的武侠小说，同时，又因多年就读外国学校，我有机会接触到西方类似武侠的著作，如《罗宾汉传奇》《私家侦探》和西部电影小说，以及《蝙蝠侠》《超人》等连环图画。所以尽管后来主修文学，我还是难忘却童年的那份喜爱。"

张北海一直把这种武侠情结珍藏在心里，直到临近退休才急切想去了却这个心愿。他回忆说："1994年，我58岁时得了腹膜炎开刀住院。在病床上想到，我已经为香港《七十年代》写了二十几年有关美国的特稿和专栏，觉得两年后退休，是人生又一阶段的开始。于是我开始构思，找资料，做笔记，其结果就是六年后完成的这部现代武侠小说。"在六年间，他写就了百万字，最后却大刀阔斧砍去四分之三。"小说25万字，共42回，其中每一章我都写了至少两三遍，再又删改不下十来次。所谓的百万字被砍去四分之三是这样来的。"

《侠隐》中的李天然走街串巷，这就意味着作者对主人公活动的老北平，要有深入的了解。事实确乎如此，张北海为还原20世纪30年代老北平的面貌着实费了一番功夫。早在1996年底动笔之前两年，他就开始做笔记。他的书架上有关老北京的参考资料，总有好几百本，其中大约四分之一是英文著作。"我首次回北京是在1974年，之后每隔几年回去一次。每次去北京，除了猛吃之外，总会收集一些有关背景的书籍。但不是为了写小说而找材料，而是为了认识我生长的古都。"

张北海说到他的一份材料，"其中一部分重要的参考书就是我1986年找到的《旧都文物略》影印版，内含十好几幅珍贵的分区街道图，可是每张局部地图的比例不一。于是我回纽约之后，请一家电脑设计公司为我拼凑成大幅大张而完整的北京内城外城总图。这项高科技作业，花了我1800美元。该书原价人民币55元。”张北海把对老北平的考察，巧妙融入小说情节之中，他描绘的老北平如此真切，以至于阿城在台湾版序言中表示，“《侠隐》开篇而且通篇即是我很熟悉的北京，细节精确，我甚至可以为有兴趣的读者做导游，那种贴骨到肉的质感，不涉此前武侠小说一目十行的陈词。”

把传统武侠的要素，巧妙地融进现代社会

有评论家称《侠隐》不仅是张北海的第一本武侠小说，而且是打着“武侠”之名的反武侠之作。“在不脱传统模式的情节中，且看张北海如何让“砰砰”两声枪响，变成武侠小说的绝响。”有评论家则认为《侠隐》是唱给旧时光、老江湖的一阙挽歌。“张北海挑了这么一个老套的武侠小说，想讲的却不仅仅是复仇的主题。当李天然在古都京城如孤魂野鬼一般游弋、闲荡、遛圈的时候，与其说在寻觅仇敌，不如说在追忆逝水年华。”

更有读者表示《侠隐》通篇就是一个梦，“一个张北海关于记忆中的北平的梦，或者说竟是张北海刻意雕琢复原的一个关于1936年的北平的梦”。阿城则说《侠隐》在主题和叙事上颠覆了传统的武侠小说。小说主题思想的阐释可以多种多样，无可置疑的是，张北海把传统武侠的一些要素，巧妙地融进现代社会，让武侠焕发出强烈的现代气息。小说的成功显然得益于张北海对武侠的独特理解。

在阅读传统武侠小说的过程中，张北海注意到中国的武侠似乎总无法在近代（更不要说现代）存身，其面临的最大考验就是能否在现代社会中找到适当的生存条件，例如充裕的资金、少数间接但非常有力的支援者、保持双重身份隐秘的可能性、大量存在需要纠正

而且足以引起大众认同的社会不义等。面对相近问题，西方创作早已将侠义故事带入20世纪，美国作者、导演塑造的蝙蝠侠、超人等，就堪称现代的“侠客”，受到读者和观众的热烈欢迎。

由此，张北海认为中国武侠迫切需要向西方学习，走向现代化。他说，我觉得中国不能永远生存在一个遥远的过去，一个虚无缥缈的世界，应该有人设法将“侠”置放在现代社会。于是他把《侠隐》的时间安置在中国近代，将草莽英雄改成“海归”，主人公不再耍刀弄剑，取而代之的是一把洋枪。张北海笔下的李天然，站在传统太行拳与洋枪之间，站在中国文化与美国文化之间，站在概念化侠客与普通市民之间，活脱脱一个汇通古今的现代侠客形象。

张北海说：“在现代社会，建立了法律制度，以往除暴安良的侠客行为已经被司法制度所代替。但是，侠士精神仍将延续下去。个人在社会中应该有正义感，有道德感，打抱不平，用非暴力的手段维护社会的公正、公平和正义，就是侠士精神在当今社会的体现。”张北海相信“侠”一直活在人们脑海之中，这是一个快意恩仇的美梦。武侠小说的作者和读者都在做这个梦。

他的写作已经形成了个人独特的白话文“文体”

张北海写“侠”，他本身也是个“游侠”。他N年前写的《侠隐》，之所以被姜文相中，除了作品本身符合气质条件以外，或许还有赖于张北海本人的魅力。

虽然张北海的名字在内地，算不得多少有名，但她的侄女张艾嘉却是人人皆知。张艾嘉自称“从我第一篇小学作文被老师赞赏，题目就是《我的叔叔》，到开始看他的文章，对他总是有一种崇拜。”这位崇拜叔叔的侄女更称张北海是“中国最后一位老嬉皮”。不仅如此，陈升有一首经典《老嬉皮》便是为张北海而作，郑愁予曾为他赠诗，阿城就更不必说了，简言之，他对张北海的文字赞誉有加。

1936年，张北海战乱中生于北京，长在台北，后赴洛杉矶工读。张北海的一生兜兜转转，他的前半生一直没有机会长久驻足在一个城市，更没有机会真正深入地了解一个城市，而了解一个城市是需要时间打磨的。所幸，最终他退隐纽约，自20世纪70年代到达纽约并定居至今，而长期定居纽约也让他成为早期赴美华人认识纽约的一个窗口。阿城、陈丹青、张大春、王安忆、张艾嘉、罗大佑、李宗盛、陈升……张北海之于他们，更像是一个认识纽约的引路人。

这个穿牛仔裤、踩帆布鞋的老嬉皮行走于纽约街头，坐公交，游地下铁，观察街头表演；吃着火鸡，品着生蚝，喝着蓝山咖啡，信手拈来，也能说出个一二掌故；有时他会神游故土，献出一部《侠隐》回忆昔时北平繁华；而长久的停留，则让他成了曼哈顿天空线下的一个漫游者，也得以从弱水三千中取一瓢饮，讲述纽约的故事。

对于张北海而言，写这些故事，完全是一种乐趣，一不打算还原美国的真相，二不打算替国人启蒙，故而在他笔下，看不到那种政治经济法律宗教教育一类的知识制度分析，看得到的，只有牛仔裤、地下铁、摇滚乐、时装和便装……这些小玩意，更确切地说，是文化和生活。

长年游历于东西方之间，在传统和现代之间从容摆渡，张北海乐此不疲地书写着他所热爱的城市。他的文字简约、冲淡，笔法从容、潇洒，洋味十足，阿城谓之曰“风度”，并认为他的写作已经形成了个人独特的白话文“文体”。有读者称：与这样一个作家相遇，遭遇久违的干净优雅的现代汉语，是一件幸福的事。

我不愿意让读者看出我在书写过程中的挣扎

黎紫书

时光倒退回几年前，马华作家黎紫书大概难以想象自己会凭《流俗地》这样一本非典型马华小说受到华语读者欢迎，并且频频入选各式榜单。毕竟在华语世界的边缘写作，像她这样的马华作家要让自己的作品被“看见”，就困难一些。而很多年里被“看见”的马华文学作品，主题多是关于马来西亚的历史与国族问题，写的也多是雨林里的奔逃迷失、橡胶园中的冲突对抗，以至于给人感觉，只有写了热带的水木氤氲以及国族冲突，才是读者心目中的马华文学。

黎紫书在写作之初也是依循的这个路子。她坦言，那时她对于马华文学应该往什么路上走，怎么样才能称为好作品，并没有具体的概念。“那时候学习写作，看得比较多的就是李永平、张贵兴、黄锦树等旅台马华作家的作品。他们当时都已经成名，拿了很多大奖，也获得了很多认可，我自然而然地认为马华文学就应该是他们写的那样，我也以他们的作品为摹本自觉地经营自己的写作，以为写一些台湾地区或者其他地方没有的东西，比如雨林和橡胶园，就是马华文学了。”

再加上在华语世界的边缘写作，拿奖几乎是被“看见”的唯一途径，黎紫书最初写的作品，也就多是对文学奖的“揣摩之作”。1971年生于怡保的她自霹雳女子中学毕业进入《星洲日报》工作后就开始了小说创作。1995年，她凭借《把她写进小说里》摘获花踪文学奖马华小说首奖，此后多次获得知名文学奖，2010年出版第一部长篇小说《告别的年代》，亦颇受好评。虽然如此，她觉得她在很大程度上都是为文学奖而写作，与李永平他们不同，她并没有在中国台湾生活或放弃马来西亚国籍的经历，反倒是在北京住过两年。她从小接受的也是英文教育，学中文纯粹是出于兴趣。何况她并没有像这些前辈作家般天然有着宏大的历史记忆，也就不具备那么强大的批判性，反倒是多了一种和解的意识。“在怡保生活五十年以后，我与马来人、印度人相处很好，我和两家马来人整天讨论怎样喂养后巷的野猫。”她觉得应该忠于自己，诚诚恳恳写一部别的马华作家不会写，只有她会去写的长篇小说，但在很长时间里却是如评论家王德威所说，“为自己的作品找寻定位而不得”。直到2020年长篇小说《流俗地》在马来西亚和台湾地区出版，她才真正找到自己的音调，讲出了几十年来心心念念的人和事。

《流俗地》写了中马地区一个华人社区几十年来的人事变迁。近打组屋，锡都的一处廉价公房，住在里面的人没有一个不想搬走，却因为困窘而比其他社区更抱团贴近，楼上的小儿子挨揍，隔壁的老妈碎碎念，就像自己家里的事一样清晰可见，跳楼的变作厉鬼，为孽的逃亡异乡，有人跌低有人高飞。这里的生老病死、爱恨情仇寰宇相类，匹夫匹妇的悲欢蕴藉着人类的永恒之问。黎紫书坦言，小说里写的这些人未必会是她的读者，但她平时都会遇见的这些人，可以说就是她的家人。“写他们是因为我认为把他们的故事写下来很重要，因为他们可能是不会去记录自己的故事的。在知天命的年纪，我也需要用写作来处理对家乡的感情，即便今天不写，终于也还是要写，这是没有选择，‘必须如此’的事情。”

给小说取名《流俗地》，在她看来也是“必须如此”，这样取名是包含了某种深意的。“小说写完以后，我曾发给一些编辑朋友看，其中有一位就认为其中‘流俗’二字有贬义色彩，而书里面这群平凡人，即使过着非常平凡的生活，也是值得尊敬的，所以建议我改掉书名，但我没改，因为我写的时候，并没有把‘流俗’两个字当作贬义词看待，而我之所以选择‘流俗地’这三个字，也有更深的用意在里面。”她说这么取书名，一是因为小说以风俗画为概念，就像《清明上河图》那样，一长卷推开了去，可显地道又饶富趣味。二是觉得“流俗地”三个字凑起来很有意思。“流者，水也；地者，土也；‘俗’呢，是‘人’携着‘谷’。在水与土之间，在流变与不动之间，民以食为天，这与小说的构思十分契合。”她还表示，流俗也指小说里没有超脱的人和事，大家都为世俗所缠，升不了天，最终落入泥淖成为俗人。“所以取这个书名，也包含了流去世俗庸气，返璞归真，亲近自然和人性的意思。”

可想而知，主人公银霞身上就寄予了黎紫书要表达的这份意思。作家王安忆在小说代序中说，倘是由她来取名，她就叫它“银霞”。“这两个汉字有一种闪烁，晶莹剔透。而且，要知道，书中的她，是一位失明人，应了看山不是山，看水不是水。好像卓别林的盲女故事，题为《城市之光》。”如其所言，银霞生来是盲女，她聪慧、敏感，亦懂得洞察人心，她既愿意在家编织箩筐，也渴望融入外面的世界，她学象棋、上盲校，在生来的困顿里劈开了一片天。在盲校里，她学会用盲文写信，也拥有了炙热的爱情，一切看似向着美好的方向，殊不知黑暗已经降临。

小说就这样写了银霞的命运沉浮，还以跳接时空的叙事手法，为各个角色穿针引线，每一短篇看似独立却又连续，这些小城人物在生命狂流里载浮载沉，薄凉活着，无声老去。而此中生命狂流的“流”，也恰好对应了书名里的“流”字。黎紫书表示：“这个书名里有水、有土、有人，水、土、人抱着谷，应了我自己出生成长的地方。可是‘地’有了，就是怡保这个小城镇。‘人’有了，小说里面写了很多人，是一个群像，我也经常谈到食物。但是‘水’这个部分怎么体现？对我来讲，‘水’其实就是时间。我们是无法清楚看到时间流动的，但是它一直在流动着，无处不在。小说里面倒是出现过河流，可是河流在小说里面一点都不重要，流动的是时间，时间才是这个小说里面最重要的一个角色。”

话虽如此，小说里很少有我们通常用来标示时间的年份和日期。这是因为在黎紫书看来，市井之徒对时间的感知往往是由具体的事件决定的，盲女银霞对时间的感知更为特殊。“她是一个看不到的人，是不需要戴手表的，但她有了一只手表以后，一直想象手表里的时间，她只能将盲人对时间的概念投射到手表上，她以为表没有电了，时间就会停在某一个点上，可是时间没有停，一直都没有停。手表的电耗尽了，当她把电池放进去的时候，时间已经追不回来了。”以黎紫书的理解，历史学家会用编年史的概念，但一般的市民是不会这样记东西的，她就是用的他们对时间所具有的概念。“他们只会记得谁消失的那年、谁去世的那年，记得的只是这些事件，由事件一直在后面推动着时间的齿轮向前走。”

饶有兴味的是，黎紫书却并不按照线性的时间发展写。香港作家马家辉认为，这样处理时间，反而让他更能从小说的文字中感受到生活的质感，“一般人写几十年的历史，通常就是从祖父母那一辈，开枝散叶地写下来，可是《流俗地》的写法不一样，一共四十章，B 的故事应该发生在 A 的故事之前，但她从 A 的故事写起，再转去 B 的故事，之后又到了 C 的故事。而且，她是按照里面提到的流行歌曲、杂志、漫画等，来对时间进行提示和表现的。一个人可能他人生中很关键的某一段发生在第五章，另外一段出现在第八章，还有一段出现在第十二章，这样的写法更能够让读者有一种陪着他们成长的感觉。这样的写法，与其说让我们记住时间，不如说是记住生活，记住生活的实感跟质感。”

这就应了王安忆说的，《流俗地》回归到写实主义，发现了一些日常生活的趣味。“我比较重视日常生活的美学，好的小说要让我们看到生活的本相，要有一个常态的外部。”而在王安忆以往的印象中，马华作家在写作上吸收了更多现代主义的写法，理论、思辨的东西多，所以她读这部小说读得那么顺畅，让她自己都颇感意外。“这个故事首先非常饱满，还有就是很完整。不仅是对海外作者，对马来西亚作者，还是对我们大陆作者，这都是一个很好的榜样，她那么诚实地写作，其中叙事的逻辑，还有对生活状态的描写都是那么诚恳，而且有趣味。”

无论如何，相比黎紫书之前那部“想象中的想象之书”《告别的年代》，以一部既无开端亦无终结的历史大书为引子，分三层叙事，将同名同姓但不同时空不同角色的三个女人“杜丽安”串联起来，意在展现出一个家族的历史，三代人的共同回忆和人物在时代变迁中的心路历程的嵌套式写法，《流俗地》的确偏于写实，亦如香港作家董启章所说“洗尽铅华”。但黎紫书认为，一部小说要写得扎实好看，当中也需要调动许多技巧，用上许多心计，只是比起现代主义作品，它的技巧往往内敛不外露，使人浑然不觉。“这样的小说，最怕露出斧凿痕迹，我甚至不愿意让读者在文字里看出我在书写过程中的挣扎和殚精竭虑。”

与此相仿，读者也或许不太能看到小说包含的精神性因素。这正是评论家陈思和特别看重的方面。在他看来，《流俗地》虽然是写实的，但它背后有非写实的、精神性的因素在提升它，使它显示出开阔的境界。“我为什么特别强调这一点？这是因为文学上的写实主义是有两面性的：一方面写实主义容易阅读，而且它所讲述的故事、生活都相对真实；但另一方面，写实主义往往会走向庸俗社会学，讲吃喝拉撒，讲日常生活，讲小人小事，讲所谓苦难，而这种苦难是没有精神性的。我认为对于长篇小说，精神性是第一位的，没有精神性就没有好的长篇小说。”

而以黎紫书的看法，好的长篇小说自然是严肃的文学作品，而非大众化的类型小说，但必须精彩，好看，能让人享受到阅读长篇小说该有的乐趣。“我知道可能没有办法写出惊人、曲折的故事，我写的只是一群平凡不过的人和他们凡俗不过的人生，要把这样的平凡小事写得好看，当然不能只是用写实手法写一群人怎么生活、怎么吃饭、怎么和朋友相处。这样不仅庸俗，也不是我心中的‘好看’。所以必须在‘好看’中加入一些精神性的向度，在一群人怎样生活的表象底下，还要有一些精神层面的东西可以打动读者，这样小说才不只是流水账。”

至于《流俗地》是否如黎紫书预期，能雅俗共赏，并且是一部每一个马来西亚华人，甚至每一个能看懂中文的人都能读懂，都愿意读的小说，自然可以讨论。但它无疑给华语写作带来了某种新质，或者新的气象。“我预感到这本书会开拓一个新的局面，马来西亚作者会有一个新的世界，就是他们开始把国族冲突、家国情怀等等，纳入日常生活的环境里。还有什么比这更重要呢？他们在这么复杂的环境里度过，有那么多丰富的故事可以写。”王安忆如是说。

如其所言，《流俗地》的重要之处正在于，黎紫书终于能沉下来关照日常生活的细节。作家徐则臣说，十年前的黎紫书的文字里有很强烈的时代超越性和先锋感，而如今的这部小说则全然没有从前的曲高和寡。“虽然我和乔叶与黎紫书不在一个场域里写作，我们的文化背景和写作题材也大有差别，但是我们到一定阶段所需要面对的抽象的难度和写作的困境是一样的。”他由此认为，作家要敞开自己，向人间、大地、生活敞开，向历史和文化敞开，那些表面上琐碎的，甚至形而下的问题，的确构成了生活的绝大部分，而小说家必须为这些问题发言。

进而言之，作家真正向生活敞开，才有可能在真正意义上关注众生，并写好人物群像。作家毛尖感慨，这是一个告别群像的年代，“写群像需要非常高超的技巧，而且‘群像’这个概念本身就很难得。黎紫书的群像建构特别清晰，每个人的声口都是很不一样的。她的写作难度是很高的，所有人既交织在一起，又要彼此对话，每个人都要在对话中交代自己的个性。紫书这种交织群像和建造声口的能力令我叹为观止。”

黎紫书如是回应：对紧密关系的把握，跟她小时候的生活有关。“小时候我住排屋，邻里关系很紧密，各家各户可以串门。家里没有电视机、录影机，就要跑到邻居家看，也没有人驱赶我们。今天，各家各户都有自己的电视，每天回到家，关起门，打开冷气，躲在自己小小的、自足的世界里，不需要从别人那里拿到什么，也就造成了关系的疏离。”她之所以会下笔创作群像小说，也源于她少年时代的阅读经验。“我很喜欢金庸的武侠小说，通常喜欢的是周边的角色。金庸很厉害，笔下的每个人都很突出，都不一样。这在我心里种下了一个种子，我以后也要尝试写一本群像小说。我写的不是武侠小说，而是平凡世界里的人物，那这群人要怎么突出出来？这就用上了我在做记者时受到的训练，那时候我经常去底层社会采访，听那里的人是怎样说话的。可能我对这方面比较敏感，虽然我写的是平凡人，但我也可以找到让读者记得他们的办法。”

与此同时，就像毛尖说的那样：“拿到《流俗地》之后，我先看了后记。我想，紫书怎么这么骄傲？后来我把小说读完，我觉得，骄傲成了紫书的一种伦理，是她的美学伦理和写作伦理。你很骄傲，你笔下的人物也都很骄傲。紫书用自己的骄傲，赋予每个人以美感。”

然而刚开始写作时，黎紫书却是“谦卑”的，这是她身处的写作环境使然：“马华文学圈就是一个很小的圈子，没有几个人读中文作品，尤其是文学那么冷僻的东西。如果你出了一本书，印1000本卖完，你就是畅销作家。在马来西亚，作家基本上很少写长篇小说。因为写出来往往没有地方发表。甚至短篇小说写长了，写了15000字，编辑都说这个很难发，要分两三期来连载。我得过很多文学奖，其实参加文学奖也是一种无奈之举。因为如果我不参加那些文学奖，我写的很多作品根本就没有机会被人注意到，更不可能靠写作谋生。”

而黎紫书本来是不需要靠写作谋生的。她从事的记者工作，即是马来西亚当地为数不多的、能够通过中文书写来谋生的一项工作。她原先以为这会是一份终身职业，直到她发现这份工作消耗太大，重复性太高，决定辞职当一名全职的中文作家。黎紫书感慨，在那样一个环境里，这个决定非常悲壮，为了让自己能靠文学谋生，也为了让自己的作品被看见，她必须钻研写出那种“得奖体质”的小说。但在获了一些文学奖后，她转而重新思考如何写作。也因此，她创作出了《流俗地》。“我在写这部小说的时候不会去思虑其在马华文学中的地位和意义，我想到的是我自己要怎样写作，我的小说要怎么样完成。”她说自己在小说世界里面，扮演的是令狐冲这样的角色，“我不去谈民族大义，我要自自在在地去写我自己喜欢、自己认可的小说”。

这样充满灵性和美感的表达，加之出生于“南方以南”的马来西亚，也就使得黎紫书的作品被放置到“新南方写作”的概念下加以观照。以黎紫书自己的说法,《流俗地》写的是马来西亚土地上一群平凡人的生活,可能并没有那么多离奇的情节,但真实地呈现了人物的命运与选择。当记者这段经历得以让她有机会接触到不同阶层的人和他们的生活。"十多年的新闻记者工作让我收获了多样的人生体验。报道车祸新闻、采访诺贝尔奖得主、访问月饼铺老板,我报道的题材、采访的人物触及社会不同的层面。有了这种的经验,我才能处理好小说里各种不属于我自己的生活圈子的人之间的人际关系,也才有能力在作品中去塑造各种各样的人物。"

也因此,黎紫书才有能力塑造银霞这样一个人物形象。当然,她此前就在自己的作品中塑造了很多像银霞这样坚韧而强大的女性,这也是她生活中所看见的女性们的样子,她希望能在作品中呈现出女性世界不同的层次感,也能够更让大家更诚实地看待这些女性。此次,她选择以盲人作为主角展开故事则既是因缘巧合,也是理当如此。她说:"我的家乡怡保是一个小地方,出租车台只有两个,我通常只搭乘其中一个,每次打电话,我就听到同样的一把女声,经常打的关系,所以她也听出我的声音,虽然我们没有问彼此的名字,这个人我也没有见过,可是我开始想象她,莫名其妙想到把盲人代入到这个出租车台的调度员里面,这个 call 姐坐在小小的办公室里,听电话,吩咐出租车司机,传话,她本人却没有怎么出门,可是她每次接到电话可以准确地说出地点……"

不仅如此,黎紫书还觉得银霞理当是个盲人。这一方面是因为作为写作者,她想要制造一种困境给自己去突破,另一方面更是因为在她看来,盲人的视角比较清明、比较干净,让一个从来没有见到过怡保的盲人来讲述这个地方的故事,更有奇幻的作用。"怡保是一个非常复杂的社会,各族群彼此之间有各种各样的成见,我想从一个盲人的角度去看这个社会,她的与别人不一样的眼睛看不到那么多标签。她对事物的认知,不像我们这些有视觉的人,有这么多的盲点。我们受到各种各样的标签和成见的影响，盲点其实比盲人更多。”

但黎紫书却让银霞遇到顾有光——那个名字里有光的人，这在毛尖看来是一个太温暖，也太美好的情节设计。“这使得银霞这些年受到的伤害都能被补偿。爱情需要一点童话意味的元素。”黎紫书坦言，这个角色其实有很多读者不喜欢。“甚至有读者说，银霞嫁给这样的老头子，实在是恶心。我替他感到伤心。对于银霞来说，他的存在是一个声音的存在，是一个温度的存在，他是她在人生中唯一可以把不堪往事说出来的那个人。对她来说，年龄有什么问题？她的眼睛看不到，她不会觉得这是一个问题。这是我们在把视觉上的成见加在银霞身上。还有读者认为，银霞配不上顾有光。我觉得，我们用爱情的名义去审视两个人相不相配，是很庸俗、很低级的。在银霞和顾有光心中，配不配这个问题根本就没有存在过。虽然我们明眼人眼中有这么多的想法和批评，但在小说中，细辉在开车时接到电话，听到银霞要嫁给顾有光，他的整个世界都安静下来了。”

从某种意义上说，这体现了黎紫书的温情。当年，她选择余生当一个作家，她就意识到她需要突破自身的局限，找到更大的格局。于是她决定离开故乡，去看看外面的世界。但当她在接近二十年的“流浪”生活中先后旅居北京、伦敦等多个城市，间或回到家乡时，她的感情、心态却不断产生改变。“我以前很讨厌家乡一些粗俗的人，常常觉得粤语过于生猛、粗话太多，可是经过很多次离开再回去的时候，我听到这种粗俗的话的时候，心里觉得无比亲切。我在写《流俗地》的时候，也是用了粤语所给予的各种各样的能量、灵感，在语言上推动叙述的节奏。而我的老家曾经以锡矿繁盛过，可是锡矿已经没落。如今我每次回去都是看到我几年前离开时的样子，一点进步都没有，可是这个不进步让我觉得很宽心。所以在写这部小说的时候，不管写的是谁，是让大家讨厌的渣男，还是一无可取的父亲，我的心里面没有一点点的憎恨，没有存着丝毫的批判之心，这就是离家多年造成的一个情况，我想到家乡时，觉得那里的一切都是美好的，就连这些粗俗的人，就连这些不道德的人，我都觉得有他可爱的一面，我没有办法不用一种带着温情的笔调去写这些人和事。”

如今在异域他乡，黎紫书依然近乎执拗地书写着怡保这座小城的风雨流变、市井奇观。她珍惜在不断“到世界去”旅行或者短暂“回故乡”小住的过程中，自己获得的审视家乡的眼光。“因为不进步，有点点野心或才华的人都想离开这里。可是我离开以后发现，这个地方跟我有千丝万缕的关系。没有它，就没有我黎紫书，也不会有用《流俗地》这种语言书写的小说。”但她并不想把写作题材局限于此。“我从来没有要求自己必须要写马华题材，我觉得只要我在哪个人生阶段接触到的，真正能启发我，我思考最多的是什么，我就写什么。”

只有从个人发展中，才能看到国家的真实面貌

张彤禾

2004年，当时还是《华尔街日报》记者的张彤禾第一次走进工业城市东莞时，西方媒体有关中国工厂恶劣条件的报道已经铺天盖地。在这些报道里，中国打工者在恶劣的劳动环境里挣扎生存，随时可能被切掉手指，或者因为过分压抑而跳楼自杀。张彤禾凭直觉以为，事实可能没有这些新闻里描述的那么简单。“如果真的那么条件恶劣，并且很难真正成功，那么为何每年还有1.5亿农民工背井离乡，前赴后继地进城找工作？”

张彤禾想要打破这种预设的轻率判断。在她的理解里，农民工出去打工固然辛苦，但同时带来一种机会，一种有趣的探险。这种想法也构成了她写作这本书的动机。不久，她辞掉了《华尔街日报》的工作。两年中，她每个月花两周时间，在东莞跟随一群打工女孩，进入她们的生活，记录、观察她们两年中的变化、挣扎和奋

斗。最终，她于2008年在美国出版了《打工女孩》，当年获得《纽约时报》好评推荐。5年后，该书中文版由上海译文出版社出版。同年4月，她应邀为这本书来京沪两地做宣传。在不同场合，她都特别强调，农民工的生活，和其他任何人一样，有喜怒哀乐。“她们丰富、深思熟虑，并且充满生活的乐趣。”

“作为一个记者，记录我所看到听到的，这就是我的职责。”

在2013年4月8日晚于北京大学所做的题为《中国打工者的希望与困境》的演讲中，张彤禾向读者展示了一个 Coach 的小钱包。这是2005年冬天，故事主人公之一吕清敏在带她回湖北农村老家过春节的火车上送给她的。她举起它说：“我一直保存着，由此提醒我与这些我记录过的年轻女孩的联系，这并不是因为经济，而是因为个人情感的联系，价值并不是在于金钱而是记忆。这个钱包也提醒我，你坐在办公室或图书馆里所想象的东西，和你走出去真正接触的东西，并不一样。”

这是张彤禾最为真切的体会。在东莞有很多事情，如果不是亲眼看见，是她无论如何都想象不到的。她举了一个流水线英语的例子。这是东莞的一个英语学习机构。有一次，张彤禾陪一个女孩去考察。她发现，这个机构的负责老师根本不会英语，却研发出一个学习英语的机器。学生们到最后一分钟可以念出几十个单词，却不知道它们的意思。“这是一个很丰富的地方，每个人都有一个计划，都很有趣。这个世界里有太多你没有想到的东西，所以这本书，很厚。”

要发现这些意想不到的东西，就意味着张彤禾得真正融入打工者的生活和内心世界中去。她在两年的调查期间，尽量穿着简单，大多时候在便宜的面摊吃面，能够搭公车去的地方尽量搭公车。出乎她意料的是，实际上她倒是很容易融入当地生活中去。这一方面是因为她是华裔，而且长相显然比实际年龄看起来小一些。在她开口说话之前，很少有人会注意到她和他们有什么区别。另一方面是因为，在东莞每个人看起来都是外地人，每个人都习惯了和陌生人打交道。“相比较北京或者其他的小地方，东莞反而是最让我没有‘外来者’感觉的地方。”

打工女孩很自然地成了张彤禾观察打工者群体的最佳选择。这有她自身作为一位女性的原因。除却背景、教育和阶层的差异，女性的身份能帮助她更好地了解这些女孩。更重要的是，在她看来，移居对女孩的影响比男孩更复杂，通过她们，更能看出人口的流动如何改变生活？“在农村，年轻女孩的地位最低；在城市工厂，她们却是比男孩更有价值、更容易获得青睐的劳动力。我很好奇这些女孩是怎么跨越传统和现代，从‘地位低下’到变得‘有价值’。同时我还想了解，这些转变带给她们自己和她们家庭的冲突和矛盾。”

张彤禾的调查是贴近式的。她选取了吕清敏和吴春明作为深入研究的对象。她不仅写了她们的迁徙流动，还有她们与老板和同事的关系，家庭内部的关系，恋爱，以及商业世界里的复杂，和她们吸收外来观念、学着认识世界的情况。张彤禾说，这些属于人的故事能够超越时间和地点。然而，也正是这种选择，让她受到很多质疑。两个核心人物，最终都从工厂基层车间升到了收入更好的工作。她们到底在中国有多少代表性？她们获得的所谓的“成功”，可以复制吗？

对此，张彤禾的回答是：我只是一个记者，我记录我所看到听到的，这就是我的职责。“我知道自己想写具有典型流动人口背景的年轻女性，敏和春明都符合要求：她们来自贫穷的农村家庭，都没上过高中或是大学，都是十几岁就出来到了城市。而且她们都开朗、好奇，并且有趣。在渐渐了解她们之后，我认识到她们都有独特的过人之处。敏是勇气与韧性兼顾，春明则始终在追寻幸福和生命的意义。但她们的雄心和百折不挠的劲头是中国农民工普遍拥有的特质。”

事实上，张彤禾的写作，得到了她采访过的打工女孩发自内心的认可。几年前，她曾经写过吕清敏的文章，是这本书的雏形，刊登在《华尔街日报》上。她把文章翻译好，在东莞的点心摊拿给她看。张彤禾说，当时自己很紧张："这是我第一次看着文章里的主角看自己写的文章。敏翻到最后一页，仔细地看了结尾，又翻到背面看看，有些不相信又有些期待地问：'完了？这篇文章让人还想继续看下去。'"当时，张彤禾告诉她，还会继续下去的，因为这是你的故事。

正是在这个意义上，在有人指责张彤禾"竭力渲染个人选择和多元文化背景下个人貌似精彩的生活，只是误入歧途"的同时，更多人对她表示了理解。有网友认为，无论张彤禾所写的人物能否代表大多数农民工的现状，她对于打工女孩生活，尤其是心灵和精神世界探寻的深度，都促使我们去观察身边的打工群体和他们自己的内心世界。然后真诚地问一句：他们到底需要什么？

"你需要花很多时间，才可能了解，你真正看到的是什么？"

关注打工群体，如果仅仅停留在观察和发现上，或许会如有网友批评的那样，缺乏自己的洞见和思考。但这样的批评事实上是站不住脚的。张彤禾对西方媒体报道中国打工群体得出的冷漠粗浅的判断的怀疑，本身就包含了自己的思考。而某种意义上，她也通过自己的观察和思考得出了自己的结论。

谈到大多数年轻女性为何选择外出打工，张彤禾的看法是，除开经济因素，她们更想满足的是，离开农村去看一看外面世界的愿望。“她们，比起其他任何一切，都更能代表当下的中国：一个正挥别乡土和动荡过去、并拥抱光明但又充满未知的国度。”正是在这一点上，有研究者指责张彤禾的美国文化价值观影响了她对中国现实的认知。“这本书是写给美国人看的，书中充斥着‘美国梦’以及个人奋斗的教诲，对资本主义没有批判，对打工者面临的根本问题视而不见。”

在张彤禾看来，出现这样的歧见主要是源于观察视角的差异。“如果你花两个钟头去采访一个人，或者你花几个月时间去看她生活里所有的方面，你得到的结论可能很不一样。”张彤禾说，她刚进城认识吴春明时，她一个月只赚一百块，还差点被别人骗了做按摩女，然后在街上游荡了一个多月。要就这样写文章，写的会是很悲惨的打工生活。但从更长的时间段看，吴春明的生活在不断地改善。“到现在，再回头看她过去十年的生活，她从最初期的工人，现在已经快要进入中产阶级。所以，你需要花很多时间，才可能了解，你真正看到的是什么？”

显然相比激烈的判断，张彤禾更倾向于做客观的观察。在张彤禾看来，任何简单的判断，都可能失之于武断。“我是外国长大的，我不是这个社会的人，对有些事情，我没有资格来做评判。”但这并不是说，她的写作就完全没有角度、立场。“比方说，我看到很多中国人的群体，给个人带来很大的压力，让他没办法做自己真正想做的事，这很难说是理想的状况。而这种现象在中国的家庭、村庄、单位里都普遍存在。但更多的方面，我希望是我写了，让我们大家来了解、来判断，然后来做一个决定。”

也因为此，张彤禾对知识分子的很多所谓讨论，提出了直截了当的批评。“我觉得他们不必花那么多时间去制造和谈论话题，说这个事情左还是右，帮政府说话还是攻击政府，这些东西有人可以谈，但是也有很多别的东西可以去发现。”张彤禾认为，如果仅仅围绕话题，很可能造成误判。“2008年金融危机来临，很多外国媒体开始预言，说这可能是中国生产业衰退的开始。到了2009年，中国经济逐渐恢复，工厂的生产量增加，很快工人就不够了，它们再次预言，说因为缺少工人而投资人可能会被赶出中国。这些预言很快就破产了。实际的情况是，中国的经济很有弹性。具体到打工者，经济衰退的时候，他们回家过年，然后就待在家里，在家附近找一点杂活。经济恢复了，他们又回城找新工作，现在打工者还有了更多的选择，他们可以在家里附近的城市找工作。”

张彤禾认为，所有的这些误判很大程度上源于外国媒体看到了中国这个国家及在这里发生的大事件，却独独忽略了个体。“当你回头检视这个时代，很可能那些当时看起来很重要的大事件都已让位于表层下个人的生活变幻。很显然，中国不只是一个国家，或是政府，在它被经常谈论的经济、政治的话题下，还包含了很多个人的故事。而只有从个人的发展中，才能看到国家发展的真实面貌。”

“写关于当代中国的故事，如果不涉及历史将是不完整的。”

某种意义上，《打工女孩》之所以能引起很多读者的共鸣，不只是因为张彤禾对中国打工者独特个体的深入描绘，及由此展示出来的客观、真实，还在于体现在这本书里，张彤禾的观察视角是代入式的、平等的。

在东莞采访的两、三年里，张彤禾有一个特别深刻的印象，就是很难和这些打工女孩保持联系，因为她们每个人随时都可能换工作，搬家或者改变手机号码。“经常，你跟她们交上朋友，但过了两个礼拜，就再也没有办法找到她们。刚开始，我以为她们最大的痛苦和困惑，在于工作条件差，时间长等等现实问题。但进一步了解她们的生活后就发现，最痛苦的是你在城市里很孤单，或者你认识的朋友一下子就不见了，或者你没有人可靠，这也使得她们时常告诫自己不要关心太多人，生活就是这么现实。”

直到后来，张彤禾才发觉，原来自己和那些女孩有那么深的联系。“我也离开了家。我了解生活在举目无亲的地方那种孤独漂浮的感觉；我亲身感受到人轻易就会消失不见。”而这种深刻的感受，更是来自张彤禾自己的家族故事。“我父母在中国长大，此后在美国生活了五十年，却从未真正对居住的社区产生归属感。家似乎永远在别处：离去多年的中国，住在台湾的年迈双亲，遍布全球的华人朋友圈。以致我现在也没有一个可以回去的家了。我成长的纽约那个家早在十几年前卖掉了；我父母在圣地亚哥的家里，几乎没有我记忆中的东西。我父亲已去世快五年了，母亲至今仍未决定怎样安置他的骨灰。”

看似有着天壤之别的两个故事，在张彤禾的理解里，却有着太多的相似。“它们都是中国在经历长期封闭之后，年轻人离开家乡的故事。而正是早期的动荡和悲剧赋予了当下深刻的意义。”也因为此，张彤禾把自己祖辈和父辈为了更好的未来迁徙的家史，作为额外的三章，郑重写在书里。只可惜这部分内容在大陆版中被删去了，为此她很是遗憾了一阵。但张彤禾坚持认为，过去总是缠绕着我们，写关于当代中国的故事，如果不涉及历史将是不完整的。“就如我在书中所写，很长一段时间，我想着东莞是没有过去的城市，但事实并非如此。过去永远在那里，并提醒我们：我们会充满希望，排除万难，让这个时代走上正确道路。”

原地起飞，呈现丰富宽阔的生活

张惠雯

在全球化背景下，越来越多作家试图写出如2017年诺贝尔文学奖得主、英籍日裔作家石黑一雄所说的，那种能够把各种民族和文化背景融合一起，包含了对于世界上各种不同文化背景的人们都具有重要意义的生活景象的“国际化小说”。这在某种程度上呼应了石黑一雄很多年前做的预言：“如果小说能够作为一种重要的文学形式进入下一个世纪，那是因为作家们已经成功地把它塑造成为一种令人信服的国际化文学载体。”

对于移民作家，如海外华文作家来说，写出这样的国际化小说似乎不成问题。但实际的情况，正如作家徐则臣近期所说，在众多海外华人作家里，有的可能写某方面的题材特别好，有传奇性，看起来很过瘾，但是如果放在更高的层面上会发现相对比较单一。也就是说，虽然这些作家有地利之便，并且拥有丰富宽阔的生活，却不一定能把他们经历的生活通过恰当的文学形式表现出来。

但以徐则臣的阅读，旅美作家张惠雯的写作展露出了宽阔的文化视野，她能非常自如地把自己经历的生活引入到小说里。“在一个全球化的时代，文化宽广是一个作家的重要禀赋和难得机遇。不同文化语境对人的塑造非常重要，惠雯祖籍河南，在新加坡念大学，后来到美国。她在新加坡的这段生活经历，为她与世界衔接的创作铺垫了一个非常自然缓慢的过渡地带。如果将她的所有作品放在一起，我们会发现她对河南中原文化与中国文化、中国文化与东南亚文化、东方文化与西方文化的比较，点点滴滴地呈现了出来。”徐则臣说。

可想而知，虽然生活给了张惠雯这样的机遇，但她能做到“点点滴滴地呈现”，主要源于她的创作能力。徐则臣说，每个作家的写作都像驾驶一架飞机，有的作家可能需要经过漫长的助跑后才能起飞，张惠雯的写作却基本上就是原地直升机式的。“她的有些小说，要是换成我来写，完全不知道怎么下手，我会觉得这个题材根本不成立，或者在我看来，用这样的题材，这样的切口来写，我没有信心能够写出精彩的小说。但是惠雯就在我认为没有戏的那个地方开始拔地而起，所以她的很多小说看起来没有特别强烈的戏剧冲突，故事脉络起伏也不是很大，但这恰恰是一个巨大的能力，这个能力就是原地起飞。”

某种意义上，也因为张惠雯有这样的能力，她的写作才能展示出宽阔的面向，并且几乎在每一个面向上都有好的表现，让徐则臣不能不感叹，这样的写作特别难得：“她有着十八般武艺，能把每一种兵器都拿过来用，而且用得非常好，这是非常不容易的。”

或因如此，题材宽阔就成了张惠雯小说的一大特色。徐则臣回忆说，他最早看张惠雯的小说，是余华推荐到《收获》的短篇小说《水晶孩童》，特别有童话气质。后来又看到《徭役场》《雨林中》，包括《在南方》《飞鸟和池鱼》，还有《在北方》，这些作品显示了她的多面，“惠雯能做到这一点，我觉得可能跟她个人性格有关系。早些年还用 MSN 聊天的时候，我们经常会争论，谈的大部分都是社会问题，谈得特别尖锐，在很多问题上，惠雯都是极有立场、泾渭分明，我觉得她的态度其实也带到了她的小说里面。而在小说中准确地亮出态度本身就是一种巨大的才华，例如读《在北方》里的《玫瑰，玫瑰》，以及《飞鸟和池鱼》里的《涟漪》等一系列小说，我们都能体察到主人公面临爱和自由的抉择时鲜明的取舍”。

如其所言，《在北方》里的九篇小说主要聚焦的是生活在美国的华人群体，尤其是行至人生中途的女性面临的情感、婚姻、养育等问题。婚姻中的日渐枯萎，育儿带来的生理心理改变，家庭生活对人的压抑与捆绑，异域他乡的孤寂……张惠雯从相对富足的日常生活展开，步步为营，以自己对风景、天气、光线等自然元素的敏感营造小说氛围，又用克制而精确的笔法渐次推进人物心理变化，抵达人性深处，呈现了在异域他乡安居后的中产移民群体，尤其是女性经历的隐疾、孤独，她们要在爱情、婚姻、亲情和各种社会关系中做出选择，并保持独立和自由。张惠雯说：“这样一件简单的事，其实并非易事。”

张惠雯写的也无非是这些“并非易事”的小事。她的小说极少宏大叙事，她也一如既往地写着短篇小说。她说：“短篇小说的缺陷是不能在长篇幅内展开情节，如果想把情节写得很曲折就得牺牲其他东西，比如你精心营造的氛围感、语言统一的调性、诗意和抒情气质。我创作短篇小说不是寻找新奇的故事，而是把我们日常生活中的东西变成短篇小说。”

而在这些不太能展开情节的短篇小说里，张惠雯也是更为注重呈现个人的情感和生活的幽微，但就像徐则臣说的那样，在很多作家经常觉得已经无路可走的地方，她能够把人物内心的情感和对生活琐碎的洞见继续往前推进一步，她的写作也因此体现出很强的主体性，“惠雯的小说为什么很多读者喜欢？就是因为有极强的辨识度，这个辨识度不仅仅在于修辞和整个写作的方式，相对古典的创作方式，更在于小说中呈现出来对生活、文化的洞见和判断”。在徐则臣看来，如张惠雯这般有着宽广的文化视野，有着比较之后的鉴别和判断，在今天可能会变得越来越重要：“因为有了比较、有了鉴别，才可能保持住自己的判断，以及作为个体作家的主体性和独特性。”

这并不是说张惠雯在小说取材或者立意上独出机杼。她说：“大家不要以为我写的是华人移民的生活，可能就跟我们距离比较远，其实不存在距离，人不管生活在哪里，面临的基本问题，比如说在家庭关系中的困难、婚姻中的挣扎和如何保持自己的自由和独立，这些基本的问题都是一致的。”在张惠雯看来，写国外的人和国内的人，本质上并没有区别，也没有隔膜，因为人性其实是相通的，“大家会说你写到国外的移民有一个典型的特征，就是很孤独，但这是只有生活在国外的人才有的吗？我说不是的，人在哪里都可能会孤独，我们在故乡可能会感受到孤独，在热闹的人群中会感觉到孤独，独处寂寞的时候同样会感觉到孤独，这是不可避免的，是大家相通的，孤独也是我创作中的主题”。

也许是因为深刻理解这种相通性，更因为特别喜欢母语，以至于觉得母语是最好的带在身边的故乡，张惠雯找不到理由用英文写作，虽然她知道这样能吸引到西方的读者，能更直接地让西方的读者读到自己的作品；虽然她在新加坡读大学时，便是接受纯粹的英文教育，用英文写作还多了一点有利条件，但她坦言，自己对于把作品市场更扩大并没有太多的兴趣：“如果我写得更好，有一天我的作品会被翻译成英文或者其他语言，所以我几十年来一直用中文写作，我觉得中文真是特别雅致、特别美。我说过一句话，母语即故乡，我的母语就是我的故乡。通过用中文写作，我能和故乡保持一种亲密的关系，如果我放弃用母语写作，我也就离我的故乡太远了。”

海内篇

辑十

汪曾祺

黄永玉

王蒙

冯骥才

张贤亮

陈忠实

我必须用笔写，这样我可以触摸每一个字

汪曾祺

一向被亲切地称为“汪老”的汪曾祺先生曾写过一首夫子自道的诗，诗里有一句是“写作颇勤快，人间送小温”。用中国作协副主席、评论家李敬泽在北京现代文学馆举行的“《汪曾祺别集》出版发布式”上的话讲，“他觉得自己作为一个写作者，就是给人间送去小小的温暖”。这说明汪老很谦虚。

但汪曾祺即使送给我们“小温”，亦是如李敬泽理解的“至关重要的小温，是使生活变得美好的小温”。“我们受惠于汪老甚多，与此同时，他对我们来说真的不是高山，不是让我们望而却步的那个人，他一直就是我们心中那个可爱的老头。但汪老同时又是汪洋，他比我们想象的，或者比我们现在理解的要复杂得多，也要博大得多。”

1

汪曾祺的复杂、博大见诸由人民文学出版社于2019年初出版的12卷《汪曾祺全集》，也见诸为纪念他百年诞辰，由浙江文艺出版社于2020年前后完整出版的20卷《汪曾祺别集》。用别集编者之一杨早的说法，多少年后，我们回顾汪曾祺的出版史和研究史，这两年将是异常重要的时间节点，它可能是对以往汪曾祺作品研究和解读的一次升级，一次超越。

这话大体上说得没错。历经八年终告完成的《汪曾祺全集》共400多万字。计小说3卷，散文3卷，戏剧2卷，谈艺2卷，诗歌及杂著1卷，书信1卷，并附年表。新收小说28篇，其中25篇创作于民国时期；散文卷、谈艺卷新收文章合计100多篇；诗歌卷收录诗歌257首，其中40余首从未见于先前的作品集；书信卷收293封，此前版本仅有55封……从文类看，《全集》不仅收入汪曾祺创作的文学作品，也收入了他整理的民间文学作品；不仅收入迄今发现的全部书信，还收入了书封小传、题词、书画题跋、图书广告、思想汇报等日常文书。主编季红真说："这是一个结构性的全集，类别是最全的，佚文肯定还会有，因为我们找的有些佚文还有没找到的，但是这个结构搭起来了，以后有新的佚文可以继续往里面增加，出增补版的时候不需要再费力，这样对未来增补保留了空间。"

而把这个结构搭起来是不容易的。这一方面是因为，如汪曾祺长子所说，汪曾祺虽然生前就认定自己将来能进文学史，但他对自己的东西不是很在意，写东西都是随写随扔，他们家里又没能给他的东西做比较完备的整理。这就给编纂增添了困难。何况汪曾祺有时也用笔名，他出名后又出现了一些假借他的名字写的文章。秉承还原历史、返归原典的精神，全集编委会需要对一些文章的真伪进行考辨。季红真举例表示，汪曾祺会用笔名发表文章，尤其是用笔名发表很多诗歌。“他有时会让读者‘猜谜’，会故意起个特别生僻的、从来没用过的笔名。那就得对照他写作的年代，考察他的传记资料，再去判断这篇作品是不是他的。”她表示，整理过程中也发现有人冒充汪曾祺写文章，为考证真实性，他们都要经过多方论证。“比如，有一篇小说疑似汪先生的作品，写的是疗养院的事，但汪先生女儿汪朝说：‘我爸写的场景、人物都是有原型的，他一辈子都没有住过疗养院，所以这篇文章肯定不是他的。’我一看也觉得不是，因为汪先生的语言是像水一样流淌出来的，那篇文章的模仿痕迹太重，好像水过之后留下的印痕。”

此外，全集编委会在细节比对上也耗去了大量时间、精力。季红真介绍说，首先是讲究底本，收录其中的作品除少量未发表作品以手稿、油印本为底本外，都以最初发表的报刊版本为底本，以作者生前自己或他人编订出版的、比较优良的作品集或手稿作为参照校本，进行校勘，改正文字的错、漏、衍、倒置及标点错误。为此，各卷编辑走遍全国各地的图书馆搜求。而校勘、校订也精确到了单个的字。季红真举例说，像在《侯银匠》中有一句“老大爱吃硬饭，老二爱吃软饭，公公婆婆爱吃焖饭”，历来市面上各种版本都是“吃焖饭”；后来通过扫描原稿放大了看，发现“焖”字实应为“烂”字。“汪先生手稿常是繁简夹杂，此处应该是繁体的‘爛’，右边的‘门’字给简化了；而且从上下文看，‘硬’‘软’描述的都是米饭的软硬程度，‘烂’比‘软’更好。”

无论如何，这样在细节上下功夫是值得的。如中国人民大学文学院院长、学者孙郁所说，现当代作家中，鲁迅之后，有的作家只有一部两部或者一篇两篇作品能反复读，但汪曾祺的几乎所有文字都可以反复阅读。而这套全集，则是他心目当中继《鲁迅全集》之后最有分量的全集。当然他这么说，一方面是基于他个人的阅读观感和研究心得，另一方面则是基于文学史的考量。他认为，五四新文化运动以后，现代文学有了鲁迅的传统、胡适的传统、茅盾的传统，还有各种各样的传统，但到了汪曾祺这儿发生了某种变化，他虽然承继了沈从文的脉络，但更显大气。“汪曾祺把中华文化当中最温润的那些东西给召唤出来，这些正成为我们当下社会最急需的精神营养。而且汪曾祺还打通古今，几千年汉语言文学的经验，在他笔下调试出了最有现代性的东西。”

不仅如此，在孙郁看来，汪曾祺富有魅力的文字，把从六朝以来中国人的文章气脉衔接了下来。“他又有很高的智慧，在世俗社会里面能发现美，而且他又超越世俗，这个本领不得了。所以那么多人喜欢他，因为他在没有意思的地方发现有意味的东西，他创造一种美，他用一种美的东西去克服黑暗，他使我们感觉到生活如此美好。这样一种品质是我们当下中国知识分子，特别是作家，非常稀缺的。今天看来，他真是非常难得的，一个不可复制的伟大作家。”

2

虽然汪曾祺生前没明确说出全集，但他或许是有这个期望的。他在一本书的代序《捡石子儿》中曾说：“我活了一辈子，我是一条整鱼（还是活的），不要把我切成头、尾、中段。”而一位作家不想被零碎阅读和研究，最好的方式莫过于出一套靠谱的全集。但诚如汪朗在《汪曾祺别集》总序里所说，出别集大概是汪曾祺生前没想到的。因为“别集”是汪曾祺为老师沈从文的一套书踅摸出的名字。20世纪90年代，岳麓书社计划出版沈从文的作品，沈从文家人与吉首大学沈从文研究室合作，编了一套二十本小书。为这套书取名字时，汪曾祺建议叫“沈从文别集”。这也合乎沈从文生前的愿望，沈从文夫人张兆和在《沈从文别集》总序里写道：沈从文想把自己的作品好好选一下，印一套袖珍本小册子。“不在于如何精美漂亮，不在于如何豪华考究，只要字迹清楚，款式朴素大方，看起来舒服。本子小，便于收藏携带，尤其便于翻阅。”汪曾祺以此想出这么个名字，也算是帮张兆和和他自己了却沈从文的一个心愿。

说来“别集”并不是汪曾祺新创造的词。这个说法也是“古已有之”。《汉语大词典》对它的解释是：经、史、子、集中集部的分目，同总集相对而言，即收录个人诗文的集子。以该书编委之一李建新的理解，其实我们平时读的很多书都是“别集”，只不过有别集之实而没有别集之名。“别集和文集、精选集没有本质上的区别，当然和全集是不一样的。全集要收入作者所有的作品，甚至正式作品之外的各种文献资料，别集不大可能这么干。”以李建新的推测，《沈从文别集》的编法，多半还受了20世纪50年代平明出版社出的《契诃夫小说集》的启发。该集子都是小册子，一是精选作品，二是选进一些契诃夫的书信、札记，别人对他的回忆、评论等，拉近了读者和作者的距离。至于这套《汪曾祺别集》的命名，他坦言是从《沈从文别集》这套书来的。而《沈从文别集》是汪曾祺命名的，两者自然就有相通之处，其编选体例不同于常见的选集，每本书前附收若干访谈、序跋、书信、汇报材料等文字。每本书的编者也会写一篇短文放在书后，交代编选意图或者谈谈对作者、作品的理解。

但以汪曾祺的性情，在写作上他自然是要向沈从文学习，就像本书编委之一龙冬说的那样，汪曾祺是和沈从文一样确实能够有意识地发现生活美的作家。“无论你生活的时代、你自身的经历、你所处的社会环境如何艰难困苦，从他的作品里，你都能感受到一缕光芒，一丝温暖。他的老师沈从文说过一句话‘美好的事物应该长存’，他也多次引用过这句话，他也确实是一个善于发现和记录美的人。”

虽然如此，汪曾祺未必想在出书上向沈从文看齐。在收录于《汪曾祺别集·鸡毛集》里的一封致中国现代文学研究学者吴福辉的信中，汪曾祺写道：“我看现代文学还是以突出的作家为主干，把一些受过某重要作家影响的较次要的作家放在此重要作家的章节中讲，比较圆通。比如把我放在沈从文的一章去讲，问题就较易说明。”由此可见他的谦逊、低调。他自然不想重复给沈从文集的“命名”，并被当成话题来讨论。

对此，本书编委们自然也有考虑。以李建新的猜想，如果汪曾祺在世，即使不满意，也未必会计较他们做《别集》这件事。他解释说，汪曾祺先生是一个有趣的人，有名士气。从别人的文章里看，他对各种生活细节没有那么斤斤计较，对自己的稿子也不怎么留心收集。“我们做《汪曾祺别集》，认真地对待他认真写了一辈子的文字，这个态度他应该会满意的吧？至于这套书是不是能让他百分百地满意，当然没把握。但他应该会喜欢我们做事的‘耐烦’。”

无论如何，汪曾祺在书要“便于携带、翻阅”这点上，应该和沈从文有比较一致的趣味。汪朗在接受媒体采访时曾表示，汪曾祺不收那些经典大部头，也没见他翻过。因为原来生活条件不好，等生活条件好了，也没有太多的时间去翻那些大部头。“我们家经常就是《鲁迅全集》一本，《高尔基全集》一本，都是刚买了一本，后面就不买了。比较全的是《契诃夫短篇小说集》。”汪朗还在一次演讲中说道一件趣事，人民文学出版社曾于1985年给汪曾祺出版过一本薄薄的小说集《晚饭花集》，他两年后去美国参加国际写作计划的时候，就把它和北京出版社出的《汪曾祺短篇小说选》一起带上了。“他那时候在海外还属于一个不知名的老作家。他就拿这两本小书作为自己的身份证明。”

汪曾祺也显然很是重视阅读。以汪朗的理解，汪曾祺不写长篇小说，一是因为他觉得自己的生活还不是很丰富，没有足够的素材，另外就是他对长篇小说有自己的看法。他认为长篇小说无论从结构还是从表现手法上来说都不够自然，生活中都是一个个片段，不可能处处都那么精彩。短篇小说可以抓取吉光片羽，把它写得尽量精彩。长篇小说一定要有一个架构，再往里面去填东西，加入各种各样虚构的东西。“而他认为大家的生活现在都那么紧张，你跟大家说那么多废话其实没什么用。”汪曾祺显然也不喜欢读长篇小说，龙冬有一次和汪曾祺聊天聊到托尔斯泰，问他：“您读不读托尔斯泰啊？您觉得托尔斯泰怎么样啊？”他说：“托尔斯泰，我也读不进去。”虽然如此，世人仍会觉得汪曾祺没写长篇是一大憾事。龙冬曾对他讲：“您写长篇，这是新闻。您干脆半睁半闭眼地说，我给您记录，或用录音机录下来。”汪曾祺答道：“不，我必须用笔写，这样我可以触摸每一个字。”

的确，汪曾祺认真对待他笔下的每一个文字。以汪朗的说法，炼字是他有意的追求，也是他比较得意的地方。“他写完东西基本是不改的，你看他的稿纸是很干净的，一般都是一次性成型。”实际上，汪曾祺写作能一次性成型，也因为他有打腹稿的习惯。汪朗透露说，汪曾祺写作有个特点，开始不动笔，就在那瞎想，谁都不理。“我们家里人就说老头又在直眉瞪眼。那时候家里有一个破沙发，每天早上起来吃完饭就坐在破沙发上，沏一杯浓茶，两只手端着闭目发呆，有时候可能半个小时，有时候可能四十分钟，如果觉得想好了再去铺纸拿笔，再开始动笔写。他写东西不愿意想到哪儿写到哪儿，而是打好腹稿以后再动笔，所以他能够写得比较流畅跟这个习惯可能也有关系。”

而以汪曾祺“写小说，就是写语言”的高要求，或许就不是那么适宜写长篇了。再则，在汪曾祺看来，从小说本身来说，相比长篇，短篇小说更适应如今的时代。他也曾在1982年的一篇文章中提到，“现代小说是快餐，是芝麻烧饼或汉堡包。当然，要做得好吃一些。”把他那些短的小说或别的文章汇集成《汪曾祺别集》那样的几卷本袖珍本小册子，也自然更方便读者“吃”。

由此，汪朗觉得，张兆和写的那段话，用来描述这套别集的出版宗旨，也十分合适。“简单轻便，宜于阅读，是这套书想要达到的目的。当然，最好还能精致一点。”而他所说的精致，一方面指的出版形式上要精致，另一方面也指的，相比此前出版的12卷《汪曾祺全集》，内容上更精致。“《汪曾祺全集》因为收文要全，也有不利之处，就是一些文章的内容有重复，特别是老头儿谈文学创作体会的文章。汪曾祺本不是文艺理论家，但出名之后经常要四处瞎白话儿，车轱辘话来回说，最后都收进了《全集》。”汪朗还举例说，汪曾祺刚开始写作的时候，受国外现代派影响很大，写一些比较洋化的现代派作品。“我家老头子说，有一天他在路上走着，后面两个女生在闲扯，一个问谁是汪曾祺，另一个回答说，就是那个写别人看不懂自己也看不懂的诗的人。这回我看了看他当年写的诗，我觉得确实人家评价没错。”但在汪朗看来，收入这些作品好处就在于，它们能够让读者更加全面地了解汪曾祺是一个什么样的人，并且看他怎样从一个深受西方影响的作家，慢慢变成运用中国语言非常熟练，而且写东西非常直白的作家。“全集收入的文章，虽然不可能都很精致，但可以给我们提供他创作的总体发展轨迹或者说脉络。”

收入这些比较洋化的现代派作品的好处还在于，它能让读者仅是从外在形式上，就能看出汪曾祺并不是一味传统。汪曾祺在很长时间里，都被打上诸如“中国最后一个士大夫作家”“一个不折不扣的乡土作家”“一个地地道道的中国的传统文人”等等标签，以至于如龙冬所说，不少读者先入为主认为汪曾祺很传统，很文雅，都很少会想到把他跟“先锋”“自由”联系在一起。“其实，汪曾祺甚至是先锋的，如果‘先锋’的意思是，指的他在不断地学习、试验、追求、探索汉语白话叙事文学如何更洒脱。应该说，他直接秉承着‘五四’以来中国融入世界的审美价值取向，最终是把文学指向自由的。”汪朗也证实，汪曾祺很不乐意别人将他归入传统文人或是乡土作家的行列，认为这带有守旧和封闭的意思。他也自认为自己是个具有现代意识的作家，当然文学的表现形式有时候很“传统”。而汪曾祺的现代意识，也不只是渗透在他早期的作品中。如果说，他越是到了后来，越是给我们传统的印象，只是因为他经过了深层的转化，以至于看不出什么痕迹了。在这个过程中，他也有遭遇挫败的时候。汪朗表示，汪曾祺曾经说自己写剧本就是想和京剧闹闹别扭，把现代元素注入戏剧中，提升京剧的文学品质，但他觉得没有成功，就像一拳打在了城墙上。“此次，编委们把《别集》戏剧卷定为《撞墙集》，也正是从老头儿和我说的这一段话里演绎出来。”

事实上，别集保留了汪曾祺那些比较洋化的现代派作品。第一集《茱萸小集》，主要收入汪曾祺早期在西南联大时期的作品。如龙冬所说，这些作品在艺术形式上、技法上，都可以看出汪曾祺是有意识的，甚至是刻意的，在模仿西方现代派文学，比如乔伊斯、普鲁斯特、波德莱尔、伍尔夫等。相比而言，俄罗斯的契诃夫、美国的海明威、西班牙的阿索林等等，都是汪曾祺经常提到的作家，也对他的创作产生更为直接，更为持久的影响。

既然是别集，也自然是拿掉了他一些不那么有代表性的作品。李建新介绍说，此次编选，小说部分，没有进入的很少。因为早期小说只做一册，整本书字数有限制，就放弃了十几篇。散文部分，未入选的更多一些。大体上讲，主要拿掉了一些表态发言或者应酬类的文章；由别人记录的讲稿，《别集》只是挑选了比较典型、比较精彩的篇目。诗作、杂著、书信等，作为附属文字，只收了一部分，但所收书信的文字量也不算少。如此呈现出来的别集，汪曾祺作品集众多的版本中从此又多了一个。

所以，相比全集和别的小体量的作品集，《别集》就如汪朗调侃的那样，显得有些“不上不下”。别集计20卷，每卷各有独立主题，总字数达200余万字，比起市面上常见的汪曾祺作品选集，字数要多出不少，收录文章数量自然也多，而且小说、散文、文学评论、剧本、书信等各种体裁作品全有，可以比较全面地反映汪曾祺的创作风格。但相比《全集》约四百万字，《别集》字数又要少了一半。而《别集》的另一个优长之处在于，如汪朗所说，这套书的主持者大都对汪曾祺的作品有着深入了解，也编过他的作品集，有的当年常和老头儿一起喝酒聊天，把他们家里存的好酒都喝得差不多了；有的是专攻现当代文学的博士；有的被评为“第一汪迷”；有的参加过《汪曾祺全集》的编辑；还有的对他的戏剧创作有专门研究。“这些人聚在一起编《汪曾祺别集》，质量有保证不说，还改正了其他一些版本中的错误，文字上比较准确，这是一套‘干干净净的作品集’。”

3

两部“大书”的相继出版，一方面可见图书市场如何“爱”汪曾祺的作品，更是可见读者如何“爱”汪曾祺。这在二十几年前还是不可想象的事。汪曾祺孙女，别集编者之一汪卉回忆说，她在上中学、小学的时候，很多语文老师都没有听说过汪曾祺这个非著名作家，但现在汪曾祺给人感觉俨然成了主流文学圈里的网红。用某豆瓣网友的说法，汪曾祺去世后，他的书不断再版，尤其是近十年，更是达到了一个高潮，无论是数量之多，还是版本之繁复，编选角度之多样，可以说是叹为观止，当代作家里无人可出其右。

汪卉注意到，虽然如今传统严肃文学的社会关注度和影响力日渐式微，网络上却每天都会有无数人去分享汪曾祺的某一句话、某几句词、某几篇文章。她搜索汪曾祺相关资料的时候，看到仅仅在三天里面，汪曾祺短篇小说里一句校歌的歌词“愿少年，乘风破浪，他日勿忘化雨功”，就连续出现在吉林大学、湖南大学等一系列高校的官方微博上面。这还不算，有学术期刊还专门刊文《新浪微博“汪曾祺栀子花”现象解析》，谈为何从2016年以来，每年都会有数百万、千万量级粉丝的自媒体大号，还有高校和媒体的官方微信、微博，去接力转发汪曾祺那些比较有意思的作品片断，而且实时登上微博热搜。汪卉不由感叹，这在当代文学史上应该是比较少见的现象，毕竟大家总体上感觉像汪曾祺这样的严肃文学和主流文学作家跟互联网还是离得比较远的。

更有意思的是，汪卉还注意到，近些年身边越来越多的朋友告诉她说，他家里还在上小学的孩子缠着他父母亲要去买一本汪曾祺的书。“我记得上学时背诵鲁迅先生、朱自清先生的作品，让我们很痛苦，除了课本以外的选文外，其实都不太愿意读他们的文章了，但现在真的是有非常低龄化的读者愿意去读汪曾祺的东西。”汪朗把其中原因归结为：一是汪曾祺的作品不端着，他不会摆着一副文人的架子高高在上的，而是给人家常的感觉；二是不装，就是他知道多少东西，他就告诉我们多少东西，他和我们来共同认识这个世界，共同欣赏美好的事物，共同做平等的交流和探讨；三是“蔫坏”，“他的文章好多地方是‘使坏’的，但是他藏得比较深，我们读他的东西读到一定程度，发现他在那儿悄悄地犯坏，就会心一笑。我们慢慢地读，一遍又一遍感受和体会，就发现他的东西比较耐读”。

显而易见，汪曾祺即便是“犯坏”，也是透着诚实的。杨早认为，年轻人之所以喜欢阅读汪曾祺的作品，首先就在于他肯跟我们说老实话，愿意跟我们分享他真实的世界。其次，汪曾祺是能够把这个世界描绘得好玩的有趣的人。第三，汪曾祺的文字和他的生活，还能我们带来了浓浓的诗意。“他总是时时提醒我们说，我们的生活不是我们看到得这么灰暗、沮丧，或者是平庸，在这个生活里面还有美，还有可爱的、美好的人性，还有希望在人间。”

从七岁开始就读汪曾祺的作品，已与汪曾祺作品结缘30多年李建新就喜欢汪曾祺作品里的“人间味”。在他看来，汪曾祺是身处人间、写人间的作家，热爱生活的读者定然会喜欢他作品里这种人间味。别集编委之一、作家苏北则把汪曾祺作品备受年轻群体中追捧归结为“灵性”。他说：“所谓灵性，是汪曾祺面对同样一个事物有自己的方式和眼光，他看到了我们没看到的地方。阅读汪曾祺的作品，翻到任何一页，都能很快就读进去。他的书、他的文字，可以反反复复去读，每一次读就像第一次读的状态。”

如此种种，也从侧面印证了李敬泽的判断。他说：“我们都爱汪曾祺，但是这个爱是个什么样的爱呢？我不愿意用‘热爱’这样的词，因为‘热爱’我觉得太一般化，有时‘热爱’需要充分的热度，像炎夏一样的热度才叫‘热爱’。但是好像我们对汪老的爱中并不具有那样的一种东西，我想我们对他的爱是那种‘温’的爱，是如同冬日正午的阳光给予我们的那样一种温暖的爱。”他这么说是因为，中国自20世纪80年代以来的几代读书人再想起汪曾祺的时候，心里都会有一种温暖的、和煦的东西，几代读者对他的爱中都包含着对生活的爱，对生活中那些美好有趣的事物的爱，对生活中那些平凡的好男好女的爱。“我们比较喜欢把汪老理解为是一个很有文人气的作家，甚至是一个生活家等等，这是汪老形象魅力的一部分，也是我们爱他的原因的一部分。”

但在李敬泽看来，这不是汪曾祺的全部。“汪老身处二十世纪，身处那个宏大的、洪流滚滚的二十世纪，他不是一个局外人，不是一个不识人间烟火的人，他是在场者。对于1949年以后的社会主义文学传统，他也是重要的在场者、参与者和建构者。也因此，我们在重温汪老的可敬和可爱的同时，又当真正把他的作品作为二十世纪留给我们的一份重要的文化遗产，去认真地梳理、探索，用以成为我们在现在，在二十一世纪，进行我们的文化建设的重要资源。”

作家李洱于此颇有感触，他从语言角度切入话题。他说，读汪老的小说和散文经常被他的语言所吸引。如果说当代知识分子，那种带有知识和情怀的写作大概走的都是鲁迅的脉络，汪曾祺别具一格的语言，则接近于周作人的脉络，但是跟他又不一样。“汪曾祺体会到的不是苦，而是碧绿透亮，据说他晚年最后一句话，就是‘给我一杯碧绿透亮的龙井’。”以李洱的观察，那些具有明显的反思特色的作家基本上用的都是书面语，但汪曾祺用的是口语，并且是烟火气十足的口语。“可以说，汪老的小说提醒我们小说要说人话。他的这种口语写作意义也非常大，他使用的口语里面融合了高邮当地的语言，也接受了北京话的影响。他在口语写作上的探索，与我们所熟知的、带有启蒙色彩的书面语写作之间构成一个非常有意思的关系。”在李洱看来，汪曾祺的写作可以追溯到更久远的传统，也可以不断向未来延伸。“汪老是一个生长性的作家，他的生活态度，他的小说和散文，不断地构成对这个时代里的人和事的一种提醒，他的意义也在不断拓展。”

从这个意义上讲，汪曾祺是一个非常值得我们学习的作家，但偏偏又有很多人说汪曾祺不好学。其实两种说法都没错。说汪曾祺不好学首先在于，要真正理解他并不是那么容易。汪朗调侃说，汪曾祺眼下都快成“鸡汤作家”了，好多集子选的都只是他写日常生活的文章，不是吃吃喝喝就是花花草草，再有就是游山玩水，这些作品体现了汪曾祺“人间送小温”的文学主张，却并不全面。“老头也有激愤的时候，也写过一些针砭时弊的作品，也主张作家要有社会责任感。”

别集采用混选的方法，亦即每本集子都是书信、散文、小说等多种体裁混杂，以杨早的说法，也是为了让读者多一些侧面去理解汪曾祺的全部。“我们说不理解汪先生，有时是不太理解他生活的那个时代的氛围。汪先生有一句著名的话，叫作‘气氛即人物’，也就是通过写气氛来写人物。我们其实也可以说气氛即历史，你只有理解了那个气氛、氛围，你才能理解历史当中的人物，他的语言逻辑和行为逻辑，如果不理解的话，也就相当于在看一些很奇怪的人和事的八卦而已。汪先生的创作是一种类生活写作，理解他作品背后的人和事，以及种种构成了他作品氛围的东西，是理解汪先生的一把非常有用的钥匙。”

说汪曾祺不好学，还在于他的语言不好学，好在如龙冬所说，他那种口语化的写作至少很容易被我们在阅读上接受。而且读汪曾祺的作品，我们能看到他在中国古典文学上有深厚的修养。“他也有宽广的世界文学视野，特别是能对西方现代派写作技巧活学活用，还有他对生活有细致、独到的视角，并且有强大的记忆力，这些对于有志于文学创作的人，都是很好的借鉴。”

实际上，我们还可以通过汪曾祺的书画来学习他的精神。汪曾祺自幼习画，曾言：“我的画其实没有什么看头，只是因为是作家的画，比较别致而已。”但他其实也是看重自己的书画的。他晚年曾流露二个愿望：办一个画展，出一本画集。他去世三年后，由他子女选编的《汪曾祺书画集》首次以“非卖品”形式面世，但他开画展的愿望，直到这次中国现代文学馆同期举办“只可自怡悦，不堪持赠君——纪念汪曾祺诞辰百年书画展”，才算是圆了。汪曾祺曾对南北朝时期诗人陶弘景的《诏问山中何所有赋诗以答》一诗叹赏有加，诗云：“山中何所有，岭上多白云。只可自怡悦，不堪持赠君。”汪曾祺常将友人赠刻之“岭上多白云”和“只可自怡悦”两方闲章钤于画作之上。他说："一个人一辈子留下这四句诗，也就可以不朽了。我的画，也只是白云一片而已。"诚如有评论所说，这些画作虽是汪曾祺所谓遣兴而为的怡情之作，但画中有文气，与他的文学创作彼此渗透、相互诠释、相得益彰，同样让人享受到汪曾祺于笔墨间传送的人间小温。

世界因为有了我，可能会变得好玩一点

黄永玉

黄永玉先生有一句让人莞尔的名言："世界长大了，我他妈的也老了。"2023年6月13日，99岁高龄的黄永玉离世，网友们纷纷感叹："世界上最有趣的老头儿，走了。"近一个世纪的时光如转瞬，这个从湘西沱江边走出来的孩子一路闯荡，一路遇见了很多寻常人几辈子都不可能遇见的，像是天方夜谭般光怪陆离的人和事。仿佛是时代和他开了个玩笑，他把遇见的一切都转化成了艺术，他也成了一个如此好玩的老头儿，成了"独一个"不可复制的传奇。

丰富如黄永玉者，寥寥数语很难说得清楚。但"好玩"一词用在他身上，却有别样意味。他这辈人经受岁月的淘洗磨砺，在苦乐博弈的生活里，不乐即死，只要活了下来，多少有几分幽默感。但黄永玉的幽默，正如有评论指出的那样，深到了骨子里，有着丰富的层次，对世事的洞见和随性的豁达。好友汪曾祺曾评价："永玉是有丰富生活的，他自己从小到大的经历，都是我们无法梦见的故事，他特殊的好‘记忆’，对事物过目不忘的感受，是他不竭的创作源泉。”

确如其言。这个只上过初中的老头，一生丰富的创作如生命之河流淌从不停歇。1937年，13岁的黄永玉从家乡湘西凤凰城出走，这一去，山高水阔，长风万里，此生他再也没能回家落脚。他走过福建、江西、上海、香港、北京，一直走到法国巴黎、意大利翡冷翠。1990年前后，67岁的黄永玉游历两地，每天在巴黎的街头巷尾到处乱跑，随地画画；在翡冷翠，每天披挂着少说20公斤的画具什物流浪四方，半年时光，创作了40幅油画、8件雕塑和一些零星画作。

一晃到了2008年，他暂时戒掉了画瘾，重拾自传体长篇小说《无愁河的浪荡汉子》这个贯穿他一生的“文学梦”。几乎每天上午，他都会端坐在书桌前，在印有“黄永玉用”的竖行稿子上，用钢笔繁体字一行行写下“作品”。在2013年10月18日上海图书馆举行的读者见面会上，策展人李辉风趣地介绍：“旁边坐着比我老的老头，他90岁了，血压比我低，每天工作10个小时，这个老头充满了活力。2008年他开始写小说，常挂在嘴边的一句话：‘看来我一百岁之前没有时间玩了。’”

“写作时，感觉沈从文和萧乾在盯着我”

不知从什么时候起，“好玩”成了贴在黄永玉身上的标签。他似乎从未正面回应过“何谓好玩，如何好玩”，但他在很多场合都说，自己一生的创作，归结到一个字，就是“玩”。

他谈到自己在“文革”中成为“牛鬼蛇神”时，经历过一次“快乐的批判”：一位姓夏的老先生批判他“搞创作从来是玩”，要是玩是犯死罪，枪毙也值。“他给我来的这几句话，要不是弯腰低头在大堂之上，我几乎要跑过去亲他一口说，乖乖，你个狗日的简直说到我心里去了，要不是在今天，我非请你上吉士林吃一顿不可。”黄永玉说，自己搞创作，木刻、绘画、写作过程中十分开心，完全跟玩一样，“我从来没有过一字一泪的庄严创作经历”。

话虽如此。如果真以为他的创作都是“玩”出来的，实是大谬不然。他同样说过，像他这样老一辈的人有个共同的特点，不会玩。“比如说沈从文，你跟他讲玩的时候，很难想象他会玩什么。钱锺书会怎么玩呢，他就玩到他的学问里就够了，包括我，我还是一个剪刀差，是属于中间的人物，我不会打牌，不会跳舞，也不会喝酒和下棋，什么都不会，现在玩音响还得按照朋友给我写的指示来按钮，出去一两个月回去又忘了，又得重新来。”

谈及小说这个他一辈子最倾心的行当，黄永玉说：“我也没有提纲，我想到什么就写什么。这么写的方法可能也有点意识流的。”“画画和写文章，对我来讲，都没有受过训练。没有受过训练有它的缺点，缺点恰好成为风格。我没有严格管我的老师，所以比较自在。”

《无愁河的浪荡汉子》行云流水般的文字，正如评论家周立民所言，实在不是那种匠人所能写出的，甚至也不是“写”出来的，而是滚出来的、流出来的、涌出来的。但黄永玉写得其实并不随意。“有时候写了几页了，觉得不对，这个门槛过不过去，要重写四五回。我感觉到旁边有些朋友在看着你，好像就有沈从文和萧乾，我会和他们对对口径。估计着他们看到会怎么想，有些地方我必须改写。”因为这样，他有时候一天可以写七八张纸，“有时候一天才想了一句，那一句搞来搞去搞不清楚，要搞很久。”

如此这般“玩”出来的小说，有着颇为不俗的面貌。日前由人民文学出版社出版的第一部《朱雀城》分为上、中、下三卷，共计

80余万字，描写了1926年到1937年前后10年发生在朱雀城的故事。小说生动还原了20世纪20～30年代湘西丰富多彩的生活景象，细致刻画了朱雀城、朱雀人的各个侧面及其所经历的重要历史事件。其中涉及的人物有90个之多。这些人物如有评论指出的那样“有一种古老的教育培养，作为朱雀城的底色而形成庄严的人文秩序”。

或许在写作中，黄永玉会时时想起表叔沈从文对他说的话：我们两个是时代的大筛子筛下来的，上面存下来的几粒粗一点的沙子。“没有浪荡掉，没有让时代淘汰。经历过这么多事。所以我也一方面要赶快写，一方面还要认真地、很严肃地来写它。又要认真又要轻松。”某种意义上，黄永玉做到了。小说看似东拉西扯，没完没了，不讲什么规矩，然而在奇思妙想之中，却能看出良苦用心，就像周立民说的，用现代精神意识融合中国古典小说的写作传统，又打破了艺术体裁之间的陈规戒律，体现了一往无前的“先锋”精神。

“狼才需要成群结党，但狮子不用。”

毫无疑问，黄永玉的“好玩”“先锋”正在于他的自由。即使在禁锢的年月，他也不曾感到过不自由。“因为自由不自由不是别人给的，是自己给的。我创作的任何作品，只有极少的情况下，是人家命令我做的。我的作品都是加入了我的艺术处理表达出来的。我做出来的方式都是不一样的，不一样就是‘自由’了。”

何以能保持这种自由、达观的人生态度？黄永玉的回答是，这大概和他的人生经历有关。“有人问我‘文革’期间，我居然玩得挺好，这是什么道理。我说，小时候在凤凰，三天两头看杀头。今天这个人在哭，明天那个人在叫，再后天，行刑到一半，被杀的人指着自己右脖子跟刽子手说‘这儿再补一刀’。我们经历了那么多残酷的事情，对人的生死已经不是那么在乎了。在那个特殊的年代，有人忠告我说，你要显得沉痛一点，否则要吃苦头的。我是个独立的个体，不依附于任何人，所以任何人都可以来欺负我，但任何人也都不会把我欺负死。所以，我什么都往好处想，很乐观，把不正常的日子也要往正常里过。”

而唯其自由，黄永玉才得以真正做到特立独行。他办画展从来不请领导人或者艺术界的名流来剪彩。很多年前，他的一些很有名气的学生到美国去写信回来，说他们要成立一个“黄永玉画派”，他回信臭骂一顿：“我说狼才需要成群结党，但狮子不用。画画就要独立思考，自己创作自己。如果你需要靠这个来壮大声势，那艺术的力量就减弱了，你就不能成为一个很好的画家了。”

某种意义上，黄永玉属于那种把自己活成了一部历史的人，看似一点正经都没有，但这不正经里，渗透着强烈的个人生命的历史感。他用“湘西人的刁蛮和豁达”，应对命运多舛。而他的自嘲，一如他的讥讽或宽谅，隐含了深层的人生智慧。

在很多场合，黄永玉要给热心读者签名。他边不急不缓地签名，边说这是“盲目崇拜”，“我都替人家着急，有很多运动员玻璃橱里都是奖，以后怎么办？拿那么多奖。人不能完全为了纪念活下去。一辈子收集纪念品，满房子都是纪念品，以后拿它们来干什么。要工作，自己有创造性，不要太多的纪念品，尤其不要把纪念品变成终生的事业”。

同样很多时候，他会听到各式各样的恭维。有人问：1980年，你画了中国第一枚生肖邮票“猴票”，非常著名。他回答，著名不是因为我的画，是因为猴票印得太少了，别的生肖票印得多，配不上套，猴子就贵了。有人赞他著作等身，请他回忆一下创作生涯。他说自己第一次发表作品，是在老家的古椿书屋里，“以前遭过火，火烧以后就修了现在这个房子。新房子修起来，我就用毛笔在墙壁上题了几个字：我们在家里，大家有事做。把墙壁写脏了，我爸爸生气，给我屁股上来了几下。这是我第一次稿费，就是屁股挨几下”。有人问他代表作是哪些？他说天天画，太多了，哪有代表作？偶尔也有人批评他的国画不正宗，他开玩笑说，谁要再说我是中国画我就告他。

面对任何境遇，黄永玉都能做到应对自如、百无禁忌。他的名片上书“享受国家收费厕所免费待遇（港澳台暂不通用）”。因为他曾在深圳遇到一位银行副行长，拿出来的名片上头衔后有括号“（无正行长）”。他为自传体小说取名《无愁河的浪荡汉子》，是想跟莎士比亚的《温莎的风流娘们》配个谑对，开个小玩笑。“读者当然明白，主旨和其中的‘下水’跟那出杰作是一点关系都没有的。”

他自言个人趣味比较“低级”，“讲话往低处讲，不往高处讲”。他的举动却满是“高级”趣味。有一回，他去潘家园。在一个小店里看到“自己”的画，一摞一摞地摆在那里。“我看见他在卖，还要我买，不认得我。旁边一个老头认得我说，他就是黄永玉。那个老板有点害怕。我就拍拍他的肩膀说，有饭大家吃，不要紧。”至于为什么“不要紧”，黄永玉解释道，因为他做我的画，肯定想方设法要像我。“但我随便地飘两笔，那是我的，你不能随便，你要认真地学我的随便，那可不容易。第二点呢，这个画卖得便宜，让大家都有我的画，暂时买不了真的，弄张我的假画挂挂不也很好？假就假吧，有饭大家吃。”

但在京城的黄宅门上，黄永玉则“公然”贴出告示，本人不吃软，不怕硬，不签名，不题字，不送画。对讨字求画者，他也有规定，求字画一律以现金交易为准，严禁攀亲套交情，更拒礼品、旅游纪念品做交易。他说，钞票面前人人平等，不可乱了章法规矩。按尺论价，铁价不二，一言既出，驷马难追。纠缠讲价即时按原价加倍，再讲价者，放恶狗咬之，恶脸恶言相向，驱逐出院。黄永玉孤傲不逊如此，画界人士提起每每赞叹不已。

“从容地，慢慢地，站在人生边上说”

然而黄永玉到底是谦逊的。他的谦逊，就像美国女作家所说的那样，并非是假意谦虚，而是求实。而他的求实，则源于他的清醒和自得。

黄永玉谈到，写作《无愁河的浪荡汉子》用的是类似福楼拜的写法，不是太紧张，而是从容地，慢慢地说，站在故事以外说。“我更喜欢那种自己不投入到里面去的文学，像契诃夫式的，沈从文式的，这些东西就是比较客观冷静的。人家以为一个作品激昂慷慨的，你一定就激昂慷慨。不是的！写作的人，无论处理战争，处理谈情说爱，还是处理其他一些东西，一句话就是要冷静。”

正因为冷静，他有平常心，能客观地看待自己。黄永玉说，他搞创作不是替天行道，也不为打出一个伟大的主义，一种号召，他只是像沈从文说的，不去超过什么，而只是完成。有人拿他跟齐白石相比。黄永玉回应道：齐白石的修养、成就，他的一切，自己都不可以比。“我没有什么可以得意的，比如画画，画完就后悔了。人家以为我十分得意，其实我一辈子是在不得意的作品中一步步进展。我没有自己画完以后不遗憾的画。我常常想，下一次会好一点，但是下次所有的条件不同了，使尽力气，画完了还是不行。”

他正是这样认识世界的。在黄永玉看来，世界本身有顺有逆，到了逆境的时候，要用欣赏的态度来看它，站高一点，像上帝一样看自己，看自己的处境。“所有的苦难不是从今天开始的，也不是从近五十年、近百年开始的，五千年前就有了，只是老祖宗没有留下印迹，我们只是其中的一个环节。你要懂得怎么欣赏它。既然什么事到了欣赏的时候，事就好办了。比如说‘文革’时，拉我们去批斗，你能反抗吗？或者斗你的时候你做一次完全不同的演讲？不可能的。那你怎么样呢，当你像上帝一样的站在高空看看自己的样子，就会感到特别好玩，我就是这样的。”

步入晚年，黄永玉仍然忙碌着，于北京宋庄、湘西凤凰、香港和意大利四处住所间来回奔忙。他喜欢开红色法拉利跑车，收藏古典家具，盖湘式民居，爱照相机，爱与艺术相关的事物，他的思维跳跃敏捷，充满活力。当有读者说他“年轻”，他笑着说：“这词儿用得就不像话了！我唯一的要求，就是等我死的时候，请大家务必弄清楚我死透了没，不行就胳肢我一下。”他也为自己的一生做了“概括”，那就是作为《无愁河的浪荡汉子》卷首题词的五个字：“爱、怜悯、感恩。”

他不曾告别的“青春”写作，始终有着温暖的色调

王蒙

仿佛是要经受时间的检验，作家王蒙有多部小说是时隔很多年以后才出版的。在陕西西安举行的“文化大家王蒙与陕西作家见面座谈会”上，年近九旬的王蒙自言，去年3月发表于《人民文学》杂志的中篇小说《从前的初恋》，用了他写于1956年的原稿。他还有两篇小说，一篇是《纸海钩沉——尹薇薇》，1989年底在《十月》杂志上发表，那是他1957年写的。还一篇是《初春回旋曲》，写于二十世纪六十年代，他后来凭记忆又加上一些新的描写，于八十年代末发表。他那部获第九届茅盾文学奖的长篇小说《这边风景》从写作到出版相隔了近40年。他的最具代表性，也最为人知的长篇小说《青春万岁》也是1953年写完，1979年出版，其间相隔了大概四分之一个世纪。

2013年恰是王蒙从事文学创作70周年。王蒙不由感慨：“为什么

我这些作品30年后、40年后、50年后、70年后还能当新作品发表呢？我深深地体会到，不管历史有什么样的曲折、什么样的起伏，人民的生活是靠得住的。对于写作来说，以人民为中心，要真正体现、研究、记忆、分析人民的生活。”

1

简单说来，王蒙的一生是在不断学习中进行的。他坦言，他是真爱写小说，但是更爱的是学习，“我什么都想学，1996年德国海因里希·伯尔基金会请我去的当天晚上，我干了一件什么事呢？我报了一个德语班。《这边风景》哈萨克文的首发式，我是用哈萨克语录的音。在日本的日中文化交流协会对我的欢迎会上，我是用日语交流。我爱学习，过不了关，我也爱学习。而且我认为碰到困难的时候，是学习的良机，学习的机会是很难剥夺的”。

也是因为善于学习，王蒙才能博古通今，终成文化大家。在七十年写作生涯中，王蒙出版了几十部著作，这其中就有不少解读中华优秀文化的作品，如《老子的帮助》《庄子的享受》《王蒙说〈论语〉》等。他还推出《写给年轻人的中国智慧》，帮助年轻人了解中国的传统文化。在黄帝陵所在地桥山举行的“黄帝文化论坛”上，他更是不顾舟车劳顿，以“黄帝文化与新时代中国话语和中国叙事体系的构建”为主题开坛主讲。

在王蒙看来，黄帝时期是中国作为一个国家的开拓和成熟的时期，“中国五千年文明史从哪里说起？黄帝是个成熟的标志。他是被全世界认同的人物，也就是后人说的内圣外王。他一方面具有圣人的才德，一方面又能施行王道。在多种族群聚拢的过程中，他一方面通过战争，另一方面通过对‘鬼神山川’的‘封禅’，这无形中与中华文化的‘天法地、地法人、人法道、道法自然’相吻合。我们为什么每年都要举行隆重的公祭典礼纪念轩辕黄帝？我们为什么重视黄帝陵？其实也是对天道的重视，对名山大河的重视，更是对信仰的重视”。

黄帝时期的仓颉造字，王蒙更是认为对后世影响深远，“中国是混合型文字，表形，表音也表意，中华文化从某种意义上可以称为汉字文化，是总体性、一元性和多样性的结合。黄帝时期对于中华历法的开拓，也具有伟大的意义，中华历史不但照顾了日月，还照顾了九大行星中的五大行星。皇帝的妻子嫘祖发明缫丝，也对世界影响深远。在嫘祖的倡导下，中国开始了栽桑养蚕的历史，嫘祖把蚕丝制成绸，也就是丝绸。从西汉起，丝绸被大批地运往国外，成为世界闻名的产品。那时从中国到西方去的大路，被欧洲人称为‘丝绸之路’。”基于此，王蒙说：“作为炎黄子孙，我们有这样一个慎终追远的标志，我们理应感到自豪。对黄帝的敬仰、怀念，就是对我们的民族、民族文化的认同。”

从某种意义上说，王蒙的创作也致力于加深这种认同感。他说，并不是每个年轻人都有像他那样的机遇，能亲身体会到新中国的成立，旧中国的破灭，“与闻其盛，能够跟时代体会到这些大变化，我应该把它写下来，如果不写下来的话，我怕有人把它忘了，我也怕我自个儿把它忘了，这是历史，这是人民的命运，这是国家的命运，所以我写下来是有意义的”。

事实上，这所谓意义也源于王蒙在写作中始终保持不竭的探索精神。在座谈会上，他表示，我们要实实在在积累我们的生活，但是又必须有想象力，“中国历史上的虚构太厉害了，《山海经》里面，一句话就是一个虚构，《精卫填海》《愚公移山》《夸父追日》……我看贾平凹的小说，我看到他写熊会说话，太好了，会说话的熊很难找到，但是在文学上熊可以会说话，要是不会说话，那个幽默感没有了，那个神奇感也没有了”。在王蒙看来，文艺是全面往前走的，写作既要保留宝贵的传统，又要敢于突破，有惊天动地的转化和发展的能力。

2

唯其如此，王蒙的创作才常常给人带来惊喜之感。2014年8月，他出版长篇小说《闷与狂》。评论家王干读后感慨，王蒙的写法太年轻了，太青春了，像疯狂的文字精灵在舞蹈，像张旭的书法在咆哮。作家刘震云说得更为直接，他端看这本书，根本不像81岁人写的，倒是像18岁人写的。种种多少有些夸张的言说，似乎都只是为了证明一个道理：王蒙对岁月进行了逆袭，对自己的小说也进行了逆袭，他颠覆的不仅是时间的无情和年龄的冷酷，而是再次证明了李安的那句名言："这世界上唯一经得住岁月摧残的就是才华。"

王蒙的才华自不待言。这从比他年轻的几代同行对他"你说、我说、他说"的"羡慕、嫉妒、'恨'"里，就可以看得分明。在北京举行的新书首发式上，50后作家刘震云说，王蒙是"开创过别人没写过的领域，也开创过别的小说没写过的样式"的伟大作家；60后作家麦家说，王蒙是"世界上用排比句最多的作家"；70后作家盛可以说，王蒙是"硕果仅存的没有绯闻的作家"；80后作家张悦然说，王蒙是"可望而不可即的作家"。

真正"可望而不可即"的，恐怕还在于只有王蒙才能写出这样一部从婴孩时期写起，一直写到耄耋老年的"感官回忆录"。全书28万字，没有具体的人物和完整的故事情节，多用"你、我、他"等人称代指。用王蒙自己的话解释是："我用一种反小说的方法来写，因为小说最重要的因素是人物、故事、环境，有时候再加上时间、地点，我偏偏不这样写，但是我把我内心里最深处的那些东西，那些情感、记忆、印象、感受堆积成的反应堆，点燃了，然后它就发生狂热的撞击。”

在评论家谢有顺看来，王蒙这句“我偏偏不这样写”，隐含着多少豪迈和气派，“一个作家，如果他身上，没有这样一股要跟这个时代，跟这个潮流拧着来的劲儿，他在写作上要有所创新是很难的”。而王蒙的创新，体现在《闷与狂》的写作上，就像谢有顺所说，是既狂放又节制，既大胆又隐忍，“这本书的语言里充满了矛盾对立的、‘闷与狂’的东西，王蒙把种种人生的经验完全汇聚在一起，他打破了线性时间叙事，在每一章里，都把自己几十年的人生揉碎在一起写”。

正因为“偏偏不这样”，王蒙才得以不只是如盛可以所说，在写作中超越了文体的限制，他更是在一生多姿多彩的经历中超越了时代的“局限”。40后诗人周啸天凭旧体诗集《将进茶》获2014年鲁迅文学奖，引来热议纷纷，他“偏偏”专门撰文支持过周啸天的诗；而几年前，郭敬明深陷抄袭门，他“偏偏”力挺写出当代版《青春万岁》的这位“文学新人”加入中国作协；同样，在中国当代文学备受争议的当下，他“偏偏”断言中国文学正处于最好的时期。

如许“偏偏”看似令人费解，其实又特别好理解。刘震云提及在《闷与狂》最后一章里王蒙写到，有记者给他提出一个特别好的问题，说他是不是有“洛丽塔”情结，“我看这本书整个写得非常坚决，唯一写到这里的时候，王老师有点儿含糊，有点儿藏而不露”。以刘震云的理解，虽然他自己可能是个极为难得的例外，但很多作家多多少少都有一点“洛丽塔”情结，“王老师的这个情结一定是非常非常深的，从潜意识讲，为什么81岁的人能够写出18岁的这种感受和狂妄，我觉得主要是这个情结所导致的”。

极而言之，“洛丽塔”情结或许只是青春情结的另一种时髦的说法。在接受记者采访时，王蒙打过这样一个比喻。他说，耄耋之年，无非是青春垒得太多了，青春很厚就是耄耋之年，“什么是青春呢？把耄耋之年切成薄片让它透明一点，又恢复了青春”。张悦然如是说到王蒙留给她的印象，“王老师有一种让人吃惊的力量，他似乎在跟年轻人搏击。因为他和你交流的时候，没有什么是只有你知道而他不知道的，包括看他在《锵锵三人行》里做嘉宾也有这样的体会，他的知识结构，对网络语言的熟悉，我真的不敢说有什么是我们这代人特别拥有的”。

当然，与眼下痛并幸福地生活着，且如张悦然所说，“怎么看都觉得温暖有些虚假”的作家笔下的残酷青春不同，王蒙虽然历经苦难，但他不曾告别的“青春”写作，却始终有着一种温暖的色调。也正因为有了这样的对比，谢有顺感叹，中国写黑暗写得好的作家太多了，“心狠手辣”的作家太多了。但能写出那种温暖、亮光、希望、宽大的作家太少了，“不光是中国，20世纪以来写得最好的作家，都是关于黑暗、焦虑、恐惧和绝望的叙述，很少有作家写希望、温暖的东西能够让我们觉得真实。王老师身上却有这样一种亮光，他相信希望一直在前方，他永远对这个时代怀着一份特殊的爱，哪怕这个爱很难，但他从不屈服”。

以王蒙自己的理解，他能写出这种美好、温暖的感觉，固然跟他身边人对他的态度有关，“从小到大，身边的亲人、妻子都很疼我”。但主要还是跟他的年龄、他经历的时代有关。在2013年北京东直门中学举行的“《青春万岁》创作六十周年纪念活动”上，王蒙曾表示，他们这一代年轻人有一个特别好的历史机遇，把青春的烈火和国家民族的命运结合在一起，“青春万岁，也就是要记住这样一个难得的青春机遇”。在此次首发式上，王蒙也如是感慨：“我的少年时代、青年时代正好赶上了历史的大变化，这种大变化里，就树立了一个希望，哪怕这个希望现在看来有很幼稚的东西，后来还会遇到很多的坎坷、许多的麻烦，但毕竟这个希望曾经照亮自己，就那么幸福。”

但连王蒙自己恐怕也没法确定他所说的幸福到底有多幸福，正像他没法确定，他对这个时代的热爱，到底有多热爱。毕竟，王蒙不曾告别的“青春”，是一种“杂色”的青春。可以确定的是，王蒙一定是像刘震云形容的那样，喜欢生活中的细节，喜欢藏在生活每一个皱褶里的气息和味道。而王蒙正是在对这些气息和味道的细细品味中追忆着他的逝水年华。

3

在很多作家已经停笔的年纪，王蒙依然写作不辍，也在很大程度上是因为他无比热爱生活。他表示，不管在什么特殊的情况下，要有对生活的热爱，对生活的真情，“1963年，我选择了去新疆，是我人生中一个非常重要的拐点。我爱生活超过了爱我自己。新疆的生活对我来说，是非常有趣、非常有意义的经历。比如说《这边风景》，里面所有人物对话都是用维吾尔语起草的，我翻译成了汉语。比如北京话说‘有什么法子呢？’，维吾尔语说‘有几多办法’”。

热爱生活，又有很多东西要表达，除了继续写下去，还能“有几多办法”？所以，王蒙至今还在写，虽然他曾经宣布，发表自传三部曲——《半生多事》《大块文章》《九命七羊》后，他就不写小说了。可是他压不住自己，还想写，越写越想写，“写起小说来，我的每个细胞都在跳动，写起小说来，我的每根神经都在抖擞”。收入近期新书《霞满天》的同名小说，在写到三分之二的时候，他患病了，而且是病得不轻，他也还是坚持一个半月把它写完。

用王蒙自己的话说，他的这股子劲就是从蔡霞身上学的。蔡霞是《霞满天》里的女主人公。这位具有特殊气质的女性在漫长一生中接连遭遇人生不幸，青年守寡、中年丧子、老年失伴接二连三地降落在蔡霞的身上，但她却依旧保持着高贵的人格，在晚年重拾行李，毅然前行。可想而知，王蒙在小说叙述部分道出的“蔡霞一天没有起舞，就觉得辜负了人生”，寄托的是他自己的心志，小说议论、思考和抒情部分，亦即“作家王蒙”以机智幽默的谈吐、深刻深沉的思考、激情洋溢的抒怀“现身说法”的篇章，则可谓他的本色表达。如评论家刘琼所说，这部分既有交响复调的对位气质，又是歌队式的丰富补充，还有中国古典戏剧的过门、串场、评点功能，语言的魅力和精神思考的魅力同时绽放。

由此可见王蒙依然蓬勃的创造力。正如评论家何向阳所言，王蒙身上的生命力和创造力是同步的，他不以过来人或已进入经典的姿态自居，而是一直保持年轻，“他永远带着一种好奇的眼光去看生活，去看他笔下的人物，他永远充满着这样的好奇感，这确实是一个作家不断超越自己，并且一直保持创造力的体现”。

当下知识分子应该有充分的文化自觉

冯骥才

冯骥才清楚地记得，很多年前的一天，去拜访巴老时，正好碰到有一位美籍华人拿了英文版的《家》请他签名。签完名后，这人拿着书就走开了，“结果呢，因为在签名时，有个字巴老写错了偏旁，他很快就让女儿李小林给我打来电话，问我能不能找到这个人，把书拿回来让巴老改偏旁。我记得我当时说，只是一个字偏旁写得不一样，他肯定不会介意的。能拿到‘五四’时期作家的签名，他该是高兴得直跳了。小林转达了巴老的意思，说这样不尊重人，无论如何得把书给取回来。后来我把书取来送去，巴老改了偏旁。我一把书交到那个华人手里，他当时就哭了，我想他是被尊重得哭了”。

在冯骥才看来，在日常生活的点点滴滴中，我们都能体会到，巴老等“五四”一代作家，他们是在用心活着，“巴老是一个用内心生活的人，他用真心对待一切，对待生活，对待我们脚下的这片土地。相比而言，我们这一代知识分子该感到惭愧。我们还有多少人这么活着？我们何曾真正用心对待我们生活中的一切，我们的百姓，特别是生活中的那一些弱者。如果没有这样一份真切的感情，没有对我们这块土地的责任，我们又怎能写出真正打动人心的作品”？

在这个意义上，冯骥才表示，就像巴老提倡讲真话，未必带来谎言灭绝的美好图景，但有这么一个声音在，总会时时震动我们的神经，“同样，我们感慨，在当今社会，找不到自己的灵魂。其实我们不是没有灵魂，他就在我们心灵的深处，只是我们未曾真正认识到他。重温巴老，重温‘五四’一代知识分子的精神，终究会让我们找回失落已久的魂”。

写作要找到有价值的文学形象

冯骥才激赏巴老，或许还多少与他本人的创作轨迹有关。作为一位成就卓著的作家，冯骥才早在1979年就发表了《铺花的歧路》《啊！》《雕花烟斗》等小说，在文坛上产生重要影响。1981年，他创作的散文《挑山工》在当时就被广泛阅读。20世纪80年代，他完成“怪事奇谈”三部曲——《神鞭》《三寸金莲》《阴阳八卦》后，就把更多精力转向非物质文化遗产保护，小说创作一度陷于沉寂，散文创作却不曾间断过。

在四十余年创作生涯里，冯骥才出版了《雾里看伦敦》《珍珠鸟》等数十种散文集。他还于近年出版了《无路可逃：1966—1976自我口述史》《凌汛：1977—1979年在北京朝内大街166号》《激流中：1979—1988我与新时期文学》《炼狱·天堂——韩美林与冯骥才口述自传对话》等非虚构作品。某种意义上，这是他于20世纪90年代在阅读四千多封读者来信，经过十载采访调查才得以完成的口述历史作品《一百个人的十年》的延续。

冯骥才坦陈，他是中国较早写口述史的作家。这与他在二十世纪八十年代就受了非虚构文学的影响有关。冯骥才表示，他们这代人有个心愿，就是把“文革”记忆留下来，他当时想按巴尔扎克写《人间喜剧》的办法，写几十部中长篇，“在那时，我就读到美国新闻记者斯特兹·特克尔写的《美国梦寻》，在这本书里，他采访了美国各方面的人物，也有失败的也有成功的，也有企业家，也有球星、影星，各种各样的经纪人、艺术家、普通的市民，采访他们对于美国梦的想法。我就想我也可以用这样的办法去找一百个人，我就决定找这样的人，写《一百个人的十年》”。

当时正值冯骥才眼里中国当代文学史的“黄金年代”，文学艺术随春来大地而解冻，仿佛凌汛过后河道里的流水奔涌而下，无数作家和优秀的文学作品涌现出来，各种文学期刊或者恢复生机或者新创刊，写作者充满激情与才华，读者也争相阅读。在《凌汛》第一节中，冯骥才就详细描述了他接到读者来信的情景：自己每有作品发表，读者来信就如雪片般发来，以至于信封上只要写着“冯骥才”三个字，哪怕没有地址，天津邮局都能把信送到他手中。他为此专门动手制作了一个大信箱放在楼下，每天下楼开信箱都要拿个篮子接，信才不至于落一地，“最让我感动的是，有的信是有声音的。有的人在边疆，在农村，他们一边写信一边流着眼泪，我那时才知道眼泪也是有黏度的。泪滴在信上，一叠一捆一扎，纸就粘连起来了，我收到信打开信纸的时候，就能听到一种很轻的沙沙的声音，那个声音像打雷一样感动了我的心。也正是因为这一封封信，激发了我写作《一百个人的十年》的动力，这些信也成了我写这本书的原始素材”。

可惜的是，这样一个“黄金时代”来得快去得也快。这不能不让冯骥才感到些许感伤。但不管怎样，他都见证了这段历史，并且参与其中。他与那些与他一般知名的人物相识、相知，也因此才得以在写了很多散文的同时，还写出这些非虚构作品。以冯骥才的观察，如今非虚构写作成了一个很大的袋子，什么东西都可以往里装，比如我们报告文学、纪实文学，甚至是散文等。但他并不认同散文也是非虚构，因为他的很多散文是有虚构成分的。在他看来，散文本就可以想象、虚构，“我的散文《挑山工》在1983年进入小学五年级的课文，现在还在小学课文里。据当时的调查，中国有两亿人读过这篇散文，我想现在至少有三亿了吧。《珍珠鸟》入选课文后，也有很多读者。在这两篇里我都有虚构，《挑山工》里那个穿红背心的人是我虚构的。当时，我们在爬山的时候看到挑山工，并没有怎么注意，但不知不觉他就走到你前面去了。因为他一直在走，而你玩玩耍耍，在你不经意的时候，他就从你身边过去了。但你想一个人要从山底挑到山顶，晚上再下来，就是徒步都要累死了，何况挑一副担子。所以，我需要一种精神鼓舞我自己的时候，就写了这篇。《珍珠鸟》里写到的那只鸟是真实的，它经常跳到我身上，有一次还跳到我的水杯里，隔着杯子看我，我就觉得它特别可爱，但是它跳到我肩膀上睡着了这个情节，却是我想象出来的”。

但在冯骥才看来，有一种东西是必须要做非虚构的，就是传承人的口述。在深入寻访、调查非物质文化遗产的过程中，他逐渐形成一个想法，就是古画也好、古琴也好，其重要性都是在事物本身上，但是非遗，譬如一个鼓手、一个民间的舞者，他们身上那些非常重要的信息，往往是在他们的心里、记忆里。如果这些人死了，这段文化就要阻断，所以就有必要把这些人的文化精华给保留下来，“应该说，非遗是一种不确定的、流动的、易变的文化，在我们这种被工业文明强烈冲击，人们又比较注重物质文化的时代里，民间文化在发展过程中很容易就消失了，所以我们必须把他们口头上说的、大脑里记的、心里面有但还没有说出来的东西通过一种口述的方式讲出来，用一些文字记录下来，使文化得以传承”。

以冯骥才的理解，这样的记录无疑是重要的，而非虚构写作本身自然有其价值，因为非虚构有一种现实、不可辩驳的力量，“它是历史本身，也是现实本身，它凭事实说话”。但冯骥才认为，并不是把事实的东西、现实的东西写出来就是非虚构文学，“记者也可以通过采访写出很好的作品，这样的作品在新闻上也有很大的价值，但它不是文学。只有在现实中提炼出有文学价值的东西，那才是文学。因为文学首先考验的是思想和认知，就是看我们对事物的认识，看它有没有文学的价值，而所谓文学的价值就是说事物里面有没有典型的、审美的东西”。

冯骥才举例表示，在《一百个人的十年》里，他写过一个“没有情节的人”。那时，他在山东的一个地方出差，在入住的旅馆走廊里，他碰见一个人上来就问他是不是在写一部口述史，“我说‘是’，他说之前就主动找过我，但没有找到，这次碰到我，他就想起来了。晚上我在屋里就沏好两杯茶等着他。他自我介绍说他是上海一个杂草研究所的所长，是研究除草剂的。他说你可能觉得我没意思，我什么都没有，我是这个研究所的所长，我有地位，我甚至有公车坐，出差可以报销，收入也不错，但是我这人没有故事，没有任何情节”。

不过越是如此，冯骥才越是觉得这个人身上有故事。他以作家的敏感判断，这个人迫切地要找他，就说明心里肯定有东西。等到他们喝茶聊天时，他也确实和他讲了自己的故事，他上大学的时候，中国还没有除草剂，他的老师很想把除草剂引进到中国来，但西方的除草剂跟中国的不一样，所以他就开始研究中国的杂草。但这时“文革”开始了，一切研究都停止了，他老师也被调走了，这样他从学校毕业以后就什么也不是了，后来调来这个研究所还是因为专业对口，“他祖祖辈辈都是农民，爷爷父亲种地都受杂草的折磨，所以他想必须把这个问题解决。那样他就得看国外的资料，还真是有这样的资料，但是他外语不行，于是就想了一个办法：看外文版的毛主席著作。这样他可以对别人说我学英文版的毛主席著作是向外国人宣传毛主席的思想。所以只要有机会到农村劳作，他就积极参加，他说要跟农民同吃同住同劳动，但他实际上是为了调查杂草”。

即使是在旁人听来，这也是一个好故事。但冯骥才觉得这样一个故事，还不足以写成文学作品，文学作品需要揭示人的心灵，他还没有说明自己为什么没有意思，“我就怯怯地问了下，你做这件事是怎么样回避别人的？他一下子就觉得我这句话问对了，他说我回避别人的办法是尽量不让别人注意我，我不大声说话，不发脾气，每回开会都坐在最角落的地方，不让人注意我。我也不交女朋友，我就一心一意地研究我的那点事情。我追问他，你还有什么办法？他就说，我从来不看别人的眼睛，因为你一看别人的眼睛别人就记住你了”。

在冯骥才的讲述中，这个人就靠着这样的方法，还有刻苦钻研的精神，用十多年时间，把中国几百种杂草基本都调查清楚了，除草剂也发明出来了。“文革”结束以后，他也变成了中国著名的根治杂草的学者。他获得很多荣誉，也到世界各国开会，但他发现自己没有性格、没有脾气，“他问我，你知道没有脾气是什么滋味吗？我就想起来一个东北人跟我讲，他到新加坡感觉没有四季，他说你知道没有四季是什么滋味吗？一年四季都是30多度，人都快长毛了，所以他每年必须到东北冻三个月，才觉得这一年过得是舒服的”。冯骥才由此觉得，“文革”把人的人性的东西都改变了，它把一个人变成没有性格、没有历史的那么一个人，这才是对于人最深的伤害，虽然他对中国农业是有贡献的，“这才是一个文学形象。而非虚构写作的关键就看，你能不能找到这样一个有价值的文学形象”。

事实上，是否能找到类似的文学形象，对虚构写作来说也至关重要。虽然如此，在冯骥才看来，非虚构和虚构还是两回事，这完全是两种不同的思维，“所谓虚构，是艺术创作的本质。人人都能写作，但不是人人都能写小说，因为写小说要经历一个从无到有的思维过程，所有的艺术都是这么来的。所以艺术家跟科学家最大的区别是，一个是发现，一个是创造，一个是生活中本来有的，一个是生活中没有的。小说家就是要创造生活中本来没有的东西”。

所谓风格是复杂又和谐的整体

时隔多年，进入新世纪后，冯骥才终于“回归”文学，准确地说是回来做小说家该做的事儿了。2000年，他出版小说集《俗世奇人》，足本则于2016年出版，并于两年后为他赢得第七届鲁迅文学奖。2018年，他出版长篇小说《单筒望远镜》，2020年又出版了长篇小说《艺术家们》。

面对“回归”的声音，在2020年10月29日晚举行的“《艺术家们》线上发布会”上，冯骥才回应道：“我今年七十八岁了，爬山爬不动了，台阶超过三十公分也上不去了。当我回到书房的时候，不是我找文学，是文学找我了。”

话虽如此，冯骥才多半是感到难以自我超越，再加上一些偶然的机缘，才在很多年里远离小说写作，也是因为对小说矢志不渝的热爱，或者感觉经过多年沉淀，自觉能写出新的东西后，才回来写小说的。早在写于1984年1月的《我心中的文学》中，冯骥才就坦言，超过别人不易，超过自己更难。因此，大多数作家的成名作，便是他创作的峰巅，如果要超越这峰巅，就好比使自己站在自己肩膀上一样。有人设法变幻艺术形式，有人忙于充填生活内容。但是单靠艺术翻新，最后只能使作品变成轻飘飘又炫目的躯壳；急于从生活中捧取产儿，又非今夕明朝就能获得，“每个作家都要经历创作的苦闷期。有的从苦闷中走出来，有的在苦闷中垮下去。任何事物都有局限，局限之外是极限，人力只能达到极限”。

从某种意义上说，《俗世奇人》便是一种“极限”创作。这么说主要是因为小小说创作本就有着比较大的局限性，但冯骥才把它的功能发挥到了极限。在冯骥才看来，中国的小说大厦，是靠四个柱子支撑起来的，一个是长篇，一个是中篇，一个是短篇，一个就是小小说。他之所以重申这一观点，或许是因为小小说作为一种独立的文体还没得到足够的重视，或许还因为读者对小小说文体特点的认识依然付之阙如。

但早在20世纪80年代，在受邀主编的《大陆小小说选》的序言里，冯骥才就曾表示，小小说是一个独立的文学样式。他当时不用品种或题材，而是用“样式”这样的词，就是为了说明小小说不是作为长篇和中篇的下脚料而存在，它有自己独立的文学价值和艺术价值，“小小说既然是独立的，它一定有自己的艺术特性，有独立的取材的方式，结构的方式，艺术的方式，包括评价的方式”。

冯骥才表示，如果说长篇小说是一个海，中篇小说是一条河流，短篇小说是一方小小的池塘，那么小小说就是一朵浪花，但这朵浪花不是从海、河流和池塘里面跳出来的，它是从生活里跳出来的，就是说小小说作者对于生活得有另外一个敏感的方式，被那个敏感触动了，就获得了一个写小小说的契机。这个契机是什么？在冯骥才看来，就是一个情节。但一般而言，小说无论长中短篇都需要情节，小小说有什么特别之处？他认为，小小说的情节不同于一般的情节，它应该是一个关键的情节。他举例说，欧·亨利小说《麦琪的礼物》里面两个人的关系，一个背着他的妻子卖掉了他的表链，一个剪掉她的头发给他买表链，“这样的情节，是非凡的，绝妙的，至关重要的，有此就成功没此就失败的，感人至深，同时又寓意深刻的。要是抓到了这样的情节，就是抓到了小小说的命门。所以，写小小说，很重要的就是要写出关键的情节”。

而体现在《俗世奇人》上，所谓关键的情节，还因为他笔下的人物融合了传奇性。该小说以天津方言与古典小说的白描技法为基础，以智慧幽默与生动传神的文笔呈现出了36个鲜活、生动、活灵活现、匪夷所思的传奇人物。在冯骥才作品研究专家祝昇慧看来，冯骥才把他笔下的能人都往奇上写，同时在语言上又非常讲究，这种讲究体现为一种节制。这种非同一般的驾驭和控制能力，使得他在小小说这么小的螺蛳壳里做起了大的道场。

在评论家胡平看来，冯骥才作品的这个“小”，实则是高度的浓缩。这些小小说篇幅确实短，但内容是充溢的。这就给创作者提出了一个题材和体裁的关系问题。现如今，很多作家喜欢把作品往长里写，因为写长了不吃亏。但在我们这个信息爆炸的时代里，一个好作家就得有让自己亏、让读者赚的精神，才能写出好作品，“《百年孤独》够浓缩吧，马尔克斯把一百年浓缩到并不厚的一本书里，要换个作家写，不知道要写多长。所以，不浓缩能成为精品吗？冯骥才就有这么一种让人敬佩的，把小说往浓缩里写的精神”。

小小说确实应该讲究精品意识。用冯骥才的话说，小小说不绝不写，“绝”就得有一个绝的情节，就得要选择特别好的细节，就得用讲究的语言，就得百般锤炼。而在他看来，更为重要的一点是，小说不论长短，都得写出文学性。而小小说写作，最有可能缺失的就是文学性。

冯骥才理解的文学性，自然在于小小说要有非常好的细节，细节非常重要的一点，就是它的形象性。他举例说，在《复活》里，托尔斯泰写命运凄惨的玛丝洛娃，写她一只眼是斜视的，这个细节让他印象深刻，每次想起这个人物，就会想起她这个目光焦距对得有点不太正的形象，“还有鲁迅写祥林嫂最后要饭的时候拄着拐杖，他写道：‘她拄了一根比她还高的竹子棍，下端开了裂。’这两句话里，就包含了两个细节。因为祥林嫂是个孤苦伶仃的老太太，最后讨饭吃，她不可能有拐杖，不定什么时候拾起一根竹竿，就老拄着它，因为是随便捡的，不可能要求长短，所以说是比她还高的竹竿。而‘下端开了裂’，是因为她不可能换一根竹竿，她有一根就很幸运了。这两个细节就把她的命运写出来了，后来很多画家画祥林嫂的形象，都是画她拿着根竹竿，这就是形象性”。以冯骥才的理解，这就是契诃夫说的，写一句话就得让人立刻看见这个环境，看见这个空间，这样这个人物才能立得起来，“契诃夫在跟高尔基的通信里说，写一个人坐在草地上，如果就这么直白地写，没什么意思。写一个人头发蓬松的、疲惫地坐在被行人的脚踏得往一边倒的草地上，那就形象了，也就有文学性了”。

就主题层面而言，小小说的文学性，近乎中国文化语境里特有的“意”字。冯骥才举例说，有一回他和陆文夫同游苏州园林。陆文夫对他说，苏州园林的走廊到头一定不是墙，一定是一个窗口，透过窗户又是一个风景，它绝对不是一层的。由此，冯骥才联想到，小说的这个“意”就像桃核一样，你剥去桃皮以后，里面还有一个桃核，把桃核砸开以后，里面还有另外滋味的桃仁，“小说如果是一层的，就是你的意念是问答式的。好的小说一定有几层的主题，绝对不是一层的主题。好的小小说同样如此，它必须是一个琢磨不透的、言有尽意无穷的东西”。

以此引申开去，冯骥才不由感叹道，中国文化深着呢！“我曾在一个地方给一个学美术的学生讲，我说，齐白石的画，我看过几张，一丈二的纸，从上往下画的时候都是白纸什么也没有，快到三分之二的时候，他画了一个干的秋天的叶子，叶子上爬着一个秋天的知了，叶子旁边写着两句诗，‘鸣蝉抱秋叶，及地有余声’。一个叫着的知了抱着一个秋天的叶子，风一吹知了‘嗷嗷’地掉下来了。有了这两句诗，这大片的空白就是一个有声的空间了。这就是中国艺术的伟大。他把白纸留给你，让你去想象，他画一只鸟，那白纸就是空气，他画一只鱼，那白纸就是水，他画的是山、底下是树，中间就是云。其实中国人相信人的想象力。中国所有艺术都是博大精深的，文字的表现更是博大精深的。”

而小小说就需要做到以小博大，由浅入深。与此同时还要看能否做到推陈出新。《俗世奇人》写的是清末民初天津卫的旧事，但冯骥才写出了新意。而他最初写这些小说，也并不是源于他喜欢搜罗旧题材，而是受了一次出访的触动。2000年，冯骥才到法国去做民间文化遗产的调查。在为时几个月的时间里，有一次他遇见了法国年鉴学派的一个学者。这个学者对他说，一个地域人的集体性格，在某一个历史阶段表现得最充分。冯骥才想到，如果说上海人地域性格表现最突出的是二十世纪三四十年代，北京人是清末，那么天津人则是清末民初这一时间段，“因为这正是天津新旧交替、华洋杂处的时代，天津人集体性格更为突出”。

冯骥才写《俗世奇人》，与天津老城遗产保护的过程，有一时期是重合的。在祝昇慧看来，他在这个过程中，内心会有一种与现实抗争的东西，他把这样一种内心的活动融入这部作品当中。他向历史寻求答案，为的是增进对于现实问题的思考，“读《俗世奇人》，我们可以感受到他在现实和历史之间这种不断的反复。作为一个有非常自觉的历史观的作家，冯骥才无论在从事民间文化遗产抢救中，还是在这部小说的写作中，都贯穿了一个思想，就是记录历史”。

对于冯骥才来说，这样的记录更可以说是记录天津人的集体性格。他说，鲁迅写孔乙己，实际上是把中国人集体的共性作为孔乙己的个性来写，“实际上，孔乙己在生活里是没有的，但是我们看完这个小说以后，却能在这个小说里看到自己的某一点影子和基因，这是《孔乙己》绝的地方”。《孔乙己》另一个绝的地方，在冯骥才看来，在于对地方语言的运用。如果说鲁迅在人物对话上突出了地方色彩，冯骥才则着力于让小说的叙述语言更有天津味，“所谓天津味就是天津人的幽默、细腻、机警、干脆、火辣，把天津味糅合到叙述语言里，就形成了一个整体。因为小说短，地域特点会更强烈，更有冲击力，更能成为一个整体。如果叙述语言和对话语言分得太清楚了，这小说就支离了，就分散了”。

这同时也是让胡平特别感叹的地方，冯骥才在《俗世奇人》里，用各种艺术手法把笔下人物的性格写绝了，“我觉得大多数小说还是应该重视写性格，因为读者读小说的理由之一就是读性格，性格本来就是人的客观属性，是区别个体的重要特征。但现在很多作家不写人物性格了，认为写性格对于小说来说已经过时，性格写多了会影响小说的表达，这不能不说是很大的遗憾”。

事实上，就像冯骥才说的，小小说一切的特点、一切的性质都是被它的短、它的小逼出来的，但这并不是说小小说非要往小里写，恰恰相反，它需要往大处下功夫。而小小说的独特之处，就是体现在这“小”和“大”的张力上。

而冯骥才的“大爱”，很重要的一方面在于他有深厚的民间意识。就如祝昇慧说的，从《俗世奇人》里能看到，冯骥才对天津卫这个地域里三教九流人物的喜爱和理解，但他并没有丢掉精英意识，或者说他正因为融汇了精英意识和民间意识，才得以对天津这个地域的集体性格有深刻的洞察。“而在艺术风格上，冯骥才也融汇了《聊斋志异》等中国古典小说的神韵，及西方文学的现代意识域创作技法。他在《俗世奇人》里创造性地将故事性、传奇性、思想性、艺术性、趣味性融为一体，为市井百姓立传，拓展了中国当代笔记体小说的新境界。”

当然在冯骥才看来，所谓风格不仅仅是作品的外貌，它是复杂又和谐的一个整体。它像一个人，清清楚楚、实实在在地存在，又难以明明白白说出来。作家在作品中除去描写的许许多多生命，还有一个生命，就是作家自己。“风格是作家的气质，是活脱脱的生命的气息，是可以感觉到的独个的灵魂及其特有的美。”也因此，冯骥才强调，作家要肯把自己交给读者。写的就是想的，不怕自己的将来可能反对自己的现在。不以文章完善自己，宁愿否定和推翻自己而完善艺术。

“如果作家把自己化为作品，留下的是他真切感受到的生活，那作品上的署名反倒是可有可无了。也就是说，作家在文学之外已经不需要再享有什么了。”

自言“最有争议的作家”，不落俗套，也不曾落伍

张贤亮

像张贤亮这般人生跌宕起伏，写作丰富复杂的作家，远不是一篇简单的文字或几个字词可以“论定”的。当我回想起他的时候，却总有两个词——亦庄亦谐、大俗大雅，如孪生兄弟般，携着不可阻挡的气势，穿过词语的丛林里呼啸而来。应该说，张贤亮后期的作品如《一亿六》读来荒诞又有谐趣，但内在却有着深刻而严肃的内涵，饱含了他对人类和民族生存问题的庄重思考。他前期的作品则相反，面目端庄而严肃，却也透着诙谐之处。而作为一个卓有成就的作家，张贤亮是有大胸襟、大气魄的。他的人生堪称大起大落、大开大合，为一般作家难以企及，倘是归结到为人处世和写作风格，他诚可谓大俗大雅。

可堪佐证这一判断的是查建英在《八十年代访谈录》写到的场景。20世纪90年代，作家陈映真在山东威海的一个会上发言，谈到

他对年轻一代，对时事，对当时文化与环境的忧虑与关切。等到张贤亮上台，却是开口就调侃：我呼吁全世界的投资商赶快上我们宁夏来搞污染，你们来污染我们才能脱贫哇！陈映真自然是有些错愕的，他会下去找张贤亮交流探讨，张贤亮却说："哎呀，两个男人到一起不谈女人，谈什么国家命运、民族前途，多晦气啊！"

这样插科打诨的话语，难免会让人误以为张贤亮只谈风月，不问国事。实际的情况是，在很多作家"躲进小楼成一统"的时候，恰恰是他最是真切地关注国家的前途和命运。试想有多少作家能做到，在长达近二十年的劳改磨难中熟读马克思主义著作，尤其是《资本论》呢？又有多少作家能做到复出后不仅重拾创作，而在一片荒凉中赤手空拳创办影视城？有这样的对照，我们就能明白，张贤亮的调侃在很大程度上是因为他不尚空谈。相比很多作家，他更具历史学者才有的那种宏阔的眼光，也更具与现实搏斗的实干家才有的魄力。

饶有趣味的是，张贤亮的写作着实是有关女人与风月的。《收获》主编程永新曾在一篇文章中回忆说，当年张贤亮的小说《男人的一半是女人》发表的时候，很多女作家认为他不尊重女性，老作家冰心因此给巴金打电话，让他管管《收获》，但巴金看完之后，得出的意见是：张贤亮的小说似乎有那么点儿"黄"，但是写得确实好，没什么问题。2012年，微博上曝出张贤亮"包养五个情人"的风波，他没有半点紧张和愤怒，反而"哈哈大笑"。在评价王蒙的无绯闻生活时，他甚至调侃："一个作家没有绯闻，怎么能把小说写好呢？"

如此说来，张贤亮可谓俗到极处。但实际上，与其说他俗，倒不如说他活得坦坦荡荡、自由自在。他敢于把心中所想真实表达出来，他敢于对自己的话负责，这需要何等胆识、勇气和智慧。而我说智慧，在于张贤亮敢于挑战禁忌或习俗，但他其实是极为明白底线和界限所在的，他也总能比很多“不敢越雷池半步”的人多迈出一步，他因此成了众人瞩目的弄潮儿和先行者。也因此，他从不落俗套，也从不曾落伍。而我还想说的是，这同样不是一般作家能做到的，我遇到比较多的情况是，作家们自我表达小心翼翼，顾左右而言他。即便在私底下或接受采访时，大胆说了几句，事后也要做出仔细而审慎的修订。

当然，我总是尽我所能让作家们多说一些，我的第一本对话集名为《四分之三的沉默》，也因为我希望对话能让他们面对公众有意为之的沉默部分，或确实在内心里沉睡着的部分开口“说话”，退而言之哪怕是打开一个小小的缺口。这方面我是要特别感谢张贤亮的，对他的采访让我感到，他绝少有意为之的沉默。所以我在那本书自序里写，他不只是打破了我对作家的固有印象，还洞开了我近乎第六感的某种感觉。他告诉我一个作家原来可以这么说话。一个人的思想和言说也可以不为任何东西拘囿，而是像不羁的灵魂一样自由。

而我说张贤亮自由，绝非夸饰之语。他有为一般作家所难以企及的豁达和洒脱。我记得那次采访后不久，张贤亮来到上海。单位领导出于对他的敬仰，希望能见面请教，便托我联系。以我的经验，总觉得这是万分为难之事，但凡名人多像是居住在万神殿上，如果你人微言轻，着实是不好打交道的，更何况我还在采访中挑了他不少刺呢。出乎我意料的是，他二话不说就答应了。后来在外滩近处一个停有海盗船模型的酒屋里我们编辑部的同事们得以围坐在桌子旁，听他漫无边际地神聊。印象中，他什么都谈，谈到了我有所耳闻的一切，也谈到了我闻所未闻的一切。他没有如我们所想那样谈文学，谈小说。当时真想问问他，为什么不谈，却终究是没问。我想要我问了，他或许会反问我，为什么要谈？文学就得是文学本身？文学不可以是文学之外的任何东西？现在想来，当时我大约就什么问题插过一两句话的，张贤亮倒是没有笑话我涉世未深，只是说这个事情哪是你想象的那样！随后和盘托出自己的见解。当然他给我留下最深印象的是他的声音，我总觉得我不是在酒屋，而像是在大教堂里听他说话，响彻耳边的不是布道或赞美诗，而是能触及我内心深处的大文学的声音。

我总是想，张贤亮不谈文学，和进入九十年代后作家们相聚时普遍的不谈文学是有区别的。换句话说，张贤亮在更早的时候就不谈文学了。他岂不是又当了回先行者？但他无疑是热爱文学的。在大起大落的人生里，他变换了很多角色，他的文字风格也在不断发生变化，唯一不变的是他对写作的挚爱。我曾问他为什么写作？他说就是好玩。我当时并不怎么理解，只有等到他去世后不久，《新民晚报》记者让我回忆与他接触的印象时才豁然醒悟到，他说的好玩并不是玩世，而是一个人真正回到内心之后的真诚与纯粹，而好玩的背后，依然是深切而真挚的关怀。一如他的随性，其实不是随意，而更多是为一般人难以企及的，敢于慨然自言“最有争议的作家”的，那种无拘无束的人生境界。

当一个重要人物去世，我们总会禁不住感叹，一个时代逝去了。这句话的另一层意思或许是，另一崭新的时代开始了。但张贤亮的去世，在我看来很可能象征着一个文学时代的结束。时隔多年，我依然会想起那次聚会后，张贤亮在他兄弟陪同下沿福州路熙熙攘攘的人行道渐行渐远，最后在拐角处消失的身影。我总是隐隐期望，如他这般的格调和境界，并没有在我们这个世上随风而逝。

创作是最孤苦伶仃也是最诚实的劳动

陈忠实

在多年前写的一篇散文《白墙无字》里，作家陈忠实自述，无论换过多少办公室和住房，四面墙壁从不贴不挂自己欣赏的做人做事的格言警句，其实是为自己留着一条“后路”。“想做的事和自己认可的行为准则，努力去做、努力追寻就可以了。”这位用一生去“努力追寻”的作家，于2016年4月29日早晨7点40分，因罹患舌癌在西安西京医院去世，享年74岁。这一刻，他停止了追寻的脚步。

陈忠实去世引起强烈反响。自次日上午8时开始，有数千位各界人士前往设在陕西省作家协会大院内的吊唁场所悼念，其中有陈忠实的生前好友，也有很多与先生素未谋面的读者。作协大院里，摆满了社会各界人士送来的花圈花篮。陈忠实以生命铸就的荣誉之墙上，写满了沉甸甸的纪念。

白鹿原下“接通地脉”

作家贾平凹以一句词感念陈忠实：水流原在海，月落不离天。贾平凹说：“他是关中的正大人物，文坛的扛鼎角色。”引人深思的是，陈忠实以一部《白鹿原》成就了自己的“扛鼎角色”，而这位“正大人物”实是凭着一种“笨拙”的工匠精神一步步走过来的。

诚如评论家部元宝所说，陈忠实写了许多作品，都是为《白鹿原》这一本书做准备，或者都是围绕《白鹿原》而发。陈忠实的大半生在西安灞河边的白鹿原度过。从读小学到当民办教师、在公社工作，后调至区文化局工作，他没离开过那片土地。以评论家肖云儒的说法，正是这些经历，让陈忠实对农村和农民有了深刻的理解，这也构成了《白鹿原》创作的底色。

也正是在白鹿原下自己家的老祖屋里，陈忠实开始写《白鹿原》。那是1987年，在发誓要写出一部“死后可以垫棺作枕”的书后，陈忠实辞去兼任的行政职务回到故乡。他起初只是拿着一个大笔记本在膝盖上写，直到1989年1月，他才在一张小桌子上继续写。虽然老屋破败不堪，遇到下雨天，甚至找不到一块不漏雨的地方睡觉。因为家里负担重，他也无钱修缮，以致后来不得不借住在亲戚家的小屋里，但陈忠实不以为意。他说，在白鹿原下写作，他便进入了自己生命运动的最佳气场。

或许要到很多年后，陈忠实才能更清楚地意识到，写作《白鹿原》的时代，正是最佳的文学场。这不只是源于当年的文学热潮，还少不了同代人的激励。电视剧《平凡的世界》热播，在接受媒体采访时，陈忠实坦言，小自己7年的路遥只用了10年就攀上文学高峰，刺激他写出了《白鹿原》。陈忠实说，当路遥凭这部长卷作品获得中国文学最高奖项时，他再也坐不住了，心想，这位和他朝夕相处的、活脱脱的年轻人，怎么一下子就达到了这样的高度!“我感到了一种巨大的无形压力。我下定决心要奋斗，要超越，于是才有了《白鹿原》。”

为了写《白鹿原》，陈忠实走出书斋“接通地脉”，在西安平原的蓝田、长安、咸宁三个县做了一年多的人文调查，并且在文学、史学等方面做了精心准备，才开始动笔。而在1988年早春，在离租屋大门前不过十米的街路边，他栽下的只有食指粗的小梧桐树，等到四年后他写完这本大书，已长到和大人的胳膊一般粗。陈忠实写累了，就在它的荫蔽下歇息。这棵树见证了他为写成《白鹿原》所付出的一切艰辛，所耗费的心血，乃至他所忍受的长久的孤寂。后来谈起这段经历时，陈忠实不无感慨地说:“我体会到，创作是最孤苦伶仃也是最诚实的劳动。”

“寻找属于自己的句子”

陈忠实“最诚实的劳动”，获得了丰厚的回报。1992年，《白鹿原》面世，这部50万字的小说展现了陕西关中农村的历史变迁。此后，《白鹿原》不仅为他赢得茅盾文学奖，小说还先后被改编为电影、电视剧、话剧、戏曲等多种艺术形式。至今，这部小说总发行量已超过500万册。

《白鹿原》经受住时间的考验，终成为众多读者推崇的“扛鼎之作”，要说有什么深刻的启示，该是如陈忠实引用海明威的话那样，作家倾其一生的创作探索，其实说白了，就是“寻找属于自己的句子”。某种意义上说，他倾注全部心力的写作，即是这样一个寻找的过程，幸运的是，经历诸多艰辛和磨难后，在写《白鹿原》的过程中，他终于找到了。

在题为《寻找属于自己的句子》的“《白鹿原》创作手记”中，

陈忠实写下了“属于自己”的感悟。他说，海明威所说的“句子”，不是通常意义上的白描或叙述的语言句子，“他说的‘句子’，是作家对历史和现实事件的独特体验，既是独自发现的体验，又是可以沟通普遍心灵的共性体验，然而只有作家独自体验到了；那个‘句子’只能‘属于自己’，寻找到了‘属于自己的句子’，作家的独立的个性就彰显出来了，作品的独立风景就呈现在艺术殿堂里”。

毫无疑问，陈忠实有这样的认识，得益于他广泛而深入的阅读。诚如初版《白鹿原》责编何启治所言，阅读不但使陈忠实关注小说的艺术结构，而且认识到作家不仅要熟悉生活，感受生活，而且要把感受生活的能力提高到感受生命的程度，那创作就会得到一种升华。这在陈忠实看来，诸如帕斯捷尔纳克的《日瓦戈医生》，马尔克斯的《百年孤独》，昆德拉的《生命中不能承受之轻》，张贤亮的《绿化树》等等，都是生命体验比较深刻的作品。

正是因为有了这样的认识，陈忠实对自己的创作才有了新的思考和追求。在何启治看来，到了1985年写《蓝袍先生》的时候，陈忠实才有了突破，接近了生命体验的深度。他终于认识到此前写的很多作品，包括1984年写得颇得好评的中篇小说《初夏》，其实也只是写好了感人的故事，只是生活体验的产物。真实的生活故事可以感动读者，但只有写好了人的生存状态，表现出生命意识中深层的东西，才能在读者心灵的深处引起强烈的共鸣和真正的震撼。

某种意义上说，陈忠实诠释路遥《平凡的世界》的话，正好说出了他自己的心声。他说，路遥本身就是这个平凡世界里平凡的一个人，却成了这个世界人们精神上的执言者，一次又一次裂变和升华，他的情感是充满血肉的情感。他曾说：“只有看到这一点，我们才能破译小说里那深刻的现代理性和动人心魄的真血真情。”

对《白鹿原》同样可以作如是观。正是在“一次又一次裂变和升华”中，陈忠实以自己的寻根性思考，深刻揭示出中国传统文化所展现的人之生存的悲剧性，从而使这部偏重于感性和个人主义的历史小说，既成为一部家族史、风俗史及个人命运的沉浮史，也成为一部浓缩的民族命运史和心灵史，从而回应了他写在《白鹿原》扉页上那句巴尔扎克的名言："小说被认为是一个民族的秘史。"

"生命对我足够深情"

在《白鹿原》之后，陈忠实再也没有写出他的第二部长篇小说。他此后陆陆续续写下的散文，也更可以看作是对《白鹿原》所做的注解。在部元宝看来，陈忠实靠一本书确立文坛地位，在普遍高产、疯狂高产的当代中国文学界绝无仅有，值得大书特书。

虽如此，只写一本大书，却未必是陈忠实的本意。他的友人冯希哲说，陈忠实曾经计划写一部以二十世纪后五十年的乡村为背景的秘史小说，搜集的材料已经有一米多厚，中间为了追踪一个重要人物原型的发展轨迹，陈忠实甚至还远赴贵州、云南，四处打听他的下落。但他最终没有写成，"可能还是有心理障碍吧，如何适度把握'文革'那段历史，对他来说恐怕还是难以逾越的挑战"。

冯希哲感慨于陈忠实的执着，但他坦言，陈忠实是那种"笨拙"的作家，《白鹿原》里的每个人物，在现实中基本上都能找到原型，曾经有一篇论文专门研究这个问题，搞人物索引，他拿给陈忠实看，陈忠实看后哈哈笑笑，说自己是虚构的。不管小说人物是纯虚构，还是有原型，陈忠实无疑倾心于有深入调查研究的创作。他曾说，无论是直接到某一生活场地去深入，还是在自己的生活位置上全身心地感受生活，感受社会，接触各种人物、事件，作家都要做到真正"深入生活"。他还举古巴作家卡彭铁尔写作的例子，卡彭铁尔为创作反映黑人移民到拉美地区后的原始生活形态的小说《王国》，选择在海地这个纯粹黑人移民的国家长期生活体验，他获得了成功。这未尝不是他自己写作的经验之谈。

事实上，对于为何不再写长篇小说，虽然经常被问及这个问题，陈忠实却从未做过正面回答。相比，同为“文坛陕军”的重要作家，高建群或许能理解陈忠实真实的心境。高建群说，陈忠实去世前一段时间，曾和他通过一次电话，“他跟我说感到很寂寞，我安慰他说，英雄的晚年都是寂寞的，要习惯这种孤寂的生活”。

然而，有多少人能懂得晚年陈忠实的孤寂？虽然近年有关《白鹿原》改编的新闻，屡屡见诸报端，虽然他依然写文章，也出过几本没能引起太大的反响的集子，虽然他年初还出了新书，取名《生命对我足够深情》，陈忠实依然是孤寂的。他曾说，不管怎样，每一位作家都有他的生活场，都在各自的生活位置上经历、感受生活，谁也无法摆脱。正如他自己所言：“贾平凹的生活场在陕南商州，我的生活场就是白鹿原。”

但陈忠实的生活场，在他写完《白鹿原》后没多久，就开始离他远去了。在近年接受媒体采访时，陈忠实坦言，自己笔下的白鹿原世界已经不存在了。现在的白鹿原已经成为西安的一道风景线，是西安人休闲散心的好去处，他的家乡灞桥区那一块，也变成了大学城，已经看不到土坯房，都是两三层的小洋楼，偶尔有土坯房，都是没有人住，“现在闻到的是樱桃花的香味，而不是小麦的香味了。今天的人也绝不是《白鹿原》里白嘉轩时代的人了”。

陈忠实晚年复杂的创作心境，正对应着乡土中国的大转型。评论家孟繁华感慨道，现在已经很少有作家像陈忠实那样耐着性子写乡土中国了。这不是说，“乡土中国”已经没什么可以书写的了。相反，对于这样一个博大精深的主题的书写，我们的作家还远远没有完成，“要知道《红楼梦》恰恰是在几千年封建社会即将终结的时候出来的。我们说‘乡村文明’崩溃了，它是怎么崩溃的，为何会崩溃的，作家要试图去回答这个问题，一定能写出了不起的作品”。

以孟繁华的理解，陈忠实有着深厚的乡土生活的经验，他对“乡土中国”的认知是非常深刻的。要不然，就写不出白嘉轩、朱先生，还有白鹿两家的纠葛，“后起的年轻作家应该继承陈忠实的遗产，深入去挖掘认知。无论是把它当作挽歌来写，还是当中国历史发展进程的符号来写，都应该深入去发掘。从这个意义上讲，作为一种‘望乡’的写作，‘乡土中国’的书写还远远没有被穷尽。”

辑十一

莫言
贾平凹
王安忆
阿来
余华
张炜
韩少功
迟子建
毕飞宇

作家即使写的别处，实际上也是在写故乡

莫言

2019年10月9日上午，两位诺贝尔文学奖作家——中国的莫言和法国的勒·克莱齐奥，借《莫言作品典藏大系》（1981—2019）新书发布以及《蛙》《丰乳肥臀》等数字及有声图书首发启动的契机，在北京鼓楼西剧场进行了对谈。

高峰对谈以“故事：历史、民间与未来”为主题，两位作家却更多地在讲述对故乡的回忆和感受。这其实并没有离题，诚如莫言所说，故事通常源自民间，故事也是走向世界的通行证。对作家来说，童年则往往是故事的起点，而提到童年，故乡则是绕不开的永恒命题。事实上，不只是他和勒·克莱齐奥，大多数作家都是从故乡出发写作讲故事的，有的甚至终其一生都在写故乡。

这就能理解为何莫言谈及阅读勒·克莱齐奥的小说，看他写非洲、写毛里求斯等等，却觉得他是把非洲当作自己的故乡来写，他

读《非洲人》等小说，能感受到勒·克莱齐奥在与当地人交往时并不以为自己是外来者，他把非洲的邻居小朋友都当作自己的童年伙伴。所以勒·克莱齐奥看似在写别的地方，实际上是在写故乡。而莫言谈到意大利作家卡尔维诺写的《看不见的城市》，也是相近的道理，“在这部书里，马可·波罗给元太祖忽必烈讲了许许多多的城市。忽必烈问马可·波罗，你讲了这么多的城市，为什么没有讲你自己出生的城市？马可·波罗回答说，我讲的就是我出生的城市”。

简而言之，以莫言的理解，作家即使写的是别处，实际上也是在写故乡。甚至是以阅读和讲述“他乡”的方式来阅读和讲述自己的故乡。勒·克莱齐奥对此颇为会心。他说：“我读了莫言先生的书后，感受到里面高密无处不在。我一再读他的作品，就是喜欢高密。通过读他的作品，高密也成了组成我故乡的一部分。”

莫言完全认同勒·克莱齐奥的感受和理解。反过来，他认为他也可以把法国、非洲变成他的故事来源。他这么说，是因为他一向认为，作家所谓的故乡从来就不是一个封闭的、固定的概念，“故乡是一个开放的概念。我刚开始写作的时候可能真的会写自己的个人经历，写家庭里面的故事，但这样的资源很快就会用完。用完以后，你就只好向外部去索取，通过阅读，通过旅游，通过别人的讲述，在这个过程中，你会进一步开阔眼界，激活你原有的一些故事资源”。

而作为开放意义上的故乡，总是特别能引发共鸣。也因此，勒·克莱齐奥才会对莫言在作品中透露出的对故乡的眷恋之情感同身受，“我很荣幸，莫言先生曾经邀请我去他老家做客。到了高密以后，进入他的家的时候，我非常激动，而且当时眼泪就流了出来。为什么呢？因为我一下子理解了他对家乡的眷恋之情。这个房子并不大，而且里头可以说是非常简朴。我想到他很早就是在这里开始写作，他和妻子、女儿也都生活在这里。我在这个地方和他的写作之间就建立起了强烈的联系。我一点不夸张，当时我的眼睛是湿润的”。

饶有趣味的是，2015年，勒·克莱齐奥和南京大学教授许钧去莫言老家探访时，高密有个民间摄影爱好者看到莫言老家旧房子的门口非常低矮，他也知道勒·克莱齐奥身材非常高大，所以就预先埋伏在最合适的角度，等他弯腰进了院子时抢拍了很多照片，并开玩笑道："我们让法国人低下了高贵的头颅。”莫言倒是给这些照片起了个名字叫："最是那一低头的温柔”。因为勒·克莱齐奥在那么一个冬天冒着严寒到了他的故乡，眼里含着泪水，让他非常感动，“包括我的父亲他也去看望了。父亲至今还经常怀念起这个法国人，问我他怎么样”。

勒·克莱齐奥那“一低头的温柔”里面包含了颇为复杂的情愫。他遗憾自己没能拥有像高密那样的一个故乡。他说自己与故乡尼斯的关系有更多偶然性——由于战争，他母亲当时躲避到了尼斯，所以他就出生在尼斯，但他也完全可能出生在别的地方，“我父亲如果当时结婚以后去了别的地方，比如到了非洲，我很可能就出生在非洲，所以我跟我的故乡没有那么紧密的联系，我写了很多别的地方”。

虽然如此，勒·克莱齐奥对故乡却一样有着深切的情怀。他说，尼斯有一个区叫港口区，他对这个区有很强的眷恋。也是这个地方，让他对所谓民间有深入的理解，也在某种程度上让他后来对莫言作品有非常深的理解。他特别欣赏莫言及其作品的一点是，他有种喜剧化的能力，他的幽默能够把比较沉重的悲剧的东西转化成一种非常喜剧化的寓言式的东西。他谈到在法国，有人把莫言比喻成拉伯雷，“我认为这样的比喻有一定道理。拉伯雷是法国文学里‘石柱’一样的人物，我们可以看到拉伯雷作品中对民间元素的大量运用，甚至语言也比较粗俗化，他这样写也可以让我们更好地体验民间生活的快乐。我读莫言的作品，比如说《丰乳肥臀》，就能看出贫穷的生活中，也一样有着生命的力量和快乐”。

在莫言看来，这种喜剧化，这样的滑稽、荒诞、幽默是民间生活中原本就有的，他只不过是在写作中把这些东西特别强调了一下。以他的理解，小说家也好，诗人也好，演员也好，包括我们的教师，大家都是以各自不同的方式在讲自己的故事。而“历史”和“民间”这些概念实际上都是并行的，没有一个特别大的东西能够把它们包含起来，“它们互相包含，故事里面有历史，故事里面也有民间，故事里面当然也有未来。反过来也是一样，民间当然有民间的故事，也有民间的未来，它们是互相印证的，你中有我，我中有你”。

文学和阅读则会把你我拉近，也因此了解一个作家最好的方式就是读他的书。勒·克莱齐奥说，每每读《红高粱》，他就会想到自己的童年。那时还处于二战期间，他的父亲是英国人，要躲避德国军队，难以在尼斯生活下去，就到法国北边的一个小村庄躲起来。因为这个渊源，他看到农民怎么收割粮食，看到他们虽然生活不富裕，但很快乐。而每次读莫言的作品，都会激起他这些记忆。

由此，勒·克莱齐奥强调，真正的文化需要有一种民族的根来维系，如果没有了根，这种文化就会失去意义，会变得非常抽象，毫无疑义。他说，“而且我希望大家都记住，我们每个人或多或少都是农民的后代”。也是在这个意义上，勒·克莱齐奥认为，今天我们谈历史，我觉得有必要区分“大历史”和“小历史”，大历史就是当时那个大的时代，小历史就是当时那些人，那些农民、女人、孩子如何生活，我们得试着以他们的眼光去感受历史，“从莫言先生的小说当中，我看到他从农民、女人、孩子的角度去看历史”。

对莫言来说，文学的核心关键就是写人的历史。所谓“大历史”也无非是诸多“小历史”的集合。与历史教材不同的是，文学不承担从宏观的角度来讲述事件的责任。因此，文学就是从人的情感出发，甚至从人的身体出发来具体地描述那段历史时期内人类的生活状态。作家和历史学家各自的任务非常明确。作家所描写的历史是从个性、从个人、从家庭、从局部出发。文学也是从人出发，写人的情感，人的生活，人的遭遇，人的命运，一切从人出发，然后再回到人。

然而，也正是在怎样写人的历史这一点上，莫言备受争议。回顾几十年来围绕他作品的批评，最大的“争议”莫过于指责他的写作缺乏道德感:《檀香刑》怎么可以展示那么血淋淋的暴力?《丰乳肥臀》又怎么能够如此赤裸裸地“宣扬”恋乳癖? 要是再往前追溯，20世纪80年代，莫言出道后不久就写过一部很著名的“争议”小说《欢乐》。在小说里，莫言让一只跳蚤爬进了主人公齐文栋母亲的阴道，他就这样“亵渎”了母亲。由此，这部作品遭受到猛烈的攻击，以至于他曾经的“同学兼同桌”余华也忍不住跳出来为他辩护。他说，拒绝《欢乐》，很大程度上是因为《欢乐》中母亲的形象过于真实，以至于和他们生活中的母亲越来越近，而与他们虚构中的母亲越来越远。看似悖谬的这一表述，实际上道出了一个准则:即艺术最高的道德，就是真实。这是作家毕飞宇某次答记者问时曾经说过的一句话，也是所有优秀的作家应该会认可并坚持的准则。

莫言自然也是这么认为的。在他看来，讲真话毫无疑问是一个作家宝贵的素质。如果一个作家不讲真话，那么这个作家就势必要讲假话。但问题是，怎样才是讲真话，尤其是在作品中讲了真话?在莫言看来，像托尔斯泰、巴尔扎克这样的作家，的确是真实再现了现实，而且把这种真实推向了一个登峰造极的高度，并由此逼得后来的作家不得不另辟蹊径，所以才有了各种各样变形的现代小说、魔幻现实主义，才有了卡夫卡，才有了法国的新小说派，“事实证明，这一切都没有背离真实原则。所谓变形、夸张、扭曲恰好像放大镜一样，又如电影的特写镜头，更加真实地反映了社会的某些真实部分”。

但文学的真实毕竟不像自然科学等领域那么易于衡量。在有些人看来，文学追求真实必然会暴露社会的阴暗面，这将导致作家陷入与世俗短兵相接的抗争之中。如此，书写真实的作家势必遭到主流社会的敌视。而莫言能在主流社会里如鱼得水，那必是因为他没有直面真实，或者至少是没有说出全部的真实。他们进而认为，莫言能获得诺贝尔文学奖，究其原因就在于他在东西方之间保持了一种平衡，归根结底是写作策略使然。莫言自然是不屑于此类批评的。在他看来，这大约是评论家太过假正经，模糊了油滑与幽默之间的界线。在2010年复旦大学为他举行的创作研讨会上，他就心平气和地回应道，所谓的“圆滑”实际上是更多认识到自己的局限，多了宽广和包容，“理性会使人更宽待一些东西，一个作家应该用更宽容的视线向外张望，这样，作品才能超越一般的社会性批判，走向人性的高度”。

虽然如此，莫言自有不包容之处，那就是他从来不会让自己的创作无原则地迁就读者。事实上，在谈到社会性批判功能时，我们往往忽略消费时代作家创作面临的最大挑战，更在于与读者、与市场的互动中，如何保持自己的独立品质。有不少作家自觉不自觉地选择迎合读者，而莫言理智地选择了拒绝。他不会因为“把人性丑的部分暴露得太过厉害，把社会上一些地方暴露得太真实”，让读者太受刺激而选择避而不写，哪怕是选择一种让读者更觉舒适的形式。在2009年底一次面对面交流中，我曾向他转达身边有女性读者读了《蛙》表示不喜欢，甚至是感到有些厌恶的情形。莫言坦然回应道：他理解读者的不喜欢，但不喜欢并不代表对他们没有产生影响，要是读了这本书能对他们的灵魂造成一种轻微的震颤，一种冲击力，哪怕是惊恐也好，这就起到作用了。而在作为莫言作品系列

“代序言”的《捍卫长篇小说的尊严》一文里，他还写下了这样的话：“哪怕只剩下一个读者，我也要这样写。”他的不妥协，恰恰就在于即使明知某些读者可能不喜欢他的某种写法，他也从不改变自己的文学主张。

这并非莫言故作姿态。更可能是他真正领悟了民间智慧真谛后的一种释然。在获诺贝尔文学奖之前，他在接受媒体采访时也常被问及“诺奖话题”。莫言回应道，老是对诺贝尔奖念念不忘，只是自寻烦恼。他说，“一个作家不可能把自己的写作追求限定在一个什么奖上，也没听说哪一个作家为了得什么奖调整了自己写作的方向，改变了自己写作的方法。而且，即便你想改变，变得了吗？”简单的一句“变得了吗”，正包含了他独特的讥诮与智慧。

同样，在回顾自己的创作时，莫言调侃道，当年朱元璋在开国大典上曾说，他原本只是打家劫舍，没想最后弄假成真，“我也没想写自己童年往事的小说会成功，不免心中暗暗窃喜”。言下之意，他认得清自己的来路和去向，满足于踏踏实实一步步写好自己的作品，而无暇顾及奖项、读者，或是其他外在于心的人与事。某种意义上，正是更多见诸普通百姓中的这种平常心态，使莫言成为最早那批把自己从为意识形态写作的窠臼中解脱出来的作家中的一个，也是这种心态让他的写作从来没有偏离表现真正的人和人性的轨道。在很多场合，他都强调写作就是要把人当人看，把人当作人来写。他说自己不是“为老百姓而写作”，而是“作为老百姓而写作”，他进而表示要“把自己当罪人写”。

很显然，在莫言的写作观念里，他始终把自己放在“低处”。而正是在“低处”，让他获得了某种敞开，他也因此收获了内心的开放与自由。在莫言身上，很少能看到体现在不少同时代作家身上那种愤世嫉俗的姿态。在他看来，交流可以解决很多问题，人们对人类本质问题的看法大体是一致的；推而广之，交流也可以解决中西方文学存在的距离，因为古今中外，文学要表达的人性都是相通的。而作家的写作，是在他良心的指引下，面对所有人，研究人的命运，研究人的情感，然后作出自己的判断。也因此，莫言坚定地认为，文学永远不会消亡，因为电影、音乐和美术的审美功能不能代替阅读优美文章时的那种愉悦。

但勒·克莱齐奥对读者能在何种意义上深入理解作家的写作有所保留。他说，现在文学、文化都面临越来越高程度的专业化的挑战。因此，文化在某种程度上已经不再能够被称为“大众文化”，幻想所有的人，不管是通过戏剧或电影等等都能够接触到文化，事实证明不太可能，因为文学和文化具有一定的专业化，“真正的文化人和大众看到的东西还不太一样，对于大众来说，真正的文化还有点遥不可及。文化与大众之间正拉开距离，这是一种趋势。如何处理专业化程度越来越高的文学或文化创作与民众的创作之间的关系，也是我们面临的新问题”。

把视线拉回到中国，诚如莫言所说，现在中国创作群体是多层次的，数量也非常庞大，“像我们这样年龄较大的在写，年轻的90后、00后也都在写，每个人都有自己的生活范围，每个人都有自己的审美标准和审美情趣，所以每个人写出来的作品都不一样”。也因此，莫言认为将来中国文学的发展谁也不可预料。但可以确定的是，中国文学的未来肯定是形形色色，各种东西都会有，“但科幻可能会在未来的文学写作当中占据一个很重要的地位”。

由此看，中国文学依然值得期待。在诺贝尔文学奖受奖演说《讲故事的人》里，莫言曾说：“用嘴说出的话随风而散，用笔写出的话永不磨灭。”他用笔写出的话都涵括在了由浙江文艺出版社最新出版的这26卷本《莫言作品典藏大系》里。这套书除收录莫言已经公开发表过的《红高粱家族》等全部长篇小说，《白狗秋千架》等一百余部中短篇小说，以及《霸王别姬》等八部剧作外，还全新编辑、收录了莫言截至2019年的散文、随笔、演讲作品300余篇。有评论说，莫言的散文和演讲作品，不仅呈现了莫言作为“讲故事的人”而荣膺诺贝尔文学奖的创作心得和文学历程，更是让我们看到莫言超越小说家、文学家之上，站在亚洲文化乃至世界文化的高度，对于全球化时代人类命运和文化前景的忧虑和沉思。

莫言曾说：“我该说的话都写进了我的作品里。”而他没有说出的话或许部分体现在他的照片和手迹里。26卷本《莫言作品典藏大系》还用全彩插页的形式，首次收入了180余幅独家图片，包括莫言从童年至今的珍贵的生活照片，在国内外发表重要演讲、领受重要奖项的珍贵照片，以及部分作品手迹。在对谈开始，勒·克莱齐奥说，他听到莫言获诺贝尔文学奖以后，在法国书店里买下了他所有的书。当他看到这套书，他发现将来不用再到一个个书店去找了，他可以一下子拥有全部，“不过，法国还有很多工作要做，要去翻译”。而对喜爱听莫言“讲故事”的中文读者而言，我们现在就可以一次性成规模读到莫言讲的“故事”了。

所谓现代意识，也是从真实的生活中长出来的

贾平凹

文学理论家爱德华·萨义德在体现他“晚期风格”的著作《论晚期风格》中说，从托马斯·曼、贝多芬等作家、艺术家的晚期作品中，可以发现一种“非尘世的宁静”，这使得“他们在美学上努力的一生达到了圆满”。他进一步指出，作为“不妥协、艰难和无法解决之矛盾”的晚期之作，这些作品也充满了深刻的冲突和一种几乎难以理解的复杂性，与在当时流行的东西形成直接的反差。这所谓的“晚期风格”，或许正可以用以形容贾平凹近年的小说创作。

虽然如评论家王宏图所说，在中国当代文学语境里，作家一般比较忌讳谈“晚期风格”，因为这会让读者以为一个作家创作力不行了，已经走了下坡路，但要是引入世界文学的参照系，我们就会看到，歌德一直到去世前一年，亦即他82岁时，才完成诗剧《浮士德》。托尔斯泰晚年还出版了堪与他盛年时创作的《战争与和平》

《安娜·卡列尼娜》比肩的《复活》，陀思妥耶夫斯基在最后岁月里出版的《卡拉马佐夫兄弟》，则堪为他一生的巅峰之作。

简单的类比或许不能说明什么问题，《山本》是否定然是体现了贾平凹晚期风格的作品，或者是他酝酿多年立意为秦岭做传、为近代中国勾勒记忆的史诗性力作，也还有待时间经验。但以这样一部以秦岭的自然与人事为广阔背景，将“涡镇”作为历史的叙述场，通过形形色色的人物与丰富的日常细节讲述中国二十世纪二三十年代盘根错节的历史的作品观之，显而易见能感受到如王宏图所说，贾平凹虽然已经不年轻了，他依然能不断地在与外界的联系当中，从自己的文化源泉，乃至神话的源泉当中汲取能量，一步步向高处攀升。

但恰恰是这样一部作品，贾平凹在2015年开始构思时是深感纠结的，面对那些庞杂混乱的素材，他不知怎样处理，因为他以前的作品总是在写商洛，而商洛其实仅仅是秦岭的一个点。“秦岭实在是太大了，大得如神，你可以感受与之相会，却无法清晰和把握。”而这部作品呈现的内容，又和他在课本里学的、在影视上见的，是那样不同。但他想自己还是试图着先写吧，但他还得解决技术性的难题：这些素材如何进入小说，历史又怎样成为文学？

他显然把这些疑惑带入了小说。也因此，这部以他过往的创作履历本该是臻于澄明之境的作品，反倒是充满了“几乎难以理解的复杂性”。而小说的这种复杂性，又显然关乎其价值意蕴的暧昧性。“比如，要是用普遍的道德原则来评判，主人公井宗秀因为后来有一些残暴的行为，理当被看成是个坏人。但从他与哥哥井宗丞的关系看，这个人身上又有很大的矛盾性。因为井宗秀是跟共产党游击队对抗的，井宗丞又是游击队的首领之一，但当他哥哥被暗杀后，他还是要为他哥哥复仇。应该说，这时传统的家族伦理就压倒了革命的政治性伦理。”

何况如评论家吴义勤所说，这部小说里的人物还体现出了反成长性的特点。“在我们传统的历史叙事，特别是新中国成立以来的那些革命历史题材小说里，人物是有成长逻辑的，都走了一个从个人主义到集体主义再走向党的领导的历程。”但以吴义勤的理解，在《山本》里，井宗丞投身革命，贾平凹没写他的信念，换言之，他不是因为信仰走向革命，包括井宗丞最后死，也死得很随意。“井宗秀也是这样，在他身上看不到思想上成长的元素。这与我们传统历史小说的模式是完全不一样的，我们说贾平凹用了非意识形态的视角也好，反传统模式也好，他实际上是把人物复归到原始自然状态写，他保留了这种原初性。”

这般“原初”的呈现，并不意味着贾平凹撤销了启蒙的视角。以评论家部元宝的理解，贾平凹只是把它隐蔽起来了，但隐蔽不等于撤销。“过去很多评论家批评贾平凹，说在他作品里看不到我们曾经熟悉的启蒙视角。但很可能，他把很多视角融合在了一起，这使得其中隐含的视角看上去给拉得很远。而且在历史的大背景下，不断发生一些事情，把人物给淹没了，他们在其中变得很小，像井宗丞那么一个英雄，结果却死得那么简单。”在评论家张学昕看来，贾平凹的写作实际上已经超越了启蒙视角，他没有表现井宗秀、井宗丞兄弟俩的政治信仰，没写他们的理念、他们的革命，而是直接写人的德性。“我们在小说中看到各种死法，那么多人都是说死就死了，贾平凹可以说把生命的不自觉性写得淋漓尽致，看到这样的呈现，会让我们不由生出强大的慈悲感、哀怜感。”

如是，就像评论家陈思和说的那样，从新时期文学起步的重要作家，大多都慢慢退出文坛或者退出创作了，贾平凹是能够坚持到今天，还保持着旺盛创作力的为数极少的其中之一。更重要的是，作为尊重传统的作家，贾平凹的小说却具备某种今天极少有作家能达到的先锋性。“放眼整个中国当代文学史，很少有作家像贾平凹那样，对近代以来的中国历史、中国农民，包括农民革命的特点，及其他一系列问题，都有自己非常清晰的理解。也很少有作家像他那样，在创作中如此真实、如此完整地来反映中国社会、中国文化、中国人精神的精髓，并且把天、地、人捆在一起，使得他的小说体现出浑然一体的特点。”

而体现在小说技法上，贾平凹亦如陈思和所说颠覆了自五四以来形成的，小说以所谓典型环境、典型人物等为基本框架的主流意识，也颠覆了西方小说里一些被我们奉为准则的基本观念。“他还瓦解了很多我们惯常以为小说必备的元素，他把所有的力度都放在句子上，使得它们无不包含了独特的内涵。他还以方言土话瓦解了传统的普通话，瓦解了我们主流的官方话语，这也决定了在仿佛什么都可以复制的时代里，贾平凹的小说不可复制。”

倘是应了这番赞许，贾平凹的戛戛独造也源于他有着巨大的吸收和转化的能力。以他自己的说法，在磕磕绊绊这几十年写作途中，他曾受到世界各种文学思潮的影响，好的是他并不单一，土豆烧牛肉，面条同蒸馍，咖啡和大蒜，什么都吃过，但还是中国种。“就像一头牛，长出了龙角，长出了狮尾，长出了豹纹，这四不像的是中国的兽，称之为麒麟。”而要这四不像的“麒麟”为当下世界范围内的读者认知和接受，就有必要熔铸现代性，或者现代意识。

事实上，自中国社会经历转型后，现代性成了知识界内外不断阐发的热门话题。体现在作家的创作中，是否在作品里注入现代意识，可谓其创作进步成功与否的重要标识。但相当长时期里，我们一讲到作品的现代意识，就会联系到意识流、时空倒错、人物的变形、极度的心理描写等技术层面的表达。如此就像评论家潘凯雄说的那样，作家们在创作中变相繁殖这些技巧，却对技巧背后的深层意识不甚了了，“这就难怪好的作品终不免如无花的果实，没有经历抽丝剥茧般绽放的过程，纵使看着无尽的繁华，内里却透着同样无尽的虚空”。

以贾平凹多年的写作探索，他显然悟到了其中的奥妙。他曾这样阐明自己的写作历程：“最初我在写我所熟悉的生活，写出的是一个贾平凹，写到一定程度，重新审视我熟悉的生活，有了新的发现和思考，在谋图写作对于社会的意义，对于时代的意义。这样一来就不是我在生活中寻找题材，而似乎是题材在寻找我，我不再是我的贾平凹，好像成了这个社会的、时代的，是一个集体的意识。再往后，我要做的就是在社会的、时代的集体意识里又还原一个贾平凹，这个贾平凹就是贾平凹。”这诚然应了古人讲的“看山是山看水是水，看山不是山看水不是水，看山还是山看水还是水”的道理，实际上也蕴含了作家得怎样革新自己的思想意识的道理。体现在他出版于2013年1月的长篇小说《带灯》里，他试图从一个叫带灯的女乡镇干部的视角透视当下的中国社会，从题材上看像是部一般意义上的社会问题小说，但这显然不是他写这部小说的志趣所在。

《带灯》主人公带灯是樱镇综合治理办公室的主任，主要负责处理乡村所有的纠纷和上访事件，每天面对的都是农民的鸡毛蒜皮和纠缠麻烦，小到邻里之间为争一棵柿子树，大到干部作风、贪污腐败等问题都让她处于漩涡的中心。贾平凹借她之口把中国基层生活中的问题一一展现在读者面前，正如他在书中所写：“它像陈年的蜘蛛网，动哪儿都落灰尘。”农村的琐事让人心烦又让人同情，带灯在矛盾中完成着自己乡镇干部的职责，她既不愿意伤害百姓，又要维持基层社会的稳定。在现实中无处可逃的时候，她把精神理想寄托放在了遥远的情感想象之中，远方的乡人元天亮成了她在浊世中的精神寄托。

和此前的长篇小说《古炉》一样，这部小说关注的仍是关于中国农村的，尤其是当下农村发生着的人事。贾平凹坦言：“我这一生可能大部分作品都是要给农村写的，或许这是我的命。一茬作家有一茬作家的使命，而我是被定型了的品种，已经是苜蓿，开着紫色花，无法让它开出玫瑰。”但他显然不想把小说写成一部探讨中国问题的准纪实作品，也不想写成传统意义上的乡土小说，而要完成对传统意义上的写作的超越，他所能想到的，便是在作品中注入现代意识，也因此，他在《带灯》后记中这样谈到现代意识。“作家生活在当下，自然要有现代意识。现代意识某种意义上也就是人类意识。”

贾平凹继续说道：“地球上大多数的人所思所想的是什么，我们应该顺着潮流去才是。然而，当美国这样的国家四处干涉和指点，到南极，到火星，他们的文学随之多有未来的题材，多有地球毁灭和重找人类栖身地的题材时，中国因为贫穷依然在关心着吃穿住行的生存问题。”当我们的文学依然在关注着续写着现实和历史。那又得怎样才具有现代意识、人类意识呢？在他看来，作家们的眼睛就得朝着人类最先进的方面注目，这不是说同样去写地球面临毁灭，人类寻找新家园，而是要做到清醒，正视和解决哪些问题是我们通往人类最先进方面的障碍？“比如在民族的性情上、文化上、体制上、政治生态和自然生态环境上，行为习惯上，怎样不再卑怯和暴戾，怎样不再虚妄和阴暗，怎样才真正的公平和富裕，怎样能活得尊严和自在。只有这样做了，才是我们提供的中国经验。”

也就是说，要表达出某种意义上是从西方引入的现代意识，恰恰是要在中国这块土地上找到最中国化的表达。“在社会大转型时期，世界上很多国家都在改变，但是中国这种情况跟其他国家不一样，为什么不一样？文化不一样。大的文化背景在里面，人的好多行为都在时间的下面流淌着，作家就是把这种似乎好像无界的东西呈现出来。”以贾平凹的理解，这种“好像无界”的东西，其实就是最能体现中国特点，亦即中国文化的东西。“这里面呈现出的国情、民情，是以中国文化为背景的，因为这种国情、民情，如果不是在这个文化大背景下，就创造不出这种形态。”

正因为此，在选取《带灯》素材的时候，贾平凹对自己提出了近乎苛刻的要求。“我所用的材料必须都是真实的从生活中长出来的东西，而不是在房间里面道听途说或者编造的东西。”小说的写作源于一次奇特的缘分。“就在不久，我结识了山区一位乡镇干部。她是不知从哪儿获得了我的手机号，先是给我发短信，我以为她是一位业余作者，给她复了信，她却接二连三地又给我发信，要是平常，我简直要烦了，但她写的短信极好，这让我惊讶不已，我竟盼着她的信来，并决定山高路远地去看看她和生她养她的地方。”

于是，贾平凹就去了那个地方。“在那深山的日子里，她是个滔滔不绝的倾诉者，我是个忠实的倾听人，使我了解了另一样的生活和工作。”此后，这位乡镇干部经常与他联系，在短信里讲述她的生活和工作。她还定期给他寄东西，比如五味子果、鲜茵陈、核桃、蜂蜜，还有一包又一包乡政府下发给村寨的文件、通知、报表、工作规划、上访材料、救灾名册、领导讲稿。“有一次可能是疏忽了吧，文件里还夹了一份她因工作失误而写的检查草稿。”

有了这些从真实的生活中长出来的东西，贾平凹得以用他独特的视角、紧凑的细节描写生活的真实面目，这种面目充满了矛盾、迷茫和不解，但这恰恰是变化中的乡土中国经历的一切。而怎样对民族、对国家命运有深刻把握，怎样反映人民的生产生活、真情实感以及他们的心愿、心情、心声，怎样使作品接地气、增加底气、灌注生气，怎样力戒浮躁，创作出传之久远的好作品，是贾平凹不时思考的问题，他也在创作中不断进行试验。而他试验的结果便是用中国最传统、最底层的文学方式，真实地表达现代中国人的生活和情绪。也正是因为他写作中的这种民族化特征，反而让自己的作品同时具备了世界性的特点。陈思和感叹：“要理解贾平凹的作品，是要花很大工夫的。但不论中国读者，还是西方读者，要真正了解中国，却很有必要读读贾平凹的小说。”

虽然如此，贾平凹却未必是心怀此意去创作的，他更在意的是自己的表达。他近年来对于写作也确乎是更显达观了。他坦言，以他个人的感悟，他写每部作品，都是写自己对人世间，对人的一生、对万事万物的一些看法，这些看法虽然很少，虽然很小，尽量地散发，让别人看了以后，对人家成长有好处，“我记得我年轻的时候看别人的作品，觉得能摘录出一些东西，摘录出一两句话，这本书的价值都有了”。他这么说，也是因为他注意到，现在不少作家创作时是媚俗的。一方面目前社会需要什么东西，他们就弄什么东西，这是一个，要迎合。另一方面社会需要什么东西，他偏不给弄什么东西，也能得到另外一部分人叫好。还有一方面是为了影视、为了娱乐写作。“这些个想法分散了好多作家的思想，我觉得那样的写作都不够纯粹，写作是需要纯粹的。”

正因为纯粹，贾平凹能不为很多外在于写作的事物拘囿，真正做到“我手我写心”。也因为纯粹，一部作品出来，别人是夸奖也罢，批评也罢，贾平凹事实上都对自己的创作有一个相对客观的评判。他谦称，年纪大了以后，懒，怕动弹，时间长了，文学的土壤相对就板结，再一个写作的冲动感、寂寞感，就减弱了。但其中的好处在于，年纪大了以后，写小说，就不纯粹写一个故事，或者说不纯粹是为了写作而写作。“实际上在写任何东西的时候，我动不动把自己人生，还有几十年积攒下来的对人生、命运、生命的感悟，就塞进去了。”

写作就是给那些无可命名的事物一个准确的表现

王安忆

职业写作多年，王安忆依然会为该怎么形容自己的工作状态感到困惑。她曾和读者分享了有一次坐车的经历："那天我在车上碰到一个人，他问我是做什么的。我想如果我说我是写作的，他一定会觉得非常空洞。我就问他，你认为我是做什么的，他就说我像是搞经济的。这很像是恭维话吧。在眼下很多人的感觉里，搞经济的，才像是成天有实实在在的事儿干的人嘛。"在王安忆看来，她碰到的这次经历是有代表性的。许多人不理解写作，以为是个不靠谱的职业，"事实上，作家的工作是很艰苦的，其中的乐趣和煎熬难以言喻"。

虽然如此，王安忆还是试着向读者解释写小说的人每天在干什么。她举当时代表日本竞逐奥斯卡最佳外语片的电影《编舟记》为例说，这部电影述说一群编辑耗竭十五年光阴编撰一部《大渡海》

的故事。在外人看来，编辞典是多么无聊困顿的事，能有什么趣事发生呢？其实，正是在这看似枯燥的职业里，更能见出职业的雅致和庄严。“影片中有一节展现该怎么给‘右’这个词释义。对这样一个看似日常的词汇的定义，要推陈出新绝非易事。影片主人公之一马缔对该词的解释是‘面朝西边时，北方即为右’，因和‘北’的释义重复，编辑部开始重新思考‘右’的定义。琢磨再三，松本给出的答案是‘数字10的0所在方向为右’。这个答案仿佛瞬间将混沌一片的世界做了精确的定义。”王安忆说。

在王安忆看来，写作某种意义上就像影片中编辞典的人一样，给一些无可名状的事物下一个精确的定义，“这听起来非常虚无，非常空洞，但又何等了不起。比如最早形容人伤心、难过，我们只能用‘伤心’‘难过’这样简单的词汇。有了文字，有了写作以后，我们慢慢就能给这两个词体现出来的程度有一个描绘，有一个定位。有时候你发明一个词，就可以把一种很难言说的东西表达出来。我想，一开始人们对感情也一定是很麻木的，理解也是很单调的，但写作会让你不断对人的感情进行发掘，世界因此而丰富”。

之所以倾心《编舟记》，自然也因为这部电影很好地契合了王安忆个人的生活经验和写作经验。就像影片中这些编辞典的人，不断地采集新词，为其写词条、做解释一样。在王安忆的理解里，写作与此有些相似。她说，写作最初是倾诉的，写的一些东西都和自己亲身经历有关，所以“哗啦”一下就写出来了。但进入职业写作的状态以后，就面临怎样让写作可持续发展的问题。显然仅凭一己的经验是不够的，更何况你未必有那么丰富的生活经验，“再说就文学的基本要求而言，你又凭什么要求别人注意你的经验，你转达的经验，它更大的价值在哪里呢？这个时候就会碰到一个棘手的问题，就是材料紧缺。实话说，我没有特别丰富的生活经验，即使有经验，不断地写、写、写，写到后来，也会发现所有的材料都被用完了、耗尽了”。王安忆多年前选择进高校任教，其中一个原因也在于想解决这个问题，“我因为没受过高等教育，一直仰慕学府。所以能进复旦大学任教，是我的荣幸。比如对怎样加强对文学的认识，怎样理性看待文学与生活的关系，等等问题的解答，我觉得还是在学府完成比较好”。

另一方面，就像《编舟记》选择编撰词典这一冷僻职业作为表现对象一样，王安忆的写作，也总是着眼于边缘人物，“我总觉得，主流的人和事，都是被社会规定好了。比如写一个官员，就不在我的审美范围内。我通常只关注那些没有被主流介入的，没有被社会规定好的，这是我个人的写作美学”。事实上，王安忆即使写女性，也很少写那种为写作者特别偏好的绝色女子，而是写相对边缘的外貌不起眼的女子。用王安忆自己的话说，《长恨歌》里的王琦瑶，算是最好看的，也不过是看着舒服而已，“对于好看难看，每个人都有自己的认识。我写人物，通常跟外貌没什么关系，但不管什么样的外貌，都必须符合一个条件，就是它必须要有一个特别强大的能量。所以我写小人物，会写那些有生机的小人物。因为在他们身上，能体现出一种生命的元气和活力”。

让王安忆感到惊奇的是，有时小说里的人物，也会反过来影响自己对写作的认识。她说她现在这个年纪，恰好是小说里王琦瑶结束了生命的年纪，“应该说，王琦瑶的生活经验，与我个人的生活经验相去很远。但在那个时候，我能超越年龄，超越生活的这些隔膜，对这个人物有深入的理解。而且隔这么多年，以木匠打量自己做的椅子的那股劲头回看，还是感觉这个活做得挺精致的。要说我怎么看自己的写作，那在这点上我是觉得满意的。还有像《乌托邦诗篇》，也是让我自己感觉满意的极少数的例外。在这部小说里，我没讲什么集中完整的故事，就是任凭思绪游走。我现在都会问我自己，我怎么能写得这么中性，没有任何造作的情感，而且用虚构的语言坚持到底。我就觉得这部作品完成度比较好”。

然而对于受到普遍赞誉的《长恨歌》的第一卷，王安忆自认为是没有写好的，“因为第一卷写的是20世纪40年代我没有经历过的生活，是我从书本上得来的。用陈村的话说，这里面有太多想当然的东西。好的东西是不能想当然的”。相比而言，王安忆自己最认可的是小说的第二卷，“按最初的设想，这一部分只是一个过渡。但我还是写了那么多，而且在写的时候，自己都受到了一种感动。王琦瑶生活的1960年代，正好是我的成长阶段，对很多事物还只是刚刚有了些认识。所以写这段的时候，我的感觉是又远又近，又清楚又模糊，它里面有一种说不清楚的东西，而小说家就是要为那些无可命名的东西一个准确的表现”。

这就意味着真正的阅读，需要感受到这些“无可命名的东西”。王安忆说，阅读并不是一件容易的事情，它是一种曲折的享受，“你要会阅读，你首先得识字，还得有一些基本的修养和才能。这一切都不像听音乐，看图片那么简单。读书，你是在重建一个世界”。王安忆现身说法道，这些年各个大学都在办写作班。她自己也在复旦大学中文系带写作硕士：“实际上，作家写作是需要才华的，是很难教会的。我给自己设置的一个工作目标是，让学生领会到，感受到文学的乐趣。”让她感到忧虑的是，眼下喜欢文学喜欢阅读的人越来越少，“有一次，我到香港参加中文评奖。这是针对学生写的小说、散文，或做的翻译而设立的一个奖项。我参加的那次是第五届，多年前组织这个奖项的人正慢慢进入退休状态，参加征文的作者也一年比一年差，甚至还凑不满参赛作品的数量”。

但在王安忆看来，文字阅读是非常重要的。她曾表示，让我们得以记录和留存历史的当然不只是文字，所以眼下兴建起各种各样的纪念馆，“这种建馆的热潮可能与现在水泥钢筋生产过剩有关”。在王安忆看来，需要文字来承载的东西未必适合建馆，因为从里面很难得到直观的感受，“历史是时间的，而时间是动态的，总是流失的，我们很难把它固定下来变成物质化的存在来直观它。所以，我认为，保留历史最好的办法不是建馆，而是用文字把它保留下来”。

王安忆由此联想到法国作家雨果写的长篇小说《巴黎圣母院》里的一个场景：修道院里几个长老级的人物在讨论，最好用什么来记录历史事件。在文字产生以前，历史多是用石头来记录的，像教堂、修道院，还有一些大的建筑，它们记录了国王的时代、历史和王朝，但建筑也是非常脆弱的，一场大火、一场战争、一场革命就能把它摧毁。“印刷术诞生以后，所有的东西都可以复制和传播，就让记录变得很坚固。所以我们千万不要小看我们的文字和印刷品。不要来了什么新媒体，出现了什么电子版，就可以从此替代纸张了，文字的记录是无可替代的。”王安忆说。

而以王安忆自己的经验，阅读文字是多么令她开心的一件事情，在任何环境下，如果没东西可读，她会非常焦虑，“有时出差忘带图书，我会抓住任何有文字的东西来读，哪怕宾馆大堂或房间里的服务手册和菜单我也能读得津津有味。有一阵，我订了一本《世界电影》杂志，读上面的电影介绍我很享受，等看到电影却感到特别失望。因为只有阅读能给你那么多信息，阅读无比辽阔”。

有读者直言，王安忆的语言有文艺腔，有时会读不下去。王安忆真诚回应道，她也不以为自己的语言是最好的，“我们这一代作家，都是有缺陷的人。我的作品中有文艺腔，跟自己文学修养有关。我正式的教育到五年级就停止了，与文学有关的训练，都来自翻译小说。好在我们还算幸运，那些翻译家都是大文豪。”

文学写作理当对语言有追求，对现实世界有超越

阿来

1

阿来喜欢带一本书出门旅行，他通常只带一本。近些年，他偶尔带阅读器读电子书，也就没有数量上的限制了。按说，作家们读书、写书、出书，甚或以书为生，出门旅行带书阅读，不是什么稀罕事。阿来的独特之处在于他似乎处于随时准备进入阅读的状态。或者说一本书即便在他面前是闭合的，也会给人感觉他与书之间有着某种内在的凝视与对话。而阿来除了乐于分享他写的书——他来上海有一大半原因是和读者分享他的新书，2019年是他的长篇小说《云中记》，前两年则是《机村史诗》六部曲和“山珍三部”，他也乐于分享带在路上读的书。事实上，要是把他被媒体或朋友记录下来的书籍做下梳理，或许都能开一份不长不短的“阿来书单”了，

我们也可以借此一窥他广博阅读之冰山一角。

饶有趣味的是，阿来的“旅行书”也像是自带与众不同的气质。笔者为《云中记》去他入住的酒店房间和他交谈时，移步窗前就看到他端放在书桌中央的一本书——《唐诗百话》。梅雨季节散淡的光线，加之光洁封面的反射，让我一时没看清作者是谁。阿来主动介绍说：“施蛰存写的，分上中下三册，写得相当好，我都读到中册了。”以我的孤陋寡闻，我着实惊讶于作为新感觉派作家，施蛰存居然在晚年写了这样一本介绍和研究唐诗的书，而多少年后，一位为汉语书写赋予了“新感觉”的作家居然读他的书入迷，并欣然给出高度评价。但转念一想，我或许是无须惊讶的。阿来《机村史诗》第六部《空山》，单看书名就让人想起唐代诗人王维诗里“空山”的意象，虽然阿来自辩不怎么喜欢王维，给这部小说起名时也没有那么从容闲适的出世之想。而《云中记》则是出版人韩敬群眼中“一本喜欢杜甫的作家才能写出的杰作”。阿来也确实是很喜欢，很推崇杜甫，他熟读杜甫所有的诗。他还道，韩敬群很爱杜甫，他们有机会聚在一起便会喝着小酒，你背一首杜诗，我背一首。有时一晚上就这么“哗啦”过去了。

唐诗，扩而言之是中国传统诗词、散文，对阿来写作的影响是显而易见的。这种影响的最突出表现在于，阿来的作品，字里行间都弥漫着一种诗性、空灵的气质。阿来最初从写诗起步，他的第一本诗集叫《棱磨河》，从初版到现在有30年了。用作家邱华栋的话说，一个好的作家一定是诗性的，永远都有激情：“诗歌是语言中的黄金，诗的语言精确、精微、精妙，那种一剑封喉的文字感觉，阿来保持得极好。”这样的诗性和空灵，在阿来的小说里要表现得潜隐一些，但我们单从他小说的书名里就能有所了然。诸如《尘埃落定》《随风飘散》《河上柏影》之类就不用说了。以《云中记》而论，诚如韩敬群所言，小说从内容上看，写的是“一位为继承非物质文化遗产而被命名的祭司，一座遭遇地震行将消失的村庄，一众亡灵和他们的前世，一片山林、草地、河流和寄居其上的生灵，山外世界的活力和喧嚣，共同组成了交叉、互感又意义纷呈的多声部合唱”。其中包含怎样的庄严和沉重不言而喻，但书名“云中记”三个字，却像阿来自己说的“显得很美，很空灵”。阿来说，世界上纵有太多令人伤心的事情，我们的灵魂也依然需要美感，“我很喜欢这种美感，这样的书名，也能体现出我想要的艺术效果”。

阿来熟读的中国古典诗词、散文里，显然有着更多的自然。虽然用他自己的话说，自然植物总是作为投射情感的意象频繁地出现在中国诗歌中，当植物被过多赋予象征意义，作家也只书写被赋予某种象征意义的意象时，自然本身的自然意义就慢慢在中国文化中萎缩了。而通过西方文学，尤其是俄罗斯文学，读者却能客观认知植物的美、认识事物本身。但无可疑义，相比自然植物在现当代文学中的普遍缺席，中国古典文学里给自然留出的一席之地，依然是难能可贵的。

或许，阿来是当代作家中少数的例外，他不只在自己的作品里频频写到动植物，还专门写了堪称“博物志”的《成都物候记》。他毫无疑问是个极度热爱自然的人。评论家程德培记得，有一次和阿来一起在四川开会，相处十天左右，去了不少县市，“阿来时常把我们抛下，跑前跑后，到处研究草原上各种各样的花儿。看《云中记》，你就能知道他对花草的热爱。这种热爱，实际上就是对自然的热爱”。在程德培看来，阿来创作的最大特点就是关注人和自然的关系，“他热爱自然，不是都市里的人喜欢花草、家里养点花那种热爱，而是以人为视角中心对自然的认识。在阿来的认识中，人类不是至高无上的主体，具有一望无垠的气势，可以改造一切，创造奇迹。在他眼中，人和自然之间有一个巨大的鸿沟，容纳了人类所有的哲学、文学、诗歌……”由此引申开去，程德培说，《云中记》运用了一个特别的视角，来处理此岸与彼岸的关系。这个关系不容易处理，过于关心彼岸，会变成一个永恒主义者；过于关心此岸，就变成一个过于卑微、没有民间感情的世俗主义者。他说：“《云中记》并非简单的生者对死者的悼念，在阿来笔下，生者和死者，或者说此岸和彼岸是平等的、可对话的。这是了不起的一曲‘安魂曲’。”

2

似乎也只有阿来才能有这样“了不起”的创造。阿来自藏区而来，却回归汉语雅正书写传统，并在语言、思想等方面有自己独出机杼的创新，就是一件“了不起”的事情。他强调汉语或语言的重要性，关乎他对文学创作的深入思考，也与他小时候的生存经验有关。在“《机村史诗》发布会”上，阿来表示，他从上小学时才开始学习讲汉语，首先从简单的绘画开始学，但读多了汉语后就发现一个问题，文学作品当中描述的很多生活，还有大量语言提供的经验，都跟他生存的世界没有关系。这就促使他思考，如果他用这种新掌握的汉语来讲述他的生活，它可能会成为什么样子?“我那样想，不是说我那时就想到要搞文学，我那时都不知道世上还有一种叫作家的职业。但这样一个问题始终在我心头，我们在使用一种语言，这个语言当中却没有包含我们自己的生活经验，而且不知道这种生活经验在新的语言当中该如何表达。”他说道。

等到很多年后，阿来开始接触小说，尤其是翻译文学，他醒悟到翻译文学其实直接或间接地回答了他的疑问。他举例道，虽然东西方都有狩猎文化，但在我们的汉语文学作品里，很少把它当作正面的对象来书写过。而狩猎文化在西方文学，尤其是美国文学里却有很丰富的表现。梅尔维尔、杰克·伦敦、海明威、福克纳都写过狩猎经验，“读了福克纳的《熊》及类似的小说后，对同样有过丰富狩猎经验的我来说就很有亲切感，至少比读《红楼梦》有亲切感。我不是读的翻译小说吗？我就想到，翻译能把一种事物很成功地转移到另外一种语言当中来，而且还能把那种经验保存得如此鲜活，如此完整”。

对阿来而言，他后来学习的汉语与最初就会的藏语之间，就存在这样一种“翻译”的关系，因为母语不是汉语，使得他能隔开一段距离观察汉语的演变。阿来说，通过观察，他发现从先秦诸子散文到后来的白话文，语言变得越来越丰富，就在于它不断把异质的文化纳入到了里面，其中就包括翻译语言，“今天我们做翻译，都去双语词典里找现成的词汇，要是找不到就说不可译。但远在翻译佛经的时代，那些译者没有辞典作凭借，他们在翻译的过程当中创造语言”。

阿来举例表示，虽然先秦散文里有“色”“空”两个字，但色就是一个颜色的意思，空也是指的一种物理状态，但鸠摩罗什翻译《心经》时，创造性地用了这两个字，几百年后，唐玄奘再译《心经》，虽然做了很多调整，却没有改动鸠摩罗什翻译的“色即是空，空即是色”。实际上，鸠摩罗什通过翻译，给这两个字注入了哲学意味。由此，阿来认为，翻译是可以增加的，正是创造性的翻译丰富了一整套我们现代性的表达。

在阿来看来，汉语之所以伟大就在于它的开放性。母语不是汉语的中国人，使用汉语的时候，也不是简单的单向的同化。很有可能他们在使用汉语的过程当中，反而对汉语作出了新的贡献，他们把别的文化当中、别的语言当中的一些新鲜的表达和经验，带到汉语当中，来丰富和壮大这种语言，“就我的写作而言，我其实也是在从事‘翻译’。虽然我使用汉语久了，我也开始直接用汉语进行思维，但我觉得用这种习惯性思维写出来的东西比较苍白时，我又会试图用我曾经很熟的语言来思考，在这个过程中往往有新的表达会产生出来。所以，我相信这种直接或间接的翻译，会对汉语的丰富和发展作出自己的贡献。”

以此类推，阿来觉得汉语是母语的中国作家中，往往是方言区的作家写出了最好的汉语，也是出于这个道理，“从小讲普通话，写小说会很顺，但容易有相声调，有些话顺到像顺口溜。倒是南方很多讲方言的作家，对语言的感觉能力特别好。我总觉得，语言，尤其文学语言，不要特别的规范，不要特别地中规中矩。只有突破规范，才会带来一些新的经验的表达，这才是文学有意思的地方”。

当然，阿来讲语言重要，并不完全是在语言本身，而是因为文学说到底是语言的艺术，即使表现人物，也得在文学语言中展开。但我们却比较习惯于在文学中寻找意义。以阿来的理解，要寻找意义，不如直接读哲学作品。要了解历史进程，不如直接写历史。要探索文化，不如直接做人类学研究。而文学即使包含了这些内容，也是内在于语言，且通过人物的表现慢慢呈现出来的。

因此，他写《机村史诗》，写到每一卷都牵扯到大的历史背景，但他没有直接写背景。一来，稍微关心中国历史的都知道这个背景。要是花很多篇幅写当时的政策之类，就会让小说这个文体显得很笨拙；二来，他不相信什么雅俗共赏的话。他说：“不关心那个历史背景的人，一般不会来读这样的小说，如果他不读，即使你给他解释，他也说 NO。”他更觉得没必要把某几个时期的文学，变成“诉苦”文学，“从新时期文学开始，我们就把很多时期写成一把鼻涕、一点悲腔、一地泪水的，但写那么多诉苦文学有什么意义？我觉得不如换一种方式来处理。毕竟历史背景，懂的人其实都懂，你不写出来他也懂，你点一下背景就可以了”。

相应的，阿来虽然力图写出一座藏族村庄的当代编年史，他也不觉得有必要巨细无遗写出整个过程。他发现，要做到真正忠于乡村的现实，几乎是不可能的。因为，在历史中通过不断的政治活动或经济活动，中国乡村里的中心人物在不断发生变化，有时村子里最穷困潦倒的一些人，突然成为乡村里的领导，又因为能力不够，风向一变，他们又退出了中心。而这些新的中心人物，很多时候也不是乡村里自发产生的，而是上面发掘出来的一批积极分子，更可以说是应时势而生。所以，占据乡村中心位置的人随时都在变化，他写《机村史诗》写了六卷，也因为在六十年的时间里，差不多每隔十来年，乡村或者说在乡村占据中心位置的人就发生一次变化，他采取的策略是谁在中心，谁最能代表这个时代的特征，他就写谁，“当然，各式人物在六卷里可能都会有出场，在第一卷中，他是次要的，在第二卷里，可能就变成中心位置了，第三卷也可能他还在，但已经到了舞台边缘了”。

如此，《机村史诗》就有了一个花瓣式的结构。阿来说，这其实是出版社营销时的一种说法。他虽然觉得有道理，却不是完全贴切。不过，花瓣式倒是让他想象出一个场景，一个青花瓷碗摔碎了的场景，会让人感觉到有一种破碎的美感，“要只是四四方方的六大块其实也拼不成一个花瓣。得添上点小花瓣，才算是真正的花瓣。我又意犹未尽，加了六则关于新事物的故事和六则描写与新社会相适应或不相适应的人物的故事，算是用些零碎的材料把花瓣固定了下来”。

此话信然。《机村史诗》第三卷《达瑟与达戈》后面附录了一节《水电站》。阿来写这一节，就因为那会儿，他突然想到小时候生活的经验。他父亲曾是他们村子里第一个到发电站里发电的人，所以他从小就对离家两三公里地的小电站熟悉。电站建成时，他们十几个十一二岁的小孩，就排在电站门口问他父亲，什么时候电灯亮起来，他父亲就说，把开关推上去，电就会跟着电线跑。他们就准备和电一起跑回家，但还没等步子迈开，村子就亮了。“我就觉得这样的东西，隐含了一种新思路的出现，特别有意思，要是把什么都往大里写，就没什么大的意思了。”阿来说。

实际上，写完“大花瓣”后，再写写“小花瓣”，倒颇契合阿来写作的习惯。当年写《尘埃落定》时，写到一些小人物，他觉得很有趣，要铺展开来写，会使得小说结构不匀称，所以写一两笔就收住了。但这样写，他觉得意犹未尽，于是又把这些人物重新写了一遍，其中就有他的短篇小说代表作《月光下的银匠》。有了这样的经验，他觉得有时反而是写一些小的、有趣的东西更好玩。他谈道：“昆德拉说，文学得有一点游戏的性质。他说的不是大家理解的游戏，而是在比较高的智力空间里展开的游戏。如果文学连这点游戏性都丢失了，我就觉得彻底不好玩了。”

3

不过，阿来说文学要好玩是一方面，写作要有使命和承担是另一方面。这就好比他说，小说不要刻意追求深度，并不是指小说不要有深度，而是他对小说的深度有不同的理解。阿来理解的小说的深度不是思想，而是情感的深度，是体验的深度，“历史上再深刻的书，即便深刻得像《浮士德》，要总结它，两句话也就结束了，你交给萨特写哲学试试，所以我觉得文学有文学自己承担的功能”。

在阿来看来，文学的功能首先不该是照相式地对应现实。他不反对现实主义，但他坚决反对把现实主义等同于这样一种对应，“如果我们写的照片式的现实，拿一个 DV 跟着人家拍不就行了嘛。要特写有特写，要中景有中景。如果要大全景就放个无人机在天上，什么景观都能拍到，而且有声音，有色彩，有语言，有行动。如果文学过于强调这种功能的话，其实是文学的一个自我取消”。

也因此，阿来强调，文学存在唯一的理由在于，它能够在一些基本经验的基础上，构建出一个能够超越，甚至是不同于现实的世界，“遗憾的是，我们现在讨论文学，基本不讨论文学本身。讨论思想、文化也就罢了，居然还要讨论题材。讨论题材有什么意义吗？重要的是对语言有追求，然后力图对呈现的对象有一点超越性”。而所谓超越，在阿来看来，我们当然可以用文化去观察它，用人性、人道的思想去笼罩它，更重要的，还是要用诗意的方式去把握它，这个诗意就存在于语言的重构中，等它一露头，我们就紧紧抓住它。他说：“虽然在很多小说中能看到这种诗意，但它很可能闪烁一下就又堕入到琐碎的、庸俗的世俗当中了。”

而“语言的重构”是为阿来格外看重的。对于正在改变中的乡村，他也不喜欢用“重建”这个词，因为重建只是体现的一种物质形态，“我希望用‘重构’这个词，因为重构包括了精神和情感的建设”。而他也试图在文学里“重构”乡村，而非简单写出乡村的变化，或说是对乡村的发展做个简单的回应。“再过二十年，如果我还没中风的话，《机村史诗》我会再接着写两本，比如，以十年为一个单元，来写写二十一世纪以来农村新的变化。”阿来说。

以阿来的理解，虽然他在《机村史诗》每一卷里，都会写到中心人物，但他特别关注边缘人物，这些人限于能力和觉悟，可能跟不上时代的变化。但文学不应只关注那些成功和辉煌。他说：“我写边缘人物，也不是为了暴露黑暗，并且写得很绝望，我会写那些人性、人情的温暖，包括大自然给予人们的抚慰。要知道，文学有一个很大的责任，就是同情，不然文学的温暖就会消失。”

事实也是如此，当大多数作家为追求思想深度或艺术创新向暗黑处掘进，他却一直在书写崇高、庄严等正向价值上做着可贵的探索。他的小说写作包含了批判性，但总体上是趋于建构，且具有建设性意义的。他编剧的电影《攀登者》简言之就是写一种精神。阿来的创作多年来也保持了稳定的艺术水准。评论家李敬泽在《云中记》研讨会上甚至替他发愁道，从《尘埃落定》《格萨尔王》《机村史诗》再到《云中记》，他这一步步走来，构建了一座宏大的建筑，而《云中记》几乎是这座建筑上一块封顶的石头："他才60岁，就把这么一块石头摆上去了，后面要怎么办啊！"阿来笑言，那天会后，他还跟李敬泽开玩笑说，都封了顶了，你都把我说死了，那我以后什么都干不了了！

阿来自然知道自己以后还能干什么。他声明他没有下一部作品非要超越以前作品的思想包袱，可持续写作对他也不成问题。包括这两年已写了一半，中途被地震打断的写西方探险家在中国的长篇外，他自觉还能再写一部长篇："我大概还能再写十五年吧。因为我身体还行，我也一直在学习，我相信我还能缓慢前进。"

不要想着超越自己，需要做的是不重复自己

余华

1

1993年底，余华在《收获》杂志上发表了《活着》，他那时大概不会想到这部不到12万字的小长篇，会被看成是他创作水准的标杆，以致他于2021年初出版《文城》，不少读者也是惊呼，写《活着》的那个余华又回来了！

言下之意，这次"回来"的不是写《兄弟》和《第七天》的那个余华。《文城》也确实如评论家潘凯雄所说，与余华早年创作的《活着》和《许三观卖血记》在叙事风格上更具一致性，但这样的类比或许还因为两者有时间上的延续性。刚读到这部小说节选文字的时候，我脑子里就闪过一个问题：余华为何写这样一部小说？说来这不算什么问题，没有一个作家会无缘无故写一部长篇小说，像余华

这样暌违八年才捧出一部，就更得找到非写不可的理由了。所以这个问题就一晃而过了。等到要写推荐语，到豆瓣上看了看，却看到有网友也有类似的疑惑：21世纪第二个十年结束了，中国城镇化突破50％都已经过去十年了，再去写民国时期的村镇和乡贤又有什么意思呢？于是，这个不成问题的问题也就回来了。

像余华这样的作家，似乎更应该把有限的笔力用在写当代上，或者说他更正确的路是在《兄弟》《第七天》没完结处继续往前，而不是像这本新作从《活着》故事开始的时候回退。退一步说，即便他要写民国时期的故事，也得如《白鹿原》一般从十九世纪末写起，一直延伸到当代，那样漫长的叙述，才会给人以史诗般的震撼。

无奈余华并没有出来做任何说明，《文城》也是简洁到除正文外，不见前言、后记，扉页上也不见引语，我也就只能推想，我就想到他曾在《兄弟》后记里写，在21世纪到来前，他开始写作一部望不到尽头的小说，那是一个世纪的叙述。我当时并不确定这部小说是《文城》，只是觉得有了这部，单从小说序列看，他已经完成，或接近于完成了自己的叙述抱负。好在这个推想，终于得到了证实。在“余华和他的《文城》”新书分享会上，余华谈到写这部小说的初衷，他确实是想写《活着》以前的故事。他们这一代作家有挥之不去的抱负，总是想写一百年的，哪怕不是在一部作品写完，也要分成几部作品写完。所以在1998年或者1999年，眼看着20世纪快要过去了，他就想着从《活着》故事开始的年代往回写，因为《活着》是从1940年代开始，结果他写了20多万字以后，感觉到往下写越来越困难，就马上停了下来。他在《兄弟》出版以后重新写，《第七天》出版以后又重新写，一直到疫情期间，他才把这部小说最后写完，所以确实是写了很长时间。

所以我们还需要进一步追问，余华为何前前后后写了21年，其中原因在于他自己说的，在很长时间里，他都没能把握人物最终的走向，他对他们需要经历一个漫长的了解过程。要理解这个说法，我们就得看看小说讲了一个什么样的故事。余华简言之写了两段旅程，小说主体部分主要写了林祥福南下寻找纪小美的旅程，后半部《文城：补》写了沈阿强携纪小美北上逃亡或冒险的旅程。

话说——，我们用“话说”这两个字切入来转述小说故事是合适的。第一节写主人公林祥福背着个大包袱经过溪镇，碰到镇上人就问：“这里是文城吗？”得到否定的回答后，他又走出了溪镇。说白了这是个引子，是引我们进入故事情境的。从第二节开始，小说才算是步入了正题，而余华在某种意义上用的就是说书人的口吻，只是这个说书人实在是无比有耐心，从来不耍“说时迟那时快”的把戏。也就是说，余华叙述的速度，和小说故事发生的速度，是完全相匹配，甚至是前者还要略慢于后者的，但我们读的时候不觉得慢，这实在很考验叙事功力。

有网友称，林祥福是那个时代朴素的理想主义者。照我看，林祥福确实是够朴素的，也确实是有理想的，虽然他出生在北方一户富裕人家。但正因为他朴素，有理想，到了二十四岁都还没能成亲。话说那一年那一天的黄昏时刻，他听到宅院外有一对年轻男女——也就是读后我们知道的，自称来自文城的阿强和小美，用他从来没听过的，“仿佛每个字都在飞”的语速说话。他打开门把他们迎了进来，同时也是把小说真正要讲的故事迎了进来。说来也是投缘，林祥福因为刚死了母亲，渴望和人交谈，而小美在留宿一宿后又偏偏病倒了，如此谎称急于赶去京城的阿强，只能留下她独自“北上”。于是我们看到林祥福在照顾小美的过程中，喜欢上了她，两人在一个冰雹之夜发生了关系。但没过多久，小美拿着林祥福家从祖上开始积攒下来的七根大金条和一根小金条离开，这使得林祥福伤心欲绝，只是时间一长就慢慢平复了，但小美后来居然又回来了，她回来是因为她怀了林祥福的孩子，也因为她知道林祥福为人朴素，会善待她。问题是小美生下孩子后又走了。林祥福就此开启了带着嗷嗷待哺的女儿南下寻找纪小美的漫漫长路。

2

老实说转述故事是没什么意思的，越是好的小说越是不适合转述。毕竟一经转述，小说就被缩略成了故事。有网友说，《文城》前半部的前面部分，讲的是“一个媒婆引发的惨案”，虽有戏谑成分，却不无道理。林祥福在相亲过程中看上一个叫刘凤美的千金小姐，偏偏见面时这个姑娘一声不吭，让媒婆误以为是个哑巴，使得林祥福按惯例留下一块彩缎就走了，一段本来可能有的美好姻缘，由此烟消云散。等到很多年后，已经长大的女儿林百家问他她妈妈是谁时，他没法说小美，就假托那个已经故去的刘凤美是她妈妈。反正按这个逻辑推理，要不是因为那个媒婆搅和，林祥福娶了刘凤美，就用不着他这么凄惨地南下寻找了。

讲到这里，即使不知道小说后面写了什么，读者也能猜到，林祥福多半是找不到小美的，他根据那么一点线索，能找到才怪呢。实际上，余华是想过让林祥福到南方，也就是到溪镇后就找到小美的，但这样写的话，那个时代就没法展开，所以他就放弃了。也正是因为要写那个时代，他干脆让林祥福融入溪镇，亦即进入到那个时代里生活。他这么处理的很大一个原因是，即使林祥福还在北方，他也可能不会过上安稳的日子，因为时代已经乱了，“那是一个乱世，乱世不止是在溪镇乱，在北方也一样乱。所以田家四个兄弟拉着死去的大哥和林祥福回家的路上还在说钱庄的老爷也被土匪绑票了，所以那时候全中国都是这样的”。

不过，小说耐人寻味之处在于，余华虽然没让林祥福找到小美，但实际上已经无限接近于找到了，只是他自己不知道而已。不管怎样，能不能找到纪小美，对于林祥福生死攸关，对于我们来说，却不是那么重要。我们要看的是他寻找的过程，这个过程套用余华一篇随笔的题目，即是“温暖和百感交集的旅程”，两个人直到纪小美长眠十七年之后才重新有了“交集”，更是让这个旅程百感交集。

而这个旅程实在是不好转述的。我只能说，余华写得饶有意思，很是精彩。尤其是他写林祥福一次次背着孩子敲开一家家门讨奶水喝的过程，是能让人读出一种地老天荒的史诗感的。而写他初次抵达溪镇时在万亩荡遭遇的那场离奇的龙卷风，和他回到溪镇后经历的那场长达十五天的大雪，要我看也是直追施耐庵在《水浒传》里写林冲夜奔的神韵和劲道了。余华写这个过程的篇幅，也大抵是施耐庵写林冲夜奔前前后后的那些篇幅。那接下来林祥福怎么样？他在当地商会会长顾益民的关照下，在溪镇这个有缘之地住下来了，并且和同样是外来户的陈永良合作成立了木器社，他的生意也是越做越大，以至于把万亩荡都买了下来。

再后来就如网友说的那样，发生了一场“一群土匪引发的惨案”。余华写这个“惨案”真是写得巨细无遗、惨烈无比，在篇幅上大约都超过了林祥福寻找的过程，而且在这部分里，与其说余华主要写的林祥福，倒不如说写了那个荒蛮年代里溪镇人的群像。我看到有评论说，《文城》是一部更加丰富立体的群像小说，放在这部分——亦即小说前半部的后半部分里讲是成立的。而余华这么写，往好处讲是突破，是对围绕一个主要人物或家庭展开的叙事模式的突破，往不好处讲就是离题，而且离题离得那么远，是会落入凑戏份或不善于驾驭长篇的口实的。

但我想余华这么写，应该有他的道理。从写历史的角度，如果单看林祥福寻找的前半部分，除龙卷风和雪灾以外，甚至让人觉出祥和、温暖，也只是后半部分写到的匪乱才写出了真正的荒蛮、残酷，或者说正因为前半部分的祥和，更让我们觉得后半部分荒蛮的无以复加。再则，这部小说虽然我们能辨认出余华写的是清末民初，但我们很难找到具体的历史时间，也就这段匪乱最是能让我们明显联想到军阀混战的背景了。但余华应该无意于写历史，他是把历史当布景，写那个极端年代里人的生存经验。而他把历史背景写得扎实，说到底是为了把人写得真切。事实上，就文学而言，真正触动我们心灵深处的，往往不是历史本身，而是那种不为时间、地域拘囿的，为人类共同拥有的经验，这里面包含了文学所具有的神秘力量。从这个意义上说，小说腰封上引了余华的话，“我们总是在不同时代、不同国家、不同语言的作家那里，读到自己的感受，甚至是自己的生活。假如文学中真的存在某些神秘的力量，我想可能就是这些”显然是有所指的。

3

说回到小说写匪乱的部分，评论家杨庆祥在他的《余华〈文城〉：文化想象和历史曲线》一文里，可谓做了精到的分析。他谈及的“信”，与“信”相关的是“义”，也正是在小说这部分里得到了集中体现。如杨庆祥所说，小说中的次要人物甚至是反面人物，都遵循这一行动的原则，比如土匪，有情有义的土匪最后得到了善终和尊敬，而无情无义的土匪则只能曝尸街头，受众人唾弃。如此，当有网友问余华为何放着当下不写，去写民国时期的村镇和乡贤时，或许这里隐含着答案。用杨庆祥的话说，《文城》写的并非固态静止的历史演义，而是以镜像和幽灵的形式活在我们身边的故事。而以我的理解，当一部小说提醒我们当下缺失了什么，或许就已经把当代性，或者它之于当下的意义包含其中了。

接下来故事就推进到了堪为北上版《十八岁出门远行》的《文

城：补》部分。有网友说这部分写的是“一串铜钱引发的惨案”。这么讲也讲得通，要不是在沈家作为童养媳的纪小美同情多年未见的弟弟，给了他那串铜钱，就不会导致纪小美被休，要不是纪小美被休，也就没有了沈阿强后来带纪小美北上的故事。但余华这么写也在情理之中，但凡有一定的阅历后，我们回头看很多事，就会明白一个看似不经意的偶然会怎样改变人的一生。而从叙事上看，这部分实则对小说前半部留下的谜团做了解释，我们由此知道沈阿强和纪小美怎么就阴差阳错到了林祥福家，林祥福当年离开溪镇时为何半路杀出个女人送他孩子穿的衣服，纪小美在溪镇时又是怎样不和林祥福相见。当然他们之所以没能在生前相见，就是因为小美和阿强说冻死就冻死了。不能不说，这是让我读了百感交集的场景之一，我为这样的虔诚而动容，也为这样的愚昧而痛心，但往深处想，余华或许是让小美以死来赎罪的，如果是这样，又不能不让人感叹备至了。这就应了王安忆说的，余华的小说是塑造英雄的，他的英雄不是神，而是世人。但却不是通常的世人，而是违反那么一点人之常情的世人。纪小美如是，溪镇那些在乱世中相互扶持，甚至慷慨赴死的百姓亦如是，林祥福就更是善良到了极致。

按余华自己的说法，他和他笔下的人物都是朋友关系，他是在一步步往下写的过程中，越来越了解林祥福是怎样一个善良到了极致的人。他说道：“林祥福刚出现的时候，对我来说还只是一个概念，他在雪冻的时节抱着婴儿来寻找一个人，寻找的那个人是谁，他谁都不告诉。他为什么这么做？因为他在寻找小美，同时他还要保护小美，他不能伤害她，他需要所有人不知道，只有在小说里陈永良离开溪镇要搬到齐家村的时候，他才告诉他到这来是干什么的。即使在这种情况下，林祥福也没有告诉他，他其实已经知道小美和阿强是夫妻，并不是兄妹。”

而余华也一直有个愿望，就是写一个善良到极致的人，他曾经想重写《圣经》的一个故事。这个故事说的是，一个有上千头羊的富翁，他突然过腻了眼下的生活，就把财产交给他最信任的仆人打理，他自己则带着他的家人和其他仆人到外面去。过了好几年以后，他突然想回家了，他让一个仆人先回去，告诉帮他看家里财产的那个仆人说，他要回来了，让他准备一下。结果派去的仆人回去以后被杀了，消息传回来后，那个人认为是自己不应该派一个笨嘴笨舌的仆人去，他就派了他最喜爱的，一个非常灵活又很聪明的仆人去，结果这个人又被杀了，这时他还是认为自己错了，他说我不应该派仆人去，应该派我最爱的小儿子去，他看到我的小儿子就会知道我真的回来了，结果他的小儿子还是被杀了。他最后终于明白那个仆人变节了。余华感慨道："当一个极其纯洁的人开始愤怒的时候，任何力量都无法阻挡，他最后打回去了。但在这之前，他真是纯洁到令人难以置信的程度，这种纯洁的力量，真是让我极其感动。我一直在想，我的文学作品笔下应该出现一个这样的人物，曾经有段时间我想重写《圣经》的这个故事，因为《圣经》已经没有版权了，是可以改编的。我终于在林祥福身上完成了这个愿望。"

但严格说来，余华此前已经在《兄弟》里的宋钢和他的父亲宋凡平身上做过这样的试验。就像评论家李敬泽在他那篇题为《警惕被宽阔的大门所迷惑》的评论文章批评的那样，这两个人物被塑造成了善的化身，几乎具备凡人所能具有的善的品质，与此相对照，李光头一出场时就是个小流氓、小无赖，后来更是成了欲望和罪恶的化身。而且，这欲望和罪恶在人物身上焕发出的是一种神话般的力量，几乎被神化为推动社会发展的"原动力"。到最后，我们发现李光头在社会上如鱼得水，宋钢则得了悲凉的下场。

应该说，《兄弟》出版后招致批评很大原因就在于，在很多读者和批评家看来，人物塑造不够有说服力。李敬泽由此直言，《兄弟》在更大的尺度上模糊了世界的真相："据说余华立志要'正面强攻'

我们的时代，但结果却是，过去四十年来中国人百感交集的复杂经验被简化成了一场善与恶的斗争、一套人性的迷失与复归的庞大隐喻。”评论家邵燕君所说，宋钢和李光头兄弟二人与其说各自是善与恶的代表，不如说是强与弱的代表。我们看到的不是善恶对抗，而是强弱对比，其结果不是善恶有报，而是弱肉强食——这或许正是我们这个社会普遍认同的时代逻辑。也正因为此，有人质疑《兄弟》的热销不在于它以小说品质取胜，而更在于小说扣准了大众心中隐藏的密码，顺应了大众内心的情感趋向，就是对强势者的崇拜。以我的看法，余华这样写是可以找到现实根据的，问题只在于，作家本人应该持怎样的立场，还有怎样让笔下的人物更有说服力。

4

不管怎样，在《文城》里，林祥福的善良是合乎情理的。余华在林祥福身上又一次践行了他在《活着》中文版序言中所说的“作家的使命不是发泄，不是控诉或者揭露，他应该向人们展示高尚。这里所说的高尚不是那种单纯的美好，而是对一切事物理解之后的超然，对善和恶一视同仁，用同情的目光看待世界”。余华在故事已经基本完整的前提下，还要写《文城：补》，也是进一步展示了高尚，虽然以他自己的说法，他主要是想给自己的叙述制造困难。在分享会上，余华说，以小美在小说出场时的设定，他要把她写成坏人很容易，要想再把她写成一个好人，难度就会大一点，“我为什么要写补？就是要告诉读者，小美的所有选择都不是她主动这么去做的，而是命运驱使她去做的，同时她也被命运撕裂了。余华举例说，司汤达的小说《红与黑》，里面于连准备向德瑞那尔夫人表达他的爱，因为他们互相有意，这在别的作家写起来并不难，因为伯爵的庄园很大，让于连找个没人的地方悄悄表达一下情意，是再方便不过了。但司汤达偏偏不这样写，他写了这样一个场景，伯爵家草坪上有一张桌子，德雷纳夫人和她的闺蜜坐在一起，于连坐在那用脚勾夫人，那种紧张、害怕就来了，夫人的闺蜜更是觉得莫名其妙，她发现她跟德雷纳夫人说话都是答非所问，司汤达把这个场景写得像一场战争一样。我就觉得作家写作，应该像司汤达教育我们的那样，永远是找困难的写，不找容易的写。因为把小美塑造成一个好人，要比把她塑造成坏人难得多，所以我就这样写了。”

和把小美塑造成好人一样困难的是，或许是怎样安排小美的结局。余华坦言，他写的时候觉得，林祥福到南方以后找不到小美很正常，中国那么大，找不到一个人很正常，何况文城也确实是不存在的。他说：“我当时为什么听从妻子的建议选择《文城》这个书名，就是因为这个城是不存在的，但正是因为有文城，所有故事都好像跟它有关系。我也不是要用伟大作品给自己贴金，但有些作品像马尔克斯的《百年孤独》，我读了两遍，百年我读到了，就是没有读到孤独，里面所有人还都是热热闹闹的，哪有孤独？而且马尔克斯还做过一个演讲‘拉丁美洲的孤独’。毫无疑问，他是把‘孤独’原来的意义和概念完全扩充到开放式的，大家可以随便去理解。所以最后之所以选择《文城》这个书名，也是因为它是一个开放的书名。”但文城可以作为大的留白，就写人物而言，余华却是觉得虽然要留白，但不是给读者留一个大白，大的地方他是要完整写完的，所以他觉得有责任交代一下小美的生活历程。

前面已经交代，小美和阿强是在祈雪时被冻死的，虽说这也是情有可原，但我们读了还是觉得挺无辜的，也或许唯有无辜，才更让我们久久不能释怀。要不像小说里悍匪张一斧那样的死法，就只会让我们觉得痛快了。据说，余华把这个人物写死，是尊了夫人的命。既然夫人说这个人不能不死，他就花三天时间把他给写死了。

但让林祥福死，应该是余华自己的意愿，他也让他死得非常无辜。林祥福为赎回溪镇商会会长顾益民，带去土匪强要的枪支意图交换时，被尖刀从左耳根处戳进去戳死，他的死也并没有换回顾益民，顾益民事实上是被陈永良营救出来的。而林祥福死后，他的尸体是被曾万福从齐家村弄回来的。他南下到了万亩荡时，又是这个人划着船把他带到溪镇。余华说，他这样写，而且把曾万福背尸体的过程写得特别详细，就是为了给读者一个缓冲，让他们慢慢接受林祥福的突然死去。这或许可以理解为余华式的温情。

而我在这里强调余华怎么设定情节，是想说明故事本身是有规定性的，未必是作家事先给定了框架。譬如不少评论都说到，《文城》在地域空间上有所突破。这么说自有其道理，因为余华的小说总体上是写南方的，具体来说是写南方小镇的，他写的所有故事笼而统之可以称之为“南方往事”——而据余华自己说，这部小说原先的书名也是《南方往事》，可见他写这部小说，本意还是写南方，但阿强和小美却是真正意义上“北上”了。我这么说是因为在《活着》里，福贵也曾被抓了壮丁“北上”，但只是渡过了长江，不久后又被战争裹挟着回到了南方。在《文城》里，林祥福就不必费这个周折了，他本就生活在黄河北边，他南下寻找小美，可是实打实穿越了大半个中国“南下”。

当然，无论是林祥福，还是阿强和小美，他们要去的地方——阿强、小美虚拟的“文城”，和阿强只是听母亲说有姨夫曾在恭亲王府上做事就欲投奔的京城，都可以说是虚无缥缈的所在。这使得他们的“北上”或“南下”在缺少指向性的同时，也多了纯粹性。从寓言意义上讲，因为目标是虚无的，他们也就一直是“在路上”。这么说是因为，阿强和小美不是在“在路上”的时候就被冻死了，而林祥福虽然暂时在溪镇定居下来，却总想着有一天回到家乡，他死后，老家的佃农就遵照他的遗嘱来溪镇接他“回家”了，也就是说他还是“在路上”，小说到这里接近尾声，可想而知如果继续写下去，将会是一部余华版的《我弥留之际》。

无论如何，小说人物的南来北往，勾画出了一片广阔的地域空间，这在余华的小说里是前所未见的。虽然《兄弟》里李光头和宋钢也“走”出了一片广阔的天地——去了日本，或是去了海南，但与其说他们是“走”出来的，不如说是“闯”出来的。但话说回来，如果说写一个世纪体现了余华的写作抱负。写宽阔的地域空间或许并非他刻意为之，而是由故事本身自然而然带出来的。

5

其实不管对《文城》是赞许还是批评，读者大都认为它讲了一个好故事。先搁置好故事是否就是好小说不谈，我们有必要先问问怎样才算文学意义上的好故事。在这一点上，我赞同潘凯雄说的，一般意义上的“好故事”，不能简单等同于小说层面上的“好故事”。前者更多地诉之以“讲”，热热闹闹地讲，后者的要义更在于“写”，它要求作家有扎实的文字功底。就我的阅读而言，体现在《文城》里，余华的语言是颇具诗性和张力的，但诗性在很多作家笔下往往会导致模糊，余华却让它走向了准确。而张力会让阅读的弦绷得太紧，余华却用幽默让这种紧绷舒缓了下来，并有了弹性。以我看，余华写纪小美再度回来躺进被窝后，林祥福感受着她在他手掌里倾诉般的哆嗦，这“倾诉般的哆嗦”六个字胜过千言万语，而余华也通过他富于想象力的笔触，把这种“哆嗦”倾诉般地传达给了我们。

所以说，余华至少是用好的语言讲了好的故事。而故事的好，也不只是在于它跌宕起伏、悬念丛生，恰恰在于它同时让我觉得明白如画。以我看，写一个百年前的故事——那时的时代环境、风物人情都与现在相去甚远，远到足以让人生出隔世之感——能写得明白，就像裁剪一件饶有古韵的衣裳，让人穿着熨帖自然，是需要作家下功夫的。看余华写乡绅文化，我们也能看出他是做足了功课。在分享会上，余华回忆说，他刚开始写《文城》的时候已经有网络，但需要连电话线，那时上网主要是发Email，没有别的功能。所以他主要是去书店买书准备材料。他写林祥福做木匠活，还罗列了橱子、柜子，以及各种家具的一些做法，其中有些就是从他查找的资料里来的，当然他也有这方面的记忆，“我小的时候，木匠对我们来说太重要了，我们家的家具都是请木匠到家里来做的。所以，我对他们是很熟悉的，我记忆很深的是，有一次木匠刨东西，那上面有一个钉子没有拔出来，他就把刀刃刨折了，这可不是小事，把刀刃磨好是需要花很大力气的。小说里还涉及写中医，包括写顾益民怎么把他身上的腐肉去掉，我都是在中医书上去摘抄一些内容下来的，我知道什么地方有用”。在余华看来，了解这些资料是必要的，它会给你写作的一个基础，你不一定用它，但是你了解了心里有底。

也只有“心里有底”，余华才有足够的信心往下写。小说前面部分写林祥福到溪镇以后，遭遇了一场连下了18天的大雪，小美和阿强也正是在祈雪时冻死的。有读者就质疑南方哪里下过这么大的雪？余华回应道：“他这么质疑的时候，就有人站出来反问，你忘了几年前那场大雪了吗？其实你去看中国一些大事记，就会发现不少这样的事。我查资料的时候就记得有一本书里写，清朝顺治年间，在无锡太湖区域，连下了40余天大雪。我在这本书里面只写18天，因为写到第18天时，我就觉得已经写不动了，假如我能写到40多天，我肯定是大诗人了。”

话虽如此，余华写一场大雪能写18天，就像他写这部小说写了21年一样，足以显示他叙事的耐心了。当然，我必须得说作家有耐心写，读者却未必有耐心读，所以最最重要的是，他能让我们有耐心读下去。这样我要问的问题是，这种叙事效果从何而来？这实在是很难说清楚的问题，但我隐约觉得，这是一部一直“在路上”的小说，同时也是一部一直在“行动”的小说，余华自始至终都很少让人物静止下来，我们在读小说的同时，是跟着人物的“行动”，在不断移步换景，这使得我们总是觉得故事的转角有什么东西在等着我们，不至于失去了耐心。那人物一直在行动，余华又是怎么写他们的心理呢？他是通过写行动写心理的。或许很多人都读过他的那篇《内心之死》，他在里面直言心理描写的不可靠，尤其是当人物面临突如其来的幸福和意想不到的困境时，对人物的任何心理分析都会局限人物真实的内心，因为内心在丰富的时候是无法表达的。他进而写道：“威廉·福克纳解放了我，当人物最需要内心表达的时候，我学会了如何让人物的心脏停止跳动，同时让他们的眼睛睁开，让他们的耳朵矗起，让他们的身体活跃起来，我知道了这时候人物的状态比什么都重要，因为只有它才真正具有了表达丰富内心的能力。”余华是这么说，也是这么写的。他是不多见的有独到的阅读感悟后，能把这种感悟彻底贯穿到写作实践中去的作家，也是那种写小说能写得和创作谈或读后感——在他这里，主要体现为随笔——一样好的作家。

以此看，作为现象级作家的余华在写作上取得如此成功，未必只是出于如他谦称的“幸运”。“当时这部小说发表的时候，我根本没有想到这部作品对我来说是如此重要，起码是在中国，它差不多是我所有的作品中最受欢迎的一部。如果没有这本书的话，恐怕很多人并不知道我，很多读者是读了这本书以后，又去读了我其他的作品，由此才开始慢慢了解我。这确实是我的一本‘幸运之书’。”他说道。

6

但显然，《活着》不应该成为判断余华写作成败得失的标准。我们也不能过度吹捧这部“转型之作”，忽视余华此前充满先锋色彩的创作。余华自言，《活着》之前的长篇，他的第一部长篇——《在细雨中呼喊》从写作角度来说，对他也有着重大的意义。而《活着》则告诉他，面对一个题材要寻找最适合它的叙述方式。“作家写作和做其他行业一样，当你用这样一种方式取得成功以后，你会一直依赖于它。这个世界上绝大部分作家一生都在用一种方式写小说。但是另外还有一些作家，他会用不同的方式去处理不同的题材。我自己也是这样，当一个题材吸引我的时候，我首先要做的是去寻找最适合这个题材的一种表现方式，前提是努力把自己已经很熟悉的那种叙述手段给忘掉，用一种空白之心去面对一个新的题材。”

而他所说的题材，或许并不包括短篇小说题材。分享会上，余华感叹他已经二十多年没有写短篇了，现在谈短篇就感觉在回忆往事一样。以他写作的感受，写短篇基本是按照构思来的，写长篇有时候会离开构思，“像《许三观卖血记》，我根本没想过会写成长篇。当年我跟程永新说一年在《收获》发六个短篇，他说我们没有这个规矩，我说没有这个规矩可以创造这个规矩，他说跟李小林商量一下，李小林说我们破一下例，给你一期三个行不行？我说我就要一期一个，一年六个。李小林也同意了。这样第一期发一个，第二期又发一个，第三个就是《许三观卖血记》，结果到第三期快发稿的时候程永新打电话说，余华，写完没有？我说，这可能是中篇小说。程永新说好好，我想他心里是想终于摆脱你了，每期发一个，以后别的作家怎么办。等到第四期快要发稿，他又打电话说，余华，中篇小说怎么样了？我说可能是长篇小说。他说长篇更好。第六期发了”。由此，余华得出一个结论，写短篇是一个工作，写长篇是一种生活，“短篇小说一般你构思好了把它写完就是。长篇小说写着写着，你的生活在变化，小说也在变化。所以我现在还是更喜欢写长篇，虽然长篇写起来很累”。

余华“累并快乐着”，也未尝不是因为他对写长篇“心里有底”，而所谓“心里有底”，或许主要是在小说和生活一起变化中，他对人物走向越来越有底。就《文城》而言，余华说，其中的一些人物像顾益民、陈永良，还有和尚，包括林百家、陈耀武、陈耀文，以及顾家四个男孩、两个女孩等都还活着，他们后来的故事其实也都在他的脑子里了。虽然当他把《文城》的稿子交给出版商的时候，他已经决定不写续集了，但很多读者都想知道后来怎么样，所以我希望能写续集，但条件是他体力允许。他说：“这部小说历时21年才写完，如果再写21年，我已经82岁了，实在是拖太长时间了。何况我还有好几部没写完，我现在正在写另外一部，已经写了一半多的小说。《文城》是我最接近完成，可是又最难完成的作品，我终于把它完成了，这让我信心倍增，我觉得另外一部也能完成。”

但余华一般只有真正心里有底了，才会把小说拿出来出版。他会为自己的作品拉出一条平均值，感到一部作品能达到之前小说的平均值了，他才愿意出版：“我不是一个很勤奋的作家，这是事实。我也希望一年能写七部八部，但写不出来。不过，我对自己的要求很高，可能是一个优点。我的手头有好几部长篇，这部《文城》1998年、1999年就写了20多万字。去年疫情待在家，我删掉了10来万字，又重写了10来万字。”

这可算是余华对自己所说“一个作家必须要挑战自己”的身体力行。以他长期以来养成的写作习惯，当他觉得往前写越来越困难时，他会越来越兴奋，越来越容易就会有点担忧。但这并不是说，他希望每部作品都比过去写得更好。在他看来，一个作家想超越自己是不可能的，他也不用总是想着超越自己，他需要做的是不重复自己。他也常常是有一个新的想法，就去写一个新的小说。但随着年纪增长，他越来越意识到留给自己写作的时间可能越来越少了，坦言："我会集中精力把没写完的那几个写完，下一部小说可能不需要八年了，争取四年内完成。"

唯有诗与真合成的力量才能抵达人性深处

张炜

时至今日，张炜依然不忘提醒自己多年前写下的最大期望：成为一个作家。尽管他已是一个著作等身、功成名就的作家；尽管按照时下的风气，只要发表过一定数量的文字，就能欣欣然以作家自居。张炜却不改初衷，他也从不怀疑自己当初的志向是否如有些人以为的那样定得太低。在他的理解里，一个真正的作家，绝非职业意义上所界定的作家的概念。

张炜自己对“作家”这个称谓有这样的理解：这并不指的单纯的小说家，单纯的散文家，甚至不是单纯的诗人，“我的意思是说，真正的作家，不光是虚构故事，写写议论文字。他能够面对生命的复杂问题，发出有高度的、真挚深刻的见解。他具有跟时代对话的能力。他不仅是一个真诚的记录者，浪漫的想象者，还是一个对未来具有强烈探索精神，对过去有完整而深刻的毫不留情的总结和批判力量的写作者。从这个意义上讲，作家是一个何其遥远高大的称谓”。

某种意义上，此次出版的随笔散文年编对此做了形象的注解。书稿记录的是张炜1982年以来除虚构作品之外的全部存留文学，“此次集结的18本书之前，其实还有很多非虚构文字，今天看了羞愧。如果是虚构作品结集，入选集子就会更全一些。可见直接言说的散文作品，比虚构作品还要难写”。

无可疑义的是，以纪年方式编排的这些文字，以其清晰的理性与斑斓的感性，展现出了张炜思想的坚硬程度和现实的批判力度。恰如他在序言中所说，这三十年的散文和随笔，就像是“一部长长的出航志”。航船从港湾驶出，缓缓驶向风雨之中，时而激越时而黯然，颜色逐渐斑驳，腥咸汗烟，那都是旅痕和足迹，也是由远及近的心音：“比起用力编织的那些故事作品，这些文字好像更贴近现实生存，也更有灼痛感，但唯其如此，也才称得上一本真实的书。”

在评论家陈晓明看来，不管是十卷本《你在高原》这样的小说写作，还是十八卷年编这样的非虚构写作，张炜都给时代和读者提供了一种精神的指引：“张炜的创作，可以说是一个浪漫的理想主义者的胜利。实际上，当下非常有力量的作家身上都包含着浪漫主义的精神，莫言是，刘震云也是。在他们身上，更多体现出现实主义和浪漫主义融合的状态。张炜体现的浪漫主义更加宽广，他是一个绝对的浪漫主义者。不夸张地说，张炜在中国的浪漫主义文化重建上做出了突出的贡献。而从某种意义上说，如果一个作家不能在精神上给人提供引导，这样的作家就不成其为作家，即使是成为作家也不是一个有力量的作家。”

诚如陈晓明所说，读张炜的作品会让人油然生出一种崇敬之感。但张炜凭《你在高原》获第八届茅盾文学奖时，却不出意外地引来了争议。争议不是来自对作品品质的怀疑，而是源于他获最多票数的这部作品超乎寻常的“长度”。理由很简单：这部长达39卷，计450万字的长篇，评委要读完就已经非常困难，更难清楚他们依据什么来进行评判。

事实上，自《你在高原》面世以来，其“长度”就成了媒体和读者关注和谈论的焦点。张炜经常被问到，小说那么长，是否担心很少有读者能够读完。对此，在此前获颁第九届华语文学传媒大奖年度杰出作家时，他就对媒体透露说，尽管作品很长，但就他所知道的，有一些他的朋友，还有少数媒体记者，读完了这部长篇。因为，小说每一部皆可独立成书，对于一般读者，不妨挑自己喜欢的部分读。作品推出后受到的关注，实际上已经超出了他的预期。

显然，张炜深知在当今浮躁的图书市场洪流中，如此大部头的写作显得不合时宜。但读者的有无、多少，并不是他首先要考虑的问题。从某种意义上，他只为自己的内心而写作。他说：“我过去曾经多次被问及‘到底是为谁写作’的问题。当时我做了一个诗意的表述，我是为了‘遥远的我’在写作。我总觉得自己写作的时候，另一个‘我’在很高很远的地方注视，他在盯住我的笔尖。”在张炜看来，正是为了让那个“遥远的我”高兴和满意，他才如此辛苦、快乐地工作，“尽管这似乎是一种很虚的表达，却正适于描述我的本真状态”。

《你在高原》源于张炜的挚友宁伽及朋友的一个真实故事。正是经由宁伽这样一个地质工作者的“行走”，张炜刻画出了一代人的精神面貌。同时写出了他作为一个1950年代出生的作家，对于历史、现实、社会的整体观照。小说几乎囊括了自十九世纪以来所有的文学试验。创作风格差异之大令人叹为观止。但其并非一般意义上的系列作品。因为，在这些故事的躯体上，“跳动着同一颗心脏，有着同一副神经网络和血脉循环系统”。

这种独特的书写姿态，决定了张炜在写作中呈现出一种别样的经验。这或许并非简单的形式探索可以涵盖。在2011年上海书展上，翻译家赵德明在谈到巴尔加斯·略萨来到中国的启示时，就宕开一笔谈到了张炜。他认为，张炜是中国大陆少有的能真正跳出地域和自我经验局限，把笔触触及人类一些根本问题的作家。在某种意义上，也是基于此，中国作协主席铁凝如此评价《你在高原》："作品对于人类发展历程的沉思、对于道德良心的追问、对于底层民众命运和精神深处的探询、对于自然生态平衡揪心的关注等方面，都给我们留下了深刻的印象。"

给人留下深刻印象的，还有张炜作为一个对人类命运有着深刻体认的作家的抗拒和坚守。在张炜看来，作家不能有太多创作之外的算计，太多的算计会使得自己很容易就放弃真正意义上的"个人化"写作，这样的结果只会使作品失去水准。他说："如果一个作者过分地对读者作出妥协，那就和进入一个写作小组差不多——他心里有了一个隐性的'小组'，而创作必须是个人的、由心尽性的、不可重复的。作家写作时，心里不允许一个'隐性的集体'存在那儿。"这是他一直警惕的，他几次谈到对他影响至深的德语诗人里尔克的一句话：你要爱你的寂寞，"这句话给了我一种巨大的力量，让我在寂寞中思索，在孤独中劳作。任何时候都不曾动摇"。他是这么说，也是这么做的。在参加华语文学传媒大奖颁奖典礼的获奖感言中，张炜就表示，如果不是因为从20年前就确认了写作《你在高原》，并且半是职业习惯半是责任感地去一次次打磨它，他也会心烦意乱撒手不干的。最终是一种神圣的使命感驱使他完成了这次艰辛的劳作。

与使命感相伴随的，则是深远的忧虑和迫切的责任。在美国哈佛大学所做的题为《午夜来獾》的演讲中，他写到一只在午夜一次次越过栅栏、重温故土的獾。他要凸显的正是现代人生存状态和心灵状态的悲剧性。这也体现了张炜多年来对文学的思考。在他看来，文学离不开万千生命簇拥的自然和大地。由此，他对当代文学蜕变成了当前物欲世界最庞大的一支伴奏队伍进行了尖锐批判：“文学的标准只有一个，那就是能否走入和揭示人性中最曲折隐秘的那些部分。唯有‘诗’与‘真’合成的力量才能抵达人性的深处。”张炜也试图找到造成我们内心焦虑的文化根源。在同名演讲集中，古代齐国的国都临淄出现多达17次。作为古代世界中一个穷奢极侈、欲望泛滥的繁华都市，临淄的意象，其实是在提醒作者警惕声色犬马对文化、人性的毁灭性威胁。

当然，张炜并不简单地排斥现代性诉求，但他对现代性文化和物质主义的盛行始终充满警惕：“现在整个环境都变了，不仅呼吸的空气也不一样了，连吃的油也不一样，是地沟油，所以今天的文学绝对没法达到过去黄金时代的水准。”但他依然确信文学的力量。在他看来，我们当下对文学的悲观论断，在很大程度上可能是因为把坐标系放得过于狭小。他认为：“作品的真正价值，只有放在长时期内进行考量，才能真正凸显出来。而恰恰是这嘈杂的、混乱的，甚至可以包容文学死亡的想象的时代，可能会产生代表这个时代的杰作。”

某种意义上也因为张炜一贯秉持的理念和立场，他常常被贴上“道德理想主义者”“精神守夜者”“行走在野地上的行吟者”等标签。在张炜看来，这些符号式的东西在评论里频频出现，既对他寄托了很高的希望，为他留下了努力的空间，也把他相对简单化了，“如果满足于这些标签，那会是相当的虚空。如果止于构筑所谓优美的文字，是相当单薄的。作家必须接地气，他要处理复杂的现实问题和精神问题，他要通过不同的管道进入生命世界，把人类的生存经验用各种方式得以延伸，使人性最偏僻的角落得以伸展，他必须进入语言表述的内部，而不是被限制在重重概念之中。所以我个人长期以来在这种标签式的、带着良好的希望的评论和读者的愿望面前，又是理解又是感谢，但就是不能止步”。张炜深知，真正意义上的探索注定会被误读。但作家的创作，恰恰在于他能够用自己的劳动，不停地去解除这种误读。

但无论如何，张炜或许并不介意，自己的写作被称之为“出自心灵、为了心灵和创造心灵”的写作。诗歌评论家唐晓渡把他形容为一个真正的诗人作家，“一般作家会特别在乎市场和读者，而诗人作家首先在乎的是自己的心灵，还有他的母语。在这个意义上，我把张炜的整个写作看成是一个整体，看成是他对他个人，对这个时代的理想化的表述。他‘独于天地之往来’，试图通过各种文体的写作触及存在的广阔领域。事实上，只有具备这样的广阔性，才能称得上是诗人作家。”

唯其如此才能理解，何以张炜一贯对图书市场持批判的见解。在他看来，虽说诗性写作不太在乎读者，是极而言之。但一个作家心里装了太多的读者，一般来说难成杰出的写作者。所谓的诗性写作不完全是以故事来实现的，而纯文学作品常常压缩情节放大细节。把读者当成上帝的人，一定是急于推销自己的商品。而真正尊重读者的作家，就是要充分地写出自我，让读者惊讶于其丰富和瑰丽。

思想能力怎么会是个贬义词?

韩少功

至今不确定是出于什么原因，我对那些思想型或说学者型作家，会自觉不自觉得地保持距离。是因为他们身上有本雅明所说的“灵晕”，让我觉得走近了有不敬之嫌?还是因为他们思想在高处，让我心向往之，却也敬而远之?无论如何正因为此，虽然几年来都和韩少功有邮件、电话往来，但我几次看见他，并且颇为巧合，都见他独自或坐着喝茶，或站着抽烟，目光凝望远处，像是在自由遐想，我想着和他打个招呼，最后总是退却了。虽然感到遗憾，我却也能找到理由：说不定那会儿，他正在想什么问题呢，冒犯上前打断他的思路，岂不是唐突了。

直到2019年韩少功因为他出版的长篇小说《修改过程》荣获最高奖——白金图书奖，前往杭州领奖，我才终于和他有了面对面的交流。这也并非机缘巧合，而是得益于《花城》杂志编辑在颁奖会结束当晚安排了对话。既然是当面采访，我想敬而远之也不可能了。现在想来，颇有戏剧性的是，采访开始前，两位编辑老师和我，都想在酒店里找个安静的地方，但大堂正在装修，手机导航能搜索到的茶吧、咖啡吧也都在不近的地方，而韩少功因为有夫人同行，去他房间自然不合适。于是我提议，要不去我房间？说完又觉草率，不禁心怀忐忑。但她们一个电话过去，韩少功欣然同意。

事后回想，他二话不说就来了，却多少在我预料之外。早年在同行那里听过一点有关他的江湖传言，道他在海南文坛是怎样一个说一不二的扛鼎人物，而以我和他隔空交往的经验，也觉得他虽然给我有亲和之感，但在一些事情上是有他不能通融的一定之规的，却没想我们初次见面，他就打破了种种“规矩”。他进房间后，随意找了张椅子坐下，再是简单聊几句家常，就自然而然切入话题了。与他交谈，也与其说是在进行紧张的思想交锋，倒不如说是做了一次神清气爽的精神漫游，因为自始至终我们都谈得特别放松，韩少功更是时不时发出朗朗笑声。他笑的频率那么高，又是那么自然，即便所谈话题严肃或沉重，在我感觉里都像是多了一种轻逸之感。

当然，韩少功谈笑间没有苏轼词里写的“樯橹灰飞烟灭”，而是越往深处谈，越是柳暗花明的。我这么说，是因为在我感觉里，韩少功谈论问题一般都是从小处着眼，但谈着谈着就豁然开阔了。而他的写作虽然有大气象，却也多是从小处入手的。在几十年的写作生涯里，他都聚焦于他曾亲历的那个他自以为“最熟悉、最切近、最有发言资格”的知青年代，或以此为原点展开思考。在韩少功看来，如果知青年代留下的考题他都做不出，却夸口换一张卷子就能拿高分，是不会有人相信的，更何况这道考题有点意思，“千年未有之大变局，就发生在这几十年，就在这两三代人身上，确实值得复盘和琢磨。”而纵使有万千想象，他也不觉得应该离开我们生活的时代，像如今流行的网络文学写作那样根据间接的材料“向壁虚构”，或为迎合国际潮流去进行所谓的国际化写作，“因为一个人再国际化，他也得非常具体地生活在地球的某个点上，受具体的历史文化资源对他成长的限制，并且受到具体的母语，具体的政治环境，具体的血缘关系的影响。他必须在某一个非常具体的环境里脚踏实地解决自己的吃喝拉撒，表现自己的喜怒哀乐”。

实际上，恰恰是通过这种看似本土化，并且有局限性的写作，韩少功写出了为很多作家所难以企及的，“上下几千年，纵横几万里”的宽阔。以《修改过程》而论，韩少功以叙述者肖鹏创作的一篇摹写“77级”同学经历的网络小说引发不满，牵引出东麓山脚下恢复高考后的这第一批学子。随后小说用移步换景的笔法逐一写出陆一尘、马湘南、林欣、赵小娟、楼开富、毛小武、史纤等人物以及他自己的际遇。如出版宣传语所说，肖鹏的小说记录了他们的人生，也在“修改”他们的人生，而人生更像是一个不断被生活修改的过程，书名寓意正在于此。但相比这一显而易见的哲理性，更重要的是，韩少功在对“77级”命运变迁的观照里融入了深度思考，从而赋予这部不到二十万字的小说以丰富的思想容量。

而“思想”在当下是多少有些被误读的。对所谓的思想能力，除被泛泛认为“有思想”的少数几位，大多数作家都避而不谈，或顾左右而言他。韩少功作为具有典范性的思想型或学者型作家当然愿意谈，但他脱口而出的第一句话却是：思想能力不是一个贬义词。我想，他第一反应如此，该是多少受了当下文学情境的“刺激”。国内作家大多以艺术感觉自诩，认为思想与感觉是难以兼容的。再说思想是什么呢？思想从外在表现看，不就是爱议论嘛？爱议论的捷克作家米兰·昆德拉，当他的作品被引进出版时，引得多少国内作家趋之若鹜，而今几十年过去，却有越来越多的作家，尤其是曾经的先锋作家视他为二、三流的小说家。这似乎是一个热衷于思想或议论的作家，在艺术水准上必然要付出的代价。

对类似这样的见解，韩少功是不以为然的。他最早翻译了昆德拉的《生命中不能承受之轻》，他的写作也受了昆德拉的启发和影响。虽然如此，他也不避嫌为这位如今“不受待见”的作家辩护几句。他说，昆德拉还是一个不错的作家，不一定是全能选手，但有些单项指标可得高分。当然以我隐约的想法，国内文坛对昆德拉评价的起伏，或许是一些作家视野开阔以后，对其创作有了重新打量，也或许因为在他们看来，思想是灰色的，艺术之树常青。时代背景转换了，谈已经“过时”的思想能有什么意思呢，只会让自己也显得陈旧，还不如多谈谈感觉吧。所以不少作家都会说，让我们来谈谈感觉吧，我们要什么思想！但实际的情况多半如韩少功所说，他们其实是说不出来思想，“他们崇拜感觉，但一个牧民对草原的感觉，一个水手对海洋的感觉，一个农民对土地的感觉，他们还看不起。他们误以为比坏、比烂、比狗血，比那些夺人眼球的东西，就是感觉。其实不是，他们说那些是感觉，往往是因为牧民、水手、农民的感觉，他们写不出，达不到，也就对他们构成了压力和侵犯，让他们很不舒服。道理是一样的，他们抗拒思想，抱怨、反感思想，也不是真的。他们达不到那种思想的境界，就会感觉被思想压迫了，所以就表现出那种姿态，他们的姿态说白了就是一种话语的包装”。

用韩少功自己的话说，他是愿意对当下一些“鲜明”的姿态，表达鲜明的不同意的。国内文坛流行比拼艺术感觉、艺术技巧，但在他看来，很多作家的写作，如果说出了问题，那主要是态度问题，而不是技术问题。以他的观察，不少作家都能写好自我，写好与自己同质性高的人物。但自我之外，他们写男女老少都写不像，写起来都只是个轻飘飘的符号。以韩少功的理解，之所以会这样，是因为他们平常不关注，他们生活得太自我了，既如此，他们写作的时候拿什么来写？所以，他们写自己活了，写到他者就飘了，写个农民、小偷，或是强盗，就更没谱了。他说：“你要写他者，首先就要关心、关注他们，要深入体会他们的生存逻辑。只有这样才能真正接近他的内心。当然，你要完全理解一个人，是要求太高了。但我们要尽可能把这种理解最大化。只有这样，你写出来的人物才有说服力。”

如果一个作家只能写好自我那点酸甜苦辣，一写别人就露馅，就呆板，就轻飘，在韩少功看来，他是不够有情怀的，“很多作家开始写作拼聪明，拼经验，他们经历得多么，故事就多。但这些写差不多了，最刻骨铭心的都写完了，就拼知识，他们读书多啊，天上地下的都知道，但到最后作家最后拼的境界、情怀”。以韩少功的理解，情怀其实就是指一个人关切的半径有多大，如果他只是关切笔尖上的小利益，要写出大境界，是不可能的。“所谓情怀，不是要求你去写一个大的宇宙观、世界观，而是体现在写具体的一事一物上。有些作家写一棵树，都能写出精气神，都能写得出神入化，他一定是往里面投射了很多情感的。”

相比很多作家，韩少功的关切无疑有着更大的半径。他关切文学问题，也关切眼下社会问题，而且他总是把问题放置到更为宽阔的中国乃至全球语境下来打量，由此得出自己独立的思考。每年三、四月间，他都要从海南海口回当年插过队的湖南汨罗八景乡住半年光景，来杭州领奖之前，他就已经在那里住了一个星期。而韩少功返乡，与其说要如梭罗般构建一个理想中的“瓦尔登湖”，不如说他为自己关注当下乡村乃至中国找到了现实的范本。韩少功对处在时代转折点上的乡村自然也是有话说的。而他始终不脱离历史和现实语境的言说，也比很多流行的看法更有说服力。但他声明，这些我们就谈谈，你不必整理进去。我想，他提出这样的要求，倒不完全是出于中国知识分子式的谨慎，而很大程度上是他一向要求自己对所谈话题有很大的把握，并力求在语言表达上有尽可能完美的呈现。

事实也是如此。对话当晚，我们一直谈到午夜时分。持续三个半小时的谈话，除韩少功说的“不必整理”的部分，整理出来的初稿也有两万七千字。我发给他过目后，他做了大幅删减，并把自由、率性的口语表达，改成了精炼而雅致的书面语。我想，要是在手稿年代，如果有机会把他所做的修改直观呈现出来，倒是挺有意思的。好在他的这部《修改过程》，就是呈现“修改过程”的。不同的是，对话的两个版本，呈现的是不同状态下的真实，不存在真伪问题。但韩少功在小说里，往往逼真地还原一个细节，随后就揭伪说，这不是真的。“这相当于有两种作者，一个说：我说的都是真的，请各位信我；另一个说：我说的其实不一定对，你们暂且姑妄听之。”至于哪种态度和策略更能获得读者信任，韩少功自己也不确信。但他确信读者会做出自己的选择，也就把这个有趣的问题抛给读者了。

写下文字，让沉默的生灵发出声音

迟子建

到2023年，迟子建不间断写作已经满四十年了。在这些年里，她总是按自己特有的节奏写作，每隔四五年出版一部不落俗套的长篇小说，中间穿插写一些同样优质的中短篇小说和散文随笔。如此也就应了作家阿来由心而发的赞叹：“中国文学要有很好的发展，除了要有优秀但昙花一现的作家以外，还要有能持续创作，而且是不降低水准的，甚至有慢慢爬坡、节节升高的能力的作家，有这个能力的作家不太多，而迟子建无疑是其中一个健将级的存在。”

这位从东北漠河北极村走出来的作家，自17岁求学离开大兴安岭到了山外，再是于1990年辗转到了哈尔滨，又是倏忽间到了她出版《烟火漫卷》的2020年，她已经在这座城市生活了30年。用她自己的话说：“30年孕育一个生命，如果你有一个孩子，他从出生到30岁，他都要娶妻生子了。我对哈尔滨，从最初的隔膜到现在就是水乳交融了，我在这座城市当中了解它的历史、文化、风俗等等一切，我对这座城市的感情在升温，对它有了表达的欲望。”

当然在早年的长篇小说《伪满洲国》，还有其后《白雪乌鸦》《晚安玫瑰》等一系列作品里，迟子建也都写到了哈尔滨，但只有到写出这部《烟火漫卷》，她才算对这座城市有了完整的文学表达。她说：“之前可能是时机不到、火候不到吧，而现在写，我并不是特意选择30年这一节点来表达对一座城市的感情和爱，只是一个作家比如我，写作到了一定程度以后，要是觉得素材足够，也足以驾驭着一个题材合理起飞的时候，我自然而然就写了。哈尔滨这座城确实是给了我动力，我就给它安上一双翅膀，就这样起飞。”

就这样，迟子建从2019年4月开始写，在这年岁末写完，之后又分别于2020年2月、4月进行了两次修改，这样一部聚焦当下都市百姓生活的长篇小说也就在真正意义上完成了。而这所谓的“完成”，也更在于阿来所说的，迟子建解决了很多作家都没能解决，或者始终没能解决好的，如何写城市的大问题：“过去似乎也有一些城市文学，但你在里面看不到那个最大的主体‘城’的存在。我们写北京一个大杂院，一个小胡同，却还是按照写农村的方式写。而且我们写城市，很多时候都不敢说是在写哪座城，我们要给它起另外一个名字，这就回避了这个城市生活当中最真切的东西，好像我们在追求另一种真实，其实是通过把这种城市虚拟化从而逃避某种更真实的东西。但在《烟火漫卷》里，我们终于看到哈尔滨这座城，它就像小说里头最重要的角色一样，整体地出现了，我们看到了哈尔滨的建筑，哈尔滨的地理。小说在随着主人公的生活展开的时候，我们看到的整个城市的地理也是真切的。”

迟子建能写出这种真切感，自然是因为她和这座城市在真正意义上水乳交融了。但她并不讳言，在没达到这一层面之前，她也会有不适感。“小说写作有的时候和人到了一定年龄一样，你的器官各个方面的指数会无知无觉下降，所以你要保持作品的健康度，就要多多吸氧，这个吸氧包含多个层面，有美学意义上的，也有生活积淀上的，我也没有别的本事，但我是比较勤奋的，我的脚、手都比较粗壮，我愿意用我的手去触摸生活，用我的脚，脚踏实地把我作品涉及的地方，能走到的尽量走到。” 迟子建坦言。她2000年出版《伪满洲国》，这部小说里写到伪满时期的几座城市，其中涉及的场景，她都去过。2005年出版的《额尔古纳河右岸》中写到的一些场景，她也都实地去看过。这之后再驾驭题材的时候，那种不适感就会消失。“只要是写作，都会面对这样那样的挑战，所以我不想限定下一部作品要写什么，是都市题材还是乡村题材？”

不过无论写什么题材，迟子建的笔触或多或少都会涉及乡村，即使是这部以哈尔滨为背景的《漫卷烟火》，其中的不少篇幅也并不是在都市里，比如主人公刘建国在东部边境犯的罪孽是在兴凯湖，他最后赎罪时放了满天烟花的地方也是一座漆黑的煤城。这烟花自然对应着小说里漫卷全篇的人间烟火。她写到了哈尔滨的夜市，写了那么多风味小吃，写了那么多人情，也包含着人情的交往，这是人间层面的烟火；她写到黄娥把她的丈夫葬身鹰谷，也让他生前常戴的给鸟类喂食时被啄出很多窟窿眼的帽子掉落山谷，她却在冰排过后的河边捡鱼时又发现了这顶帽子，这是深藏在地下又潜回到人间的烟火；她写到那只飞翔的小鹞子，还有时常伴随它出现的晚霞，那是天空的烟火，是生灵的烟火。

烟火之上是什么，或者说群山之巅有什么？也正是迟子建在她此前那部出版于2015年初的《群山之巅》要“探讨”的问题。她实际上并没有在小说里给出什么答案，如其他作家一样，她也未必能提供确定的答案，却还是罕见地以诗歌的形式在“后记”里，做了诗意的“诠释”：“也许从来就没有群山之巅，/因为群山之上还有彩云，/彩云之上还有月亮，/月亮背后还有宇宙的尘埃，/宇宙的尘埃里，/还有凝固的水，燃烧的岩石/和另一世界莫名的星辰！”

恰如评论家李敬泽说的那样，迟子建虽然没有回答什么，却还是提示了什么。我们能感觉到，“群山之巅”虽说已是很高了，但在这之上还有天，还有太阳、月亮和星空，“从某种程度上讲，对于我们这个时代所有的人来说，不管是大人物还是小人物，我们根本的生存问题就在于我们都忘了我们上面还有天，我们忘了我们是走在地上顶着天的一个个生命的个体，我们是顶着太阳、星星、月亮在大地上生存、生活。所以我特别喜欢‘群山之巅’这样一个把人放在山上，让他顶着天，踩着地，看着他的行走的情境”。

这样一个看似特别形而上的情境，实际上是通过非常具体的俗常生活的书写氤氲而来的。迟子建直言，她这部历时5年才推出的作品，一开始就是用“自己生活经历、艺术积累点点滴滴挤出来、流淌出来的”。全书分成“斩马刀”“制碑人”“龙山之翼”“两双手”“白马月光”“格罗江英雄曲”“旧货节”“肾源”“毛边纸船坞”“花老爷洞”“土地祠”等17个章节，主要讲述了中国北方苍茫的龙山之翼，一个叫龙盏的小镇上，屠夫辛七杂、能预知生死的精灵“小仙”安雪儿、击毙犯人的法警安平、殡仪馆理容师李素贞、绣娘、金素袖等身世、性情迥异的小人物，在群山之巅寻找各自命运出路的故事。

如迟子建所言，这些小人物看似奇异，却很多是有来历的，比如小说里的安雪儿，离迟子建童年生活的小镇不远的一个山村，就有这样一个侏儒。她坦言：“她每次出现在我们小镇，就是孩子们的节日。不管她去谁家，我们都跑去看。她五六岁孩子般的身高，却有一张成熟的脸，说着大人话，令我们讶异，把她当成了天外来客！”她也曾在少年小说《热鸟》中，以这个侏儒为蓝本，勾勒了一个精灵般的女孩，“也许那时还年轻，我把她写得纤尘不染，有点天使化了。其实生活并不是上帝的诗篇，而是有着凡人的欢笑和眼泪，所以在《群山之巅》中，我让她从云端精灵，回归滚滚红尘，弥补了这个遗憾”。

不止于此，迟子建也把生活中偶然听说的故事带进了小说。她在演讲《文学的“求经之路”》中，她便讲了这样一个故事：2012年春天，她从故乡坐火车回哈尔滨，在火车上遇见一对老夫妻，老头是个老年痴呆症患者，他老伴跟她一路上聊了一些他发病时的细节，比如他晚上喜欢卷起行李说要出发了，还有时，他站在镜子前，左照右照的，觉得自己特别美，“这些被我写到小说里那个患了老年痴呆症的安玉顺身上了”。

唯其如此，加之过人的禀赋，不免让人觉得迟子建写作是顺手拈来不费事的，也只有她自己才能深切体会到，每次写作都付出了怎样的用心。伏案四十年，她的腰椎颈椎成了畸形生长的树，给她带来不少病痛的困扰。写《群山之巅》时，又遇上更年期的征兆出现，更是让她满心苍凉，常有不适，所以这部长篇她写了近两年，其中两度因剧烈眩晕而中断。她说道：“记得写到《格罗江英雄曲》时，我在故乡，有一个早晨，突然就晕得起不来了，家人见状吓坏了，不许我写作，说是命要紧，还是小说要紧？”她躺在床上静养，看着窗外晴朗的天，心想世上有这么温暖的阳光，为什么她的世界却总遇霜雪？她想起小说中那些卑微的人物，怀揣着各自不同的伤残的心，却要努力活出人的样子，多么不易！

正是在养病之时，迟子建笔下的人物也跟着她一起“休眠”，她也因此更能细致地咀嚼这些小人物的甘苦，而这甘苦是有着强烈感染力的。李敬泽感慨，自己虽然年龄长了，但是看这部小说里的细节会忍不住流泪：“《群山之巅》不少地方让我感到心酸，感觉眼泪就要绷不住了。这些小人物骨子里特别孤独沉默，心里有事不敢说也不知道跟谁说。他们卑微但又努力活出个人样。幸好世界上还有迟子建这样的作家，让这些沉默的生灵发出声音。”

时过境迁，年华逝去，《群山之巅》里的小人物在时间的洪流中慢慢走远。迟子建愈加感到她曾经熟稔的乡土，正在像面积逐年缩减的北极冰盖一样，悄然发生着改变，“一批又一批的人离开故土，到城市谋生，他们摆脱了泥土的泥泞，却也陷入另一种泥泞。乡土社会的人口结构和感情结构的经纬，不再是我们熟悉的认知。农具渐次退场，茂盛的庄稼地里找不到劳作的人，小城镇建设让炊烟成了凋零的花朵，与人和谐劳作的牛马也逐次退场了。供销社不复存在，电商让商品插上了翅膀，直抵家门。这一切的进步，让旧式田园牧歌的生活成为昨日长风”。也因此，如她发表于《小说评论》的文章题目所示——是谁在遥望乡土时还会满含热泪。她对故乡饱含如此深情，在触摸乡土因意识板结而下笔艰涩的时候，自然会主动地切近它，找到它的律动。

这一片她生于斯长于斯，并为之魂牵梦绕的乡土，也赋予了迟子建以文字发出深情呼唤的动力。1998年，长篇小说《额尔古纳河右岸》为她赢得茅盾文学奖，她在获奖感言中慨叹：“我觉得跟我一起来到这个颁奖台的不仅仅是我，还有我的故乡，有森林、河流、清风、明月，是那一片土地给我的文学世界注入了生机与活力。”14年后，她应邀参加伦敦书展，当被问到为什么会想到写这样一部小说？迟子建想着三言两语不足以解释清楚这个问题，便采取了最简单明了的回答，她打量着提问的主持人穿的鞋子，打量着与她对谈的英国作家穿的鞋子，又看了看自己的鞋子道：“在全球化背景下，我们穿的鞋子，很可能是同一品牌的，但是在中国的北方，有一个部落的人，他们生活在大森林中，他们穿的鞋子，是自己打制的，是那种朴拙而美丽的鹿皮靴子。我觉得这样的靴子留下的足迹，值得一个小说家去追踪，更值得人类铭记。”

为了这深刻的铭记，迟子建始终持守回望的姿态。如她在新加坡所做演讲《用文字收拢时代速度的缰绳》所说：“向下看的姿态，回望的眼光，使我的写作一直是一条缓缓流淌的河流，它愿意在历史的幽谷徜徉，拾取往日阳光；它也愿意将浮夸的泡沫荡去，使其相对清澈。”因为她明了现代社会生活的快速度，从来都没有带来与之同步的愉悦度，我们生活的列车，在日渐膨胀的欲望中，并不会一路凯歌高奏，越来越多的人迷失在了站台。这个时候，文学作品以它独立不羁的气质，加入为时代“减速”的行列中，“回望我们的足迹，反思我们发展中的过激行为，从各个不同角度，拾取我们不该遗忘的事物，让灵魂有所归依。文学比时代慢半拍的天性，让它成为收获过的大地的一个安然的拾穗者，自觉地承担了去沙取金的使命”。

作为一个虔敬而专注的“拾穗者”，迟子建是这般安于书写她熟悉的那小块土地，以至于她的作品总是散发着强烈的地域色彩。她写大自然漫长的冬天，写人们是怎样盼着春天，因为春天太美好了。春天一到，风暖了，不用穿厚衣服了，女孩子可以穿薄薄的花衣裳了。那里的春天是那样一闪即逝，达子香花，也就是映山红，却也在这半个月的时间里开得满山遍野。她表示：“每到这个时候，我们常去山上采花。我在《群山之巅》里就写了这样一个细节，这都是真实的。”但唯有那片土地上才有的这种真实，能不能引起读者的共鸣呢？仿如评论家孟繁华设问：在全球化时代一味强调地域性，会不会引起文化保守主义的担忧？

但确是有必要担忧吗？既然如迟子建断言，一个作家命定的乡土可能只有一小块，但深耕好它，就会获得文学的广阔天地：“无论你走到哪儿，这一小块乡土，就像你名字的徽章，不会被岁月抹去印痕。”她笔下呈现的“地域性”是她童年记忆和文化经验的综合，是她作品中不可置换的主题，并且联结着人类共通的情感。经由《群山之巅》的阅读，李敬泽这般体会到五味杂陈的人生况味。他说，我们身处的这个时代，发明了无数的技术手段，我们拥有手机，是为了听到别人的声音，我们却是天天都是慌里慌张地看和说，“其实，我们内心明明白白的一件事，或者说我们内心不愿意承认的一件事，就是听不到别人的呼唤，我们知道，自己的呼唤发出去，其实也没人听见”。

或许这就能解释，迟子建写完《群山之巅》何以没有以往写完小说以后自然生出的那种如释重负之感，而是愁肠百结，仍想倾诉。在她的感觉里，这种倾诉似乎不是针对作品中的某个人物，而是因着某种风景，比如漫天的大雪，不离不弃的日月，亘古的河流和山峦。但这种倾诉亦如她自己所说，也或许不是因着风景，而是因着一种莫名的虚空和彻骨的悲凉。所以写到小说结尾那句“一世界的鹅毛大雪，谁又能听见谁的呼唤”，迟子建的心是颤抖的。

任何时候，离开世态人情，小说必死无疑

毕飞宇

2018年，是改革开放40周年。作家毕飞宇应邀在上海做了题为《我们是改革开放的成果》的演讲。虽然说的是改革开放这样的大事件，毕飞宇却是从喇叭裤与屁股开始说起。用他自己的话说，改革与开放的故事开始于1978年，它有一个标志，那就是十一届三中全会，“那一年我14岁，在苏北的乡村。实话实说哈，14岁的乡村少年并不知道远方的会议，也不懂得关心中国的未来”。

毕飞宇回忆说，突然有那么一天，我们小镇的轮船码头上走出了一个年轻人，刚一出现，这个来自城市的年轻人就引起了我们的围观，他的身上穿了一条惊世骇俗的裤子，后来，人们把那样的裤子命名为喇叭裤，“我想强调一下，引起我们围观的不是那条裤子开阔的裤脚，是上面，是瘦身的、紧绷的、线条流畅的屁股。我们都有屁股，由于观念的缘故，我们对身体的那个部位充满了羞耻感。

为了掩饰这种羞耻感，裁缝们在我们的裤子上做足了文章，他们能做的事情只有一个，尽一切可能去遮掩，而不是相反。即使在夏天，我们也不用‘短裤’这个概念，我们一律把当年的短裤叫作‘大裤衩子’。大裤衩子的精髓就在它的大，这个‘大’成功地遮蔽了那些令人不安的线条”。

终于有一天，还是在毕飞宇家乡小镇的轮船码头上，大家在围观另一条喇叭裤的时候有人说了这样的一句话：“城里人的屁股真是好看哈。”再后来，在毕飞宇的描述中，关于屁股，一个崭新的、文明的、优雅的概念在我们的生活里出现了，我们的屁股原来不是屁股，它叫臀部。毕飞宇说：“一条裤子的裁剪并不神奇，它微不足道。真正神奇的东西在裤子的内部，也就是我们的身体。事实上，我们的身体并没有任何的变化，但喇叭裤所带来的是我们对身体的认知：我们的身体是人类文明最伟大的成果，它不仅仅不可耻，它还代表了人类的尊严，它还散发出人类的光芒。”

由喇叭裤说到屁股，再由屁股说到人类的尊严，可谓“由此及彼”“以小见大”。这也体现了毕飞宇作为一个小说家的思维脉络。2007年4月，他曾做过题为《文学的拐杖》的演讲。他这样阐释自己对文学创作存在的一些所谓争议的看法。他说，虽然文化资源、思想性、人文性与世界性等都被认为是中国文学中的重要问题，但他不认为这些是最重要的，“我们小说的问题不是写得太小，而是写得太大”。

他是从鲁迅的《药》《故乡》讲到法国作家加缪的《局外人》，继而回到对古典小说《红楼梦》中一些独特细节的讲述，从而得出自己的结论的。他说，文学除了阅读功能，还有聊天、争论、扯皮、吵架等功能，只有充满世态人情，才能打动读者，“世态人情就是中国人的基本生活状态，在我看来，小说中一个非常重要的东西就是对中国人的世态人情的描写”。

在毕飞宇看来，中国作家并不缺少对重大问题的关注，对中国人生活中人情世故的忽视，才是对文字的真正伤害。而作家要使文字有生命力，就得洞悉人情世俗，“世态人情就是这样一副拐杖，虽然它很土，并不高科技”。张爱玲就是他眼里一个最懂得人情世故的作家。“张爱玲的价值在哪？张爱玲之所以是张爱玲，就是因为她懂生活、懂人、懂这些非常世俗的人情关系。”毕飞宇说。

要通晓中国人的世态人情，就意味着作家需要“深入生活”。对这个可谓老生常谈的话题，毕飞宇表示了自己的理解：“一个人总想让自己的生活向高级一点、深度的地方前进，这没错，但作家更要对稳固的、常态的东西保持兴趣，否则作品会‘飘’在那里。一个天才从上往下爬，直到脚踏实地，虽然不是天才了，但可以因此成为一个好作家。”

尽管毕飞宇后来陆续创作了《玉米》《平原》等反响颇佳的小说，听众提问的焦点依然是他早年创作的《青衣》。谈到该小说的创作初衷，他坦言，他其实对京剧知道不多，是一位朋友请他看戏之后，他才发生了兴趣。毕飞宇回忆说，当初写作《青衣》是把小说当作“神话”来写，因为他对这个领域根本一无所知，以致后来小说写不下去了，“直到有一天，我去和江苏京剧团的一个青衣聊天。她虽然很老了，但俨然就是一个‘小艳秋’。她京腔十足的言语，令我非常震惊。于是，我的‘青衣’有了原型，有了人情世态的依托”。

而毕飞宇认为网络文学“雅不可耐”，而不是有听众提问中说的“俗不可耐”，也是因为在他看来，着实有一些网络文学作品就像与生活不接气的梦，根本就不曾"进入"生活。他这种“盖棺论定”式的说法，引发了现场网络写手的反诘：“童话故事同样是一场梦，为什么从没有人怀疑过童话是对现实生活的反映？”毕飞宇如是回应：“网络文学与童话的区别，也许在于网络文学没有版权吧？”虽是语带调侃，但他这"话里的话"是文学作品，尤其是小说不能不依托世态人情。他一言以蔽之：“任何时候，离开世态人情，小说必死无疑。”

辑十二

马原

王朔

刘震云

刘庆邦

欧阳江河

雪漠

不是“小说已死”，是传统意义上的小说已经死了

马原

马原喜欢在自己的作品里谈论马原。对先锋文学多少有了解的人都知道，他写过一句颇能体现马原风格的话：“我就是那个叫马原的汉人，我写小说”，这是他1986年发表的短篇小说《虚构》的开篇。作为小说家的马原，也经常出没在他的随笔里。他在《论马原》里谈论马原说：“当代写家中我与马原相识最久”，“我听过他的课，看得出他读了很多小说，且读得相当细致”。在《有马原的风景》里，他又说，他叫马原，是个写小说的汉人。甭管这纯粹是赚人眼球的噱头，还是另有深意，也甭管这是自恋，还是性格分裂的体现，马原谈论自己，都像是谈论另一个客观的存在。历经二十年的沉寂后，马原回归小说创作，当你在《牛鬼蛇神》里的大元，《姑娘寨》里的马老师身上，看到改头换面的马原，你会忍不住琢磨：这是真实的马原，还是虚构的马原？

要是你较真了，你就落入了马原的“叙述圈套”。这就好比他那个经久不衰的“小说已死论”，也或许只是他抛出的一个“圈套”。2002年，他在一次文学沙龙上抛出这一观点时，顿时掀起了轩然大波。作家王蒙当时在场，他听后用幽默的语气调侃说：“或许是你马原的小说才死了呢。”马原的小说当然没死，但他那时的确不写了。而以他中国先锋文学“开山祖师”的地位，更因为在文学边缘化的时代症候中，恰好触动了读者和公众的敏感神经，他的这一论断，也就借着媒体的舆论攻势和公众的口口相传，迅速发酵成了一个现象。

此后，马原在很多场合都对这一因他而起的争论做了解释。在2011年5月6日于广州举行的题为“我们的时代需要什么样的文学”的沙龙上，他再次强调他没有说“小说已死”，他只是说“传统意义上的小说已经死亡”。他这么说，是因为今天的小说写作越来越娱乐化，读者越来越粉丝化。小说的价值随之越来越边缘化，读现在的小说，再也读不到那种精神的悲怆、宏大和庄严。新媒体培养出了新的作家，但是他们写的东西，和传统文学相比，已经不是同一样东西了。“以此看，传统意义上的小说已极少被阅读。电视剧作家已经取代了过去作家的功能。过去意义上的小说确实已经死了。”

即便加上了限定，这话从情理上讲依然有些耸动，却难说没有来由。虽然不少作家，如张炜等坚称，我们对文学的悲观论断，在很大程度上是因为把坐标系放得过于狭小。“作品的真正价值，只有放在长时期内进行考量，才能真正凸显出来。而恰恰是这嘈杂的、混乱的，甚至可以包容文学死亡的想象的时代，可能会产生代表这个时代的杰作。”但他也不否认，自已有一段时间也曾为小说的命运感到忧虑，直到读到那篇文章《雨果与莎士比亚》后才感到释然。“即使在雨果、左拉生活的年代，就有人提出‘文学已死’的观念，此后却出现了文学空前繁荣的景象，即使到现在，依然源源不断有人在进行着文学创作，并显露生机。”

但“小说已死论”问世多年，虽然没见小说真的死了，文学不景气，却是一个不争的事实。在很多年里，不少作家纷纷改行做收入较高的编剧，就是个例证。评论家谢有顺曾问过一个转行的作家，为何迟迟不回到小说创作中来。谁料对方反问他道：“你想过没有，90多年前的小说是什么地位？”当时小说还是“不入流”的微贱之物，直到后来才开始进入主流。这话让谢有顺深有感触。“我在想，今天的电视剧是否就是90多年前的小说？在传统文学影响相对衰微的今天，电视剧可能正是文学存在的另一种形态。”

这倒是应了马原的观察。有一段时间，他顺应潮流做了编剧，他也拍摄过纪录片《中国文学梦》，拍摄过电影《死亡的诗意》，但无一例外都难产了，更不要说得到写小说曾给予他的巨大回报。那是不是因为“转行”不是那么成功，或者在停顿多年以后终于觉得能写出“现在意义上的小说”，所以重新写起了小说？马原没有做过什么解释，反正他在2012年携长篇小说《牛鬼蛇神》归来时，着实引起过一番轰动。诗人韩东说：“马原仍然是马原，当年你独特的小说方式让人震惊，今天也一样，而且这样的方式如今已成‘珍稀动物’。”《收获》杂志主编程永新称，老朋友马原十多年没写小说了，韩东说这本书好，让人将信将疑，读了几百页后才知此言不虚，有一种王者归来的感觉。作家龙冬认定这部小说“恐怕是要震撼整个现当代文学历程的作品。它等同于伟大的塞利纳的《长夜行》。它是纯粹文学的，毫无文学之外功利的。语言简洁直白，毫无伪饰作秀，自然如婴孩。视角独特，彰显个性。”

如此，这部二十年磨一剑的小说在文学圈里可以说是相当轰动，遗憾的是，它没能在读者群里引起相应的轰动。这也印证了马原得出“小说已死论”的另一个表现，即当下作家受到的待遇，与二十世纪八十年代文学繁荣时期已不可同日而语。当年，有一次他坐火车没买到卧铺，就向列车长出示了自己的中国作协会员证，结果列车长免费补给了他一个卧铺，还兴奋地对他说：“你是我见到的第一个活着的作家！”

只是马原似乎早已经不再在意享受什么待遇了，他乐此不疲地写着，在继《牛鬼蛇神》之后，他很快就于2013年7月出版了长篇小说《纠缠》；2015年8月，他出版首部童话作品《湾格花原》；两年后，他于2017年10月出版长篇小说《黄棠一家》；再后来，2019年6月，他又出版了长篇小说《姑娘寨》。这部小说体现了他所谓“遇见”的文学观和方法论，这也是他近些年来持守的一种信念，不管是在生活中，还是在梦里，只要被他“遇见”了，那只能是真的。他是自己作品里的上帝，上帝说要有光，于是就有了光。马原说要有祭司，于是在《姑娘寨》里，就有了一位九十多岁的祭司别样吾。马原自言，写这个人物的时候，他们每天都生活在一起。而且马原还遇见了四百年前姑娘寨的先民。如果你问，四百年前的先人怎么遇见祭司的？马原绝不会正面回答你道，那是他运用小说家的想象力虚构出来的。他只会说：你没“遇见”是因为你太理性了，你在面对神、鬼的时候，没有像我这样有一套迥异于常人的感觉系统。但归根到底，你没遇见是你没我那样的幸运。

我们该怎样理解马原的幸运呢？具体到《姑娘寨》的写作，说来也是简单。到了云南西双版纳勐海县南糯山上的姑娘寨以后，马原就把它视为了真正意义上的第二家乡，他最大的心愿就是希望为这个哈尼族聚居地做点事，他那些年里一直在做的，最重要的事，就是和一些同道共同讨论和策划了勐海五书，包括植物、动物、昆虫三本自然之书，还有普洱茶和童话两本人文之书。马原负责撰写童话，自然是受了卡尔维诺写作《意大利童话》的启发。但作为小说家，马原同时也希望能成为姑娘寨历史的注解者之一。遗憾的是，哈尼族没有语言，没有文字，只有口口相传的历史。好在没过多久，他就不再觉得遗憾，反倒是深以为幸运了。正因为哈尼族没有精确的历史文本，他才得以更多借助其历史和传说，从作为一个小说家的角度，做“我的展望，我的介绍，我的描述”。

马原是颇为懂得幸与不幸之间的辩证法的。他最终落脚姑娘寨，就源于十年前不幸被查出得了重疾。当时，马原也和常人一样感到绝望，觉得人生有一点无常。他想不明白这么不好的事情怎么就落到了自己头上。但用他自己的话说，作为一个有点自制力的人，他不是和大多数人一样，首先想到该怎么治。他做出了当时在所有人看来都完全无法理解的决定：我不要治，我不治了，我要从医院逃出去。于是他跑到了海南海口，因为海口有椰树牌矿泉水。他想，既然人的身体以水为基础，通过换水，或许能让不请自来的疾病不请自去。等病情比较稳定后，马原对自己的选择有了信心，于是寻找更好的换水环境。他想到的是，出好茶的地方通常水都特别好，好水才能够养出好茶。于是，他去了出好茶名茶的海南的五指山，台湾的阿里山，还有福建的武夷山，最后来到了云南西双版纳的南糯山，来到了姑娘寨。到了这儿之后，马原就决定不走了。

他是把这里当成了终老之地，但并不是说要无所事事在这里养老。实际上，他对自己做了一个长期的规划，他要实现他的书院梦。因为他是小说家，是一个地道的文人，他对书，对书房，对书屋，对书院，有不变的向往。于是乎，在长达七年的时间里，他把自己的积蓄，每年都会收到的一些版税、稿费，还有其他收入都投进来，造了九栋房子，也就有了九路马书院。而书院与其说是书院本身，倒不如说是马原的桃花源。马原说，中国历史上有一个陶渊明，国外也有一个梭罗。他们都为后世的人们树立了一种生活理念，一个非常了不起的人生样板。他有何不可？既然在近十一年的时间里，他都在最大限度地靠近陶渊明、梭罗的生活，并且努力按自己的理解，打造属于自己的桃花源。

正因为有了九路马书院的揭牌，以及《姑娘寨》的发布，2018年，马原才得以和“先锋文学七剑”里的三剑残雪、苏童和洪峰有了南糯山上的聚会。马原还过上了有生以来正儿八经过的第一个生日。残雪感慨道，她与马原都不约而同地将自己的生活变成了行为艺术。这里有她从童年时代就向往的美景：童话中的建筑、原生的大树、夜里满天的繁星，草丛中小动物的吟唱，汩汩流淌的山泉，还有观天象的最佳位置，这一切令她老想流泪。“马原的选择也印证了我当年的判断，他始终是中国作家中最有理想主义的，最不入流俗的一位。我们都是几十年的老朋友了，刚认识的时候，大家都比较穷，马原到任何作家家里都从来不提什么要求，只说有一碗面吃就够了。”

那已经是二十世纪九十年代的事了。马原满世界找作家拍摄《中国文学梦》。作家余华记得马原在他在嘉兴的家开机后，又去拍其他作家。当时巴金虽然还没有常住华东医院，但已经年老体弱，他拿着一个大灯“烤”了巴老好几个小时，等到钱花完了，片子也剪完了，可是放不了。“为什么放不了？电视台的清晰度不断升格，他用的磁带的清晰度已经过时了。” 这也似乎反证了余华的一句话：马原始终保持了一个优点，就是幼稚。

话虽如此，如果说马原真的幼稚，那也是一本正经的幼稚。韩东忆及他和马原的交往，很多年前的一个晚上，马原这样谈起他的文学理想，他说他一定要写出一部像福克纳的《我弥留之际》那样的伟大作品。又说：“将来中国如果有人获得诺贝尔文学奖，那就是我了。”在韩东的印象里，马原当时说得很认真也很激动，连眼睛都湿润了。他的这份认真里，其实是还包含了委屈的。毕竟用他自己的话说，他是不得已求其次才选择当了作家。

不能不说，马原在商业上似乎有些天赋。他的朋友龙占川回忆说，马原在1995年就建议他做房地产，他当时没做，因此错失了成为潘石屹或者成为王石的机会。马原也很早就建议他做饮用水的生意，广告词就用“有点甜”，他还是没做，结果仅仅两年后，就出来了“农夫山泉”，广告语即是“农夫山泉有点甜”。再后来，马占川请马原当自己公司的执行董事，负责京东一个别墅楼盘项目，结果，用马占川的话说，“一个连鸡窝都没有盖过的马原，用他的天才创造了房地产界也是他个人历史上的又一个奇迹。”

不过马原拍摄《中国文学梦》也算下海的话，那他即使下了海，也到底还没忘了文学梦。余华说，当年为了让《收获》上《焦点访谈》，他们就曾一起去忽悠央视新闻评论部的人，没想这事还出乎意料地通过了，并且找来了新闻评论部唯一懂文学的王利芬来做这个节目。王利芬很关心马原，就问他那些年不写东西在做什么？马原说，在拍片子。王利芬说，你做这个片子干吗？马原说，我想为中国文学做点事情。王利芬说了一句很好的话：你要是想为中国文学做点事，你就多写几篇小说吧。

听了这话，马原是怎么想的呢？他没说，我们只能推测。他或许会想，我还写什么小说啊。那时候公众已经不关心文学了，而在几年前，也就是1991年，他突然发现自己写不下去了。停笔前，他写了最后一部小说，叫《倾诉》，写一个杀人的中年男人，在死前对小说家讲述了自己的全部罪行。这个故事讲完后，他觉得自己的笔好像就干枯了。“我无数次坐下来，想要认真地开始写，我把经济条件准备好，把时间腾出来，让自己的心静下来，甚至还调好光线的角度，但都不对，都不行。我那时也不知道，我会不会像胡安·鲁尔福写完《佩德罗·巴拉莫》后，就再也不回来写作了。”

不确定要是那时他还在西藏，他会不会也是写不下去。离开西藏后的第二年，亦即1990年，他的小说创作骤然减少，再下一年彻底停顿。用他自己在自述《我的一辈子走在窄路上》里的说法，小说家马原与1980年代如火如荼的小说浪潮几乎同时间偃旗息鼓。而小说家也是1982年到了西藏后，才开始腾飞。在西藏仿佛天赐的七年里，或许还可以加上前前后后的几年，他见证了一个文学时代的飞扬和落幕。“西藏对我影响是太深了。我在西藏的七年，算是我写作生涯中最辉煌，最顺风顺水的一段时间。我后来那么多年没写小说，中国当代文学史上都给我留一席之地，不得不说是拜西藏所赐。”

就像他自己说的那样，他在西藏时写的这些作品，至今拿出来也不至于让自己脸红。“我自己读它们反而会说，这家伙写得真好，比我写得好。所以我就说我的小说当初不是瑰宝，现在也不是垃圾。”也因此，他的西藏主题小说集，在2019年7月由浙江文艺出版社编为《拉萨河女神》《冈底斯的诱惑》重新出版，也就不足为怪。马原感叹:“我这些旧书旧作还可以当新书一样面世，还有新的读者去读它，我岂不是反过来占了很大的便宜?”

当然，他实际上更多是占了西藏这片神秘之地的“便宜”，他的先锋写作是偏形而上的，西藏无疑给他提供了纵横才情的阔大空间。但诚如作家宁肯所言，在先锋作家里面，马原无疑是最先锋的，但他又是最写实的。“马原的‘叙述圈套’把他的写实能力遮蔽了。我们今天回过头看，应该看到他的写作在细部、细节上都非常写实。他的先锋写作之所以成功，和他的写实功底有关。没有写实，先锋只是雾。但雾散掉后，马原向我们展示了山脉。”

想来马原是认同这一“写实说”的，他强调小说要写出质感。“在我的写作经验里，我一直在乎的就是质感，人物的质感，器物的质感，和故事本身的质感。”马原写作的同时喜欢画画，部分原因也或许在于，画画得以让他对质感的追求得以强化。他也自以为是一个印象主义者，并且不无自得地声称一个静态的形象能比小说给他更多的联想。

而马原强调写作就像做白日梦，他的小说从表面上看也像是有一种梦幻感，但实际的情况很可能就像宁肯说的那样，马原是以另一种方式追求真实。“他很多时候一开始就坦白他在虚构，但他的小说这么开场，实际上从大的方面已经告诉我们他不欺骗，不制造幻觉。而从小的方面看，他小说的细节都讲究日常化、逼真感，他写出了我们每个人都可能触碰到的生活的现实。从这个意义上说，马原的小说把先锋性和现实性相结合，达到了新的真实的高度。”

唯其如此，我们才能理解马原的部分西藏主题小说虽然写于三四十年前，但我们现在读来也仍然像是新鲜出炉的。我们也才能理解宁肯说的，马原的语言、马原的叙述放在今天，仍然是非常杰出的。“他是一颗耀眼的星星，这个星星从来没有暗淡过。”无论这样的表述是否夸张，但马原的确在西藏经历了他的耀眼时刻。用他自己的话说，如果没有去过西藏，也就没有今天的马原。

我总是想，如果说1980年代，还有西藏，曾给予了马原一种深切的家园感，那么我们不能忽略的是，在那样一个时间、空间里，还活跃着一批和马原一样心怀“伟大”的文学梦的作家。正是他们以文学为本的交往，构成了让他们得以时时回望，也让不曾经历的人们特别向往的精神“家园”。回忆起那个年代，马原依然是激情洋溢的。他当然明白，1980年代可以怀念，但终究已经远去。他寄希望于自己的小说，在10年后，30年后，甚至300年以后还有人看。“这是我作为一个小说家的愿望。”

我从来不认为这世上存在高级知识分子

王朔

王朔“画”过一副“自话像”，说是他“身体发育时适逢三年自然灾害，受教育时赶上‘文化大革命’，所谓全面营养不良。身无一技之长，只粗粗认得三五千字，正是那种志大才疏之辈，理当庸碌一生，做他人脚下之石；也是命不该绝，社会变革，偏安也难，为谋今后立世于一锥之地，故沉潭泛起，舞文弄墨。”

看上去他当年是不得已才“舞文弄墨”。实际上，他走上写作之路虽说是时势使然，也同时是主动选择的结果。王朔从小生活在部队大院，父亲是教官，母亲是医生，父母没时间管他，他被“抛”到了育儿园，也就变得格外调皮，甚至是叛逆，但他喜欢看书，喜欢用文字表达自己的所思所想。1977年高中毕业后，他去了青岛参军，先当操舵兵，后来又转做卫生员，也耍耍笔杆子，1978年，短篇小说《等待》发表在《解放军文艺》上，他因此借调到该刊当编辑，后来又去了解放军文艺社，但工作了几个月，就退伍回京到医药公司上班，虽然是捧上了铁饭碗，却是成天价卖生理盐水和葡萄糖，完不成领导派发的任务，少不了挨训扣钱，于是开始搞副业挣外快，和后来拍了电影《与青春有关的日子》的发小叶京一起摆地摊，帮着叫卖叶京从广东带回来的时髦的墨镜、收录机、喇叭裤。期间，他也写了短篇小说《海鸥的故事》，发表在《解放军文艺》1982年第8期上，但到底觉得工作是枷锁，非打破了不可，于是辞职创业，做过小生意，开过烤鸭店，却不是那么顺风顺水，于是他动真格写作。

既然不是初出茅庐，他总该写得异常顺利吧。实际上，刚开始那会儿，他一连数月，什么都没能写出来，好在他铁了心“要通过写小说，混成名家大腕！”所以不曾气馁，每日里拼命码字，写到手指起泡，中指第一指节被笔磨下去一块，都不愿放弃，于是转机出现了。1984年夏，他和朋友去北京舞蹈学院，在舞会上邂逅了后来成为他发妻的沈旭佳，灵感也就跟着来了。就是在这一年，他以两人相爱的故事为摹本，写出了《空中小姐》，这部三万字左右的中篇小说，最初有十三万字之多，他先后改了九稿，加起来的字数约一百万字。功夫不负有心人，小说出版后轰动一时，还为他赢得了《当代》文学新人奖，自此他站在了新的起点上，接连写出《浮出海面》《一半是火焰，一半是海水》《橡皮人》等深受欢迎的纯情系列小说，他也就成了那个时代年轻人追捧的文学偶像。

倘若就这么一路“纯情”下去，王朔也或许能维持和巩固自己的偶像地位，他却转而写起了《玩的就是心跳》《我是你爸爸》等小说，时不时来上一句“世界上伪君子那么多，我当个流氓怎么了”，恰如其分地在最受认可的时候，把自己“改写”成了“痞子作家”，他免不了时常受到攻击，他也换着法儿配合着反唇相讥，这一来一往，倒是牢牢抓住了媒体和大众的视线，只是如作家王安忆所说，到后来他身上穿的盔甲就太多了，层层叠叠，连他自己都认不出自己了。但读者却把“痞子作家”当成了他的标签。我辈走近文坛也晚，未能躬逢其盛，但在2007年愚人节当日于上海举行的“《我的千岁寒》新书首发式”上，却也是见识过他的“痞子”情状。其时，他已有六年未出新作，被问到此番为何复出文坛，他一开口就喷出一句：“我就是个文坛钉子户，打死不‘搬迁’！”其实他清楚不过，作为曾经的偶像级作家，即使再过多少年复出，他的新书也会有人看，无怪乎他在自序中自诩：“我干什么了，大家这么拿我当回事。便宜全让我占了，大家还觉得好像我对大家有所利益似的。你们劝我出书，我还就出了。”

仿佛是千呼万唤始出来的这本《我的千岁寒》，实际上只是王朔在2005年、2006年写的几篇作品的合集，其中包括同名小说、北京话版《金刚经》《唯物论史纲》《宫里的日子》等。小说取材于《六祖坛经》，写的是主人公慧能悟道的传奇故事，却是融入了很多王朔自己的哲学思考，这些思考任谁看都有着拒人于千里之外的艰深晦涩，出版这本书的书商路金波也直呼“看不懂”。他以王朔式的口吻调侃：“看书稿相当于炒股，不关心细节。我看不懂他的状态和他写的是什么事儿。他特兴奋，写得不连续，所以很不好读。但是他最大的商业价值就是：第一他是王朔，第二是看不懂。有调查说《狼图腾》有97%的人看不懂，但是卖掉了一百万，所以我们给文化虚荣分子看。”

王朔自己却不买这个账，他一本正经道，这本书是专门写给社会边缘人群看的，“太年轻的人和对生活太满意的人都别看”。但此书出版前，他预感到小说比较难懂，分明说了是给高级知识分子看的，既然他预想中的“高级知识分子”纷纷说看不懂，他就改口道：“我说给高级知识分子看，我瞎说什么，你们都相信啊，我从来不认为这世上存在高级知识分子！”

真是正说反说都是他在理，其实他未必是跟你讲理，他或许只是过过嘴瘾。首发式上，主持人刚说了两句开场白，话筒便被他“抢”过去，死死“钉”了在自己手中，主持人请他上台就座，他也并不领情。“我不上台，我就在台下站着说，搞得跟演出似的。”王朔就像说单口相声似的和记者们天南地北地侃起来，从“能量守衡”到“金刚经”，从女儿到家里的母猫，就这样神侃了一个多小时，还意犹未尽学了句《大话西游》的台词：“现在大家满足了吧？”

这问话要是搁1988年前，想必大家会异口同声答曰：“太他妈满足了！”那一年，他的四部小说《顽主》《一半是火焰　一半是海水》《轮回》《大喘气》先后被改编为电影。据媒体人王小峰说，《大喘气》上映的时候，外面纷纷扬扬下着大雪，叶京开车，拉着王朔从西直门直奔和平里影协电影院，王朔兴奋异常，一路上眉飞色舞地狂侃，冷不丁甩出一句：“中国电影哥们儿现在平蹚。”

他也确是早早“蹚”过文学和电影的分水岭，“蹚”出了这风生水起的“王朔电影年”。毕竟到了1990年代后，文学热乎劲儿就过了，影视占了上风，王朔可谓得风气之先，还让这股强劲的风多“吹”了好几年，且看他后来在影视剧领域怎样刷出新高度：1990年，他策划电视剧《渴望》，成为一代人心目中的经典；1991年，他担纲电视剧《编辑部的故事》的编剧，这是国内最早的情景喜剧之一；1992年，他把自己的小说《过把瘾就死》改编成电视剧《过把瘾》，这至今仍是大量剧迷追捧的对象；1995年：根据《动物凶猛》改编的《阳光灿烂的日子》上映；1997年，根据他的小说《你不是一个俗人》改编的《甲方乙方》上映，成为中国最早的贺岁片。

但也正是在这一两年间，由他当编剧或做导演拍摄的几部电影先后遇上岔子，他的感情生活出现了巨大的危机，他的作品也受到了文学界内外的批评，他一下子从高高在上的神坛上给拉了下来，都发现自己在国内有些待不下去了，正好有纽约出版商邀请他出英文书，就去了美国，过了些松快日子后还出了《玩的就是心跳》的英文版，斯蒂芬·金写的序。但也就松快了半年，他回国了，拍电影这事算是放下了，却也没有真正回到小说世界中，或者说没能重拾小说写作的好状态。他其实是写了小说的，1999年还发表了长篇小说《看上去很美》，反响并不好，曾在1986年顶着压力发表了他的《橡皮人》的马未都直言："这部小说写得非常差，他强索儿时的记忆，大部分是模糊的。他没得写了，只能写小时候。他出名以后就失去了生活。"

王朔后来回忆说，1991年写了100多万字的小说、电影和电视剧本，第二年陷入写作危机和精神危机，对写作生活和所写的东西产生了很大怀疑。"那是一个明白无误的虚点，像袜子上的一个洞，别人看不到，我自己心知肚明：我标榜的那一路小说其实是在简化生活。"而在另一篇文章里，他则说，有一天走在大街上，他突然觉得精神大厦轰然坍塌，他意识到他的长处在丢失，他的生活没了。以马未都的说法，王朔本来就不是一个刻意写小说的人，就是因为他不刻意，他才写出了好作品，如果他刻意写，准是写得一塌糊涂。"他在80年代后期写的，都是1980年代初期的生活，他后来没招了，写不了了。他是个软弱的人，只会逃避。另外他经营也不善，对他有各种索求的人也在害他，他又是意志很薄弱的人，所以就不写了。"

也许，马未都只说对了一半，或者说他只是说，那些年王朔不写了。王朔也的确沉寂了六年，2007年，他一股脑儿出版了《我的千岁寒》《致女儿书》和《新狂人日记》。2008年，他出版了长篇小说《和我们的女儿谈话》，此后又沉寂了，直到2022年8月，他"毫无预兆"地携《起初·纪年》再度归来。而他在当年的"《我的千岁寒》首发式"上其实是做过预示的。他调侃说，他要进行一个写作"真人秀"计划，"等徐静蕾的网站技术调试成功了，他们就会在我房间里架一个摄像头，只要登录网站，你们就可以看到我在干吗，看我的写作状态。我还能和你们网上聊天，聊10小时没问题。当然看我是要收费的，不能给你白看。”他还说他要将《我的千岁寒》继续写完。“这书我只写了一半，之所以这么早出版，是因为有人‘将’我，你‘将’我，我就出本书来给你看看！”

其实吧，王朔纵有天才笔力，也不是“将”一“将”，就能“将”出一部作品来。虽然早在2000年，他就放过狠话，写一部小说“最损写成《飘》，一不留神就写成《红楼梦》”，可见他志向高远，向往写出殿堂级的经典作品。但向往会向往，实际上我们没见到《我的千岁寒》下半部，即使是《起初》系列，也是等了十五年，两者看着区别虽大，却也都是他常年钻研故纸堆的产物，无非叙述对象从盛唐时的六祖惠能往回推，推到了更久远的“起初”——虽然最早出版的这本《起初·纪年》，自汉武帝登基第六年写起，写了他的一生，这实际上是分成四卷总字数达140万字的系列的第四卷，2023年4月出版的讲述从五帝时代到西周共和年间为止的种种故事的《起初·竹书》，则是系列第二卷。

王朔也正是在出版《我的千岁寒》的2007年开始写这个系列的，他每年都主要集中在春夏写作，北京天一冷，他的嗓子就不舒服，读不了，写得就慢下来。但这样一部若非沉潜于正史、方志、传说、文学、诸子百家、天文、地理等各种古典文献没法写出，为了让故事不蹈空，在宏达的构架中还增添了王朔一贯擅长的柴米油盐的日常细节的小说，其实是写不快的。读者读着畅快，更大程度上是因为王朔的语言，小说中北京话、上海话、陕西话、英语、土耳其语、网络梗、自创方言、仿写先秦古歌纷沓出现，而“国宾馆”“成活率”“公主班”“香型”“人体工程学”等现代词语也纷纷涌现。王朔夫子自道：“从技术上说，叙事一向是我的弱项，为避叙事常以对话代叙事，即所谓‘聊天体’。”

而王朔这样超常发挥，实乃如学者止庵所说，他深知“其实让汉代人说什么话都不合适。所以也可以说，说什么话都合适。”止庵说：“汉武帝和群臣该说什么话？说实话我们对此根本就不知道。他们说普通话吗？普通话还是以北京语音为标准音，以北方官话为基础方言，后来推广起来的呢。说陕西话？河南话？现在的陕西人河南人祖籍根本不在那儿。说文言文？古代言、文是两回事，文言文根本不是用来说的。”既如此，王朔用“聊天体”写可谓名正言顺。

他也名正言顺解构崇高，不把历史人物拉下神坛不算完。所以，《起初·纪年》开头第一句即是“我六年”，即汉武帝登基六年的21岁，用王朔的话说，他这是以自己的心态去考虑汉武帝应该想什么、做什么、说什么。但小说指称汉武帝，在有些地方也用了“上”字。责编之一孙腾这样转达他的解释：“他写‘我’的时候，多多少少会把自我放进去，写‘上’的时候，他要跟汉武帝保持一点距离。汉武帝在巫蛊之祸、杀自己儿子的时候，他是怎么想的，这超乎王朔的想象能力。‘我’当然干不出这事儿，是‘上’干的事儿。”

这一会儿“我”一会儿“上”，又是一会儿第一人称一会儿第三人称，岂不是让读者跟着七上八下？王朔岂能不知，他有自己的解释，他说：“因为历史细节考证烦琐，想要采取全知视角等于难为自己，所以使用第一人称，所见限于一己之侧，能少交代少交代，是不得已。”然而他没想到历史景观自有其深远和无垠，一旦进入有特别大的身不由己，有些视角不容遮蔽，走着走着就在故事之外上千年，不留意间已转入第三人称叙事，几十万字岔出去回不来。何况，“有些人物所行骇人，心机莫测，远超常人所想所能驾驭，亦为第一人称天然具有同情之理解所不容，故在很多篇幅陆续出现第一、第三人称混用章节，乃至最后写丢了第一人称，通篇以第三人称尬然终了”。

也就是说，他这么做实在是身不由己，哪怕自己不满足，读者也不满足，也只能这样了。这也好过他早年在《看上去很美》里“使坏”，那时他是为了模糊虚构和真实的界限，让这个有着回忆色彩的小说看起来不像回忆录。“第一人称和第三人称混用，爹不是爹，娘不是娘，朋友不是朋友，我不是我，谁要跟我三头六案对证，我是不认账的。”当然，要是非要他认账，他也有“不二法门”应对，犹记得那次新书首发式上，一位专程从浙江赶来的记者问王朔，他是不是对浙江的文人有偏见，为什么屡次批评余秋雨、金庸、鲁迅和余华？王朔一边说着绝对不是有偏见，一边说余秋雨根本就是“90后”，“余华我们是好朋友，我们之间可以互相说，他说我也行，我说他没事。余秋雨，我出书比他早是前辈，我们这行不按岁数排，他是‘90后’出名的，我作为前辈说他两句怎么了？”

以此类推，他会在意马未都说他两句？他早就准备好台阶下了，你说我没生活了，写不好当下了，那好我写历史去，这下你没辙了吧。何况以他在《起初·纪年》自序里的说法，他幼时是个军迷或叫武人崇拜者，有相当成分意图借汉武朝军事活动把他本人军迷时代攒下来的小爱好、小见识发挥一下，过过瘾。而他选择汉武帝故事无他，只是碰巧对他这一朝几个人知道得更早，自己很小的时候、不知汉武帝是谁前，就对“灌夫骂座”“金屋藏娇”这样的故事有印象。

不过，他真是写历史吗？或者说，他真是写历史小说吗？未必。且看他自己怎么说：“我以往的作品多少都在写自己，可算作‘非虚构’；只有这部作品，才是我真正意义上的虚构小说。”不就是嘛，这是虚构小说。他这本书的几位责编也商量好了似的说，他只是拿历史当了小说的骨架，这本书并非历史小说。可不就是这样？从中国传统小说演变来看，这本书，包括他的整个系列接续的是《三国演义》《西游记》一路，取一点历史的因由，讲的则是全新的故事，鲁迅的《故事新编》也是这脉络中的一环。所以，与其说这是一本王朔版的《大汉王朝：前135》，倒不如说是王朔写了一部汉武朝的《百年孤独》。

如此评价，王朔想必是欣然接受的，虽然他这系列跟《百年孤独》是两回事，在写作心境上却不能说和当年马尔克斯写《百年孤独》没有相似之处。“我现在找到这个故事，我的全部思想感情都能安放进去，这个结构特别合适，我把它投射到古代和远古以后反倒自由了。”以有好事者的推测，王朔反省自己以前的所作所为，把那些对妻女无法说出口的思念和愧疚，都融合到书中的故事里了。这样倒是更可以理解王朔自言不想再写那些与自己无关的东西，只有把这本小说写出来了，心才会踏实下来，才可以真正过上自由自在的生活。

放浪不羁如王朔，也有着和普通人一样的追求。“多年来，我一直盼着哪天把这本小说写出来，我就踏实了。可以放心去过自己的日子，到处转转，到异国他乡看看风景，像电影里那样一个人开车长途旅行去看望朋友，或素未谋面的亲人，吃一点没吃过的东西，每天躺着晒太阳，或开个酒吧。”虽然多年前，他在那篇《我讨厌的词》里，历数了优雅、档次、格调、精神、理想等他讨厌的词，他在写作中也确实基本不碰这些词，但他真能绕开这些词编织的语境吗?

譬如王朔总是摆出一副没正经的样子，也总能把他那些逮谁咬谁的话说得滴溜溜转，但他真是没正经吗? 或许，他的发小叶京在接受王小峰采访时说的话更贴近真实。他说，我们看到的王朔，其实就是一个伪装自己的外壳，在他内心深处，还是有很多痛苦的东西。“现在的人痛苦很多是建立在物质基础上的，他的痛苦是内心的痛苦，就是挣扎，说得光明一点就是追求。”有追求就得有付出，用叶京的话说，王朔也用功，只是我们看不到他用功，他回家做功课去了，他给大众的感觉是张嘴就来，思维极其敏捷，其实他回家恨不得想十天半个月。“他跟我聊过，语不惊人死不休啊。他很随便地调侃张艺谋拍《满城尽带黄金甲》是搞装修，估计‘装修’这个词至少他在家想半年了。一个人的成功不是靠他的投机，不是靠他的聪明在这里跟你胡侃出来的，他也是思考出来的，这个思考来自对生活的悟性，第二才是来自他的修养、积淀，是后天努力的结果。”

换句话说，哪怕是那次首发式上他调侃要把他家的猫的故事拍成电影，也是他居家时用心观察的结果。他那会儿自爆，他家的一只公猫和邻居家的一只母猫好上了，可是没过几天，那只母猫又把她的新欢带到他家来吃饭。他说：“这很有意思，人类的悲欢离合也就是这样。”你没听错，他即使是拿猫事说人事，也是说的人世间的悲欢离合，诚可谓坐实了王安忆对他的印象：“我觉得王朔其实是一个温情主义者，他有一次喝了酒，我觉得他喝酒以后就特别可爱，脚是软的，眼光也是软的，好像有千言万语要跟你说的样子。”

所以，王朔再是做出满不在乎的样子，其实还是在乎什么的。他在《我是王朔》中说：“我作品中的人物都是精神流浪式的，这种人的精神也需要一个立足点。他可以一天到晚胡说八道，但总有一个时刻是真的。我选择爱情作为这个时刻。”可见王朔是有情的，他只是很容易受伤害，所以如王安忆所说：“为了掩饰自己的伤痛呢，就会做出特别凶悍的样子，他会做出特别抵抗的样子，或者胡来胡闹，把事情搞成一团酱。”也难怪音乐家刘索拉说，王朔像个孩子，他有诚实的语言和童心，也有特别痞的一面。他有很多毛病，这是他可爱之处，甚至他的毛病比很多人都多，他要没毛病挺没劲的，“一个人的经历、缺点、毛病、聪明组成了这么一个有意思的人，再给我们写一些有意思的作品，让我们去看，我们应该感到很幸运有这么一个作家，写出这么真实的东西”。

文学界的阿基米德？这也不在话下

刘震云

尽管国内依然“时兴”读马尔克斯、科塔萨尔等魔幻现实主义作家的作品，尽管依然有中国作家在各自的创作中兴之所至使用一点魔幻手法，尽管国内一些评论家们依然会套用魔幻现实主义的理论和主张来对应阐释作家的创作，但无论是作为话题参照，还是作为写作参考，曾经风靡一时的魔幻现实主义，在今日中国都似乎已成了明日黄花，作家刘震云却是“朝花夕拾”，在他的长篇小说《一日三秋》里玩了一回魔幻，他写得自然是过瘾，向来是喜新厌旧的读者却也读着带劲，这不能不说有点儿耐人寻味。倘是联想到他一向以写实见长，并且给贴上了“新写实作家”的标签，这部小说在当下受到欢迎，就很是有些意味深长了。

当然，《一日三秋》与其说是一部魔幻现实主义小说，不如说是一部亦高雅亦通俗的后现代派小说。这本以“笑”贯穿的小说，是以六叔的画开头的。小说开头一句："写完这部小说，回过头来，我想说一说写这部小说的初衷。"这所谓初衷，即是为了纪念早先在延津县豫剧团拉弦子，剧团解散后重拾当年画布景的手艺，在家中做些神神鬼鬼、莫可名状的画的六叔，亦是为了纪念六叔和本书"作者"或者是讲故事的人——"我"的交往，以留下六叔画中的延津。

既然"我"出于纪念，以记忆中六叔的画为母本，写下这部小说。既然六叔的画，以延津人事为题，既有日常也有神鬼，既写实又后现代，以至于"我"喜欢得紧，六婶却看不懂，居然在六叔死后一把火烧了他所有的画。"我"写这部小说，又让六叔的画以另一种方式"起死回生"，写得有魔幻色彩，也就顺理成章了。所以小说写道："在写作中，我力图把画中出现的后现代、变形、夸张、穿越生死、神神鬼鬼和日常生活的描摹协调好；以日常生活为基调，把变形、夸张、穿越生死和神神鬼鬼当作铺衬和火锅的底料；大部分章节，以日常生活为主，有些章节，出现些神神鬼鬼的后现代，博人一笑，想读者也不会认真。"

但读者是不会不认真的，刘震云或者小说中的"我"，也知道读者会认真，要不"我"没必要写完这部小说，还要回过头来说写这部小说的初衷，并把它郑重其事作为开头一句。这在很大程度上是为了和读者达成默契，好比卡夫卡写《变形记》，打一开始就交代："格里高尔·萨姆沙从不安的睡梦中醒来，发现自己躺在床上变成了一只巨大的甲虫"。读者也就试着先把这个怪诞的事作为"现实一种"接受下来，接下来就看卡夫卡怎么经由他的叙述把怪诞一步步"演变"为现实，卡夫卡用了超现实的写法，应了叙事学意义上的"越是荒诞，越要写实"。刘震云自然也不会浪费他写实的特长，他是亦写实亦魔幻，活生生把短短"一日"整成了漫漫"三秋"。而且，作为一个善于和读者捉迷藏的作家，他在这本小说里却是在前言里就留了“点睛之笔”，又在第三部分第三章第六节“附录”点了题，题目是《匾上的字》，这“字”后面藏了一个故事，而这个故事之所以屈居“附录”，或许是因为它写的是近乎无关紧要，实则是格外重要的“题外话”。

这就得从小说主要人物陈明亮在开炖猪蹄特色店——“天蓬元帅”发家致富后，有一次和师傅老魏“话说当年”说起了。他们说着说着就说到了陈明亮奶奶家的那棵枣树，这枣树活了两百多年，奶奶死了，它也就跟着“死”了，它“死”了以后总归有个下落吧。老魏就对他说：“当年，树死了以后，被你们姓陈的本家刨倒，卖给了塔铺的老范家。老范把这棵树拉回家，解成板，做成了桌椅板凳。”这好办，明亮要找到枣树，找到这位范姓木匠就成了。他真就找到了老范，但没找到枣树，因为那些桌椅板凳都被老范五个儿子分家时当劈柴烧了，但老范透露了个信息，当年汤阴县的老景买了这棵树的树心，老景又用它做成了一块他不知道雕了什么字的匾。陈明亮就去找这块匾，他没找着老景，老景已经移民去了加拿大，但在临去之前，把挂了匾的院子卖给了喜欢西洋景的老周。陈明亮也没找到老周，老周去了海南游玩，他找到了替老周看门的老头，老头说老周没把这块匾当回事，估计是给扔到渣土里了，渣土里还能用的木头和砖瓦，也都给邻村的人拉走了。他也只是在当年过房时看过门头上有块匾，模模糊糊记得上面刻了四个字——“一日三秋”。原来——“附录”里展开的“原来”，老景得了那个树心后，请来木雕木匠老晋雕匾，老晋想着怎么省工省力，雕个笔画最少的，就听一个来访的生人说，他在火车上读了本书，其中有一个词，平日也见过，但放在这本书里，就非同一般，叫“一日三秋”，就是一日不见，如隔三秋的意思，这在人与人之间，是一句顶一万句的话呀。老晋虽有疑惑，也觉得这主意不错，于是就这么雕了。老景看后就说这个不俗，得向人解释，“荣华富贵”“吉祥如意”是俗了，但人家一看就明白，“现在等于把简单的事情搞复杂了”。

想想也是，无论是这生人，还是这老景都把话说着了，刘震云就惯于把“平日也见过”的词写得非同一般，他也惯于“把简单的事情搞复杂”，把一件事说成两件事，又把两件事说成三件事，好在他带着我们“绕”，终了还是个“山重水复，柳暗花明”。这就好比他广为流传的几部小说，书名都是“一”字当头：《一地鸡毛》《一腔废话》《一句顶一万句》，再加上这本无论专家还是读者都愿意给出“又一部巅峰之作”评价的《一日三秋》。我们如果是望“名”生义，以为他不过是有一说一，给我们说点简单的事情，那就大错特错了。他分明是得了《道德经》的精髓：“道生一，一生二，二生三，三生万物。”正因为深知“三生万物”，很多作家径直奔“三”而去，以为有了“三”，小说叙事就可以繁复多样，以至于无穷无尽。刘震云却是奔“一”而去，还不像林冲夜奔是无处可奔，才奔向彼时唯一可奔之处——梁山。刘震云有处可奔，也要奔“一”而去，这大概是因为他有理想主义情怀，他是文学界的阿基米德，相信有了一个支点，或者说有了一句话，就可以顶起一个“一万句”的小说世界。无怪乎他对小说“一”见钟情，而他即使写“三”，也似乎是为了道“一”。

换句话说，刘震云明白小说叙事从“一”出发，哪怕是走了很远，最后还得说回到“一”，说回到源头。他也确实是当下文坛少见的有“源头”思维的作家。他不自比老子“道可道，非常道”，却甘居老子之下，从“一”说起，有“一”说“一”，正“本”清“源”。且不说那些“一”字当头的小说，他的其他不少小说也是从源头说起，哪怕这“源头活水”荡开以后，就像黄河一般有了九十九道弯，他也要把这一道道弯都捋上一捋，而这一捋，也果然捋出了很可玩味的感觉和思想。如果不是他这一捋，我们或许不会醒悟到“手机”里蕴含着这般惊涛骇浪；或许不会“温故”一九四二，温故出这般惊心动魄；也或许不会发现，当吊儿郎当的“吃瓜”群众，也可以当得这般惊世骇俗。而在“一日三秋”里，刘震云写得荒诞不经，我们一开始也会当不正经看，细想却是一本正经，他荒诞不经的消解里有积极的建构，正如有些书一本正经建构，却是趋向消解；他的荒诞不经里也透着人性的温暖，正如有些书看似写得温暖，实则透着冷漠和荒凉。

以此看，刘震云式，或者说马尔克斯式的魔幻现实主义，让我们读着魔幻，实则他们是以魔幻的手法更生动地描摹现实，更深刻地揭露现实。如果说在《温故一九四二》等小说里，刘震云以写实的方式写了沉重的现实。在《一日三秋》里，他则是以亦写实亦魔幻的笔法写了亦轻松亦沉重的现实。小说里，陈明亮在找匾的过程中梦见匾又变成了一棵树，还是那棵老枣树，只是长在了延津渡口，于是他就遇见了三千年前在渡口等有情人花二郎的那位花二娘。花二娘自然是没等到花二郎，因为他们所在的活泼国，已被新国王改国号为“严肃”，他们所属的冷幽族也遭到了屠戮，花二郎是硕果仅存的男性成员，他没死在官军的追捕之下，却在听笑话时被一根三叉鱼刺给卡死了。花二郎被“扑通一声”扔进了黄河，随着黄河水滚滚东去，去了东海。花二娘却不知道这事，她一直在黄河边上等，并在延津人梦中寻找笑话。无论是花二郎的笑死，花二娘的等待，乃至她寻找笑话本身，都是“冷幽”的，背后所指则是“严肃”的。何况小说里开羊汤馆的吴大嘴，延津人都情愿相信他是在梦里被花二娘和笑话压死的，而陈明亮的母亲樱桃也是因为凑不够花二娘索要的笑话而不能起死回生。这就不难理解，刘震云在小说结尾，安排一个化名“司马牛”的作者写道：“这是笑书，也是本哭书，归根结底，是本血书。多少人用命堆出的笑话，还不是血书吗？……”而民间意义上的现实，往往是笑书，也是本哭书，归根结底，是本血书。某种意义上也因此，透过这部小说里的“满纸荒唐言”，我们同时觉得读到的都是“一本正经话”。

从这个意义上说，体现在《一日三秋》里，刘震云可谓直抵魔幻现实主义的真髓。这部小说刚上市时，坊间有言，刘震云这次也学起莫言来了。言下之意是，他运用魔幻手法，是受了莫言《生死疲劳》等小说的启发。但实际的情况是，无论莫言，还是刘震云，都受了拉美魔幻现实主义的启发。倘是追本溯源，则是因为中国民间文化，还有像《西游记》《聊斋志异》这样的古典小说里，本就包含了魔幻的因子。事实上，阿斯图里亚斯等拉美魔幻现实主义的先行者们，当年也是受了法国超现实主义思潮的启发，蓦然醒悟到拉美大地上本就有那些法国作家们想找而找不到的资源，进而想方设法转化到写作中，于是经过一代又一代作家的探索，才最终造就了魔幻现实主义文学的蔚为大观。与此相仿，《一日三秋》也是魔幻现实主义“中国化”或者“现代化”的又一个成功范例。它更大的成功，还在于体现其中的魔幻色彩纯然是聊斋式，而非拉美式。而这魔幻又有机地融汇在刘震云精心设计的“叙述圈套”里。小说不止写了花二娘找笑话的传说，还写了在豫剧《白蛇传》中饰演许仙、法海、白娘子的三个普通人的情感和心事，还写了寻常父子背井离乡、遍尝生活辛酸仍步履不停的故事，写了阎罗、算命先生和道婆勾连起人间未了的恩怨，这画里画外、戏里戏外、梦里梦外、神界鬼界、故乡他乡、历史当下，真可以让人看得“眼花缭乱”，让人不禁感叹，刘震云真是很会讲故事的作家，居然有本事把让人眼花缭乱的故事说得不花不乱。

而眼下中国作家大多是很会讲故事的，这在某种意义上是一种美德，是一种尊重读者的体现，何况如评论家谢有顺在《重构中国小说的叙事伦理》一文中所说，在商业主义的气息中，在意识形态的影响下，尤其是在进入新世纪以后，故事和趣味又一次成了消费小说的有力理由。这样，作家们如若再沉迷于文体、叙事、形式、语言这样的概念，会大概率被市场抛弃。如此说来，作家们即使为自身生存计，也有必要好好讲故事，何况如今讲故事又居多为书写时代现实，反映社会人生，类似魔幻手法等技艺淡出也可谓在情理之中。但是否因此作家们的写作就必得轻慢叙事？像《一日三秋》这样既讲好了故事，又探索了叙事，或者说在两者之间找到了某种平衡点的写作实践，已经在某种意义上给出了回答。

但要说清楚，刘震云究竟给出了怎样的回答，又是说来话长。他的小说读后，我常常是感觉他把什么话都说了，又像是什么都没说，或者说句颠倒话——刘震云是喜欢让书中人物翻来覆去说颠倒话的，他也喜欢颠倒着写小说，常是“序言”和“前言”占了大篇幅，“正文”却只是薄薄几页。——感觉他什么都没说，又像是什么都说了。我听说就他这么个在国内国外都大有影响的作家，在博士论文、硕士论文里，却是被说得“多乎哉，不多也”。这一点，智慧如刘震云可谓明察秋毫，他谁也不怪，只怪自己的小说“无处下嘴”。话虽如此，人家不“说”他的小说也似乎是有理由的，他记住赶马车的舅舅“一辈子就干一件事”的嘱咐，一直在做一件事，就是编“瞎话”。他又记住做木匠的舅舅“做事情要慢”的嘱咐，慢慢编“瞎话”，编得好到把最可玩味的话都自己说了，别人还能说什么呢。我写这篇文字，充其量也是说不可说之说。好在如果你已经不是学生，又不想当学者，你读小说未必要深究作者说了什么，只求自己感受到了什么。所以就我自己的感受，我要负责任地说，小说读完，我真是读出了“一日三秋”之叹。但感叹归感叹，我还得学刘震云再补一句：“这也不在话下。”

最大的技巧是真诚

刘庆邦

作家刘庆邦常常被人说“写得老实”。首届林斤澜“杰出短篇小说作家奖”颁奖词称，刘庆邦就像老实本分的手艺人，“我们从他的短篇小说中看到了不受喧嚣干扰的专注、耐心与沉迷，看到那唯有保持在笨拙里的诚恳，以及唯有这种诚恳才能达到的精湛技艺”。言下之意是刘庆邦有着手艺人般的老实。王安忆评价他是个如农民爱惜粮食般爱惜文字的人，从不挥洒浪费。这近乎是说他有着农民般的“老实”。

虽然刘庆邦从不以老实自居，但他近些年却像是“老实”到了家，老老实实地接连出了几部长篇小说，像《家长》《女工绘》等，我们即使没读过，单看书名也明白他大概写了什么。而对于他的长篇新作《堂叔堂》，作家梁晓声说，他一看到书名，就立刻想到刘庆邦要写很多堂叔了，而且一定是农村为背景。

如其所想，在《堂叔堂》里，刘庆邦就是以十二个篇章，讲述了他十四位堂叔的人生故事。其中既有大叔刘本德作为台湾老兵回乡的故事——从亲情的角度，含蓄表达了渴望两岸统一的心愿；也有一心惦记赚钱的乡村老师刘本魁的故事——侧面反映改革开放之初的人心波动；更有刘楼村第一位党员刘本成讷于言敏于行的故事——展现了基层党员宝贵的质朴无私精神。而且这些堂叔里除了一位因为尚在人世，刘庆邦用了化名外，其他十三位他都是用的本名。

以刘庆邦自己的说法，这样也就强调了纪实性。但他不认为这部作品可以被称为虚构作品或者纪实文学作品。究其因在于以他的理解，再实的东西，一旦被写成小说，它就变成虚的了，就不可能完全是纪实的了。

这看似不言自明的道理，刘庆邦却说得特别实在。他说，作家写作都要经历回忆的过程，他们的写作素材就是从记忆中来的，而记忆都是有选择，有选择了以后，就不完全是现实版照相了，肯定包含了虚的，或者说主观的东西在里头。再则，在刘庆邦看来，小说肯定是要表达情感的，情感是抓不住、摸不着的，是不免有些情绪化的，就是虚的，“何况文字也是虚的。文字特别是我们中国的汉字，单个看是实体，但语言一旦变成了文字，它就变成了一个符号了，一旦符号化，它就抽象化，一旦抽象化，它就成了虚的东西”。

刘庆邦可谓把他的虚实之道推向了极致，他像是要表明一切皆虚，也似乎是因此，具体到写作本身，他更是强调要往实里写。所谓实，在他这里主要指的细节。他这样阐释历史与人的关系：“我认为每个人都是历史的细节。我们看历史的时候必须看到人，如果没有细节等于什么都没有看到，这个世界是空空的，只有看到人这个细节，我们才能看到历史。所以说作为作者，我们的写作肯定离不开历史，因为人都生活在历史中。你要是看到历史了，你就必须看到细节，可以说每一个人都是历史的细节。”

与此相仿，在刘庆邦看来，每个人也都是历史的“人质”，历史的“载体”。他说：“说人是历史的‘人质’，就是说历史总是宏大的，和历史比较起来，每个人都显得很渺小，渺小如一粒尘埃。”但以刘庆邦的理解，人再怎么渺小，他都是历史的载体，“我们都知道，司马迁的《史记》是写历史的，但他都是写人。不管是《项羽本纪》也好，还是各种《列传》也好，都是写人，司马迁是通过人来承载历史的。也就是说，如果没有人，那历史就是不存在的，只有写到了这些人，这些生动的人，活泼的人，《史记》才把历史承载起来了。从这个意义上说，人也是一个历史的载体。”

那我们就要问了，刘庆邦为何让堂叔来承载他要表达的“历史”？以他自己的说法，他从1972年开始写作，到明年就写了半个世纪了，有时觉得好像没什么可写的了，但回头想还有这么多堂叔没写，“我过去生活的那个村子叫刘楼村，大都姓刘，我在老家的时候，我们村有三百多人。村子并不大，但我的叔叔辈有一百多个，从老太爷那一辈，每家弟兄都有好几个，都是我的堂叔。我就觉得应该写写他们”。

要这么看，刘庆邦写堂叔是水到渠成的事情。但在评论家贺绍俊看来，这里面是有讲究的，“如果让庆邦写一个乡村人物谱，肯定也是驾轻就熟，他可以写乡村的妇女形象、老人形象等等，对他来说这种资源有很多。他偏偏写堂叔，或许是因为这里面包含了一种特殊的亲属关系，从中我们能看到乡村社会伦理和情感之间的复杂关系。庆邦写到亲情和人的利益、人的欲望之间的纠葛，会让我们对中国这种社会，尤其是乡村社会有更加深入的认识”。

贺绍俊举例说，刘庆邦写到的亲叔叔是个很怪的人，他完全不讲亲情了，只是从自己的利益出发，想怎么干就怎么干，伦理对他来说几乎没有约束了，“但庆邦以及他的母亲、姐姐，该怎么去对待这个亲叔叔，实际上又是一个摆在他们面前的考验。毕竟他们是正常的人，不会像叔叔那样完全违背伦理，违背亲情。那么正常的人怎么去跟反常的人相处？怎么去处理这些矛盾？刘庆邦把这些写出来是非常有意思的，也非常值得我们思考”。

显而易见，刘庆邦写的这些堂叔各有各的故事，他要都写是不可能的，他就挑有典型性的、有趣的、跟他有比较多交往的来写。他说：“就这样，我写了十二章，写了十四个堂叔，其实涉及的可能有十七八个，越写越有趣。直到最后写完了，回头看最后一章我就写了三个，我几千字就把人家写完了。”话虽如此，对其中任何一个人物，刘庆邦都可谓写得郑重其事。以他自己的说法，也许他以前的小说没有做到贴着人物写，但在这部小说里，他是真正做到了。在写作过程中，每一个堂叔都在他脑子里活灵活现，他和这些堂叔是融合的，写他们同时也是在写自己。而所谓“贴着人物写”，最早是作家沈从文提出来的，刘庆邦是从给过他“来自平民，出自平常，贵在平实，可谓三平有幸”的评价的作家林斤澜那里听说的，当时一听他就记住了。“这个‘贴’字是有讲究的，也就是说作家不是推着人物写，拉着人物写，或者拽着人物写，这一个‘贴’字，起码表现了作家对人物的尊重，这里面有主动性，但他并不是牵着人物的鼻子走，并不是说随心所欲改变他，而是必须首先尊重人物的心理，然后才可能理解他，才可能写好他。”他说。

当然在刘庆邦看来，“贴着人物写”也可以说是贴着细节写。他认为，一篇好的小说就是得有细节之美，而所谓细节，是相对情节而言的，“拿一个人来做比较，他的出生、恋爱、结婚、生子、死亡，都是情节，而每一天的吃喝拉撒睡、油盐酱醋茶，都是细节。这个世界在很大程度上是以细节形式存在的，如果抹去了细节，世界就变得空洞无物”。刘庆邦回忆说，他最初写小说的时候，有位编辑跟他说，写小说其实没有什么，就是重点刻画人物，简单交代情节，大量丰富细节，“就这么三句话，但怎样丰富细节是有讲究的。其实我们在写小说的时候，不仅是脑子在起作用，我们所有的感官也都要参与到创作之中，包括视觉、味觉、触觉。比如我们写到下雨的时候，会闻到湿润的气氛，耳边像听到沙沙的雨声，皮肤会感到一种凉意，全部的感官都调动起来，这样有现场感，是现在进行时，才能写细，才能把感觉传达给读者，才能感染读者”。

随之而来的问题是，作家写作该怎样找到细节？刘庆邦认为，细节首先是从记忆中来的。我们有了很多记忆，才会有可供回忆的东西。写小说就是让自己处于一种回忆的状态。如果我们不写作，很多记忆也许都埋葬了，但一旦写作，我们就好像找到了抓手，记忆源源而来，细节也源源而来。所以他主张写作者要多走多看，丰富自己的经历和阅历，这样记忆力才能有库存，才有可挖掘的东西。当然在刘庆邦看来，我们还有很多途径可以与细节迎面相遇，“细节可以从观察中来，这就要求我们始终保持好奇心，对万事万物都要感兴趣。我有好多的素材、好多的故事都是我看来的，或者是用心观察来的，我们要有心目，要有内视的能力，不但看自己，还要用心目来看世界，来看周围的东西。你如果是一个有心人，你的心是有准备的心，你的耳朵是有准备的耳朵，那么当你偶尔听到一个细节，这个细节激发了你，它也可以变成小说。所以，细节也可以是听来的”。

更重要的是，在刘庆邦看来，细节也可以是从想象中来的：“想象力是一个作家的基本能力，想象力也是小说创作的生产力。我国古代四大名著，每一部都离不开想象：《红楼梦》是个人经历加想象；《三国演义》是历史资料加想象；《水浒传》是民间传说加想象；《西游记》本身就有非常强大的想象力，我认为它是幻想加上作者的想象。”而把细节写好本身，就需要强大的想象力，“艺术是需要想象的，比如一个情节，我觉得写1000字才能充分表达我的思想，它的味道才能出来，可是写着写着觉得没什么可写的，在这种情况下，有的作者会采取绕过去的办法，把这个情节说过去就完了，能自圆其说就行了。我的体会是绝不能绕过去，绝不能偷懒。在觉得没写充分的时候，一定要坚持，调动自己的想象，全部的感官都参与进来，这时候你的灵感会爆发，灵感的火花会闪现，你的脑子像打开了一扇窗户。这就是劳动的成果，艰苦劳动后的灵感闪现的一种成果”。

刘庆邦坦言，他比较喜欢王安忆的小说，很大一个原因也是，她能把一个细节写出好几页。以他的理解，这个细节化的过程，就是一个心灵化的过程，在心灵化的过程当中找到我们自己的内心，找到我们自己的真心，也就是一定要找到自己，“写小说的过程就是寻找自己心灵的过程，也可以说你抓住了自己的心，就抓住了这个世界”。在评论家贺绍俊看来，刘庆邦就有抓住事物的核心，把它突出出来的本事：“举个例子，小说里写到的刘本良是到城里读过书，受过城市文化的熏陶的，所以他回到乡里能够很得意地炫耀，而乡里的孩子也都围着他，希望他说说城里的事情，比如说电灯是怎么点亮、电影是怎么看的。那些孩子就让他讲讲电影里面有什么。刘本良就说电影是看的，不是拿来说的。这个细节很有意思，有意思的是什么呢？庆邦还来了一句——我们认为他像是一个吃独食的人，自己吃了那么多好吃的东西，一点都不愿意分给我们尝一尝。这里面就体现了他对细节的认识，他对记忆的认识，他把这一句话写出来，读出来就有味道了。”

推而言之，在贺绍俊看来，作家怎么去认识，怎么去理解细节和记忆，说到底也涉及历史观的问题，“庆邦有这么多堂叔，也就是说这个家族是非常庞大的，他怎么来处理这个资源？他不是从惯常家族小说的那种模式去处理自己的资源，他把这次写作看成是重新认识历史或者人生的一种方式。他的每一个堂叔，性格各异，都跟他们的经历、跟他们所处的那个时代有密切的关系。实际上他们一生的经历也可以映射出历史的某个点来”。

也因此，贺绍俊觉得，刘庆邦并不是企图通过这些堂叔来建构一个完整的历史图景，他是要让我们看到每一个人物跟历史的关系，还有历史是怎样塑造人的，“从文学角度来说，这是独创的，他在家族小说之外找到了另外一种处理家族资源的方式。小说重点写了十四个叔叔，我们可以通过每个叔叔的故事，对当时的历史有不同的认识，而每个故事都可以指向不同的社会层面。小说的丰富性就体现在这里，庆邦把当时历史景象的各个方面都呈现出来了。这是非常有意思的”。

事实上，刘庆邦写这些人物也确实是各有侧重的，他这样写是因为在他看来他们背后承载的历史是不一样的：“特别是最后那三个堂叔，我用几千字就写了他们的一生，是写他们人生的趣味。但我不打算为任何一位叔叔立传，更不会为任何一位叔叔歌功颂德。我想通过叔叔们，写出人生的苦辣酸甜，写出人性的丰富和复杂，写出个体生命起伏跌宕的轨迹，写出艰难的尘世带给我们的命运感，并写出时代打在他们心灵上的深深的烙印，写出历史和时代与他们之间的关系。”

而刘庆邦之所以能写好这种关系，也因为历史和时代在他身上打上了深刻的烙印。他1951年出生于河南农村。作为67届初中生，他赶上“文革”学校停课，跟着红卫兵全国大串联，跑遍了北京、上海这些城市，用他自己的话说，心跑野了，不甘心待在农村，就一直想摆脱农民身份。他跟从开封下来的知青交谈，心里暗暗比较自己和别人谁看的小说多。也因此，他初中毕业回乡后也没放弃读写。他说：“当时县里的广播站有个自办节目‘广播稿’，可以投稿，我写了好几篇，播出后公社的人就知道我的名字了，就参加了公社宣传队，搞通讯报道。”

但对刘庆邦来说，他想要从农村走出来还是很难，他应征当兵，却因为父亲当过国民党军官没能过政审。直到1970年新密煤矿招工，他当了工人才算改变了命运，吃商品粮，领粮票，发工资。刘庆邦回忆说，矿上也有广播站，于是他又给广播站写稿，矿上办宣传队，他们打听到他在中学、大队、公社三个地方都办过宣传队，就让他来组织。一晃到了1977年，各地刊物越来越多，他看到《郑州文艺》上发表的小说，突然想起来自己也写过小说，“1972年，我写过一篇《面纱白生生》，写矿上女工勤俭节约的故事，就是写我熟悉的生活，这是我的第一篇小说，像是一篇好人好事的表扬稿，但是我写得很用心”。刘庆邦把小说手稿翻出来后，发现纸都脆了，字迹也有点模糊了，但看了一段，有点儿感动，觉得跟刊物上发表的作品比也不差，好像还更好些，于是重新誊写了一遍，润色一下，寄给《郑州文艺》，小说发表在1978年第二期的头条上，从此他就写开了。

就是在这一年，刘庆邦调到北京煤炭部从事编辑和新闻工作。当时煤炭部有个刊物叫《他们特别能战斗》，后来改成《煤矿工人》杂志，再后来变成《中国煤炭报》，他在里面干了十九年。刘庆邦自称，那时他写得不多，白天上班，有时候看大样，有时候开会，晚上没精力写，“但我比较勤奋、勤劳，这是继承了我母亲的基因，我就每天凌晨4点起床写东西，写两三个小时再去上班。一个短篇能写一个月，一天写一点儿。一个人的勤劳有可能得不到回报，但是它永远构不成耻辱，勤劳什么时候都不丢人。2001年，我正好50岁，调到北京市作协当专业作家，才开始有大块的时间写长篇”。

此后，刘庆邦确实写了不少长篇，如《远方诗意》《遍地月光》《平原上的歌谣》《黄泥地》，“煤矿三部曲”《断层》《红煤》《黑白男女》，乃至近年的《家长》《女工绘》等。但他被认为写得最好的还是短篇。王安忆说：“谈刘庆邦应当从短篇小说谈起，因为我认为这是他创作中最好的一种。我甚至很难想到，还有谁能够像他这样，持续地写这样的好短篇。”评论家李敬泽断言：“在汪曾祺之后，中国作家短篇小说写得好的，如果让我选，我就选刘庆邦。”更有读者赞叹他是“短篇小说之王”。刘庆邦谦称这都只是别人对他的激励、抬举，自己从来不当真，一当真就可笑了：“拳击有拳王，踢球有球王，但是写小说没有‘王’，文无第一，武无第二。”

不管怎样，迄今为止，确实是中短篇小说为刘庆邦赢得了更多的荣誉。他凭《鞋》获第二届鲁迅文学奖，又凭聚焦煤矿生活的中篇小说《神木》获第二届老舍文学奖，根据这部小说改编的电影《盲井》获第53届柏林电影艺术节银熊奖，也使得他为更多读者熟识，而刘庆邦也更多作为写煤矿题材的作家为读者熟识。但刘庆邦始终关注这一领域，倒不只是因为他经历过9年矿区生活，对此有深刻的记忆，还因为他觉得自己有责任为煤矿工人群体说话。他说：“矿区大都在城乡接合部，矿工多数来自农村，他们脱下农装换上工装，就成了矿工，收入比农民高，但代价也更高，他们的文化背景和性格特征都还是农民类型的，他们对中国的贡献是巨大的，这个由七百多万人支撑起来的群体，为中国提供了67%的能源，但他们几乎没有任何话语权，他们的内心世界被忽视了。”

某种意义上正是源于这样清醒的认知，让刘庆邦对自己的写作有着多数作家缺少的较为明确的职业定位，那就是“关注工业化、城镇化、市场化这一转型期农民工的生存状态”。当然他也写了很多乡土题材的作品。刘庆邦感慨：“离开故乡以后我才知道，故乡是我们的根，人虽离开了故乡，根还留在那里。因此每年清明节前夕，我都要回老家看一看。我们村目前进入了由庆字辈的哥哥和弟弟们当家主事的时代了。可是，庆字辈的弟兄们表现得不是很好，除了少数人在村子里留守，大多数人都选择了逃离。不要说别人，我自己就是较早的逃离者之一。不过，只有脱离了故乡，我心里才有了故乡的概念，成了有故乡的人。”

由此观之，刘庆邦写《堂叔堂》这样的作品，更可以说是他年岁渐长以后对乡土的回望。也是在这个意义上，贺绍俊说，刘庆邦对一百多位堂叔的故事，应该说早就了然于心，但他放到今天来写，在积累了这么多人生经验和人生智慧后来写，显然更能体现出他成熟、稳重的历史观。这种历史观或者说世界观，在刘庆邦看来，是来自于一个作家的思想："一个作家要不断提高自己的思想力量、思想水平。作品高下很多时候体现在你对这个世界有没有自己独特的看法。这其中体现了你的生命力量。你的力量不是体现在你的体力上，主要是体现在你能不能勤学善思，有没有自己独立的思考。"

以刘庆邦的理解，一个作家要成长，除了提高自己的力量以外，还得不断增加自己的分量。他说："生命的分量不是先天就有的，它是经过历练得来的。我们在生活中可能会遇到挫折，甚至可能曾经失去过尊严等等，这些都可能会增加自己生命的分量。沈从文在评价司马迁的时候就说，司马迁之所以写出《史记》在于他的忧患意识，在于他生命的分量，司马迁我们知道，他的尊严曾受到太大的打击，但是他生命的分量也因此非常重。"这诚可谓一位"老实"作家的肺腑之言。

某种意义上也因为"老实"，刘庆邦多年来一直心无旁骛写他的小说。他回忆说，当年他是跟刘恒一块儿当的专业作家，他俩和刘震云一道被称为"北京三刘"，这三个人里也只有他没有涉足影视，而一直抱着小说不放，不改初衷，真正的慎终如始，"沈从文先生说，一个人走上文学这条路并不难，难的是走一辈子，难的是走到底。我自己的体会也是，我这一生能把小说写好就不错了。这还得需要意志力做保证。好多人也写过不错的小说，就由于意志力不行，写着写着就放弃了"。也因为有这样的自觉，刘庆邦才有了这样的老生常谈："最大的技巧是真诚，一切技巧的核心在于要不失天性，守住天性，始终要找到自己。"

写作不仅仅是修辞，还要包含更深的呈现，更深的聆听

欧阳江河

诗人欧阳江河新出版的《宿墨与量子男孩》，收录了他自2018年到2022年之间创作的主要作品。评论家张清华爆料道，欧阳江河2015年调到北京师范大学当教授时已经59岁了，按照一般规矩，谁都会觉得有点超龄了，但在当年举行的驻校仪式研讨会上，诗人西川说，北师大得欧阳江河，不是得了一个人，而是得了一伙人，因为他是一个诗人，是一个文化批评家，是一个学者，是一个音乐评论家，还是一个书法家。这样有着多元身份的人，哪有不要的道理。倘是放到现在，他还多了一个身份：量子男孩。他自己也在此前一天举行的题为“当代诗歌写作的元诗问题”的演讲中现身说法道，“量子男孩”已经正式成为他的“元形象”。

毫无疑问，是收入他新诗集里的同名诗歌，赋予了他这个颇具穿越感的新形象。这首写于2018年的诗长达25节，开头第一节：“雨

中堆沙，让众水汇聚到沙漏之塔的那道不等式，是一个总体，还是一个消散？漏，倒立过来，形成空名的圆锥体……”短短十几行诗句，包涵了极大的信息量，呈现出古代与现代，科学与思想，人与自然之间矛盾、纠缠、融合的独有意境，为全诗定下基调，也着实适合用作书名。欧阳江河夫子自道，宿墨是指前一天晚上写剩下的墨汁，他至今仍在写书法，这是他日常生活的一部分。他对量子物理学家的头脑也非常着迷，数学王子高斯的非欧几何、量子力学等意象穿插在诗中，融合了日常场景，他可谓以当代诗歌呈现了科学题材。“物理、化学、医学等领域的术语，如果被小说处理，那就是科幻小说，被电影语言处理，就是科幻大片，那怎么用诗歌语言去处理、提炼？怎么去突破？这正是我在诗中想要实现的。”

可以说，欧阳江河写这首诗，就借用了高斯与金鱼对视的思维。他解释道，高斯喜欢养金鱼，时常在业余时间与鱼缸里的金鱼对视很久。有一天，清洁工不小心把鱼缸碰到地上，金鱼在地上活蹦乱跳了一会，眼睛就急剧放大。这时，高斯趴到地上与金鱼对视并思考了一个问题：人看见的世界和金鱼看出去的世界，是同一个世界吗？如果要用数学语言来表达会怎样？他带着这些追问开始了他的创造，他以金鱼的眼睛里来看人的世界，认为世界是弯曲的，全然不同于欧式几何看世界的方式。最后，非欧几何学就诞生了。“伟大的科学家，常常是从日常中的小事开始不懈的追问。诗歌也是一样，我的诗歌从具体事物落笔，但背后充满了抽象的东西，充满了比思想还要思想，比理性还要理性的东西。”

或因诗集里充满了抽象而不易解读的东西，就连对诗歌有深层领悟的作家邱华栋也承认自己看不太懂，但读了就觉得很奇妙。他坦言，欧阳江河最吸引他，也最迷人的地方，正在于他对汉语尽可能地触摸。这就应了张清华所说，作为我们时代里不多见的玄学派诗人，欧阳江河写诗直面语言本身，他不只处理对象，同时处理我们思考对象的那种惯性思维。他反思我们的语言当中的很多问题，乃至于对一个词的解剖。“玄学派不只处理对象，还处理思维和语言本身。欧阳江河就是这样的诗人，西川说他是维特根斯坦主义者，我认为不只是，他也是一个老子主义者，他进行的是‘道可道，非常道’意义上的写作。”

倘是换一种说法，欧阳江河进行的是元写作。他自己也说，这本新诗集里，着实包含了一些元诗，所谓元诗，也就是关于诗的诗——事关“诗是什么”，“世界是什么”等根本性命题，而写元诗有时就是要说不可说之说。“在哲学层面，有些事是不能说的，但是诗歌跟哲学不一样，诗歌言说的恰好是哲学不能说的，诗歌就是对这种不可说的言说。诗歌可能是在哲学结束的地方开始。诗歌的这种言说，也包括沉默。我经常感觉到，写作不仅仅是不停地写，一定也包含了不写、不可写、不可说。至少就我个人来讲，如果不用‘元诗’立场写作，人类的写作就只是肤浅的修辞游戏，那是美文写作、自我安慰或自我哀伤。而写作不仅仅是修辞，也不仅仅指向美文，写作还包含了更深的呈现，更深的聆听。”

这就需要读者有一双善于聆听的耳朵。作为一个诗人，西川自然能捕捉到欧阳江河诗里这些更深层次的东西。他说，听欧阳江河神聊，他总是能从“创世纪”谈起，谈着谈着就给予我们一种从未触及的深深的惊诧。“他的脑子里有一部编年史，也不是清晰的编年史，因为从古至今所有的事情在他那里似乎是同时发生的，他的诗歌里面透明和不透明的部分也是搅在一起的，所以有的时候从一片混沌里面，忽然一下子冒出一个特别清晰的东西，你会觉得这个瞬间是很迷人的。近些年来，他实际上通过写诗，开始建立起了他自己的小宇宙。”

张清华见证过欧阳江河创建“小宇宙”的过程。他回忆说，有一次，他跟欧阳江河一块儿去埃及，一路上，他俩有很多感受，但他回来后只是写了一首小诗，欧阳江河却是马上就拿出来一篇长诗《埃及星球》。“我一看就看呆了，他的处理能力真是非常强，他通过玩魔术的方式，打破所有时间和空间的阻隔，把历史、哲学、文化、民俗、文学等元素汇集起来，造成一个巨大的空间。”而用欧阳江河自己的话说，他不过是把一片大海装进一个杯子。他也曾把中国近四十年的电影发展史装进《种子影院》这首诗里。“很多人以为只有小说家可以细致地还原世界，其实诗歌也一样。在《种子影院》里，我就写到了大量现实细节，而写实写到最实的程度，其抽象性也就凸显出来了。”

可以想尽，欧阳江河写诗总是力图在具体与抽象之间，在部分与总体之间保持一种微妙的平衡。而眼下绝大部分诗人要么只能写大而无当的事物，要么如张清华所说，只能写写日常生活当中的感受，包括个人的情感遭遇，个人的沉思冥想，等等，虽然也和时代发生关系，但是他们没有能力处理整个时代的大主题。“欧阳江河却是我们这个时代非常罕有的总体性诗人，他从来不写小情感、小感受，即使是偶尔触及，他也是把它们汇入到一个总体性里面来写。”

显见地，欧阳江河有不同寻常的吸收和转化的能力。他博闻强识，朋友们都称他是“活字典”，说每周和他聊一次天，就不用读书了。他出过一本诗集，书名即是《如此博学的饥饿》。通俗地讲，都博学到成了“活字典”了，他却依然是如饥似渴地读书。近三年来，因为不用频频参加活动，他尤其读得多，为了对抗信息碎片和当下性、新闻性、消费性的文字，为了平衡它、抵抗它，他更是读了很多老书。“我有意识地将当下性的、新闻性的、电子碎片式的信息和永垂不朽的经典放在一起阅读思考，把不同的传递、接受、处理信息的方式整合起来，并进行了类似日记性质的写作。长诗《庚子记》就是这样诞生的”。

事实上，这也是欧阳江河积极直面生活的一种方式。他说：“在这三年中，当我身上的消极性出现的时候，我就将其转化为积极的写作。就像《疾病的隐喻》作者苏珊·桑塔格以坚持写作对抗癌症带来的消极性，我们的写作在某种意义上来说是一种‘排毒’。”这未尝不是他包含了深切生命体验的肺腑之言。欧阳江河出生在四川泸州，因父亲工作调动，他在五六岁的时候，就到了大凉山。他从《诗经》开始接触诗歌，八九岁时，就试着写过一些古体诗。中学毕业后，上山下乡到农村，他白天下地劳动，晚上看书。他的阅读范围广杂，文学之外还爱读历史、人物传记，只要能找到的书就读。适逢二十世纪七八十年代诗歌热，他开始写诗。1983年至1984年间，他创作了至今仍被广泛讨论的长诗《悬棺》。1986年，他从部队转业到四川省社科院文学研究所，工作和生活状态更加自由，创作出《手枪》《玻璃工厂》《傍晚穿过广场》等一批有代表性的诗歌。

此后，欧阳江河先是在1990年代初去了美国，再是辗转前往欧洲，并于1997年回国。这之后的十多年里，欧阳江河只写了10首诗，几乎退出了诗坛，用他自己的话说：“我写作的每一个时期都处于各自的发生阶段，我不希望我的诗歌写作沦为惯性，所以干脆不写，命令自己停笔。”他虽然没怎么写诗，与文化界的关系却是更紧密了，他为导演贾樟柯、画家何多苓策划过专题活动和展览，写了很多文化评论文章。直到2009年，他写出德国汉学家顾彬评价为“进入21世纪以来全世界写得最好的一首诗”的《泰姬陵之泪》，他又开始大量写诗。2010年，长诗发表于《花城》，引起了诗坛的轰动。同年，艺术家徐冰历时两年用北京一座大厦的建筑废料，如安全帽、工具刀、搅拌器等创作了装置艺术作品《凤凰》，欧阳江河全程参与，写下同名长诗，通过资本、劳动、艺术等元素，试图重塑当代图景，思考人类的生存境遇。这也被认为是他回归诗歌创作的一首标志性作品。

虽然如此，欧阳江河回归后创作的诗歌，却不如他的早期作品受到欢迎，而他的长诗更不是那么讨人喜欢，甚至连同行也不愿意读，欧阳江河对此也曾感到纠结，但他有自己深层次的考虑：“我写长诗，除了在跟碎片化的生活方式拧着来之外，还有一个原因是，我觉得中国现在很多诗人的短诗都是即兴，随性而发，脑子里突然冒出一个念头，或者突然看到、想到一个很优美的句子，就要把它写成诗。诗人们使用的语言、意象越来越相似，以为自己是独有的，但其实他写的东西可能别人同时也在写。或许是这种写作比较容易把诗写好，所以成了当前写诗的主流。”在他看来，眼下很多抒情诗人的创作，在一定程度上还停留在20世纪90年代的延长线上，而他和西川等人已经不再纠结老问题了：“优美的句子、自我感动、伤感、小情调，这些都很好，但对我这样一个六十多岁的老诗人来讲，历尽了写作意义上的沧桑之后，这种方式对我没有吸引力。”

所以，欧阳江河依然坚持写高难度的现代诗。他一方面担心冒犯读者，一方面又被诗歌背后或者说深处的文明所吸引。对他来说，那些古老的、未来的、空无的世界，就像迷宫一样，具有无可抵挡的诱惑性：“我会被这种发现所迷住，而且我能够用语言将它们表达和塑造出来。这样的如实呈现，一定会超越很多基于修辞和个人情感层面写出来的诗歌，同时也会超越这一类阅读经验，这势必会造成冒犯，势必会让人看不懂。”不过在他看来，现代诗本来就不需要被读懂：“大众文化、消费文化，虽然不是诗歌的敌人，但我不会去做任何迎合，我写作的时候，绝不是为了更多的人能理解，而是面对能够理解我的读者。举例说，我们不懂鸟语的意思，但仍然可以沉浸在那种美好和莫名的感动里面。”

但曲高和寡如欧阳江河，也认为诗歌需要读者。“诗写出来，如果没有阅读这个环节，那就没有人倾听你的声音。但汉语是一门伟大的语言，它可以接纳不同层级的人的写作，在十四亿人里，你占有一万个读者，或者再少一点，八千个读者，就可以了。”在他看来，在少数读者的面前，坚持自己的复杂性，坚持“难读”，坚持拒绝和排斥，也许反过来，也会成为一种创造，“不是写作的创造，而是阅读本身的创造，也就是所谓的‘创造读者’”。为此，他将不断写下去，尤其是写更能发挥他个人优点的长诗：“我想追求的是诗的强度和难度，寻求越来越极端、越来越困难的一种写作方式，然后把这种挑战持续下去。”

“我”只是一个出口，流出了比现实更巨大的世界

雪漠

如果说当下有用“灵魂”写作的作家，雪漠算得上屈指可数的其中一个。与史铁生、张承志等同样注重灵魂叙事的作家不同，雪漠笔下还多了一种浓郁的西部风情。用他自己的话说，他就像是一棵树，把根扎在了西部。而他的长篇小说《野狐岭》中所有对文化、历史和生活的描写，看起来独特而又扎实，其背后正如该书责编陈彦瑾所说，源于他是真正用生命体验自己所描写的西部文化。

他认为当一个人的心灵丰富到一定程度的时候，就会超越物质和欲望，进入一个自由的空间，这时时空就消失了，可以感知到过去、当下和未来，人就拥有了灵魂。一个拥有灵魂的人想表达这种自由度，最好的方法就是进行灵魂叙事。

无论如何，在没有类似生命和创作体验的人看来，雪漠的说法显得过于玄虚。虽然了解他创作的人，都知道他的灵魂叙事，主要

来源于他信奉的佛家智慧和二十余年佛教修炼的生命体验，但对其独有的这种写作资源的陌生，也常常使得读者认知错位，批评普遍失语，更有人叹其“走火入魔”。而如何让这份独有的资源以普遍能理解和接受的方式呈现出来，恰是雪漠在写出《西夏咒》等作品之后要面对和解决的一个创作难题。

《野狐岭》的创作，就是这样一次尝试。如评论家雷达所言，雪漠并没有放弃他一贯对存在、对生死、对灵魂的追问，只是这次他把人生的哲理和宗教的智慧都融化在形象中了。这部分得益于雪漠在《野狐岭》中采用的幽魂叙事或是阴魂叙事的叙述方式。翻开小说，一股神秘的气息扑面而来。百年前，有两支驼队在进入西部沙漠腹地的野狐岭后，像蒸汽一样神秘蒸发了。百年后，为了解开这个不解之谜，“我”带着两只骆驼一只狗到此探秘。通过一种神秘的仪式，“我”召请到驼队的幽魂们，又以二十八会——二十八次采访——请幽魂们自己讲述当年在野狐岭发生的故事。接下来，小说就像是一个神秘剧场，幕布拉起之后，幽魂们一一亮相、轮番上场，野狐岭的故事便在幽魂们的讲述中逐渐显现……

很显然，小说融合了侦破、悬疑、推理等流行的元素，但区别于这些流行元素的是，雪漠的灵魂叙事还多了一个非常重要维度，即超越的维度。而这样一个维度，恰恰是为中国文学所缺乏的。以刘再复、林岗在《罪与文学》中阐述的见解看，百年来之中国文学几乎是单维的，有国家社会历史之维而乏存在之维、自然之维和超验之维，有世俗视角而乏超越视角，有社会控诉而乏灵魂辩论。在陈彦瑾看来，存在之维、自然之维，在二十世纪八九十年代向西方文学的学习中算是给补上了。但超验之维至今仍处于失落中，“雪漠的灵魂叙写和超越叙事，可以说是为中国文学补了这一课的”。

可以确定的是，因为有这样一个超验之维，雪漠才能像莫言小说编辑曹元勇所说的那样，写骆驼的时候变成骆驼，写驼户的时候变成驼户，每一个人物都是他们自己，而不是作者本人在叙述。以雪漠自己的说法，在写作过程中，很多时候，其实不是作者在写，作者只是一个出口，流出了一个比现实更巨大的世界。

在评论家陈晓明看来，这种看似玄虚的说法，事实上凸显了雪漠及他的创作的神话思维，雪漠不是把日常经验简单描述，而是把西部大地的神话气息、文化底蕴重新激活，重新建构，传导了一种西部大地人和自然相处、人和动物相处、人和神相处、人和灵魂相处的景观，而且打破了生命的界限、生死的界限，“因此，以《西夏咒》《野狐岭》为代表的雪漠小说其实是在重构一个西部神话，对建立在理性主义基础上的现代书写构成挑战，也对今天的视听文明构成挑战”。

事实上，要理解雪漠非同一般的创作体验，有必要得回到他置身其中的西部文化语境。眼下我们习惯于从社会进步的表层来看中国现代化，看中国社会的发展过程。但从文化层面上看，在这个过程中，我们是否失落了一些东西？是否有一些东西我们至今都没能很好地去理解它？在评论家王光东看来，在全球化背景下，西部文化就是这样一个视点，这样一个精神空间，可能会给我们带来新的思考。

以评论家王鸿生的理解，《野狐岭》带来的思考和冲击，首先就体现在通过西部这样一种特殊的文化地域，雪漠把被理性压制、祛魅的“灵魂”概念进行了重新复魅：“19世纪以来，‘灵魂’这一个概念已经是被祛魅了，我们用‘意识’‘无意识’‘心理’这些概念，这些书写取代了灵魂的书写。《野狐岭》的幽魂叙事打开了在历史中长期被掩埋的记忆。雪漠对历史记忆的书写也不是要寻找真相，而是要对历史作伦理化的处理，即对人类生活中的一些基本矛盾进行宽恕和化解。在这一点上，雪漠的思考有其深度，且跟世界文学构成了一种潜在的对话。”

辑十三

徐则臣

李修文

冯唐

赵本夫

阎真

在海拔以下写作，眼光就没法高过地平线

徐则臣

我清晰记得那次与则臣见面的情景，时间大约是2017年。那时，我在北京参加图博会，和则臣约好活动结束后见面聊聊，因为顺义新馆这边已经完事，我又不想来回倒腾，就预订了他家附近的酒店。那阵子，他该是住在安和园了，此前出现在他作品末尾的地理标识往往是知春里，再之前是北大万柳。我拖着行李穿越小半个北京城前往，如今想不起来具体是在哪个站点下了，但记得出了地铁口就在正值下班高峰的密集人群中见到了则臣。简单招呼后，他引我走向不远处的人行道，在停车处找到共享单车，扫码，打开，把车从里面倒出来，推着进了熙熙攘攘的车道。翩然上车后，他拽过我那塞满了衣物和书籍，分量着实不轻的拉杆箱，单手握着车把不紧不慢地骑行，我在一旁走着，看他在人群和车流里穿行自如，他骑得真是一点都不费劲，看上去远比我走着来得稳当。

这算不得多有文学性的景象，似乎都不值一记。如果非要找个记的理由，该是我知道则臣车技了得，而且喜欢骑自行车，他在散文《新世纪.com》里说，有段时间经常回到他教过两年书的那座城市，借辆自行车一个人沿运河逛逛。他说他特别喜欢自行车的速度。两年后趁去荷兰之便，他还写了一篇《阿姆斯特丹的自行车》。如果还要找个理由便是，我记得在暮晚此起彼伏的人群声里，在和则臣有一搭没一搭的谈话声里，在轮子滋啦滋啦的转动声里，在拉杆箱摩擦着地面的嗒嗒声里，我脑子里有过一闪念：多好，他写作也是这么稳当！写这篇文字的当儿，我就想，则臣在写作上岂止是稳当，他真是一步一个脚印，越往后写越是显出天空海阔的气象，也因此总是不由让我满含期待。我最是记得他在上海读首届作家研究生班那会儿，有一次随我去我租住的老房子，边走边说那阵子读了哪些大作家的作品，一本本读完拉倒，随后说了一句：至少得有一部大作品！写它个五六百页，四五十万字才算完事。我当时大约说过，这对你不是难事，没准过两年就写出来了！这当然不是什么“预言”，一个作家但凡写到他当时那个份儿上，定然会生出写大作品的雄心和抱负，他又完全具备与之相匹配的创作力，写出大作品是水到渠成的事。果然没过几年，他就捧出了“70后的成长史”——《耶路撒冷》，我没问过他，这是不是他那时期望的大作品，但想来应该是，何况这已经不是他迄今唯一的一部，因为还有为他赢得茅盾文学奖的《北上》。

当然我说稳当，不单是说则臣那种让写作者心向往之的写作状态，而是说读他的几乎每一部作品，都能读出一种恰到好处的协调感和平衡感，他写作大约就像他骑行一样，即使有负重，也能凭感觉或是理性找到那个最佳平衡点，不紧不慢、不偏不倚前行，稳稳地抵达他要去往的地方。要做到这一点，显然是难的。大多数时候，我们在身体和灵魂之间，或者说在形而上与形而下之间，都处于一种失重和不适状态。反映在写作上也是如此，即便大作家的写作也不例外。则臣重读黑塞后，写了篇《孤绝的火焰》。在这篇读书随笔里，他写道："黑塞在小说里给了形而上充分的空间，形而下的世界则寥寥几笔，我看不到一个人在通往未知的征程中必将面对的无数的偶然性，也看不到他在众多偶然性面前的彷徨、疑难、否定和否定之否定，那些现实的复杂性被提前过滤掉了，生命的过程因此缺少了足够的驳杂和可能性。"所言极是。即使是黑塞这样的大作家都会这般失衡，何谈一般作家呢？不过，体现在中国当代作家的写作中，他们在小说里往往是给了形而下充分的空间，形而上的世界则寥寥几笔，也没能够写上几笔。

如此，就像则臣在《福克纳的遗产》里说的那样，整个文学都是趴在地上的，在海拔以下写作，眼光也就没法高过地平线。"那么，地平线以上的部分如何被表达？需要想象力开拓、需要胸襟承担的那一部分如何实现？"则臣在"回到日常和最基本的生活"的同时，着力书写的就是"地平线以上的部分"和"需要想象力开拓、需要胸襟承担的那一部分"，他有时像是要强化这些部分，在写作中偏向精神先行、理念先行，或是主题先行，虽然他知道"世界上最好的小说，都是主题先行；当然，最差的小说也可能是主题先行"。而在大多数作家那里，由此而来的创作总是差强人意，则臣却是"主题先行"也写出了好小说，这在于他有绝大的能力和自信为作品赋形，就好比是强大的灵魂为身体赋形。他的"三姐妹"系列——《西夏》《居延》和《青城》，可以追溯到相应的，带有浓厚历史意味的词，他让它们在时间中慢慢发酵，最终成就了"三个女人，三种爱情"。

不得不说，是很多方面成就了则臣的写作，但无论谈哪一方面，都不能不谈到他的理论素养。他是一等一的好作家，我们却因此忽略他同时是绝好的批评家。他不只是对所读作家作品，所见世间万象有深刻的洞见；对自己所写的作品，以及所秉持的文学主张，他也有很好的阐发。他那些围绕理想中的好小说——兼具或者无限接近于长度、密度、难度，以及宽阔、复杂、本色这六个特质的“大作品”而做的阐发无疑是重要的，他因此对自己的创作有着格外清醒的认识，他的问题意识和精神疑难，也或许部分源于此。他曾经这么答问：“我所有的想法只是从不同的角度对那个好小说的描述和逼近。可能会有一些矛盾处，但整体上这些想法是渐进的、相互修正和完善的。一个作家不可能完成了所有的写作才开始整理自己的写作理论，他会边写边想边实践，要实践出真知，要理论联系实践，互动着往前跑。”也或许是这种良性的互动，他的写作在身体与精神之间有着奇妙的平衡，虽然他在小说里总是化精神于无形，但透过语言这个“身体”，我们能看到他对世界、对人生、对历史、对时代都有自己的定见。他说，卡尔维诺是为数不多的有着自己独特而又完整的世界观和人生观的作家。他自己也是！他的那些定见，反过来说也有益于读者更为充分地认知他的写作，并确证他的写作价值。实际上，我写这篇文字，也想着多谈一点自己的感想，却总是发现他已经做了更好的阐释，也就宁可引用他的原话。认识他这些年，和他做过几次访谈，他的答问每每让我折服。因为职责所在，我还做了一些话题对话，也总是首先想到请他支持，因为我知道他总能谈出自己的真知灼见。当然，也有一些作家善于写创作谈，或者是写对于创作的思考，但具体到写作本身，免不了会眼高手低，则臣是例外，他眼高手也高，不止于此，更应该说，他心高手也高。

某种意义上正因为则臣能做到眼手合一、心手合一，他的作品才自带平衡感。他在表达自我与呈现历史、时代之间保持了平衡。在分析麦克尤恩的《赎罪》时，则臣说他对这部小说感兴趣的一个理由是：个人日常经验和宏大叙事的对接。这也正是我对《耶路撒冷》和《北上》感兴趣的重要理由。在处理“大”和“小”的辩证关系时，则臣游刃有余地把个体的命运融入了历史与时代背景里。这是不容易做到的，如他自己所说，这其中“大”要足够“小”，“小”也得能足够“大”，境界、视野、细节储备以及相互转化的技术难度，少有作家能够完美地实现。但则臣做到了在“大”的背景下，“小”既能自足，又具备可供升华至“大”的品质。这也应了他自己说的，如果长篇小说要与我们身处的时代产生可资信赖的张力，那么这一文体必定会在形式上呈现出某种同构性。而找到那个与自己力图呈现的历史、时代相匹配的结构，也或许是则臣每每在写小说，尤其是写长篇小说之前，都要在谋篇布局上狠下功夫的原因所在。他下这些功夫无疑是值得的，正因为他找到了那个经得起推敲的好结构，他才能充分表达出自己想要的东西，又能跟别人区别开来，并在区别开来的同时，真正确立起自己独特的写作价值。

则臣区别于很多同时代作家的，当然还有更为重要的平衡感，他在承继古典与守望先锋之间，也在讲好故事与探索叙事之间保持了平衡。他在很长时间里都坚持认为，好小说要形式上回归古典，意蕴上趋于现代，后来稍稍做了调整，认为在意蕴上肯定要现代，但在形式上不能一味地古典，形式必须服从于内容。而形式上所以坚持古典，是因为他觉得这更符合中国人的审美和接受习惯。当然他绝不会为了迎合这种审美习惯，把小说降到仅只是讲好故事的层面上。他明白“故事只是小说之‘用’，发现、疑难、追问、辩驳、判断、一个人对世界的独特理解、故事与现实与人的张力，才是小说之‘体’”。而在某种意义上，也只有做到写作意义上的“中学为体，西学为用”，他的小说才不失中国文学的味道，又体现了世界文学的眼界。我记得也是在那座老房子里，他问我“借”了几本书，我印象中有郑义的一本小说，还有康拉德的作品集，和奥兹的两本小说。这些书或许是他那时想看，而恰好手头没有的，我旧事重提则是因为从中大致可以看出他的阅读和写作取向，郑义的小说有寻根的意味，则臣的写作接上了传统的根脉；康拉德某种意义上进行的是全球化写作，则臣的小说也是越到后来越见出国际视野；而奥兹以充满隐喻和想象的诗性语言，写出他对犹太民族乃至整个人类现实的关怀，则臣也是以他质朴，并且充满质感的语言，在世界文学的坐标上写作。他曾为我写过一句推荐语，说我“既能在世界文学中谈论好中国文学，又能在中国文学中谈论好世界文学”，这是夸奖之语，但用在他自己身上倒是合适不过，他自当归入极少数既能在世界文学的坐标中写好“中国文学”，又能在中国文学的参照下写好“世界文学”的作家之列。唯其如此，可以说则臣的写作在立足中国与放眼世界之间也难能可贵地保持了平衡。

从审美角度看，正因为则臣有着这种同时代作家稀缺的平衡感，他的作品才透出难得的雅正、中和之美。这事关他的为文之道，也或许事关他的为人之道。则臣笔下少见至善至美的大爱之人，更少见不可救药的邪恶之人，他在小说集《跑步穿过中关村》里写到那些卖假证、卖发票、卖黄色光盘的小人物，干着违法的事，在俗人眼里已经算有点小邪恶了，但深入小说的肌理，我们会觉得他们干这个行当，也是可以理解的，或者说从则臣的眼光去看，是情有可原的。这应了他自己说的，尊重和悲悯应该是一个人与生俱来的品质，这跟写不写作没关系。在敦厚关爱的环境里长大，则臣对人和事相对宽容理解。看待一个人，也就不喜欢绝对。即使在写作时，他可能会把一件事往极端推，也可能会把一个人往极端里写，但推进的过程中会时刻提醒自己，正视他的复杂性，写出他性格里的弹性。或因如此，则臣的作品才在具有独异性的同时，也特别能引发读者的共情。

也因此，我总是能从对则臣作品的阅读，也从与他的交往中获得教益。我们是同龄人，并且都是在改革开放元年出生，这本是没什么可说的，只不过是时代变换太快，这一代与那一代之间总有着诸多不同之处，代际话题也就被屡屡提起，放宽眼界看，谁管李白杜甫差着辈分，鲁迅茅盾不是一个代际，莫言是“50后”，余华是“60后”呢。而“70后”，尤其是1976年—1985年出生的一代，更被认为是“过渡一代”，似乎过完这个“渡”，这一代的使命就结束了。事实当然不是这样，相反因为“过渡”，这一代更显丰富和复杂。难道不是在巍巍群山的过渡地带，物种更加多样？既有阔叶林也有针叶林，既有乔木也有灌木，既有老虎、斑马奔跑，也有狮子、大象踱步。如此看，“70后”作家注定不可替代，将会有，也必将会有自己的“高原”，但在茫茫高原之上，如果还能耸立出几座“高山”，才会更加不可替代。想到此，我不由轻叹一声：幸好，有则臣在。

我写散文的本意，是想促使自己更加贴近周边人事

李修文

作家李修文说，写散文从某种程度上讲，是写作者作为生活在这个世界上的“这一个”，亲历自己、梳理自己，把自己带往一个未知的方向，在人生旅程当中建立一个属于自己的，为他人所不能替代的主体的一种方式。他还表示，这是散文这种文体不同于其他文体，所能带给写作者的最大的回报。

在李修文看来，优秀的散文之所以优秀，就在于写作者敢于拿“我”的主观体验和审美能力，代入“我”的感受，与叙述对象一起走进那个莫可名状、暧昧难辨，甚至会“颠倒黑白”的地带，“黑白之间还占着许许多多幽微的、暧昧的、难以描述的地带，人生有时候真是很难用简单的道德与非道德来清清楚楚把它表明出来，而表明这一点，其实就是散文这个文体最高的责任和使命”。也恰恰是在这一点上，这几十年的散文很多都难以让人信服，“我们日常生活

这么丰富，我们很多散文却受制于种种原因，不是视而不见，就是没能写出来。但一个散文作家之所以优秀，就在于他能在日常生活中创造出属于个人的、极为独特的、不能被替代的文本。因为你的感受是宽广的、细腻的、独特的，你的文本才能呈现出这个可能”。

因此，李修文认为，散文写作不必像当下流行的非虚构一样，非得冷峻地、不动声色地，或者以打引号的客观，“记录”跟我们的感受有间离的文本。他说：“这些年带给我们震惊般阅读体验的文本，都是代入了‘我’的感受。而散文这种文体，哪怕从头到尾都没有第一人称在场，但和其他文体相比，散文始终有一个大写的‘我’存在于文本的背后。我们认同作为一个生命所要面临的事实，既不是一味地向上，也不是一味地沦落，我们平静注视着我们的生命，在这样一种漫长的凝视里出发，致力于去发现每个生命虚弱的时刻，致力于去探讨在这样的时刻里人之为人的可能性。”

李修文年少成名，13岁时写了第一篇小说，投给当时的大型文学刊物《当代作家》，很快就发表了。因为善于作文，他初中毕业被保送到荆门一中，高中毕业被保送到湖北大学中文系。25岁时，他出版了第一部小说集《心都碎了》，以此步入武汉市文联成为专业作家。随后，长篇小说《滴泪痣》《捆绑上天堂》相继出版，并改编成热门影视剧，眼前是一片坦途。

写作瓶颈却在不期然时来临。李修文开始写不出自己能认可的小说。于是他投身于影视界，担任编剧和文学监制，奔走于革命剧、历史剧、民国剧之间——打过短工，写宣传册，给电视剧改词。有的剧组管理混乱，他做编剧外，甚至值过夜班，守着剧组里的发电车。长年在各种穷乡僻壤游荡，他心如死灰，甚至想过在长江上包条客运船做生意。直到2014年，由他担任编剧的电视剧《十送红军》登陆央视一套黄金时段，他才再次出现在众人面前。三年后，他出版散文集《山河袈裟》，并于2018年获第七届鲁迅文学奖。2019

年，他出版了散文集《致江东父老》，2020年在疫情中，他又写完了20万字的散文集《诗来见我》。

其中部分散文，尤其是《山河袈裟》里的一些散文，是李修文在十来年的沉寂中写成的，他在剧组中写，在旅途中写，写剧本遇到困难时，他走出房门与路人喝一顿酒，在酒后写下这奇遇激起的动人波澜。写完，也不发表，自己看看。用他自己的话说，那时，他也不认为自己还能够成为一个作家了，他基本上觉得自己已经不太行了，“一个过去还有所成绩的年轻作家，内心充满对自己无能的怨恨时，我的办法就是忘掉我是一个作家，我就是芸芸众生中一个要求生的人”。

这就可以理解李修文感叹，这些年他只是写了大多数中国人都耳熟能详的一句话：同是天涯沦落人，相逢何必曾相识。他在《山河袈裟》里用尽笔墨记录了世间普通人的情感和尊严，他们是门卫和小贩，修伞的和补锅的，快递员和清洁工，房产经纪和销售代表。在《致江东父老》里，他也记录下很多典型中国式面孔：落魄的民间艺人、与孩子失散的中年男人、过了气的女演员、流水线上的工人、不得不抛弃自己孩子的女人、爱上了疯子的退伍士兵、靠歌唱获取勇气的人……也是在和普通人的接触中，他才如2020年南方文学盛典年度散文家授奖词所称，破除自我滤镜，直面广大而真实的世界，写出了生动而具体的个体。

唯其如此，我们才能理解李修文说，他写散文的本意，是想促使自己更加贴近周边人事，所以真实性会成为必然要求，但他同时感到，越触及微茫之处，越觉得所谓的“真实性”是不存在的，人心多么复杂，美德里往往充满矫饰，但是这就是现实。因此，当他再下笔时，“现实性”就远远大于了新闻意义的“真实性”。在李修文看来，唯有在“现实性”里不管不顾，我们才有可能触及“真实性”之一部分。“所以，面临散文写作，我有一个很大的执念：我想我的写作不归于真实，甚至不归于现实，它应当是归于美学的——美学才是目的，所有的组成部分只是通往它的驿站。但是，这绝不意味着对现实的轻慢，恰恰是现实的丰富，使得我的个人执念有可能在这个时代得以死灰复燃。”他说道。

也恰恰是现实的丰富，让李修文对散文前景感到乐观。在他看来，我们个人的生活，个人的感受，正越来越变为我们去承载文本的处理器。而无论散文，还是小说都是这么一个处理器，它们之间也就不应该有那么清晰的分野，“近年获诺贝尔文学奖的阿列克西耶维奇和托卡尔丘克，她们有一个共同的特质，就是取消传统的文体界定，她们把自己的感受和创造力，熔铸到超级文本里。而阿列克西耶维奇说，当我走在大街上，多少长篇小说遗失在风中。这句话也绝非仅仅是在强调非虚构作品的力量，而是在相当程度上指明了其他文体对于小说这种文体的抢夺和侵占：小说的一部分功能，已经成了别的文体的重要支撑”。

话虽如此，在李修文看来，散文的前景，更在于改变语言。这同时有赖于如知名诗人沃尔科特说的，要改变我们的语言，必须改变我们的生活，“如果说我们对写作怀有什么使命的话，就是使写作变得更加准确，使写作在准确当中得以精进、得以体现，语言就是我们的命运，就是我们的安身立命之所，写作者的使命之一就是使我们的语言进步，使它变得更精准，更加能够匹配我们的生活和命运，更加能够发出每个人在复杂的体验当中应该发出的那个喊声。如果我们的生活都不能匹配我们的语言对它提出的要求，这一切显然是痴人说梦”。

在这个意义上，李修文说，我们要有勇气，要有能力去创造自己的生活，“创造生活说起来很容易，但实际上它几乎要拿我们一生命运来贯彻，我们很容易被一种过度文学化或者过度审美化的生活，限制在各种各样的囚笼里头，在某些时候我们要挣脱专业的囚笼”。李修文坦言，年轻的时候，他也认为自己关起门来就可以当一个作家，光靠审美就可以推动文学叙事，“但当我经历了那么长时间的无能为力之后，我牢牢地知道我的阵营在哪里，我必须时刻和我的阵营——山河、草木、民众待在一起，我得不断提醒自己，做他们的同路人”。

而在近期出版的散文集《诗来见我》中，李修文走进杜甫、白居易、刘禹锡、元稹等古代诗人的世界，也是着意写他们人在江湖的无奈与感叹，写他们犹在笼中的挣扎与艰辛，更体悟他们意在言外的人生感怀。在李修文看来，诗这件事，在中国从来就不是诗人自己的事，也不是诗人关在房子里摇头晃脑的事。诗是关乎广大的世界和江湖，关乎中国人怎么相认，“所以，古人写诗不是为了让后人当作学问去研究；那么多的诗、那么好的诗在世间流传，是为了让它在某一刻在我们的生命里亮起来，照亮别人，也照亮自己，见到自己”。

我所求不过是“杂花生树，群莺乱飞”的自在境界

冯唐

协和医科大学妇产科博士，美国 E-mory 大学 MBA，曾在麦肯锡香港公司就职，现供职于中国历史最悠久的国企，这是作为一名高级白领的冯唐；“21世纪的王小波”“中国新文学始于21世纪、始于《万物生长》、始于冯唐”，这是评论家视野中的冯唐；“《唐书》说白居易九岁通音律，冯唐十七岁写出了《欢喜》。”这是冯唐自己眼中牛气冲天的冯唐。这位仿佛横空出世的“70后”作家，可谓杀入文坛的异数。在解释为何用冯唐这个历史人物做自己的笔名时，冯唐称：“冯唐活得长，90多岁，大家经常说‘冯唐易老’，对我来说也是一个鞭策。”

在出版了数本小说和散文集后，冯唐事实上已经在国内读者群中享有“盛誉”。迄今为止，他最受关注的作品，当属“万物生长”三部曲。从《万物生长》到《十八岁给我一个姑娘》，以及最新推出

的《北京北京》，三部长篇小说成为一部关于“成长”的编年史。三部小说的主题是生长，人的生长，在快速生长中透出的人性。冯唐的小说似乎都在写他真实的青春。

其实，写成长小说近年来不是什么新鲜事。在冯唐看来，最重要的是让你体会到生命感动，就像姑娘最重要的是让你体会到爱情。透过这样的文字，我们也不难“读”出冯唐的性情，而以有评论的说法，性情作家，性情文字，或许正是冯唐的小说对我们这个时代的最大馈赠。

这般独特的性情、气质源于冯唐独特的人生经历。他的正式写作生涯可以追溯到17岁，在那年，他完成了第一部长篇小说《欢喜》。有人戏言，这是他最好的小说。冯唐道：“你是说我这之后的十六年白活了，功夫白练了。”在北京胡同大杂院里长大的冯唐，尽管血液里有“老妈替我打下的精湛幼功，有三千卷的经史和江湖”。冯唐大学却从理不从文，因为“高中分班的时候，学不好数学的人才去文科班”。“高中我看了王力的四册《古代汉语》，觉得文科可以自学，没必要让人教。而且，‘五四’一辈人已老去、逝去，也没什么人能教我中文。”

也因此，冯唐并没有上文科大学，他的八年大学时光是伴着福尔马林和尸体度过的，但作为医学博士的冯唐离开协和医科大学之后，却再也没有从事和医学有关的职业。冯唐说，在医学院辛苦的8年，让他得到了对人类本源的理性知识和对生死的感性经验，“一门门医学课对于我现在的写作来说，就像素描、色彩之于美术，打下了日后的根基”。冯唐坦言，他之后跑到美国学商主要是为了养家糊口、经济独立，不需要用文字来挣钱。很显然，与时下的绝大多数码字者不同，冯唐对文字没有生存欲求，也许正是由于这种无所欲求的状态，让他的文字非常性情，充满原始的想象力，即他特别期待的“杂花生树，群莺乱飞”的自在境界。

评论界喜欢把冯唐和王小波、王朔等作家相比，冯唐并不以为然，他不满意他们笔下的文字，“你看他们的语言，感受不到从唐诗汉赋哪怕是明清文学，或者像周作人、林语堂等传承下来的文脉”。扩而言之，新中国成立以来日常生活中常见的这些汉语，也不是冯唐心目中优美的汉语，或者有质感、有力量的汉语。而从纯然的生命感觉里流露出的性情文字恰恰是他最引以为傲的地方。他直言：“我觉得文字上我会有我的贡献。我想要拼命吸收西方的、古人的好东西，拼命找现实生活中很鲜活的语言，创造出一种继承‘五四’文言转白话时那种好的传统的汉语，然后把它发扬起来，把这个文脉接上。”

尽管对评论界提法不以为然，言必称亨利·米勒的冯唐显然欣赏王小波等作家笔下小说的趣味，并把它作为自己矢志不渝的追求。他的随笔集取名《猪和蝴蝶》，“因为猪和蝴蝶两个意象合起来，正好代表了我喜欢的两种趣味。猪是很实在的、很世俗的、摸得着看得到的、很得过且过的；蝴蝶呢，是灵巧的、孤芳自赏的、细致的、梦幻的、有强的流逝感，蚕化成蛹、蛹化成蝶……”

冯唐写北京，写自己。因为北京是他出生成长、“阳光灿烂日子”的地方。“北京对于我是初恋，火星，根据地，精神故乡。”从经验出发，写自己的生活和经历更是无可非议，“除非是博尔赫斯那种玩文字游戏的作家，不用怎么接触生活，不然作家都得有份其他的工作。我理解的文章应该是一种表达，不是全部，而是最后一步，你要边生活、边读书、边写作。”这大概也符合他“生活在边缘，思考在高处，表达在当下”的所谓理想的生活状态。

写作有时就像在一片大雾里行走，走到哪算哪

赵本夫

在长篇小说《天漏邑》的扉页上，作家赵本夫引用了奥地利作家斯蒂芬·茨威格写的《异端的权利》里的一句话，“我们的世界大得足以容纳许多真理”。评论家孟繁华说，这句话可谓理解这部小说的一把钥匙，因为它体现了赵本夫对世界、对战争、对我们的文明史的一种理解，一种认同。而按赵本夫自己的说法，他是要借这句话说明一个看起来非常简单，却常常容易被忽略的道理：一件事不是只有一种说法，站在不同的角度会有不同的说法。

把抗战作为舞台，展现独特的人性和个性

《天漏邑》很好地诠释了赵本夫的这一理解。从他如何塑造总是被脸谱化的“叛徒”形象上，就能看出他选择了怎样一个不同寻

常的角度。小说的写作源于赵本夫一位姑妈的事迹，她是抗战时期的妇救会长，被日本人抓住后受尽酷刑，宁死不降，后来侥幸逃生。赵本夫正是以姑妈为原型塑造了檀黛云的形象，檀黛云也是小说里曾经的抗日英雄千张子的女上级，千张子选择出卖她换取自由，他解释自己叛变的原因则是“实在忍受不了那个疼”。

就像赵本夫申明的那样，从《红岩》的甫志高开始到后来很多文学作品写的叛徒之所以叛变，要么因为政治信仰问题，要么因为人品、人格问题。然而千张子的叛变无关信仰，无关人格，只因为一个“疼”字。在赵本夫看来，这样一个简单的道理，无论从官方到民间，都迟迟得不到正视，“当然，叛徒的叛变有很多原因，每个叛徒都是不一样的。但是我相信因为受酷刑而叛变的人确实是因为疼得受不了。这对我们当下社会仍然有警示意义，为什么会产生这么多冤假错案，很多是因为严刑逼供下无法承受的疼痛。站在道德的制高点上诅咒一个人是容易的，但这个叛徒的故事，对我们每个人都是一个拷问”。

在评论家胡平看来，赵本夫塑造的千张子的形象，可说是国内抗战文学书写上一个很大的突破。他指的是赵本夫写出了人性的复杂。实际上，赵本夫与其说是写抗战，不如说是如评论家白烨说的，他是把抗战作为舞台，展现一些非常独特的人性和个性，他运用一些叙事手法，把人物的复杂性写出来了，同时也把我们既有的认识和观念丰富了，改写了，或是颠覆了。胡平表示，千张子怕疼，并不是因为他怕死，他活下来后，果然成了一个英雄式的人物，还杀死了很多日本人，最后他获得了原谅。“通常小说不会这样写。比如甫志高出卖了江姐后，他就定型了。我们过去写叛徒都是这样写的。但赵本夫不一样，他对战争和人性做出了自己独特的考察。”

借由千张子这个人物，就可以看出赵本夫在《天漏邑》里，着实将笔触探入人性的幽微之处。在赵本夫看来，人是选择的产物，也是观念的产物，你的选择使你成为与别人不一样的人，你也因自己的观念而成了你。千张子成了一个打引号的抗日英雄，其中蕴含了复杂的人生况味，让今天的我们思考在险峻环境下人所面临的难题。那么，对于人性与生俱来的弱点，我们应该持有何种态度？在这一点上，《天漏邑》无疑值得让人深思。

而《天漏邑》之所以让人深思，源于赵本夫赋予了小说丰富的内涵。小说采用双线叙述，一为天漏村人宋源、千张子抗日及新中国成立以后宋源追查叛徒的故事，一为大学教授祢五常带领学生到天漏村考古的情节。同时，小说的发生地天漏村与世隔绝，独特的小气候致使天象诡异，六十年一现的古战场奇观，村人行为古怪等等。赵本夫运用田野调查笔法，对天漏村异状细加考辨，有意模糊了纪实与虚构的界限，试图洞悉宇宙自然的奇幻力量与文明进程的诡谲之处。

这在某种意义上使得小说有了寓言的品格。而强烈的寓言色彩，在评论家聂震宁看来，是赵本夫小说的主要特色。从《地母》三部曲到《卖驴》，从《无土时代》到《天漏邑》，都是寓言化的作品。但李敬泽不认为《天漏邑》是一部寓言，他觉得小说塑造的意象有着人类生活丰富经验的支持，“这个小说我觉得最珍贵的还是让我们由此认识人性，认识自己的同时也认识我们的文化、历史，认识我们身上那些光荣、高贵、卑微和可怜”。

事实上，赵本夫也并不止于要给读者讲述一个寓言故事，他是把寓言作为一个载体，承载自己的写作诉求。《天漏邑》包含了很多的主题，诸如原罪意识，罪与非罪，社会的残缺，人性的残缺，惩罚与宽恕，忠诚与背叛，出世与入世等等。小说深藏的用意和苦心不时让人心生波澜，追究种种谜题背后的隐喻。他坦言，涉及这么多复杂深奥的主题，他当然无法给出答案，但作为一个求索者，提出问题总是好的。“在人类认识自然和社会的过程中，提出问题永远比解决问题更重要。因为叩问是前提，提出问题就有可能解决问题。如果不能提出问题，问题就永远无法解决。”

要有修炼和积累，更要有深度思考

如此庞杂的主题，一部三十万字的小说能解决得了吗？评论家郜元宝读了《天漏邑》后，不禁感慨这本书有着太大的密度，其中很多章节，很多部分是完全可以独立出来写的，“大家觉得写得好和不足，都是因为它好像是把一个多卷本的书，压缩成了一本书，这在我们的长篇小说创作中是值得鼓励的。但对于这样一个题材来讲，又让人觉得可惜”。

而让评论家阎晶明感兴趣的是，赵本夫的很多小说都有鲜明的主题，像《无土时代》这样的小说，书名本身就是一个主题的浓缩。但让他感佩的是，赵本夫虽说有很强的主题意识，但他不说教，不空洞，他能够通过自己的人物、故事，把原先设定的那个看上去有点大，看上去有点硬的主题融化掉。

某种意义上，赵本夫独特的写作方式，印证了阎晶明的这一困惑。《天漏邑》从萌发、构思、准备，到最终完成，差不多用了十年时间。但两年前他开始动笔写时，小说仍只有个大体走向，有一群人物在弥天大雾中若隐若现，故事怎么开展，会有哪些场景、细节，人物会做什么事、说什么话，一切都是朦胧的。“这也是我一贯的创作方式。如果一切都想清楚了，列出大纲小目，然后进行填空式写作，作品就会失了气韵和灵气，作品内涵也会直白浅露。所以，我一般会在肚子里憋很多年再开写，就像在一片大雾里行走，走到哪算哪，信马由缰。”他说。

也因为此，赵本夫在写作中，不少细节、人物语言，常常是上一分钟还不知道，写到那里时就突然出现了，有种灵感即兴而来的感觉。但创作的即兴发挥，在赵本夫看来是有前提的，那就是要顺着作品走、顺着人物走。还有就是作家的积累，“所谓厚积薄发。如果你对世事、国家、历史、政治不关心，对知识的累积不够，只是一脸苍白的坐在书桌前冥思苦想，是不会妙笔生花的。所以，深厚的积累是必不可少的。当然，也包括文学素养的修炼和积累”。

当然，赵本夫强调的积累显然融入了深度的思考。比如，从《天漏邑》中是可以看出“原罪意识”的，但中国文化里，又分明缺少原罪意识，就像他说的，虽然从禹、汤时代到后来的一些帝王都有过罪己诏，孔子的学生曾子也说过“吾日三省吾身”，但这并没有在整个社会达成共识。所以说中国人爱抱怨，怨天怨地不怨自己，天天抱怨老天爷，下雨抱怨，不下雨也抱怨。但西方人不抱怨，他们在上帝面前只有忏悔的份，没有辩解的份，因为他们有原罪意识。虽然在赵本夫看来，中国有佛教、道教，包括儒教等宗教，但中国文化中缺乏忏悔意识，是不争的事实。

在中国文化语境里，展现所谓的原罪意识，又有多少合理性呢？人们不能不注意到，赵本夫笔下的天漏村，本身就是一个超现实的存在。它会让读者联想到马尔克斯《百年孤独》里的马孔多镇，但赵本夫有意避开新时期文学被拉美魔幻现实主义文学笼罩的巨大影响，独辟蹊径，试图创造一个东方古代文明的母本，以此梳理东方文明流变及族人性格。

这体现了他一贯的写作梦想。他一直想写出能真正体现东方哲学、东方文化的作品，一直在追求自己写作的不可替代性和唯一性。赵本夫谈到自己写《地母》三部曲的经验。他最开始想写这部小说，是在1984年，但一直不知道该怎么写，觉得这个东西太大，迟迟不敢动笔。而正要动笔的时候，陈忠实的《白鹿原》出来了。同样是写家族史，他担心自己要写的内容会不会和陈忠实在题材上撞车，就赶紧找来看。但看完以后，他放心了，“因为我要写的是完全不一样的东西。《白鹿原》写的是社会层面、历史层面、文化层面的东西。我要写的《地母》三部曲，写的是人类对土地的宗教感，人类的本源，生命中更本质的东西。”

以赵本夫的理解，中国作为一个有着数千年历史文明的大国，如今我们又处在这么一个错综复杂的时代，可以说提供了创作的无限可能，作家们理当写出属于自己的东西。“我不希望从我的作品上能看到任何一部国内外经典的影子，如果能让读者读到这样的影子，它就是失败的，这也是我所不愿看到的。”

在传奇性和历史性之间，找到最佳的结合点

当然，作为一个在评论家张燕玲心目中有独特审美追求，有思想和语言重量的作家，赵本夫所追求的“看不出影子”的创新，实则是经过高度融合后的创新。

赵本夫的小说，读来之所以厚重、宏大、壮阔、深邃，源于评论家韩松林所说其鲜明而自觉的历史意识，“研究历史，阐释历史，从历史中挖掘生存的意义，解码永驻的基因是赵本夫文学创作的显著特色”。很强的历史性，加之白烨所指出的很强的主体性，很强的思想性。这“三性合一”，使得赵本夫得以像评论家潘凯雄认为的那样，把一些沉甸甸的、深刻的、永恒的东西融合到一种看起来非常传统的、非常冷静的、非常写实的内容中。“《天漏邑》总体上来说十分可读，但又不止于可读。着力在写实，好像又不止于写实，看似很传统，又不只是传统，它就是这样一个混合体。但融合得非常自然，非常不动声色，让你在一种愉悦的过程当中去思考，去琢磨。”

因为这样的融合，赵本夫得以做一些看似不太可能的，有着很

大跨度的探索。阎晶明表示，《天漏邑》有着很强的传奇性，但它又分明写的是历史。“毫无疑问，赵本夫试图在传奇性和历史性之间，找到一个最佳的结合点。”同时，《天漏邑》亦如评论家陈晓明指出的那样，在乡土文学或抗战文学的表层框架里，融入神话思维。“它是在神话的意义上来重新书写乡土中国的村庄的文明史。”

也是在这个意义上，作家范小青表示，体现在《天漏邑》这部小说里，赵本夫无论是在精神高度，技术难度，还是思想维度上，都做出了难能可贵的探索，“通过看似互不相干却有着内在联系的这种双线叙述，赵本夫为读者打开了一个不属于正常经验的复杂的空间。这部小说的复杂、饱满，还有它的神秘、混沌，难以用三言两语说清楚，又足以证明赵本夫在思想上是何等宽阔”。

“与真实零距离”中，追问人的生存困境

阎真

很多年里，写高校的小说，总是抹不去灰暗的基调。同样是直击高校学术腐败与生活潜规则，同样是以锋利的笔触揭示中国知识分子的堕落，阎真出版于2015年的长篇小说《活着之上》，却在灰暗里融入了光亮，让作品透出一份久违的暖意。

这并不是说阎真刻意要把作品写得温暖，而是他要努力写出他眼中“生活的真实”。2008年写完《因为女人》之后，阎真就想写一部关于高校的小说。虽然他清楚在他之前已有太多写当代高校的小说了，他也读过好多部，总觉得这些小说写负面太多了。“他们这么写，还是受到了小说规则的驱使，因为写负面、写黑暗，比较能写出精彩的故事。但就我对高校生活的真实体验而言，他们的写作是有偏颇的。在我身边，在日常的生活中，我都能看到不少保持淡定和从容的高校老师，我有愿望，也有责任把这些更为真实的面貌写

出来”。

体现在《活着之上》里，阎真极力追求的真实，通过主人公“聂致远”的生活经历细致地呈现了出来。小说写了两个主要人物，也代表了两种不同的选择：学术平平的蒙天舒，只是为了“活着”，在钻营、“操作”中步步高升；而“我”历史学博士聂致远，试图坚守“活着之上”的良知，换来工作、生活中处处艰难。随之，高校“象牙塔”光环后的艰难与真实，在阎真笔下一点点被剥开。

事实上，不只是在小说中，在整个写作过程中，阎真也严格遵循了“与真实零距离”的原则。阎真坦言，这部小说里的每一个情节，每一个细节，都是由生活的事实做支撑的，他凭空想象得很少。虽然这个事实，有一些是他自己经历的，有一些他不经意听来的，还有一些是他作为旁观者，听别人说但他确信是真实的，而这三个来源，都是真实的，“我必须在生活源头上，就做到极度的真实，只有这样才能真实表达高校生活的真实状态和这些知识分子真实的心态”。

虽是“早就想写的题材”，而且出生于高校教师家庭，又在高校任教30多年，阎真对高校生活可谓熟谙于心，在真正动笔之前，他却是酝酿了3年，记了1100多条笔记。然后写作了两年，改了一年，才终告完成，“原稿是手写的，前后修改了11次，最后才定名《活着之上》。我也和小说里的聂致远一样选择了‘跟不上形势’，整部小说我是用手一个字、一个字写，而不是敲键盘敲出来的”。

评论家李敬泽如此谈到自己的阅读感受。他说，读这部小说的时候，中间是几次放下，“因为读的过程当中，我有这么一个感觉，我一边读，一边看着人物，等于一边在看着自己”。在李敬泽看来，世界上有两种阅读，一种阅读是你把自己完全放进去，完全交出去；另外一种阅读，在读的时候，你不得不反复审视自己，这种阅读对你构成挑战，“后一种阅读，《活着之上》的阅读，与其说是一个非常愉快的，不如说艰巨的和激越的，是考验着我们的情感，考验着我们的心智能力的”。在这个意义上，他特别能够理解，阎真的小说何以能吸引那么多读者，“因为他的作品，在我们这个时代里一些基本的核心的生存问题的层面上，与读者形成了一种非常紧张、非常直接的对话关系”。

以李敬泽的理解，阎真之所以取《活着之上》这个书名，是包含了深意的。他要问的是除了活着之外，还有哪些构成人之为人的东西，还有哪些使我们的活着变成值得活的东西，“我们都知道活着是什么意思，我们都在想该怎么活着，怎么好好地活着，成功的活着，活着本身就是重要的价值，乃至于在我们这里，活着变成了终极价值”。那么“活着之上”还有什么呢？在李敬泽看来：“这部小说就是要迫使你去想这个问题，我相信每一个读者，都会在这本书面前感到一种被追问的慌张，反正我在读的时候，相当一部分感觉是慌张。它对我构成了挑战。”

而这正是阎真借由这部小说要表达的主题。阎真表示，“活着”是“具体的真实”。人首先必须是物质化地活着，即使是追求哲学化的生活，也无法超越“感性地活着”。这是前提性的价值、标准。“但在承认这价值、标准的基础之上，作为知识分子，是不是还有一种更高的价值？这种价值同样的具体，同样的真实。事实证明，这种价值是存在的。至少我们的文化英雄前辈屈原、司马迁、陶渊明、王阳明、杜甫、苏东坡、曹雪芹等等，证明了这种价值真实存在。”

由此，阎真得出结论道：现世的自我不是人生价值的边界。小说里有一句话，“生存是绝对要求，但是良知也是绝对要求”。当两个不同的绝对碰撞在一起，对于知识分子来说，得选择“哪一个绝对更绝对”。这正是阎真一直在思考并着力书写的困境。从《曾在天涯》里留学生高力伟为生存苦闷，《沧浪之水》里官员池大为的仕途挣扎，《因为女人》里柳依依当小三的妥协。因“困境”而产生的每一种选择，在阎真笔下，都是真实、敏感而可理解的。当然，尽管可以理解，阎真也在反思：生存之艰，是不是必得倾轧了我们全部的精神空间？

阎真终于给出了否定的回答。虽然《沧浪之水》里的池大为工作后曾因为“迂”而举步维艰，最终选择跟上形势，当上了卫生厅厅长，以至于有读者看过小说后感叹，自己迂腐了一辈子，是“没混出来的池大为”。但《活着之上》里的聂致远，却并不是“又一个池大为”。他面对生活的艰难，最终选择了坚守，且最终还是在因缘巧合下评上了职称。正如现实生活里的阎真，没有去操作，还是评上了教授。“生活中确实存在机会，要自己努力，这也是生活的真实。”他说。

更确切地说，这是不同时代里“生活的真实”。阎真坦言，在写《沧浪之水》的时候，他认为市场经济的冲击太大了，是无法抵抗的，而现在，他倾向于相信，还有聂致远这样的选择存在，还有某种力量来平衡功利化的巨大影响。他认为：“市场经济的发展带来了功利主义，也带来了经济上的普遍进步，这使得聂致远面临的困境并没有池大为那么惨烈和窘迫。所以他选择坚守，‘转身离去，也能有一条路。’”

诚如李敬泽所质问的，毕竟很多人并不像聂致远那样，心里“住”着一个曹雪芹，那么，就更具普遍性的人而言，其“活着之上”的依托点到底在哪里？“这显然不是一部小说能够，且有责任去完全解决的，但至少它开启了精神上的空间，能够带着读者去面对这个‘活着之上’的问题。”也是在这个意义上，评论家白烨表示，这部小说可以成为一面镜子，让我们每个人都能不同程度地从中看到自己，看到自己的处境，以此看，阎真写出了带有普遍意义的人生命题。

辑十四

吴兴华

陈平原

戴锦华

余秋雨

夏坚勇

王尧

徐风

游荡在中西文学之间，指示给他人奇异的梦

吴兴华

中国文学史上历来不乏“失踪者”，每被“发现”总会引来如获至宝般的欣喜，并由此加诸他们生前不曾享有的盛誉，也不免发出金子不会被永远埋没、时间自会给人公论的感慨。生前即享有“小钱锺书”之称，且在诗歌创作、学术研究、文学翻译诸领域均有成就的吴兴华，就是这样一个迟到的“失踪者”。

在长达四十多年的湮没无闻后，2005年由世纪文景推出两卷本《吴兴华诗文集》，时隔十二年，2017年年初，广西师范大学出版社又推出通过其家人及学界支持，全面增补修订，包含诗集、文集、致宋淇书信集、译文集及译作《亨利四世》在内的五卷本《吴兴华全集》。

如是，欣慰之余我们不免猜想，如果不是英年早逝，这位“不世出的天才人物”会给我们留下怎样令人惊叹的成就？感慨之余，

我们还不免问问，他何以被遗忘得如此之“深”，终于被发现后，又应当给以怎样恰如其分的评价？

他的诗和译诗还待深入琢磨的启迪价值

吴兴华写过一首诗，诗中写道：“我不过是一个做梦的人，日夜游荡在缓变的梦里，而不能指示给他人我奇异的梦……可是现在我醒了，我听见窗外卖花女熟悉的喉音……”字里行间显见地包含了吴兴华的无奈，和对自己很高的期许，他希望这个缓变的梦能做得很久很久，但可惜的是，这个梦在即将盛开的时候就凋谢了。1966年，他去世时还不到45岁。但他“只是刚刚开始”的写作已指示给了他人以奇异的梦。

与一些天才人物一样，吴兴华自幼聪慧过人，未满四岁即无师自通地读《资治通鉴》。五岁入学后，老师们都惊叹他的天赋，神童之誉不胫而走。1937年，仅16岁的他因成绩出众连续跳级，从崇德中学考入燕京大学。此后绝大部分时间就在今日北大所在地的燕京大学校园内度过。

正是在16岁那年，吴兴华发表了无韵体长诗《森林的沉默》。这首诗在日后引起了很大的反响。诗人周煦良以为，他的诗无论在意境、在文字上都是一种新的综合，“新诗在新旧气氛里摸索了三十余年，自吴兴华起，一道天才的火花，结晶体形成了”。吴兴华此后还写了很多探索性的诗歌佳作，遗憾的是他的诗歌创作只持续了不长的一段时间，在新中国成立前后就基本上停止了。不过在同时代诗人卞之琳看来：“吴兴华遗下不多的诗和译诗，以其得失，对于我们认真关心新诗语言艺术的后死者和再来者，大有还待深入琢磨的启迪价值。”

事实上，吴兴华长期以来鲜为人知，除他英年早逝外，一个重要原因就在于他过早地停止了诗歌创作，而他独特的诗歌风格游离于当时文学主流之外，也难以让主流文学史接纳。在香港教育大学文学及文化学系讲座教授陈国球看来，吴兴华的诗与诗论主要完成于北平沦陷时期，其文学同群本来就不多，又因时代崩裂而星散，失去互相激荡或者汇通整合的发展机会。另一方面，吴兴华诗学主张明显与时流不同，也较难进入以“革命”“救亡”为最高目标的公众视野。反而在港台，他的诗学受到少数精英的关注，却也因文献不足难以深入研究。

不能不说，吴兴华写诗之所以出手不凡，在很大程度上正是源于他的博学通识。他精通英文、法文、德文，熟悉拉丁文、意大利文、西班牙文等多种语言，于中国传统典籍也浸润极深，被认为学养堪与陈寅恪、钱锺书相提并论。也因为此，他的诗才会融合中西，在意境、文字上产生“新的综合”。虽然吴兴华后来基本上中断了诗歌创作，但他把很大一部分精力转到了译诗上。1939至1941年间，他翻译了大量拜伦、雪莱、济慈、叶芝等英国浪漫主义诗人的作品。此后，他翻译的莎士比亚的剧本《亨利四世》受到广泛推崇，他还为现在流行的《莎士比亚戏剧全集》译本作了大量校译工作。难能可贵的是，在乔伊斯还没有奠定他在世界文坛上的地位之前，吴兴华就把他的争议作品《尤利西斯》介绍给了中国读者，并对惊为天书的乔伊斯晚年杰作《为芬尼根守灵》做了探讨。

1952年后，吴兴华进入北京大学西语系。1957年，因与苏联专家持有不同见解而被错划为右派，被取消了授课和发表论著的资格。1962年“摘帽”后，他开始着手自己的两项“雄心壮志”：一是根据意大利原文，严格按照但丁诗的音韵、节拍翻译《神曲》；二是创作历史小说《他死在柳州》，以柳宗元为主角，力图包容唐代中外政治、经济、文化交往的全貌。据他的夫人谢蔚英回忆，他还打算翻译《荷马史诗》和古希腊悲剧。然而造化弄人，随即开始的“文化大革命”使吴兴华感到深刻的恐惧。他亲手烧毁了书稿，那部被誉为“译林神品”的《神曲》译稿，也只是由谢蔚英在当年偷偷保留了一小章节。而另一方面，在学术研究上，吴兴华一手写出《威尼斯商人——冲突与解决》，一手写出《读〈通鉴〉札记》和《读〈国朝常州骈体文录〉》，现在看来也都是不可多得的精品佳作。

谢蔚英回忆道，吴兴华曾说过自己的治学计划是40岁之前苦读，奠定根基，40岁以后开始一一兑现自己的雄心壮志。而他的早逝，使这一切都成了一个难解的谜，吴兴华的英籍导师谢迪克后来追忆说，吴兴华是他在燕京教过的学生中才华最高的一位，足以与他的另一位学生，文学批评大家哈罗德·布鲁姆相匹敌。由此不难理解何以学者夏志清感慨，陈寅恪、钱锺书、吴兴华这三代兼通中西的大儒先后逝世，从此后继无人，钱、吴二人如在美国，成就岂可限量？而博学如王世襄也评论道：“如果吴兴华活着，他会是一个钱锺书式的人物。”

学贯中西、通今博古的“小钱锺书”

事实上，吴兴华迟迟被发现后，之所以会引起一定程度上的关注，在某种意义上就因为如果他活得久一些，“会是一个钱锺书式的人物”。而钱锺书式的人物，以有论者的说法，在中国历史上几百年才产生一个，当今之世是无人能及的。

显见地，吴兴华和钱锺书一个很大的共通之处，就在于他们的学贯中西、通今博古。在燕京大学读书时，吴兴华就给当时初版的《谈艺录》提了些意见，被向以治学严谨著称的钱锺书接受。他也因此获得“燕京小钱锺书”的美誉。值得称道的是，吴兴华年仅26岁就被破格提升为副教授，31岁成为北大西语系英语教研室主任，两年后又被提升为系副主任。即使在过去年轻教授也算寻常的时代，这也是极为罕见的。

而吴兴华与钱锺书也有过交往。据吴兴华诗歌的海外传播者宋淇的儿子宋以朗推测，两人真正见面相交，可能始于1952年。当时亚太地区和平会议在北京举行，钱锺书主持英译汉的翻译组，吴兴华、张芝联也参与了口译和审稿工作。大概从这个时候起，钱锺书和吴兴华经常对谈古诗源流。他们的关系也一直很好。据谢蔚英回忆，吴兴华去世后，她与钱锺书、杨绛夫妇为邻，杨绛多次问她生活有否困难，还设法帮她。当时她的大女儿吴同十多岁，没有工作，杨绛便借口要找人抄《堂吉诃德》译稿，让吴同帮着抄，每次也付给数倍的稿酬。在回忆文字里，宋以朗还谈到翻译家李文俊说过的一件轶事：在干校时，一个年轻人向钱锺书请教一个英语问题，钱锺书看了一下便说："这种问题还来问我，你去问谢蔚英就行了。"李文俊又说："谢蔚英在文学所图书室管理外文书刊，钱锺书乘借还书常去她那里闲聊打趣，博美人一粲。这也算是苦中作乐了。"

而有关吴兴华的博闻强记，他在燕京大学时结识的好友宋淇、孙道临、郭蕊、张芝联等，都留下了可供佐证的回忆文字。作为吴兴华诗歌的海外传播者，宋淇回想起自己在才力和思想上跟吴兴华的交锋，做了一个绝妙的比喻：自己和兴华一起攻读，就像"虬髯客"遇见了真命天子李世民，自叹不是他的对手。在回忆文字里，宋淇还写道，吴兴华有一心三用的能力：他往往一边打桥牌，一边看书，同时和其他人谈笑风生，而每件事都能做得非常流畅，令旁人啧啧称奇。他看书也是一目十行的，"有次他到学校图书馆，规则是每人限借三本，他却一口气借了十本，当然不批准，于是他就坐在那里东翻西弄，过不了三小时，便把十本书的重点都记在脑中，然后把书归还书库，施施然出去打桥牌了"。

在孙道临的印象里，吴兴华总是手不释卷，经、史、子、集，无不涉猎，且记忆力奇佳，过目成诵。郭蕊回忆说，吴兴华的书桌上总是摆了许多诗集、诗选如《唐诗别裁》《明诗别裁》《清诗别裁》之类，谁如果随手翻到某页，读出一句诗，而吴兴华说不出上、下句，就罚他两毛钱，否则对方出钱买花生请客。遇见这种打赌的时候，每次推门进去都能看到扫不完的花生壳。后来大家知道吴兴华从未输过，都不敢再赌了。谢蔚英说，吴兴华在生命的最后岁月里，给她留下的唯一值钱的东西，就是他平时爱不释手的《四部丛刊》。

期待对吴兴华“开放式”的阅读和研究

吴兴华确是出了名的好读书而求甚解。即使在最动荡的岁月里，他能想到的除了书，还是书。

1941年前后，太平洋战争爆发，学校内迁。但吴兴华身体不好，且父母相继病故，作为兄长的他需担负起抚养弟妹的责任，所以不得随师友同走。除却他逝世前那段暴风骤雨的日子外，这段时间可算是他最艰苦的岁月了。但在给好友宋淇写信的时候，他却只在陈述着各种文学工作，只字未提物质之缺乏，唯一反复提到的“请求”是，请给我寄一些书来吧。“书寄来后再谈，我等书等死了。”“你最近看了什么好的西文书没有？来信告我一声，我已是out of touch with现代西洋文学好久了”。

而吴兴华本是可以在国外好好读“西文书”的。1945年抗战胜利后，司徒雷登本要送他去美国，他的导师谢迪克也从康奈尔来信说可以聘他去做讲师。然而由于生活清苦，长期营养不良，他染上了肺结核，加之家庭的因素，他终究未能成行。在1948年6月15日致宋淇的信中，吴兴华写道：中国情形真叫人灰心，恐怕须一百年之后才能普遍的抬头，此地朋友常常笑我见了古书、洋书都是爱不释手，唯独不屑一顾人人抢着看的铅印书，“其实在我看起来，理由是非常充足的，想你和芝联一定也是如此”。

如今回头看，不能不说吴兴华的理由依然是非常充足的。吴兴华毕生追求在中国传统文学与西方文学两者之间，开辟出一个中国文学及文化的新的可能性。而这样的可能性，某种意义上说，随着他那一代学人的远去，在当今之世是难以接续了。在另一方面，正如有论者所说，吴兴华继徐志摩、闻一多和朱湘那一班前辈的步伐，力图在白话诗的形式、音律方面有所创新，比起在他前后许许多多率尔操觚的“诗人”，态度要来得严肃、认真许多。平心而论，对比之下，如吴兴华这般严肃认真的探索态度，也着实已许久不见，仿若“空谷足音”。

让人感到欣慰的是，随着《吴兴华全集》的出版，我们不妨把这看成是吴兴华研究的一个新起点。正如陈国球所说，由于现今信息流通较广，又有一定的历史距离，我们或许能够以更宽容的态度去调整我们的“感情结构”与“期待视野”，把吴兴华诗学的“古与今”“新与旧”“中与西”的创见或偏见剖析得更透辟细致。而经由这样的“开放式”阅读和研究，吴兴华应该不会再在文学史上失踪，也会在其“失踪”多年以后产生他该有的影响了。

文学教育切忌太功利，它是“润物细无声”的

陈平原

在多年前一篇题为《语文之美与教育之责》的演讲中，陈平原倡言，一辈子的道路取决于语文。这看似一句有些夸张的“广告词”，在他看来却是有切实的理由。陈平原说，回头来看中小学教育，很多知识会更新换代，语文却是不可替代，对我们一生影响最大的就是语文，“当然，中小学教育的每一门课都重要，但是本国语言文字、文学的修习可能会影响人的一辈子”。

当然，陈平原所说的语文并不全然是文学，而我们今人讲的文学，也并不等同于古人讲的文学。陈平原曾写过一篇《大学校园里的“文学”》，第一节即是“曾经，‘文学’就是‘教育’”。他举例道，建安八年，曹操下《修学令》：“丧乱以来，十有五年，后生者不见仁义礼让之风，吾甚伤之。其令郡国各修文学。县满五百户置校官，选其乡之俊造而教学之。庶几先王之道不废，而有以益于天

下。”这里说的“各修文学”，当然是指教育，设校官，选才俊，认真培育，以使得社会风气改良，“先王之道不废”。

陈平原进而言之，古代中国关于“文学”的界说，主要不是教育，而是“文章博学”。“《论语·先进篇》说到孔门四科，分德行、言语、政事、文学，这里的‘文学’，不是文学创作，而是人文修养。《论语·季氏篇》所说的‘不学《诗》，无以言’，不仅是训练表达能力，更包含思想、趣味、思维、情感、学识等。学《诗》的范围及功能涵盖整个人文学，反过来，‘六经’中其他科目的训练也包含了若干今人所理解的‘文学’。”

相比而言，陈平原理解的“文学”，并非只是科目或学科意义上的“文学”。他说的“文学教育”，既指向大学里的文学类课程，也包含中小学的语文课堂，尤其是在他看来，中小学语文课本里面不仅有具体的语言知识、文学修养、有人生观，还有各种各样的思维方式、思想感情以及文学趣味，甚至还混合了政治立场。对这些东西如何把握分寸，必须很好地斟酌，他建议更多地培养孩子的审美。而这在很大程度上取决于文学教育。“文学教育是为人的人生打底子，当今很多人缺乏独立阅读、深入思考、自由表达的能力与兴趣，这些问题的根源还在于教育，尤其是文学教育。”

倘是放在传统中国，因为书院教育及科举考试中，“文学”无所不在，每个人都得苦心钻研，反而不必设立专门学校学习“文学”。进入现代社会，合理化与专业性成为不可抗拒的世界潮流，“文学”作为一个“学科”，逐渐被建设成为独立自主的专业领域，“与此相对应的是，中学毕业以后，绝大部分读书人不再亲近文学了。所有这些，并不取决于个别文人学者的审美趣味，而是由整个中国现代化进程决定的。文学依旧有其独立价值，但重要性明显下降。”他表示。

但正因为此，陈平原更觉得应该重视文学教育。在他看来，虽然文学作为“专业”的魅力正日渐消退，作为“修养”的重要性却迅速提升。当今很多人缺乏独立阅读、深入思考、自由表达的能力与兴趣，而文学教育正是解决这些问题的关键一环。近些年，他在不同时间、场合发表关于文学教育的演讲，他更是先后出版《六说文学教育》《文学如何教育》等作品，不断反省当下中国以积累知识为主轴的文学教育，呼吁要减少对知识的崇拜，而呼唤那些压在重床叠屋“学问”底下的温情、诗意与想象力。

带着“学者的人间情怀”介入话题讨论

陈平原之所以如此关注教育，也源于他对百年中国知识分子道路的思考，亦可谓承继的新文化人“启蒙”立场的一种“遗风”。因为，所有思想探索及学问传播，最终都必须通过教育来实现。在他看来，作为大学教授，若不满足于闭门著述、独善其身，想在一定程度上介入社会改革进程，其路径大致有三：第一，积极上书中央，扮演智库的角色；第二，纵横捭阖在各种媒体上，谈论时事，表达立场；第三，即是关注教育问题，希望从根本上改造中国，“这第三种最为迂阔，不显山不露水，需要长时段才能见成效”。

他尤为关注基础教育，是因为虽然他主要的研究对象是大学，是大学存在的问题，但他注意到，尤其是今天的中国，大学的问题有很多，但很多问题，实际上在中小学里面已经显现出来了。也因为此，促使他把研究视野向前延伸，到了中小学的语文教学。

陈平原说，大学教师与中学教师之间的鸿沟，变得几乎不可逾越，是二十世纪五十年代以降的事。而在之前，尤其是民国年间，中学老师进大学教书，很正常，如历史学家钱穆、吕思勉，文学家朱自清，美学家朱光潜等。至于特定年代，比如抗战中西南联大教授，因经济困难到中学兼课，那就更容易理解了。“这很奇怪，可绝少被追问。这就造成一种奇怪的现象。大学教师良莠不齐，中学教师则同样藏龙卧虎。只是因教学对象及教学内容不同，久而久之，前者较为专精，如此而已，无所谓高低雅俗。”

不过，自二十世纪九十年代中期起，因为特殊的因缘，不少大学教授参与中学语文教育的讨论，甚至主持编写教科书。这其中，和陈平原一样任教于北大的钱理群与温儒敏十分活跃，且取得很好的成绩。但在陈平原看来，他俩介入的姿态不太一样，钱理群取独立的民间立场，温儒敏则得到更多政府的支持。而他作为一个学者，套用写于二十多年前的一篇文章的篇名，更多是带着“学者的人间情怀”介入话题讨论的。

不可回避的问题是，在当前教育体制下，教师和学生都要面对很大的高考的压力，他们面临的抉择就是如何迅速提升成绩。而在这样的背景下，谈文学教育几乎成了“不可能完成的任务”。陈平原直言，如果说迅速提升成绩的话，语文课是做不到的。在他看来，语文课就像是慢火煲汤，必须是慢慢慢慢来，逐渐逐渐读。读了必有收益，但读了不可能马上体现出来，“相对来说，好的中学，尤其是好的负责任的老师，他们会关注语文课程对学生们一辈子的关怀”。

事实上，在与一些优秀的，有关怀的中学老师的深入接触中，陈平原也注意到，如果不是单纯围绕提高高考成绩，而是按照一定的文学理念、教育理念以及语文方式来培养学生，高考也会取得很好的成绩，只不过这不是一个急就章能达到的。“在这个意义上来说，或许应该改的是考试制度，而不是今天我们所说的，以素质教育为中心的那个语文课程，不应该是高考指挥整个教育，而是说教育在发展的过程中，如何调整我们的考试制度”。

文学教育更应该像农业，绝对不能像工业

很显然，调整考试制度不是一朝一夕就能完成的事情，在这样的情况下，该怎样培养一个人的文学鉴赏能力和审美能力？陈平原注意到，这些年尤其是最近一二十年，在课堂教学之外，家长们有时间，也有能力给予学生们更多各种学习的时间，参加越来越多的培训班。他给出的提醒是，切忌太功利。

在陈平原看来，人的一生很漫长，某个时段学什么样的东西是循序渐进的过程，“教育，其实就是循序渐进、因材施教的过程。循序渐进，指教育方必须配合孩子的心智成长过程。因材施教，指必须尊重学生们本身的材质和他的趣味。往往我们会想当然地认为这是好东西，但是好东西不见得非在人生的这个阶段学习。把应该由青年人学习接受的知识放在少年阶段，显然是不合适的”。

换句话说，过度开发孩子的智力，还有可能会造成逆反的结果。陈平原认为，冬行春令不对，少年老成也不恰当。每一个年龄段都有其特定的阅读需求，人为地打乱这一切，把所有的好东西、不好的东西，或者鱼龙混杂的东西塞给孩子，并不是一个好的教学办法。“我的体会是，今天的阅读以及对学生们的要求，明显比我们那一代人大大提升了。今天孩子们的写作，与我们当年相比也要成熟很多。一方面他们来自各方面的阅读量比我们多，另一方面世界也在变化中，我们的阅读、我们的生活体会与他们已经大不一样。从这个意义上来说，理解时代的变化，理解青年人的思考和趣味，然后来决定教学，这是必要的。”

这所谓不功利，未尝不是包含了另一层深意。陈平原在不同场合强调教育更应该像农业，绝对不能像工业。而文学教育更像是种庄稼，因为文学教育对一个人的影响是“润物细无声”的。但在眼

下，我们的文学教育，却有着太强烈的教诲的愿望。“打个比方说，我就没法同意现在重提二十四孝，重提‘百善孝为先’，重提各种各样的过去时代的一些伦理道德。我觉得是一个非常不好的倒退。”

而把文学教育作为一个思想道德教育的方法，以陈平原的理解，对于青少年读者来说，也无疑是不合适的，“我说不要太功利，第一是家长不要太功利，想着追问将来高考能不能加分；第二是政府不要太功利，就是不要把它作为一个思想道德教育的工具来思考”。这并不是说，陈平原从根本上反对语文课里包含道德教训的意味。他认为，这个道德应该隐藏在后面，首先是文章、是诗文的魅力，而后才是这方面的。

过量文学史知识压垮品鉴文学的能力

中小学文学教育以“读本”为中心，在陈平原看来，倒是契合传统中国文学教育的基本方式，“如各类‘文选’等，它们的功能主要是养成一种趣味和写作能力。所以，从某种意义上说，很多人谈文学，所能记得的是著作”。

然而1904年，中国文学教育发生了天翻地覆的变革，从文学选本转向文学史，自此文学史就成了彷徨于教师与学生头上的一个幽灵。陈平原说，“作家往往看重自己有没有进文学史，学者看重自己一生能不能写出一部文学史”。以陈平原的观察，“以文学史为中心”的教学模式，固然使得学生们视野开阔，对上下古今多有了解；却也容易落下不读原著、轻视文本、夸夸其谈的毛病。“你会发现，修过文学专业的人，只是对这方面的知识掌握得比较丰富，但不等于文学修养很好，不等于能够写很好的文学作品。”

事实上，今天的文学教育，也是倾向于培养学者，而非培养作家。但也有例外。北京师范大学等一些高校就关注写作培养，且在前些年成立了国际写作中心。“文坛教父”的童庆炳就认为，大学中文系不应当只是培养学者，还应该培养作家。他说，我们过去对语言文学的认识是片面的：只搞文学研究，不指导创作，不培养作家。结果，我们作家的文化水平一般较低，“要知道，英美国家的学位论文是可以用小说代替的。美国、欧洲各国拿诺贝尔奖的大都是大学教授，懂好几国语言，而我们的作家许多是小学、初中文化，理论素养比较欠缺”。

如童庆炳说的那样，这种片面的认知，还带来了一部分作家的误判，他们固执地认为作家不需要理论。但实际的情况是，要是作家有扎实的理论基础、文化和知识的基础，他们对生活的理解会更加透彻。一个作家只有把自己的理性认识很好地渗透到作品的感性形象中去，思想才会更深刻，意味才会更绵长。也因此，童庆炳赞同王蒙提出的作家学者化的观点：“如今，作家当中，大学毕业的会越来越多，以后是这一拨人的天下，不再是初中生、农民作家的天下了。”

但以“以文学史为中心”的教学，难以让学生真正掌握理论，也难以提高他们的文学鉴赏力。陈平原说，虽然能够让学生迅速掌握一个朝代或者一个民族的文学概貌，代价是忽略了品鉴作家作品，“中文系学生本科和研究生的教育是学识丰富的，对《红楼梦》和鲁迅都能谈出特点，但缺乏面对孤立文本的判断能力。大部分文学系学生对作品的解读能力远远不足，大量丰富的文学史知识不知不觉压垮了我们对文学作品品鉴的能力”。

由此不难理解陈平原激赏钱理群的“以作家作品为中心”观。钱理群近年出版的作品，无论是《钱理群新编中国现代文学史》，还是《中国现代文学新讲》，都以此作为副题，正是基于对现行中国现代文学研究与教学的反思。他和陈平原一样，看到了文学教育当中文学缺失的问题：“学生都忙于背诵文学史知识，应付考试，很少下功夫研究原著，文学研究远离语言和形式，没有文学味。文学的缺失是我们的文学教学失根的危机。”在陈平原看来，钱理群大学毕业后在贵州安顺当了十八年语文老师，养成了对具体作品教学品鉴的能力，而一般博士毕业教书的学者容易宏观论述，不太擅长以普通读者的角度解读作品。

有必要改变目前的“重史轻文”倾向

或许只有站在普通读者的角度，才更加能体味文学所能给予的温情、诗意与想象力。但诚如评论家胡晓明感慨，现在大学成了文化生产的机构，所谓文学教育却独独没有了文学，没有了文学对人的生命的关心，对人的心灵与情感的关注。

陈平原也在另一种意义上认为，文学教育需要在“精研读本”与“历史论述”之间，构建某种必要的张力，从而改变目前普遍存在的“重史轻文”倾向。在他看来，文学教育的关键，在“读本”而不在“文学史”，是在导师引导下的阅读、讨论、探究，而不是看老师在课堂上如何表演。而要重建“文学教育”，在陈平原看来，不妨借鉴老北大的经验，同时开设“文学史”与“文学研究”两门课程，一讲历史演变，一重艺术分析，各司其职，各得其所。

他是这么说，也是实践的。他曾在北大开设“中国散文史”“明清散文研究”两门选修课，前者思路闳阔，但不太接地气，基本上是他一个人在演讲基本上是他一个人在演讲；后者则选读若干明清散文家的作品，兼及相关的史学、文化、思想、学术等，借助明清十八家文章，呈现16世纪中叶至19世纪中叶，这三百年间中国散文发展的大致脉络，并引起学生对这一古老文体的兴趣。“事后征询学生意见，学生们普遍认为修‘明清散文研究’课的收获更大，因其贴近‘中国文章’特点，符合‘课堂教学’要求，且有‘参与感’。”他说。

大概也因为此，虽然长期在大学任教，陈平原却更多自认为是“文学教授”，而非“文学史家”。他倡言重建“文学教育”，也因为看到大学升级与扩招后，中国高等教育日渐平民化，已不适宜沿袭曾经的“精英教育”模式。如今学生们大都缺乏独立阅读、深入思考、自由表达的兴趣与能力，言谈举止均打上教科书烙印。而对于生活在网络时代的中文系学生来说，知识爆炸，检索便捷，记忆的重要性在下降，如何培养阅读、品鉴、阐发的能力，就成了教学的关键。

由此，陈平原不无感慨道，重建“文学教育”，有必要以精心挑选的“读本”为中心来展开课堂教学，舍弃大量不着边际的“宏论”以及很可能唾手可得的“史料”，将主要精力放在学术视野的拓展、理论思维的养成以及分析能力的提升，“退而论之，这会让学生们多少养成认真、细腻的阅读习惯。至于说这么一来是否回到了‘中学语文’的老路子，那要看是怎样编选、如何讲授的了”。

向下看，向下流，向下走，我会比较踏实

戴锦华

1

被誉为“中国的苏珊·桑塔格”的戴锦华，虽然在电影研究、女性主义批评和文化研究三个领域都有开拓性贡献，但首先还是作为女性主义学者为人熟知的。早在1989年，她就和孟悦合作撰写了《浮出历史地表：现代妇女文学研究》。21年后，评论家张莉出版专著《浮出历史地表之前：中国现代女性写作的发生》，书名就脱胎于这部“中国当代女性理论的发生之作”。张莉坦言，这本书完全打开了她的另外一种视野，她感觉自己的人生也由此发生非常大的变化。

在戴锦华看来，中国新女性有着特殊的重要性，因为中国新女性十足是“五四”新文化运动的发明，相比从旧举子蜕变而来的新青年，她们更是现代中国的新人，“实际上，中国的女性议题不仅是

关于性别的问题，它同时携带着社会的激进命题，这种激进性可以说贯穿了整个二十世纪”。

不仅如此，以戴锦华的理解，在冷战之前，整个世界批判性的议题、反抗性的议题，都集中在阶级、种族、性别这三根轴上，但是到冷战终结以后，前两个议题都在某种程度上被“非法化”了，尤其是阶级议题，几乎已经没有人再讨论了。相反的是只有性别议题、女性主义议题，始终具有合法的先锋性和批判性。也因此，戴锦华强调我们今天不仅仅是要通过《阁楼上的疯女人》这本书去学19世纪女作家的文学作品，更重要的是，借此重新去体认、看待今天所置身的历史状态和文化状态。

而戴锦华之所以投入在当时看来特别先锋和前卫的女性主义研究，主要还是关乎个人切身的经验。戴锦华回忆说，她比较早地关注女性主义和女作家，而且本科毕业论文就是写的女作家研究，直接而朴素的原因，就在于她长太高了。她谈道：“这真的是没办法的事情，我十三岁的时候就已经像现在这么高了，作为一个女性比绝大多数男性都高，我每天都要听大人在背后窃窃私语说‘怎么嫁’。因为我高，其他女孩子有时必须像借助男生的体力一样借助我，我就有原罪感。再加上我讲话快，脾气直，所有这些都会被指认为‘不像女人’。所以我很小就非常痛苦和困惑，总是在心里对自己说我是女人，我是个好女人，我没什么别的不一样的东西。我的梦想，我的弱点和所有的女孩子一样，我像所有的女孩子一样希望得到人们的赞许、呵护，但是我得不到。”

正是在这个意义上，戴锦华直言，女性主义对她而言首先不是理论，而是个人生命经验的需要。她了解性别在社会整个结构中的位置和意义，是为自己解惑。“我阅读女性主义的作品后，才了解到很多东西不是我个人独自经历的，通过她们的作品，我知道有些事情也不是我错了。”但戴锦华和孟悦合作写书的起因却是颇为偶然。她回忆说，20世纪80年代中期，突然开始要求大学毕业生去到农村参加形式上介乎于思想改造和扶贫之间的讲师团，孟悦在河南参加讲师团时结识了李小江，当时李小江正在组织一套“妇女研究”从书，她就替她认领了一本。“当时，我跟孟悦是同班、同室，她帮我认领了这本书后，我又反过来拉上她，当时分工是说她写历史线索，我写作家作品论。但是接下来我就大病一场，几乎一命呜呼。这场病极大地改变我对生命的看法，这之后我变化很大，不再野心勃勃、急功近利，明白了生命是一个极为朴素和脆弱的过程。”

那是1987年，戴锦华28岁，她被发现身体出状况时，已经是三期肺痨，诱发多脏器衰竭，到了死神门口了。“住进结核病医院三个月之后，医生才对我可能治愈表达了乐观，六个月之后病情开始好转，八个月之后，我自动出院。这时，《浮出历史地表》已临近截稿了，没人会催我，大家还在为我活下来了而欢欣鼓舞。最后，这本书我只写了几章，尽管全书的布局、作家的选择乃至具体评价是我们共同讨论的。”戴锦华还说到一个插曲，初到电影学院时，她在图书馆的一堆私人赠书中第一次读到了张爱玲和苏青。“当时国内几乎没有任何关于她们的资料，我一度真以为我‘发现’了张爱玲和苏青，当然书中这两个章节也是我写的。书出版后不久，张爱玲变得大热，我常开玩笑说，我又一次在不自觉间做了一回大时代的俗人。”

2

虽然戴锦华言说的是文学，但那时她的主业更应该说是电影。从1982年入职，到1993年离开，戴锦华在北京电影学院度过11年时光。她回忆说，当时去北影完全是别无选择。她虽然不像别的同学抱着改变社会的热望，把大学教职视为等而下之的选项，而是想与社会实践性的东西保持某种距离，以为在相对距离之外会有更多的思考空间和自由，所以非常明确地想去大学任教，但她并不想进那时完全名不见经传的电影学院，何况当时她喜欢各种艺术门类，唯独蔑视电影。“但事实上，这成了我一生最大的幸运。初到电影学院，暑期里举办第一届全国高校的电影进修班——今天很多大学里电影专业的领军人物可能就是那个班里的学员吧，我作为助教，任务是坐公共汽车到北京各处给主讲老师送票，收获是拥有了一整套电影观摩票。到任教的第一学期，我大概连续看了100多部世界电影史上的名片，名副其实地叫作‘一往情深’。”

因此，当1988年北京大学中文系现代文学与比较文学教授乐黛云第一次约请戴锦华回母校任教的时候，她还处在和电影学院的蜜月期里，自然就没有考虑这个建议，何况前一年，她还参与建立了中国第一个电影史论专业，她忙得不亦乐乎。“那时候我梦想大，对自己期许也高，一天工作十几个小时是常态。自己做翻译、写作、教学；开设新专业，要自己编写教材，还有出席各种会议。发病前持续感到极度疲倦，我都以为是很自然的事。”

但1992年邓小平“南方谈话”之后，整个社会一夜巨变，戴锦华的想法也由此发生了改变。“周围的人大都下海而去，剩下的也忙着拍片、拍 MTV、拍广告、拍卡拉 OK 带。我感到极为孤单，好像继续从事学术，不是愚蠢，便是荒诞。形而下地说，是学院没有人在授课了。”那时，戴锦华经常一天要上七节课，一周上五六天，回到家里感到自己就是一个空洞的皮囊，里面一无所有。“到北大去看朋友，发现外面的变动对他们似乎没有太大的影响。千回百转之后，我感伤地离开了电影学院。”

用戴锦华自己的话说，这又一次成了她的机遇。进了北大以后，她几乎在不知不觉间开启了转型之路。“我那时一方面深感电影不再能从自身得到充分解释，我已经无法用电影理论以及逻辑来有效阐释文本的事实，而是需要更大的语境、更多的参数；另一方面就强烈感觉到当时是更为流行的文化与现象，比如说‘渴望冲击波’、文化怀旧等等，而不再是电影或文学加入中国这新一轮的剧变中。要分析类似文化，就需要在理论、思路、方法上做一些调整和改变。我试着去理解那些正在发生着的那些坦率地说我并不喜欢的东西，比如图书市场的出现、商品化的过程，当时的新媒体、广告……我想看看自己能不能够以观察和研究来回答自己的生命的困惑，我对社会、对文化的困惑。”

在这个探索的过程中，戴锦华转向了文化研究。“我明确了我所做的是，透过对包括电影在内的大众文化或文化工业看中国和世界的政治经济的变化，然后透过文化把握政治经济的脉络或者走向，进而再度把自己摆回到社会之中去。”

于是就有了出版于1999年的《隐形书写——90年代中国文化研究》。在这本书里，戴锦华详细铺陈了20世纪90年代中国当代文化的种种面向，从高雅艺术到大众文化，从精英到市井……她试图从各种扑朔迷离的现象中勾勒、提炼出中国当代文化的成因、本质与走向，找到属于那个时代的、隐形的文化内涵。

也是在寻找的过程中，戴锦华越来越怀疑学院工作的意义。她说：“那时，1980年代曾尊崇并梦想确立的意义和价值突然变换了嘴脸，自由的信念变身为欲望的哲学，而这类哲学对我，几乎是十足的恐怖主义。我开始意识到，我们始终在以反思之名拒绝反思，中国的‘进步’实在是太经常地‘以遗忘为先导’。但是，当时我并没有找到真正的出路，也就退回到了女性文学的研究和写作中。”

戴锦华“以退为进”结出的硕果，便是出版于2002年的《涉渡之舟：新时期中国女性写作与女性文化》。在这本书里，她用女性主义的观点对张洁、戴厚英、宗璞、谌容、张抗抗、张辛欣、王安忆、铁凝、刘索拉、残雪、刘西鸿、池莉等新时期有代表性的女性作家作品进行了富有创新性的研究。

相比而言，她的电影批评著作《雾中风景：中国电影文化1978—1998》出版却不怎么顺利。“1996年，书稿编辑完成，两年之内在很多出版社辗转，一直被拒绝。最后北大出版社一个年轻的编辑出版了它。那已经是2000年了。这个事已经足够说明，我的学术道路不是很多人想象得那么顺畅。作为一个学者，我最庆幸的一件事，就是书大概类似于蒲公英的种子，随风飘散的时候，绝大多数都落在水泥上了，但是不定哪一颗落在哪里长出什么来。”她谈道。

不过那些年里，她在著书立说之余，主要是想通过读书发掘一些新的思想和理论资源，解决自己“巨大的精神危机”。令她失望的是，她发现那些号称是世界思想大家的人，他们有各种各样的言说，但是这些言说并没有能够触碰到，或者说并没有真正能够解决自己或当时社会面临的问题。最后，她把希望寄托在“第三世界”身上，由此开始了自己10多年来前往“第三世界”至少20多个国家的考察旅行。“那几年，我们去了很多亚洲、非洲、拉丁美洲的国家。而且我们也不是去景点，去大学和城市，而是去到乡村、荒野，去到那些不毛之地，去到那些边缘的人群当中。比如说，拉丁美洲就有一些人被赶到人类无法居住的原始丛林里。我们去了那些地方后，花钱雇了他们，他们也帮助我们，给我们背所有的食物和生活用品，然后用砍刀砍掉藤蔓让我们走进去，丛林满是淤泥、沼泽，每走一步都会陷到膝盖以上，等拔出脚来，鞋可能就丢了，还有蚊子像烟雾一样成群袭向我们。我们就像在书里、影视里看到的‘殖民者’，进到这样的地区，看到这样的生活，他们绝大多数的人是根本吃不饱的。在那样一个过程中，我体会到了另外一种全球化。”她谈道。

而所谓“另外一种全球化”，也可以说我们想当然以为的全球化的背面。戴锦华说，我们一直以为，全球化进程是一个从中心城市到中小城市到乡村不断深入发展的现代化进程，是一个从经济发达国家和地区扩展到不发达国家和地区，从而带动越来越多国家和地区经历经济起飞的现代化进程。而在那次旅行中，当她认识当地人，甚至和他们中有些人成为朋友的时候，她觉得她对世界的想象，对于生命的理解就完全不同了，她醒悟到全球化进程其实是一个不断切割的进程，“我说被切割，用一位拉丁美洲思想家的说法，就是越来越多的人从世界经济地图中掉下去，掉下去后，他们就完全无法和全球化进程相连接了”。

基于这样的观察，戴锦华说，如今虽然大家有越来越多的国际旅行经验，却未必能看到真实的世界，“我在中央电视台看到一个电视专题片——《走进非洲》，第一站是卡萨布兰卡。结果这一集节目都是在怀念和印证好莱坞电影中这个非洲的海岸城市，我当时就感到非常失望，甚至是有点愤怒。我就觉得我们今天踏上非洲土地的时候，我们难道还要借助那样的眼睛吗？我们难道还要再度去分享那种殖民者的目光吗？我万分希望大家在国际旅行中不要把所有的网红景点都完全景观化，因为你看到的根本就不是真实的世界”。

某种意义上也因为此，2006年，戴锦华主持翻译了墨西哥印第安原住民运动——萨帕塔运动的领袖“副司令马科斯”的文集《蒙面骑士》，她希望能为国人认知世界带来一种新的可能性，“这是个重叠身份极多的人，他用一个化名坦率反对全球化、资本主义和新自由主义，故而有‘格瓦拉第二’之称”。虽然这次旅行让她不无悲哀地明白“根本就没有自外于西方的东方”，但同时也让她觉得自己活得比较真实、踏实了，她的思考本身也有了一个“世界性的依托”。即使她未能完成政治经济学的转型，这毕竟成了她学术的“内在思想理路”。

用她学生、学者孙柏的话说，戴锦华如今的学术研究是在走向“下流”，她也越来越成了“下流学者”，“中国的知识分子可以大致分成两类，一类是向上走的，另一类就是像戴老师这样向下看的”。戴锦华欣然道：“向下看、向下流，跟多数人在一起，和他们一起去看世界、看电影、看文化、看社会，我会比较安心，我会比较快乐，我会比较踏实，我会觉得活着是有意思的。”

话虽如此，戴锦华越是向下看，却越是看到了她倾向于用“镜城”一词来形容的，比多年前还要乱花迷人眼的景观：“在中国的文化经验内部，我们经常处在一个‘镜城’状态。我之所以用这个词，是因为里面有无数面镜子相互映照，以至于我们丧失了真实的空间感和时间感，以至于我们不能度量和判断。在中国，我们的结构不断在摧毁，不断被重构，当新的结构出现的时候，随着一些光怪陆离的新的镜像出现，我们又被迷惑或者被激怒，这是我非常真切的体验，我过去这么觉得，现在也这么觉得。我总是努力去体认不同的镜像的虚幻性，我试图观察后面有没有一些结构性的东西。”戴锦华认为，只要努力，这是可以做到的。“马科斯有一句话真的让我有一种豁然开朗之感。他说，你从镜子这边看永远看到的是自己，但是你绕到镜子背后，只需要在背面划一下，镜子的涂层掉了，就变成了玻璃，我们也就打破了幻象。如果说镜子是用来迷惑人的，而玻璃就是为了让你打破的。这就是所谓‘破镜而出’。如果再做一个延伸，我们看到幻象，是因为戴上了 VR 眼镜，当你拒绝再看的时候，怎么办？那更简单，就是摘下眼镜来，外面就是相对真实的世界。”

3

看到“真实的世界”，也意味着我们很有可能会看到更多的问题和困境。仅就性别问题而言，戴锦华注意到今天我们正面临非常矛盾的状态，一边是世界上越来越多国家通过同性恋婚姻立法，性少数开始被主流社会所接纳。但另外一边，在世界范围之内，女性的社会地位都在整体坠落。也因此，她认同张莉说的，相比丁玲那一代女作家的写作，今天的女性写作在某些方面并没有能带给她新的、同等的震撼。“我这么说，是因为中国当代女性文学与很多人对女性生活的理解出现了很大的脱节。譬如这些年，屡屡爆出女性遭遇家暴事件，却很少有女作家，或者说几乎没有一位女作家涉足这个题材。我并不是说今天中国社会发生了什么事情，一定得在中国女作家的作品里得到反映。但长期以来对这些问题的不敏感，可能也是中国当代女性写作目前面临的一个问题。”

在戴锦华看来，我们首先要问的是，今天的作家对于边缘人，对于处于生存困境中的普通百姓，有没有共情的可能？今天那些女性写作者，对于遭遇家暴的女性有没有共情的可能？她对此是有所怀疑的，虽然网络时代使得类似现实能更快进入她们的视野，但如果缺乏共识，也就没法在她们的写作中得到体现。何以如此？以戴锦华的理解，部分原因就在于，由网络兴起的网络女性主义，让女性主义传播路径发生了根本性的改变。她回忆说，她1994年到美国访问时，孟悦已不在国内，她差不多成了中国唯一的女性主义者，但等到她一年后回到国内，中国已经遍地都是女性主义者。“这与1995年世界妇女大会在北京召开有关，为了筹备这届妇女大会的召开，国际所有重要的基金会资助了全世界女性主义者来中国‘传道’。我举这个例子是想说，女性主义在中国的传播虽然经由学院路径，但从来不只是学院路径，而这个经由世界妇女大会普及的女性主义，从一开始就比较偏向于实践性和社会性。”

反观如今经由网络所出现的网络女性主义，戴锦华认为，它既不是在中国社会实践当中以基层妇女为主体，有专业人士参加的女性主义；也不是学院里以人文学科为基础的女性主义；它实际上是另外一个由网络汇聚起来的，以相对年轻的中产阶层女性为主体，有她们自己一套言说脉络的女性主义。“在中国当下社会脉络当中，以生活在城市里受过较高教育的青年为主体的文化，正逐渐覆盖并且抹除了基层的、年长的、边缘人群的文化。曾经以基层女性为主体，带有非政府组织性质，同时也带有更广泛社会实践意义的女性主义基本消失了。”

可以想见，女作家居多属于中产阶层女性群体。在戴锦华看来，这并不意味着她们在生活中对基层女性就一定没有共情，问题是，她们会不会在写作屈服于某种既定的书写规范?“我就觉得，女作家的作品与她们自身经历之间总有着微妙的张力。中国当代最好的女作家王安忆在小说中让男性扮演困顿的作家形象，女性写作者不过是写写日记，还在结婚时当作笑谈，付之一炬。女作家在现实中往往大胆勇敢，但她们在写作中却常常屈服于文化、书写规范。”

扩而言之，戴锦华认为，今天中国多元的现实在中国整体作家的作品中是缺席的。“我们很难在文学作品中找到和不同的阶层、不同年龄的人们的生活现实发生共振，并让人真正感受到切肤之痛的经验。”这无疑让她感到沮丧，在她看来，知识分子理当有兼济天下的社会关怀，有知识的人不一定就是知识分子，知识分子写作并不指的有知识的人的写作，它更多指的一种社会关怀。“知识分子不是一种社会身份，它只跟一种社会功能相关，就是你站在弱势者一边，站在正义一边，在需要你的时候挺身而出。你出而做这件事时，你是知识分子；你退而到书斋里读书时，你就是个读书人。对于知识分子而言，面对社会的种种问题，在今天更急迫、更重要的是去思考它，去正视它，去回答它，去展开梦想，去重新想象不一样的世界。”

事实上，我们正面对一个“不一样的世界”。但以戴锦华的观察，无论是理论、文化、话语，还是文学、艺术、电影，她都觉得我们没有找到这样的方式去思考、去正视，去回答。我们还没有认出来我们有什么特殊的情感逻辑、价值逻辑，这个逻辑不仅要是中国独有的，还得是具有人类价值的。“更严重的问题是，我们并不认为这是一个问题，我们认为全球现在越来越趋同，为何不可以采用那些普泛性的逻辑和价值？问题在于，那是在西方历史当中，为了他们自身产生出来的。我们不要忘记了，中国之所以要采取这么极端的、不断革命的方式来完成现代化的进程，就是因为我们一次次痛苦地意识到，我们没办法重复西方历史。我们身居不同的地域，拥有完全不同的历史，不可能套用他们的逻辑。我们需要有自觉的愿望去寻找不一样的逻辑和讲故事的方法。”

让戴锦华忧虑的是，年轻一代似乎乐意屈从于既定现实与秩序。“所以和他们在一起的时候，经常是我表现得很幼稚，而他们表现得很成熟。他们会认为一个事情就是这样，没什么好大惊小怪的。或者他们会认为，有些事是不可改变的，那讨论改变有意义吗？我感到这是一个强烈的和巨大的分歧。”戴锦华想到，荷兰导演尤里斯·伊文思晚年来到中国，他在清华大学做过一次演讲，有学生问他，你觉得中国青年有什么希望？伊文思的回答，让她突然痛了一下，“他说，我希望中国的年轻人走出去，我希望你们站得高一点，我希望你们看到远处，曾经中国的青年是看得到远处的。但今天的年轻人让我觉得不是这样”。

但戴锦华坚持认为，至少知识分子，应该关注最基本的博爱、平等，再有一点勇气，应该坚持社会正义。在她看来，知识分子在反躬自省的同时，也理当具有世界视野和人类情怀：“我不认为自媒体时代就有自动的媒体和自动的新闻，所以我觉得今天我们要有特别多的观察，特别多的怀疑，同时要有特别多的坚持。”以她的理解，今天知识分子面对的是没有任何现成答案，没有给定前提的世界。“当年那句有点矫情的诗，‘丧钟为谁而鸣，他在为你而鸣’。作为一个中国的知识分子，你要意识到中国的问题其实也是世界性的，而且在世界的其他地方也在发生。”

要建立起对文化的信念

余秋雨

学者余秋雨以散文集《文化苦旅》声名鹊起，实际上在这本书出版之前，他就已经取得了相当的学术成就。1985年，在未担任副教授的情况下，他就由学术界前辈王元化、蒋孔阳等推荐，直接晋升为教授。那一年，他还不到四十岁。他是全国当时最年轻的正教授。随后他又被任命为上海戏剧学院的副院长、院长，这一切看似偶然，在很大程度上是他实力和才华的体现。从1971年开始，在长达14年的时间内，他专心治学，可以说把中国历史和中华文化研究得非常透彻。

中华文化，一种应该选择的重大记忆

所谓透彻见诸余秋雨的诸多作品，也见诸他“读万卷书、行万里路”后对中华文化做出的精准概括。在一次演讲中，他就以三个“不喜欢”道出中华文化的长寿秘密，又以三个“不在乎”，直指中华文化的“生态性缺憾”。

余秋雨所说的三个“不喜欢”，一是不喜欢远征。在他看来，这是农耕文明与游牧文明、海洋文明的根本区别。他举例说，比哥伦布探险早60年的郑和船队那么强大，到了那么多地方，但从郑和到每一个水手，没有一个产生过一丝一毫抢占领土的幻想，这就是文化的潜在控制变成了集体本能。相比较之下，古巴比伦文明、古波斯文明、古埃及文明，都在远征中湮灭，甚至亚里士多德的学生、希腊文明的嫡传者亚历山大的远征也是如此。他认为：“远征即便胜利也带来极大的耗损；远征很可能带来报复，而任何报复都是残酷的，必以毁坏被报复者的文化作为前奏。中国古代的不远征思维，具体而言是‘熟土可依，远土不亲’‘家人思聚，故乡难离’‘胜败无常，祸福不永’等文化心理使中华文化避免了这些灾难。”

第二个“不喜欢”，是不喜欢极端。余秋雨认为，这是中华文化从农耕生态四季轮回中产生的共识。所谓种瓜得瓜，种豆得豆，不可能离开寻常因果，出现极端性突变的奇迹。这种农耕共识，提炼、升华成《周易》《老子》和中庸之道，根深蒂固。“当然，中国也有过极端的时代，但那是过场戏，长不了，正剧还是不极端的中庸之道。这正像我在中东某地时的一个感受，在那里，和谈是过场戏，正剧是极端主义。”在余秋雨看来，极端主义不仅会破坏别种文明，对自身的损害也是极大的。中华文化不喜欢极端，也就产生了一种自我保护机制，延续至今。

不喜欢无序，则是余秋雨理解里中华文化源远流长的第三个重要秘密，“中国自从秦汉帝国时确立了书同文、车同轨、统一度量衡的规范，又实行了郡县制和户籍制，保证了两千年的秩序。其他古文明也有过建立秩序的梦想，但他们遇到了一个难题：缺少代代相继的管理人才，而且这种管理人才必须是文官，能以文明治世。但这个问题在中国奇迹般地解决了，那就是实行了1300多年的科举制度，每三年在全国各地选拔一批为数不少的管理人才，把面积很大的国土有效管理起来了。而且，由于考试内容是儒家学说，考生们长年累月准备的也是‘治国平天下’的道理，因此由他们中的优胜者来做官进行社会管理，基本上‘专业对口’”。在余秋雨看来，这是个惊人的创举：以文化来选拔社会管理人才，又以选拔来保证文化的延续，中华文化由此普及于空间，又延伸于时间。

中华文化也自有其缺憾之处，余秋雨概而言之，就是三个“不在乎”。首当其冲是不在乎公德。余秋雨表示，儒家文化讲究家庭伦理和社会伦理，但当时他们所认识的社会伦理，主要是朝廷伦理。在朝廷和家庭之间，应该有一块很大的公共空间，游离于朝廷关系和家庭关系之外，但中华文化没有为这块公共空间留出足够的地位。县官出门，打出“肃静”“回避”的牌子，明显地把公共空间看成了朝廷空间的延伸。即使是有时能做到推己及人，也只是家庭思维的延伸。“大家都在责备我们的同胞有随地吐痰、大声喧哗等等毛病，这些毛病看似道德问题，实际上是对公共空间的漠视。中华文化本来是最讲道德的，但是一旦失去了对公共空间的认知，先人提倡的道德也就不会在那里实现了。我们应该知道，人性、人道具独立的终极意义。真正的大善，产生在素昧平生的公共空间。”

而在余秋雨看来，如今我们一再强调自主创新，在很大程度上是因为中华文化“不在乎创新”的历史缺憾已经成为沉重的包袱，到了非突破不可的时候了，“这个不在乎也是从中华文化的优势中翻转过来的。中华文化历史长，成果多，我们回过头去学习、敬佩还来不及，怎么还会想到创新？中国最受尊重的学问家，往往是‘学富五车’，却未必有创新的观点让世人受惠。中国最推崇的艺术家，往往是各方‘无争议’，却不知道任何创新都是对原有规范的挑战。如此，我们的文化多的是整理、校点、收藏、注释，少的是实地考察、荒原历险、大胆探索”。

这就关联余秋雨理解里的“不在乎实证”了。余秋雨说，中华文化早早地划分了阴和阳、君子和小人、忠和奸、善和恶、贵与贱，却一直不在乎真与假的界线，即缺少“证伪机制”。这样一来，就给虚假、伪饰、谣诼、冤案、假冒伪劣产品留出了广阔的地盘。他援引历史学家黄仁宇的一个发现表示，这个问题严重到了何等触目惊心的地步：“在明代国家档案《明实录》中，即使是关系一国命脉的经济数字、军事数字，都严重不实。连铸造钱币这样的财经大事，该档案中所记金陵一次所铸钱币的数量，实际上整个明代两百多年间天天加班铸造都不可能完成。但这些重要档案的记录者、校对者、审核者、阅读者没有一个能发现。这使黄仁宇先生得出一个结论：中国历史最大的问题是缺少数字化管理。”

好在我们在经济建设、国际贸易、社会发展各个方面都如余秋雨所说先后走上了数字化管理之路，但以他的观察，我们在文化思维上还远远没有跟上，“假大空”现象仍存在，谣言仍盛行。“我们对于谣言，喜欢‘无风不起浪’的判断，造谣者在顷刻之间就赢了一半。被谣言伤害的人也历来以‘身正不怕影子斜’‘群众的眼睛是雪亮的’这样的逻辑来自我安慰，结果谣言充斥四周，无法以实证来消除，人人都是它的受害者和加害者。”余秋雨感慨，本来“谣言止于智者”，文化应是验证真伪、抵拒虚假的大本营，没想到这些年来，谣言出得最多的却是文化界，“为求读者的耳目刺激而胡言乱语的现象在媒体上大量出现，有人把这种现象称之为‘言论自由’，其实，虚假一旦自由了，真实就被扼杀了”。

文化建设是一种使命，应该默默进行

如果说前两个“不在乎”，主要源于余秋雨客观冷静的观察。他说的第三个“不在乎”，则多少关乎他的切身经验。2007年前后，他就经历了“石一歌”事件、“首富”事件、青歌赛事件、“大师”事件、“含泪”事件、“私通”事件、“诈捐门”事件等事件。2010年，他在写于七年前的记忆文学《借我一生》基础上“重写”的《我等不到了》出版后也引来诸多争议。

争议集中在第四部分，余秋雨在其中讲述了自己如何辞去当时全国最年轻的教授、最年轻的院长职务，如何遭到打压流落到合肥，又由于同样遭到不公平待遇的妻子如何含恨离开合肥南下深圳，但还是没能逃离是非旋涡。笔墨官司、恶意造谣，令其不堪重荷。他在书中指出，之所以这些是非总是如影随形地跟着他，皆因遭遇了典型的“中国逻辑”。他认为究其因在于，一是他在当年作为上海高校文科职称评定最后审定者，由于尺度严格，得罪了不少人；二是他之后在文化圈中名气过大，引来报复；三是有人借他的名声谋利谋名等等。

他的这种自我认定引起了学界的强烈反弹。以至于有人调侃道：“‘余秋雨’三个字，在中国近十年来成了什么样的闲夫走卒都能咬一口，啄几嘴，并能以此度日的‘三字诀’。”也因此，书评人卢荻秋不无感慨道，无论余秋雨是否能勇敢地接受道德拷问，这个时代的偶像都不可避免地再一次走向“黄昏”。

对于如此种种，余秋雨很少做正面回应。但他在公众场合的一些观点，实际上也从侧面反映出他的“抗争”。在2011年哈尔滨举行的全国书博会的读者大会上，针对读者该如何看待网络文学的提问，他直指中国整体的文化，从网络文学到纸质文学，从舞台演出到歌唱和舞蹈，都缺少一个正常的评判体制。而或许在他看来，他也是其中的受害者。所以他在指出网络文学良莠不齐、鱼龙混杂之后，就把批判的锋芒直指当下批评界。他说，中国文学界最大的问题是创作者太少，评论者太多，“评论者一多，不仅对写作的人产生了压力，最主要的是他们把自己也糟践了，因为一个人在不了解文学的情况下，就动辄用激烈的语言批评很多作品和作家，他一生都建立不起对文学的热爱”。

事实上，在前一天为其作品《中华文化四十七堂课——从北大到台大》举行的新书发布会上，余秋雨就已经对当下批评界，乃至整个文化界的现状表示了自己的担忧。他认为，真正的文化建设是一种使命，它应该默默进行，可现在往往是热闹有余，沉静不足，“古代哲学家之所以能成为令我们仰望的大师，是因为他们没有我们这么忙，心里也没有什么垃圾。现在大师贫乏，就是因为我们在忙碌中往往会失去了生命的动力和方向”。

但余秋雨显然没有因为忙碌失去自己的方向。三年后，余秋雨出版了《君子之道》。在他看来，“君子之道”就是那把他一直在寻找的，能让中华文化豁然开解的“钥匙”。余秋雨追溯道，最初是孔子建立了有关君子的言说，而这一良好传统在千年的传承中，竟给国人弄“丢”了。他从孔子的言说中又重新梳理了这“君子之道”。耐人寻味的是，孔子并没有对君子下定义，他只是划出了一道道君子与小人的分界线，让我们知道君子是什么，作为对立面的小人又是什么，于是才有了妇孺皆知的“君子坦荡荡，小人长戚戚”等等警句名言。在余秋雨看来，这一划分具有极高的学术意义和实践意义：“今天中国文化界如果有什么令人担忧的趋向，就是君子话语常常被小人话语所淹没。而美国一位学者曾借用小人的概念说出过一句至理名言，‘所谓伟大的时代，也就是谁也不把小人放在眼里的时代’。”

事实上，作为一位无疆的“行者”，正是强烈的中西方文化对照，给了余秋雨誓言要找到这把钥匙的动力。余秋雨坦言，最终是心理学家荣格的一句话——一切文化最后都沉淀为人格，使得他的疑问豁然开解。以他的理解，正是荣格所说的“集体人格”，代表了一个国家和民族的性格，“拿德国做一个明显的对比，两次世界大战都是它发动的，而且它都失败了！但在近年每一次有关国家形象和人民形象的调查当中，它都是排在最前面，这原因何在？其中一个非常重要的原因，德国人向世界提供了一个具体的形象，而正是靠贝多芬、巴赫、歌德这些人树立起了这个具体的形象”。

在余秋雨看来，歌德创造的浮士德形象，就体现了德意志民族的集体人格。而一些伟大的作家之所以得到世界的认可，是因为他们的作品成功地体现了一个民族的“集体人格”，“海明威《老人与海》，用老渔民的形象表达了美国开拓者的集体人格。鲁迅的书都在研究中国人的集体人格，他写《阿Q正传》《祥林嫂》，就是在研究中国人的人格，既可爱，又可同情，又让人可恨，就是中国人的集体人格”。以此推演，余秋雨认为：“所谓文化差异，可以说就是集体人格的差异。然而现在的中国就像一个巨人突然出现在一个街市，但遗憾的是这个街区的人都不知道这个巨人的性格，不知道它的脾气，所以给大家产生了一种陌生感，由陌生感又上升到恐惧感！所以研究中国文化其实就是研究这巨人的性格和脾气。”

差不多在2004年前后，余秋雨就开始了这方面的研究，并且找到了这把“钥匙”，“那时，我在美国有个巡回演讲。在哈佛大学的演讲中，我就讲到了这把可以打开中国文化之门的‘钥匙’”。然而历经近十年的思考，等到写出《君子之道》一书，余秋雨才算对这个命题有了完整性的思考。他说：“我把‘君子之道’相关的概念也放进去，关键的是希望从现在开始，我们一起来研究我们的集体人格，中华文化为什么不死？是君子未死。中华文化为什么让我们感到失望？是君子人格还没有得到普及和提升。中华文化今后的方向如何？就是来提升我们的集体人格。”

以余秋雨的理解，要洞悉“君子之道”，显然有必要返回到源头，亦即孔子的思想来做一番探究。“孔子最大的努力是从家庭伦理引申到社会伦理，试图建立一个‘尊尊’‘亲亲’的礼仪世界，并以此建立王道和仁政。他把自己所有学说的目标定为‘修身、齐家、治国、平天下’。要达到这个目标，他提出了一个人格基础，那就是君子之道。”余秋雨强调指出，君子之道并不是抽象的准则，“每个人的心头一定有君子思维，也有小人思维，所以像法国的哲学家萨特所说，个人每时每刻都在选择，并且通过选择的结果来获得自己的本质。在孔子看来，你此时选择了德，你就选择了做君子，彼时你做了与德相反的事情，你就选择了做小人。于是，两者之间的选择，就成了一个人永恒的盘点，直至生命的终了。”

由此看来，“君子之道”意味着一种选择。或因如此，孔子又提出了“中庸之道”的行为规则。但中庸之道，却常被误解成“和稀泥”“骑墙派”。以余秋雨的理解，中庸的本义与核心是反对一切极端主义。“什么叫中，取中间值；什么叫庸，取平常态。‘中庸’归根结底，就是寻求一种大家都能接受的‘合适’和‘恰当’。这在恐怖主义和单边主义都很张扬的当下世界，特别能显现意义。”

基于此，余秋雨认为，君子之道和中庸之道有永远的价值，有必要进入我们的文化记忆。然而，孔子诠释和倡导的礼仪，在后世显然反“中庸”而行之，走向了另一种极端。余秋雨注意到，中国古代的礼仪，时间长了以后就走向表演化了，“所以说中国为什么那么晚才产生戏剧，我觉得主要的原因就在于生活表演太多。我写了一本《中国戏剧史》，就是研究这个问题。我要说，礼仪有可能走向表演化，礼仪也必须有表演化，但是过度的表演化，却成了大问题，成了人生的虚假”。

无疑，君子之道也有其内在的缺陷。在余秋雨看来，正是这些缺陷，使得“君子之道”在当下行之艰难：“‘君子之道’缺少公共意识，孔子知道修身，但没让自己的修身成为一种公共意识。所以我们经常看到极端分子在公共空间里高声喧哗，君子却寂然无声；缺少实证意识，使得‘君子之道’没有一个边界的规范，容易授小人以柄。面对谣言、假货，君子无能为力；同时，君子和君子之间缺少互卫意识。君子会成人之美，但他自己遇到危难的时候，其他君子一般就躲开了。”以余秋雨的理解，正是这些原因使得“君子之道”衰落了。“我们要在新的基础上，赋予‘君子之道’一些新的国际观，新的时代观，让它重新活起来。”

唤醒一种记忆，也就唤醒了一种文化

而孔子，还有同时代的老子和他们引领的“诸子百家”时代，正是余秋雨眼里中华文化应该被选择的“重大记忆”之一，“他们为中华文化进行了精神奠基，所达到的高度让人叹为观止。更令人惊奇的是，这又是全人类进行共同精神奠基的时代，最伟大的哲人几乎同时出现在地球上，他们还有分工，各自显出不同的重点。我曾说过这样一段话来缅怀那个时代：当时，希腊哲人在爱琴海边上思考着人与物的关系，印度哲人在恒河边上思考着人与神的关系，而中国哲人则在黄河边上思考着人与人的关系。这些常常使我们觉得不可思议”。

这其中，余秋雨觉得特别需要谈到老子，“他唯一的著作——5000字的《道德经》在人类历史上处于极高的精神地位。十几年前，美国《纽约时报》评选全人类古往今来10位最重要的作家，老子名列首位。联合国教科文组织统计历史上被翻译成外文而流播最广的著作，第一是《圣经》，第二是《老子》，也就是《道德经》。当今世界哲学素养最高的德国，几乎每个家庭都有一本《老子》”。余秋雨表示，西方有人曾经说过，世界上的哲学都是用德文写的。有了老子，我们可以说一句，处于峰巅上的那种哲学，是用中文写的：“老子的很多思想，在今天越来越显出价值。例如他主张简约，拒绝对自然、对社会的过度耗费；他主张不争、不辩，不把胜败输赢当一回事，一切都在向反面转化，等等。原来，我们如今努力追求的

‘节约型社会’、‘和谐社会’，在老子那里已经有了精神根源。”

由此往前追溯，中华文化里应该被选择的“重大记忆”，在余秋雨看来，应该是甲骨文所刻画的商代，这还得从中华文化遇到毁灭性的灾难说起，“从19世纪中期开始，先是两次鸦片战争，再是英法联军进攻北京火烧圆明园，后来又遇到了中日甲午战争，军事上的一连串可怕失败带来了中华文化上的绝亡心理。眼看着高山将崩、大厦将倾。蹊跷的是，恰恰就在19世纪最后一年深秋，金石学家王懿荣从中药‘龙骨’中发现了甲骨文，而他又正巧是‘京都团练大臣’，承担着保卫首都北京的责任。在他发现甲骨文后几个月，八国联军占领了北京，清廷西逃，他不愿成为俘虏，又不甘擅离职守，就壮烈自杀。先是吞金，再是喝毒，都没有立即死亡，便选择投井。我曾评价，这位金石学家是中华民族真正的‘金石’，这位‘龙骨’的发现者是中华文化真正的‘龙骨’”。

余秋雨止不住感慨，为什么恰恰让这位首都沦陷时的防卫长官发现了甲骨文？他以艺术的语言自答，这是祖先在冥冥中要让后代在灭亡前激活一项重大的文化记忆。“甲骨文，向我们展示出一个具体、完整的商代，而商代又是那么伟大。这是迄今为止中国历史终于有大量文字可以印证的起点。几乎在发现甲骨文的同时，又发现了敦煌藏经洞，展现出来的是一个更伟大的唐代。请大家想一想，在八国联军的枪炮、铁蹄下，一个活生生的起点——商代，和一个活生生的高峰——唐代，同时出现在国破家亡的中国人面前，意味着什么！”余秋雨打了一个比方，这就好比一位武士在备受欺凌之后终于奄奄一息地倒下了，但就在此时，他突然听到了美丽而响亮的童年歌声。他浑身一抖，踉踉跄跄地站起身来，“这就是说，激活一种重大的文化记忆，足以挽救整体生命。文化的灭亡，从失去记忆开始。只要唤醒一种记忆，也就是唤醒了一种文化”。

继商代，以及诸子百家的时代之后，余秋雨认为，值得记忆的就是产生了作为一个统一国家的自觉意识的帝国时代。“历时400年的秦汉帝国，把诸子百家的真知灼见选择成了行政制度，使那些精神文化不至于随风飘散了。此后的文化思维，也就有了九州方圆、社稷国家的底座。此后，佛教的传入成为重要的文化记忆，中国大度地吸纳来自域外的文化，并开始与周边亚洲各民族密切交往；公元755年爆发的安史之乱，则成了中国历史的一个断裂处，中国也由此进入了‘自由、分散、享受的时代’。”

这些“重大记忆”，连同源远流长的中华文化，毫无疑问也在个体人格上留下了很深的印记。在余秋雨看来，最早为中华文化打下个体人格基础的，应该是悲哀而高尚的屈原、司马迁，骑上了战马的曹操、诸葛亮，以及那些放达而风流的魏晋名士。唐宋之后，文人又是大批涌现。“中华文化，因他们而有了不同的生命温度。”余秋雨认为，找到“重大记忆”是重要的。因为历史太长，设计太多，记忆太乱，我们必须首先找到其中的大框架、主巷道，否则就会迷失在历史的原始森林中。而现在青年人对中华文化，因为缺乏正确的引导，也确实在认识上存在严重的误区。譬如一说古代文化就想到宫廷里的人事斗争，其实那只是古代的政治文化，显然无法涵盖，更无法代替以仁爱和理性为主导的人文文化。

也正是在这个意义上，余秋雨特别强调要建立起对文化的信念。他认为，真正改变个人，乃至国家、民族命运的，归根结底还是在于文化：“1997年，我在纽约参加过一个题为‘经济转型和文化定位’的研讨会，来自世界各地的一些研究专家最后达成一个共识，大至世界、小至一个国家、地区，经济能不能发展，根源在于文化”。余秋雨回忆说，会上不少专家把中国作为一个例子：“正是由于提出了改革开放的文化理念，我国的经济发展才成了后续的奇迹。由此不难看出，文化才是决定个人、地区、城市，乃至国家民族命运的最后保证。”

坚守，行走，抒写“湮没的辉煌”

夏坚勇

多少年后，夏坚勇仍将清楚地记得那天从江苏扬中八桥镇一路走回红光村的情景。本来他是不用走这段路的，镇上分派的汽车会风尘仆仆把他送往那里。这般迎来送往，在近年多数受邀下乡采风的作家中，是理所应当的待遇。但夏坚勇坚持要自己走。他有自己的秘密，因为他的作品《江堤下的那座小屋》中的主人公陆明才，几十年来就是在这条路上来回行走的。只有这样的行走，他才能深深体味出陆明才老人这些年的心路历程。

一个仿佛《百年孤独》的开头

没有多少人知道，夏坚勇这一番行走，还另有一番复杂的滋味。就在那天的中午时分，陪同他采访的同志叫他到镇上吃饭。临走前，他要求说，让陆老一起去吧，我们可以边吃边聊。陆明才客气了一下，说老伴儿已经准备了午饭。陪同的领导却一点都不客气，径直说，他就不要去了，我们吃好了再来。这样一番看似平常不过的话，却让夏坚勇生出如许悲哀。他想，如果采访对象，或他的子女亲戚，是个有点身份的人物，他们面对的将是怎样不同的待遇。而一个小人物，即使是做了多少好事，取得多少荣誉，却还是得不到应有的尊重。他把这份心思深深埋在了心底，也正是在这时，他暗暗下了决心，一定要把老人写好，以此来减轻自己的一份愧疚之情。

第二天，也就是这年3月31日的早上，夏坚勇回到了江阴。因为，4月4日正好是清明节，他3号要回苏北老家扫墓。这之前只有两天的时间，一向写稿并不快的夏坚勇，平生第一次感到了为难。他狠一狠心对自己要求道，还是先开个头吧。在书桌前坐下，他几乎是不自觉地点上了一支烟。此前，烟不离身的他已经戒了整整三年。在烟雾袅袅中，几天前经历的人物和场景，自然而然在他的脑海里如幻灯片一般显现了出来。刹那间，仿佛有灵感附体，他写下了开头的一段：很少有人现在还记得1995年5月27日那个傍晚的情景，但是陆明才记得。那天他拴好小船，从江堤上往回走时……

夏坚勇自称，这个有点像马尔克斯《百年孤独》的开头，一下子带动了整篇文章的气场。他写得很顺，一天之内就写好了初稿，第二天梳理了一下，把稿子投了出去，就再也没有回头重读这篇文章，一直到近日他获悉自觉很满意的这篇小文获奖，他才重读了起来。尽管文章所写的一切，他是如此熟悉，他还是不由被某几处看似闲笔的文字感动了。他深知，这篇作品能获得如此好评，归根到底，是在它波澜不惊的叙述中给人以发自内心的温暖和感动，一如可以写成另一篇感人作品的获奖过程本身。

这一切还得从报告文学作家陈歆耕的约稿说起。大约是在2008年年底，有感于镇江近年涌现出来的众多的感人事迹，他决定组织一批作家专门为此写一本报告文学集。他第一时间就想到了夏坚勇。这不仅在于这位“老乡”作家深厚的文学功底，更在于他深知，这位被人亲切地称为“老夏”的文学写作者，对这一方水土，有着一般人所难以企及的热爱和理解。

事后证明，陈歆耕的这一番“精心策划”是明智的。最终确定下来写陆明才——一个扬中老渔民的爱心故事后，夏坚勇在镇江有关同志的陪同下，去了陆明才住的“江堤”。就在看到那座小屋的第一眼，他就把文章的题目确定了下来。因为，在他眼里，这并不仅仅是地理意义上的一座小屋，它还是主人公性格和形象的某种隐喻。

等见到他敬仰的陆明才老人，夏坚勇感到一切都是那么熟悉，这种熟悉并不是来自他来之前看到的那些材料，更在于初次见面就感觉到的那种来自双方生活经历、性格、气质的默契和彼此欣赏。这位被誉为“江上义翁”和“江中守护神”的七旬老人，在自1981年以来的二十多年里，在长江中先后与他人一起救起船民21人，救援受灾船只9艘。他还资助遇险船民钱物6万多元，帮助落难船员担保贷款5万多元。1995年5月的一次江难事故，更是把他和湖北枝江的两个孤儿紧紧联系在一起。10多年来，他含辛茹苦资助两名外地“孙女”，供养她们上大学……就在和老人倾心交谈的并不长的时间里，夏坚勇多年的生活积累和感情积累一下子就被调动了起来。

这份默契，同样发生在夏坚勇和他此前从未谋过面的《新民晚报》副刊部主任、“夜光杯”版面负责人刘芳之间。在读到这篇推荐文稿时，她就认定这是一篇多年未见的好文章。她当即决定用两个整版的篇幅刊载全文，而且心里暗暗较劲，如果这个办法可行，一定要把它拿去申报中国新闻奖。然而，这样大的篇幅在“夜光杯”的历史上，几乎是从未有过的。出乎她意料的是，自己的这一设想，却破天荒得到了负责版面的领导严建平的支持。她忍痛割爱，把原稿一万多字的作品压缩到获奖推荐作品要求的八千字以内，整个过程到了锱铢必较的地步。最终，这篇最初收录在镇江市政府和文学报联合主编的《大爱镇江》，后发表于《新民晚报》“夜光杯”的作品，从众多参选作品中脱颖而出，摘得了2009年中国新闻奖的“桂冠”。

夏坚勇谦称，得奖并不是自己的事。然而，他非常珍重这份“仪式”，他对促成获奖的各方诚挚地说着感谢。当有人调侃道，一生从未与新闻有过交集，这次却获得多少新闻人梦寐以求的中国新闻奖，想来淡泊名利的他终于有了那份坐立不安的激动。他当即郑重其事地“解释”道：他坐立不安，其实是在迎候各位文友的陆续到来。这体现在夏坚勇身上其实并不矫情，正如十几年如一日支持着两个外地“孙女”的陆明才，尽管晚年中风，只能吃着300元的低保，却依然把自己和老伴平时省吃俭用攒下的几个钱，跑几里路到附近的八桥邮局去，在工作人员赞赏的目光下办理汇款手续。他特别能理解老人的这种“行走”，因为从某种意义上来说，他是在履行着庄严的生命仪式。

一次寂寞而辉煌的“行走”

事实上，这种仪式般的“行走”，夏坚勇已进行了几十年。或者说，他至少已“行走”了三十年。他1973年发表处女作，到2023年，创作已满五十年，而在1993年之前，他从事小说和话剧创作，出版了《吹皱一池春水》《巴黎女士》等小说作品，发表过话剧剧本《桥头镇特区》和《人间喜剧》，也获得了一些奖项。饶是如此，他还是在这一年转向写历史题材的文化散文，而这样的写作可以说是靠他用脚一步步“走”出来的。1997年出版的，与余秋雨的《文化苦旅》并列为文化散文之翘楚的历史文化散文集《湮没的辉煌》，是他多年“行走”于江阴、瓜州旧址、洛阳等地的产物。2002年，为写作《旷世风华——大运河传》，在潜心研读大量史料之余，他就对大运河进行了长达数月的徒步考察。

正是在这样的行走中，存在于运河两岸历史中的人物、场景迎面而来，他在研读过程中大致形成的轮廓，才得以慢慢脱胎成型。于此可见，相比写小说、话剧，这可能是一种需要更多付出，也更为艰苦的写作。在2023年7月1日于第十三届江苏书展现场举行的“夏坚勇‘宋史三部曲’新书发布暨分享会”上，当被评论家汪政问到为何有此转向，夏坚勇回应道，这是因为他想追求一种“更具自由的表达”。“我说的自由有两个层次，一是在审美层面上，那时我的阅读趣味、情感熏陶方式等都发生了变化，转型也就成了必然；具体到写作，我比较多由很小的具体线索出发，如追问某个人为什么会做出某件事，由此触发灵感，这是我创作转型中的‘偶然’。”

他历时十余载写作，终于在2023年4月合璧出版的，被誉为文字版“清明上河图”的“宋史三部曲”，首部《绍兴十二年》即以一个看似没有什么悬念的悬念开篇：即宋高宗为什么一定要杀岳飞？这看似宋史中一个很简单的问题，夏坚勇却认为不简单，套用莎士比亚的名言：杀，还是不杀？这的确是个问题。因为以他的理解，在千百年来被标签化、符号化理解的这一事件背后，隐含了很多为后世忽略的人性的多面与复杂。“就拿宋高宗杀岳飞这件事来讲，一般地理解，宋高宗是一个昏庸之主，杀岳飞是心血来潮、意气用事。但以我看，岳飞是非死不可。因为这中间牵涉到一系列根本性的政治原则问题。宋高宗是把诛杀武将作为一个标志性动作，宣告南宋王朝进入了一个和平发展的新时期。”

但刚开始写这本书时，他首先想到的却是全书结尾的最后一句话：“绍兴十二年的雪停了吗”，有了这句话，全书的氛围便定下来了，他在笔下“捕风捉影”也就有了可能。在第二部《庆历四年秋》中，他则是从庆历新政入手，拨开北宋兴衰转折之迷雾，再现士人精神“湮没的辉煌”，书名中的“秋”，隐晦揭示了这本书的总体色调。而他的着眼点却更多在于和世态人情有关的鸡毛蒜皮，他从一个公款吃喝案引起朝廷政局动荡写起，宋仁宗在历史上是一个仁厚的皇帝，对这个案子却处理很重，极为反常，他正是由这个线索引发开去，慢慢探入庆历新政波诡云谲的深远背景。他写第三部《东京梦寻录》，也是《宋史·真宗本纪》结语中的一句话触动了他，在总结大中祥符年间长达十多年的举国胡闹时，《宋史》作者发出了这样的慨叹："一国君臣如病狂然，吁，可怪也。"

而夏坚勇对宋史感到兴味盎然，显然不是源于近些年兴起的宋史热，但他之所以对这一朝代投注热情，却与绝大多数宋史研究者，乃至宋史读者颇多相近之处。提到宋代，我们会不约而同想到那时取得了怎样辉煌的文化成就，范仲淹、欧阳修、王安石、苏东坡等一大批杰出的文人，至今仍熠熠生辉，诚可谓应了史学大家陈寅恪所说："华夏民族之文化，历数千载之演进，造极于赵宋之世。"在欣赏这些人物的同时，我们也自然而然会对他们所生活的时代产生浓厚的兴趣，宋代社会里蕴含的现代文明的萌芽之多，也正在被现代学者所深入挖掘，乃至被认为是现代世界的一个"黎明时刻"。也因此，在中国多个历史朝代中，宋是备受现代人青睐、有浓厚亲近并探究的一个朝代。夏坚勇还特别提到，宋代的气质和秦汉、唐代完全不同，市民阶层的崛起，经济文化的高度繁荣，标志着宋朝几乎已经踏进了近代社会的门槛。但宋代的军事相对孱弱。在一般认知中，宋朝是"软弱屈辱"，战场上节节败退，不得不重金求和，这也导致在宋史热兴起以前，其在文化方面的巨大贡献被遮蔽。

也正因为宋史热，近些年有关宋史研究的著作纷纷出版，夏坚勇的"宋史三部曲"能从中脱颖而出，就有赖于他的独门绝技，且不说他善于抓住具体线索，他对时间节点的把握，也很有讲究。夏坚勇在"宋史三部曲"中的三部著作中，分别以南宋高宗绍兴十二年、北宋仁宗庆历四年、北宋真宗大宋祥符元年这三个深具代表性的历史时段作为叙事节点，并且从岳飞被杀、庆历新政、宋真宗东封三个富有意味的历史事件入手，就因为他觉得其间包含了颇具意味的东西。在夏坚勇看来，意味不同于意义和意思，意义奔着一个主题去，有趣好玩才是有意思，而有意味则是前两者的相加，既包含了意义，又包含了意思。三部曲正是通过一个个“有意味”的历史细节，展开引人入胜的历史长卷。

当然，夏坚勇能写出“有意味”的历史细节，也有赖于他总是能发掘出那些“有品位”的史料，亦即那些在夏坚勇看来角度独特，前人很少使用，又能为后人提供广阔想象空间的材料。比如《东京梦寻录》开头写到士兵背粮的情节，东京士兵有一百万，粮食从汴河城东码头运来，驻军都在城西和城北。宋太祖赵匡胤定下规矩，士兵的粮食要由自己前往运河码头去背，这也是为了增强士兵的战斗力。但是到了宋真宗朝，背粮已流于形式，早已养尊处优的士兵们每到背粮时，就骑着马车欣赏着城中的风景，然后雇人背粮。这个日常化的细节就反映出了赵宋当时的政治生态，为后文宋真宗思想的转变奠定了基础。

如此这般，也就为夏坚勇“文学地打开”历史准备好了前提条件。夏坚勇觉得，知识性的史料细节本身是没有多大意义的，关键是细节如何发展为一个情节，甚至成为一个章节。他也把史料运用的有机性，作为衡量作品完成度的标准之一。回看《绍兴十二年》中两处有关宴会的描写，夏坚勇认为“一得一失”。写得满意的一处，是宋高宗宴请拥兵自重的蜀帅吴璘时，关照下面务必准备蜀地名菜水煮牛肉，并用川盐调味。但官家愈殷勤体贴，吴璘就愈加忐忑。仅靠一道水煮牛肉，夏坚勇写出了南宋内外交困之际君臣关系的诡秘幽微。但他写一场宴会中，不厌其烦地写了196道菜，虽然本意是展示南宋的饮食文化，事后看来则觉得材料堆砌、失之臃肿。

“资料堆砌得越多，文学飞扬的力度就越小。要是当时能够贴着人物的心态、性格来写，这个宴会就会写得更成功。”

无论如何，夏坚勇写“宋史三部曲”，都是穿透历史的迷障，从史料的蛛丝马迹中，厘清和复原出了历史事件本身的丰富性以及相互之间的勾连。作家潘向黎对此表示赞赏，在2015年5月31日于南京举行的“夏坚勇《绍兴十二年》创作汇报活动”上，她说，对秦桧等历史人物只是简单的批判，或是宣泄式的唾骂，是太过简单了。夏坚勇在作品中，就令人信服地写出了这帮坏人的心理逻辑。这是为很多史学家们所不及的，他们往往写出了历史人物的所作所为，却没能做出更深层次的探究。“而夏坚勇以他文学家的笔力，弥补了这一缺失。”

确乎如此，正如评论家南帆所说，夏坚勇把历史书写与文学表达很好地结合起来。“史学家写史，往往偏于刚毅；而作家写史，会过于缠绵。夏坚勇兼具两者之长，他在作品中凸显了叙述主体的形象，对恶的体察非常鲜明。同时，在写到历史人物时，他把他们内在的心理刻画得非常细腻。”

夏坚勇侧重刻画人物，也因为他意识到在历史转折点上，关键人物总是能起到改变历史走向的重要作用。譬如《庆历四年秋》里写到的，由范仲淹发动的那场政治改革运动。夏坚勇通过广泛的史料阅读得出结论：活跃在当时政坛上的那群人中，背对范仲淹等君子党的王拱辰、夏竦，就政治观念而言是支持新政的，只因惧怕新政人物崛起，便站到了新政的对立面，他由此认为，是人性中根深蒂固的忌妒，促成了改革的流产。同样，在《东京梦寻录》中，伴随着作者的辛辣揭露，那个上蹿下跳、唯利是图的跳梁小丑丁谓栩栩浮现于读者眼前。历史上的这一幕幕场景，似乎佐证了人类文明的演进永远受制于人性“低点”的掣肘。但夏坚勇坚信，人类历史之所以能向前走，是因为人性中更存在着善良、阳刚、正义的一面。

“当文天祥慷慨高吟着‘人生自古谁无死’笑对屠刀时，意味着在他心中，家国大义已然战胜了死亡。”

由此可以理解，夏坚勇何以对那些充满了人性温度的历史人物倾注了更多情感能量。譬如欧阳修反对杀害已经投降的军士，夏坚勇感叹其拥有身为才子不可或缺的悲悯情怀：“怒发冲冠和柔情似水都属于同一颗悲悯之心。”他更是毫无保留地赞赏范仲淹：“他在《岳阳楼记》中所表达的‘先忧后乐’的精神，成为中国古代知识分子精神境界的最高写照，也成为中华民族精神文化史上的千古丰碑。”这般书写当然会引发当下读者的强烈共情。何况虽然制度和环境古今差异很大，人性却是千年不变，如此，以“同情之理解”状写古代人物，正是今人能够进入历史现场的最佳切入点之一。只是要写深写透与自己相隔千百年的历史人物的心理变化与情感世界，就需要作家有超乎寻常的同理心。夏坚勇是深谙历史人物心理的，他将所有历史人物都放在“平视”的结构里，认为大人物也是普通人，并且尊重每个平凡的小人物。从这样的历史写作里，读者不难感受到他的浓郁的人道关怀，他的历史文化散文也就多了真实感和人情味。

有必要强调的是，夏坚勇的“平视”无关“演义”“戏说”和“水煮”，他是写的正史，显见地对历史采取了正面强攻的姿态。在准备写《绍兴十二年》之前，他在笔记本的封面上写了一句话：“好东西是聪明人下笨功夫做出来的。” 而这部在作家范小青看来平和中隐藏着刀光剑影的，有张力、有质感的好作品，显然是夏坚勇以淡定的心境，以从容不迫的速度，用心“磨出来”的。从搜集资料、做阅读笔记到动手开始写作，夏坚勇前后花了近十年的时间。也正因为他浸淫宋史十余载，从朝廷正史《宋史》《资治通鉴》《续资治通鉴》，到宋人笔记孟元老的《东京梦华录》、周密的《武林旧事》等，再到多种稗官野史，多达40余种宋书，他都熟读， 他运用史料典籍便是信手拈来，嬉笑怒骂皆成文章。而他精于历史考据，说到底是为了真实呈现历史的诗情与哲理，还原当时的时代氛围，追逐人物的心路历程，从而走向一个更为深广的历史时空和精神世界。

在这一点上，“宋史三部曲”很容易让人联想到从二十世纪八十年代开始就对中国史学界和知识界产生重要影响的，黄仁宇的历史著作《万历十五年》。两者同样是以一个年份为切入点，对一年中发生的各类事件做细致的阐述。不同的是，《万历十五年》是以人物为主线，分七个章节，每个章节都有一个人物作为主角，围绕处于社会不同阶层的人物对明朝万历十五年前后的重大社会政治经济现象进行深入剖析。而“宋史三部曲”以时间为主线，力图通过三个历史的横切面，以这三年中所发生的一系列重大事件为纬线，深入揭示当事人的内心世界和行为逻辑，全方位地反映那个时代的政治风云和社会生活。

且不论两者孰高孰低，可以确定的是，相比《万历十五年》，“宋史三部曲”更为恢宏雍容地写出了一个大时代的气象。评论家王彬彬读完《绍兴十二年》后不禁感慨，无论是波谲云诡的政治斗争，还是勾栏瓦肆、引车卖浆乃至风月男女等等市井百态，夏坚勇都像是一位细心的导游，把读者带进历史事件的波谷浪尖，体验悲喜交加的“人间喜剧”。与此同时，夏坚勇从来都没有对历史如“剪刀手”那样进行简单拼凑，而是如评论家彭学明所说，力图把“碎片”进行串联，赋予了历史鲜活感。简言之，夏坚勇全方位多层面地吃透那个时代，让作品呈现出鲜活的生活质感和厚重的文化底蕴。

正是在这个意义上，“宋史三部曲”被众专家认为可媲美《清明上河图》。而在夏坚勇看来，不写透南宋“清明上河图”式的市民文化，实际上就没法读懂南宋历史，因为市民文化正是宋代历史与文化的主要特征。套用狄更斯《双城记》中的话：“这是最好的时代，也是最坏的时代。”政治稳定与专制腐败互为表里，体貌宽柔与因循苟且共存共荣，经济文化的繁荣与尚武精神的沦落混搭在一起，正是那个时代最重要的色调。就像评论家吴义勤说的那样，夏坚勇的历史书写，体现出了百科全书式的宏大追求。书中既有关于那个时代政治和军事方面纵横捭阖的宏大叙事，又有涉及社会生活各个层面的精微刻画，举凡风俗、物价、科举、学潮、艺文、官制、茶政、马政、度牒、驿传、地理、气候、产业、外贸等巨细靡遗，精巧地镶嵌于一个波澜起伏的大情节的框架内。

当然，夏坚勇从来都不是为写历史而写历史。如同此前写《湮没的辉煌》等历史文化散文，“宋史三部曲”没有对历史顶礼慕拜，也不曾匍匐在历史的脚下，而是用思想的光芒照亮历史的天空。在《绍兴十二年》中，他写到相权专政，文人士大夫的风骨土崩瓦解，出现了一股以颂圣诗文争相献媚的热潮，就对此做了深入的剖析，同时也对文人群体的处境和选择表示了深切的理解和忧愤，显示出清醒的批判意识与时代意识。评论家丁帆一言以蔽之，夏坚勇在这本书里穿越历史，贯通古今，用文学的方式把鲜明的历史批判意识体现了出来。

这就能理解夏坚勇何以自言他深耕宋史是“在自然、历史和人生的大坐标上寻找新的审美对象，也寻找张扬个体灵魂、反思民族精神的全新领地。”恰如汪政所说，夏坚勇的重返历史并非简单的“穿越”，而是“将历史当下化”。“他不是穿越性地回到宋代，而是充满当下性地返归。因此，正确打开‘宋史三部曲’的方式，不是将其视作历史本身，而是当成夏坚勇对历史所做的创造性转化，或者说是一种‘历史的文学化’。”而以夏坚勇自己的理解，历史关乎“实然”，文学则关乎“应然”，即猜测历史之幕背后可能发生了什么。正是在“实然”与“应然”的虚实相生间，夏坚勇为历史照了一幅清晰的“CT”。

一种“认死理”的执着坚守

倘是做个归类，“宋史三部曲”大约可归为文化大散文，这一文类如今已渐趋式微。在夏坚勇看来，文化散文其实在肇始之时就蕴含了衰弱的迹象，原因就在于作家们日渐缺失真情实感，而不在于想象力的泛滥或是缺失，毕竟任何写作归根到底都离不开想象和虚构，纵使如司马迁的《史记》，其中写到的“鸿门宴”的事件虽然是历史上真实发生过的，但人物的神情、动作、心理活动，场景的变幻与呈现等却都是虚构的。这就好比他在《江堤下的那座小屋》里写陆明才去为遇难渔民找儿子担保，没有去找有楼房并且是党员的二儿子，而是去了在老山前线打过仗的老大家里。这段描写是夏坚勇凭想象先写出来的，他推测陆明才心想，但凡在战场上有过出生入死经历的人，对钱总是看得轻一些。夏坚勇打电话向陆明才求证后，事实确实如此，他的“想象”也得到了印证。

由此，夏坚勇对非虚构写作不以为然，他认为虚构作品如果说存在一些问题，也显然不在虚构本身，更不是所谓非虚构就能弥补。他同样认为，历史散文写作中重“史实”还是重“观点”的讨论，看似找到了某种症结，其实并没有多少意义。因为，问这样的问题，就好比在问是先有鸡还是先有蛋一样无解。同时，写作是一个奇妙的过程，不可能对其做条分缕析的理性讲解，分解出历史写作和文学写作来。当然，他坚持作家们需要在肯定、尊重历史的基础之上发挥想象，历史文化散文允许体现主观意识，但不能有知识性的“硬伤”。

在夏坚勇看来，与其兜兜转转追问一些皮毛的问题，还不如实实在在问问当下散文写作为何缺失真情实感？他举余秋雨写《苏东坡突围》为例表示，余秋雨之所以能写好这篇文章，就在于他从自己当年所处的恶劣处境出发，真切体验到了苏东坡的生存境遇。这种情感在余秋雨此后的写作中却日渐稀薄。“有人说，《湮没的辉煌》在某些方面甚至高出《文化苦旅》，我并不赞同这样的比对。我的写作受到了他的影响，但我并不看好他后来的创作。总觉得他的字里行间透露着一种洋洋自得的贵族气息和优越感，让人心里看了不太舒服。”

同样，夏坚勇把他写的历史文化散文的成功，乃至《江堤下的那座小屋》的成功，归结为自己投入了真情实感。这关乎他的成长经验，他是个遗腹子，父亲在扬中一带的江中淹死。等长到了童年，他才华横溢的哥哥也因患肺结核而不幸去世。他自小跟着母亲在偏僻的乡村长大。1968年高中毕业后，他回到家乡当了5年农民。在乡下生活的时候，与农民们插科打诨，开玩笑，乘凉，这些都成了他生活中的一部分。事实上，即使是后来转向专业写作，他的心却从来没有离开过。当他写到农村的人与事，一些东西不用认真地去收集，就自然而然涌现了出来。正因为此，这次写作他花去的采访时间，其实并不长。

夏坚勇长年居于江阴，也似乎甘居“边缘”。江苏省作协曾有意将他调到南京，但他宁愿守着这块老土地。有人为他感到惋惜，认为如果他选择走出去，他的写作无论在格局与视野，还是在气度与境界上，还将有更高的提升。他明了这样的关切，却也不无调侃地回应道：不是有很多大文学家都是在小地方出身的嘛？在他看来，作家本身的命运、经历，他的性格、气质，都能决定作品，而他只不过是找到了最适宜自己的生存方式。虽然或有些许遗憾，但正是在寂寞的环境里写作，他才得以远离“明星式”的喧嚣，摆脱许多名缰利锁的羁绊与束缚，以自己的艺术知觉去亲炙缪斯的芳泽，从而无限接近文学的本质。

文学的魅力就在于感性与知性的融合

王尧

当下很少有一个作品研讨会，会像“王尧创作与批评研讨会”那样，不折不扣开了一天时间，并且分出“王尧创作研讨会”与“王尧批评研讨会”两个专场。回顾王尧的文学与学术生涯，研讨他的作品，却像是非如此不能尽述。这当然不是因为他拥有学者、作家等多重身份，需要被另眼看待，而是因为他在这两个领域齐头并进，都取得了文学界认可的重要成就，以至于无论偏重哪一个方面，都难以勾勒出他作品的整体脉络，也只有在两者之间构成一种平衡的互文关系，才能对他的总体作品有相对深入而准确的理解。

就拿他创作的《民谣》来说，诚如评论家吴义勤所说，这部长篇小说既体现了王尧的纯文学理想和精神，又让人联想到五四时期的自叙传抒情小说传统和20世纪80年代的先锋传统，他对世道人心的把握又有社会现实内涵，展现了他的思想野心和思想能力。“《民谣》在叙事创新和艺术探索上卓有成效，也呼应了他自己提出的‘小说革命’，包括方言的使用、叙事的松弛、时空的处理等，是一部值得重视的作品。”

1

我们单看书名就能觉出一种意味，这“意味”是作者本人都未必了然的。我们就能理解，当被问到为何将“二十年磨一剑”的长篇小说处女作取名为《民谣》时，王尧会坦承自己也无法确切解释，虽然他有几十年文学批评的经历，需要对别人的作品的书名做出解读：“我只能说我想不出比‘民谣’更好的名字了，而且越来越觉得只有它最贴近文本。这不是写作者的自我约束或困境。我的倾向是清晰的，但《民谣》涉及的历史、生活、人性等都大于我的倾向性。”

他还在小说后记里讲了这么一个和小说命名有关的往事。在南方一座城市闲逛时，他听到前面十字路口东南侧传来二胡的声音。他站在演奏者边上，先听他拉了《传奇》，接着又听他拉了一首传唱度很高的民歌，这首民歌由《鲜花调》改编而来。他想起母亲说起的，这首他熟悉的民歌的种种情景。在熙熙攘攘、嘈杂喧嚣的市井声中，这首民歌的旋律犹在耳畔。那个黄昏，他从码头返回空荡荡的路上，想起了十字街头的情景。他觉得当时正在创作中的小说应该叫《民谣》。

由此我们大约明白，这所谓“民谣”在某种意义上，如王尧自己所说，是他感觉里“关于乡村历史的一种旋律，一种声音”。也是他理解中“每个人终其一生都在试图重寻”的“记忆的原点”。这个原点对王尧，或者说对小说主人公王厚平而言，就是一九七二年五月。在“水乡迢迢，且歌民谣”的悠扬余韵中，十四岁的王厚平坐在码头边，等待着了解历史问题的外公归来，江南大队的人们等待着石油钻井队的大船，然而生活终以脱离人们预计和掌控的方式运行……

小说的叙事脉络也因此慢慢清晰起来。王厚平“左顾”奶奶家族史的断裂和延续，“右盼”外公奋斗史的建构和解构。在这两条基本脉络中，王尧又让小说生长出另外两条线索：舅子这一辈以农业和工业为两翼的梦想与实践，以及“我”等少男少女庸常和飞扬的生活。这部小说是很难用几句简短的话概括的，“因为‘民谣’是一种方法论，王尧用自己的文体方式建构了一个虚拟的小说世界，里面涉及记忆、成长，也包括政治运动和乡村伦理，这是一个非常复杂的事件，你用哪句话概括都不正确，这是王尧厉害的地方。《民谣》就是民间长诗，使王尧成为自己梦想的‘汉语之子’。”程永新如是说。

而汉语，或者说语言本身，也确实是王尧最为在意的。这首先关乎他的成长经验。“我们这一代人是在分裂的语言中长大的，面对一些事物，我们内心有清晰的价值判断，但有时会模糊表述，也会犹疑、沉默或闪烁其词。”在王尧看来，风生水起的八十年代重塑了他们这一代，包括他们的语言。“当我们尝试用另一种语言来表达自己对世界的认识时，也不能完全告别那个‘最初’。这是一个痛苦的至今尚未完成的过程。语言对应的是认知、思想、感情和思维，当我们换一种语言表达时，其实也是语言和思想互相转换。尽管那是青少年时期的生活，但它已经存在于自己的血脉之中，现实中的一些因素又不时复活我试图抑制甚至清理的那一部分。夸张地说，换一种语言表达，就是换一次血。”

也因此，当王尧在2020年突然再起久违的冲动，终于准备完成《民谣》的写作时，他意识到自己需要以赤子之心坦陈自己的思想，敬畏自己的语言：“如果说我对《民谣》有肯定的地方，其中之一就是语言。我研究文学几十年，知道现当代作家的长处和短处，小说的语言是我的考察重点之一。作家之间的差异不是讲了什么故事，写了什么人性，说了什么思想，而应该更完整地表达以什么样的语言讲了故事、写了人性和说了思想。”

言下之意，以什么样的语言写作，关乎写作者的“思想”。王尧坦言，十多年前，他在讨论长篇小说的文体时，就提出了小说家的世界观和方法论问题。当他写《民谣》时，自然也深入思考了这个问题，并尽其所能付诸实践。体现在小说里，显而易见的部分就是结构上的创新。他原本的设想是借用《庄子》的形式，把全书分为内篇、外篇、杂篇，把书稿交给《收获》杂志之前，也是把前四卷冠以“内篇”的，只是有一天突然觉得这样太整饬了，就删除了“内篇”。而保留杂篇和外篇，实际上就是呈现分裂的语言生活。“《民谣》是以第一人称叙述的，这样的视角会有所限制，杂篇相对丰富了前四卷的叙述，在整体上增加了记忆的多重性和不确定性，每篇的注释又带有注释者所处的语境特征。外篇讲述了前四卷中的一个故事，可以呈现由于讲述的年代不同，讲述的内容和意义发生了变化。因此结构在我这里不只是形式，也是我的世界观和方法论。”

2

事实上，王尧在完成《民谣》后，提出“新‘小说革命’”一说，并在刊发于《文学报》上的《新“小说革命”的必要与可能》一文中阐明，当前小说在总体上并不让他满意，提出小说界需要进行一场“革命”，其中一个重要原因，就是在他看来，形式在很多小说里都没能成为内容，相比而言，1980年代小说“革命”中，语言不再被视为技术和工具，语言的文化属性被强调，但此后小说形式从作家认识、反映世界的方法，变为仅仅是一种手段，失去了再生、新变的可能，长篇小说也不再具有结构力。从这个角度看，《民谣》即使不是他“新‘小说革命’”论的注脚，也多少体现了他在小说形式与内容上做出新意的努力。

所谓“新意”的另一个突出表现，或许是小说主体情节构成上的“去故事化”。以评论家程德培在《当记忆遭遇虚构——读王尧的长篇小说〈民谣〉》一文中的理解，《民谣》是反故事的，小说里很多时候、很多地方都可以写成像模像样的故事，王尧却宁舍不取，忽略不见。“但王尧反故事，不反历史，相反他尊重后者，力图复原真实的历史场景。他甚至大胆直呼：‘个人是细节，历史才是故事。’”王尧自己也说，小说里很多部分都是碎片化的存在，里面有故事，但波澜不惊。“故事中的每一个情节和细节我都有可能把它戏剧化，但我最终放弃了这样的写作。我想做的是，尽可能完整甚至完美地呈现这些碎片和它的整体性。这样一种安排情节和细节的方式，无疑给阅读带来了难处。”

此种难处可以在评论家潘凯雄的阅读中得到印证。他坦言，自己在阅读《民谣》的过程中，的确出现过疲惫之时，于是就开始了跳跃式翻阅，但“杂篇”中那11则“我”写于1973—1976年间的作文与各类代写稿，将他从疲惫中给拉了出来。“不是因为别的，只是这些文字唤醒了我自己的青春记忆。”就因为这样，潘凯雄表示，作为回报，即便有点“难”读，他也将《民谣》读了下去。

那《民谣》是否给其他年龄段的读者留出了必要的阅读空间?潘凯雄也在某种意义上做出了回答。他说，尽管小说叙事基调是碎片、碎片、再碎片，但烧点脑子还是能够重新拼接起一幅完整的从历史到现实的进化图册。而作家孙甘露说，读这部小说就好像看现代艺术展览，王尧把材料文献、摄影视频、现场表演等各个部分都融合在了一个主题展览里面。

这或许应了王尧自己说的，如果说他在写《民谣》时有什么清晰的意识或者理念，那就是他想重建“我”与“历史”的联系。他所说的“我”，未必能全然等同于他自己，但至少是包含了他个人思想和经验的。“开始听到别人说我写的是自传时，我竭力辩解，后来我觉得辩解是多余的。从写作的角度讲，小说基本上是虚构的，人物、故事都是虚构的。但看了内篇和杂篇后，有朋友以为《民谣》是非虚构的。刚听到这个说法时，我特别开心，这说明我的‘现实主义’胜利了。”王尧还现身说法道，“杂篇”中的文本以及注释都是虚构的，注释几乎都是叙事性的，两者在内容上不只是互文，他还希望同时呈现一种语言生活。“‘外篇’同样如此，在《向太阳》中，我用‘文革’时期流行的语言重写了小说卷三中的一个故事。这个故事的叙述语言和前四卷的叙述语言反差很大，但这恰恰是历史。这两种语言生活本身以及背后的意义，应该是一个巨大的隐喻。”

当然，虽是虚构，王尧也承认，其中很多叙述都渗透了他的个人经验。“这些经验对我至关重要，因为有了它们，我才在虚构中让这座村庄和王厚平等人物生长了。”而切实的问题还在于，这些人物生长得如何？这也是程德培倾力思考的问题。他说，《民谣》的可贵之处就是抓住“我”的家族史演绎出历史与当下、传统与革命、世俗与信仰、血缘与阶级间的纠缠处。而这一切又和一个十几岁男孩的成长教育和阅读史缠绕一处。“《民谣》的难处在于，作为叙事者的‘我’，一个才十几岁的男孩，怎么样既能作为人物存活，又能担当起讲述着（改为讲述）变化中的历史场景和微妙而复杂的生活，既守住个人的经验又要深入到历史经验中去呢？”

话虽如此，作为叙事者的王厚平背后，毕竟站着作为作者的王尧。他或许能以他相信自己具有的，在他看来对小说写作有着相当重要性的思想、学养和文化积累，来沉着应对这个难处的。王尧说，在很多时候，人们喜欢做身份和文体的分类，这种方法强调了不同身份、不同文体的差异，但也疏忽了彼此之间的相通性。“就研究和创作而言，我们通常认为前者是知性的，后者是感性的，但我一直觉得文学的魅力就在于感性与知性的融合，尽管它在不同的文体中呈现的方式不同。文学研究是需要感性的，没有艺术感悟的文学研究，越来越成为社会科学了。同样，许多小说不缺故事但少了意义，就与小说家知性薄弱有关。而从事文学和学术研究对写作小说的影响，就是多了知性。”

王尧坦言，他喜欢用两副笔墨写作，一副写论文，一副写散文、小说。他也诚可谓在两幅笔墨间游刃有余。他曾写出备受赞誉的《重读汪曾祺兼论当代文学相关问题》等论文，也曾出版《一个人的八十年代》多种散文集，并将出版口述史著作《“新时期文学”口述史》等。他作为批评家和散文家的写作实绩由此得以彰显，但在写作《民谣》时，他警惕的恰恰是“批评家小说”的概念。“我觉得并不存在这样的小说类型。小说就是小说。当你换了一种思维方式和语言表达方式时，你才能进入小说写作状态。”以王尧自己的体会，他写作的过程是不断放弃许多概念和阅读经验的过程。“如果拙作与文学批评有关，那就是我自己对意义世界和小说艺术的理解影响了自己的文本，而不是突出了批评家的理念。”

3

由此看，如果说王尧真是通过《民谣》建立了自己的小说价值观，那在很大程度上是因为他多年来始终践行一种带着他个人独特印记的方法论。诚如评论家汪兴国回溯的那样，作为一个主体自觉意识很强的研究家和创作者，王尧从20世纪80年代研究中国现代散文开始，到后来转向中国当代文学史研究，通过学术实践拓展并推进自身学科领域的广度与深度，与时代文化思潮进行全方位互动。

"他始终将创作与研究融为一体，其散文无论是对20世纪中国现代知识分子思想命运的关注，还是对'作为现代知识分子的自我'的审视，书写的都是对'历史'与'自我'的理解。他这部经过几十年的酝酿才得以完成的，有着瓜熟蒂落般淋漓而丰沛的元气的《民谣》，也同样来自民间，来自个体，来自日常。"

王尧这般一以贯之的特立独行，也让他成为辨识度很高的文学研究者，他的入场姿态一度让一些同行批评家"不太适应"。评论家郜元宝坦言："我们那个年代步入文坛的人首先研究文本，所以我最初进行文学批评的时候都不认识作家，但王尧那时就要求批评家跟作家面对面交流。他哪怕是研究、评论当代作家也要先讲几个文学史故事，后来我才知道这是文学研究的正宗。"

而所谓正宗是指近年文学研究界的史学转向，而王尧的文学批评和史学研究向来是高度结合的。在郜元宝看来，王尧最初研究现代散文史，后来研究共和国的文学史，特别是六七十年代的特殊文学历史，最近又进入到现代文学的历史。"从文学史叙述到文学批评，是王尧在研究上走的一个很清楚的路径。"

倘是将"重返"作为王尧学术研究的标志性动作，首先引起学界注意的便是他"重返历史"的努力。但诚如评论家金理所说，王尧固然提出要重返八十年代，但他同时也强调，我们不能因为重返，就无视已有的经验、共识、教训而往回倒退，或者是"向后转"。"他把近几年一些研究中出现的价值判断倒退现象命名为'向后转'。他的这个提示和警醒，对我产生了很大的影响。"

显而易见，王尧所说的重返并不是盲目地"向后转"，而是有着自己的史识。评论家刘大先表示，王尧关于文学史的过渡状态和关联性研究特别有洞见。"他反思了文学史叙述的断裂性和延续性，明确指出过渡状态是延续未完成和充满各种可能性的中间状态，也正是活力和生机所在。"在评论家李蔚超看来，这是一种将时间空间化的叙述策略。“一方面，王尧借助人物的回忆、声音和肖像等来恢复历史的空间感，他提出过渡状态、分层现象等关联词，并以此再造空间式的叙事方式。另一方面，他并不急于指认断裂，也不急于做大的判断，而是偏重对历史过渡和持续的感知。”

应该说，王尧从一开始就对文学研究的复杂性有充分体认。某种意义上正因为此，他主张批评家与作家对话，出版《新人文对话录丛书》；把作家引入校园，让作家跟师生进行直接对话；从史实建构出发思考当代文学学科和文学建制。评论家丁帆透露说，作为老朋友，他与王尧私下交流时都认为，一个学者如果没有文学的感觉，那么他的文学批评、文学理论就是不及物的，他的文学研究是有隔膜的。“批评家王尧总的旨趣即是，文学研究不能离开文学本质性的东西，他致力于把抽象的概括和灵动的、感知的力量结合在一起。”

王尧曾说，现代散文是知识分子精神与情感的存在方式。他先后在《南方周末》《读书》《收获》《钟山》《雨花》《上海文学》开设专栏，出版有《纸上的知识分子》《时代与肖像》《我们的故事是什么》《日常的弦歌——西南联大的回响》等多部散文作品。

以评论家张福贵的阅读，体现在一些散文作品中，王尧对于间隔的历史采用了历史文本与自我感悟连缀的叙述方法：“比如《“寒夜”里的“清油灯”》这篇散文，就在文本和视角间不断转换，使叙述对象有了立体感和想象的空间。他的散文注重从历史叙事中展示个人历史的对比性，并注以深刻的思想言说和诗意的叙事语言。”与此同时，张福贵还注意到王尧在历史叙事中的选择性与模糊性：“在《幽谷中的郭沫若》一文中，他花了八节文字记述1949年前的郭沫若，对于他的后半生，则只是说交给历史评价。”

4

也因为如此，作为学者的王尧写小说也能写得不露痕迹。程永新坦言，现在搞批评的，有一些会尝试写小说，我们在阅读他们的小说的时候自觉不自觉会多一点包容，觉得他们是写评论的，小说写得稍微弱一点也无所谓，只要有才华，我们也能认可。“但我读《民谣》没有这样的感觉。凭着这个文本，我就可以忽略王尧散文家、批评家的身份。所以说，这是一部可以忽略写作者身份的小说，出现在当下稍显平淡的小说创作背景里，多少给人一种惊艳的效果。”

所谓惊艳无非是讲《民谣》表现不俗。实际上，小说叙述风格偏于平淡，而以平淡表现沉重，则更见小说的张力。评论家文贵良就曾以《宁静与压抑》为题评论《民谣》，从隐喻系统的运用、成人化的少年视角、多层次的人性平衡和麻绳型叙事等角度，探讨“平静的语言怎样能够表现一种沉闷的压抑的生活”这一问题。在评论家孟繁华看来，这种平淡“不是置身度外的冷漠，而是经历过后了然于心的淡然”。小说里王厚平看似漫不经心的讲述，里面的人物日子看似过得云淡风轻，但内在的紧张几乎没有消失，平淡语调暗含的司空见惯因而给了荒谬年代以致命一击。孟繁华提示道，王厚平是一个神经衰弱患者，病患身份的“人设”，对于理解小说至关重要。“他的轻描淡写无非是一种姿态。他经常做梦，对他来说，他遭遇的不是梦境，而是梦魇。应该说，这个细节不仅符合他的病患者身份，也是他1972年间的少年记忆，这一个人的记忆也是民族的集体记忆。这是《民谣》不动声色的力量所在。”

放到文学传统中来看，评论家徐勇将之归入以汪曾祺为代表的抒情书写传统：反情节的结构设置，但细节又特别凸显。《人民日报》文艺部副主任刘琼表示，从五四新文学以来，可以整理出一条比较清晰的乡土写作脉络，“其中主要有两条脉络，一是由鲁迅开启并辐射开来、带有启蒙特征的乡土写作，一是以沈从文为代表的乡土抒情叙事。王尧的乡土创作既从思想和灵魂气质上接近鲁迅的热肠，也有沈从文的柔情，深得其叙事美学之精妙”。

在孟繁华看来，小说在形式上的革命，到了“后现代小说”阶段就已终结。“但这并不重要，重要的是，在小说创作面临极大困境的时代，王尧进行了有效的探索。《民谣》作为小说，可以说为历史叙述打造了另一幅面孔。”

换个角度看，就像评论家房伟说的那样，王尧擅长对文学史现象总结、提炼，进行一个整体性的理解。“在这个过程中，他重建了自我与历史的联系。”这一点无疑是重要的。在评论家张学昕看来，历史记忆终究是个人记忆。“《民谣》体现出王尧一种特别的记忆转向，从大历史转向个人史，进入了人性、情感、生命的微观记忆。”以何向阳的阅读，这就能理解为何小说第一个字就是“我”，王尧是要从个人史角度展开分析：“史铁生、王安忆等‘50后’作家多携个体史登上文坛，再由我及他，‘60后’却比较多将“我”安放在众人之中。由此看，《民谣》向个体历史的逆行具有重要意义。”

5

恰如评论家郭冰茹所言，王尧通过对叙事本身的关注，把文学研究、口述史写作和小说创作这三个看似属于不同的领域联系在了一起。基于此，按体裁划分固然便于梳理总结王尧的文学成果，却也多少背离了他的文学实践。评论家黄平表示，中国当代文学领域有两股相反相成的潮流：其一是文学研究、文学评论的学科化，并走向科学化；其二是评论家向作家的转型。在他看来，不能被科学化的部分，才是文学最为精髓之处。“在这个意义上，王尧的创作转向尤为重要又顺理成章。”

但以《上海文学》副主编来颖燕的理解，王尧拿起了写小说的笔，也并不意味着就是跨界。“我越读他的作品越觉得，许多界线在他眼里是不存在的。”在来颖燕看来，不论哪种文体，都必须染有作者自己的指纹，所以重要的是王尧对文学属性的界定，他特别警惕和担心的是，久而久之丧失了自我与世界的连接能力。“包括王尧看他所研究的对象，也是力图唤醒其主体性，从而使其具备一种时空伴随的定位，他不想概念化、静止地看待研究对象。”

这就涉及作家如何看待人之为人的主体性。在评论家岳雯看来，王尧一直思考的是，一个人，特别是一个兼具知识分子和文人品格的人，如何在这个极具不确定性、充满历史焦虑的时代打好自己的精神根基，建构完整、独立的人格形象。“他的写作始终根植于这个根本问题。”

从这个意义上讲，王尧的写作理当归入知识分子写作之列。作家毕飞宇表示，知识分子写作不同于“知识分子的写作”，好作家都应该是知识分子写作。反过来说，许多知识分子的文学创作，则是令人生厌的，因为他们读书多，知道了一些思想资源的知识，就想尽办法在作品中加以呈现。“但一个作家最可贵的是，将他所拥有的丰沛的思想资源，转化成叙事和描写。王尧就在他的思想的推动下，打开了他的思维方式和感受方式，修正了他的表达方式，由此成了一个具有文化抱负和历史责任感的‘新锐作家’。”

作为“新锐作家”，王尧最为关心的却是古老的命题。比如，作为知识分子，或者说人之为人，当如何找到让自己安身立命的家园？乡关何处？之于现实中的王尧，是他出生长大的苏北村庄；之于学者和作家王尧，则是他深深怀念的知识分子精神，是那种充满生命活力的文学场域。王尧中坦言，自己内心有非常多的困惑，转换文体恰恰是因为对很多东西不了解，所以尝试用其他方式探寻一些问题："我自认是一个有理想有抱负的人，但不是一个很有野心的人，我也并不想寻找我们这一代人的历史定位。我只是以历史为参照，反省自己的薄弱和平凡，知道自己该如何存在下去。"

他的写作让我们看到地方文化的源头和流向

徐风

不同类型的写作大约都会以各自不同的方式，或隐或显地写到某个“地方”，那是时间流淌的容器，也是故事发生的场域。只不过自二十世纪七八十年代以来，在西方文学的洗礼下，构建一个“邮票般大小的地方”之于写作的重要性被发现了。作家们由此纷纷创立起自己的“地方”，于是就有了我们熟知的莫言的高密东北乡、苏童的香椿树街等等，但那都是作家们虚拟的世界，是他们小说故事的出发地和根据地，相比而言，原初意义上的地方书写却是不多见的，而徐风就是这样一位颇具典范性的作家，他多年来主要以非虚构写作切入书写宜兴和江南。

一把紫砂壶背后，联结着江南的文化史、器物史、手艺史、风情史

早在20世纪80年代末，徐风就开始了文学创作，此后也陆续出版了一些作品。1995年，他的小说《这把壶》被改编成电视剧，他因此被调往宜兴电视台工作。在电视台工作的十年，他拍摄了很多人文类的纪录片，也屡获大奖。

应该说，徐风写作也好，拍纪录片也好，都或多或少和宜兴这方土地有关，但他有意识地写宜兴，却可以说就是在2004年才开始的。当时，他陪同来访的作家王蒙参观紫砂，王蒙感慨道："其实紫砂是中国传统文化的载体，你为什么不写紫砂呢，写紫砂，你有优势，我们肯定写不过你！"作为地道的宜兴人，徐风对紫砂的热爱本就是深入骨髓的，被王蒙一点拨，他突然找到了写作的方向，接下来十多年，便开始了紫砂文学的写作，先后创作了《尧臣壶传》《花非花——蒋蓉传》《读壶记》《一壶乾坤》《国壶》等作品，可以说是孜孜不倦穿行在紫砂文学的纪实与虚构当中。

2013年，徐风卸下宜兴文联主席一职，退居二线。他说，自己一直期待这一天的到来，因为藏在心里许久的一个梦想终于可以付诸实践了。这个梦想就是为一代紫砂泰斗、壶艺宗师顾景舟立传。事实上，早些年担任分管专题、文艺的副台长时，徐风就有过拍顾景舟的想法，可最终未能实现。"下面的记者没有一个愿意去拍他，都抱怨，顾景舟不爱说话，不爱社交，根本构不成一部专题片材料！当年我的一个朋友毕业论文就写的顾景舟，结果他跟顾老相处了3个月后就跑到我这儿来吐苦水，说是悔死了！肠子都悔青了！你根本无法跟他做深度的交流，他也没有波澜壮阔的事迹……"

虽然徐风隐约觉得他们这般抱怨，多半是根本没有读懂他，但

也只有等到若干年后，他才突然悟到，我们要去欣赏一座高山，欣赏高山上的风景，至少要走到半山腰，甚至最好能登上山顶，只有这样我们才能欣赏它的风景。“你如果离这座高山很远，就会被雾霾挡住。或者由于距离的原因，不能观其全貌。所以当真正开始写《布衣壶宗——顾景舟传》的时候，我才觉得，我之前所有写紫砂的文本，在冥冥之中都是为了写这本传记做准备的，都是‘热身’。”

为顾景舟立传的另一个原因，是徐风觉得顾景舟的离去，不仅是一个时代手艺的终结，也是一个非同寻常的士大夫的离去，“我很清楚，这本书不仅仅是写给紫砂人群的，顾景舟在我心中一直是手艺人中的文人士大夫，既然是传记，我就要写出他的风骨，他的秉性”。于是，从2012年下半年开始，徐风用半年时间大量阅读了江南文化史、器物史、手艺史、生活史方面的资料，力图了解顾景舟生活年代的环境和历史风貌。

做了这么多前期准备后，徐风觉得可以开始着手采访写作了。但他做的第一件事竟然是到顾景舟家中获得他家属的授权。在徐风的讲述中，这并不是件容易的事，因为顾氏后人继承顾老精神，早就淡出了主流视线，他们守住一份清寂的门庭，过着默默无闻的平民生活。“曾经有人上门说，只要把顾景舟的招牌借给他用，他可以把整车的钞票往顾家拉；又有人说，只要把顾景舟印章让他敲一下，钱就可以滚滚而来；还有人说，别的就不为难了，就给你们刻一枚‘顾氏后人监制’的印章，如何？钱一样有得赚！要给顾景舟出书的，给他拍电视剧的，要以他的名义建立各种基金会、研究会、纪念馆的，都给顾氏后人一概拒之门外。”

因此，当2013年夏叩开顾家的门时，徐风是做好了足够心理准备的，“我身上几个口袋都装了不同的文本，就是为了应对不同的状况”。进了顾家门后，他首先就被震撼到了，“顾老去世20年了，他们家的家具居然没有动过，磨石子水泥的地面，小小的客厅放着当年的老沙发，对面是一台小电视机”。当时接待他的是顾景舟的儿媳吴菊芬，他的儿子因为多年前受过伤就不太管事了。“她对我只提了一个要求：要把老人家当作自己的长辈。我记得最后签授权书时，这个刚强的女人流泪了。她说：‘我从来没有给别人写过授权书，你是第一个。社会这么复杂，我们也读不懂，只能把门关上。我要是想钱，我家的钱可以用卡车装。’”徐风感慨道：“我虽然写了这么多年的紫砂，但从没进入这个江湖。我一不做买卖，二不做鉴定，顾家愿意给我授权，是因为我很‘干净’，在紫砂里没有利益。”

接下来就是徐风讲述中“持久战”一般的采访。他事先列出了一份采访名单，上面都是顾景舟的故旧、学生、徒弟的名字，冯其庸、韩美林、张守智、刘培金、周桂珍、徐建、陈正安、葛陶中……每个人都有精彩的故事。“比如说，我要去拜访顾景舟挚友、国学大师冯其庸的时候，开始被谢绝了，因为老人家身体不好，又是冬天，基本上是没有希望了。”但是老天还是给了他一个机会。徐风回忆说，那是2013年12月20日，他当时是去北京拜访顾老的徒弟、紫砂大师周桂珍的，刚坐下来五分钟，周桂珍心有灵犀，突然就站起来说：“我好像听到隔壁院子里有说话的声音，好像是冯老的声音。”原来冯老就住在她隔壁，两家院子是紧挨着的，当中只隔了镂空花窗。等周大师去了隔壁赶回来，她说：“今天运气好极了，老先生刚起来，精神特别好，老太太正带着他在院子里呼吸新鲜空气呢，我跟他一提你的事，他立马就同意了！”徐风回忆说：“在之后的采访中，因为是为顾老而去，冯其庸很虔诚，和他谈了一个多小时。当时他已经九十一岁，谈了这么久很不容易。”

更不容易的自然是写作。当徐风听完所有的采访录音，做了大量的笔记以后，他觉得像顾景舟这样的人物，用什么笔调来写他，至关重要。所以，2014年初，他开始动笔写这本书，光开头的五千字，就写了半个月。“我要寻找一种符合顾景舟的基调的语言。顾景舟虽然已经过世，但是采访阅读了大量资料后，我要设计一个顾景舟式的心跳，语言要切合顾景舟式的‘肌理’，贴合他的呼吸。到后来我觉得这种笔调应该和他这种‘布衣’的基调是相吻合的。在形式上，我试图将各种文体打通，摒弃陈旧的‘报告文学’写法，后面写起来就比较顺利。”

也是在写作的过程中，徐风越来越感觉到顾景舟就是自己家的一个长辈。他如是概括这位“长辈”一生的成就造化：他和他的同道们把举世独绝的紫砂手工艺，提炼成一种地道的中国功夫；其传承、创新的千姿百态的紫砂造型，莫不是地道的中国表情；壶上诗书画印、博大精深；壶中乾坤朗朗、风骨清奇，尽是地道的中国智慧；由一把紫砂茗壶传递的茶文化以及闲适心情，更是传递出一种地道的中国生活。“纵观紫砂历史，在每一个历史转折点上都站着一个人，比如说开始的供春，之后的时大彬、陈鸣远，再下来是陈曼生和杨彭年，还有邵大亨，他们都各有各的绝技，但只有到顾景舟，才将文士和工匠两者融于一体。他对于紫砂的贡献，首先是将中国传统文化的精髓融入了紫砂，让文化注入泥土，获得灵魂；他开创了文化茶具，使古老的紫砂在传承古人的基础上有了当代的面貌。”

在徐风看来，今天的我们，在纪念顾景舟的时候，有必要重新审视培育顾景舟成长的这片古老土地。“博大精深的江南文化，千百年来，其脉浩大，其果硕硕；行至当下，水远山长。但是，它的脉象与品质，时被精神雾霾侵蚀，其间多少歧义，多少蜕变，多少新生，多少希冀，时下的人们，或许应当扪心自问。”而对紫砂文化的浸淫，也让徐风更加深入地意识到，一把紫砂壶背后，联结着江南的文化史、器物史、手艺史、风情史。“我写了这么多和紫砂有关的作品，其实一直都是通过紫砂书写着陶都宜兴的地气，也书写着江南文化。”

既写繁也写荒，以平白的中国话语构建有生命温度的古典人文江南

如此，徐风从2017年初到2018年末，在《钟山》杂志开辟散文专栏“繁荒录”，就很可以理解了。2020年年初，专栏结集出版，定名《江南繁荒录》。他有一回到北京和一直关注书稿进展的中国作协书记处书记、作家邱华栋讲书名的事情，邱华栋以他当过多年资深编辑的经验，几乎脱口而出道，“繁荒录”不怎么好，加上“江南”两个字不就得了嘛！

用徐风的话说，这一加，书稿境界立马就不一样了。事实上，这一加，与其说是境界提升了，不如说让主题更聚焦了。何况他写这本书，本就试图以一种平白的中国话语，构建出一个有生命温度的古典人文江南。“繁荒录”获第三届《钟山》文学奖时，当时的颁奖词也突出了这一点：“徐风以摇曳生姿的文字徐徐讲述着千年的江南文化风流，其系列作品在江南地带的一壶、一茶、一寺、一碑、一谣、一人等风物人情的细节中，梳理出水乡江南的人文脉络。”

由此而来的问题是，宜兴是不是能支撑起“江南”这个概念？在阎晶明看来，这是没有问题的。宜兴在江南本就具有典型性，加之徐风有开阔的视野，如此这本书给他的感觉就是写江南的，甚至在一定程度上是写中国的。而徐风主要写宜兴，他又是生于斯长于斯，这使得他比我们印象中的文化散文有更多感情投入。“20世纪90年代兴起的文化散文，尽管有不少写得很漂亮，而且能代表一个时期散文创作的高度，但不可否认，很多作家写文化散文的情绪是临时调集起来的，和徐风那种感情的深度投入，写作的沉潜踏实，是不能相比的。”

用上海作协副主席、作家潘向黎的话说，《江南繁荒录》写出了

江南文化中暗黑的部分，写出了锦绣与繁华背后的荒芜与苍凉，写出了江南文化历史与现状中容易被大家忽略的部分。“这样的书写，不是让江南变得不美。恰恰是因为阴影的存在，让江南的诗性和文脉变得更立体了。”

“过去我们讲到江南就是莺飞草长、小桥流水，给人感觉这片肥沃的土地上是没有苦难的，实际上，这里也有很多的艰辛和苦难，只是江南人以江南人的方式去承受和对待。这才是我最想要表达的故事。我希望通过更为广阔的世俗生活书写，打通‘文人江南’和‘民间江南’的精神共相，进而为历史过滤出某些纯粹的东西。”

为此，徐风专门进行了一两年的田野调查。“我相信，从更多的民间文本，从地方志，还有从哪怕是乡村医院的院子里，我能找到我想要的东西，那里有江南人的生命，有他们的心声和歌呼，也有他们在苦难当中的欢欣。在书里，我写了很多古代的人物，但也有很多被我放弃了。我不是不敬重他们，而是我觉得更应该写写当代人。所以，我写了我很多的父老乡亲，我甚至把我母亲，把我自己也写进去了，虽然大家不一定能认出里面哪个人是我。”

概而言之，以潘向黎的理解，《江南繁荒录》之于徐风，有一种“壮年变法”的意味。在她看来，徐风的写作从内容、题材到他的笔法、调性等，都有了一个质变。“他的表达原来偏江南的委婉、软糯，但体现在这本书里，他相对比以前强硬，有时候甚至流露出一种跟他以前风格很是不同的斩截之气。他硬核的写作，也使得他的笔法由轻盈入厚重，他以前相对单一的美学追求，也间接地变得复杂。他的写作也有了更为宽广的视野。我觉得这些都更匹配江南实际上的美学构成。”

这与徐风近年来对自己的写作要求是相一致的。在《江南繁荒录》之前，他出版了四部长篇小说、四部长篇传记和诸多散文集、中短篇小说，可以说在虚构、非虚构文体都经过历练。用江苏文艺评论家协会主席、评论家汪政的说法，经过这么多年的突破，徐风已可以在小说与散文中自由出入。徐风也确实希望自己由这本书开始，进入一种“跨文体”写作。亦即，包括人物、地域、故事、场景在内的基本素材都是真的，但他在书写时会自觉地运用散文的笔致，而在描摹人物时则会用上小说的白描和心理刻画，涉及场面宏大的叙事则适度虚构，甚至运用电影特写、书画留白、戏曲夸张的手法，但绝不杜撰或臆造。

他的写作实践应该说是比较成功的。在运用素材上，《美文》杂志常务副主编穆涛认为他借鉴了中国史书写作的传统，在人物层面尝试了“纪”与“传”的写法，在社会层面则尝试了“志”的写法。大量史料的运用，让这本书不仅具有了文学价值，还具有地方志那样的史料价值。“中国一直有好的地方志传统，但我们现在的地方志并不好看。这本书写了从新中国成立前后到今天的风俗、风貌、风情。一百年后，后人还会认为这本书里依然有东西可查，这是最难得的。”南开大学文学院教授周志强特别提到这本书结尾附上近四十条参考文献，如果能绘出一幅“文献地图”，足可以为地方文化景观的发展提供很好的佐证和有力的支持。

而在文体融合上，潘向黎举例表示，书里《女人何必江南》一章写到“小乌头”自小与查家公子攀亲，但查公子天不假年，“小乌头”还没嫁人，在年满十五时就跟着结束了生命。“对于这类故事，人们一般有两种理解，一是礼教吃人，二是女子痴情，但这样的解读其实有大量的逻辑空白。徐风通过很巧妙的想象，把这块空白填上了。他写查家私底下和‘小乌头’联系，告诉她查公子托梦说放不下她，还极尽生动地描绘了两人在天上拜堂成亲的绚丽画面，在这里，徐风还用了一个很好的比喻，说‘小乌头’的心里由此种下了一株要命的狼毒花。他写的这个画外音补上了人物心理和逻辑空白，是纯小说技法，但在这里却用得很漂亮。”

回溯“中国的辛德勒”钱秀玲的传奇人生，依然是江南书写的延续

的确如此，如果江南大地不是那么包容，或许就出不了被誉为“中国的辛德勒”“比利时的国家英雄”的钱秀玲这样的人物。徐风出版于2021年初的传记作品《忘记我》，回溯钱秀玲的传奇人生，看似写的国际性题材，却在某种意义上依然可视为他地方书写，更准确地说是宜兴书写或江南书写的延续。

这么说是因为传主钱秀玲虽然一生中大部分时间是在比利时度过的，她在二战期间拯救110名比利时人质生命的善举也是在比利时发生的，但她是在宜兴这座有深厚文化底蕴的江南水乡成长起来的，以徐风的话说，在实地采访和长期写作中，他更加认识到，钱秀玲的人格力量是中国优秀传统文化支撑起来的，正是东方文化的浸润养成了她正直、勇敢、勤奋、坚韧、善良、慈悲、开阔的胸襟。“当然，她也接受了西方的文化教育，因此具有中西合璧、内外皆修的风度。”

而在另一方面，套用评论家戴军在评价徐风另一部作品《布衣壶宗——顾景舟传》时的话说，一部文学传记，如能写出传主精彩的人生故事，是为合格；如再能写出传主独特的精神禀赋，可谓成功；如还能写出其精神特质背后丰富的文化图景，则堪称上品。《忘记我》是不是上品自然得由读者说了算，可以确定的是，徐风在这部书里依然用不少篇幅写了宜兴这方水土，他这么写也更像是在探索钱秀玲精神禀赋的来路与出处，以及钱秀玲之所以成为钱秀玲的偶然与必然。

钱秀玲出身宜兴望族，留学比利时鲁汶大学，获物理、化学双博士学位后，隐居偏远小村埃尔伯蒙行医救人。1940年5月，德军占

领比利时，参加抵抗活动的青年罗杰被捕，旋即被宣判绞刑，钱秀玲偶然从报纸上看到时任德军驻比利时军政总督亚历山大·冯·法肯豪森，恰好是她堂兄钱卓伦的一位挚友。她立刻给钱卓伦发了一封电报，同时拿着堂兄给的照片星夜兼程踏上了拯救之路，请法肯豪森刀下留人。巧合的是，法肯豪森也是位反战人士，当他接到钱卓伦的电报，见到钱秀玲，了解事实真相之后，顶住压力救下了罗杰……自此开始，钱秀玲在二战期间前后营救了110位比利时人质的生命，战后比利时政府授予她“国家英雄”勋章，一条以“钱秀玲女士之路”命名的道路保存至今。

以评论家何平的理解，钱秀玲对不幸者的拯救，看似偶然的机遇，但更是作为一个走向世界的中国现代新女性的精神世界使然。在他看来，钱秀玲由宜兴而苏州，再经由上海到比利时的路线图，在某种程度上可视为现代中国向世界敞开，投射在她个人生命史上的具体而微。“钱秀玲是现代中国的新女性，她们不是古典中国的贞女、义女和烈女，而是从她们中间奋身而出决定自己的命运和道路。20世纪初，并不是每一个中国的乡村都能诞生这样的新女性，这与宜兴得风气之先，很早就和西方世界接驳大有关系。”

作为一个土生土长的宜兴人，徐风却是比较晚才知道钱秀玲这个人物。这在一定程度上是因为，在很长时间里，国内没有人知道钱秀玲是谁，而钱秀玲生前特别不喜欢别人关注，她总是回避媒体的追踪。比利时方面也没有给她写一部书，甚至没有留下一个独立完整的钱秀玲的故事版本，但2002年以钱秀玲为原型的电视剧《盖世太保枪口下的中国女人》的播映，却让钱秀玲一度为国人熟悉。那年，徐风还是宜兴电视台副台长，电视剧原著作者张雅文到宜兴拜访钱家旧址，经她介绍，徐风才关注到钱秀玲。后来，在钱秀玲90岁那年，他通过钱秀玲在宜兴的亲人与远在比利时的老人通了一个越洋电话。“我与她约定，去比利时看望她，后来我爽约了，因为种种原因。但我持续关注着钱秀玲这个名字。”

正是在长期的关注和思考中，徐风脑海里浮现出这样一些问题：钱秀玲早年为何从江南水乡远涉重洋求学，身逢乱世如何安身，获得鲁汶大学双博士学位为何隐居村落行医谋生，钱氏兄妹如何与德国将军共同营救人质，当荣誉纷至沓来，她留给世间的遗言为什么是“忘记我”？为追寻探究这段尘封往事，很多年后，徐风终于等到机会远赴比利时和台湾地区，遍访当事人后代、故旧和唯一存世的获救人质，获取大量未为人知的故事细节，“当众多被遮蔽的素材抖落尘埃，陆续来到我面前的时候，我觉得，时光深处的一位老人在帮助我。”

徐风这么说是因为钱秀玲虽然已去世多年，但她人格魅力的影响还在。由此在寻访过程中，只要他说到要书写钱秀玲，那些熟悉她的人都伸出了援助之手。事实上也正是她外孙杰罗姆、侄子钱宪和、钱宪行、侄孙钱为群、钱为强，103岁的幸存者莫瑞斯，二战纪念馆馆长雷蒙、艾克兴博物馆原馆长卢埃尔等关键人物的口述搭建起了人物命运和历史时空。徐风的寻访，也意外地打开了钱秀玲救人之外的线索，特别是堂兄钱卓伦及其子女未被人知的经历，本身就是荡气回肠的章节，“惊天秘密以及一些绝版资料，事先都没有任何预兆，但说来就来了”。

事实上，也只有等到徐风发现了多重线索，他才觉得终于可以把这个故事写成一本书了。“十六年间，我常常会想到那个前往比利时与老人见面的爽约。因为没能成行，我便拍摄了一部纪录片，原本以为这多少能弥补心头的遗憾，却不料，因为未能亲赴比利时拍摄第一手资料而造成的虎头蛇尾，让我一想起此事便有一种深重的歉疚。”直至2018年，徐风终于有机会和妻子去比利时采访，他用随身携带的两部摄像机拍摄了第二部纪录片。“当时，我的心愿也只是去看看钱秀玲的故居，她拯救人质的城市，以她的名字命名的道路，并且去她的墓前祭拜，等等。然后是拍摄一些视频资料，作为永久的纪念。”

但在寻访过程中的那些发现，最终促使徐风写出了这本书。而这所谓发现，或许便是指的在钱秀玲拯救人质过程中，究竟是哪些偶然造就了必然。因为这本书的奥妙就在于如汪政所说，如果说没有宜兴这方土地那种文化的滋养，如果说钱秀玲不是那样的性格，如果说她没有那样的哥哥，如果说那个德国将军不是恰巧是反战人士，这里面缺少任何一个“如果”，钱秀玲的壮举都不可能达成。“明白了这一点，我们也就明白了徐风为什么要从一个古老的桥开始写起，为什么要写古老的庄园，为什么要写钱秀玲的婚姻，为什么要写钱卓伦将军的官宦生涯，为什么他要把笔延伸到欧洲，延伸到将军的人生命运上？”

也是在这个意义上，评论家汪政宁愿把这本书看成是战争体裁的文学创作，因为书里展现了一个不见硝烟的战场。“我在阅读这本书的时候，想起了历史哲学家斯宾格勒的一句话。他说，战争的精华却不是在胜利，而是在于战争中文化命运的展开。这本书的精华，在我看来就是对斯宾格勒这句话非常生动形象的展开。”

毫无疑问，徐风在这方面是下了大功夫的。评论家王彬彬说，这个故事的独特之处在于，钱秀玲先是从德国纳粹枪口下拯救人质，等到战争结束后，她又从盟军的法庭上解救了法肯豪森，而其他同类故事都只是写到英雄人物在法西斯的枪口下救助百姓。“何况，那100多个被她解救的人，也都不约而同地站在法庭上为那位德国军官辩护。应该说，这一刻人世间的情谊放射出了奇异的光彩。”

这也颇为契合徐风的写作理念。在他看来，无论战争多么残酷，都无法扼杀人性，相反，在特定的环境中可以更清晰地观照人性。所以，在写作过程中，他更关注人性的光亮。“无论是钱秀玲的拯救，还是法肯豪森的相助，都超越了国际边界，是正义、良知、慈悲的相遇碰撞开出的美丽花朵。”徐风表示，在受赠比利时“国家英雄”勋章时，钱秀玲说：“当我有幸在占领国政府首领面前为无辜的人质求情时，我意识到我是在为那些被最可怕的独裁者即将夺走的不幸生命而抗争。”但与此同时，钱秀玲认为，救人是应尽之义，也是举手之劳，不值得大书特书。而这本书书名几经修改，最后定为《忘记我》，也可谓对钱秀玲人生轨迹和精神人格的最佳写照。不过在徐风看来，战争留给人类的创伤，以及战争中美好的人性，那些相濡以沫的故事，是不应该被忘记的。“钱秀玲的成长道路，她的美丽心灵，应该是人类精神的共同财富之一。重述她的故事，也是对超越国界、信仰、种族、文化差异的人道主义和人类命运共同体的重新体认。”

如王彬彬所说，重述钱秀玲的故事是有难度的。这个故事牵扯到一些很复杂的问题，而徐风能引用的实物资料和文字资料又实在是太少，但他很好地解决了这些问题。“他采取了一种很好的写作方式。一般写人物传记都是第三人称叙事，作者通常隐藏在后面。但在这本书里，徐风也用了第一人称。我们读的时候，会时时感觉到他在那里感动，在那里悲哀。第一人称也使得徐风得以把历史跟现实交互在一起写，作品的情感空间由此更加开阔，思想含量也更加丰厚。”与此同时，在王彬彬看来，徐风作为一个优秀小说家的才华，也使他能依靠想象去填充资料与资料之间的空白，而且让他的书写显得活泼、灵动。

当然，徐风活泼、灵动的书写或多或少得益于他所处的宜兴。评论家汪兴国说，从徐风近几年的创作看，他有一个立场鲜明的写作方向，就是写本土，写家乡，他坚持不懈写家乡的历史、人物、事件，取得了非常大的成绩。以何平的观察，徐风的非虚构写作和现在很多地方政府投入很多人力、财力推进的地方性的报告文学写作有很大的不同。“他的写作始终以人为中心，让我们看到地方文化的发展轨迹，明了它的源头和流向。也因为此，像徐风这样的作家在宜兴这样一个地方的出现，对于地方文化叙事具有重要意义。”

辑十五

曹文轩

赵丽宏

黄蓓佳

毛尖

周云蓬

我宁要"浅显"的审美，也不要做作的"深刻"

曹文轩

曹文轩说："人性中有许多卑劣甚至下流的品质，但人类希望自己的人性得到改造与净化。回过头看，如果没有成千上万优美的诗篇、散文、小说，人性一定是非常令人失望的。"他是针对当下文学中"非审美"因素的肆虐而这样说的。

在不同场合，曹文轩都强调自己更在意的是作品的品质。在他看来，文学中一定有为世界读者所接受和认知的一些恒定不变的元素，这是全世界的优秀文学都会遵循的基本品质，尤其是作为文学存在之本的道义。"人类当初选择文学，一定是因为文学可以表现人类的道义感、并帮助人类培养道义感。"在曹文轩看来，某种意义上正是因为文学体现了这些品质，它才会感动千千万万的读者。他自己的作品，无论多么千差万别，他都希望拥有这样一种感动："我所选择的题材、故事，无论长篇还是短篇，无一不是先感动了我的。"

基于此，曹文轩不能容忍那些冷血的文字，不管写了这些文字的人，因此得了什么了不起的奖。他认为，从根本上来讲，文学不是用来满足人们的理智需要，而是用来满足人们的情感需要："有人瞧不起'感动'，但我瞧得起。这是我从古典形态文学那里接收到的一份遗产。我曾无数次说过，我不想'深刻'，不想那种做作的，歪曲人类存在状态的，让人一生不悦的'深刻'。在我供奉的大师们那里，我看到了，悲悯是他们文字基本的精神。而我的作品之所以被外国出版社注意，是与这一个人类共同希求的精神有关的。"

也是在这个意义上，曹文轩强调，作家，尤其是儿童文学作家应当把注意力投射在人性恒定的部分。以儿童文学为例，他直言，当下作家们所看到更多的是孩子的变化，很少看到人性不变的部分："我们今天思维上一个问题就是太容易去强调代际差异——强调这一代人和下一代之间、从前孩子和现在的孩子之间的差异，差异肯定是有的，但是我认为作为孩子人性的基本部分没有发生任何改变，恋爱、欲望、游戏、权力、意志、善和恶等等这些都不可能改变。"

在曹文轩看来，儿童文学和成人文学之间，也是共通甚于差异："两者在文学的基本面上是没有任何差异的。写儿童文学的时候，必须想着自己所要遵循的也是一切文学应该遵循的规则。儿童文学里有一部分是小孩也喜欢看、大人也喜欢看的，我可能更喜欢这样一种文学。跟着现在的小孩身后跑，表现他们的新兴趣、新举动，我不太赞成这样一种写作姿态。我更希望做的是转过身去回望我走过来的路，把以往的生活变成写作资源。"

因此，曹文轩认为，如今很多儿童文学作家花大量精力琢磨如何让小孩喜欢是走了歧途。"他们忘了儿童文学的读者实际上是塑造出来的。在我国，儿童文学是一个较晚才系统形成的文学门类，在没有儿童文学的时候，这个世界也运转正常，孩子们也正常长大。

我不是说我们不需要儿童文学，而是我们不要忘了儿童这一读者群体并不一定是天然存在的。既然如此，我们为什么不能共同努力，用品质更好、更美的作品去塑造高品质的读者？最好的儿童文学作品是让孩子踮起脚来够一下、跳一下，才能够到享用的苹果。”

如此看来，儿童文学作家们大有可为，但曹文轩同时主张，无论儿童文学也好，成人文学也好，都要搞清楚自己应该做什么。在曹文轩看来，文学应该是讲边界的，文学就是文学，不应拿文学去做其他的事情，“中国当代文学一个深刻的教训就是，在长时间里头始终没能确定文学的边界，它常常在做越界的事情”。

他打比方说，作家是知识分子，但作家同时又是特殊的知识分子。两种身份对其要求是有所区别的，“如果北京海淀区街头有一个厕所，它的位置放得不合适，作为知识分子，你就应该打电话给海淀区政府，如果海淀区政府不理你，你就应该打电话到北京市政府。但作为一个作家，作为一个特殊的知识分子，我觉得你根本就不应该看到那个厕所，因为这不是你要关心的事”。

但实际的情况是，中国新时期文学，尤其是成人文学里，一个非常重要的意象就是厕所。曹文轩质问，全世界大概没有一个国家有那么多作家热衷于在文学作品中写厕所。他明白作家们这么写，是因为他们认为美是很矫情的，写厕所能找到一点真实感，“形成这么一个语境，我真是百思不解”。曹文轩所谓的“这个语境”，即反审美的语境。在他看来，当下坚持审美反倒与整个语境是冲突的，不和谐的。他并不认为自己的认知如很多人以为的那样，是因为高度敏感而虚幻出来的。“因为事实就在那里：坚持文学的审美功能，至少是被边缘化了。但17、18、19乃至20世纪初的整个文学都讲审美，托尔斯泰、沈从文等具有古典形态的作家，他们的作品在向人们提供了认识价值的同时，也提供了很高的审美价值。自20世纪中叶开始，也就是现代主义兴起的时候，情况起了变化，审美就逐渐被挤压了，如今当我谈到审美的时候，我的四周是无动于衷的，我甚至看到了无数怀疑的目光。可我的态度是：写作一天，坚持一天。我始终将审美的维度视作作品的生命线。我想，我的作品被翻译成各种文字，走进了他国读者的阅读空间，给我带来的主要并不是荣誉，也不是利益，而是慰藉，是对我坚守审美的抚慰。”

有待探讨的是，我们读到的不少讲道义、讲审美的文字，尤其是儿童文学作品往往流于空泛。在曹文轩看来，这和当下大量儿童文学作品严重缺乏经验感有关，如今也有相当数量的作家热衷于写虚幻的、幻想的作品，“我不是说不能写这样的作品，但我总觉得每个写作者一上手，还是要下点写实的功夫。虽然他们的作品表面上看显示出了一种强劲的想象力，但这想象力的背后其实隐藏着一个危机，就是严重缺乏记忆力，即对从前生活，对当下生活的记忆”。

以曹文轩的理解，对于一个想有所成就的作家来讲，记忆力太重要了。因为我们所记忆的东西，是怎样丰富的想象力都不可能达到的。原因在于，造物主的想象力总是要远远超出我们的想象力。“我说的造物主的想象力，就是他在冥冥之中给我们安排的命运，他让这个世界的每一个角落，每一分钟甚至每一秒钟都发生着奇特的故事。这些奇特的故事，是任何一个幻想的心灵都不可能到达的。”

正因为此，如曹文轩所说，我们现在说托尔斯泰、鲁迅的时候，并不怎么说他们是很有想象力的人。“我们会说，他们带着记忆力在写作，我们佩服他们写实的功夫，佩服他们体现在作品中的现实主义精神。当然，我这么说并不意味着要否定想象力，我多年来一直在强调想象力的问题，但这两年有感于儿童文学的现实，感到有必要强调一下记忆力的问题。”

不管怎样，曹文轩在写作中是始终坚持审美品格的。他的作品总是通过天真的视角，描绘人世间的真、善、美，抵制物欲化的世界，令孩子们醒悟美丽所具有的人性价值。当被问道，他无视悲惨、残酷、非理性的现实，执意写作美丽、抒情的作品，是为了保护儿童，还是为了逃避现实？曹文轩反问道："这个世界如果没有儿童文学将会怎样？我们大概看到的更多的是炒作、暴力和一些肮脏的东西，孩子的眼光把'恶'和'丑'大大地过滤掉了，才有'善'和'美'的存在。正因为此，在今天这个时代，我们更需要一种'儿童的眼光'。"

我还可以非常真实地，用少年的眼光观察世界

赵丽宏

尽管赵丽宏直言，他一开始的写作跟儿童文学是没有关系的，在很长时间里，他也没有起过专门给孩子们写作的念头，但他的写作却是很早就与孩子结下了不解之缘。他的文章，尤其是散文不断被收进中小学语文课本，被收入的文章，未必都是他喜欢的，但语文课本的读者就是孩子，就是中、小学生，这让他越来越觉得有必要为孩子们做一些事情。毕竟在他看来，孩子对阅读的选择就是对人生的选择，他们从小读什么书，可能会决定他们将来成为什么样的人。也因此，他开始涉足儿童文学创作，并于2013年起陆续出版了包括《童年河》《渔童》《黑木头》在内的童书作品。

作家张炜感叹，赵丽宏写儿童文学作品能自成一家，写出厚度，跟他人生的历练有关，跟他诗人的情怀，以及对意境准确的把握和营造力有关。以诗集《变形》和小说《树孩》为例，当这两本风

格迥异的作品形成彼此映射和内在关照时，一颗属于诗人的童心渐渐浮现。这亦是发自内心、属于“孩童赵丽宏”的真挚诗心。

赵丽宏一向是偏重写现实生活的，就儿童小说而言，《童年河》写了二十世纪五六十年代的生活，亦即他的童年时代；《渔童》的故事发生在六七十年代；《黑木头》写当下的生活，《树孩》却是写一个没有具体年代的孩子的生活，近乎是一个幻想故事。赵丽宏自嘲道，正因为有人嘲笑他只会写现实生活，不会写幻想故事，他才特别不服气，非要写一个出来不可。因为他自觉打小就是特别会“胡思乱想”的一个人，无中生有的，生活中完全没有的故事，他也完全可以创造出来。“我自信有这样的能力，这是我写这本小说的一个动因。”

话虽如此，这次写作依然可以从他的个人经历中找到渊源。赵丽宏回忆道，很多年前在农村插队时，住所门口有一棵合欢树，在初夏的时候开粉红色的，像绒毛一样的小花，很美，他每天收工回来就在这个树底下坐一会儿，后来要平整土地，缺少扁担，所有可以做扁担的树全部砍伐，合欢树是最好的材料，这棵树就被砍下来做成了四根扁担。“我当时就感觉，我一个朋友被人‘杀’掉了，那时我才18岁，看到被砍以后的树在断面上生出枝叶，我觉得它在流血，流眼泪。这个树是集体的，有一根扁担分给我，我用它挑很重的泥土，它就在我肩膀上发出奇怪的‘吱哑吱哑’的声音来，我仿佛听到这个树在我的肩膀上哭。我在日记和诗里写过，我觉得它是有生命的，是有感情的。这些一直在我的生命里，我一定要写一篇东西把那些人类不知道的生命，把它们之间的这种感情写出来。”

他选择以写儿童小说的方式来传达这种感情，则关乎他对儿童文学的认知。在他看来，切不可以为儿童文学就是小儿科，是最简单幼稚的，比成人文学要低。他认为，好的儿童文学是文学里面最高级的，它非常简单、单纯，但是能让孩子喜欢，而且不仅孩子喜欢，真正好的东西一定是成人也喜欢的，就像《安徒生童话》，从小读到100岁都可以。“所以不要小看儿童文学，我们都要向这个境界去努力，写出既让孩子喜欢的，也让成年人能读的作品。那些用简单、朴素的语言讲述的故事里，蕴含着人生最深邃的一些道理。”

那怎样才算是真正好的儿童文学作品，在赵丽宏看来，前提在于“真诚”。“我觉得‘真诚’非常重要，一个是对自己，我真诚真实地表达自己；一个是对孩子，你要把他当大人一样平等对待。”以赵丽宏的观察，当下儿童文学创作有媚俗倾向。“怎么媚俗呢？两种，一是俯就，把大把的糖塞给孩子吃，你喜欢搞笑我就不断地搞笑，让你哈哈大笑，但是这个东西对孩子是不是有用，是不是能给他们留下美好的记忆，是很可疑的。一是端着架子教育孩子。这其实也不是真诚。”赵丽宏现身说法，自己写儿童文学作品的时候，会有一种返老还童的感觉。“写着写着，我就变成少年了，我用少年的眼光看周围的世界。我也要求自己变回去，变成一个孩子，这不是装出来的。我觉得应该很自然地把自己变成一个孩子。我想没有童心的人，不尊重孩子的人，是写不出好的儿童文学作品的。”

当然，一个作家如果只是有童心，也未必能写出好的儿童文学作品。以张炜的理解，赵丽宏写儿童文学作品，能自成一家，写出厚度，跟他人生的历练有关，跟他诗人的情怀，以及对意境准确的把握和营造力有关。“《树孩》包含了很多永恒的元素。同时，丽宏把阅读者拉到了各种各样的生活场景里，最后树孩遇到了河流，他完成了生命从诞生到归宿到再生这样的一个大循环。树孩经受着刻刀，有恐惧有快乐，慢慢它成形，还在土里面长成一个新的生命，火就更不要说了，他又在河水里边漂流，整个就是一曲金木水火土的交响乐。它的意义在哪里呢？它包含了中国传统里面最重要的再造世界、结构世界的主题。”

事实上，赵丽宏在写的过程中，并没有意识到自己写了这样一个主题。在张炜看来，正因为他不是有意识地去这样写，更显示出他作为一个经过历练的诗人的敏感。“诗人和作家的区别在于，作家一般是理性把握，最后再辅助于感性，而诗人以感性为主，理性做辅助。很多儿童文学作家恰恰是反过来的，这也是他们的作品总是缺乏强烈的质感，总是缺乏独特的语调的一个重要原因。”

以张炜的理解，儿童文学创作当然有自己的规律和要求，但并不因此就要有一个总体语调。“我们现在打开好多杂志、翻开好多书一闻味道，都有一个共同的调料散发出来的气息，这就是一个时期的总体语调。但写作是个体的，如果一个作家不能摆脱那种相似或一致的语调，就很难成为杰出的大作家。读丽宏的这几部儿童小说，我觉得他超越了这些，他有自己个人的语调，他比我写得更朴实，有时候更舒朗。他不是简单地罗列情节，他写得很自然，简约而不简陋。他的叙述有一种均衡感，没有让人厌烦的突然的快，突然的慢，突然的停滞不前，他没有这种状态。但是他又不是不温不火，让你读起来缺乏激情，他有强劲的、内在的推动力。”在张炜看来，正因为有内在的推动力，赵丽宏这种平实的写法，才焕发出了勃勃生机，换成别的儿童文学作家来写，却很有可能会变得贫瘠、干燥。“这在很大程度上得益于，丽宏有诗人的功力和特质来做基础。”

更多以散文家身份为人熟识的赵丽宏，实际上一直坚持写诗。虽然自1992年接触电脑后，赵丽宏就用键盘敲出所有的文章，但他一直坚持以笔写诗，他拿一个本子，一句一句写，不断写，不断修改，有的时候写得很流畅，有的时候写得很艰涩，写不出来时，他就在旁边“涂鸦”，画一些他脑子里面出现的图像。也因此，读者分享他和主持人曹可凡、诗人欧阳江河、人民文学出版社社长臧永清在《变形》新书首发式的对谈之后，还能有幸移步展厅欣赏包括他的最新诗集《变形》和出版于五年前的诗集《疼痛》在内的20余本诗集，以及60幅手稿。

新诗集收录的一首诗《母亲的书架》，其中写道："书架上，层层叠叠/陈列着我送给她的书/从第一本年轻的诗集/到老气横秋的散文/还有那些让我返老还童的小说/那些疼痛变形的文字游戏。"由译制片配音演员、上海广播电视台节目主持人刘家祯现场朗诵的诗歌，包含了他两本诗集的书名。这或许只是巧合，重要的是如赵丽宏在《母亲和书》一文里谈到母亲的小书架时感叹，他母亲的书橱里，按出版的年份整整齐齐地排列着，他这几十年里出版的几十本书，一本也不少，有几本，还精心包着书皮。"其中的好几本书，我自己也找不到了。我想，这大概是全世界收藏我的著作最完整的地方。"

赵丽宏写诗却是保持了某种完整性的，他或许是当下最具完整性及延续性的诗人之一。欧阳江河感叹赵丽宏是个谜，"我们这一代人经历中国四十年、五十年语言本身巨大的转折。在这个过程中，很多人，包括我自己，致力于语言本身风格的拓展，语言词汇量的拓展，语法的扭曲，表达的怪异和先锋，慢慢就写不下去，或是写到一定程度就玩花活了。因为这需要诗人在语言变化后面，还有深刻的人生观、宇宙观等坚实的东西。但赵丽宏可以一直不停地写作，他语言平实，忠实于他自己这一代人的语言，不玩花活，而且这个语言的表达和他的经验是配套的，他的语言和手写体也是配套的，他忠实于自己，反而可以把写作写到深处和背后。"

这在某种意义上应了赵丽宏所说，写诗是他生命的秘密，诗歌是他的"生命史"。他回溯了自己写作诗歌的原点。"当年我在上海崇明农村插队时，非常孤独，住在草屋里感到人生灰暗，不知将来会如何。将我从灰暗中拉出来回到光明的，是当地农民朴素的情感，他们对我伸出援手，他们将家中仅有的书都找出来给我看。从那时起，只要想起晚上回到我的草屋里面，在油灯下有一本书在等我，我还能写作，那我就能活得下去。所以，写作在我不是为了当作家，只是它能使我走出困境。我也没有想过要当作家，只是写着写着就跟文学和阅读结下了不解之缘，也成了我一辈子的生活方式，一写写到现在。”

用欧阳江河的话说，赵丽宏的诗已经进入了超母语的层面：“叙利亚诗人阿多尼斯来北京时，曾对我他说，他非常喜欢赵丽宏，并且将他的一首诗歌翻译成了法语。我想是因为诗歌写到语言的背后，进入超母语的层面以后，才可以和其他语言相遇。”在欧阳江河看来，在这个成熟的时代，我们需要在接受诗歌教育的过程中变成一个孩子，找到孩子一样的童心，这才是真正意义上的成长。“我们从成年人成长为一个儿童，这就是诗歌的功能，这本诗集的意义何在？就是把你变为一个孩童。”

体现在同名诗歌《变形》里，赵丽宏确实写了“大”与“小”的辩证法。其中写道：“把我变大/达成一个广场/可以容纳四面八方的来客/把我变小/小成一张邮票/贴在信封上/不知会投递到什么地方”。而赵丽宏写诗便是在微观世界和宏观世界之间寻找自己的地方。他坦言，自己现在写诗和早年写诗并没有什么不同：“我还可以非常真实地，用当年很幼稚的眼光观察世界、思考世界，思考人生和生命，并表达出来。如果说有什么不同，只是当年我18岁，现在我69岁了，也许思想深刻了一点，见识多了一点，读书更多了一点。”

在赵丽宏看来，读书和写作并不是通向结论，更在于敞开过程。他回忆说，年轻时写诗，他要求写得漂亮，文字优美、华丽，争取在每一首诗歌中把他对这个世界的想法写得清清楚楚。“其实世界上没有人有这样的能力，包括一些伟大的哲学家，他们一辈子在不停地追问，不停地回答，不停地否定，在这个过程当中，创造出伟大的作品，优美的文字，深刻的思想，但直到最终他们还是在寻找，还是在追问。”在赵丽宏看来，我们每个人也在这样的过程中。所有诗人真实的思想，通过他经历的时代和生活得出的不是终极真理的结论，却可以使读者产生共鸣，这就是诗的魅力。

以孩子的视角，表达对这个世界温柔的批判

黄蓓佳

在很多人的印象里，儿童文学像是“生来”就该是单纯的，干净的。黄蓓佳的看法颇为不同。她认为，儿童文学也可以是复杂的，不该是我们想当然以为的，或是期望的那么一尘不染。这是因为儿童在她眼里并不只是一味纯洁。

黄蓓佳自然也不认可一般儿童文学中的“坏孩子”最多只能是调皮捣蛋。她坦言自己越来越不喜欢把儿童作品写得过于儿童，把小孩子简单脸谱化。“我们每个人都是从童年时代过来的。反思我们自己，在我们漫长艰辛的成长过程中，我们其实是能够探悉成人的很多不堪，他们的肮脏、自私，还有背叛等等。只不过小孩子天使的面孔把这一切都隐藏了起来。每个人都有着与生俱来的自私。”

而黄蓓佳有这样不同一般的认知，且把这种认知融入作品中去，在某种程度上得益于她丰富的阅历，还有她敢于不走“寻常

路”的诚实。她并不惧怕将作品中“复杂的人性”呈现给小读者，“人的天性中确实有很多恶的东西。你要是把孩子放在一种自我净化的温室环境中久了，当他步入社会看到社会这么复杂有污秽，会感到无所适从无法适应，会感到举步维艰。”

另一方面，也因为黄蓓佳还同时从事成人文学写作。这自然也让她对儿童多了一份成人的体察。她也希望自己的作品更加具有社会性、丰富性和复杂性。即便是对儿童人性的刻画，也不应该是单线条的、简单的和平面的。在该书后记中，她写道：“一个人人唾骂的坏蛋，他可能是一个孝子，为了母亲命所不惜。一个吊儿郎当的流浪汉，他也许会把兄弟情义看得比天都高……”

也因为此，在这部小说中，儿童“复杂的人性”被凸显了出来。白毛起初是非常胆怯的，特别自卑和孤僻，而一旦知道自己得了绝症即将死去，他便豁出去展现出了恶的人性，此前被压抑的生命力一下子爆发了；二丫对给她带来耻辱的傻姐姐切齿恼恨，她曾把大丫推下河想淹死她，但又跟着跳下去，并喊人救起。无怪乎评论家何平读后感叹，黄蓓佳不是对世界做减法，也不是要强调一部分，遮蔽另一部分，而是在让“童眸”照亮整个世界。

这样的“照亮”，自然是因为如作家范小青所说，黄蓓佳经历了很多，却仍然保有一颗童心。也因为像时任江苏省作协党组书记韩松林说的，作为一个心地很纯正，又不失童真的人，黄蓓佳有她作品里那些孩子那样的心性。还因为如作家鲁敏所说，黄蓓佳身上有一种像她早期作品《目光一样透明》里显现的那种透明，正是这份透明，让她得以在纷繁复杂的现实世界里，依然保有童真，且保持了一种持续的创造力。也正是有了这样一些难能可贵的素质，《童眸》才能如中国作协副主席高洪波读后由衷赞叹的那样，如水一般洗尽铅华；如玉一般晶莹、温润；如茶一般醒目提神；如酒一般温香耐品。

然而不为很多人所知的是，这部“如水、如玉、如茶、如酒”的作品，融合了黄蓓佳很多的生命体验。《童眸》里的孩子，以及他们的生活环境，可以说是出生在江苏如皋的她儿时的缩影。白毛、马小五、细妹子、大丫、二丫等，都曾是黄蓓佳儿时朝夕相处的伙伴。“书中写到的仁字巷，原型叫八字巷，其中又分为横八字巷和竖八字巷，我外婆的家，就在横八字巷里。我从出生到22岁出门远行读大学，最起码有五分之一的时光在这条巷子里度过。我最初的小说习作，很多是在这条巷子里写出来的。”

但这样一部从黄蓓佳童年记忆里自然而然“流”出来的作品，却是她所有儿童文学作品中写得最慢的一部。黄蓓佳说，到了这个年纪，记忆力会衰退，脑子转动起来会慢一些，所以她更加珍惜写作，更要把有限的时间、有限的精力，都花在自己非常珍惜的作品上。“写一本就要把一本写好。有一点想法就呼啦啦写个长篇，这样既对不起读者也对不起自己。”黄蓓佳自言，在她所有儿童小说中，这一部是高点。“我已经把太多的写作资源花在了这部小说中，它里面浓缩的东西多得都让我心疼。”

说来黄蓓佳有这份感慨也是自然。《童眸》出版，距她第一部获得特别好评，并为她带来广泛声誉的儿童文学作品《我要做好孩子》，已经过了整整二十年的时光。而之前十五年的光景里，黄蓓佳把主要精力都专注于成人文学写作。正是通过这部作品，作家毕飞宇得以“认识”了黄蓓佳。他是在徐州读完这部“杰作”的。“有一个中午，我孩子的大姨从午睡里醒来，她来到客厅，一屁股坐在了沙发上，手里拿着这部小说。因为午睡刚醒，孩子的大姨一直愣在那里。她突然冒出来一句：‘这本书写的就是我家。’”

作为一个常年阅读小说的人，毕飞宇理解他孩子的大姨为什么一直“愣在了那里”。这是因为她读这部小说太投入了，都不知道怎么从里面脱身了。源于这样一个印象，毕飞宇更加确认了黄蓓佳作品的价值。他说："一部小说的价值，或者说，生命力，它从哪里得到确认呢？一个八竿子也打不着的读者，他认准了你的文字入侵了他的内心、闯进了她的私人领地，他发出了百感交集的呻吟。"在毕飞宇看来，这样的呻吟比"研讨会"上的大合唱更有穿透力，它的音色是圆润的、饱满的、气力匀和的、弹性十足的，带有胸腔和颅腔的共鸣。

有了毕飞宇的这番话做"注解"，自然更能理解黄蓓佳写《童眸》的良苦用心。她说，这部小说不仅仅是为孩子写的，也是为孩子的父母写的。她只是使用了孩子的视角，来表达她对这个世界的爱恋、悲伤、铭心刻骨的追思和温柔的批判。小说分为四个大章节，黄蓓佳本打算拆分开来写成四部，后来决心压缩成一部。"也因此，这一部容量特别大，你没有办法一目十行地去读，你读的时候必须要调动一切的生命体验去理解。"

你说，他说，看看“我”会怎么说

毛尖

我有一个朋友，有一次，他贴近我的耳朵对我说，每次看完一场电影，他都会习惯性地想，要是毛尖看了，她会怎么说？他上网去搜毛尖的专栏，如是搜到了，欣喜之情，如同见到他日思夜想的失散多年的兄弟。欣欣然读完，顿觉神清气爽、通体舒畅。要搜不到呢，他就会感到焦虑。用他自己不太恰当的比喻：惶惶然如他家养的宠物犬，偶尔会为找不到回家的路，而失魂落魄、百感交集。

后来，几乎每次见面，他都会问我，读了毛尖的影评没？可我每次都回答：没读。倒不是我不好读，不想读毛尖的妙文，只是我的习惯使然。就拿读书来说吧，如若不是工作需要，大家都在热议一本书的当儿，我指定会远远地离开它，等到大家追星星追月亮一样，去追下一个热点的时候，我却会鬼使神差地捡起来读，我就这么心甘情愿被潮流“拍死”在沙滩上。他每次听到我的回答，总是做出不胜惊讶的表情。然后拍拍我的肩膀说，你真该读读，妙文啊，痛快哉。

再后来，圈子里流行起了微信，他不需要再费心上网去找，毛尖的影评，一会会儿的工夫，就会传到他那儿。这会，他总该不用焦虑了吧？但他还是老样子，焦虑于跟不上毛尖的趟儿，因为毛尖已然不只是写写影评啦，她犹如新左派的魂灵附体，关注起了社会问题。我的朋友也不再只是想，看了某部电影，毛尖怎么说？他碰到某个问题，也会习惯性地想，要是毛尖碰到了，她会怎么说？他还是像从前那样问我，读了毛尖的妙文没？不同的是，换上了探询的口吻。似乎他笃定我读了，甚至读了他没读到过的，却像故作深沉的高妙之人一样闭口不说。

1

老实说，我确实没读过。虽然没读，却是在左一声，右一声的“毛尖”声里，实实在在感受到了毛尖一年胜似一年的红火。在我的感觉里，无处不在的毛尖已经不只是一个专栏作家，她已经延伸为一个词，用学术界时髦的话说，是特定的代指。她可以是状语，比如像毛尖那样说；可以是名词的前缀，比如毛尖焦虑症，可以是名词的后缀，比如聪明如毛尖；可以是形容词，比如毛尖地说；她更可以是一个动词，比如像“百度”一下那样地“毛尖”一下。

是的，如果这会儿你“毛尖”一下，就会“看到”她作为一个专栏作家，站上了“华语文学传媒大奖2014年度散文家”的领奖台。看看她在感言里是怎么说的。她先是转述了一种说辞，她说：“据说这是专栏作家有史以来第一次站在这个领奖台上，这让我有一种错觉，好像这个奖不是颁给我个人的，我是代表某个集体在接受这个表彰。”当然这个说法，因为她也是“据说”，是不那么确定的，所以她有必要“或者更准确地说”，“是这个集体的多年努力，把我推上了这个领奖台”。要我说，她这话说得对也不对。对的是，她确实是作为一个专栏作家的身份获奖，而且她即使不是这些年里最受欢迎，最有代表性的专栏作家，也该是为数不多的其中“之一”，她当得起这个“集体”的代表。不对的是，她事实上只能代表她自己，因为专栏作家千千万，毛尖却是独一个，她是我们时代里，或者说我们这个“专栏化”的时代里，一个看起来无可复制的传奇。

说是传奇，自然少不了很多有关毛尖的传奇故事，这实在不用我说，有幸作为媒体中人，要不是碰到毛尖真身，也会碰到她的密友，他们会顺口给你说上一段毛尖的“秘辛”。严格说来，也不算“秘辛”，有些毕竟已经给写成文章曝于光天化日之下，成了公开的秘密了。比如，有那么一回，毛尖赴一个重要的饭局，冷不丁被一根鱼刺卡住了喉咙，她死活不肯让密友给领进饭店对过的医院观礼。原来她的病历卡上，已经连续记录了近三个月内的“遇刺”经历，她不忍心在病历卡上紧跟着记上一笔了。不过这秘密，她的密友也是等读到毛尖文章时才“恍然大悟”的。她最后还“恍然大悟”地说，“毛尖之刺”，刺不得不取，字不得不写。然而，我却是越读越迷糊了。按说，毛尖土生土长的老家宁波面朝大海，春暖花开的，吃海鲜该是她经年的积习了吧，她为何会频频“遇刺”？到底是她自己说着说着情不自禁了呢，还是听人说着说着一不留心了呢？

其实也无须费心去猜。饭局上的那些事儿，毛尖早已写在她的随笔集《乱来》里了。我也就是在她出了《乱来》的时候，近距离访了毛尖一下。而按我的看法，毛尖其他的书你不一定要读，但《乱来》你不能不读。当然，说你不能不读，并不是我存心要你去看看毛尖是怎么“乱来”的。因为在一篇篇讲世道乱象的小文里，毛尖坚定无比地表达了希望大家都不要乱来的意思。我说你不能不读，是因为这《乱来》算得毛尖的“转型之作”。从这里开始，她不只是“小资情调”地写写影评，而是多了人文关怀，多了关注弱势群体的人文关怀了。这也不是问题的关键，问题的关键在于，她依然能以轻松的口吻来道出人文关怀。毛尖端的是高妙啊。且看梁文道评价："关注弱势群体，还能不放弃自己饭桌上酒酣耳热之后的那种开玩笑的态度。"这一般人"协调"不来的事，毛尖却轻轻松松做到了。

2

这就是毛尖的功夫，无论什么样的食材，哪怕再是混搭，再是不起眼，经她一拾掇，照样是清爽无比，鲜嫩无比；无论什么样的菜肴，哪怕是被吃剩下的，没人想吃的，经她回锅一炒，照样是活色生香，当真能亮瞎了你的眼。她的写作东拉西扯，调侃之极，像我这样好鸡蛋里挑骨头，在神文里也能读出鬼影的人读了，自然会感觉还缺了点什么，比如缺了点思考，缺了点深度，缺了点让人震颤、震动、震撼，且让人久久不能释怀的东西。但我读了，还是不能不为她的"看上去很美"而击节叹赏，而倍感痛快。

对，我说的就是"看上去很美"，未必是"真的很美"。但就是真的不美，又有什么关系呢？你不知不觉读了她的文章了，已经有了觉得很美的印象了，你"理智的规训"已经乖乖儿让位于"感官的教育"了。你可以说，毛尖很多时候用的不都是我们"众所周知"的材料吗？她怎么就有本事把这些材料"重述"一遍，让你感觉像是你从来都不知道的那般新鲜呢。她很多时候不就是把那么一点儿道理，换了一种说法而已吗？但我们自以为是的那一点儿思想，千百年前不也被祖先说过了吗？我们所做的不也就是"换个说法"而已嘛？

要我说，这就是毛尖的"修辞术"，也是她的"逻辑学"。你再来看看毛尖在感言里是怎么说的，她说："世界再大，没有专栏作家不能登录的地方；道路再窄，没有专栏作家不能插足的可能。”紧接着就是一个“而且”，为后文中“一个转身”做了铺垫的“而且”。她说：“而且更重要的是，我们比诗人和小说家更草根更率性更自由，我们没有过多的历史负担，也没有操不完心的排行榜，我们可以是一线的文化清道夫，一个转身，我们也可以是深闺的八卦爱好者。”专栏作家就是这么神，他们可以如此的进退有据，如此的自在从容。她说：“就像此刻，我可以毫不矫情地说，专栏作家的使命可以高过天，同时我也可以一点不用纠结地宣称，专栏作家也可以低到泥土里。本质上，我们与万事万物有着更家常的潜在情义，我们是通俗世界的一部分，是这个平庸的时代造就了我们，而我们全部的工作，就是改变这种平庸，直到时代最终把我们抛弃。”

听她说到这里，作为一个专栏作家，她的骄傲，她的谦逊；她的华美，她的素朴；她的八卦，她的真诚；她的隐忍，她的放诞；她的妥协，她的决绝；她的拥抱世俗，她的超凡脱俗；她的“进一步风口浪尖”，她的“退一步海阔天空”；她的“一切都是实在”，她的“神马都是浮云”，这些看似矛盾对立的因素，统统“和谐”为浑然一体了，而你也只有心服口服地无话可说了。

3

怎得一个“了”字！毛尖把我们时代里缓和了语调，放长了音调，晕染了色调、糅合了情调的“了”，发挥到了极致。

《乱来》里的文章，好多题目就有“了”字。比如“我不做大哥好久了”“又丢脸了”“美死了”“乐坏了”……要是把里面的“了”串在一起，大可再现一首“好了歌”的。当然，《乱来》里的“了”，在《红楼梦》的“好了歌”里念的是“liǎo”，如此便大异其趣的。毛尖说：我之所以用比较轻的“le”（你的观察真是犀利！），是因为，我觉得自己还没有资格用“liǎo”。“我自己是这个时代的一部分，是好人好事的一部分，也是坏人坏事的一部分，常常，我也会想，如果我在那个坏人的位置上，大概也好不到哪里去。这样，落笔批评的时候，就下不了狠，因为自己也没道德优势，如此就常常有调侃倾向。”

但话说回来，毛尖的调侃里，是有着让人颇为动容的严肃的底色的。她的“le”，与其说是对时代的妥协，不如说是对“好了歌”的另一种致敬。对她来说，《红楼梦》，还有《战争与和平》，诸如此类的经典文学作品，是一种原乡一样的存在。她说：我同意文学在衰落，但是，对于我们这一代从文学中获取了世界观的人来说，文学就是故乡。虽然今天文学，的确已经分化成好几个概念了。但作为故乡的文学，会是我们这一代永远的意识形态原点。

看吧，毛尖花枝招展地摇曳，是有“原点”拽着的；她话语里满眼时尚的流行词，是有古典的底色给托着的；她漫溢在文章里风姿绰约的华美，也是有她出现在公共场合里不加修饰的素面朝天给衬着的。在华语文学传媒大奖颁奖现场，有记者看毛尖穿着甚是“老土”，止不住对同伴说：你们上海人应该帮她好好捯饬一下。但且慢，还是让毛尖来捯饬我们吧。你说，他说，缺了毛尖那样一味药，我们就甭学毛尖那样说，但我们至少可以学会像毛尖一样用自己的嘴来说。

黑夜给了我黑色的眼睛，带我去远方流浪

周云蓬

和朋友闲聊时，周云蓬常会说起年少时的梦想：当一个大作家。20世纪80年代，他的偶像是托尔斯泰、泰戈尔。他最喜欢去书店，进门就用低沉的嗓音问："有没有《浮士德》？没有？那《战争与和平》呢？"那时，他主要靠去图书馆借阅盲文书籍，而那里只有老版本的唐诗宋词称得上是文学书。结果就是，因为身处盲人世界，在"新民谣"的阵营里，他反而迟缓地接上了中国古典诗歌的那一条河。"只有我会在人声鼎沸的酒吧里，不疾不徐唱起'剑外忽传收蓟北，初闻涕泪满衣裳'，这个气息，你可以说'是中国的'。"

自2007年年底正式出版第一本诗集《春天责备》后，他又陆续出版了《绿皮火车》《午夜起来听寂静》《行走的耳朵》等作品。2011年，他曾获华语传媒年度诗人提名。推荐语这样写道：周云蓬

的诗歌中透露出一股开朗、乐观、豁达而极富有感染力的情绪。他的文字和诗歌就是他的手脚和双目，带领他穿越拥挤的人潮，抵达遥远的彼岸。

周云蓬以标志性的装束是长发，墨镜，绍兴毡帽。他说话是淡淡的，半软不软、不疾不徐，在这慢板的温柔下，却隐藏着掷地有声的坚定和力量。读者见面会上，自然而然地，话题就从那些天来华巡演的美国巨星鲍勃·迪伦开始，他聊国内的民谣、摇滚、甚至超女选秀，聊起自己的街边卖唱经历，聊起关于流浪歌手的话题，转了半圈之后才回到文学。他说："文学不能改变现实，但会改变你的人生，让你的生活变得美好、温暖，充满希望。"他就这样用最朴实的语言阐述着自己的观点，真诚而幽默。就如同他书中的那些文字一样，没有华丽的辞藻，坦诚而直白，让人感同身受。

周云蓬1970年生于吉林长春，他从小患有眼疾，用他自己的话说，整个童年充满了火车、医院、酒精棉的味道。失明的过程，对他来说"就像从白天到晚上，是缓慢的，像一个巨大的阴影笼罩一生"。求医治病的希望，在九岁那年划上无法逆转的句号。世界留在他脑中的最后一个意象是"动物园有大象在用鼻子吹口琴"，这也成为他日后音乐创作的动因之一。

尽管中学时接触过口琴、二胡、吉他等乐器，但他那时的兴趣点却并不在音乐上面。他最喜欢的其实是看书，或者说听别人给他念书。这个兴趣一直持续到现在，后来就成了习惯。"我读中学的那会儿，人们对文化有种崇拜感，你要是敢在报纸上发表一篇文章，那还了得，所有的女生都跑过来听你讲文学。所以写东西会有一种荣誉感。1989年，我在《辽宁青年》上发表过一篇文章，一下收到两百封信。上学每天必须到收发室去问一下：有信吗？全是从宁夏、甘肃之类的地方寄来的。"顿了一顿，周云蓬接着说："那时对阅读有病态的饥饿感，总觉得只要看很多书，就会写得好，就玩命地找任何机会去看书。收音机里有文学节目就录下来，我录过史铁生、张承志，还有古诗词欣赏。录下来，反复地听。”

最有力的一次冲击，是那本《朦胧诗选》带来的。虽然在编选上并不完备，但对于他以及许多当年的大、中学生来说，这本书起到了某种精神启蒙的作用：“我们以前没读过这么现代的东西，比如北岛的《回答》。那时候觉得自己根本写不出这样的诗，其实也读不大懂，但就是觉得新鲜。”他还记得许多顾城的关于孩子的诗，认为那种“晶莹感”更容易理解。

与那批带有强烈理想的文学青年一样，20世纪80年代末，热爱文学的周云蓬考入长春大学特殊教育学院。“当时，有按摩、音乐、中文三个专业供我选择，我突发过报考音乐专业的念头，转念又记起自己吉他弹得实在不登台面，最后还是去了中文系。”他加入了每个学校都有的文学社。他所在的学院还办有一份名叫《失眠者》的刊物，油印本，印了几十份，他也会在上面发些散文、随笔或诗歌，这为他后来创办民刊《彼岸》及出版《春天责备》打下了坚实的文字基础。

印象最深的还是阅读。“那时我的看书方式是我教别人弹琴，教一小时琴，他帮我念两个小时书。每天下午教两个，看一百多页的书。因为这种读书是劳动换来的，所以选的书都是一些名著，本来也想听点武侠小说，但觉得让别人念这样的书，自己就太亏了。但世界名著的确容易让人犯困，可别人读得辛苦，自己也只好强挺着不能睡着。所以《复活》《红与黑》《生命中不能承受之轻》《局外人》等都是半梦半醒中读完的。”当年的周云蓬肯定没有想到，离开家乡沈阳到北京发展后，自己已无须再为阅读而苦恼，随身带的小型阅读器和电脑里装的网页阅读辅助软件，帮他解决了阅读和写邮件的难题。

大学毕业后，周云蓬被分配到一家色拉油厂做工人，却无活可干，厂家招他是为了政策免税，他决定离开。一年后，他带了父母给的六百块钱来到北京，在圆明园画家村用八十元租一间屋子，开始以卖唱为生。此后不久，他开始了第一次长时间的流浪，北京是他每次游历的起点和终点。这次游历之后，他街头卖唱的谋生方式，升级为到酒吧唱歌。再后来，他陆续出了几张个人专辑，直到他的歌被越来越多的人听到、引起越来越多的共鸣，并成了一种引人关注的文化现象。

而相比对其诗歌或是作品本身的关注和兴趣，周云蓬独立自由的民间立场无疑更受关注。周云蓬曾经翻唱过张慧生根据海子的诗《九月》谱写的歌，也曾在发表于韩寒主编的《独唱团》的散文《绿皮火车》上，不无感伤地写道：海子如果今天还活着，估计已经成了诗坛的名宿，开始发福、酗酒、婚变，估计还会去写电视剧。他无意抹去海子对他产生的重要影响，但并不代表他在本质上是和海子一样的诗人。也因为此，当有人试图给他戴上理想主义的光环，或试图凸显他的批判立场时，他选择了否定和拒绝。

事实上，几乎在任何场合，周云蓬都没有表现出通常意义上一个民谣歌手理当具有的愤怒和反抗的姿态，尽管在他的专辑《中国孩子》中，的确传达出类似的情绪。在周云蓬看来，愤怒抑或反抗，都是一种偶然的、意外的东西，人的常态应该是平静的、温和的生活。“我觉得音乐人心里要有数，不是大家一捧你，你抗议你很牛，然后你就头脑一晕，你就抗议一辈子，我觉得那是很无聊的事情，也是一个特别危险的事情。”很显然，在他看来，无论是诗还是歌，其第一性永远是诗性，不是工具，不是用来教化和革命的。

从各个角度看，周云蓬似乎都是一个不怎么好定位的人物。在诗歌评论家张清华的理解里，恰恰是这种难以定位，强烈地呼应了我们当下这个时代的特征。

“在海子那个时代，诗人身份是比较确定的。他们大多是一批有理想有抱负的知识精英，向往在诗歌创作中搭建起一种巴别塔式的构想，而且确信这种构想最后是可以实现的。到了我们这一代，诗人、诗歌已被边缘化，他们的身份日益模糊，而且他们更关注个人的生存体验。这是一种常态，更谈不上有什么不好，至少在周云蓬这样的诗人身上，我们能感受到他作为一个歌者和诗人的真诚。”

在张清华看来，周云蓬之所以引起关注，并不全然在于其特立独行的生存姿态，和在某些诗歌中表现出来的对社会现象的关切，而在于他的诗歌写作是和人格实践相互呼应、相互见证的。“应该说，当下好诗歌并不缺少，迅速反映社会热点的诗歌也不缺少，但很显然，像周云蓬这样真诚且带有强烈民间立场和见证性的诗歌，更容易引起广泛的共鸣。”

张清华的这一观点，大致反映了诗歌界人士的普遍看法。他们认为，周云蓬的诗歌尽管不具有很强的代表性，也不能因此拿来当评判诗歌好坏的标准。但以此反观，我们可以看出一些诗歌界普遍存在的问题。诗人梁晓明表示，当下很多好的诗作，不能为公众熟知，并不在于诗人的写作不够真诚，不介入现实，缺乏人文关怀，“诗歌是否能扩大影响，事实上并不仅仅是诗歌本身的问题，它更是一个社会问题。因为好诗是需要靠外部世界来激发，并通过适当的渠道才能传播出去产生影响的。很显然，当下的时代可能并不具备这个条件”。

如其所言，当下或许并不缺少真正的诗歌创作，但这些创作更多是作为一种隐匿的亚文化存在于民间。有网友表示，受制于保守的诗歌体制和人际关系网，很多好诗难以进入主流的层面，进而对大众的精神世界起到文化塑造的作用。“从这个角度看，周云蓬的出现是难得的例外。他的诗歌在很大程度上承接了诗与歌合流的传统，让诗歌诉之于听觉，比较容易突破一些禁忌，直接在大众中产生影响，并引起媒体的关注。同时，他的诗歌没有流于简单的对抗和批判，也易于获得主流认可。正是主流和民间的双重接纳，让他成为有代表性的歌者和诗人。”张清华说。

基于此，加之周云蓬的诗歌内容自由、形式活泼、通俗易懂，为大众广泛接受，是情理之中的事。诗人黄礼孩直言，从诗歌写作的角度看，他的诗在思想深度和语言张力等方面都存在缺陷：“依我看，一些兼具思想性和艺术性的好诗，没有得到广泛的接受和认可，一定程度上源于我们的诗歌教育，远远落后于诗歌发展的步伐。这样导致的结果是，表现相对复杂，形式更具创意的诗歌，普通读者就没法理解。这就好比很多人觉得古典音乐可望而不可即，但在维也纳，人们欣赏音乐却是日常的生活，因为当地民众普遍具有较高的音乐修养，他们生活在丰饶的音乐土壤里。”

诚如张清华所言，周云蓬的出现还意味着浪漫主义的回归。“随着社会急剧转型，城市里出现大量流浪人群。波德莱尔笔下波希米亚人的经验，于我们将不再陌生，这些经验势必对原有的城市文化带来一定的冲击。这或许会对板结的诗歌现状带来一些改变。”对于种种议论，周云蓬似乎想得很明白：“一切都顺其自然，一个艺术家，并不是越穷、越落魄就能有灵感，而是要观察周边的生活。苦闷的人到处都有，痛苦其实无处不在，不是因为生活好一点了就没有痛苦了。但不要故意去追求这些，不要故意为了音乐、为了写作而让自己变得虚伪，改变自己的生活。首先是自然的生活，能够尽量幸福的生活，然后才去成熟地表现它。”